LA VIE DE MARIANNE

MARIVAUX

La Vie de Marianne

ÉDITION PRÉSENTÉE ET ANNOTÉE PAR JEAN M. GOULEMOT

LE LIVRE DE POCHE
Classiques

Ouvrage paru sous la direction de Michel Zink et Michel Jarrety

Professeur émérite à l'Université de Tours et ancien membre de l'Institut universitaire de France, Jean, Marie Goulemot est spécialiste de littérature du XVIIIᵉ siècle. Il a procuré plusieurs éditions au Livre de Poche classique et fait paraître récemment un essai : *L'Amour des bibliothèques* (Seuil, 2006).

INTRODUCTION

Les apprentissages

C'est par le roman que Marivaux a commencé sa carrière : trois œuvres en trois ans. La lecture de ces œuvres de jeunesse surprend. Marivaux s'y essaie à deux « genres romanesques ». D'une part, le picaresque, qui utilise la parodie et le burlesque. Le héros en est un personnage cynique, jouant plusieurs rôles pour faire plus sûrement son chemin dans le monde. D'autre part, le roman sentimental, qu'on définit comme appartenant à la tradition « romanesque et galante ».

LES ESSAIS ET QUELQUES MODÈLES

Ces premières œuvres constituent autant de tentatives – surtout dans *Les Effets surprenants de la sympathie* (1712) – pour exploiter toutes les ressources du romanesque, tant sur le plan du système narratif que sur celui de l'expérimentation morale que permet le roman. Les traits singuliers de la naissance et des progrès de l'amour qui sont, avec la construction d'un langage, la marque du théâtre marivaldien doivent plus à ces romans de jeunesse qu'aux premiers essais théâtraux. C'est par le roman que Marivaux s'est construit comme auteur de comédies, mais aussi comme auteur de ses deux grands romans de la maturité.

Marivaux a lu *Don Quichotte* et les *Nouvelles exem-*

plaires. À travers la parodie des romans de chevalerie, le recours aux nouvelles galantes ou pastorales, Cervantes parvient à jouer des infinies possibilités de la langue. Cette veine que Cervantes a exploitée avec plus de rigueur encore dans les *Nouvelles exemplaires*, où il écrit un dialogue entre chiens (« *El Coloquio de los perros* »), a orienté les premiers travaux de l'écrivain Marivaux. Il a compris que l'attribution à chaque personnage d'une voix qui lui soit propre était essentielle. Les héros de *La Voiture embourbée* (1713) se distinguent par l'aventure qu'ils racontent à leurs compagnons de voyage, mais aussi par la voix de conteur qu'ils adoptent.

Dans *Les Effets surprenants de la sympathie*, l'accent mis sur la trame du roman galant, le rôle de l'amour et du hasard, le mystère entourant certaines des héroïnes, le mélange de considérations sur les sentiments en font une des sources évidentes de *La Vie de Marianne*. L'« Avertissement » indique que l'auteur a voulu offrir un modèle d'analyse du héros féminin et proposer une approche singulière de la psychologie amoureuse. Il suffit de comparer *Le Paysan parvenu* et *La Vie de Marianne* pour comprendre que, si les hommes savent aimer, les femmes seules ont l'intuition des mouvements de leur cœur et de la nature complexe et ambiguë de leurs sentiments. Les femmes sont dotées d'un savoir sur leurs sentiments, leurs façons d'être, de séduire et d'aimer, qui n'appartient qu'à elles.

LA CRITIQUE DU ROMAN

Dès ses origines, le roman a pratiqué sa propre mise en cause. Don Quichotte ne perçoit pas le monde tel qu'il est, mais tel que les romans de chevalerie le décrivent. On a ainsi une double preuve de son caractère déréalisant : les exploits attribués aux chevaliers errants sont totalement irréalisables et les mésaventures de Don Quichotte prouvent que celui qui croit à ces fables finit par entretenir un rapport illusoire et catastrophique au monde. Ceci d'autant plus qu'à la différence du roman de chevalerie, qui ne mettait pas en doute le monde qu'il décrivait, le roman de Cervantes dépeint le monde tel qu'il est et souligne ainsi le regard faussé que porte sur lui le héros. Par exemple, le lecteur sait que l'auberge est pouilleuse, avant d'être témoin du délire interprétatif que lui applique Don Quichotte.

Le roman n'est pourtant pas condamné en soi. Cervantes ne propose pas de substituer, parce que jugés plus réalistes, les récits galants de bergers amoureux aux aventures des chevaliers errants. Le procès que dresse Cervantes est moins celui du roman que celui de certaines de ses formes, et plus encore celui du statut que leur confère une lecture au pied de la lettre.

De ces attaques et de quelques autres (genre non codifié, incitateur au rêve et parfois à des pensées moralement dangereuses...), qui vont même conduire à sa proscription durant l'année 1737, le roman se défendra. Il se constituera un large public de lectrices, et peu d'auteurs se refuseront à lui. Rousseau, qui n'a cessé de le condamner, a écrit *La Nouvelle Héloïse* (1761), qui connut le plus grand succès du siècle.

C'est surtout en faisant croire qu'il n'est pas un roman que le roman tente de se légitimer. Il s'agit d'être reconnu mais en se faisant passer pour un autre. Dans cette dissimulation de sa dimension fictionnelle, le modèle des mémoires historiques joue un rôle essentiel. Le roman à la première personne, qu'on appelle le « roman-mémoires », prend une grande importance à la fin du XVIIe siècle. Il se modèle sur le genre, par ailleurs non défini, des mémoires militaires ou politiques, reconnus comme vrais.

L'INFLUENCE DES *ILLUSTRES FRANÇAISES*. L'APPORT DU THÉÂTRE

En 1713, Robert Challe (1659-1721) publie *Les Illustres Françaises*. Un groupe d'amis – ici des bourgeois et des nobles parisiens – est réuni. Ils écoutent sept récits successifs faits par quatre d'entre eux. Il s'agit assez banalement de récits rapportés. Ce qui est plus original, c'est que trois de ces narrateurs rapportent non seulement des aventures qui leur sont arrivées, mais aussi celles d'une tierce personne, avec une règle qui ne souffre qu'une exception : tous ces récits sont à la première personne. Les personnages sont à la fois conteurs et protagonistes : ils assument le récit et participent aux histoires, sans autre rôle que d'y être présents. Pour compliquer le système, les histoires interfèrent entre elles. C'est dire la complexité et la nouveauté d'une telle structure narrative.

Les Illustres Françaises racontent des histoires de couples et les aventures amoureuses et libertines du héros de *L'Histoire de M. Dupuis et de Mme de Londé*. Le système des interférences, le chevauchement des intrigues, la résolution dans un récit d'événements survenus dans un récit précédent finissent par construire une position de lecture originale et faire que l'intérêt romanesque réside dans la lecture elle-même. Cet enchevêtrement sert à produire un effet certain de réalité et donne une opacité à ces destins, qui est celle de la vie même. Ce qui n'empêche pas *Les Illustres Françaises* de posséder une unité factuelle. Dans chaque récit, une même histoire se raconte : les efforts déployés pour vaincre les obstacles qui se dressent devant des amants. Au fil des divers récits, on présente les différentes solutions à mettre en œuvre pour les surmonter : l'attente ; le mariage secret ; le mariage envers et contre tout, en se dispensant de toute approbation ; la liaison. Dans ce panorama des moyens narratifs utilisés dans *Les Illustres Françaises*, le lecteur de *La Vie de Marianne* aura reconnu certaines des constructions et quelques-uns des thèmes du roman de Marivaux.

De 1720, date de la mise en chantier de *La Vie de Marianne*, à 1738, où paraît sa onzième et dernière partie, Marivaux donne au théâtre plus de vingt comédies, dont quelques-uns de ses chefs-d'œuvre comme *Le Jeu de l'amour et du hasard* ou *Les Fausses Confidences*. Il a approfondi certains de leurs thèmes : l'amour, d'abord, qui est la grande affaire. Et il n'est pas rare que cet amour entre en conflit avec le milieu d'où l'on vient. C'est une donnée essentielle du *Jeu de l'amour et du hasard*. Si l'amour est puissant, il est aussi fragile. Comme la naissance de l'amour, le désamour est un autre thème important du théâtre de Marivaux. *La Double Inconstance* illustre parfaitement cette ambivalence. Mais ce qui se montre en actes dans le théâtre se donne à entendre dans *La Vie de Marianne* au gré des réflexions de la narratrice. Il existe chez elle une lucidité immédiate sur la coquetterie, la mauvaise foi, qui est jugée indissociable des comportements eux-mêmes. Elle se double d'un effort de réflexion à distance qui relève de l'observation morale. Un peu comme si au travail du spectateur, qui tire les leçons de ce que la comédie lui montre du caractère des personnages, se substituaient, dans le roman, les réflexions de la narratrice qui accompagnent le récit des événements. Les péripéties servent, de fait, simplement à illustrer et à incarner les analyses et les commentaires.

Comprendre ce que doit *La Vie de Marianne* au théâtre de Marivaux ne peut se limiter à relever des comportements, des intrigues présents dans les comédies et dans le roman, mais à interroger des complémentarités ou des organisations singulières à partir de similitudes ponctuelles qui tiennent à la différence entre les modes d'écriture. La remarque vaut aussi pour le parallèle avec *Les Illustres Françaises*.

La Vie de Marianne *comme roman-mémoires*

« CECI N'EST PAS UN ROMAN »

Dans *La Vie de Marianne* et *Le Paysan parvenu*, Marivaux est fidèle au modèle du roman-mémoires. *La Vie de*

Marianne se donne comme le récit d'une vie qu'entreprend une comtesse, retirée du monde, qui connaît ses origines familiales depuis une quinzaine d'années – elle avait alors trente-cinq ans. Ayant évoqué pour une amie « quelques accidents de sa vie », elle a été pressée de la donner tout entière. Le récit, rédigé dans les années 1690, envoyé à l'amie, est demeuré à l'état de manuscrit. Son inventeur en a fait la découverte dans une armoire. Que de précautions pour prendre ses distances avec la fiction et montrer que *La Vie de Marianne* n'est pas un roman ! L'éditeur, à qui on doit l'Avertissement, n'y a « d'autre part que d'en avoir retouché quelques endroits trop confus et trop négligés » (p. 57). Aucune intervention, donc, de plumes professionnelles. Le manuscrit a plu justement parce qu'il n'était pas celui d'un roman. Et d'en donner les preuves par défaut. S'il s'agissait d'un roman, « il y a toute apparence qu'[il] n'aurait pas la forme qu'[il] a » (p. 55). Il n'y aurait pas de morale ni de choses un peu réfléchies et raisonnées. « On ne veut dans des aventures que les aventures mêmes... » (p. 55). Marivaux donne ici ce qui est une sorte de caricature pour mieux prouver que *La Vie de Marianne* n'est pas un roman, mais en même temps il définit ce qu'est, selon lui, une de ses formes : des faits, mais aussi des réflexions. Une telle conception implique une certaine idée du lecteur : quelqu'un à l'esprit « sérieux et philosophe ». Cette défense de l'authenticité de *La Vie de Marianne* définit un texte apparemment sans prétention littéraire. Le style, son auteur ne sait pas seulement ce que c'est. Il écrit naturellement, comme cela vient, car il s'agit de dire la vérité et non de raconter une histoire.

Ces refus et ces définitions valent pour l'ensemble du récit qui n'est pas continu. Chacune des parties correspond à une lettre envoyée par la comtesse à son amie. Leur mise en place renvoie au rythme de la publication elle-même, avec ses retards, ses annonces. Comme la majorité des romans-mémoires, *La Vie de Marianne* utilise d'autres formes pour cacher son appartenance à la fiction. Ainsi, Marivaux a utilisé dans son roman-mémoires le schéma du récit épistolaire pour accentuer encore l'effet de crédibilité. Il imagine que les mémoires de Marianne devenue comtesse sont destinés à une amie. La correspondante se confond ici avec un lecteur privilégié.

L'utilisation de cette forme épistolaire élémentaire présente nombre d'avantages. La correspondance est une pratique privée. Elle est, de par sa nature même, une preuve d'authenticité. Mais elle rend obligatoire la présence dans le récit de marques formelles qui la désignent comme telle. D'où nombre de phrases qui interrompent le récit pour s'adresser à la correspondante, guider sa lecture en offrant des rappels, des anticipations de faits à venir, qui sont autant de moyens de garder le ton de la conversation et d'attirer l'attention d'une lectrice, engagée dans sa lecture, et par conséquence du lecteur réel, sur tel ou tel élément de la narration.

Jusqu'à la dixième partie, Marivaux procède à un double encadrement de son texte par une introduction et par une conclusion annonçant souvent ce que contiendra l'envoi suivant. L'encadrement introductif s'organise autour de trois thèmes principaux. D'abord la lenteur supposée de Marianne ou son empressement à envoyer son récit, qui servent à justifier le calendrier de la publication du livre. Ainsi, l'envoi supposé des trois dernières parties correspond à leur cadence réelle de publication. Cette confusion des rythmes d'écriture et de publication impose au lecteur une chronologie illusoire mais productrice d'un effet de réalité, qui finit par se substituer à celle des événements eux-mêmes. Le texte introductif revient aussi fréquemment sur la part faite aux réflexions et aux commentaires. Marianne justifie leur présence par son goût pour l'observation et la morale. Ce caractère extra-romanesque du récit de la comtesse présente un gage de vérité. Enfin, la question du style y est fréquemment évoquée. Marianne devenue comtesse ne cesse de revenir sur sa manière d'écrire en insistant sur le fait qu'elle n'écrit pas un livre. Elle affirme dans la sixième partie qu'elle n'écrit que pour amuser sa correspondante. Toutes ces remarques veulent prouver que tout ici est naturel et spontané.

À travers les réactions que Marianne prête à sa correspondante se construit un imaginaire du lecteur. Ce qui laisse entendre qu'il existe un échange entre la comtesse et la marquise qui, bien que ne relevant pas du manuscrit trouvé, fournit la preuve indirecte de la réalité de leur relation. Les remarques attribuées par la comtesse à sa correspondante portent plus sur le fond que sur la forme, quand elles ne traduisent pas l'intérêt pris à la lecture. Ces justifications portant sur les réflexions, les commentaires soulignent en même temps l'importance que leur prête Marivaux.

Les interpellations adressées par Marianne à la marquise pour maintenir la fiction d'une correspondance diminuent dans les trois dernières parties, quand Marianne devient l'interlocutrice de Tervire. La marquise comme destinataire et Marianne comme auteur du récit n'apparaissent plus que dans l'introduction des parties lorsque Marivaux justifie la présence de ce récit rapporté, que sa correspondante trouve envahissante et même suspecte. Ce rôle de scripteur auquel est vouée Marianne est une des preuves de l'autonomie qu'est en train d'acquérir l'histoire de Tervire. Il explique qu'à partir de la neuvième partie nous sommes dans un autre récit, ainsi que le laisse entendre la fin de la onzième qui, pour la première fois, n'annonce aucune suite.

LA POSITION DU LECTEUR

La position de lecture (c'est-à-dire ce lecteur virtuel que postule le récit) est d'une structure complexe. Le lecteur est censé lire un texte privé. Il y a là une effraction, d'une façon pourtant un peu moins directe que dans

Le Diable boiteux de Lesage (1707). Le lecteur qu'impose le roman-mémoires n'est pas ici un voyeur. Il n'y a rien de subreptice dans la construction du récit. Le lecteur est complice de la marquise et tend à se confondre avec elle, il partage ses impatiences et ses attentes. Ce, d'autant plus facilement que Marianne et Tervire guident sa lecture. Le sentiment d'être indiscret ne nuit pas à l'authentification du récit, au contraire. La mise en place progressive de scènes pathétiques contribue à la soumission croissante du lecteur à l'autorité de la narratrice. Le lecteur et elle s'apitoient face au malheur. Au règne des généreux comme Mme de Miran, qui suscite l'admiration, succède très largement l'émotion des cœurs sensibles. Le lecteur est appelé à passer de l'admiration à cette émotion et aux pleurs, il compatit avec Tervire, même si celle-ci pour affronter sa belle-sœur retrouve le ton noble des généreux.

Car il est évident que le récit de Tervire rompt assez brutalement l'unité du roman-mémoires. Le transfert narratif qui fait de Marianne, narratrice de sa vie, le scripteur de la vie d'un personnage rencontré par hasard modifie le jeu du roman-mémoires. On est plutôt alors dans le récit rapporté. La référence n'est plus les mémoires. Par ailleurs, à première vue, le récit de Tervire n'apporte rien à la vie de Marianne. Il n'a de raison d'être apparente que l'intérêt de Marianne à l'écouter. Ainsi on s'éloigne encore un peu plus du modèle initial du roman-mémoires.

Si le lecteur des parties 9 à 11 change de position, c'est moins par choix que contraint par les formes du récit. C'est un peu comme si le roman que Marivaux avait dénoncé reprenait ses droits. En un sens, l'histoire de Tervire démasque la supercherie narrative que Marivaux a pris tant de soin à mettre en œuvre. Mais en même temps, en insistant sur les faits, le roman oblige le lecteur à en tirer, plus que dans la situation antérieure, les réflexions qui s'imposent.

LES LIENS ENTRE LES DEUX RÉCITS DE VIE

Marianne et Tervire sont au couvent. Marianne incite Tervire à raconter sa vie. Cette dernière a pris soin de lui dire qu'elle valait bien la sienne et qu'entre leurs malheurs il n'y avait guère de différences. Tervire prend possession de la parole, après bien des résistances, dont témoignent, sans aucun doute, les multiples retards à la lui céder. À la famille que Marianne orpheline vit comme un paradis perdu répond cette autre famille qui ne fait pas le bonheur de l'enfant Tervire. Le grand-père ignore longtemps sa petite-fille. La famille est noble mais peu fortunée et bientôt frappée par la mort et la séparation. La mère encore jeune se remarie et oublie sa fille.

Cette ouverture de l'histoire de Tervire montre que des origines reconnues n'assurent pas pour autant le bonheur. L'éducation de Tervire sera assurée par un ancien fermier de son grand-père, qui joue le même rôle que le curé de village auprès de Marianne. Plus tard, elle sera recueillie par Mme Dursan, sa grand-tante, qui est une sorte de double de Mme de Miran, protectrice de Marianne, les préjugés nobiliaires en plus.

Il existe de nombreuses similitudes entre ces deux récits. D'abord entre les personnages. À M. de Climal répondent le baron de Sercour, autre dévot libidineux, son neveu, abbé libertin, la dévote Mme de Sainte-Hermières, complice du neveu. Comme M. de Climal, cette dernière reconnaîtra ses fautes au moment de mourir.

Il existe aussi des épisodes communs : le voyage à Paris, par exemple. Dans l'histoire de Marianne, un complot ourdi par des parents de Valville fait que Marianne est enlevée. Cet épisode connaît deux échos dans celle de Tervire. Le premier (affaire de Sercour) vise à briser la réputation de la jeune femme. Dans le second, pour réconcilier le fils renié et sa mère, Tervire facilite l'engagement de la belle-fille inconnue de Mme Dursan comme camériste de celle-ci. S'il y a ici duperie, Tervire en est l'auteur et non la victime, et elle vise à réconcilier une mère et son fils. Avec la belle-fille bénéficiaire de la duperie, qui se révèle ingrate, cette seconde reprise utilise un des retournements fréquents dans l'histoire de Marianne. Ainsi, la mère qui avait abandonné sa fille est victime de l'ingratitude de son fils. Elle en est réduite à loger dans une auberge. Comme la boutique de Mme Dutour, celle-ci représente un signe de déclassement. Enfin, certains éléments ponctuels sont repris d'une histoire à l'autre. Ainsi la portière du carrosse (p. 60). Dans cette nouvelle histoire, une autre portière est offerte à la propre mère de Tervire. Toutes ces reprises font de l'histoire de Tervire un exercice de style. Marivaux y pratique l'art de la variation en exploitant des schémas narratifs semblables ou inversés et le procédé du retournement. Mais ces situations, structurellement les mêmes, ont rarement le même sens. Ainsi le thème de l'ingratitude n'est guère présent comme tel dans l'histoire de Marianne, ce qui permet dans celle de Tervire une réflexion morale nouvelle.

Dans les familles, la noblesse des sentiments, l'affection même font souvent défaut. Mme de Miran est une exception. La mère que l'on se choisit est sans doute préférable à celle que le destin vous donne. L'ingratitude du fils de la mère de Tervire – le demi-frère de la jeune fille – est un élément important mais trompeur. Elle punit la mère d'avoir abandonné sa fille aînée. Sa fin émouvante met en valeur la générosité de Tervire. Les malheurs du présent effacent les fautes du passé. C'est dire la parenté de l'histoire de Tervire avec celle de Marianne, mais aussi son autonomie et la complexité de ce roman-mémoires à deux voix.

La Vie de Marianne *comme suite de péripéties et peinture de la société*

LA VIE DE MARIANNE, DES AVENTURES
OÙ LE HASARD FAIT BIEN ET MAL LES CHOSES

La Vie de Marianne est une suite d'aventures. Elle commence par une attaque de diligence. Une enfant, Marianne, est la seule survivante. On ne sait rien de ce bébé. Le prêtre d'un village voisin et sa sœur se chargent de l'élever. Devenue jeune fille, Marianne part pour Paris avec la sœur du prêtre, qui décède. Le vieux prêtre est lui-même sur sa fin. Marianne se retrouve seule. Elle bénéficie de la protection d'un dévot à qui on l'a confiée, et quitte l'auberge où elle était descendue pour loger chez une lingère. Elle se rend à l'église, où elle attire l'attention d'un jeune homme qui, quand elle est victime d'un accident, lui porte secours et cherche à savoir qui elle est. Elle parvient à cacher sa condition modeste et son adresse. Son protecteur, M. de Climal, se révèle être l'oncle du jeune homme et un libertin entreprenant. Marianne cherche alors refuge dans un couvent. Une dame généreuse, Mme de Miran, devient sa bienfaitrice. On découvre que Valville, le beau jeune homme, est son fils. On fait des projets de mariage qu'encourage Mme de Miran. Durant une partie à la campagne, il est révélé publiquement que Marianne est orpheline et qu'on ne sait rien de ses origines. Le bruit se répand dans la famille de Valville. Marianne est enlevée de son couvent et conduite auprès d'un ministre qui lui interdit le mariage et lui propose comme mari un de ses commis. Valville et sa mère surviennent à temps pour éviter le pire. Marianne, qui, par sa défense, a ému l'assemblée, le ministre et sa femme, épousera donc Valville. Entre-temps elle retourne au couvent. Atteinte d'une forte fièvre, elle est condamnée à l'isolement. Valville vient prendre de ses nouvelles auprès d'une autre pensionnaire, Varthon, et Marianne finit par comprendre qu'il en est tombé amoureux. Toujours soutenue par Mme de Miran, elle s'installe au couvent et semble tentée d'y prononcer ses vœux.

Tout commence donc comme dans un roman d'aventures : des brigands, une attaque, des morts, une orpheline dont on ne sait rien. Jusqu'ici, Marivaux s'inspire d'une littérature que domine le thème de l'orphelin. Dans son déroulement événementiel, la suite du roman obéit à l'arbitraire du hasard. C'est lui qui commande la mort du curé et de sa sœur et livre Marianne à elle-même. Marianne se rend à l'église. Hasard ou nécessité – n'est-elle pas femme, donc portée à séduire ? –, elle y retient l'attention d'un jeune homme, avant d'être victime d'un accident (hasard ?) en sortant.

Le hasard cède la place à une suite de retournements de situation. Ainsi, quand un épisode semble apparemment devoir aboutir à un dénouement heureux, des obstacles imprévus empêchent qu'il en soit ainsi. Le retournement peut se faire en sens inverse et faire qu'une situation désespérée cesse de l'être. Un prêtre confie Marianne à M. de Climal, dévot libertin. Marianne lui résiste. M. de Climal est surpris par Valville alors qu'il est aux pieds de la jeune fille. Double hasard. Le jeune homme se révèle être aussi le neveu du tartufe. Le retournement de situation mêle promesses de bonheur et nouvelles menaces. Marianne se réfugie dans un couvent : elle y attire la sympathie d'une grande dame qui se charge de sa pension. Hasard encore : celle-ci est la mère du jeune homme, autant amoureux de Marianne que Marianne l'est de lui. Séduite par la beauté et la vertu de l'orpheline, cette mère consent au mariage. Survient un nouveau retournement : Marianne part pour la campagne et elle est reconnue par Mme Dutour, son ancienne logeuse. Ses origines inconnues dressent contre elle tous les parents de Mme de Miran. Ils la font enlever de son couvent. La situation semble perdue sans un dernier coup de théâtre : Marianne est sauvée. Mais elle tombe malade (hasard à nouveau) et

Valville s'éprend d'une autre pensionnaire. Marianne
songe à entrer dans les ordres.

On l'a vu, l'histoire de Tervire obéit aux mêmes modes
de fonctionnement que celle de Marianne : la mort y joue
un grand rôle. Ainsi la mort du curé et de sa sœur, la grave
maladie et la mort de M. de Climal, celles du grand-père et
du père de Tervire, de Mme de Tresle, du fils de Mme Dursan... scandent les deux récits. Les retournements de situation y sont nombreux : sentiments du grand-père de Tervire,
de sa mère, de Mme Dursan, de Brunon. Les rencontres
et les retrouvailles sont, elles aussi, fréquentes, avec le
jeune Dursan, avec sa grand-mère, de Tervire avec sa mère,
de Valville avec son oncle... Sur le strict plan des péripéties,
La Vie de Marianne présente donc une profonde unité.

Le lecteur moderne est surpris par ces hasards et ces
coups de théâtre. Ils lui paraissent arbitraires si l'on ne
tient pas compte des réalités sociales et des codes esthétiques du temps. Le voyage en carrosse est une réalité et
un thème romanesque. Il implique cohabitation et
échange, et devient, de fait, un des éléments habituels de
la trame romanesque.

Ces remarques valent aussi pour ce qui a trait à
l'Église. Celle-ci assure l'éducation des jeunes filles de
bonne famille ; la présence aux offices est un simple acte
mondain ; le prêtre ou le confesseur jouent le rôle de
conseils. Ces lieux, ces personnages qui marquent de leurs
interventions le parcours des héroïnes sont le reflet d'un
monde qui nous est devenu étranger. De fait, Marianne ne
peut désobéir à son confesseur comme le fait Mlle Habert,
femme mûre et amoureuse de Jacob (*Le Paysan parvenu*).
Le personnage du dévot amoureux est très présent dans
la littérature des XVIIᵉ et XVIIIᵉ siècles du *Tartuffe* au *Pied
de Fanchette* de Rétif de la Bretonne. Dans *La Vie de
Marianne*, la présence de l'Église, de ses ministres, de ses
institutions, tire son importance de la réalité du siècle.
Elle joue donc naturellement un rôle essentiel dans le
récit.

La noblesse représente le milieu dominant du roman de Marivaux. La famille de Valville est noble. C'est au nom de cette appartenance que certains de ses membres refusent toute mésalliance. Si ces nobles parisiens ont de la fortune, en province ils vivent chichement. D'où l'importance que revêtent les héritages et la tentation d'en spolier les moins avertis. L'argent attendu fait agir tous les personnages : le curé et sa sœur, Marianne, qui accepte les cadeaux du dévot, la Dutour, les parents avides de Tervire... Il existe pourtant des exceptions, comme les Villot, Mme de Miran ou Tervire qui prête de l'argent à une voyageuse. La dureté, la sécheresse de cœur ne sont l'apanage d'aucune classe.

La possession de l'argent change les êtres : ayant hérité la fortune de sa belle-mère, l'épouse du fils de Mme Dursan se révèle âpre au gain. Un héritage dont il se croit dépossédé conduit le neveu du baron de Sercour à commettre une infamie. Mais, à l'opposé, Tervire et Marianne sont prêtes à renoncer à un don dont elles ont bénéficié. *La Vie de Marianne* illustre les divers rapports que les êtres humains entretiennent avec l'argent. Parce qu'elle est coquette, Marianne lui est attachée. Mme Dutour est successivement intéressée et généreuse, selon qu'elle laisse parler son goût du lucre ou son cœur.

Cette diversité morale des individus relève du réalisme de Marivaux. Il faut peindre le monde tel qu'il est. Marivaux croit, sauf exception, à l'ambiguïté des caractères et des positions morales. Marianne elle-même n'échappe pas à cette loi : elle sait feindre d'ignorer ses principes quand cela lui convient. Les trois dernières parties donnent de Tervire une image moins complexe, plus transparente et plus homogène.

LE PEUPLE DES PETITES GENS

Quand l'occasion s'en présente, Marivaux peint les petites gens. À travers Mme Dutour, tout un monde est révélé au lecteur. Mme Dutour est veuve, elle n'a pas plus de trente ans et se présente comme « une grosse réjouie » (p. 85). Vivent avec elle celui que Marivaux appelle « son domestique », « un petit garçon de six ou sept ans », son fils, une servante et Mlle Toinon, sa « fille de boutique ». Mme Dutour a quelque chose de grossier, et il est difficile de savoir si elle agit par générosité, charité ou goût du spectacle. Ce milieu de la petite bourgeoisie parisienne se révèle en général mesquin.

Mme Dutour a l'émotion facile, mais elle est maladroite et blesse souvent Marianne. Elle a du mal à résister à la générosité intéressée de M. de Climal, même si tout laisse deviner qu'elle soupçonne ses desseins. La colère que manifeste Marianne à se sentir si étrangère à ce milieu de boutiquiers effraie Mme Dutour. Regrette-t-elle sincèrement ses paroles ou craint-elle de perdre sa pensionnaire ? Ici encore l'ambiguïté de son comportement rend le personnage plus vrai. La « doctrine » qu'elle prône à Marianne : accepter tous les cadeaux sans jamais rien donner, illustre son peu de bon sens. Elle est plus guidée par son caractère (« la bonne femme était gourmande et intéressée » [p. 104]) que par son prétendu sens de l'honneur.

Par ses ambiguïtés et ses écarts, Mme Dutour ne diffère guère fondamentalement de nobles comme Varthon ou Valville quand ils trompent Marianne. Ce qui fait de Mme Dutour un personnage vraiment à part, c'est essentiellement son langage, qu'illustre la scène avec le cocher (p. 153 et suiv.). Il y a de part et d'autre assaut d'agressivité et de verve. Au-delà de la colère, la joute verbale devient une sorte de jeu de rôle. On se querelle parce qu'on veut défendre son bon droit, mais aussi parce qu'il y a un public populaire à l'affût des émotions. Certains critiques trouvèrent dans ce passage de l'indécence, là où nous serions tentés de voir un témoignage sur le parler populaire. Tout se passe comme si, pour les petites gens, l'échange verbal représentait l'équivalent d'un duel. Il n'y a là rien de parodique, même si le cocher tente d'utiliser l'aune de la boutique comme une arme. Cette querelle, digne de certaines scènes burlesques du *Roman comique* de Scarron, révèle non un caractère mais une culture que les nouvelles sociabilités ont rejetée.

La Vie de Marianne n'accorde guère d'attention à la domesticité, dont la présence signifie pourtant l'importance de ceux qu'elle sert. Femme de chambre, cocher, suisse sont comme des ombres. Ils participent très peu à l'action. Rares sont ceux qui font preuve d'une fidélité exemplaire comme les Villot. À l'opposé, il en est dont on achète la trahison ou le faux témoignage. En général, les domestiques n'inspirent que méfiance. « Car ces gens-là sont plus moqueurs que d'autres ; c'est le régal de leur bassesse, que de mépriser ce qu'ils ont respecté par méprise... » note sèchement Marianne à propos d'un domestique de Valville (p. 152-153).

LES ÉLÉMENTS BIOGRAPHIQUES

Si nombre d'éléments de *La Vie de Marianne* doivent beaucoup aux articles de presse de Marivaux ou à son théâtre, d'autres transposent dans le roman des portraits qu'il dresse en hommage à des hommes et des femmes qu'il a connus et appréciés. Ainsi les portraits de Mme de Miran et de Mme Dorsin sont très largement inspirés par Mme de Lambert (1647-1733) et par Mme de Tencin (1682-1749).

Le roman-mémoires pratique le portrait et lui sacrifie l'action. Ce n'est pas un hasard si ces deux figures féminines prennent place lors d'un séjour de Marianne au couvent et avant qu'apparaisse une suite importante de coups de théâtre. Pour Mme de Lambert (Mme de Miran), une autre raison a joué : elle décède en juillet 1733, c'est-à-dire moins de trois ans avant la publication de la quatrième partie de *La Vie de Marianne*. Elle avait été une protectrice et une amie pour Marivaux, qui fréquentait son salon. Quant à Mme de Tencin (Mme Dorsin), elle hérita à la mort de Mme de Lambert des habitués de son salon, dont, bien évidemment, Marivaux.

Les portraits de Mme de Miran et de Mme Dorsin ne sont pas biographiques. Pour la première, il est essentiellement moral : plus que l'esprit, c'est la bonté de Mme de Lambert dont on fait l'éloge. Pour Mme Dorsin, il est en actes. Mme de Miran et Marianne se rendent chez elle pour un déjeuner, elles y trouveront des « gens extrêmement sensés et de beaucoup d'esprit » (p. 277). Et ce sont ces invités que décrit d'abord Marianne. Le portrait de Mme Dorsin vient ensuite : d'abord sa beauté, et plus encore la vivacité de sa physionomie et son naturel joints à une totale absence de coquetterie.

Ces portraits sont techniquement différents. Mme de Lambert est saisie hors de son salon, selon un ordre imposé par le genre même : portrait physique puis moral, le tout tendant à l'éloge. Pour Mme de Tencin, c'est d'abord sa compagnie de gens d'esprit qui est décrite. Son portrait obéissant lui aussi aux règles du genre vient ensuite avec un trait dominant : l'absence de coquetterie. Le lecteur est conduit à s'interroger : faut-il préférer une vertu négative ou cette bonté sans limites attribuée à Mme de Miran ?

S'agissant du ministre, on a avancé l'hypothèse que celui devant lequel Marianne est conduite était le cardinal Fleury, qui avait accédé à sa fonction en 1726. S'il est vrai que certaines expressions rappellent l'éloge que Marivaux avait prononcé à l'Académie en 1744, on peut pourtant s'interroger sur la pertinence du rapprochement.

La Vie de Marianne *et son temps*

LA RECHERCHE DE LA MÈRE

Pour la société à laquelle elle se sent destinée, Marianne n'est rien puisqu'elle ne peut se réclamer d'une lignée. Elle peut même passer pour une aventurière. Tout au plus, orpheline sans fortune, est-elle digne d'épouser un commis des bureaux du ministre, de loger chez Mme Dutour ou de finir religieuse dans un couvent. Sans connaître ses origines, Marianne s'est choisie descendante d'une grande famille. Elle n'en a aucune preuve. Elle est Marianne sans nom.

Même si le texte ne dit rien de précis de son enfance, Marianne a dû bien souvent rêver de sa mère disparue. Car c'est de la mère qu'il s'agit et non des parents. Pourtant, dans le système nobiliaire, la transmission se fait par les mâles. Ce qui signifie que la perte dont souffre Marianne est plus affective que sociale. Si Marianne est en quête d'un nom, nul doute que ce soit surtout la tendresse d'une mère qu'elle recherche. Une mère, mais pas n'importe laquelle, ni la Dutour ni même la sœur du curé, pourtant généreuse et aimante.

C'est Mme de Miran qui va remplacer le plus parfaitement cette mère disparue. Marianne le décide. La mère de Valville l'accepte. Toute une série de détails le prouve : le portrait de Mme de Miran qui ornera l'appartement que Marianne occupera dans son hôtel, la protection immédiate accordée, l'acceptation vite donnée au mariage, le chagrin qu'éprouve Marianne lors de son enlèvement de ne plus voir sa chère mère. Par ce mariage inavouable, Mme de Miran rachète l'inconduite de M. de Climal. Marianne retrouve-t-elle après son enlèvement celle qu'elle appelle sa mère qu'elle confesse qu'elle a plus craint de la perdre, elle, que de perdre son fiancé.

Cette lumineuse clarté de la figure maternelle ne va pas sans zones d'ombre. Marivaux a su souligner la diversité des comportements maternels. Mme de Miran aimerait plus cette fille qui l'a conquise que son propre fils. La mère de Tervire, devenue veuve, a abandonné sa fille. Les retrouvailles à Paris effacent ce passé. Sans doute parce que Tervire joue auprès de sa mère, que son fils rejette, le rôle que cette même mère n'a pas joué avec elle.

Si Mme de Miran demeure largement étrangère aux préjugés de son milieu, il n'en est pas de même de Mme Dursan, qui renie son fils pour son mariage d'amour hors de son milieu. Néanmoins, les fautes des mères connaissent leur rédemption. Pas une d'entre elles qui ne finisse par retrouver l'amour de ceux qu'elles ont pourtant autrefois rejetés.

L'IMPORTANCE DE LA FAMILLE

Dans *La Vie de Marianne*, la famille est essentielle. La façon dont elle est décrite illustre les changements qu'elle a alors connus. Il n'est plus guère question de la famille élargie. Les familles dans *La Vie de Marianne* sont décimées. Pas de maris, sauf dans les familles en voie de constitution. Les mères sont des veuves sans mémoire. Les maris qui apparaissent au cours du récit disparaissent vite. L'homme semble n'être qu'un géniteur. C'est lui pourtant qui transmet le titre et le nom. C'est ce qui explique le rôle que jouent les fils et pourquoi leur mésalliance bouleverse l'ordre des familles. Les familles nobles sont ici réduites à un ou deux enfants qui vivent avec leurs parents. Seul le mariage donne aux enfants leur indépendance. Avec des nuances : Valville vit encore chez sa mère qui se propose d'installer Marianne dans un appartement de son hôtel.

La famille est un lieu de conflits. L'héritage divise les frères et sœurs, provoque des spoliations. Tervire est dépouillée par ses tantes, elle renonce à la succession de Mme Dursan. Oubliant les principes d'honneur, les héritiers se montrent égoïstes, cruels et lâches. Si le mariage et la mort sont pour la famille de grandes affaires, c'est en raison des appétits et des peurs qu'ils révèlent.

Valville et M. de Climal ne sont ni intéressés ni avides. Leur perversité et leur trahison ne relèvent pas de tels enjeux. Amoureux de Marianne, Valville pas un instant ne considère ses origines comme un obstacle. Quand il tombe amoureux de Mlle Varthon, ce n'est pas parce qu'elle appartient à l'aristocratie. Un certain goût pour le libertinage ne constitue pas, non plus, l'explication la plus convaincante de son revirement. On retiendra que les rencontres avec Marianne et celles avec Varthon sont semblables. Deux jeunes femmes en difficulté, un peu comme si, désarmées, elles lui offraient l'occasion de donner une image différente de lui-même.

UNE SOCIÉTÉ DE FEMMES

La société dans *La Vie de Marianne* est essentiellement féminine. Elle semble même ne pas garder une réelle mémoire des hommes qui l'ont traversée. Si l'on excepte le grand-père paternel de Tervire, les enfants manquent de modèle masculin. Une femme donc raconte à une autre femme un récit de vie de femme et, pour le raconter à sa correspondante, elle écoute un autre récit de vie de femme. Histoire et récit se rejoignent dans la féminité.

Pourtant, l'amour joue un rôle important dans l'existence de Marianne. Avec la mort de ses parents, l'histoire d'amour avec Valville constitue un fil directeur. Tout commence par un échange de regards à l'église. En quelques heures ces jeunes gens s'aiment. Marianne est surprise par ce sentiment qui la possède. Dès son entrée dans l'église, elle fait pourtant preuve d'une connaissance intuitive des hommes et du monde. Elle regarde pour être à son tour regardée. « Voilà donc mes coquettes qui me regardent à leur tour [...]. À l'égard des hommes, ils me demeurèrent constamment attachés [...]. De temps en temps, pour les tenir en haleine, je les régalais d'une petite découverte sur mes charmes [...] » (p. 119-120). Ce manège dure jusqu'au moment où « il y en eut un que je distinguai moi-même, et sur qui mes yeux tombaient plus volontiers que sur les autres [...] j'oubliais à lui plaire, et ne songeais qu'à le regarder » (p. 122).

À travers le récit de Marianne, qui mêle ingénuité et

profonde connaissance du cœur humain, le lecteur assiste
à la mise en œuvre de la coquetterie et à la naissance de
l'amour. Quand Valville se porte au secours de Marianne
que son carrosse a renversée, la jeune fille ressent « un
mélange de trouble, de plaisir et de peur » (p. 124). Pour
cette très jeune fille, que rien n'a préparée ni au mariage
ni à la force du désir, cette peur est légitime. À preuve
les épisodes suivants avec M. de Climal, où elle devine
sans les comprendre les intentions du dévot. Marianne
montre que les jeunes filles apprennent vite. Avec le
dévot, dont elle craint les projets, elle joue les ingénues
ignorantes. Et pourtant, depuis l'attention portée par Valville à sa jambe et à son pied, Marianne ne peut ignorer
le pouvoir de son corps et de sa beauté. La brutalité insinuante de M. de Climal accélère l'apprentissage. La
rapide conquête de Valville éloigne Marianne de toute
coquetterie. Un peu comme si, le but étant atteint, avec
une promesse de mariage acquise et une mère de substitu-
tion trouvée, la coquetterie n'était plus de mise.

Marianne, abandonnée par Valville, supporte cette trahison avec dignité. Ce qui ne l'empêche pas d'exprimer
toute son amertume à Valville et à Varthon. Un peu comme
si elle en venait à considérer que Valville, devenu volage,
était indigne d'elle. Si Tervire, quand nécessité faisait loi,
a eu un moment la faiblesse d'accepter d'épouser le baron
de Sercour, elle adopte cette loi des généreux en aidant à
ses dépens la famille de Mme Dursan et en rappelant à la
femme de son demi-frère, avec fermeté, ce qu'on se doit.

Ces femmes prennent leurs modèles chez d'autres
femmes : Mme de Miran pour Marianne, Mme Dursan
pardonnant à son fils pour Tervire. Pourtant seules, elles
sont capables de braver l'opinion après s'y être ralliées et
de dépasser les impératifs de la voix du sang. Mme de
Miran approuve le projet de mariage de son fils, puis préfère, à un fils qui trahit sa parole, la fiancée abandonnée.

Sans doute toutes les femmes qui apparaissent dans
La Vie de Marianne, fussent-elles nobles, ne sont-elles

pas de cette trempe. Nombreuses sont celles qui, entichées de leur nom et de leur lignée, en défendent indignement l'intégrité supposée. Là encore, Marivaux se garde de généraliser et de proposer une vision monolithique de ce monde féminin dont il tente de rendre le mystère et la complexité.

La Vie de Marianne *comme roman d'analyse*

LE ROMAN D'ANALYSE AU XVIIIe SIÈCLE

La variété de la production romanesque du XVIIIe siècle a fait oublier son apport au roman d'analyse. Dans une tradition qui va de *La Princesse de Clèves* à Jacques Chardonne, on néglige un peu trop, à l'exception peut-être de *La Nouvelle Héloïse*, l'apport du XVIIIe siècle à ce genre. Dans cette optique, le roman-mémoires offre une approche du roman d'analyse originale parce que fondée, comme dans l'autobiographie, sur un effort pour comprendre les motivations réelles des actes que le héros se remémore. Dans *La Vie de Marianne*, Marivaux a accentué ce trait en prêtant à son héroïne un goût particulier pour les réflexions morales, fussent-elles longues et fréquentes.

Marianne a cinquante ans quand elle rédige le récit d'événements datant des années 1640. La chronologie ici permet le recul et légitime une mise en question des sentiments alors éprouvés. Le temps écoulé favorise le soupçon. Son passé est reconstruit par Marianne avec la conscience qu'elle en avait, à laquelle s'ajoute une lucidité due à l'âge, à l'expérience accumulée. Le texte ne s'organise pas selon un va-et-vient entre le passé raconté et le présent de l'écriture, mais procède par une superposition, ironique et amusée, de deux regards. Marianne, devenue quinquagénaire et comtesse, porte sur la jeune fille qu'elle a été un regard attendri et moqueur.

Dans *La Vie de Marianne*, le temps ne cesse de s'étirer, de rythmer plus les pensées et les réflexions de Marianne que ses nombreuses aventures. Il y a un effet de brouillage qu'accentuent les résumés de sa vie qu'elle est tenue de faire. Marianne analyste est donc un personnage double, quelque peu différent en cela de Tervire dont l'éloignement d'avec son passé ne revêt pas la même importance.

MARIANNE ANALYSTE DE SOI

Seul l'épisode de l'assassinat de ses parents n'appartient pas à la mémoire de Marianne. Elle se décrit de l'extérieur comme le ferait un témoin. Une enfant qui poussait « des cris épouvantables, à demi étouffée sous le corps d'une femme qui avait été blessée » (p. 60-61). Tout ce récit de l'attaque relève du récit rapporté.

Pour sa petite enfance, qui coïncide alors avec ce qu'elle vit, Marianne n'éprouve aucun recul. Les décisions sont prises par les autres, même si Marianne commence « à être raisonnable » (p. 66). Le discours que lui tient la sœur du curé sur son avenir ne provoque chez elle que des larmes d'émotion. Les conseils que donne le curé à Marianne ne semblent pas dignes d'être rapportés : il ne s'agit que de « minuties » (p. 67).

Le premier choc éprouvé par Marianne lui vient de sa rencontre avec la ville. Peu à peu, elle sent des « mouvements » (p. 68), c'est-à-dire des impressions et des sentiments. Elle note même qu'il existait « une douce sympathie entre [son] imagination et les objets » (p. 68) qu'elle voyait pour conclure : « Voyez si ce n'était pas là un vrai instinct de femme [...] » (p. 69).

À l'annonce de la maladie du curé, la jeune fille éprouve de la tristesse, sans pouvoir analyser véritablement sa douleur. Il y a donc une maturité à attendre et une suite d'expériences à vivre pour que se forme l'esprit d'analyse. La mort de sa protectrice lui donne conscience de la réalité de sa situation. « Enfin me voilà seule, et sans autre guide qu'une expérience de quinze ans et demi, plus ou moins » (p. 75).

Lors de la première rencontre avec M. de Climal, malgré son malheur et son dénuement, Marianne fait montre d'une sorte de fierté qui lui interdit d'être domestique. Elle en profite pour analyser en termes très généraux les maladresses humiliantes qui accompagnent souvent la charité que l'on prodigue aux nécessiteux. Rien ne permet de décider d'entrée si ce jugement est de Marianne ou de la comtesse. Car si le recul temporel est ici essentiel, le sentiment aristocratique inné de la narratrice est une réalité.

Dans le dialogue avec M. de Climal, Marianne fait preuve d'une lucidité inattendue : « [...] j'étais étonnée des choses dont il m'entretenait [...] » (p. 83). Cette impression d'étrangeté est une première étape vers la sûreté du jugement. Encore qu'on puisse se demander d'où lui vient un tel savoir qui lui permet de saisir des nuances aussi ténues. Les premiers rapports avec le dévot montrent que si Marianne se trompe sur le sens de sa tendresse, elle n'en cherche pas moins à essayer d'en comprendre la singularité. La jeune fille éprouve une crainte innée face à cet homme trop attentionné. Son analyse, même fausse, illustre sa grande habileté spéculative. Il faut que M. de Climal se montre plus pressant (« je vis dans ses yeux quelque chose de si ardent » [p. 91]) pour que Marianne comprenne ses intentions. Ce qui n'était qu'étrange devient suspect. Il y a une actualisation complexe de tout ce qui relevait d'une expérience surtout livresque. « Il se pourrait bien faire que cet homme-là m'aimât comme un amant aime une maîtresse ; car enfin [...], j'avais même déjà lu quelques romans à la dérobée [...] » (p. 91).

C'est là une espèce de nouvelle naissance de Marianne à sa féminité. Elle cherche à confirmer ses intuitions. Que veut M. de Climal ? L'achat de lingerie la met au fait de la nature de ses sentiments. Ayant perçu le désir de

l'autre, elle découvre du même coup qu'elle a un corps.
Cette découverte conduit à s'interroger sur soi, sur la
conduite à tenir avec un homme représenté ici comme un
prédateur, mais aussi sur les femmes, comme le prouvent
les commentaires de Marianne lors de sa querelle avec
Mme Dutour.

L'ANALYSE DE LA CONSCIENCE DE SOI ET DU MONDE

Marianne à l'église se sait jolie, désirable, sans savoir
peut-être ce que cela signifie. Elle veut être vue et plaire,
entrer naturellement en compétition avec les autres
femmes présentes. Selon son expression, pour la première
fois Marianne va « jouir un peu du mérite de [sa] petite
figure » (p. 118). Un peu comme si ce rituel de la coquetterie était aussi une prise de possession de soi : les yeux,
la main, la coiffe. Puis un homme que l'on préfère observer plutôt que d'être regardée. En quelques instants
Marianne a parcouru le large éventail de la parade amoureuse. Séduire et être séduite, et la découverte, après l'accident, du langage des yeux, de sentiments nouveaux dont
la conscience est encore imprécise.

Avec le tête-à-tête avec Valville, en très peu de temps,
Marianne devient une experte en amour. Elle en vient à
anticiper les réactions du jeune homme, à les gérer selon
ses intérêts. Par la révélation des intentions réelles de
M. de Climal, par la scène entre Mme Dutour et le cocher
de fiacre, plus directement que par la mort des personnes
qui lui sont chères, Marianne prend conscience de la brutalité du monde et de sa propre singularité qui la fait se
sentir comme déplacée.

La traversée de Paris, le fracas des rues la font rentrer
en elle-même. Une telle prise de conscience est moins
une vision critique du monde social que la découverte
confirmée de sa différence et d'une totale impossibilité à
trouver « sa place et son asile » (p. 199). Elle passe de la
scène conquérante de l'église à la conscience de la vanité

de son amour pour Valville. Le sentiment de l'étrangeté ordonnée du monde urbain, de la violence brutale qu'elle engendre n'est jusqu'ici qu'une façon de mettre en question la conscience triomphante de soi.

MAUVAISE FOI ET DÉMYSTIFICATION. LE PRIX DE LA LUCIDITÉ

Avant qu'elle prenne conscience de son charme, Marianne ne cherche pas vraiment à comprendre ce qui la fait agir. Les premières craintes qu'elle éprouve face à M. de Climal n'entraînent aucune conséquence au-delà des soupçons légitimes. Face aux cadeaux du dévot, elle reste lucide : « [...] en prenant ce qu'il me donnait, moi je rendais ses espérances assez bien fondées » (p. 94). Cette lucidité ne résiste pas au désir du luxe. Marianne ne réfléchit aux décisions à prendre « que pour perdre du temps » (p. 94), et elle finit par ne plus percevoir les évidences elles-mêmes. Elle se cherche de bonnes raisons de ne pas rompre avec le dévot. De son manque de vêtements, du fait que Climal ne lui a rien dit clairement, elle déduit qu'elle ne sera complice de rien tant qu'il ne s'expliquera pas. Sa mauvaise foi est éclatante quand elle feint « de ne rien comprendre [à ses] petits discours » (p. 95).

Les commentaires de Mme Dutour lui font prendre conscience de sa mauvaise foi. Sa lucidité s'arrête là : Marianne ne peut accepter les critiques. « Mon raisonnement était sans doute une erreur, mais non pas un crime [...] » (p. 101). Elle refuse sa responsabilité en laissant éclater sa colère. Tout s'achève par des pleurs. Mme Dutour retrouve sa philosophie pragmatique et conseille à Marianne d'accepter les cadeaux sans rien donner. Ce cynisme choque Marianne qui juge que « la doctrine en est un peu périlleuse » (p. 103). C'est pourtant cette doctrine qu'elle vient de faire sienne.

Cette mauvaise foi, ces compromissions, cet abandon à la coquetterie, son pouvoir de séduire produisent en elle

une ivresse à laquelle met fin la découverte de son amour
pour Valville. L'analyse change d'objet. La conscience
s'attache à la honte d'avoir à rougir de Mme Dutour et
de sa boutique. L'amour qu'éprouve Marianne l'éloigne
de la mauvaise foi et des mensonges. Le baiser dont Valville s'excuse pour l'embrasser à nouveau semble à
Marianne la chose la plus naturelle du monde. Elle
n'éprouve pas le besoin de se mentir pour rendre légitime
le plaisir éprouvé. L'amour semble rendre alors toute analyse impossible. La mauvaise foi réapparaît quand renaît
le débat entre le monde du préjugé qui risque de l'éloigner
du beau jeune homme et l'obligation de dire la vérité.

   Pour se rendre chez le prêtre qui l'a confiée à la générosité de M. de Climal, Marianne revêt la robe offerte par
le dévot en prétextant qu'elle a besoin de cette preuve
pour convaincre de son infamie. Craignant de se compromettre, le père Saint-Vincent l'abandonne à son sort. Elle
finit par trouver refuge dans un couvent où elle se livre à
son chagrin. C'est là que se situe la rencontre avec
Mme de Miran. Ayant découvert que Marianne est la
femme aimée par Valville, celle-ci lui demande de persuader le jeune homme de renoncer à elle. C'est, sans
aucun doute, le prix à payer pour être reconnue par
Mme de Miran pour ce qu'elle prétend être. C'est une
nouvelle naissance. Marianne efface ainsi ses origines
incertaines pour appartenir à l'aristocratie des généreux.

   Lors de l'entrevue avec Valville, Marianne développe
un seul argument : serait-elle digne d'être aimée si, en
consentant à l'épouser, elle le condamnait à être blâmé
par le public ? Par cette vertu dont elle fait preuve,
Marianne, sans l'avoir apparemment voulu, retourne la
situation. Mme de Miran autorise alors cet amour de son
fils, et même son mariage.

   Aimée de Valville, ayant trouvé une mère en Mme de
Miran, rassurée sur son passé et son avenir, Marianne se
métamorphose. Installée dans ses certitudes, elle regarde
avec moins de méfiance le monde, au point de ne pas se

rendre compte du piège que la famille de Mme de Miran lui tend. Elle fait preuve d'une confiance exagérée en son amour, qui l'empêchera de percevoir l'évolution des sentiments de Valville.

Marianne demeure alors comme aveugle aux messages du monde. Les signes évidents de la trahison de Valville n'attirent que trop tard son attention. Si elle finit par découvrir la vérité, elle ne tente pas de reconquérir l'infidèle. Elle se résigne et n'éprouve pas le désir de comprendre les raisons qui ont poussé celui qui l'aimait au point de compromettre sa réputation à lui être infidèle. La seule explication avancée l'est par la comtesse : l'inconstance fait partie de la nature humaine et seuls les romans racontent des amours éternelles.

Après la découverte de la trahison de Valville, Marianne est devenue étrangère à tout effort d'analyse. Elle est vaincue et n'ose affronter le jeune homme ni confesser ce qu'elle sait de sa trahison à sa mère. Sa seule lucidité s'attache alors à détailler les habiletés vestimentaires de Varthon et à constater combien sa maladie lui a fait perdre de ses charmes. Faute de pratiquer la coquetterie, elle l'observe scrupuleusement chez les autres. Elle conserve pourtant assez d'énergie et de respect de soi pour s'expliquer avec Valville lui-même, prendre la mesure de son hypocrisie et de ses mensonges et faire preuve de générosité (« Ma générosité le terrassa » [p. 489]).

LES RÉFLEXIONS MORALES

Dès la première partie de *La Vie de Marianne*, il existe un élargissement des passages d'analyse à une suite de réflexions morales. Marianne analyse ses attitudes et ses motivations et le récit en tire ensuite une sorte de généralisation. Au début du roman, une telle généralisation semble strictement le fait de la comtesse qui, avec le recul, tire la philosophie de ses intuitions. Femme mûre et d'expérience, elle revendique elle-même ces digressions. Rien pourtant n'indique formellement que ces réflexions ne sont pas contemporaines des péripéties qu'elles accompagnent. Pourtant, l'expérience du monde qu'elles supposent montre qu'elles ne peuvent être le fait d'une jeune fille encore naïve.

La majorité de ces réflexions portent sur le caractère des femmes, sur leurs défauts (essentiellement la coquetterie). À partir d'un événement narratif (la présence de femmes disposées à séduire dans l'église, le coup de foudre amoureux), et des sentiments qui l'accompagnent se construit la généralisation. La réflexion est morale car elle possède une portée anthropologique en même temps qu'elle implique un jugement. Elle participe souvent, à la façon des *Maximes* de La Rochefoucauld, d'une entreprise de démystification : la vertu souvent cache un orgueil, un amour de soi qui bien évidemment la contredisent.

L'emploi du « nous », très fréquent dans ces réflexions, montre, évitant en cela la forme de la maxime, que la réflexion concerne toutes les femmes, et réclame l'approbation de la correspondante. Il s'agit d'inciter la lectrice supposée à reconnaître, à travers ce qui est énoncé et sa propre expérience, une vérité que le récit illustre. Par sa fonction de dépassement de l'anecdotique, la réflexion morale transforme le roman et lui confère une importance que ses critiques lui dénient. Le recours à la forme gnomique (celle du proverbe, de la sentence ou de la maxime) est rare dans ces réflexions. Sans doute parce qu'il faut maintenir la fiction d'une femme qui raconte sa vie sans être ni écrivain ni philosophe. D'où le recours au « nous » ou au « je » comme dans la quatrième partie : « Je soutiens qu'une femme qui choque la pudeur perd tout le mérite des grâces qu'elle a : on ne les distingue plus à travers la grossièreté des moyens qu'elle emploie pour plaire ; elle ne va plus au cœur, [...] elle débauche [...] » (p. 275), qui insiste plus sur l'énonciatrice que sur la lectrice dont on sollicite l'adhésion. Ce « je » commandant un verbe d'engagement et d'affirmation (souvent « je soutiens ») cède la place, comme dans le portrait de Mme Dorsin, à des formulations généralisantes, dans lesquelles « on » remplace le pronom personnel. C'est dire que le sujet qui énonce cesse d'être présent dans le texte comme pour donner l'impression que la vérité, et elle seule, parle. Dans le portrait de Mme Dorsin on passe successivement du « nous », « supposons », au « je » d'abord (« je soutiens ») puis à des indéfinis de généralisation (« on », « la plupart des hommes ») pour en revenir, dans un prolongement de la réflexion, au « nous ». Le fait est d'autant plus intéressant qu'il s'agit d'une réflexion sur la générosité et la reconnaissance à lui témoigner.

Peut-on considérer que cet ensemble de réflexions morales possède une unité ? Sans aucun doute. Elle est censée venir du bon sens et de l'expérience de la vie que possède Marianne devenue femme. Elle traduit avant tout, semble-t-il, une volonté de dépasser les apparences et les conventions du monde pour en dénoncer l'hypocrisie. Il y a dans cette démarche quelque chose qui rejoint la démystification que pratique Marianne sur ses propres comportements. Sans aller jusqu'à prétendre que *La Vie de Marianne* constitue en fin de compte une entreprise pour mettre les cœurs et les actions à nu, elle illustre une volonté de rendre aux actions humaines toutes leurs ambiguïtés, leur profondeur et leur secret. Tervire, malgré une amertume qui lui vient de son enfance et de la vie conventuelle, semble moins complexe mais tout aussi lucide que Marianne. Si l'ambiguïté demeure dans le récit qu'elle donne de sa vie, elle tient moins aux réflexions qui l'accompagnent, moins nombreuses que dans l'histoire de Marianne, qu'au retournement des situations reprises de cette même histoire.

La Vie de Marianne, *œuvre ouverte*

On entend ici par « œuvre ouverte » une œuvre inachevée, et à laquelle on a prêté des suites. Mais aussi, selon
la définition qu'a donnée Umberto Eco, une œuvre dont
le sens n'est pas acquis et qui demeure ouverte à de multiples interprétations.

LES SUITES DE *LA VIE DE MARIANNE*

Si l'accueil fait au roman de Marivaux fut mitigé, la
plupart des romans-mémoires féminins dans le deuxième
tiers du XVIIIe siècle se rattachent à *La Vie de Marianne*
et s'inspirent de son écriture. Qui plus est, il y eut trois
tentatives pour lui donner une suite et fin. Ce phénomène
important allait contre le jugement de ceux qui l'avaient
trouvé peu digne d'être imité et lui déniaient le statut de
modèle alors que les gens de lettres, par leur pratique, le
lui reconnaissaient.

S'il y a contradiction, elle semble oublier les mœurs de
la librairie parisienne. Le roman à succès appelle l'usage
abusif de son titre pour d'innombrables variations. Ainsi
les *Lettres persanes* (1721) ont poussé à la publication
de *Lettres juives*, de *Lettres cabalistiques*, de *Lettres
anglaises*, de *Lettres chinoises*. Adopter ou adapter le titre
initial d'un livre qui a réussi semble un des moyens les
plus immédiats du monde de l'édition pour tenter de
gagner à nouveau les faveurs du public.

Au-delà de ces opérations de librairie, il existe des liens
entre les œuvres d'une époque, ainsi que le rappelle fort
pertinemment Annie Rivara (voir *Les Sœurs de Marianne...*
Bibliographie, p. 696), qui tente de leur appliquer les principes d'analyse de la « transtextualité ». C'est dire que la
mise en rapport de plus d'une trentaine de romans de la
même époque permet à la fois d'analyser, dans sa
complexité et son importance, la réception d'une œuvre,
son travail au sens que Claude Lefort (*Le Travail de
l'œuvre, Machiavel*, Gallimard, 1972) donne à son procès

de lecture, sans oublier qu'il est des appropriations immédiates, par le biais de réécritures, de suites, d'évocations plus distantes, de reprises thématiques, de démarquages d'épisodes narratifs, sortis alors de leur contexte...

On compte trois suites de *La Vie de Marianne*. La première visa à satisfaire des lecteurs impatients : elle parut à La Haye chez Gosse et Neaulme pour faire suite à la huitième partie. Ce texte anticipait sur le travail de Marivaux. La qualité de l'impression en était médiocre : le texte contenait des coquilles, des fautes de langue. Il n'avait d'autre ambition, semble-t-il, que de faire partir les invendus de la huitième partie.

La deuxième suite figurait dans l'édition faite « aux dépens de la Compagnie » qui rassemble les onze parties de *La Vie de Marianne*. Elle correspondait à une volonté de concurrencer une édition annoncée par Prault des onze premières parties, auxquelles on joignait un inédit destiné à faire croire que Marivaux avait enfin réussi à achever son œuvre.

La troisième suite est de Mme Riccoboni (1714-1792). En 1781, *La Bibliothèque des romans* publia un extrait de ce texte, dans lequel Mme Riccoboni expliquait qu'elle se serait proposé, comme une sorte de pari, d'« imiter le style de M. de Marivaux ». Des compléments ont été apportés à cette version dans l'édition Volland de 1786. Saint-Foix, intime de Marivaux, à la suite de l'échec de Crébillon fils qui n'était pas parvenu à imiter Marivaux dans *L'Écumoire ou Tanzaï et Néadarné* (1734), aurait lancé le défi. Mme Riccoboni l'aurait relevé et aurait réussi, à tel point qu'il aurait cru ces pages dérobées à Marivaux. Sous le titre « Contination de *La Vie de Marianne* », la suite de Mme Riccoboni est publiée dans *Le Monde comme il est* de Jean-François de Bastide (Amsterdam, 1760-1761). Malgré cette réussite, Mme Riccoboni se refusa à continuer. Elle qualifia en 1786 son texte de « plaisanterie de société ».

L'ŒUVRE INACHEVÉE

On s'interroge assez fréquemment sur cette volonté d'achever une œuvre que son auteur n'a pas conclue. Il y a d'abord les stratégies commerciales de la librairie : certaines œuvres demeurent inachevées, alors que la demande du public reste forte, pour connaître le destin des héros. L'éditeur suscite alors l'écriture d'une suite et fin qui lui permettra de vendre les volumes restant en stock. La démarche ne semble pas renvoyer à des considérations esthétiques. Mais, au-delà de ces préoccupations mercantiles, celles-ci ne sont réellement pas totalement absentes. Elles obligent à se demander ce qu'il faut entendre par une œuvre achevée et à quelle nécessité répond ce désir d'un texte fini.

Le lecteur de *La Vie de Marianne* connaît dès les premières pages ce qu'est devenue Marianne. Elle est comtesse. Mais ce qui demeure entier, c'est le comment de son destin. Comment a-t-elle fini la quête de ses parents, dont elle ne peut espérer un statut social plus en conformité avec sa conviction intime ? S'agit-il de retrouvailles inespérées, car une famille ne se réduit pas aux seuls parents directs ? S'est-elle mariée avec un comte ? A-t-elle épousé Valville revenu de ses infidélités ? Mais rien ne nous dit que celui-ci était comte. Enfin, il a été avancé parfois que *Le Paysan parvenu* était une œuvre inachevée car il restait à raconter ce qui était indicible dans la société d'Ancien Régime, divisée en ordres : le changement de statut. Cette hypothèse ne peut être mise en avant pour *La Vie de Marianne*. Rien n'empêche Marianne, fille adoptive de Mme de Miran, d'épouser un noble de robe ou d'épée.

Si *La Vie de Marianne* demeura inachevée, c'est qu'aucune de ces voies ne pouvait satisfaire Marivaux. Ni dans *Le Paysan parvenu* ni dans *La Vie de Marianne*, la réussite sociale ne semble l'avoir intéressé. Son propos est autre que de raconter une ascension hors normes. Ses

deux romans sont, avant la lettre, des romans d'apprentissage. Marianne fait l'expérience de sa féminité, du rejet
social, de l'amour et de l'abandon. Ce qui n'est pas rien.

On peut avancer une autre hypothèse, qui concerne le
travail de l'écrivain. Elle met en jeu la notion d'épuisement. Non pas de l'écrivain écrasé par les tâches que lui
imposerait son théâtre, mais des modes de récit qu'il
aurait mis en place et repris en les inversant dans l'histoire de Tervire. Cette histoire ne serait alors qu'un prétexte pour jouer autrement des possibles du récit. Cet
épuisement concernerait la narration et la signification à
donner aux épisodes successifs mais, au-delà, il n'épar-
gnerait pas non plus les réflexions morales de la comtesse
et de Marianne elle-même. Il est vrai que l'accession au
monde des généreux est commune aux deux héroïnes. Ce
qui semblait relever de l'exception avec Marianne se
trouve repris. S'il est donc une leçon à tirer de ces
reprises, de ces épisodes ou de ces péripéties, au-delà de
leur flexibilité, dont peut jouer à loisir l'écrivain, c'est
l'impossibilité sans arbitraire d'en tirer une leçon de portée générale. Pourquoi ne pas choisir, dès lors, de faire de
La Vie de Marianne un roman de l'ambiguïté ?

La Vie de Marianne, œuvre ouverte

Cette ambiguïté, trait le plus pertinent peut-être du
roman de Marivaux, explique la variété des questionne-
ments auxquels la critique l'a soumis. Une voix de femme
racontant son destin de femme dans une société mascu-
line, mais d'où les hommes sont absents, a retenu l'attention de la critique féministe. Elle n'a pas toujours tenu
compte de la complexité du texte. Et d'abord du décalage
souvent ironique entre la narratrice, femme mûre, socialement installée, et la jeune fille qu'elle a été. Ne faut-il
pas s'interroger sur cette société sans hommes ou presque,
qui ne compte qu'un vil séducteur, un fils infidèle, un
vieux militaire, un marquis ingrat... ? Qu'a voulu par là

signifier Marivaux ? Doit-on dans une lecture, fût-elle féministe, oublier que le roman n'est jamais un document, mais une fiction mêlant imaginaire et fragments empruntés au monde contemporain ?

Le lecteur est convaincu de lire un discours de femme. Cela tient évidemment à l'insistance à construire un discours de femme, mais aussi à la mise en rapport implicite du *Paysan parvenu* avec *La Vie de Marianne*. Jacob, le héros du *Paysan parvenu*, c'est une voix d'homme, facilement reconnaissable, et, par opposition, un discours nouveau, différent, tenu par une femme, qui passe beaucoup de temps à s'autoanalyser, se constitue. Dans *La Vie de Marianne*, la voix de femme tient à l'instance énonciative, à l'affirmation répétée d'une psychologie féminine, mise continuellement en actes, à l'attention à soi et à ses comportements, à une façon propre d'aimer.

Pourtant, l'ambiguïté domine. Tout demeure complexe. Ainsi, la présence du religieux, nécessaire narrativement, semble mise à distance par le récit lui-même. Si l'Église n'est pas dénoncée dans *La Vie de Marianne*, comme on sait le faire, avec ironie et parfois violence, au XVIIIe siècle, rien ne traduit une sympathie particulière pour ses institutions et ses ministres. Marivaux ne semble pas attacher une réelle importance à la croyance. Le recours à l'Église produit le plus souvent des effets opposés à ceux que l'on était en droit d'attendre. On objectera le dévouement du curé de village, effectivement vertueux et sage. Mais reconnaissons que l'Église mondaine ne présente pas les mêmes qualités. Le père Saint-Vincent, naïf ou trop compromis avec ses protecteurs pour admettre la vérité, n'ose pas condamner le comportement de M. de Climal.

Les fidèles eux-mêmes ne semblent guère concernés par la pratique religieuse. La description du service religieux est significative de leur indifférence. S'agit-il des vêpres ou de la messe ? Marianne n'en dit rien. Elle est trop absorbée, comme les autres, par les jeux de la coquetterie. Aucune des religieuses des divers couvents qu'elle fréquente ne semble avoir une véritable vocation. Et la jeune fille ne choisit le couvent que par résignation. Les supérieures sont plus préoccupées de leurs protecteurs et du monde que de la vie contemplative.

Dans son portrait de la vertueuse Mme de Miran, Marianne note : « Mme de Miran avait plus de vertus morales que de chrétiennes, respectait plus les exercices de sa religion qu'elle n'y satisfaisait [...] aimait plus Dieu qu'elle ne le craignait... » (p. 236). Mme de Miran est bien évidemment vertueuse et éloignée des préjugés de son milieu. Et pourtant, à peine a-t-elle appris que son fils est amoureux, qu'elle soupçonne une aventurière qui en veut à sa fortune et à sa réputation. Elle reconnaît, au premier entretien, les qualités de Marianne, ce qui ne l'empêche pas de lui demander de rompre avec son fils. Elle confesse à Marianne qu'elle serait ravie de cet « amour que vous ne méritez que trop [...] et dont je serais charmée moi-même, sans les usages et les maximes du monde, qui [...] ne me permettent pas d'y acquiescer » (p. 250). Pourtant, elle finira par accepter ce mariage, mais ce sera à la suite de pressions adverses qu'une femme de sa trempe ne peut accepter.

Alors que M. de Climal est très gravement malade, elle rappelle à son fils qu'il lui sera peut-être nécessaire de se marier secrètement puisque son frère sait qui est Marianne. « Tu es son héritier, mon fils, ajoute-t-elle, c'est à quoi il faut prendre garde » (p. 274). Le mariage rompu, cette rupture qui semblait constituer une gêne sociale et morale est bien vite oubliée. Les bons sentiments de Mme de Miran semblent être pour une large part l'acceptation d'une forme de politesse entre gens bien nés. Elle ne semble guère disposée à reprocher ses infidélités à son fils et ne fait rien pour l'éloigner de Mlle Varthon. Pour elle, l'infidélité des hommes relève de la nature des choses.

On objectera, à cette indifférence que cache la politesse des gens du monde, sa tendresse pour Marianne. N'est-elle pas une façon de satisfaire son désir d'une fille qu'elle n'a pas eue ? Sans oublier non plus l'habileté avec laquelle la jeune fille fait sa conquête en sachant l'émouvoir. La description par elle-même de son attitude dans la chapelle du couvent évoque une mise en scène pour attirer l'attention. Marianne se décrit comme si elle était dans la position de Mme de Miran, ce qui contredit son ignorance de son arrivée dans l'église. Marianne est censée ne pas être consciente d'une présence, mais elle confesse : « Je rougis, en la voyant, d'avoir été surprise dans mes lamentations ; et malgré la petite confusion que j'en avais, je remarquai pourtant qu'elle était contente de la physionomie que je lui montrais, et que mon affliction la touchait » (p. 212).

Marianne est une femme de discours plus que d'action. C'est par ses interventions qu'elle parvient à émouvoir ou à convaincre. Il n'est pas illégitime de considérer que l'histoire de Marianne, c'est aussi l'histoire d'une maîtrise conquise sur la parole. Si Marianne ne parvient pas à convaincre M. de Climal, Mme Dutour ou le père Saint-Vincent, sa parole lui assure la confiance de Mme de Miran et convainc le ministre. Elle joue, ou de la surenchère sur les thèses qu'on lui oppose, ou de la résignation, et provoque admiration, apitoiement ou émotion. Le ministre s'en trouve désarmé et Mme de Miran, qui peut-être soupçonne tout en l'admirant l'habileté de Marianne, lui confesse : « Quelle dangereuse petite fille tu es, Marianne [...] » (p. 267). Car Marianne, si elle agit peu, sait calculer ce qu'elle doit dire ou taire. « J'avais pourtant dit que j'allais être religieuse, confesse-t-elle, [...] mais comme Mme de Miran l'oubliait, je m'avisai tout d'un coup de réfléchir que je ne devais pas l'en faire ressouvenir » (p. 266).

On a donc un personnage complexe, calculateur, sachant user quand il le faut de son charme et même courir le risque de la sincérité. Avec le ministre, elle joue son va-tout et sort gagnante de l'épreuve. Mais on peut se demander pourquoi Marianne accepte si facilement l'infidélité de Valville. Quelle est la nature réelle de ses sentiments amoureux qui finissent, à leur tour, par paraître incertains ? Son attachement à Mme de Miran comble tous ses désirs, car il constitue une reconnaissance humaine, morale et sociale. C'était peut-être ce à quoi elle aspirait.

Il ne peut être question, à partir de *La Vie de Marianne*, d'analyser le rapport de Marivaux aux Lumières. Il est cependant possible de s'interroger sur la signification idéologique de *La Vie de Marianne*, à partir de la définition de la noblesse qui l'habite. On peut distinguer deux noblesses : l'une, liée au sang mais que n'accompagnent pas nécessairement la hauteur des sentiments et la pratique de la vertu, et l'autre qui légitimement la mérite par sa rectitude morale. Le récit de Tervire est peuplé de ces nobles qui n'ont de la noblesse que la morgue. L'avidité des uns, l'ingratitude et l'absence de sentiments filiaux des autres prouvent que la noblesse du sang est rarement unie à la hauteur morale.

On est tenté d'en déduire, trop vite sans doute, une condamnation de la noblesse telle que l'entend la société d'ordres. Il n'y aurait de noblesse que fondée sur le mérite et la vertu. C'est en ce sens qu'il faudrait donc interpréter la défense de Marianne confrontée à l'autorité. C'est cette conception de la noblesse qui expliquerait que Mme de Miran fasse d'elle sa fille. Ce serait totalement vrai si Marianne ne gagnait sa noblesse que par sa vertu. Mais peut-on oublier qu'elle est jolie, qu'elle utilise tout son charme, et use d'une grande habileté rhétorique à défendre sa cause ?

Ceux qui lui reconnaissent la noblesse du cœur ne partagent pas les préjugés traditionnels de la noblesse de sang. Pourtant, Mme de Miran elle-même croit d'abord devoir respecter les usages du monde. Le préjugé de la mésalliance est partagé par Mme Dursan, qui va jusqu'à renier son fils qui a épousé une fille à la « sagesse bien prouvée et bien exempte de reproche » (p. 574) mais dont une sœur a déshonoré la famille. Mais il arrive aussi que la tendresse filiale finisse par vaincre le préjugé. C'est le cas pour Mme Dursan et pour le grand-père de Tervire, mais il faut pour y parvenir que menace la mort.

Marianne elle-même, sans connaître réellement ses origines, se réclame pourtant de la noblesse dès ses premiers pas dans Paris. Elle se sent plus raffinée que les gens qui l'entourent. Plus que d'une distinction par la vertu, Marianne fonde son aristocratie sur la délicatesse de ses sentiments et sa beauté. La vertu ne joue aucun vrai rôle en l'affaire. Sous une apparente humilité, Marianne ne cesse d'éprouver le sentiment de sa supériorité. La honte qu'elle éprouve de devoir avouer à Valville qu'elle habite chez Mme Dutour illustre bien, à sa manière, ce décalage entre ce qu'elle croit devoir être socialement et ce qu'elle est réellement. Son mépris pour le mari que lui propose le ministre, le plat Villot, « petit homme sans conséquence » (p. 409), en est une autre preuve.

Lorsque Mme de Miran décide de la considérer comme sa fille, Marianne semble se réconcilier avec le monde. Elle est reçue dans les salons. On lui donne publiquement ce titre de Mademoiselle, réservé aux jeunes filles de la noblesse. Rendue à sa « mère », Marianne s'exclame « [...] voilà M. de Valville ; il m'est bien cher [...] ; mais il ne m'empêchera pas de vous dire que j'ai mille fois plus songé à vous qu'à lui. [...] » (p. 421).

Que veut faire entendre Marivaux à son lecteur ? Marianne n'a d'autre mérite que d'être orpheline, belle, fine observatrice et intelligente, décidée enfin à conserver son intégrité morale, ce qui ne va pas sans accepter les accommodements nécessaires. Le bagage est léger. Au XVIIIe siècle, les tenants d'une méritocratie naissante ne se contentaient pas de si peu.

Mais c'est peut-être une erreur de perspective que de rattacher *La Vie de Marianne* à ce débat des Lumières. L'enjeu du roman n'est sans doute pas là. Comme tous les grands romanciers, Marivaux tient à faire de ses personnages des êtres complexes, contradictoires même, à l'image du monde qui les entoure et d'une anthropologie naissante qui doit faire sa place à l'incompréhensible et au secret.

Jean M. GOULEMOT

Présentation

NOTE SUR L'ÉTABLISSEMENT DU TEXTE

Toute édition nouvelle d'un texte classique emprunte à celles qui l'ont précédée. Dans le cas présent, aux travaux de Frédéric Deloffre, de Michel Gilot, de Jean Dagen. Frédéric Deloffre a proposé le premier une édition qui corrige les fautes et approximations du texte établi par Duviquet en 1825-1830. Elle constitue de ce fait une référence indispensable. Nous avons choisi pour le présent texte l'édition des *Œuvres complètes* de Marivaux de 1781, établie par l'abbé de La Porte. Elle nous a paru plus rigoureuse, mieux ponctuée, et rendant plus vivants, nous semble-t-il, les mouvements dialogués du texte. Mais nous avons conservé les passages qu'elle avait choisi de supprimer.

Nous avons modernisé son orthographe (*ai* pour *oi* à l'imparfait ; *s* pour *sç* pour le verbe savoir ; *faisait* pour *fesoit* ; *et* pour *&* ; *faiblesse* pour *foiblesse* ; *nu* pour *nud* ; *apercevoir* pour *appercevoir* ; *longtemps* pour *long-temps* ; *jeter* pour *jetter* ; *chute* pour *chûte* ; *maladresse* pour *mal-adresse* ; *surtout* pour *sur-tout* ; *alarmer* pour *allarmer* ; *guère* pour *guères* ; *jusque* pour *jusques*...). Nous avons réduit un emploi que nous jugeons abusif, eu égard à nos règles, dans l'usage des traits d'union (femme-de-chambre, par exemple). Nous avons rétabli les accents absents ou remplacé des accents aigus par des graves et inversement, en respectant les accentuations actuelles. Après avoir hésité, nous avons conservé l'emploi des majuscules qui nous a paru correspondre à la norme (Mademoiselle, Monsieur, Madame dans les dialogues), là où les éditions antérieures donnaient des minuscules. Il nous a paru intéressant de conserver la majuscule pour tous les titres, lieux et emplois comme le fait l'abbé de La Porte. Un seul cas faisant exception : les laquais, la domesticité, les emplois jugés vils, même si Mme Dufour a droit pour son métier de lingère à la majuscule, comme les religieuses, les curés. Les majuscules sont d'un emploi régulier pour les lieux de culte ou de retraite : église, couvent... Leur distribution semble correspondre à une certaine hiérarchisation sociale et idéologique valorisante. Les accords du participe passé avec le verbe avoir ne sont que partiellement les nôtres. Ils ont été ici conservés dans leur diversité. Pour le reste, nous avons rétabli certaines orthographes négligées et diverses erreurs de lecture.

Pour les notes nous avons eu recours aux dictionnaires modernes (Littré, Robert) et à ceux du XVIIIe siècle : (F) désigne le Furetière, (A) l'Académie, (R) le Richelet. (D) indique que certaines remarques lexicales ou grammaticales renvoient à l'édition Deloffre déjà citée. La langue de Marivaux mérite la plus grande attention. Notre éloignement de la langue du XVIIIe siècle nous conduit à commettre des contresens. Des mots d'alors, que nous employons encore aujourd'hui, possèdent des sens différents, souvent plus proches d'une étymologie oubliée. À son époque déjà, Marivaux était connu, et souvent critiqué (par Desfontaines comme l'on sait), pour son goût des néologismes et des formes jugées alambiquées. On a parlé à ce propos de « nouvelle préciosité » (F. Deloffre, *Marivaux et le marivaudage. Étude de langue et de style*, 1953, éditions en 1967 et plus récemment chez Droz). Sans prendre parti dans ce débat qui intéresse moins le roman que le théâtre, il est utile de donner les clés nécessaires pour que la nouvelle anthropologie, la mise en place d'une analyse sans concession de soi que propose le roman de Marivaux, soient pleinement accessibles.

La Vie de Marianne

OU

LES AVENTURES DE MADAME LA COMTESSE DE ***

PREMIÈRE PARTIE

AVERTISSEMENT

Comme on pourrait soupçonner cette histoire-ci d'avoir été faite exprès pour amuser le public, je crois devoir avertir que je la tiens moi-même d'un ami qui l'a réellement trouvée, comme il le dit ci-après, et que je n'y ai point d'autre part que d'en avoir retouché quelques endroits trop confus et trop négligés[1]. Ce qui est de vrai, c'est que si c'était une histoire simplement imaginée, il y a toute apparence qu'elle n'aurait pas la forme qu'elle a. *Marianne* n'y ferait ni de si longues ni de si fréquentes réflexions : il y aurait plus de faits, et moins de morale ; en un mot, on se serait conformé au goût général d'à présent, qui, dans un livre de ce genre, n'est pas favorable aux choses un peu réfléchies et raisonnées. On ne veut dans des aventures que les aventures mêmes, et *Marianne*, en écrivant les siennes, n'a point eu égard à cela. Elle ne s'est refusée[2] aucune des réflexions qui lui sont venues sur les accidents de sa vie ; ses réflexions sont quelquefois courtes, quelquefois longues, suivant le goût qu'elle y a pris. Elle écrivait à une amie, qui, apparemment, aimait à penser : et d'ailleurs *Marianne* était retirée du monde, situation qui rend l'esprit sérieux et philosophe[3]. Enfin,

---

1. Qui est sans ornement, qui est peu régulier (R). Il s'agit sans doute de négligences dans la correction du style et d'une trop grande similitude avec le style parlé.   2. Cet accord du participe passé ne correspond pas aux règles actuelles.   3. Sage et prudent (R).

voilà son ouvrage tel qu'il est, à quelque correction de mots près. On en donne la première partie au public, pour voir ce qu'on en dira. Si elle plaît, le reste paraîtra successivement [1] ; il est tout prêt.

1. Ensuite.

Avant que de donner cette histoire au public, il faut lui apprendre comment je l'ai trouvée.

Il y a six mois que j'achetai une Maison de campagne à quelques lieues de Rennes, qui, depuis trente ans, a passé successivement entre les mains de cinq ou six personnes. J'ai voulu faire changer quelque chose à la disposition du premier appartement[1], et dans une armoire[2] pratiquée dans l'enfoncement d'un mur, on y a trouvé un manuscrit en plusieurs cahiers contenant l'histoire qu'on va lire, et le tout d'une écriture de femme. On me l'apporta ; je le lus avec deux de mes amis qui étaient chez moi, et qui depuis ce jour-là n'ont cessé de me dire qu'il fallait le faire imprimer : je le veux bien, d'autant plus que cette histoire n'intéresse[3] personne. Nous voyons par la date que nous avons trouvée à la fin du manuscrit, qu'il y a quarante ans qu'il est écrit[4] ; nous avons changé le nom

---

1. Partie d'un grand logis (F).   2. Niche dans un mur fermée par une porte (A). Ce que l'on appelle aujourd'hui armoire encastrée. 3. Semble signifier non que le manuscrit ne présente aucun intérêt, ce qui serait contradictoire, mais qu'il ne concerne personne de précis. 4. Ce qui veut dire que le manuscrit aurait été rédigé vers 1690. La première partie paraît en 1731. Marianne, lors de sa rédaction, est âgée d'à peu près cinquante ans. Ses premières aventures datent de 1640 et elle vient à Paris vers 1655. Comme le remarque Frédéric Deloffre, le lecteur moderne – en était-il de même en 1731 ? – a l'impression que les aventures de Marianne sont moins éloignées de lui que ce que semblent suggérer ces dates.

de deux personnes dont il y est parlé, et qui sont mortes.
Ce qui y est dit d'elles est pourtant très indifférent[1] ; mais
n'importe : il est mieux de supprimer leurs noms.

Voilà tout ce que j'avais à dire : ce petit préambule
m'a paru nécessaire, et je l'ai fait du mieux que j'ai pu,
car je ne suis point auteur, et jamais on n'imprimera de
moi que cette vingtaine de lignes-ci.

Passons maintenant à l'histoire. C'est une femme qui
raconte sa vie ; nous ne savons qui elle était. C'est la *Vie
de Marianne* ; c'est ainsi qu'elle se nomme elle-même au
commencement de son histoire ; elle prend ensuite le titre
de Comtesse ; elle parle à une de ses amies dont le nom
est en blanc, et puis c'est tout[2].

Quand je vous ai fait le récit de quelques accidents[3] de
ma vie, je ne m'attendais pas, ma chère amie, que vous
me prieriez de vous la donner tout entière, et d'en faire
un livre à imprimer. Il est vrai que l'histoire en est particulière, mais je la gâterai[4], si je l'écris ; car où voulez-
vous que je prenne un style ?

Il est vrai que dans le monde on m'a trouvé de l'esprit[5] ; mais, ma chère, je crois que cet esprit-là n'est bon
qu'à être dit, et qu'il ne vaudra rien à être lu.

Nous autres jolies femmes, car j'ai été de ce nombre,
personne n'a plus d'esprit que nous, quand nous en avons
un peu : les hommes ne savent plus alors la valeur de ce
que nous disons ; en nous écoutant parler, ils nous regardent, et ce que nous disons profite de ce qu'ils voient.

J'ai vu une jolie femme dont la conversation passait
pour un enchantement, personne au monde ne s'exprimait
comme elle ; c'était la vivacité, c'était la finesse même
qui parlait : les connaisseurs n'y pouvaient tenir de plaisir.

---

1. Qui ne présente aucun intérêt.   2. Le style brusque, peu élaboré,
maladroit même, tend à conforter la thèse que l'auteur de ce prologue
n'est pas un écrivain.   3. Hasards malheureux, événements malheureux (A).   4. Mettre une chose en mauvais état (R).   5. Vivacité,
finesse (R).

La petite vérole[1] lui vint, elle en resta extrêmement marquée : quand la pauvre femme reparut, ce n'était plus
qu'une babillarde incommode[2]. Voyez combien auparavant elle avait emprunté d'esprit de son visage ! Il se
pourrait bien faire que le mien m'en eût prêté aussi dans
le temps qu'on m'en trouvait beaucoup. Je me souviens
de mes yeux de ce temps-là, et je crois qu'ils avaient plus
d'esprit que moi.

Combien de fois me suis-je surprise à dire des choses
qui auraient eu bien de la peine à passer toutes seules !
Sans le jeu d'une physionomie friponne[3] qui les accompagnait, on ne m'aurait pas applaudie comme on faisait, et si
une petite vérole était venue réduire cela à ce que
cela valait, franchement, je pense que j'y aurais perdu
beaucoup.

Il n'y a pas plus d'un mois, par exemple, que vous me
parliez encore d'un certain jour (et il y a douze ans que
ce jour est passé) où, dans un repas, on se récria tant sur
ma vivacité ; eh bien ! en conscience, je n'étais qu'une
étourdie[4]. Croiriez-vous que je l'ai été souvent exprès,
pour voir jusqu'où va la duperie des hommes avec nous ?
Tout me réussissait, et je vous assure que dans la bouche
d'une laide, mes folies[5] auraient paru dignes des Petites-
Maisons[6] : et peut-être que j'avais besoin d'être aimable[7]
dans tout ce que je disais de mieux. Car à cette heure que
mes agréments[8] sont passés, je vois qu'on me trouve un
esprit assez ordinaire, et cependant je suis plus contente
de moi que je ne l'ai jamais été. Mais enfin, puisque vous
voulez que j'écrive mon histoire, et que c'est une chose

---

1. Variole. C'est une maladie épidémique très dangereuse au
xviiiᵉ siècle. Louis XV en mourra. On cherche à la prévenir par l'inocu-
lation que prônent les esprits éclairés (voir Voltaire, *Les Lettres philo-
sophiques*, lettre XI).   **2.** Désigne une personne qui bavarde en tenant
des propos insignifiants et qui gênent son auditoire (A).   **3.** Au sens
de coquette.   **4.** Qui manque de réflexion.   **5.** Ce qui manque de
jugement, sottises.   **6.** Asile d'aliénés.   **7.** Digne d'être aimée.
8. Bonne grâce, air qui plaît, avantages (A).

que vous demandez à mon amitié, soyez satisfaite : j'aime
encore mieux vous ennuyer que de vous refuser.

Au reste, je parlais tout à l'heure de style, je ne sais
pas seulement ce que c'est. Comment fait-on pour en
avoir un ? Celui que je vois dans les livres, est-ce le bon ?
Pourquoi donc est-ce qu'il me déplaît tant le plus souvent ? Celui de mes lettres vous paraît-il passable ? J'écrirai ceci de même[1].

N'oubliez pas que vous m'avez promis de ne jamais
dire qui je suis ; je ne veux être connue que de vous.

Il y a quinze ans que je ne savais pas encore si le sang
d'où je sortais était noble ou non, si j'étais bâtarde[2] ou
légitime[3]. Ce début paraît annoncer un roman[4] : ce n'en
est pourtant pas un que je raconte ; je dis la vérité comme
je l'ai apprise de ceux qui m'ont élevée.

Un carrosse[5] de voiture qui allait à Bordeaux fut, dans
la route, attaqué par des voleurs ; deux hommes qui
étaient dedans voulurent faire résistance, et blessèrent
d'abord un de ces voleurs ; mais ils furent tués avec trois
autres personnes. Il en coûta aussi la vie au Cocher et
au Postillon[6], et il ne restait plus dans la voiture qu'un
Chanoine[7] de Sens et moi, qui paraissais n'avoir tout au
plus que deux ou trois ans. Le Chanoine s'enfuit, pendant
que, tombée dans la portière[8], je faisais des cris épouvantables, à demi étouffée sous le corps d'une femme qui
avait été blessée, et qui, malgré cela, voulant se sauver,

---

1. Pour cette réflexion sur le style, voir l'Introduction, p. 12.
2. Qui est née hors mariage.   3. Qui est née dans le mariage, porte
le nom, hérite des titres et des biens.   4. Depuis le XVIIe siècle,
chimère, suite d'événements extraordinaires, digne d'un roman.
5. Carrosse public qui servait aux relations régulières de ville à ville
par opposition aux carrosses de louage ou fiacres.   6. Valet de poste
qui monte sur l'un des chevaux de devant d'un attelage (A).
7. Dignitaire ecclésiastique faisant partie du chapitre d'une église et
bénéficiant d'une prébende (sorte de rente) (R).   8. Les portières des
carrosses descendaient très bas et ouvraient de haut en bas. Fermées,
elles ménageaient une place inconfortable mais, ouvertes, elles for-
maient une sorte de marchepied.

était retombée dans la portière, où elle mourut sur moi, et m'écrasait.

Les chevaux ne faisaient aucun mouvement, et je restai dans cet état un bon quart d'heure, toujours criant, et sans pouvoir me débarrasser[1].

Remarquez qu'entre les personnes qui avaient été tuées, il y avait deux femmes : l'une belle et d'environ vingt ans, et l'autre d'environ quarante ; la première fort bien mise, et l'autre habillée comme le serait une femme de chambre.

Si l'une des deux était ma mère, il y avait plus d'apparence que c'était la jeune et la mieux mise, parce qu'on prétend que je lui ressemblais un peu, du moins à ce que disaient ceux qui la virent morte, et qui me virent aussi, et que j'étais vêtue d'une manière trop distinguée[2] pour n'être que la fille d'une femme de chambre.

J'oubliais à vous dire qu'un laquais, qui était à un des cavaliers de la voiture, s'enfuit blessé à travers les champs, et alla tomber de faiblesse à l'entrée d'un village voisin, où il mourut sans dire à qui il appartenait ; tout ce qu'on put tirer de lui, un moment avant qu'il expirât, c'est que son maître et sa maîtresse venaient d'être tués ; mais cela n'apprenait rien.

Pendant que je criais sous le corps de cette femme morte qui était la plus jeune, cinq ou six officiers qui couraient[3] la poste passèrent, et voyant quelques personnes étendues mortes auprès du carrosse qui ne bougeait[4], entendant un enfant qui criait dedans, s'arrêtèrent à ce terrible spectacle, ou par la curiosité qu'on a souvent pour des choses qui ont une certaine horreur, ou pour voir ce que c'était que cet enfant qui criait, et pour lui donner du secours. Ils regardent dans le carrosse, y voient encore

---

1. Au sens de se délivrer du poids du corps.   2. Élégante, habillée comme une enfant noble.   3. Cavaliers qui voyageaient à cheval en changeant de monture à chaque relais de poste.   4. Dans lequel aucun signe de vie ne se manifestait.

un homme tué, et cette femme morte tombée dans la portière, où ils jugeaient bien par mes cris que j'étais aussi.

Quelqu'un d'entre eux, à ce qu'ils ont dit depuis, voulait qu'ils se retirassent ; mais un autre, ému de compassion[1] pour moi, les arrêta, et mettant le premier pied à terre, alla ouvrir la portière où j'étais, et les autres le suivirent. Nouvelle horreur qui les frappe, un côté du visage de cette dame morte était sur le mien, et elle m'avait baignée de son sang. Ils repoussèrent cette dame, et toute sanglante me retirèrent de dessous elle.

Après cela, il s'agissait de savoir ce que l'on ferait de moi, et où l'on me mettrait : ils voient de loin un petit village, où ils concluent qu'il faut me porter, et me donnent à un domestique qui me tenait enveloppée dans un manteau.

Leur dessein était de me remettre entre les mains du curé de ce village, afin qu'il me cherchât quelqu'un qui voulût bien prendre soin de moi ; mais ce Curé, chez qui tous les habitants les conduisirent, était allé voir un de ses Confrères ; il n'y avait chez lui que sa sœur, fille très pieuse, à qui je fis tant de pitié, qu'elle voulut bien me garder, en attendant l'aveu de son frère ; il y eut même un procès-verbal de fait sur tout ce que je vous ai dit, et qui fut écrit par une espèce de Procureur fiscal[2] du lieu.

Chacun de mes conducteurs ensuite donna généreusement pour moi quelque argent, qu'on mit dans une bourse dont on chargea[3] la sœur du Curé ; après quoi tout le monde s'en alla.

C'est de la sœur de ce Curé de qui[4] je tiens tout ce que je viens de vous raconter.

Je suis sûre que vous en frémissez ; on ne peut, en entrant dans la vie, éprouver d'infortune plus grande et plus bizarre. Heureusement je n'y étais pas quand elle

---

1. Sentiment qui fait que l'on prend part à la souffrance d'autrui.
2. Officier de justice seigneuriale. 3. Ici, remettre et placer sous la responsabilité de. 4. Voir note 2, p. 123.

m'arriva ; car ce n'est pas y être que de l'éprouver à l'âge de deux ans.

Je ne vous dirai point ce que devint le carrosse, ni ce qu'on fit des voyageurs tués ; cela ne me regarde point.

Quelques-uns des voleurs furent pris trois ou quatre jours après, et, pour comble de malheur, on ne trouva, dans les habits des personnes qu'ils avaient assassinées, rien qui pût apprendre à qui j'appartenais. On eut beau recourir au registre [1] qui est toujours chargé du nom des voyageurs, cela ne servit de rien ; on sut bien par là qui ils étaient tous, à l'exception de deux personnes, d'une Dame et d'un Cavalier, dont le nom assez étranger n'instruisit de rien, et peut-être qu'ils n'avaient pas dit le véritable. On vit seulement qu'ils avaient pris cinq places, trois pour eux et pour une petite fille, et deux autres pour un laquais et une femme de chambre qui avaient été tués aussi.

Par tout cela ma naissance devint impénétrable, et je n'appartins plus qu'à la charité de tout le monde.

L'excès de mon malheur m'attira d'assez grands secours chez le Curé où j'étais, et qui consentit, aussi bien que sa sœur, à me garder.

On venait pour me voir de tous les cantons voisins : on voulait savoir quelle physionomie j'avais, elle était devenue un objet de curiosité, on s'imaginait remarquer dans mes traits quelque chose qui sentait mon aventure, on se prenait pour moi d'un goût romanesque. J'étais jolie, j'avais l'air fin ; vous ne sauriez croire combien tout cela me servait, combien cela rendait noble et délicat l'attendrissement qu'on sentait pour moi. On n'aurait pas caressé une petite princesse infortunée d'une façon plus digne ; c'était presque du respect que la compassion que j'inspirais.

Les Dames surtout s'intéressaient pour moi au-delà de

---

1. Les rouliers et patrons d'un vaisseau doivent avoir leurs lettres de voiture qui contiennent l'état des choses transportées (F).

ce que je puis vous dire ; c'était à qui d'entre elles me ferait le présent le plus joli, me donnerait l'habit le plus galant.

Le Curé, qui, quoique Curé de village, avait beaucoup d'esprit[1], et était un homme de très bonne famille, disait souvent depuis que, dans tout ce que ces Dames avaient alors fait pour moi, il ne leur avait jamais entendu prononcer le mot de charité ; c'est que c'était un mot trop dur, et qui blessait la mignardise[2] des sentiments qu'elles avaient.

Aussi, quand elles parlaient de moi, elles ne disaient point cette petite fille ; c'était toujours cette aimable enfant.

Était-il question de mes parents, c'était des étrangers, et sans difficulté de la première condition[3] de leur Pays ; il n'était pas possible que cela fût autrement, on le savait comme si on l'avait vu : il courait là-dessus un petit raisonnement que chacune d'elles avait grossi de sa pensée et qu'ensuite elles croyaient comme si elles ne l'avaient pas fait elles-mêmes[4].

Mais tout s'use, et les beaux sentiments comme autre chose. Quand mon aventure ne fut plus si fraîche[5], elle frappa moins l'imagination. L'habitude de me voir dissipa les fantaisies qui me faisaient tant de bien, elle épuisa le plaisir qu'on avait à m'aimer ; ce n'avait été qu'un plaisir de passage, et au bout de six mois, cette aimable enfant ne fut plus qu'une pauvre orpheline, à qui on n'épargna pas alors le mot de charité : on disait que j'en méritais beaucoup. Tous les curés me recommandèrent chez eux, parce que celui chez qui j'étais n'était pas riche. Mais la religion de ces Dames ne me fut pas si favorable que me

---

1. Ici, au sens de finesse et d'intelligence.   2. Ce qui aurait blessé la délicatesse affectée dont elles prétendaient faire preuve.   3. Des gens nobles et riches.   4. On remarquera la finesse de la réflexion de Marianne sur la rumeur. Elle est invérifiable (des étrangers), elle prend l'apparence du raisonnement, elle se donne comme vraie et totalement étrangère à ce que chacun y ajoute.   5. Récente.

l'avait été leur folie ; je n'en tirai pas si bon parti[1], et j'aurais été fort à plaindre, sans la tendresse que le Curé et sa sœur prirent pour moi.

Cette sœur m'éleva comme si j'avais été son enfant. Je vous ai déjà dit que son frère et elle étaient de très bonne famille : on disait qu'ils avaient perdu leur bien[2] par un procès[3], et que lui, il était venu se réfugier dans cette Cure, où elle l'avait suivi, car ils s'aimaient beaucoup.

Ordinairement, qui dit nièce ou sœur de Curé de village dit quelque chose de bien grossier[4] et d'approchant d'une paysanne.

Mais cette fille-ci n'était pas de même[5] : c'était une personne pleine de raison et de politesse, qui joignait à cela beaucoup de vertu.

Je me souviens que souvent, en me regardant, les larmes lui coulaient des yeux au ressouvenir de mon aventure ; il est vrai qu'à mon tour, je l'aimais comme ma mère. Je vous avouerai aussi que j'avais des grâces et de petites façons[6] qui n'étaient point d'un enfant ordinaire ; j'avais de la douceur et de la gaieté, le geste fin[7], l'esprit vif, avec un visage qui promettait une belle physionomie ; et ce qu'il promettait, il l'a tenu.

Je passe tout le temps de mon éducation dans mon bas âge, pendant lequel j'appris à faire je ne sais combien de

---

1. Au sens de profit. Marianne analyse, non sans lucidité, les limites de l'attendrissement que sa situation provoque. 2. Au sens de fortune. 3. Le thème du coût excessif des procès est récurrent dans la littérature : des fabliaux du Moyen Âge aux romans du XIXe siècle en passant par *Les Plaideurs, Le Mariage de Figaro*... 4. De peu raffiné, d'inélégant dans les pensées, les sentiments et les habitudes. Le thème de la grossièreté des valets et des paysans est constant dans le théâtre de Marivaux. 5. On dirait plus simplement : « n'était pas ainsi ». 6. Semble exprimer quelque chose d'affecté, qui tient de l'étude ou de la minauderie [...]. Beaucoup d'hommes avaient autrefois, comme les femmes, de petites façons, pour se donner des grâces (A). 7. Élégant et délicat. Gracieux (A).

petites nippes[1] de femme, industrie qui m'a bien servi
dans la suite.

J'avais quinze ans, plus ou moins, car on pouvait s'y
tromper, quand un parent du Curé, qui n'avait que sa sœur
et lui pour héritiers, leur fit écrire de Paris qu'il était dangereusement malade, et cet homme, qui leur avait souvent
donné de ses nouvelles, les priait de se hâter de venir l'un
ou l'autre, s'ils voulaient le voir avant qu'il mourût. Le
Curé aimait trop son devoir de pasteur pour quitter sa
Cure, et fit partir sa sœur.

Elle n'avait pas d'abord envie de me mener avec elle ;
mais, deux jours avant son départ, voyant que je m'attris-
tais beaucoup et que je soupirais : Marianne, me dit-elle,
puisque vous craignez tant mon absence, consolez-vous,
je veux bien que vous ne me quittiez point, et j'espère
que mon frère le voudra bien aussi. Il me vient même
actuellement des vues[2] pour vous : j'ai dessein de vous
faire entrer chez quelque Marchande, car il est temps de
songer à devenir quelque chose ; nous vous aiderons toujours pendant que nous vivrons, mon frère et moi, sans
compter ce que nous pourrons vous laisser après notre
mort : mais cela ne suffit pas, nous ne saurions vous laisser beaucoup ; le parent que je vais trouver et dont nous
sommes héritiers, je ne le crois pas fort riche, et il vous
faut choisir un état qui puisse contribuer à vous établir[3].
Je vous dis cela, parce que vous commencez à être raisonnable[4], ma chère Marianne, et je souhaiterais bien, avant
que de mourir, avoir la consolation de vous voir mariée à
quelque honnête homme, ou du moins en situation de
l'être avantageusement pour vous : il est bien juste que
j'aie ce plaisir-là.

Je me jetai entre ses bras après ce discours, je pleurai

---

1. Synonyme de hardes (vêtements), destinées surtout à la propreté
et à la parure, comme le linge dont on change, et qu'on lave pour être
propre. Désigne les vêtements des femmes du commun (A).   **2.** Avoir
dessein de procurer quelque avantage.   **3.** Donner une situation (R).
4. En âge de raisonner.

et elle pleura, car c'était la meilleure personne que j'aie jamais connue ; et de mon côté j'avais le cœur bon, comme je l'ai encore.

Le Curé entra là-dessus. Qu'est-ce ? dit-il à sa sœur, je crois que Marianne pleure. Elle lui dit alors ce dont nous parlions, et le dessein qu'elle avait de me mener à Paris avec elle. Je le veux bien, dit-il ; mais si elle y reste, nous ne la verrons donc plus, et cela me fait de la peine, car je l'aime, la pauvre enfant. Nous l'avons élevée, je suis bien vieux, et ce sera peut-être pour toujours que je lui dirai adieu.

Il n'y avait rien de si touchant que cet entretien, comme vous le voyez ; ne répondis point au Curé, mais en revanche, je me mis à sangloter de toute ma force. Cela les attendrit encore davantage, et le bonhomme alors s'approchant de moi : Marianne, me dit-il, vous partirez avec ma sœur, puisque c'est pour votre bien, et que je dois le préférer à tout. Nous vous avons tenu lieu de vos parents que Dieu n'a pas permis que vous connussiez, non plus que personne de votre famille ; ainsi, ne faites jamais rien sans nous consulter pendant que nous vivrons ; et si ma sœur vous laisse bien placée[1] à Paris, sans quoi il faut que vous reveniez, écrivez-nous dans toutes les occasions où vous aurez besoin de nos conseils ; pour nous, nous ne vous manquerons[2] jamais.

Je ne vous rapporterai point tout ce qu'il me dit encore avant que nous partissions : j'abrège, car je m'imagine que toutes ces minuties[3] de mon bas âge vous ennuient : cela n'est pas fort intéressant, et il me tarde d'en venir à d'autres choses ; j'en ai beaucoup à dire, et il faut que je vous aime bien pour m'être mise en train de vous faire une histoire qui sera très longue : je vais barbouiller bien

---

1. Avec une bonne place.   2. Manquer à quelqu'un signifie ne pas faire ce qu'on doit à l'égard de quelqu'un ou de quelque chose (A).
3. Petite chose sans importance, petit détail qui ne mérite pas qu'on s'y arrête (A).

du papier ; mais je ne veux pas songer à cela, il ne faut pas seulement que ma paresse le sache[1] : avançons toujours.

Nous partîmes donc, la sœur du Curé et moi, et nous voilà à Paris[2] ; il fallait presque le traverser tout entier pour arriver chez le parent dont j'ai parlé.

Je ne saurais vous dire ce que je sentis en voyant cette grande ville, et son fracas, et son peuple, et ses rues. C'était pour moi l'Empire de la lune : je n'étais plus à moi, je ne me ressouvenais plus de rien ; j'allais, j'ouvrais les yeux, j'étais étonnée, et voilà tout[3].

Je me retrouvai pourtant dans la longueur du chemin, et alors je jouis de toute ma surprise : je sentis mes mouvements[4], je fus charmée de me trouver là, je respirai un air qui réjouit mes esprits. Il y avait une douce sympathie[5] entre mon imagination et les objets que je voyais, et je devinais qu'on pouvait tirer de cette multitude de choses différentes je ne sais combien d'agréments que je ne

----

1. Formule mondaine, qui personnifie la paresse à laquelle on cacherait la longueur de l'entreprise pour éviter qu'elle n'incite à ne pas s'y consacrer.   2. Aucune description du voyage pour montrer sans doute que le seul voyage qui ait compté a été le premier, avec l'attaque et la mort de ses parents.   3. Le thème de l'étonnement éprouvé face à la grande ville est commun à ce type d'épisode. Il est traité ici d'une façon originale : les notations sont brèves, précises, et l'héroïne conserve une attitude distante, ce qui n'est pas fréquent. Jacob, le héros du *Paysan parvenu* de Marivaux, fait état de son ravissement. Cette indifférence étonnée ne dure pas : Marianne « éprouve une douce sympathie », et devine les plaisirs à venir.   4. Comme le remarque (D), le mot est capital dans l'analyse psychologique de Marivaux. Selon (A), il désigne les « différentes impulsions, passions ou affections de l'âme ». Il implique chez Marivaux, toujours selon (D), un sentiment, une émotion, un transport spontané, échappant au contrôle de la volonté et même, au début du moins, du sentiment. Il note aussi que les mouvements correspondent souvent à un état physiologique particulier : agitation, immobilité, pleurs, visage défait, affaiblissement... Ces mouvements existent à propos de sentiments particuliers comme la colère, l'attendrissement. Ils sont aussi très souvent liés à l'amour.   5. Conformité, rapport d'humeur (R).

connaissais pas encore ; enfin il me semblait que les plaisirs habitaient au milieu de tout cela. Voyez si ce n'était pas là un vrai instinct de femme, et même un pronostic de toutes les aventures qui devaient m'arriver.

Le destin ne tarda pas à me les annoncer ; car dans la vie d'une femme comme moi, il faut bien parler du destin. Le parent que nous allions trouver était mort quand nous arrivâmes : il y avait, dit-on, vingt-quatre heures qu'il était expiré.

Ce n'est pas là tout, c'est qu'on avait mis le scellé[1] chez lui ; cet homme avait été dans les affaires, et on prétendait qu'il devait plus qu'il n'avait vaillant[2].

Je ne vous dirai pas comment on justifiait cela, c'est un détail qui me passe[3] ; tout ce que je sais, c'est que nous ne pûmes loger chez lui, que tout était saisi, et qu'après bien des discussions, qui durèrent trois ou quatre mois, on nous fit voir qu'il n'y avait pas le sol à espérer de la succession, et que c'était dommage qu'elle ne fût pas plus grande, parce qu'elle en aurait mieux payé ses dettes.

N'était-ce pas là un beau voyage que nous étions venu faire ? Aussi la sœur du Curé en prit-elle un si grand chagrin, qu'elle en tomba malade dans l'auberge où nous étions.

Hélas ! ce fut à cause de moi qu'elle s'affligea tant : elle avait espéré que cette succession la mettrait en état de me faire du bien ; et d'ailleurs ce voyage inutile l'avait épuisé d'argent, ce qu'elle en avait apporté diminuait beaucoup : et son frère, qui n'avait que sa cure, aurait bien de la peine à lui en envoyer encore. Pour comble d'embarras, elle était malade : quelle pitié[4] !

Je l'entendais soupirer : jamais cette chère fille ne

---

1. Le terme s'emploie généralement au pluriel : apposer les scellés. Cela signifiait qu'on ne pouvait pénétrer dans la maison du parent et que la justice avait à y intervenir. 2. Ne rien posséder. Car vaillant signifie qui a de la valeur. 3. Au sens de dépasser. 4. Ce passage est curieux. Car la sensible Marianne apparaît comme une analyste

m'aima tant, parce qu'elle me voyait plus à plaindre que jamais ; et moi, je la consolais, je lui faisais mille caresses, et elles étaient bien vraies, car j'étais remplie de sentiment : j'avais le cœur plus fin et plus avancé que l'esprit, quoique ce dernier ne le fût déjà pas mal.

Vous jugez bien qu'elle avait informé le Curé de toute notre histoire ; et comme il y a des temps où les malheurs fondent sur les gens avec furie[1] (car on ne saurait le penser autrement), cet honnête homme, en allant voir ses Confrères, avait fait une chute six semaines après notre départ, accident dangereux pour un homme âgé ; il n'avait pu se lever depuis, et il ne faisait que languir ; et les fâcheuses nouvelles qu'il reçut de sa sœur venant là-dessus, il tomba dans des infirmités qui l'obligèrent de se nommer un successeur, et dont son esprit se ressentit autant que son corps. Il eut cependant le temps de nous envoyer encore quelque argent ; après quoi il ne fut plus question de le compter même parmi les vivants.

Je frissonne encore en me ressouvenant de ces choses-là : il faut que la terre soit un séjour bien étranger pour la vertu, car elle ne fait qu'y souffrir.

La guérison de la sœur était presque désespérée[2], quand nous apprîmes l'état du frère. À la lecture de la lettre qui nous en informait, elle fit un cri, et s'évanouit.

De mon côté, toute en pleurs, j'appelai à son secours : elle revint à elle, et ne versa pas une larme. Je ne lui vis plus, dès ce moment, qu'une résignation courageuse ; son cœur devint plus ferme : ce ne fut plus cette amitié toujours inquiète qu'elle avait eue pour moi, ce fut une tendresse vertueuse qui me remit avec confiance entre les mains de celui qui dispose de tout[3].

---

distante, comme une espèce de témoin que l'affaire ne concernerait pas vraiment.

   1. Doublet de fureur, mais plus fort. Le terme renvoie à la mythologie et à ses furies. Il a peut-être été choisi par Marivaux comme plus en harmonie avec destin.   **2.** On dirait aujourd'hui que son état était désespéré et sa guérison impossible.   **3.** Dieu.

Quand son évanouissement fut passé et que nous fûmes seules, elle me dit d'approcher, parce qu'elle avait à me parler. Laissez-moi, ma chère amie, vous dire une partie de son discours : le ressouvenir m'en est encore cher, et ce sont les dernières paroles que j'ai entendues d'elle :

« Marianne, me dit-elle, je n'ai plus de frère ; quoiqu'il ne soit pas encore mort, c'est comme s'il ne vivait plus et pour vous et pour moi. Je sens aussi que vous me perdrez bientôt ; mais Dieu le veut, cela me console de l'état où je vous laisse, tout triste qu'il est : il a ses vues pour vous qui valent mieux que les miennes. Peut-être languirai-je encore quelque temps, peut-être mourrai-je dans la première faiblesse qui me prendra (elle ne disait que trop vrai). Je n'oserais vous donner l'argent qui me reste ; vous êtes trop jeune, et l'on pourrait vous tromper : je veux le remettre entre les mains du Religieux qui me vient voir ; je le prierai d'en disposer sagement pour vous : il est notre voisin ; s'il ne vient pas aujourd'hui, vous irez le chercher demain, afin que je lui parle. Après cette unique précaution qui me reste à prendre pour vous, je n'ai plus qu'une chose à vous dire : c'est d'être toujours sage. Je vous ai élevée dans l'amour de la vertu ; si vous gardez votre éducation [1], tenez, Marianne, vous serez héritière du plus grand trésor qu'on puisse vous laisser : car avec lui, ce sera vous, ce sera votre âme qui sera riche. Il est vrai, mon enfant, que cela n'empêchera pas que vous ne soyez pauvre du côté de la fortune [2], et que vous n'ayez encore de la peine à vivre ; peut-être aussi Dieu récompensera-t-il votre sagesse dès ce monde. Les gens vertueux sont rares, mais ceux qui estiment la vertu ne le sont pas ; d'autant plus qu'il y a mille occasions dans la vie où l'on a absolument besoin des personnes qui en ont. Par exemple, on ne veut se marier qu'à une honnête fille : est-elle pauvre ? on n'est point déshonoré en l'épousant ;

---

1. Les principes qui lui ont été inculqués.   2. Ici, les biens matériels.

n'a-t-elle que des richesses sans vertu ? on se déshonore ;
et les hommes seront toujours dans cet esprit-là[1], cela est
plus fort qu'eux, ma fille ; ainsi vous trouverez quelque
jour votre place ; et d'ailleurs, la vertu est si douce, si
consolante dans le cœur de ceux qui en ont[2] ! Fussent-ils
toujours pauvres, leur indigence dure si peu, la vie est si
courte ! Les hommes qui se moquent le plus de ce qu'on
appelle sagesse traitent pourtant si cavalièrement une
femme qui se laisse séduire, ils acquièrent des droits si
insolents avec elle, ils la punissent tant de son désordre,
ils la sentent si dépourvue contre eux, si désarmée, si
dégradée, à cause qu'elle a perdu cette vertu dont ils se
moquaient, qu'en vérité, ma fille, ce n'est que faute d'un
peu de réflexion qu'on se dérange[3]. Car, en y songeant,
qui est-ce qui voudrait cesser d'être pauvre, à condition
d'être infâme ? »

Quelqu'un de la maison, qui entra alors, l'empêcha
d'en dire davantage ; peut-être êtes-vous curieuse de
savoir ce que je lui répondis. Rien, car je n'en eus pas
la force. Son discours et les idées de sa mort m'avaient
bouleversé l'esprit : je lui tenais son bras que je baisai
mille fois, voilà tout. Mais je ne perdis rien de tout ce
qu'elle me dit, et en vérité je vous le rapporte presque
mot pour mot, tant j'en fus frappée ; aussi avais-je alors
quinze ans et demi pour le moins, avec toute l'intelligence
qu'il fallait pour entendre cela.

Venons maintenant à l'usage que j'en ai fait. Que de
folies[4] je vais bientôt vous dire ! Faut-il qu'on ne soit
sage que quand il n'y a point de mérite à l'être ! Que

---

1. Derrière cette apologie de la vertu, on pourra voir la présence
d'un préjugé masculin. Car, après tout, ces jeunes filles ayant fauté ne
se sont point seules éloignées de la vertu. Marivaux est conscient du
fait, comme le prouve la suite de la réflexion de la sœur du curé.
2. Ce qui suit constitue un lieu commun du discours moraliste. (D) le
rapproche de l'*Avis d'une mère à sa fille* composé par Mme Lambert.
3. Sombrer dans le vice. Un « dérangé » est attesté aussi comme un
« voyou ».   4. Idées ou actions estimées extravagantes.

veut-on dire en parlant de quelqu'un, quand on dit qu'il est en âge de raison[1] ? C'est mal parler : cet âge de raison est bien plutôt l'âge de la folie. Quand cette raison nous est venue, nous l'avons comme un bijou d'une grande beauté, que nous regardons souvent, que nous estimons beaucoup, mais que nous ne mettons jamais en œuvre[2]. Souffrez mes petites réflexions ; j'en ferai toujours quelqu'une en passant : mes faiblesses m'ont bien acquis le droit d'en faire. Poursuivons. J'ai été jusqu'ici à la charge d'autrui, et je vais bientôt être à la mienne.

La sœur du Curé m'avait dit qu'elle craignait de mourir dans la première faiblesse[3] qui lui prendrait, et elle prophétisait. Je ne voulus point me coucher cette nuit-là ; je la veillai. Elle reposa assez tranquillement jusqu'à deux heures après minuit ; mais alors je l'entendis se plaindre ; je courus à elle, je lui parlai, elle n'était plus en état de me répondre. Elle ne fit que me serrer la main très légèrement, et elle avait le visage d'une personne expirante.

La frayeur alors s'empara de moi, et ce fut une frayeur qui me vint de la certitude de la perdre : je tombai dans l'égarement[4] ; je n'ai de ma vie rien senti de si terrible ; il me sembla que tout l'univers était un désert où j'allais rester seule. Je connus combien je l'aimais, combien elle m'avait aimée ; tout cela se peignit dans mon cœur d'une manière si vive que cette image-là me désolait.

Mon Dieu ! combien de douleur peut entrer dans notre âme, jusqu'à quel degré peut-on être sensible ! Je vous avouerai que l'épreuve que j'ai fait de cette douleur dont

---

1. Âge où l'on possède la faculté de raisonner et de juger sainement des actes ou des personnes.   2. L'emploi du verbe œuvrer convient pour la raison, mais beaucoup moins bien pour le deuxième élément de la comparaison, ce « bijou d'une grande beauté », car qu'est-ce que mettre en œuvre un bijou d'une grande beauté ?   3. À la suite de la première faiblesse qu'elle éprouverait.   4. En général au pluriel, dérèglement de la conduite et des mœurs (A). Signifie ici sans doute s'éloigner des normes de comportement que dictent la société et la raison.

nous sommes capables est une des choses qui m'a le plus épouvantée dans ma vie, quand j'y ai songé ; je lui dois même le goût de retraite où je suis à présent.

Je ne sais point philosopher[1], et je ne m'en soucie guère, car je crois que cela n'apprend rien qu'à discourir[2] ; les gens que j'ai entendu raisonner là-dessus ont bien de l'esprit assurément ; mais je crois que sur certaine matière ils ressemblent à ces nouvellistes[3] qui font des nouvelles quand ils n'en ont point, ou qui corrigent celles qu'ils reçoivent quand elles ne leur plaisent pas[4]. Je pense, pour moi, qu'il n'y a que le sentiment qui nous puisse donner des nouvelles un peu sûres de nous, et qu'il ne faut pas trop se fier à celles que notre esprit veut faire à sa guise, car je le crois un grand visionnaire.

Mais reprenons vite mon récit ; je suis toute honteuse du raisonnement que je viens de faire, et j'étais toute glorieuse en le faisant : vous verrez que j'y prendrai goût ; car dans tout il n'y a, dit-on, que le premier pas qui coûte. Eh ! pourquoi n'y reviendrais-je pas ? Est-ce à cause que je ne suis qu'une femme, et que je ne sais rien ? Le bon sens est de tout sexe ; je ne veux instruire personne ; j'ai cinquante ans passés[5] ; et un honnête homme très savant me disait l'autre jour que, quoique je ne susse rien, je n'étais pas plus ignorante que ceux qui en savaient plus que moi. Oui, c'est un savant du premier ordre qui a parlé

---

1. Peut signifier ici, comme le donnent certains dictionnaires, « subtiliser sur les détails » ou « raisonner à perte de vue ». 2. Tenir des discours au sens péjoratif de bavarder. 3. Amateurs de nouvelles et de racontars. Qui est curieux de savoir des nouvelles, et qui aime à en débiter (A). 4. On aurait tendance à voir dans cette description, et sans doute avec raison, une critique des journalistes de l'époque. Elle existait déjà chez La Bruyère (*Caractères* II, 39). 5. On appréciera ce passage résolument féministe qu'on rapprochera d'un texte presque contemporain de Fénelon, *De l'éducation des filles*, et de textes plus anciens de Poullain de la Barre (1647-1723), auteur de *L'Égalité des deux sexes* ou de *L'Éducation des dames* (1674), ou encore d'un ouvrage au titre trompeur et ironique, *De l'excellence des hommes contre l'égalité des sexes* (1675).

comme cela[1] ; car ces hommes, tout fiers qu'ils sont de
leur science, ils ont quelquefois des moments où la vérité
leur échappe d'abondance de cœur, et où ils se sentent si
las de leur présomption, qu'ils la quittent pour respirer en
francs[2] ignorants comme ils sont : cela les soulage, et
moi, de mon côté, j'avais besoin de dire un peu ce que je
pensais d'eux.

Je fus donc frappée d'une douleur mortelle[3] en voyant
que cette vertueuse fille, à qui je devais tant, se mourait ;
elle avait eu beau me parler de sa mort, je n'avais point
imaginé que sa maladie la conduisît jusque-là.

Mes gémissements firent retentir la maison, ils réveillè-
rent tout le monde ; l'hôte et l'hôtesse, se doutant de la
vérité, se levèrent et vinrent frapper à la porte de notre
chambre ; je l'ouvris sans savoir que je l'ouvrais : ils me
parlèrent, et je faisais des cris pour toute réponse ; ils
furent bientôt instruits de la cause de ma désolation, et
voulurent secourir cette fille expirante, et peut-être déjà
expirée, car elle n'avait plus de mouvement ; mais une
demi-heure après, on vit qu'elle était morte. Les domestiques arrivèrent, il se fit un fracas pendant lequel je perdis connaissance, et on me porta dans une chambre
voisine sans que je le sentisse. De l'état où je fus ensuite,
je n'en parlerai point, vous le devinez bien ; et moi-même
ce récit-là m'attriste encore.

Enfin me voilà seule, et sans autre guide qu'une expérience de quinze ans et demi, plus ou moins. Comme la
défunte m'avait fait passer pour sa nièce, et que j'avais
l'air raisonnable, on me rendit compte de tout ce qu'on
disait lui avoir trouvé, et qui ne valait pas la peine qu'on
y fît plus de cérémonie, quand même on m'aurait remis
tout ce qu'il y avait. Mais une partie du linge fut volé avec

---

1. (D) voit ici une allusion à Fontenelle et à ses réflexions. 2. Dès
le XVIIe siècle, l'homme franc est celui qui parle sincèrement et avec
droiture. Ici, l'emploi est ironique. 3. Qui fait souffrir cruellement
(A).

d'autres bagatelles [1] ; et de près de quatre cents livres [2] que je savais qui lui restaient, on en prit bien la moitié, je pense ; je m'en plaignis, mais si faiblement que je n'insistai point. Dans l'affliction où j'étais, je n'avais plus rien à cœur [3]. Comme je ne voyais plus personne qui prît part à moi ni à ma vie, je n'y en prenais plus moi-même ; et cette manière de penser me mettait dans un état qui ressemblait à de la tranquillité : mais qu'on est à plaindre avec cette tranquillité-là ! on est plus digne de pitié que dans le désespoir le plus emporté.

Tout le monde de la maison paraissait s'intéresser beaucoup à moi, surtout l'hôte et sa femme, qui venaient tendrement me consoler d'un malheur dont ils avaient fait leur profit ; et tout est plein de pareilles [4] gens dans la vie : en général, personne ne marque tant de zèle pour adoucir vos peines, que les fourbes [5] qui les ont causées et qui y gagnent.

Je laissai vendre des habits dont on me donna ce qu'on voulut, et il y avait déjà quinze jours que ma chère tante, comme on l'appelait, et je dirais volontiers ma chère mère, ou plutôt mon unique amie, car il n'y a point de qualité qui ne le cède à celle-là, ni de cœur plus tendre, plus infaillible que le cœur inspiré par la véritable amitié ; il y avait donc déjà quinze jours que cette amie était morte, et je les avais passés dans cette auberge sans savoir ce que je deviendrais, ni sans m'en mettre en peine, quand ce Religieux, dont j'ai déjà parlé, qui venait souvent voir la défunte, et qui avait été malade aussi, vint encore pour savoir de ses nouvelles. Il apprit sa mort avec chagrin ; et

---

1. Choses de peu d'importance.   2. Selon le calcul de (D), à l'époque où est censé se passer le roman, de seize cents à deux mille cinq cents francs-or. Donc une somme d'une certaine importance, ce qui confirme que le curé et sa sœur venaient d'une famille honorable. 3. N'avoir le courage à rien.   4. Le pluriel est ici correct. Le mot est féminin pluriel quand il désigne « les humains en général ». 5. Vient du verbe fourbir et signifie trompeur, rusé, malhonnête, et en argot voleur.

comme il était le seul qui sût le secret de ma naissance, que la défunte avait trouvé à propos de l'en instruire[1], et que je savais qu'il en était instruit, je le vis arriver avec plaisir.

Il fut extrêmement sensible à mon malheur, et au peu de souci que j'avais de moi dans ma consternation ; il me parla là-dessus d'une manière très touchante, me fit envisager les dangers que je courais en restant dans cette maison seule et sans être réclamée[2] de qui que ce soit au monde : et effectivement c'était une situation qui m'exposait d'autant plus que j'étais d'une figure très aimable, et à cet âge où les grâces sont si charmantes, parce qu'elles sont ingénues et toutes fraîches écloses.

Son discours fit son effet : j'ouvris les yeux sur mon état, et je pris de l'inquiétude de ce que je deviendrais ; cette inquiétude me jeta encore mille fantômes[3] dans l'esprit. Où irai-je, lui disais-je en fondant en larmes ; je n'ai personne sur la terre qui me connaisse ; je ne suis la fille ni la parente de qui que ce soit ! À qui demanderai-je du secours ? Qui est-ce qui est obligé de m'en donner ? Que ferai-je en sortant d'ici ? L'argent que j'ai ne me durera pas longtemps, on peut me le prendre, et voilà la première fois que j'en ai et que j'en dépense.

Ce bon Religieux ne savait que me répondre ; je crus même voir à la fin que je lui étais à charge, parce que je le conjurais de me conduire ; et ces bonnes gens, quand ils vous ont parlé, qu'ils vous ont exhorté, ils ont fait pour vous tout ce qu'ils peuvent faire.

De retourner à mon village, c'était une folie, je n'y avais plus d'asile ; je n'y retrouverais qu'un vieillard tombé dans l'imbécillité, qui avait tout vendu pour nous envoyer le dernier argent que nous avions reçu, et qui achevait de mourir sous la tutelle d'un successeur que je

---

1. (D) signale ici une incorrection. À moins, note-t-il, que *que* ne reprenne *comme*. **2.** Signifie qu'elle est sans famille. **3.** Illusions trompeuses (A).

ne connaissais pas, à qui j'étais inconnue, ou pour le moins indifférente. Il n'y avait donc nulle ressource de ce côté-là, et en vérité la tête m'en tournait de frayeur.

Enfin, ce Religieux, à force de chercher et d'imaginer, pensa à un homme de considération, charitable et pieux, qui s'était, disait-il, dévoué aux bonnes œuvres, et à qui il promit de me recommander dès le lendemain. Mais je n'entendais plus raison, il n'y avait point de lendemain à me promettre, je ne pouvais supporter d'attendre jusque-là ; je pleurais, je me désolais : il voulait sortir, je le retenais, je me jetais à ses genoux : Point de lendemain, lui disais-je, tirez-moi d'ici tout à l'heure, ou bien vous allez me jeter au désespoir. Que voulez-vous que je fasse ici ? On m'y a déjà pris une partie de ce que j'avais ; peut-être cette nuit me prendra-t-on le reste[1] : on peut m'enlever, je crains pour ma vie, je crains pour tout, et assurément, je n'y resterai point, je mourrai plutôt, je fuirai, et vous en serez fâché.

Ce Religieux alors, qui était dans une perplexité cruelle[2], et qui ne pouvait se débarrasser de moi, s'arrêta, se mit à rêver un moment, ensuite prit une plume et du papier, et écrivit un billet à la personne dont il m'avait parlé. Il me le lut ; le billet était pressant[3] ; il la conjurait par toute sa religion de venir où nous étions. *Dieu vous y réserve*, lui disait-il, *l'action de charité la plus précieuse à ses yeux, et la plus méritoire que vous ayez jamais faite* ; et pour l'exciter encore davantage, il lui marquait mon sexe, mon âge et ma figure, et tout ce qui pouvait en arriver, ou par ma faiblesse, ou par la corruption[4] des autres.

Le billet écrit, je le fis porter à son adresse, et en attendant la réponse, je gardais ce Religieux à vue[5], car j'avais résolu de ne point coucher cette nuit-là dans la maison. Je ne saurais pourtant vous dire précisément quel était

---

1. Argent et vertu, comme l'idée de nuit incite à le penser.   **2.** Qui fait souffrir.   **3.** Qui sollicite avec insistance (R).   **4.** Le vice des autres.   **5.** Sans le quitter des yeux en attendant la réponse.

l'objet de ma peur, et voilà pourquoi elle était si vive : tout ce que je sais, c'est que je me représentais la physionomie de mon hôte, que je n'avais jamais trop remarquée jusque-là ; et dans cette physionomie alors, j'y trouvais des choses terribles[1] ; celle de sa femme me paraissait sombre, ténébreuse[2] ; les domestiques avaient la mine de ne valoir rien, enfin tous ces visages-là me faisaient frémir, je n'y pouvais tenir ; je voyais des épées, des poignards, des assassinats, des vols, des insultes ; mon sang se glaçait aux périls que je me figurais : car quand une fois l'imagination est en train, malheur à l'esprit qu'elle gouverne.

J'entretenais le Religieux de mes idées noires, quand celui qui avait fait notre message nous vint dire que le carrosse de l'honnête homme en question nous attendait en bas, et qu'il n'avait pu ni écrire ni venir lui-même, parce qu'il était en affaire quand il avait reçu le billet. Sur-le-champ je fis mon paquet[3] ; on aurait dit qu'on me rachetait la vie ; je fis appeler cet hôte et cette hôtesse si effrayants ; et il est vrai qu'ils n'avaient pas trop bonne mine, et que l'imagination n'avait pas grand ouvrage à faire pour les rendre désagréables. Ce qui est de sûr, c'est que j'ai toujours retenu leurs visages ; je les vois encore, je les peindrais, et dans le cours de ma vie, j'ai connu quelques honnêtes gens que je ne pouvais souffrir, à cause que leur physionomie avait quelque air de ces visages-là.

Je montai donc dans le carrosse avec ce Religieux, et nous arrivons chez la personne en question. C'était un homme de cinquante à soixante ans, encore assez bien fait, fort riche, d'un visage doux et sérieux, où l'on voyait

---

1. Propres à inspirer la terreur. **2.** Le séjour ténébreux désigne l'enfer et ténébreux est employé au figuré pour ce qui est obscur et perfide (A). **3.** Assemblage de plusieurs choses attachées ou enveloppées ensemble. On dit « faire son paquet » pour se préparer à sortir. Au sens de faire ses bagages.

un air de mortification[1] qui empêchait qu'on ne remarquât tout son embonpoint[2].

Il nous reçut bonnement[3] et sans façon, et sans autre compliment que d'embrasser d'abord le religieux ; il jeta un coup d'œil sur moi et puis nous fit asseoir.

Le cœur me battait, j'étais honteuse, embarrassée[4] ; je n'osais lever les yeux ; mon petit amour-propre était étonné, et ne savait où il en était. Voyons, de quoi s'agit-il ? dit alors notre homme pour entamer la conversation, et en prenant la main du Religieux, qu'il serra avec componction[5] dans la sienne. Là-dessus le Religieux lui conta mon histoire. Voilà, répondit-il, une aventure bien particulière et une situation bien triste ! Vous pensiez juste, mon Père, quand vous m'avez écrit qu'on ne pouvait faire une meilleure action que de rendre service à Mademoiselle. Je le crois de même, elle a plus besoin de secours qu'un autre par mille raisons, et je vous suis obligé de vous être adressé à moi pour cela ; je bénis le moment où vous avez été inspiré de m'avertir, car je suis pénétré de ce que je viens d'entendre ; allons, examinons un peu de quelle façon nous nous y prendrons. Quel âge avez-vous, ma chère enfant ? ajouta-t-il en me parlant avec une charité cordiale. À cette question je me mis à soupirer sans pouvoir répondre. Ne vous affligez pas, me dit-il, prenez courage, je ne demande qu'à vous être utile ; et d'ailleurs Dieu est le maître, il faut le louer de tout ce qu'il fait : dites-moi donc, quel âge avez-vous à peu près ? Quinze ans et demi, repris-je, et peut-être plus. Effectivement, dit-il en se retournant du côté du père, à la voir on lui en donnerait davantage ; mais, sur sa physionomie, j'augure bien de son cœur et du caractère de son esprit : on est même porté à croire qu'elle a de la naissance ; en

---

1. Air de quelqu'un qui se contraint à jeûner, à se priver pour le salut de son âme.   **2.** Dès le XVIIIe siècle, désigne un corps bien en chair, un peu gras. Jusqu'alors signifie en bonne santé.   **3.** Généreusement.   **4.** Mal à l'aise.   **5.** Dans l'écriture littéraire, attitude de contrition affichée. Peut-être même avec un excès hypocrite.

vérité, son malheur est bien grand ! Que les desseins de
Dieu sont impénétrables !

Mais revenons au plus pressé, ajouta-t-il après s'être
ainsi prosterné en esprit devant les desseins de Dieu :
comme vous n'avez nulle fortune dans ce monde, il faut
voir à quoi vous vous destinez : la Demoiselle qui est
morte n'avait-elle rien résolu pour vous ? Elle avait, lui
dis-je, intention de me mettre chez une marchande. Fort
bien, reprit-il, j'approuve ses vues ; sont-elles de votre
goût ? Parlez franchement, il y a plusieurs choses qui peuvent vous convenir ; j'ai, par exemple, une belle-sœur qui
est une personne très raisonnable, fort à son aise, et qui
vient de perdre une Demoiselle qui était à son service,
qu'elle aimait beaucoup, et à qui elle aurait fait du bien
dans la suite ; si vous vouliez tenir sa place, je suis persuadé qu'elle vous prendrait avec plaisir.

Cette proposition me fit rougir. Hélas ! Monsieur, lui
dis-je, quoique je n'aie rien, et que je ne sache à qui je
suis, il me semble que j'aimerais mieux mourir que d'être
chez quelqu'un en qualité de domestique ; et si j'avais
mon père et ma mère, il y a toute apparence que j'en
aurais moi-même, au lieu d'en servir à personne.

Je lui répondis cela d'une manière fort triste ; après
quoi, versant quelques larmes : Puisque je suis obligée de
travailler pour vivre, ajoutai-je en sanglotant, je préfère le
plus petit métier qu'il y ait, et le plus pénible, pourvu que
je sois libre, à l'état[1] dont vous me parlez, quand j'y
devrais faire ma fortune. Eh ! mon enfant, me dit-il, tranquillisez-vous ; je vous loue de penser comme cela, c'est
une marque que vous avez du cœur, et cette fierté-là est
permise. Il ne faut pas la pousser trop loin, elle ne serait
plus raisonnable : quelque conjecture avantageuse qu'on
puisse faire de votre naissance, cela ne vous donne aucun
état, et vous devez vous régler là-dessus : mais enfin nous
suivrons les vues de cette amie que vous avez perdue ; il

---

1. Condition, emploi (A).

en coûtera davantage, c'est une pension qu'il faudra payer ; mais n'importe, dès aujourd'hui vous serez placée : je vais vous mener chez ma marchande de linge, et vous y serez la bienvenue ; êtes-vous contente ? Oui, monsieur, lui dis-je, et jamais je n'oublierai vos bontés. Profitez-en, Mademoiselle, dit alors le Religieux qui nous avait jusque-là laissé faire tout notre dialogue, et comportez-vous d'une manière qui récompense Monsieur des soins où[1] sa piété l'engage pour vous. Je crains bien, reprit alors notre homme d'un ton dévot et scrupuleux[2], je crains bien de n'avoir point de mérite à la secourir, car je suis trop sensible à son infortune.

Alors il se leva et dit : Ne perdons point de temps, il se fait tard, allons chez la Marchande dont je vous ai parlé, Mademoiselle ; pour vous, mon Père, vous pouvez à présent vous retirer, je vous rendrai bon compte du dépôt[3] que vous me confiez. Là-dessus, le Religieux nous quitta, je le remerciai de ses peines en bégayant, car j'étais toute troublée, et nous voilà en chemin dans le carrosse de mon bienfaiteur.

Je voudrais bien pouvoir vous dire tout ce qui se passait dans mon esprit, et comment je sortis de cette conversation que je venais d'essuyer, et dont je ne vous ai dit que la moindre partie, car il y eut bien d'autres discours très mortifiants pour moi. Et il est bon de vous dire que, toute jeune que j'étais, j'avais l'âme un peu fière ; on m'avait élevée avec douceur, et même avec des égards, et j'étais bien étourdie[4] d'un entretien de cette espèce. Les bienfaits des hommes sont accompagnés d'une maladresse si humiliante pour les personnes qui les reçoivent ! Imaginez-vous qu'on avait épluché ma misère pendant une heure, qu'il n'avait été question que de la compassion que j'inspirais, du grand mérite qu'il y aurait à me faire du

---

   1. (D) remarque l'emploi, comme au XVIIe siècle, de « où », en régime indirect, sans valeur locale.   **2.** Moral et minutieux.   **3.** Ce que l'on vous a confié.   **4.** Sens ancien d'assommée.

bien ; et puis c'était la religion qui voulait qu'on prît soin de moi ; ensuite venait un faste de réflexions charitables, une enflure[1] de sentiments dévots. Jamais la charité n'étala ses tristes devoirs avec tant d'appareil[2] ; j'avais le cœur noyé dans la honte ; et puisque j'y suis, je vous dirai que c'est quelque chose de bien cruel que d'être abandonné au secours de certaines gens : car qu'est-ce qu'une charité qui n'a point de pudeur avec le misérable, et qui, avant que de le soulager, commence par écraser son amour-propre ? La belle chose qu'une vertu qui fait le désespoir de celui sur qui elle tombe ! Est-ce qu'on est charitable à cause qu'on fait des œuvres de charité ? Il s'en faut bien ; quand vous venez vous appesantir sur le détail de mes maux, dirais-je à ces gens-là, quand vous venez me confronter avec toute ma misère, et que le cérémonial[3] de vos questions, ou plutôt de l'interrogatoire dont vous m'accablez, marche devant les secours que vous me donnez, voilà ce que vous appelez faire une œuvre de charité ; et moi je dis que c'est une œuvre brutale et haïssable, œuvre de métier et non de sentiment.

J'ai fini ; que ceux qui ont besoin de leçons là-dessus profitent de celle que je leur donne ; elle vient de bonne part, car je leur parle d'après mon expérience.

Je me suis laissée dans le carrosse avec mon homme pour aller chez la Marchande : je me souviens qu'il me questionnait beaucoup dans le chemin, et que je lui répondais d'un ton bas et douloureux ; je n'osais me remuer, je ne tenais presque point de place, et j'avais le cœur mort.

Cependant, malgré l'anéantissement où je me sentais, j'étais étonnée des choses dont il m'entretenait ; je trouvais sa conversation singulière ; il me semblait que mon homme se mitigeait[4], qu'il était plus flatteur que zélé[5],

---

1. Au sens d'exagération, d'accumulation. 2. Emphase dans la présentation, caractère pompeux (R). 3. Ensemble de formalités dans les solennités ou les relations sociales (A). 4. Dans le vocabulaire propre à Marivaux, s'adoucir, devenir plus traitable. 5. Qui met une grande ardeur à servir la cause de Dieu.

plus généreux que charitable ; il me paraissait tout
changé.

Je vous trouve bien gênée avec moi, me disait-il ; je ne
veux point vous voir dans cette contrainte-là, ma chère
fille : vous me haïriez bientôt, quoique je ne vous veuille
que du bien. Notre conversation avec ce Religieux vous
a rendue triste : le zèle de ces gens-là n'est pas consolant ;
il est dur, et il faut faire comme eux. Mais moi, j'ai naturellement le cœur bon ; ainsi, vous pouvez me regarder
comme votre ami, comme un homme qui s'intéresse à
vous de tout son cœur, et qui veut avoir votre confiance,
entendez-vous ? Je me retiens le privilège de vous donner
quelques conseils, mais je ne prétends pas qu'ils vous
effarouchent. Je vous dirai, par exemple, que vous êtes
jeune et jolie, et que ces deux belles qualités vont vous
exposer aux poursuites du premier étourdi[1] qui vous
verra, et que vous feriez mal de l'écouter, parce que cela
ne vous mènerait à rien et ne mérite pas votre attention ;
c'est à votre fortune à qui[2] il faut que vous la donniez, et
à tout ce qui pourra l'avancer. Je sais bien qu'à votre âge
on est charmée de plaire, et vous plairez même sans y
tâcher[3], j'en suis sûr ; mais du moins ne vous souciez
point trop de plaire à tout le monde, surtout à mille petits
soupirants que vous ne devez pas regarder dans la situation où vous êtes. Ce que je vous dis là n'est point d'une
sévérité outrée, continua-t-il d'un air aisé en me prenant
la main, que j'avais belle. Non, Monsieur, lui dis-je. Et
puis, voyant que j'étais sans gants : Je veux vous en acheter, me dit-il ; cela conserve les mains, et quand on les a
belles, il faut y prendre garde.

Là-dessus il fait arrêter le carrosse, et m'en prit plusieurs paires que j'essayai toutes avec le secours qu'il me
prêtait, car il voulut m'aider ; et moi, je le laissais faire

---

1. Qui agit sans réfléchir. Dans la comédie, il désigne un jeune
homme élégant et sans cervelle, content de lui et disposé à séduire (R).
2. Voir note 2, p. 123.   3. Sans même y prétendre et faire des efforts
pour cela.

en rougissant de mon obéissance ; et je rougissais sans
savoir pourquoi, seulement par un instinct qui me mettait
en peine [1] de ce que cela pouvait signifier.

Toutes ces petites particularités, au reste, je vous les
dis parce qu'elles ne sont pas si bagatelles qu'elles le
paraissent.

Nous arrivâmes enfin chez la Marchande, qui me parut
une femme assez bien faite, et qui me reçut aux conditions
dont ils convinrent pour ma pension. Il me semble qu'il
lui parla longtemps à part ; mais je n'imaginai rien là-
dessus, et il s'en alla en disant qu'il nous reviendrait voir
dans quelques jours, et en me recommandant extrêmement à la Marchande, qui, après qu'il fut parti, me fit voir
une petite chambre où je mis mes hardes, et où je devais
coucher avec une compagne.

Cette Marchande, il faut que je vous la nomme pour la
facilité de l'histoire. Elle s'appelait Mme Dutour ; c'était
une veuve qui, je pense, n'avait pas plus de trente ans ;
une grosse réjouie qui, à vue d'œil, paraissait la meilleure
femme du monde ; aussi l'était-elle. Son domestique [2]
était composé d'un petit garçon de six ou sept ans qui était
son fils, d'une servante, et d'une nommée Mlle Toinon, sa
fille de boutique [3].

Quand je serais tombée des nues, je n'aurais pas été
plus étourdie que je l'étais ; les personnes qui ont du sentiment [4] sont bien plus abattues que d'autres dans de certaines occasions, parce que tout ce qui leur arrive les
pénètre ; il y a une tristesse stupide [5] qui les prend, et qui
me prit : Mme Dutour fit de son mieux pour me tirer de
cet état-là.

Allons, Mademoiselle Marianne, me disait-elle (car elle
avait demandé mon nom), vous êtes avec de bonnes gens,

---

1. Se donner du mal (A).   2. Ensemble de personnes vivant dans
la maison.   3. Employée chargée de travaux pénibles.   4. Personnes
sensibles.   5. Tristesse qui paralyse et empêche d'agir. Stupide, en
ce sens, est d'un emploi archaïque.

ne vous chagrinez point, j'aime qu'on soit gaie ; qu'avez-vous qui vous fâche ? Est-ce que vous vous déplaisez ici ? Moi, dès que je vous ai vue, j'ai pris de l'amitié pour vous ; tenez, voilà Toinon qui est une bonne enfant, faites connaissance ensemble. Et c'était en soupant qu'elle me tenait ce discours, à quoi je ne répondais que par une inclination de tête et avec une physionomie dont la douceur remerciait sans que je parlasse. Quelquefois, je m'encourageais jusqu'à dire, Vous avez bien de la bonté ; mais, en vérité, j'étais déplacée[1], et je n'étais pas faite pour être là.

Je sentais, dans la franchise de cette femme-là, quelque chose de grossier qui me rebutait.

Je n'avais pourtant encore vécu qu'avec mon Curé et sa sœur, et ce n'étaient pas des gens du monde, il s'en fallait bien ; mais je ne leur avais vu que des manières simples et non pas grossières : leurs discours étaient unis et sensés ; d'honnêtes gens vivants[2] médiocrement pouvaient parler comme ils parlaient, et je n'aurais rien imaginé de mieux, si je n'avais jamais vu autre chose : au lieu qu'avec ces gens-ci, je n'étais pas contente, je leur trouvais un jargon[3], un ton brusque qui blessait ma délicatesse. Je me disais déjà que dans le monde, il fallait qu'il y eût quelque chose qui valait mieux que cela ; je soupirais après, j'étais triste d'être privée de ce mieux que je ne connaissais pas : dites-moi d'où cela venait ? Où est-ce que j'avais pris mes délicatesses ? Étaient-elles dans mon sang ? cela se pourrait bien. Venaient-elles du séjour que j'avais fait à Paris ? cela se pourrait encore : il y a des âmes perçantes[4] à qui il n'en faut pas beaucoup montrer pour les instruire, et qui, sur le peu qu'elles voient, soupçonnent tout d'un coup tout ce qu'elles pourraient voir.

---

1. Qui n'est pas dans le lieu qui lui convient. Socialement pas à sa place.   2. Un des accords du participe présent signalé par (D) et particulier à Marivaux.   3. Sorte de langage particulier, sorte de langage grossier (A).   4. Dans la langue classique, s'emploie pour un esprit perspicace.

La mienne avait le sentiment bien subtil, je vous assure, surtout dans les choses de sa vocation, comme était le monde. Je ne connaissais personne à Paris, je n'en avais vu que les rues, mais dans ces rues il y avait des personnes de toutes espèces, il y avait des carrosses, et dans ces carrosses un monde qui m'était très nouveau, mais point étranger. Et sans doute, il y avait en moi un goût naturel qui n'attendait que ces objets-là pour s'y prendre, de sorte que, quand je les voyais, c'était comme si j'avais rencontré ce que je cherchais.

Vous jugez bien qu'avec ces dispositions, Mme Dutour ne me convenait point, non plus que Mlle Toinon, qui était une grande fille qui se redressait toujours, et qui maniait sa toile[1] avec tout le jugement et toute la décence[2] possible ; elle y était toute entière, et son esprit ne passait pas son aune.

Pour moi, j'étais si gauche à ce métier-là, que je l'impatientais à tout moment. Il fallait voir de quel air elle me reprenait, avec quelle fierté de savoir elle corrigeait ma maladresse : et ce qui est plaisant, c'est que l'effet ordinaire de ces corrections, c'était de me rendre encore plus maladroite, parce que j'en devenais plus dégoûtée.

Nous couchions dans la même chambre, comme je vous l'ai déjà dit, et là elle me donnait des leçons pour parvenir, disait-elle ; ensuite, elle me contait l'état de ses parents, leurs facultés[3], leur caractère, ce qu'ils lui avaient donné pour ses dernières étrennes. Après venait un amant[4] qu'elle avait, qui était un beau garçon fait au tour[5] ; et puis nous irions nous promener ensemble ; et moi, sans en avoir d'envie, je lui répondais que je le voulais bien. Les inclinations de Mme Dutour n'étaient pas oubliées : son amant l'aurait déjà épousée ; mais il n'était

---

1. Pièce de tissu apprêtée pour un usage utilitaire (A).   **2.** Honnêteté et bienséance dans les gestes et le comportement (A).   **3.** Peut désigner les moyens économiques dont on dispose.   **4.** Celui qu'on aime et dont on est aimée.   **5.** Fait comme au tour, à la perfection (A).

pas assez riche, et en attendant, il la voyait toujours, venait souvent manger chez elle, et elle lui faisait un peu trop bonne chère. C'est pour vous divertir que je vous conte cela ; passez-le, si cela vous ennuie.

M. de Climal (c'était ainsi que s'appelait celui qui m'avait mis chez Mme Dutour) revint trois ou quatre jours après m'avoir laissée là. J'étais alors dans notre chambre avec Mlle Toinon, qui me montrait ses belles hardes, et qui sortit, par savoir-vivre, dès qu'il fut entré.

Eh bien ! Mademoiselle, comment vous trouvez-vous ici ? me dit-il. Mais, monsieur, répondis-je, j'espère que je m'y ferai. J'aurais, répondit-il, grande envie que vous fussiez contente, car je vous aime de tout mon cœur, vous m'avez plu tout d'un coup, et je vous en donnerai toutes les preuves que je pourrai. Pauvre enfant ! que j'aurai de plaisir à vous rendre service ! Mais je veux que vous ayez de l'amitié pour moi. Il faudrait que je fusse bien ingrate pour en manquer, lui répondis-je. Non, non, reprit-il, ce ne sera point par ingratitude que vous ne m'aimerez point ; c'est que vous n'aurez pas avec moi une certaine liberté que je veux que vous ayez. Je sais trop le respect que je vous dois, lui dis-je. Il n'est pas sûr que vous m'en deviez, dit-il, puisque nous ne savons pas qui vous êtes ; mais, Marianne, ajouta-t-il, en me prenant la main qu'il serrait imperceptiblement, ne seriez-vous pas un peu plus familière avec un ami qui vous voudrait autant de bien que je vous en veux ? Voilà ce que je demande : vous lui diriez vos sentiments, vos goûts ; vous aimeriez à le voir. Pourquoi ne feriez-vous pas de même avec moi ? Oh ! j'y veux mettre ordre absolument, ou nous aurons querelle ensemble. À propos, j'oubliais à vous donner de l'argent. Et en disant cela, il me mit quelques louis d'or dans la main. Je les refusai d'abord, et lui dis qu'il me restait quelque argent de la défunte ; mais, malgré cela, il me força de les prendre. Je les pris donc avec honte, car cela m'humiliait ; mais je n'avais pas de fierté à écouter là-

dessus avec un homme qui s'était chargé de moi, pauvre
orpheline, et qui paraissait vouloir me tenir lieu de père.

Je fis une révérence assez sérieuse en recevant ce qu'il
me donnait. Eh ! me dit-il, ma chère Marianne, laissons
là les révérences, et montrez-moi que vous êtes contente.
Combien m'allez-vous saluer de fois pour un habit que je
vais vous acheter ? voyons. Je ne fis pas, ce me semble,
une grande attention à l'habit qu'il me promettait, mais il
dit cela d'un air si bon et si badin[1], qu'il me gagna le
cœur, je vous l'avoue. Mes répugnances me quittèrent, un
vif sentiment de reconnaissance en prit la place ; et je me
jetai sur son bras que j'embrassai de fort bonne grâce et
presque en pleurant de sensibilité.

Il fut charmé de mon mouvement, et me prit la main,
qu'il baisa d'une manière fort tendre ; façon de faire qui,
au milieu de mon petit transport[2], me parut encore singulière, mais toujours de cette singularité qui m'étonnait
sans rien m'apprendre, et que je penchais à regarder
comme des expressions un peu extraordinaires de son bon
cœur.

Quoi qu'il en soit, la conversation, de ma part, devint
dès ce moment-là plus aisée, mon aisance me donna des
grâces qu'il ne me connaissait pas encore ; il s'arrêtait de
temps en temps à me considérer avec une tendresse dont
je remarquais toujours l'excès, sans y entendre plus de
finesse[3].

Il n'y avait pas moyen, non plus, qu'alors j'en péné-
trasse davantage ; mon imagination avait fait son plan sur
cet homme-là, et quoique je le visse enchanté de moi, rien
n'empêchait que ma jeunesse, ma situation, mon esprit et
mes grâces ne lui eussent donné pour moi une affection
très innocente : on peut se prendre d'une tendre amitié
pour les personnes de mon âge dont on veut avoir soin ;

---

1. Sot, ridicule, folâtre. Mais aussi enjoué, gaillard, plaisant (A).
2. Passion qui nous met en quelque sorte hors de nous-mêmes (A).
3. Sans chercher plus loin.

on se plaît à leur voir du mérite, parce que nos bienfaits nous en feront plus d'honneur ; enfin on aime ordinairement à voir l'objet de sa générosité ; et tous les motifs de simple tendresse qu'un bienfaiteur peut avoir dans ce cas-là, une fille de plus de quinze ans et demi, quoiqu'elle n'ait rien vu, les sent et les devine confusément ; elle n'en est non plus [1] surprise que de voir l'amour de son père et de sa mère pour elle ; et voilà comment j'étais : je l'aurais plutôt pris pour un original dans ses façons que pour ce qu'il était. Il avait beau reprendre ma main, l'approcher de sa bouche en badinant, je n'admirais là-dedans que la rapidité de son inclination pour moi, et cela me touchait plus que tous ses bienfaits ; car, à l'âge où j'étais, quand on n'a point encore souffert, on ne sait point trop l'avantage qu'il y a d'être dépourvue de tout.

Peut-être devrais-je passer tout ce que je vous dis là ; mais je vais comme je puis, je n'ai garde de songer que je vous fais un livre, cela me jetterait dans un travail d'esprit [2] dont je ne sortirais pas ; je m'imagine que je vous parle, et tout passe dans la conversation : continuons-la donc.

Dans ce temps, on se coiffait en cheveux [3], et jamais créature ne les a eu plus beaux que moi ; cinquante ans que j'ai n'en ont fait que diminuer la quantité, sans en avoir changé la couleur, qui est encore du plus clair châtain.

M. de Climal les regardait, les touchait avec passion ; mais cette passion, je la regardais comme un pur badinage [4]. Marianne, me disait-il quelquefois, vous n'êtes point si à plaindre : de si beaux cheveux et ce visage-là ne vous laisseront manquer de rien. Ils ne me rendront ni

---

1. À la place de *pas plus*. C'est une tournure vieillie à l'époque de Marivaux.   2. Peut être compris comme de « bel esprit » ou plus simplement de réflexion et d'analyse.   3. Avec ses propres cheveux car les femmes, dès 1630, ont renoncé à la perruque.   4. Pur, au sens de parfait. Badinage qualifie un discours enjoué et folâtre, une sorte de plaisanterie et de jeu (R).

mon père ni ma mère, lui répondis-je. Ils vous feront
aimer de tout le monde, me dit-il ; et pour moi, je ne leur
refuserai jamais rien. Oh ! pour cela, Monsieur, lui dis-je,
je compte sur vous et sur votre bon cœur. Sur mon bon
cœur ? reprit-il en riant ; eh ! vous parlez donc de cœur,
chère enfant, et le vôtre, si je vous le demandais, me le
donneriez-vous ? Hélas ! vous le méritez bien, lui dis-je
naïvement.

À peine lui eus-je répondu cela, que je vis dans ses
yeux quelque chose de si ardent[1] que ce fut un coup de
lumière pour moi ; sur-le-champ je me dis en moi-même :
Il se pourrait bien faire que cet homme-là m'aimât comme
un amant aime une maîtresse ; car enfin, j'en avais vu, des
amants, dans mon village, j'avais entendu parler d'amour,
j'avais même déjà lu quelques romans à la dérobée ; et
tout cela, joint aux leçons que la nature nous donne,
m'avait du moins fait sentir qu'un amant était bien différent d'un ami ; et sur cette différence, que j'avais
comprise à ma manière, tout d'un coup les regards de
M. de Climal me parurent d'une espèce suspecte.

Cependant, je ne regardai pas l'idée qui m'en vint sur-
le-champ comme une chose encore bien sûre ; mais je
devais bientôt en avoir le cœur net ; et je commençai toujours, en attendant, par être un peu plus forte et plus à
mon aise avec lui. Mes soupçons me défirent presque tout
à fait de cette timidité qu'il m'avait tant reprochée ; je
crus que, s'il était vrai qu'il m'aimât, il n'y avait plus tant
de façons à faire avec lui, et que c'était lui qui était dans
l'embarras, et non pas moi. Ce raisonnement coula de
source, au reste il paraît fin, et ne l'est pas ; il n'y a rien
de si simple, on ne s'aperçoit pas seulement qu'on le fait.

Il est vrai que ceux contre qui on raisonne comme cela
n'ont pas grand retour[2] à espérer de vous ; cela suppose
qu'en fait d'amour, on ne se soucie guère d'eux : aussi
de ce côté-là M. de Climal m'était-il parfaitement indiffé-

---

1. Au sens de brûlant.   2. Ici, réciprocité des sentiments.

rent, et même de cette indifférence qui va devenir haine
si on la tourmente ; peut-être eût-il été ma première inclination, si nous avions commencé autrement ensemble ;
mais je ne l'avais connu que sur le pied d'un homme
pieux, qui entreprenait d'avoir soin de moi par charité ;
et je ne sache point de manière de connaître les gens qui
éloigne tant de les aimer de ce qu'on appelle amour : il
n'y a plus de sentiment tendre à demander à une personne
qui n'a fait connaissance avec vous que dans ce goût-là.
L'humiliation qu'elle a soufferte vous a fermé son cœur
de ce côté-là. Ce cœur en garde une rancune que lui-
même il[1] ne sait pas qu'il a, tant[2] que vous ne lui demandez que des sentiments qui vous sont justement dus ; mais
lui demandez-vous d'une certaine tendresse, oh ! c'est
une autre affaire : son amour-propre vous reconnaît alors ;
vous vous êtes brouillé avec lui sans retour là-dessus, il
ne vous pardonnera jamais. Et c'est ainsi que j'étais avec
M. de Climal.

Il est vrai que, si les hommes savaient obliger[3], je crois
qu'ils feraient tout ce qu'ils voudraient de ceux qui leur
auraient obligation : car est-il rien de si doux que le sentiment de reconnaissance, quand notre amour-propre n'y
répugne point ? On en tirerait des trésors de tendresse ;
au lieu qu'avec les hommes on a besoin de deux vertus,
l'une pour empêcher d'être indignée du bien qu'ils vous
font, l'autre pour vous en imposer la reconnaissance.

M. de Climal m'avait parlé d'un habit qu'il voulait me
donner, et nous sortîmes pour l'acheter à mon goût. Je
crois que je l'aurais refusé, si j'avais été bien convaincue
qu'il avait de l'amour pour moi ; car j'aurais eu un
dégoût, ce me semble, invincible à profiter de sa faiblesse,
surtout ne la partageant pas ; car, quand on la partage, on
ajuste cela ; on s'imagine qu'il y a beaucoup de délica-

---

1. La reprise de la forme lourde (moi-même, toi-même...) par
la forme légère est habituelle au XVIIIe siècle. 2. À tel point. 3. Mettre dans l'obligation d'éprouver de la reconnaissance.

tesse à n'être point délicat là-dessus ; mais je doutais encore de ce qu'il avait dans l'âme, et supposé qu'il n'eût que de l'amitié, c'était donc une amitié extrême, qui méritait assurément le sacrifice de toute ma fierté. Ainsi j'acceptai l'offre de l'habit à tout hasard [1].

L'habit fut acheté : je l'avais choisi ; il était noble et modeste, et tel qu'il aurait pu convenir à une fille de condition qui n'aurait pas eu de bien. Après cela, M. de Climal parla de linge, et effectivement j'en avais besoin. Encore autre achat que nous allâmes faire ; Mme Dutour aurait pu lui fournir ce linge, mais il avait ses raisons pour n'en point prendre chez elle : c'est qu'il le voulait trop beau. Mme Dutour aurait trouvé la charité outrée [2] ; et quoique ce fût une bonne femme qui ne s'en serait pas souciée, et qui aurait cru que ce n'était pas là son affaire, il était mieux de ne pas profiter de la commodité [3] de son caractère, et d'aller ailleurs.

Oh ! pour le coup, ce fut ce beau linge qu'il voulut que je prisse qui me mit au fait de ses sentiments ; je m'étonnai même que l'habit, qui était très propre [4], m'eût encore laissé quelque doute, car la charité n'est pas galante dans ses présents ; l'amitié même, si secourable, donne du bon et ne songe point au magnifique ; les vertus des hommes ne remplissent que bien précisément leur devoir, elles seraient plus volontiers mesquines que prodigues dans ce qu'elles font de bien : il n'y a que les vices qui n'ont point de ménage [5]. Je lui dis tout bas que je ne voulais point de linge si distingué, je lui parlai sur ce ton-là sérieusement ; il se moqua de moi, et me dit : Vous êtes un enfant, taisez-vous, allez vous regarder dans le miroir, et voyez si ce linge est trop beau pour votre visage. Et puis, sans vouloir m'écouter, il alla son train [6] :

---

1. Sans aucune intention précise.   **2.** Exagérée.   **3.** Indulgence de son caractère qui autorise tout et ne s'offusque de rien (A).   **4.** Élégant et de bon goût (A).   **5.** Au sens d'économie domestique.
6. Conduite, façon d'agir (A). Il se comportait sans tenir compte des objections et des refus.

Je vous avoue que je me trouvais bien embarrassée, car
je voyais qu'il était sûr qu'il m'aimait, qu'il ne me donnait qu'à cause de cela, qu'il espérait me gagner par là,
et qu'en prenant ce qu'il me donnait, moi je rendais ses
espérances assez bien fondées.

Je consultais donc en moi-même ce que j'avais à faire ;
et à présent que j'y pense, je crois que je ne consultais que
pour perdre du temps : j'assemblais je ne sais combien de
réflexions dans mon esprit ; je me taillais de la besogne[1],
afin que, dans la confusion de mes pensées, j'eusse plus
de peine à prendre mon parti, et que mon indétermination
en fût plus excusable. Par là je reculais une rupture avec
M. de Climal, et je gardais ce qu'il me donnait.

Cependant, j'étais bien honteuse de ses vues ; ma chère
amie, la sœur du Curé, me revenait dans l'esprit. Quelle
différence affreuse, me disais-je, des secours qu'elle me
donnait à ceux que je reçois ! Quelle serait la douleur de
cette amie, si elle vivait, et qu'elle vît l'état où je suis !
Il me semblait que mon aventure violait d'une manière
cruelle le respect que je devais à sa tendre amitié ; il me
semblait que son cœur en soupirait dans le mien ; et tout
ce que je vous dis là, je ne l'aurais point exprimé, mais
je le sentais.

D'un autre côté, je n'avais plus de retraite, et M. de
Climal m'en donnait une ; je manquais de hardes, et il
m'en achetait, et c'étaient de belles hardes que j'avais
déjà essayées dans mon imagination, et j'avais trouvé
qu'elles m'allaient à merveille. Mais je n'avais garde de
m'arrêter à cet article qui se mêlait dans mes considérations, car j'aurais rougi du plaisir qu'il me faisait, et
j'étais bien aise apparemment que ce plaisir fît son effet
sans qu'il y eût de ma faute ; souplesse[2] admirable pour
être innocent d'une sottise qu'on a envie de faire. Après

_____

1. Au sens de se créer des embarras ou des obligations. Besogne a
ici le sens d'embarras.   **2.** Au sens de finesses, subtilités pour se
dissimuler la vérité.

cela, me dis-je, M. de Climal ne m'a point encore parlé
de son amour, peut-être même n'osera-t-il m'en parler de
longtemps, et ce n'est point à moi à deviner le motif de
ses soins. On m'a menée à lui comme à un homme charitable et pieux, il me fait du bien : tant pis pour lui si ce
n'est point dans de bonnes vues, je ne suis point obligée
de lire dans sa conscience, et je ne serai complice de rien,
tant qu'il ne s'expliquera pas ; ainsi j'attendrai qu'il me
parle sans équivoque.

Ce petit cas de conscience [1] ainsi décidé, mes scrupules
se dissipèrent et le linge et l'habit me parurent de bonne
prise [2].

Je les emportai chez Mme Dutour ; il est vrai qu'en nous
en retournant, M. de Climal rendit, par-ci par-là, sa passion encore plus aisée à deviner que de coutume : il se
démasquait petit à petit, l'homme amoureux se montrait,
je lui voyais déjà la moitié du visage, mais j'avais conclu
qu'il fallait que je le visse tout entier pour le reconnaître,
sinon il était arrêté que je ne verrais rien. Les hardes
n'étaient pas encore en lieu de sûreté, et si je m'étais
scandalisée trop tôt, j'aurais peut-être tout perdu. Les passions de l'espèce de celle de M. de Climal sont naturellement lâches ; quand on les désespère, elles ne se piquent
pas de faire une retraite bien honorable, et c'est un vilain
amant qu'un homme qui vous désire plus qu'il ne vous
aime : non pas que l'amant le plus délicat ne désire à sa
manière, mais du moins c'est que chez lui les sentiments
du cœur se mêlent avec les sens ; tout cela se fond
ensemble, ce qui fait un amour tendre, et non pas vicieux,
quoique à la vérité capable du vice ; car tous les jours,
en fait d'amour, on fait très délicatement des choses fort
grossières : mais il ne s'agit point de cela.

Je feignis donc de ne rien comprendre aux petits discours
que me tenait M. de Climal pendant que nous retournions

---

1. Difficulté, question sur ce que la religion permet ou défend (A).
2. La bonne prise est celle qui a été acquise justement.

chez Mme Dutour. J'ai peur de vous aimer trop, Marianne,
me disait-il ; et si cela était que feriez-vous ? Je ne pourrais
en être que plus reconnaissante, s'il était possible, lui répondais-je. Cependant, Marianne, je me défie de votre cœur,
quand il connaîtra toute la tendresse du mien, ajouta-t-il,
car vous ne la savez pas. Comment, lui dis-je, vous croyez
que je ne vois pas votre amitié ? Eh ! ne changez point mes
termes, reprit-il, je ne dis pas mon amitié, je parle de ma
tendresse. Quoi ! dis-je, n'est-ce pas la même chose ? Non,
Marianne, me répondit-il, en me regardant d'une manière à
m'en prouver la différence ; non, chère fille, ce n'est pas la
même chose, et je voudrais bien que l'une vous parût plus
douce que l'autre. Là-dessus je ne pus m'empêcher de baisser les yeux, quoique j'y résistasse[1] ; mais mon embarras[2]
fut plus fort que moi. Vous ne me dites mot ; est-ce que
vous m'entendez ? me dit-il en me serrant la main. C'est,
lui dis-je, que je suis honteuse de ne savoir que répondre à
tant de bonté.

Heureusement pour moi, la conversation finit là, car
nous étions arrivés ; tout ce qu'il put faire, ce fut de me
dire à l'oreille : Allez, friponne, allez rendre votre cœur
plus traitable et moins sourd, je vous laisse le mien pour
vous y aider.

Ce discours était assez net, et il était difficile de parler
plus français : je fis semblant d'être distraite pour me
dispenser d'y répondre ; mais un baiser qu'il m'appuyait
sur l'oreille en me parlant, s'attirait mon attention malgré
que j'en eusse, et il n'y avait pas moyen d'être sourde à
cela ; aussi ne le fus-je pas. Monsieur, ne vous ai-je pas
fait mal ? m'écriai-je d'un air naturel, en feignant de
prendre le baiser qu'il m'avait donné pour le choc de sa
tête avec la mienne. Dans le temps que je disais cela, je
descendais de carrosse, et je crois qu'il fut la dupe de ma

---

1. (D) note que *y* renvoie très librement à une phrase ou à une idée.
2. Tracas, trouble (A).

petite finesse, car il me répondit très naturellement que non.

J'emportai le ballot de hardes, que j'allai serrer dans notre chambre, pendant que M. de Climal était dans la boutique de Mᵐᵉ Dutour. Je redescendis sur-le-champ : Marianne, me dit-il d'un ton froid, faites travailler à votre habit dès aujourd'hui : je vous reverrai dans trois ou quatre jours, et je veux que vous l'ayez. Et puis, parlant à Mᵐᵉ Dutour : J'ai tâché, dit-il, de l'assortir avec de très beau linge qu'elle m'a montré, et que lui a laissé la demoiselle qui est morte.

Et là-dessus vous remarquerez, ma chère amie, que M. de Climal m'avait avertie qu'il parlerait comme cela à Mᵐᵉ Dutour ; et je pense vous en avoir dit la raison, qu'il ne me dit pourtant pas, mais que je devinai. D'ailleurs, ajouta-t-il, je suis bien aise que Mademoiselle soit proprement mise, parce que j'ai des vues[1] pour elle qui pourront réussir. Et tout cela du ton d'un homme vrai[2] et respectable ; car M. de Climal, tête à tête[3] avec moi, ne ressemblait point du tout au M. de Climal parlant aux autres : à la lettre[4], c'était deux hommes différents ; et quand je lui voyais son visage dévot, je ne pouvais pas comprendre comment ce visage-là ferait[5] pour devenir profane, et tel qu'il était avec moi. Mon Dieu, que les hommes ont de talents pour ne rien valoir[6] !

Il se retira après un demi-quart d'heure de conversation avec Mᵐᵉ Dutour. Il ne fut pas plus tôt parti, que celle-ci, à qui il avait conté mon histoire, se mit à louer sa piété et la bonté de son cœur. Marianne, me dit-elle, vous avez fait là une bonne rencontre quand vous l'avez connu ; voyez ce que c'est, il a autant de soin de vous que si vous

---

1. Au sens de projet. Mais le terme est ambigu. Avoir des vues sur une femme, c'est penser pouvoir la posséder ou parvenir à en être aimé. 2. Honnête.   3. En tête à tête.   4. Vient de traduire à la lettre, c'est-à-dire mot pour mot. Ici, en regardant les choses en détail.   5. Ce conditionnel présent a ici valeur d'imparfait.   6. Pointe reposant sur une alliance de mots contradictoires.

étiez son enfant ; cet homme-là n'a peut-être pas son
pareil dans le monde pour être bon et charitable.

Le mot de *charité* ne fut pas fort de mon goût : il était
un peu cru pour un amour-propre aussi douillet que le
mien[1] ; mais Mme Dutour n'en savait pas davantage, ses
expressions allaient comme son esprit, qui allait comme
il plaisait à son peu de malice et de finesse. Je fis pourtant
la grimace, mais je ne dis rien, car nous n'avions pour
témoin que la grave Mlle Toinon, bien plus capable de
m'envier les hardes qu'on me donnait que de me croire
humiliée de les recevoir. Oh ! pour cela, Mademoiselle Marianne, me dit-elle à son tour d'un air un peu
jaloux, il faut que vous soyez née coiffée[2]. Au contraire,
lui répondis-je, je suis née très malheureuse ; car je
devrais sans comparaison être mieux que je ne suis. À
propos, reprit-elle, est-il vrai que vous n'avez ni père ni
mère, et que vous n'êtes l'enfant à personne ? cela est
plaisant[3]. Effectivement, lui dis-je d'un ton piqué, cela
est fort réjouissant ; et si vous m'en croyez, vous m'en
ferez vos compliments. Taisez-vous, idiote, lui dit
Mme Dutour, qui vit que j'étais fâchée ; elle a raison de se
moquer de vous ; remerciez Dieu de vous avoir conservé
vos parents. Qui est-ce qui a jamais dit aux gens qu'ils
sont des enfants trouvés ? J'aimerais autant qu'on me dît
que je suis bâtarde.

N'était-ce pas là prendre mon parti d'une manière bien
consolante ? Aussi le zèle de cette bonne femme me cho-
qua-t-il autant que l'insulte de l'autre, et les larmes m'en
vinrent aux yeux. Mme Dutour en fut touchée, sans se douter de sa maladresse qui les faisait couler : son attendrissement me fit trembler, je craignis encore quelque nouvelle

---

1. On remarquera que Marianne s'indigne plus du fait de bénéficier
de la charité que d'être soumise aux avances de M. de Climal.
2. Heureux. On dit proverbialement il est né coiffé, parce que le peuple
regarde comme un heureux présage de bonheur quand un enfant vient
au monde avec une sorte de membrane qu'on appelle coiffe (R).
3. Au sens d'étrange.

réprimande à Toinon, et je me hâtai de la prier de ne dire mot.

Toinon, de son côté, me voyant pleurer, se déconcerta de bonne foi ; car elle n'était pas méchante, et son cœur ne voulait fâcher personne, sinon qu'elle était vaine[1], parce qu'elle s'imaginait que cela était décent. Mais comme elle n'avait pas un habit neuf aussi bien que moi, peut-être qu'elle avait cru qu'en place de cela il fallait dire quelque chose, et redresser[2] un peu son esprit, comme elle redressait sa figure.

Voilà d'où me vint la belle apostrophe qu'elle me fit, dont elle me demanda très sincèrement excuse ; et comme je vis que ces bonnes gens n'entendaient rien à ma fierté, ni à ces délicatesses, et qu'ils ne savaient pas le quart du mal qu'ils me faisaient, je me rendis de bonne grâce à leurs caresses ; et il ne fut plus question que de mon habit, qu'on voulut voir avec une curiosité ingénue, qui me fit venir aussi la curiosité d'éprouver ce qu'elles en diraient.

J'allai donc le chercher sans rancune, et avec la joie de penser que je le porterais bientôt. Je prends le paquet tel que je l'avais mis dans la chambre, et je l'apporte. La première chose qu'on vit en le défaisant, ce fut ce beau linge dont on avait pris tant de peine à sauver[3] l'achat, qui avait coûté la façon[4] d'un mensonge à M. de Climal, et à moi un consentement à ce mensonge ; voilà ce que c'est que l'étourderie des jeunes gens ! J'oubliai que ce maudit[5] linge était dans le paquet avec l'habit. Oh ! oh ! dit Mme Dutour, en voici bien d'une autre[6] ! M. de Climal nous disait que c'était la Demoiselle défunte qui vous avait laissé cela ; c'est pourtant lui qui vous l'a acheté, Marianne, et c'est fort mal fait à vous de ne l'avoir pas pris chez moi. Vous n'êtes pas plus délicate que des duchesses qui en prennent bien ; et votre M. de

---

1. Vaniteuse (A).   2. Montrer son esprit, faire preuve d'esprit.
3. Au figuré, signifie cacher aux yeux du monde tout ce qui peut donner du scandale (R).   4. Au sens d'action de faire.   5. Exécrable, détestable (A).   6. « En voilà une meilleure ! »

Climal est encore plaisant ! Mais je vois bien ce que c'est,
ajouta-t-elle en tirant l'étoffe de l'habit qui était dessous,
pour la voir, car sa colère n'interrompit point sa curiosité,
qui est un mouvement chez les femmes qui va avec tout
ce qu'elles ont dans l'esprit ; je vois bien ce que c'est ; je
devine pourquoi on a voulu m'en faire accroire[1] sur ce
linge-là, mais je ne suis pas si bête qu'on le croit, je n'en
dis pas davantage ; remportez, remportez ; pardi, le tour est
joli ! On a la bonté de mettre Mademoiselle en pension chez
moi, et ce qu'il lui faut, on l'achète ailleurs ; j'en ai l'embarras, et les autres le profit ; je vous le conseille[2] !

Pendant ce temps-là, Toinon soulevait mon étoffe du bout
des doigts, comme si elle avait craint de se les salir, et disait :
Diantre ! il n'y a rien de tel que d'être orpheline ! Et la pauvre
fille, ce n'était presque que pour figurer dans l'aventure
qu'elle disait cela ; et toute sage qu'elle était, quiconque lui
en eût donné autant l'aurait rendue stupide de reconnaissance. Laissez cela, Toinon, lui dit Mᵐᵉ Dutour ; je voudrais
bien voir que cela vous fît envie !

Jusque-là je n'avais rien dit ; je sentais tant de mouvements, tant de confusion, tant de dépit, que je ne savais
par où commencer pour parler : c'était d'ailleurs une
situation bien neuve pour moi que la mêlée où je me trouvais. Je n'en avais jamais tant vu. À la fin, quand mes
mouvements furent un peu éclaircis, la colère se déclara
la plus forte ; mais ce fut une colère si franche et si étourdie[3], qu'il n'y avait qu'une fille innocente de ce dont on
l'accusait qui pût l'avoir.

Il était pourtant vrai que M. de Climal était amoureux
de moi ; mais je savais bien aussi que je ne voulais rien
faire de son amour ; et si, malgré cet amour que je
connaissais, j'avais reçu ses présents, c'était par un petit
raisonnement que mes besoins et ma vanité m'avaient
dicté, et qui n'avait rien pris sur la pureté de mes inten-

---

1. Faire croire.   2. Je vous conseille de suivre de tels procédés.
3. Précipitée et imprudente (A).

tions. Mon raisonnement était sans doute une erreur, mais non pas un crime : ainsi je ne méritais pas les outrages dont me chargeait Mme Dutour, et je fis un vacarme épouvantable. Je débutai par jeter l'habit et le linge par terre sans savoir pourquoi, seulement par fureur ; ensuite je parlai, ou plutôt je criai, et je ne me souviens plus de tous mes discours, sinon que j'avouai en pleurant que M. de Climal avait acheté le linge, et qu'il m'avait défendu de le dire, sans m'instruire des raisons qu'il avait pour cela ; qu'au reste j'étais bien malheureuse de me trouver avec des gens qui m'accusaient à si bon marché[1] ; que je voulais sortir sur-le-champ ; que j'allais envoyer chercher un carrosse pour emporter mes hardes ; que j'irais où je pourrais ; qu'il valait mieux qu'une fille comme moi mourût d'indigence que de vivre aussi déplacée que je l'étais ; que je leur laissais les présents de M. de Climal, que je m'en souciais aussi peu que de son amour, s'il était vrai qu'il en eût pour moi. Enfin j'étais comme un petit lion, ma tête s'était démontée[2], outre que tout ce qui pouvait m'affliger se présentait à moi : la mort de ma bonne amie, la privation de sa tendresse, la perte terrible de mes parents, les humiliations que j'avais souffertes, l'effroi d'être étrangère à tous les hommes, de ne voir la source de mon sang nulle part, la vue d'une misère qui ne pouvait peut-être finir que par une autre ; car je n'avais que ma beauté qui pût me faire des amis. Et voyez quelle ressource que le vice des hommes ! N'était-ce pas là de quoi renverser une cervelle aussi jeune que la mienne ?

Mme Dutour fut effrayée du transport qui m'agitait ; elle ne s'y était pas attendue, et n'avait compté que de me voir honteuse. Mon Dieu ! Marianne, me disait-elle quand elle pouvait placer un mot, on peut se tromper ; apaisez-vous, je suis fâchée de ce que j'ai dit (car mon emportement ne manqua pas de me justifier : j'étais trop outrée pour être

---

1. Sur de si fragiles preuves.   2. Troublée, en désordre (A).

coupable) ; allons, ma fille. Mais j'allais toujours mon train,
et à toute force je voulais sortir.

Enfin elle me poussa dans une petite salle, où elle s'en-
ferma avec moi ; et là j'en dis encore tant, que j'épuisai
mes forces ; il ne me resta plus que des pleurs, jamais on
n'en a tant versé ; et la bonne femme, voyant cela, se mit
à pleurer aussi du meilleur [1] de son cœur.

Là-dessus, Toinon entra pour nous dire que le dîner
était prêt ; et Toinon, qui était de l'avis de tout le monde,
pleura, parce que nous pleurions, et moi, après tant de
larmes, attendrie par les douceurs qu'elles me dirent
toutes deux, je m'apaisai, je me consolai, j'oubliai tout.

La forte pension que M. de Climal payait pour moi
contribua peut-être un peu au tendre repentir que
Mme Dutour eut de m'avoir fâchée ; de même que le chagrin de n'avoir pas vendu le linge l'avait, sans comparaison, bien plus indisposée contre moi que toute autre
chose ; car pendant le repas, prenant un autre ton, elle me
dit elle-même que, si M. de Climal m'aimait, comme il y
avait apparence, il fallait en profiter. (Je n'ai jamais
oublié les discours qu'elle me tint.) Tenez, Marianne, me
disait-elle, à votre place, je sais bien comment je ferais ;
car, puisque vous ne possédez rien, et que vous êtes une
pauvre fille qui n'avez pas seulement la consolation
d'avoir des parents, je prendrais d'abord tout ce que M. de
Climal me donnerait, j'en tirerais tout ce que je pourrais :
je ne l'aimerais pas, moi, je m'en garderais bien car l'honneur doit marcher le premier, et je ne suis pas femme à
dire autrement, vous l'avez bien vu ; en un mot comme
en mille, tournez tant qu'il vous plaira, il n'y a rien de tel
que d'être sage, et je mourrai dans cet avis ; mais ce n'est
pas à dire qu'il faille jeter ce qui nous vient trouver ; il y
a moyen d'accommoder tout dans la vie. Par exemple,
voilà vous et M. de Climal ; eh bien ! faut-il lui dire :
Allez-vous-en ? Non, assurément : il vous aime, ce n'est

_____
1. Le plus sincèrement.

pas votre faute, tous ces bigots n'en font point d'autres.
Laissez-le aimer, et que chacun réponde pour soi. Il vous
achète des nippes, prenez toujours, puisqu'elles sont
payées ; s'il vous donne de l'argent, ne faites pas la sotte,
et tendez la main bien honnêtement, ce n'est pas à vous
à faire la glorieuse [1]. S'il vous demande de l'amour, allons
doucement ici, jouez d'adresse, et dites-lui que cela viendra ; promettre et tenir mène les gens bien loin [2]. Premièrement, il faut du temps pour que vous l'aimiez ; et puis,
quand vous ferez semblant de commencer à l'aimer, il
faudra du temps pour que cela augmente ; et puis, quand
il croira que votre cœur est à point, n'avez-vous pas l'excuse de votre sagesse ? Est-ce qu'une fille ne doit pas se
défendre ? N'a-t-elle pas mille bonnes raisons à dire aux
gens ? Ne les prêche-t-elle pas sur le mal qu'il y aurait ?
Pendant quoi le temps se passe, et les présents viennent
sans qu'on les aille chercher ; et si un homme à la fin fait
le mutin [3], qu'il s'accommode, on sait se fâcher aussi bien
que lui, et puis on le laisse là ; et ce qu'il a donné est
donné ; pardi ! il n'y a rien de si beau que le don ; et si
les gens ne donnaient rien, ils garderaient donc tout [4] !
Oh ! s'il me venait un dévot qui m'en contât, il me ferait
des présents jusqu'à la fin du monde avant que je lui dise :
arrêtez-vous !

La naïveté et l'affection avec laquelle Mme Dutour débitait ce que je vous dis là valaient encore mieux que ses
leçons, qui sont assez douces assurément, mais qui pourraient faire d'étranges filles d'honneur des écolières qui
les suivraient. La doctrine en est un peu périlleuse : je
crois qu'elle mène sur le chemin du libertinage, et je ne

---

1. Superbe, fière, orgueilleuse (A).   **2.** Mme Dutour parle par
proverbes ou par locutions proverbiales. C'est traditionnellement une
façon de parler populaire. Dans *Don Quichotte*, le Chevalier à la triste
figure reproche à Sancho Panza d'employer des proverbes qu'il juge iné-
légants et peu raffinés.   **3.** Opiniâtre, obstiné (A).   **4.** Le raisonnement de Mme Dutour n'est pas, sous une forme populaire et totalement
laïque, sans rappeler les arguties de la casuistique.

pense pas qu'il soit aisé de garder sa vertu sur ce chemin-
là.

Toute jeune que j'étais, je n'approuvai point intérieurement ce qu'elle me disait ; et effectivement, quand une
fille, en pareil cas, serait sûre d'être toujours sage, la pratique de ces lâches maximes la déshonorerait toujours.
Dans le fond, ce n'est plus avoir de l'honneur que de laisser espérer aux gens qu'on en manquera. L'art d'entretenir
un homme dans cette espérance-là, je l'estime encore plus
honteux qu'une chute totale dans le vice ; car dans les
marchés, même infâmes, le plus infâme de tous est celui
où l'on est fourbe et de mauvaise foi par avarice : n'êtes-
vous pas de mon sentiment ?

Pour moi, j'avais le caractère trop vrai pour me
conduire de cette manière-là ; je ne voulais ni faire le mal,
ni sembler le promettre : je haïssais la fourberie, de
quelque espèce qu'elle fût, surtout celle-ci, dont le motif
était d'une bassesse qui me faisait horreur.

Ainsi je secouai la tête à tous les discours de
Mme Dutour, qui voulait me convertir là-dessus pour son
avantage et pour le mien. De son côté, elle aurait été bien
aise que ma pension eût duré longtemps, et que nous eussions fait quelques petits cadeaux[1] ensemble de l'argent
de M. de Climal : c'était ainsi qu'elle s'en expliquait en
riant ; car la bonne femme était gourmande et intéressée,
et moi je n'étais ni l'un ni l'autre.

Quand nous eûmes dîné, mon habit et mon linge furent
donnés aux ouvrières, et la Dutour leur recommanda
beaucoup de diligence. Elle espérait sans doute qu'en me
voyant brave[2] (c'était son terme), je serais tentée de laisser durer plus longtemps mon aventure avec M. de Climal ; et il est vrai que, du côté de la vanité, je menaçais
déjà d'être furieusement femme. Un ruban de bon goût,
ou un habit galant, quand j'en rencontrais, m'arrêtait tout

---

1. Repas, fête que l'on donne principalement à des dames (A).
2. Personne bien parée, bien vêtue (F).

court, je n'étais plus de sang-froid[1] ; je m'en ressentais pour une heure, et je ne manquais pas de m'ajuster de tout cela en idée (comme je vous l'ai déjà dit de mon habit) ; enfin là-dessus je faisais toujours des châteaux en Espagne, en attendant mieux.

Mais malgré cela, depuis que j'étais sûre que M. de Climal m'aimait, j'avais absolument résolu, s'il m'en parlait, de lui dire qu'il était inutile qu'il m'aimât. Après quoi, je prendrais sans scrupule tout ce qu'il voudrait me donner ; c'était là mon petit arrangement.

Au bout de quatre jours on m'apporta mon habit et du linge ; c'était un jour de fête, et je venais de me lever quand cela vint. À cet aspect, Toinon et moi nous perdîmes d'abord toutes deux la parole, moi d'émotion de joie, elle de la triste comparaison qu'elle fit de ce que j'allais être à ce qu'elle serait : elle aurait bien troqué son père et sa mère contre le plaisir d'être orpheline au même prix que moi ; elle ouvrait sur mon petit attirail[2] de grands yeux stupéfaits et jaloux, et d'une jalousie si humiliée, que cela me fit pitié dans ma joie : mais il n'y avait point de remède à sa peine, et j'essayai mon habit le plus modestement qu'il me fut possible, devant un petit miroir ingrat qui ne me rendait que la moitié de ma figure ; et ce que j'en voyais me paraissait bien piquant.

Je me mis donc vite à me coiffer et à m'habiller pour jouir de ma parure ; il me prenait des palpitations en songeant combien j'allais être jolie : la main m'en tremblait à chaque épingle que j'attachais ; je me hâtais d'achever sans rien précipiter pourtant : je ne voulais rien laisser d'imparfait. Mais j'eus bientôt fini, car la perfection que je connaissais était bien bornée ; je commençais avec des dispositions admirables, et c'était tout.

Vraiment, quand j'ai connu le monde, j'y faisais bien d'autres façons. Les hommes parlent de science et de phi-

---

1. Au sens de raisonnable, qui garde la tête froide.　　**2.** Ensemble de hardes (vêtements).

losophie ; voilà quelque chose de beau, en comparaison
de la science de bien placer un ruban, ou de décider de
quelle couleur on le mettra !

Si on savait ce qui se passe dans la tête d'une coquette [1]
en pareil cas, combien son âme est déliée [2] et pénétrante ;
si on voyait la finesse des jugements qu'elle fait sur les
goûts [3] qu'elle essaye, et puis qu'elle rebute [4], et puis
qu'elle hésite de choisir, et qu'elle choisit enfin par pure
lassitude ; car souvent elle n'est pas contente, et son idée
va toujours plus loin que son exécution ; si on savait tout
ce que je dis là, cela ferait peur, cela humilierait les plus
forts esprits, et Aristote ne paraîtrait plus qu'un petit garçon. C'est moi qui le dis, qui le sais à merveille ; et qu'en
fait de parure, quand on a trouvé ce qui est bien, ce n'est
pas grand chose, et qu'il faut trouver le mieux pour aller
de là au mieux du mieux ; et que, pour attraper ce dernier
mieux, il faut lire dans l'âme des hommes, et savoir préférer ce qui la gagne le plus à ce qui ne fait que la gagner
beaucoup : et cela est immense !

Je badine [5] un peu sur notre science, et je n'en fais point
de façon avec vous, car nous ne l'exerçons plus ni l'une
ni l'autre ; et à mon égard, si quelqu'un riait de m'avoir
vu coquette, il n'a qu'à me venir trouver, je lui en dirai
bien d'autres, et nous verrons qui de nous deux rira le
plus fort.

J'ai eu un petit minois [6] qui ne m'a pas mal coûté de
folies, quoiqu'il ne paraisse guère les avoir méritées à la
mine qu'il fait aujourd'hui : aussi il me fait pitié quand

---

1. Se dit aussi, au substantif, de celui ou de celle qui s'ajuste avec
affectation dans le dessein de plaire, qui aime à dire, à faire ou à recevoir des galanteries (A).   2. Fine, subtile, délicate (A).   3. C'est
« une manière dont une chose est faite, caractère particulier de quelque
ouvrage », selon la définition de Littré ; le mot peut s'appliquer aussi
en matière de toilette.   4. Rejeter comme une chose qu'on ne veut
point, qui ne plaît point (A).   5. Dire les choses d'un air fin et
plaisant (A).   6. Vient de mine. S'emploie pour une jeune fille plus
jolie que belle (A).

je le regarde, et je ne le regarde que par hasard ; je ne lui fais presque plus cet honneur-là exprès. Mais ma vanité, en revanche, s'en est bien donné[1] autrefois : je me jouais de toutes les façons de plaire, je savais être plusieurs femmes en une. Quand je voulais avoir un air fripon, j'avais un maintien et une parure qui faisaient mon affaire ; le lendemain on me retrouvait avec des grâces tendres ; ensuite j'étais une beauté modeste, sérieuse, non-chalante[2]. Je fixais l'homme le plus volage ; je dupais[3] son inconstance, parce que tous les jours je lui renouvelais sa maîtresse, et c'était comme s'il en avait changé.

Mais je m'écarte toujours ; je vous en demande pardon, cela me réjouit ou me délasse ; et encore une fois, je vous entretiens.

Je fus donc bientôt habillée ; et en vérité, dans cet état, j'effaçais si fort la pauvre Toinon que j'en avais honte. La Dutour me trouvait charmante, Toinon contrôlait[4] mon habit ; et moi, j'approuvais ce qu'elle disait par charité pour elle : car si j'avais paru aussi contente que je l'étais, elle en aurait été plus humiliée ; ainsi je cachais ma joie. Toute ma vie j'ai eu le cœur plein de ces petits égards-là pour le cœur des autres.

Il me tardait de me montrer et d'aller à l'église pour voir combien on me regarderait. Toinon, qui tous les jours de fête était escortée de son amant, sortit avant moi, de crainte que je ne la suivisse, et que cet amant, à cause de mon habit neuf, ne me regardât plus qu'elle, si nous allions ensemble ; car chez de certaines gens, un habit neuf, c'est presque un beau visage.

Je sortis donc toute seule, un peu embarrassée de ma

---

1. S'en donner renvoie à l'expression « s'en donner à cœur joie », au sens de profiter largement.   2. Emploi curieux, car nonchalant signifie « lent, sans entrain ». Il est possible qu'on veuille ici suggérer un visage peu mobile et sans allégresse.   3. Trompais.   4. Reprendre, critiquer, censurer les actions, les paroles d'autrui. Il se dit toujours en mauvaise part (A). Pour Frédéric Deloffre, c'est ici dans ce sens un peu affaibli que contrôler est employé.

contenance [1], parce que je m'imaginais qu'il y en avait une
à tenir, et qu'étant jolie et parée, il fallait prendre garde à
moi de plus près qu'à l'ordinaire. Je me redressais, car c'est
par où commence une vanité novice ; et autant que je puis
m'en ressouvenir, je ressemblais assez à une aimable petite
fille, toute fraîche sortie d'une éducation de village, et qui
se tient mal, mais dont les grâces encore captives ne demandent qu'à se montrer.

Je ne faisais pas valoir non plus tous les agréments de
mon visage : je laissais aller le mien sur sa bonne foi [2],
comme vous le disiez plaisamment l'autre jour d'une certaine dame. Malgré cela, nombre de passants me regardèrent beaucoup, et j'en étais plus réjouie que surprise, car
je sentais fort bien que je le méritais ; et sérieusement il
y avait peu de figures comme la mienne, je plaisais au
cœur autant qu'aux yeux, et mon moindre avantage était
d'être belle.

J'approche ici d'un événement qui a été l'origine de
toutes mes autres aventures, et je vais commencer par là
la seconde partie de ma vie ; aussi bien vous ennuieriez-
vous de la lire tout d'une haleine, et cela nous reposera
toutes deux.

---

1. Manière de se conduire et de se comporter.   2. Sur sa loyauté.
La formule est subtile pour dire que sa beauté est authentique et ne
tient nullement à des artifices.

SECONDE PARTIE

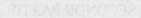

AVERTISSEMENT[1]

La première partie de la *Vie de Marianne* a paru faire
plaisir à bien des gens ; ils en ont surtout aimé les
réflexions qui y sont semées. D'autres lecteurs ont dit
qu'il y en avait trop ; et c'est à ces derniers à qui ce petit
Avertissement s'adresse.

Si on leur donnait un livre intitulé *Réflexions sur
l'Homme*, ne le liraient-ils pas volontiers, si les réflexions
en étaient bonnes ? Nous en avons même beaucoup, de
ces livres, et dont quelques-uns sont fort estimés[2] ; pourquoi donc les réflexions leur déplaisent-elles ici, en cas
qu'elles n'aient contre elles que d'être des réflexions ?

C'est, diront-ils, que dans des aventures comme celles-
ci, elles ne sont pas à leur place : il est question de nous
y amuser, et non pas de nous y faire penser.

À cela voici ce qu'on leur répond. Si vous regardez la
Vie de Marianne comme un roman, vous avez raison,
votre critique est juste ; il y a trop de réflexions, et ce
n'est pas là la forme ordinaire des romans, ou des his-

---

1. Cet avertissement a disparu dans l'édition de 1781. 2. Pensons
aux nombreux ouvrages de théologie et plus spécialement aux *Pensées*
de Pascal, aux ouvrages de réflexion morale comme *Les Caractères*
de La Bruyère, dont un des chapitres s'intitule « De l'homme ». Plus
contemporain de *La Vie de Marianne*, on retiendra, de Le Maître de
Claville, *Traité du vrai mérite de l'Homme*, publié en 1734 et qui connaîtra de nombreuses éditions.

toires faites simplement pour divertir [1]. Mais Marianne n'a
point songé à faire un roman non plus. Son amie lui
demande l'histoire de sa vie, et elle l'écrit à sa manière.
Marianne n'a aucune forme d'ouvrage présente à l'esprit.
Ce n'est point un auteur, c'est une femme qui pense [2], qui
a passé par différents états, qui a beaucoup vu ; enfin dont
la vie est un tissu d'événements qui lui ont donné une
certaine connaissance du cœur et du caractère des
hommes, et qui, en contant ses aventures, s'imagine être
avec son amie, lui parler, l'entretenir, lui répondre ; et
dans cet esprit-là, mêle indistinctement les faits qu'elle
raconte aux réflexions qui lui viennent à propos de ces
faits : voilà sur quel ton le prend Marianne. Ce n'est, si
vous voulez, ni celui du roman, ni celui de l'histoire, mais
c'est le sien : ne lui en demandez pas d'autre. Figurez-
vous qu'elle n'écrit point, mais qu'elle parle [3] ; peut-être
qu'en vous mettant à ce point de vue-là, sa façon de
conter ne vous sera pas si désagréable.

Il est pourtant vrai que, dans la suite, elle réfléchit
moins et conte davantage, mais pourtant réfléchit toujours ; et comme elle va changer d'état, ses récits vont
devenir aussi plus curieux, et ses réflexions plus appli-
cables à ce qui se passe dans le grand monde [4].

Au reste, bien des lecteurs pourront ne pas aimer la
querelle du cocher avec Mme Dutour. Il y a des gens qui
croient au-dessous d'eux de jeter un regard sur ce que

---

1. Cet avertissement renvoie à tous les débats sur le roman et aux
incertitudes de sa définition.   **2.** Qui réfléchit. Ce qui n'est pas
fréquent quand on considère les héroïnes féminines des romans, plus
aptes à sentir qu'à penser. Avec de nombreuses et remarquables exceptions au XVIIIe siècle, comme Julie dans *La Nouvelle Héloïse*, Mme de
Merteuil dans *Les Liaisons dangereuses*.   **3.** Marivaux tient à conserver à son roman le ton de la conversation. D'où cet emploi du terme
« parler ». On remarquera que *La Vie de Marianne* rappelle à interval-
les réguliers la présence de cette interlocutrice à qui ce manuscrit est
destiné. Voir l'Introduction, p. 13.   **4.** L'expression date du XVIIe siècle et désigne l'élite sociale. À cette époque essentiellement la
noblesse.

l'opinion a traité d'ignoble[1] ; mais ceux qui sont un peu plus philosophes[2], qui sont un peu moins dupes des distinctions que l'orgueil a mis dans les choses de ce monde, ces gens-là ne seront pas fâchés de voir ce que c'est que l'homme dans un cocher, et ce que c'est que la femme dans une petite Marchande.

---

1. Signifie étymologiquement : roturier, non noble. Personne sans distinction et de manières vulgaires. Ce qui est moralement bas, sans beauté. Marivaux revendique ici le droit de prendre ses sujets sans préjugés et sans se soumettre à l'opinion dominante.   **2.** Au XVIIᵉ siècle, commence à désigner « une personne s'appliquant à la science des mœurs et à la connaissance de l'homme ». Donc homme sans préjugés.

Dites-moi, ma chère amie, ne serait-ce point un peu par compliment que vous paraissez si curieuse de voir la suite de mon histoire ? Je pourrais le soupçonner ; car jusqu'ici tout ce que je vous ai rapporté n'est qu'un tissu d'aventures bien simples, bien communes, d'aventures dont le caractère paraîtrait bas[1] et trivial à beaucoup de lecteurs, si je les faisais imprimer. Je ne suis encore qu'une petite lingère, et cela les dégoûterait.

Il y a des gens dont la vanité se mêle de tout ce qu'ils font, même de leurs lectures. Donnez-leur l'histoire du cœur humain dans les grandes conditions, ce devient là pour eux un objet important ; mais ne leur parlez pas des états médiocres[2], ils ne veulent voir agir que des seigneurs, des princes, des rois, ou du moins des personnes qui aient fait une grande figure[3]. Il n'y a que cela qui existe pour la noblesse de leur goût. Laissez là le reste des hommes : qu'ils vivent, mais qu'il n'en soit pas question. Ils vous diraient volontiers que la nature aurait bien pu se passer de les faire naître, et que les bourgeois[4] la déshonorent.

---

1. Qui appartient à – ou relève de – un état ou une condition inférieurs.   2. De condition moyenne.   3. Faire figure au sens de se distinguer (A).   4. Qui appartient à la classe des marchands et n'appartient pas à la noblesse.

Oh ! jugez, Madame, du dédain que de pareils lecteurs auraient eu pour moi.

Au reste, ne confondons point ; le portrait que je fais de ces gens-là ne vous regarde pas, ce n'est pas vous qui serez la dupe de mon état. Mais peut-être que j'écris mal [1]. Le commencement de ma vie contient peu d'événements, et tout cela aurait bien pu vous ennuyer. Vous me dites que non, vous me pressez de continuer, je vous en rends grâces, et je continue : laissez-moi faire, je ne serai pas toujours chez Mme Dutour [2].

Je vous ai dit que j'allai à l'Église, à l'entrée de laquelle je trouvai de la foule ; mais je n'y restai pas. Mon habit neuf et ma figure y auraient trop perdu [3] ; et je tâchai, en me glissant tout doucement, de gagner le haut de l'Église, où j'apercevais de [4] beau monde qui était à son aise [5].

C'étaient des femmes extrêmement parées : les unes assez laides, et qui s'en doutaient, car elles tâchaient d'avoir si bon air qu'on ne s'en aperçût pas ; d'autres qui ne s'en doutaient point du tout, et qui, de la meilleure foi du monde, prenaient leur coquetterie pour un joli visage.

J'en vis une fort aimable, et celle-là ne se donnait pas la peine d'être coquette ; elle était au-dessus de cela pour plaire ; elle s'en fiait négligemment à ses grâces, et c'était ce qui la distinguait des autres, de qui elle semblait dire : Je suis naturellement tout ce que ces femmes-là voudraient être.

Il y avait aussi nombre de jeunes Cavaliers [6] bien faits,

---

1. Comme le rappelle (D) : « C'était la principale critique de Desfontaines à propos de la première partie : Marianne a bien de l'esprit, mais elle a du babil et du jargon » (*Les Nouvellistes du Parnasse*, t. I, p. 512). Par *jargon*, Desfontaines entend un langage affecté et néologique. Voir Note sur l'établissement du texte, p. 49.   2. Tout ce préambule est absent de la première version de la seconde partie de *La Vie de Marianne*.   3. N'auraient pas eu le succès qu'ils méritaient. 4. Étrange emploi de la préposition « de », là où on attendrait « du », qui pousse à se demander s'il ne s'agit pas d'une erreur du typographe. 5. Selon les dictionnaires, riche, qui a toutes les commodités de la vie. 6. Titre de politesse pour un homme du monde.

gens de robe et d'épée, dont la contenance témoignait qu'ils étaient bien contents d'eux, et qui prenaient sur le dos de leurs chaises de ces postures aisées et galantes qui marquent qu'on est au fait des bons airs du monde [1].

Je les voyais tantôt se baisser, s'appuyer, se redresser ; puis sourire, puis saluer à droite et à gauche, moins par politesse ou par devoir que pour varier les airs de bonne mine et d'importance, et se montrer sous différents aspects.

Et moi, je devinais la pensée de toutes ces personnes-là sans aucun effort ; mon instinct ne voyait rien là qui ne fût de sa connaissance, et n'en était pas plus délié pour cela ; car il ne faut pas s'y méprendre, ni estimer ma pénétration plus qu'elle ne vaut.

Nous avons deux sortes d'esprits, nous autres femmes. Nous avons d'abord le nôtre, qui est celui que nous recevons de la nature, celui qui nous sert à raisonner, suivant le degré qu'il a, qui devient ce qu'il peut, et qui ne sait rien qu'avec le temps.

Et puis nous en avons encore un autre, qui est à part du nôtre, et qui peut se trouver dans les femmes les plus sottes. C'est l'esprit que la vanité de plaire nous donne, et qu'on appelle, autrement dit, la coquetterie.

Oh ! celui-là, pour être instruit, n'attend pas le nombre des années : il est fin dès qu'il est venu ; dans les choses de son ressort, il a toujours la théorie de ce qu'il voit mettre en pratique. C'est un enfant de l'orgueil qui naît tout élevé, qui manque d'abord d'audace, mais qui n'en pense pas moins. Je crois qu'on peut lui enseigner des grâces et de l'aisance ; mais il n'apprend que la forme, et jamais le fond. Voilà mon avis [2].

Et c'est avec cet esprit-là que j'expliquais si bien les façons de ces femmes ; c'est encore lui qui me faisait

---

1. Le « beau monde » bien évidemment.   2. (D) signale que la théorie de la coquetterie féminine a été analysée par Dufresny, auteur admiré par Marivaux, dans *La Coquette du village* (1715).

entendre les hommes : car, avec une extrême envie d'être de leur goût, on a la clef de tout ce qu'ils font pour être du nôtre, et il n'y aura jamais d'autre mérite à tout cela que d'être vaine et coquette ; et je pouvais me passer de cette petite parenthèse-là pour vous le prouver, car vous le savez aussi bien que moi ; mais je me suis avisée trop tard de penser que vous le savez. Je ne vois mes fautes que lorsque je les ai faites ; c'est le moyen de les voir sûrement ; mais non pas à votre profit, et au mien : n'est-il pas vrai ? Retournons à l'Église.

La place que j'avais prise me mettait au milieu du monde dont je vous parle. Quelle fête ! C'était la première fois que j'allais jouir un peu du mérite de ma petite figure. J'étais toute émue de plaisir de penser à ce qui allait en arriver, j'en perdais presque haleine ; car j'étais sûre du succès, et ma vanité voyait venir d'avance les regards qu'on allait jeter sur moi.

Ils ne se firent pas longtemps attendre. À peine étais-je placée, que je fixai[1] les yeux de tous les hommes. Je m'emparai de toute leur attention ; mais ce n'était encore là que la moitié de mes honneurs, et les femmes me firent le reste.

Elles s'aperçurent qu'il n'était plus question d'elles, qu'on ne les regardait plus, que je ne leur laissais pas un curieux, et que la désertion était générale.

On ne saurait s'imaginer ce que c'est que cette aventure-là pour des femmes, ni combien leur amour-propre en est déconcerté ; car il n'y a pas moyen qu'il s'y trompe, ni qu'il chicane sur l'évidence d'un pareil affront : ce sont de ces cas désespérés qui le poussent à bout, et qui résistent à toutes ses tournures[2].

Avant que j'arrivasse, en un mot, ces femmes faisaient

---

1. Marianne veut signifier qu'elle attirait les regards de tous les hommes présents.   2. Selon (D) et d'après (F), se dit figurément par les jeunes gens de la cour du tour d'esprit qu'on donne aux choses.

quelque figure ; elles voulaient plaire, et ne perdaient [1] pas leur peine. Enfin chacune d'elles avait ses partisans, du moins la fortune était-elle assez égale ; et encore la vanité vit-elle quand les choses se passent ainsi. Mais j'arrive, on me voit, et tous ces visages ne sont plus rien, il n'en reste pas la mémoire d'un seul.

Eh ! d'où leur vient cette catastrophe ? de la présence d'une petite fille, qu'on avait à peine aperçue, qu'on avait pourtant vu se placer ; qu'on aurait même risqué de trouver très jolie, si on ne s'en était pas défendu ; enfin qui aurait bien pu se passer [2] de venir là, et que, dans le fond, on avait un peu craint, mais le plus imperceptiblement qu'on l'avait pu.

C'est encore leurs pensées que j'explique, et je soutiens que je les rends comme elles étaient. J'en eus pour garant certain coup d'œil que je leur avais vu jeter sur moi quand je m'avançai, et je compris fort bien tout ce qu'il y avait dans ce coup d'œil-là : on avait voulu le rendre distrait, mais c'était d'une distraction faite exprès ; car il y était resté, malgré qu'on en eût, un air d'inquiétude et de dédain, qui était un aveu bien franc de ce que je valais.

Cela me parut comme une vérité qui échappe, et qu'on veut corriger par un mensonge.

Quoi qu'il en soit, cette petite figure dont on avait refusé de tenir compte, et devant qui toutes les autres n'étaient plus rien, il fallut en venir à voir ce que c'était pourtant, et retourner sur ses pas pour l'examiner, puisqu'il plaisait au caprice des hommes de la distinguer, et d'en faire quelque chose.

Voilà donc mes coquettes qui me regardent à leur tour, et ma physionomie n'était pas faite pour les rassurer : il n'y avait rien de si ingrat que l'espérance d'en pouvoir médire ; et je n'avais, en vérité, que des grâces au service

---

1. Ne ménageaient pas leurs efforts et leur peine pour y parvenir.
2. Se dispenser.

de leur colère[1]. Oh ! vous m'avouerez que ce n'était pas là l'article de ma gloire le moins intéressant.

Vous me direz que, dans leur dépit, il était difficile qu'elles me trouvassent aussi jolie que je l'étais. Soit ; mais je suis persuadée que le fond du cœur fut pour moi, sans compter que le dépit même donne de bons yeux.

Fiez-vous aux personnes jalouses du soin de vous connaître, vous ne perdrez rien avec elles : la nécessité de bien voir est attachée à leur misérable passion, et elles vous trouvent toutes les qualités que vous avez, en vous cherchant tous les défauts que vous n'avez pas : voilà ce qu'elles essuient[2].

Mes rivales ne me regardèrent pas longtemps, leur examen fut court ; il n'était pas amusant pour elles, et l'on finit vite avec ce qui humilie.

À l'égard des hommes, ils me demeurèrent constamment attachés[3] ; et j'en eus une reconnaissance qui ne resta pas oisive.

De temps en temps, pour les tenir en haleine, je les régalais d'une petite découverte sur mes charmes ; je leur en apprenais quelque chose de nouveau, sans me mettre pourtant en grande dépense[4]. Par exemple, il y avait dans cette église des tableaux qui étaient à une certaine hauteur : eh bien ! j'y portais ma vue, sous prétexte de les regarder, parce que cette industrie[5]-là me faisait le plus bel œil du monde.

Ensuite, c'était ma coiffe[6] à qui j'avais recours ; elle allait à merveille, mais je voulais bien qu'elle allât mal, en faveur d'une main nue qui se montrait en y retouchant,

---

1. Selon (D), c'est à partir de telles phrases (« mon instinct ne voyait rien de mal... ») que Desfontaines attaqua très violemment le style de cette seconde partie. Voir p. 49.   2. Au sens d'essuyer une défaite. Voilà ce qu'elles en obtiennent.   3. Leurs regards sont fixés sur Marianne.   4. Sans me mettre en frais.   5. Habileté suspecte, expédient (A). Le sens défavorable est ici atténué. Parfois, il n'existe même pas.   6. Comme Marianne se trouve dans une église, il ne peut s'agir que d'une coiffe en dentelle, à la façon d'une mantille.

et qui amenait nécessairement avec elle un bras rond, qu'on voyait pour le moins à demi, dans l'attitude où je le tenais alors.

Les petites choses que je vous dis là, au reste, ne sont petites que dans le récit ; car, à les rapporter, ce n'est rien : mais demandez-en la valeur aux hommes. Ce qui est de vrai, c'est que souvent dans de pareilles occasions, avec la plus jolie physionomie du monde, vous n'êtes encore qu'aimable, vous ne faites que plaire ; ajoutez-y seulement une main de plus, comme je viens de le dire, on ne vous résiste plus, vous êtes charmante[1].

Combien ai-je vu de cœurs hésitants de se rendre à de beaux yeux, et qui seraient restés à moitié chemin sans le secours dont je parle !

Qu'une femme soit un peu laide, il n'y a pas grand malheur, si elle a la main belle : il y a une infinité d'hommes plus touchés de cette beauté-là que d'un visage aimable ; et la raison de cela, vous la dirai-je ? Je crois l'avoir sentie.

C'est que ce n'est point une nudité qu'un visage, quelque aimable qu'il soit ; nos yeux ne l'entendent pas ainsi : mais une belle main commence à en devenir une[2] ; et pour fixer de certaines gens, il est bien aussi sûr de les tenter que de leur plaire. Le goût de ces gens-là, comme vous le voyez, n'est pas le plus honnête ; c'est pourtant, en général, le goût le mieux servi de la part des femmes, celui à qui leur coquetterie fait le plus d'avances.

Mais m'écarterai-je toujours ? Je crois qu'oui ; je ne saurais m'en empêcher : les idées me gagnent, je suis femme, et je conte mon histoire ; pesez ce que je vous dis là, et vous verrez qu'en vérité je n'use presque pas des privilèges que cela me donne.

---

1. Qui agit comme un charme, un enchantement. 2. (D) rapproche cette réflexion de la découverte par Jacob de la beauté du pied dénudé de Mme de Ferval dans *Le Paysan parvenu*.

Où en étais-je ? À ma coiffe, que je raccommodais quelquefois dans l'intention que j'ai dite.

Parmi les jeunes gens dont j'attirais les regards, il y en eut un que je distinguai moi-même, et sur qui mes yeux tombaient plus volontiers que sur les autres.

J'aimais à le voir, sans me douter du plaisir que j'y trouvais ; j'étais coquette pour les autres, et je ne l'étais pas pour lui ; j'oubliais à lui plaire, et ne songeais qu'à le regarder.

Apparemment que l'amour, la première fois qu'on en prend[1], commence avec cette bonne foi-là, et peut-être que la douceur d'aimer interrompt le soin d'être aimable.

Ce jeune homme, à son tour, m'examinait d'une façon toute différente de celle des autres ; elle était plus modeste, et pourtant plus attentive : il y avait quelque chose de plus sérieux qui se passait entre lui et moi. Les autres applaudissaient ouvertement à mes charmes, il me semblait que celui-ci les sentait ; du moins je le soupçonnais quelquefois, mais si confusément, que je n'aurais pu dire ce que je pensais de lui, non plus que ce que je pensais de moi.

Tout ce que je sais, c'est que ses regards m'embarrassaient, que j'hésitais de les lui rendre, et que je les lui rendais toujours ; que je ne voulais pas qu'il me vît y répondre, et que je n'étais pas fâchée qu'il l'eût vu.

Enfin on sortit de l'Église, et je me souviens que j'en sortis lentement, que je retardais mes pas ; que je regrettais la place que je quittais ; et que je m'en allais avec un cœur à qui il manquait quelque chose, et qui ne savait pas ce que c'était. Je dis qu'il ne le savait pas ; c'est peut-être trop dire, car, en m'en allant, je retournais souvent la tête pour revoir encore le jeune homme que je laissais derrière moi ; mais je ne croyais pas me retourner pour lui.

De son côté, il parlait à des personnes qui l'arrêtaient, et mes yeux rencontraient toujours les siens.

_____

1. Au sens d'éprouver. Mais plus imagé.

La foule à la fin m'enveloppa et m'entraîna avec elle ;
je me trouvai dans la rue, et je pris tristement le chemin
de la maison.

Je ne pensais plus à mon ajustement[1] en m'en retournant ; je négligeais ma figure, et ne me souciais plus de
la faire valoir.

J'étais si rêveuse, que je n'entendis pas le bruit d'un
carrosse qui venait derrière moi, et qui allait me renverser,
et dont le cocher s'enrouait à me crier : Gare !

Son dernier cri me tira de ma rêverie ; mais le danger
où je me vis m'étourdit si fort que je tombai en voulant
fuir, et me blessai le pied en tombant.

Les chevaux n'avaient plus qu'un pas à faire pour marcher sur moi : cela alarma tout le monde, on se mit à
crier ; mais celui qui cria le plus fut le maître de cet équipage, qui en sortit aussitôt, et qui vint à moi : j'étais
encore à terre, d'où malgré mes efforts je n'avais pu me
relever.

On me releva pourtant, ou plutôt on m'enleva, car on
vit bien qu'il m'était impossible de me soutenir. Mais
jugez de mon étonnement, quand, parmi ceux qui s'em-
pressaient à me secourir, je reconnus le jeune homme que
j'avais laissé à l'Église. C'était à lui à qui[2] appartenait le
carrosse, sa maison n'était qu'à deux pas plus loin, et ce
fut où il voulut qu'on me transportât.

Je ne vous dis point avec quel air d'inquiétude il s'y
prit, ni combien il parut touché de mon accident. À travers
le chagrin qu'il en marqua, je démêlai pourtant que le sort
ne l'avait pas tant désobligé en m'arrêtant. Prenez bien
garde à Mademoiselle, disait-il à ceux qui me tenaient ;
portez-la doucement, ne vous pressez point ; car dans ce
moment ce ne fut point à moi à qui il parla. Il me sembla
qu'il s'en abstenait à cause de mon état et des circons-

---

1. Façon de se vêtir, de s'habiller, de se parer (R).   **2.** La fonction
de complément est exprimée deux fois, comme très souvent chez Marivaux. Certains de ses éditeurs l'ont corrigé.

tances, et qu'il ne se permettait d'être tendre que dans ses soins.

De mon côté, je parlai aux autres, et ne lui dis rien non plus ; je n'osais même le regarder, ce qui faisait que j'en mourais d'envie : aussi le regardais-je, toujours en n'osant, et je ne sais ce que mes yeux lui dirent ; mais les siens me firent une réponse si tendre qu'il fallait que les miens l'eussent méritée. Cela me fit rougir, et me remua le cœur à un point qu'à peine m'aperçus-je de ce que je devenais.

Je n'ai de ma vie été si agitée. Je ne saurais vous définir ce que je sentais.

C'était un mélange de trouble, de plaisir et de peur ; oui, de peur, car une fille qui en est là-dessus à son apprentissage ne sait point où tout cela la mène : ce sont des mouvements inconnus qui l'enveloppent, qui disposent d'elle, qu'elle ne possède point, qui la possèdent ; et la nouveauté de cet état l'alarme. Il est vrai qu'elle y trouve du plaisir, mais c'est un plaisir fait comme un danger, sa pudeur même en est effrayée ; il y a là quelque chose qui la menace, qui l'étourdit, et qui prend déjà sur elle.

On se demanderait volontiers dans ces instants-là : que vais-je devenir ? Car, en vérité, l'amour ne nous trompe point : dès qu'il se montre, il nous dit ce qu'il est, et de quoi il sera question ; l'âme, avec lui, sent la présence d'un maître qui la flatte, mais avec une autorité déclarée qui ne la consulte pas, et qui lui laisse hardiment les soupçons de son esclavage futur [1].

Voilà ce qui m'a semblé de l'état où j'étais, et je pense aussi que c'est l'histoire de toutes les jeunes personnes de mon âge en pareil cas.

Enfin on me porta chez Valville, c'était le nom du

---

1. (D) a rapproché cette analyse de la thématique théâtrale de la naissance de l'amour.

jeune homme en question, qui fit ouvrir une salle où l'on me mit sur un lit de repos.

J'avais besoin de secours, je sentais beaucoup de douleur à mon pied, et Valville envoya sur-le-champ chercher un Chirurgien, qui ne tarda pas à venir.

Je passe quelques petites excuses que je lui fis dans l'intervalle sur l'embarras que je lui causais ; excuses communes que tout le monde sait faire, et auxquelles il répondit à la manière ordinaire.

Ce qu'il y eut pourtant de particulier entre nous deux, c'est que je lui parlai de l'air d'une personne qui sent qu'il y a bien autre chose sur le tapis[1] que des excuses, et qu'il me répondit d'un ton qui me préparait à voir entamer la matière.

Nos regards même l'entamaient déjà ; il n'en jetait pas un sur moi qui ne signifiât : *Je vous aime* ; et moi, je ne savais que faire des miens, parce qu'ils lui en auraient dit autant.

Nous en étions, lui et moi, à ce muet entretien de nos cœurs, quand nous vîmes entrer le Chirurgien, qui, sur le récit que lui fit Valville de mon accident, débuta par dire qu'il fallait voir mon pied.

À cette proposition, je rougis d'abord par un sentiment de pudeur ; et puis, en rougissant pourtant, je songeai que j'avais le plus joli petit pied du monde ; que Valville allait le voir ; que ce ne serait point ma faute, puisque la nécessité voulait que je le montrasse devant lui. Ce qui était une bonne fortune pour moi, bonne fortune honnête et faite à souhait, car on croyait qu'elle me faisait de la peine : on tâchait de m'y résoudre, et j'allais en avoir le profit immodeste, en conservant tout le mérite de la modestie, puisqu'il me venait d'une aventure dont j'étais innocente, c'était ma chute qui avait tort[2].

Combien dans le monde y a-t-il d'honnêtes gens qui

---

1. Qu'il est question de bien autre chose.   2. Encore un bel exemple de cette casuistique amoureuse dont use si souvent Marianne.

me ressemblent, et qui, pour pouvoir garder une chose qu'ils aiment, ne fondent pas mieux leur droit d'en jouir que je faisais le mien dans cette occasion-là.

On croit souvent avoir la conscience délicate, non pas à cause des sacrifices qu'on lui fait, mais à cause de la peine qu'on prend avec elle pour s'exempter [1] de lui en faire.

Ce que je dis là peint surtout beaucoup de dévots, qui voudraient bien gagner le ciel sans rien perdre à la Terre, et qui croient avoir de la piété, moyennant les cérémonies pieuses qu'ils font toujours avec eux-mêmes, et dont ils bercent leur conscience. Mais n'admirez-vous pas, au reste, cette morale que mon pied amène ?

Je fis quelque difficulté de le montrer, et je ne voulais ôter que le soulier ; mais ce n'était pas assez. Il faut absolument que je voie le mal, disait le Chirurgien, qui y allait tout uniment [2] ; je ne saurais rien dire sans cela ; et là-dessus une femme de charge [3], que Valville avait chez lui, fut sur-le-champ appelée pour me déchausser ; ce qu'elle fit pendant que Valville et le Chirurgien se retirèrent un peu à l'écart [4].

Quand mon pied fut en état, voilà le Chirurgien qui l'examine et qui le tâte. Le bon homme, pour mieux juger du mal, se baissait beaucoup, parce qu'il était vieux, et Valville en conformité de geste, prenait insensiblement la même attitude, et se baissait beaucoup aussi, parce qu'il était jeune ; car il ne connaissait rien à mon mal, mais il se connaissait à mon pied, et m'en paraissait aussi content que je l'avais espéré.

Pour moi, je ne disais mot, et ne donnais aucun signe des observations clandestines que je faisais sur lui ; il n'aurait pas été modeste de paraître soupçonner l'attrait qui l'attirait, et d'ailleurs j'aurais tout gâté si je lui avais laissé apercevoir que je comprenais ses petites façons :

---

1. Se dispenser.   2. Simplement, sans façon (A).   3. Femme qu'on emploie au travaux ménagers.   4. Les éditions antérieures emploient « à quartier ».

cela m'aurait obligé moi-même d'en faire davantage, et peut-être aurait-il rougi des siennes ; car le cœur est bizarre, il y a des moments où il est confus[1] et choqué d'être pris sur le fait quand il se cache ; cela l'humilie. Et ce que je dis là, je le sentais par instinct.

J'agissais donc en conséquence ; de sorte qu'on pouvait bien croire que la présence de Valville m'embarrassait un peu, mais simplement à cause qu'il me voyait, et non pas à cause qu'il aimait à me voir.

Dans quel endroit sentez-vous du mal ? me disait le Chirurgien en me tâtant. Est-ce là ? Oui, lui répondis-je, en cet endroit même. Aussi est-il un peu enflé, ajoutait Valville en y mettant le doigt d'un air de bonne foi. Allons, ce n'est rien que cela, dit le Chirurgien, il n'y a qu'à ne pas marcher aujourd'hui ; un linge trempé dans de l'eau-de-vie et un peu de repos vous guériront. Aussitôt le linge fut apporté avec le reste, la compresse fut mise, on me chaussa, le Chirurgien sortit, et je restai seule avec Valville, à l'exception de quelques domestiques qui allaient et venaient.

Je me doutais bien que je serais là quelque temps, et qu'il voudrait me retenir à dîner ; mais je ne devais pas paraître m'en douter.

Après toutes les obligations que je vous ai, lui dis-je, oserais-je encore vous prier, monsieur, de m'envoyer chercher une chaise[2], ou quelque autre voiture[3] qui me mène chez moi ? Non, Mademoiselle, me répondit-il, vous n'irez pas sitôt chez vous, on ne vous y reconduira que dans quelques heures ; votre chute est toute récente, on vous a recommandé de vous tenir en repos, et vous dînerez ici. Tout ce qu'il faut faire, c'est d'envoyer dire où vous êtes, afin qu'on ne soit point en peine de vous.

Et il le fallait effectivement, car mon absence allait alarmer Mme Dutour : et d'ailleurs, qu'est-ce que Valville

---

1. Embarrassé, honteux (F).   **2.** Voiture à deux places.   **3.** Au sens général de véhicule de transport.

aurait pensé de moi, si j'avais été ma maîtresse au point de n'avoir à rendre compte à personne de ce que j'étais devenue ? Tant d'indépendance n'aurait pas eu bonne grâce : il n'était pas convenable d'être hors de toute tutelle à mon âge, surtout avec la figure que j'avais ; car il n'y a pas trop loin d'être si aimable à n'être plus digne d'être aimée. Voilà l'inconvénient qu'il y a d'avoir un joli visage ; c'est qu'il nous donne l'air d'avoir tort quand nous sommes un peu soupçonnées, et qu'en mille occasions il conclut contre nous.

Il conclura pourtant ce qu'il voudra, cela ne nous dégoûtera pas d'en avoir un ; en un mot, on plaît avec un joli visage, on inspire ou de l'amour ou des désirs. Est-ce de l'amour ? fût-on de l'humeur la plus austère, il est le bienvenu. Le plaisir d'être aimée trouve toujours sa place ou dans notre cœur ou dans notre vanité. Ne fait-on que nous désirer ? il n'y a encore rien de perdu : il est vrai que la vertu s'en scandalise ; mais la vertueuse n'est pas fâchée du scandale.

Revenons. Vous êtes accoutumée à mes écarts [1].

Je vous disais donc que mon indépendance ne m'aurait pas été avantageuse ; et Valville assurément ne m'envisageait pas sous cette idée-là : ses égards [2] ou plutôt ses respects en faisaient foi.

Il y a des attentions tendres et même timides, de certains honneurs qui ne sont dus qu'à l'innocence et qu'à la pudeur ; et Valville, qui me les prodiguait tous, aurait pu craindre de s'être mépris, et d'avoir été la dupe de mes grâces : je lui aurais du moins ôté la douceur de m'estimer en pleine sûreté de confiance ; et quelle chute n'était-ce pas faire là dans son esprit ?

Le croiriez-vous pourtant ? malgré tout ce que je risquais là-dessus en ne donnant de mes nouvelles à

---

1. Les écarts par rapport au sujet traité. Au sens de digressions.
2. Au sens de considération envers quelqu'un. Les égards se manifestent par un traitement particulier.

personne, j'hésitai sur le parti que je prendrais. Et savez-
vous pourquoi ? C'est que je n'avais que l'adresse d'une
Lingère à donner. Je ne pouvais envoyer que chez
Mme Dutour, et Mme Dutour choquait mon amour-propre ;
je rougissais d'elle et de sa boutique.

Je trouvais que cette boutique figurait si mal avec une
aventure comme la mienne ; que c'était quelque chose
de si décourageant pour un homme de condition comme
Valville, que je voyais entouré de valets ; quelque chose
de si mal assorti aux grâces qu'il mettait dans ses façons ;
j'avais moi-même l'air si mignon, si distingué ; il y avait
si loin de ma physionomie à mon petit état ; comment
avoir le courage de dire : Allez-vous-en à telle enseigne [1],
chez Mme Dutour, où je loge ! Ah ! l'humiliant discours !

Passe pour n'être pas née de parents riches, pour
n'avoir que de la naissance sans fortune ; l'orgueil, tout
nu qu'il est par là, se sauve encore ; cela ne lui ôte que
son faste et ses commodités, et non pas le droit qu'il a
aux honneurs de ce monde ; mais un si grand étalage de
politesse et d'égards n'était pas dû à une petite fille de
boutique : elle était bien hardie de l'avoir souffert, de n'y
avoir pas mis ordre [2] par sa confusion.

Et c'était là le retour de réflexion que je craignais dans
Valville. Quoi ! ce n'est que cela ? me semblait-il lui
entendre dire à lui-même ; et l'ironie de ce petit soliloque-
là me révoltait tant de sa part, que tout bien pesé, j'aimais
mieux lui paraître équivoque [3] que ridicule, et le laisser
douter de mes mœurs que de le faire rire de tous ses respects. Ainsi je conclus que je n'enverrais chez personne,
et que je dirais que cela n'était pas nécessaire.

C'était bien mal conclure, j'en conviens, et je le sentais ; mais ne savez-vous pas que notre âme est encore
plus superbe [4] que vertueuse, plus glorieuse qu'honnête,

---

1. Enseigne de la boutique de Mme Dutour.   2. Mettre bon ordre,
arrêter.   3. À partir du XVIIe siècle : qui n'inspire pas confiance.
4. Orgueilleuse.

et par conséquent plus délicate sur les intérêts de sa vanité que sur ceux de son véritable honneur ?

Attendez pourtant, ne vous alarmez pas. Ce parti que j'avais pris, je ne le suivis point ; car dans l'agitation qu'il me causait à moi-même, il me vint subitement une autre pensée.

Je trouvai un expédient dont ma misérable vanité fut contente, parce qu'il ne prenait rien sur elle, et qu'il n'affligeait que mon cœur ; mais qu'importe que notre cœur souffre, pourvu que notre vanité soit servie ? Ne se passe-t-on pas de tout, et de repos, et de plaisirs, et d'honneur même, et quelquefois de la vie, pour avoir la paix avec elle ?

Or cet expédient dont je vous parle, ce fut de vouloir absolument m'en retourner.

Quoi ! quitter sitôt Valville ? me direz-vous. Oui, j'eus le courage de m'y résoudre, de m'arracher à une situation que je voyais remplie de mille instants délicieux si je la prolongeais.

Valville m'aimait, il ne me l'avait pas encore dit, et il aurait eu le temps de me le dire. Je l'aimais, il l'ignorait, du moins je le croyais, et je n'aurais pas manqué de le lui apprendre.

Il aurait donc eu le plaisir de me voir sensible, moi celui de montrer que je l'étais, et tous deux celui de l'être ensemble.

Que de douceurs contenues dans ce que je vous dis là, madame ! l'amour peut en avoir de plus folles ; peut-être n'en a-t-il point de plus touchantes, ni qui aillent si droit et si nettement au cœur, ni dont ce cœur jouisse avec moins de distraction, avec tant de connaissance et de lumières, ni qu'il partage moins avec le trouble des sens ; il les voit, il les compte, il en démêle distinctement tout le charme, et cependant je les sacrifiais.

Au reste, tout ce qui me vint alors dans l'esprit là-dessus, quoique long à dire, n'est qu'un instant à être pensé.

Ne vous inquiétez point, Mademoiselle, me dit Valville ; donnez votre adresse, on partira sur-le-champ.

Et c'était en me prenant la main qu'il me parlait ainsi, d'un air tendre et pressant.

Je ne comprends pas comment j'y résistai. Faites-y attention, ajouta-t-il en insistant. Vous n'êtes point en état de vous en aller sitôt ; il est tard : dînez ici, vous partirez ensuite. Pourquoi hésiter ? Vous n'avez rien à vous reprocher en restant ; on ne saurait y trouver à redire ; votre accident vous y force. Allons, qu'on nous serve.

Non, monsieur, lui dis-je ; permettez que je me retire ; on ne peut être plus sensible à vos honnêtetés que je le suis, mais je ne veux pas en abuser ; je ne demeure pas loin d'ici ; je me sens beaucoup mieux, et je vous demande en grâce que je m'en aille.

Mais, me dit Valville, quel est le motif de votre répugnance[1] là-dessus, dans une conjoncture[2] aussi naturelle, aussi innocente que l'est celle-ci ? De répugnance, je vous assure que je n'en ai point, répondis-je, et j'aurais grand tort ; mais il sera plus séant[3] d'être chez moi, puisque je puis m'y rendre avec une voiture. Quoi ! partir si tôt ? me dit-il en jetant sur moi le plus doux de tous les regards. Il le faut bien, repris-je en baissant les yeux d'un air triste (ce qui valait bien le regarder moi-même) ; et comme les cœurs s'entendent, apparemment qu'il sentit ce qui se passait dans le mien ; car il reprit ma main qu'il baisa avec une naïveté de passion si vive et si rapide, qu'en me disant mille fois : Je vous aime, il me l'aurait dit moins intelligiblement qu'il ne fit alors.

Il n'y avait plus moyen de s'y méprendre : voilà qui était fini. C'était un Amant que je voyais ; il se montrait à visage découvert, et je ne pouvais, avec mes petites dissimulations, parer[4] l'évidence de son amour. Il ne res-

---

1. Au sens de refus, du verbe répugner signifiant résister à, s'opposer à.   **2.** Situation résultant d'un concours de circonstances.   **3.** Du verbe séoir (il sied bien...), d'emploi très rare. Séant signifie convenable, décent.   **4.** Éviter, ne pas prendre conscience de.

tait plus qu'à savoir ce que j'en pensais, et je crois qu'il
dut être content de moi : je demeurai étourdie, muette et
confuse[1] ; ce qui était signe que j'étais charmée : car avec
un homme qui nous est indifférent, ou qui nous déplaît,
on en est quitte à meilleur marché[2], il ne nous met pas
dans ce désordre-là : on voit mieux ce qu'on fait avec
lui ; et c'est ordinairement parce qu'on aime qu'on est
troublée en pareil cas.

Je l'étais tant, que la main me tremblait dans celle de
Valville ; que je ne faisais aucun effort pour la retirer, et
que je la lui laissais par je ne sais quel attrait qui me
donnait une inaction tendre et timide. À la fin pourtant,
je prononçai quelques mots qui ne mettaient ordre à rien,
de ces mots qui diminuent la confusion qu'on a de se
taire, qui tiennent la place de quelque chose qu'on ne dit
pas et qu'on devrait dire. Eh bien ! Monsieur, eh bien !
qu'est-ce que cela signifie ? Voilà tout ce que je pus tirer
de moi ; encore y mêlai-je un soupir, qui en ôtait le peu
de force que j'y avais peut-être mis[3].

Je me retrouvai[4] pourtant ; la présence d'esprit me
revint, et la vapeur de ces mouvements qui me tenaient
comme enchantée se dissipa. Je sentis qu'il n'était pas
décent de mettre tant de faiblesse dans cette situation-là,
ni d'avoir l'âme si entreprise[5], et je tâchai de corriger cela
par une action de courage.

Vous n'y songez pas ! Finissez donc, Monsieur, dis-je
à Valville en retirant ma main avec assez de force, et d'un
ton qui marquait encore que je revenais de loin, supposé
qu'il fût lui-même en état d'y voir si clair ; car il avait eu
des mouvements, aussi bien que moi. Mais je crois qu'il

---

1. Embarrassée, couverte de honte.   2. À meilleur compte, plus
simplement.   3. C'est là toute la naissance de l'amour comme l'illustre simultanément le théâtre de Marivaux. La différence marquée avec
l'intérêt et la coquetterie, la nature du trouble qui l'accompagne, l'impossibilité à avouer sans détour ce que l'on ressent.   4. Au sens de
retrouver ses esprits, de se remettre de son trouble, de pouvoir réagir.
5. Embarrassée, percluse. « J'ai la tête toute entreprise » (A).

vit tout ; il n'était pas si neuf[1] en amour que je l'étais, et dans ces moments-là, jamais la tête ne tourne à ceux qui ont un peu d'expérience par devers eux ; vous les remuez, mais vous ne les étourdissez point ; ils conservent toujours le jugement, il n'y a que les novices qui le perdent. Et puis, dans quel danger n'est-on pas quand on tombe en de certaines mains, quand on n'a pour tout guide qu'un Amant qui vous aime trop mal pour vous mener bien[2] !

Pour moi, je ne courais alors aucun risque avec Valville : j'avoue que je fus troublée, mais à un degré qui étonna[3] ma raison, et qui ne me l'ôta pas ; et cela dura si peu, qu'on n'aurait pu en abuser, du moins je me l'imagine ; car au fond, tous ces étonnements de raison ne valent rien non plus, on n'y est point en sûreté ; il s'y passe toujours un intervalle de temps où l'on a besoin d'être traitée doucement ; le respect de celui avec qui vous êtes vous fait grand bien.

Quant à Valville, je n'eus rien à lui reprocher là-dessus ; aussi lui avais-je inspiré, des sentiments. Il n'était pas amoureux, il était tendre[4], façon d'être épris qui, au commencement d'une passion, rend le cœur honnête, qui lui donne des mœurs, et l'attache au plaisir délicat d'aimer et de respecter timidement ce qu'il aime.

Voilà de quoi d'abord s'occupe un cœur tendre : à parer l'objet de son amour de toute la dignité imaginable, et il n'est pas dupe. Il y a plus de charme à cela qu'on ne pense, il y perdrait à ne s'y pas tenir ; et vous, Madame, vous y gagneriez si je n'étais pas si babillarde[5].

Finissez donc, me diriez-vous volontiers ; et c'est ce que je disais à Valville avec un sérieux encore altéré d'émotion. En vérité, Monsieur, vous me surprenez, ajou-

---

1. Au sens de novice.   2. Pointe à la mode dans les salons que fréquente Marivaux.   3. Étonner a le sens d'étourdir.   4. Marivaux distingue sans cesse ces deux notions, l'amour et la tendresse, qui fait que la passion amoureuse se manifeste par le respect honnête comme le montre la fin de la phrase.   5. Qui a trop de babil, qui parle trop. C'est considéré comme un vice (R).

tai-je ; vous voyez bien vous-même que j'ai raison de vouloir m'en aller, et qu'il faut que je parte.

Oui, Mademoiselle, vous allez partir, me répondit-il tristement ; et je vais donner mes ordres pour cela, puisque vous ne pouvez vous souffrir [1] ici, et qu'apparemment je vous y déplais moi-même, à cause du mouvement qui vient de m'échapper ; car il est vrai que je vous aime, et que j'emploierais à vous le dire tous les moments que nous passerions ensemble, et tout le temps de ma vie, si je ne vous quittais pas.

Et quand ce discours qu'il me tenait aurait duré tout le temps de la mienne [2], il me semble qu'il ne m'aurait pas ennuyé non plus, tant la joie dont il me pénétrait était douce, flatteuse, et pourtant embarrassante ; car je sentais qu'elle me gagnait. Je ne voulais pas que Valville la vît, et je ne savais quel air prendre pour la mettre à couvert [3] de ses yeux.

D'ailleurs, ce qu'il m'avait dit demandait une réponse ; ce n'était pas à ma joie à la faire, et je n'avais que ma joie dans l'esprit ; de sorte que je me taisais, les yeux baissés [4].

Vous ne répondez rien, me dit Valville ; partirez-vous sans me dire un mot ? Mon action m'a-t-elle rendu si désagréable ? Vous a-t-elle offensée sans retour [5] ?

Et remarquez que, pendant ce discours, il avançait sa main pour ravoir la mienne, que je lui laissais prendre, et qu'il baisait encore en me demandant pardon de l'avoir baisée ; et ce qui est de plaisant, c'est que je trouvais la réparation [6] fort bonne, et que je la recevais de la meilleure foi du monde, sans m'apercevoir qu'elle n'était qu'une répétition de la faute ; je crois même que nous ne nous en aperçûmes ni l'un ni l'autre, et entre deux per-

---

1. Supporter d'être ici.   2. Renvoie à *vie*.   3. La dissimuler à son regard.   4. L'orgueil, une certaine pudeur empêchent l'aveu de l'amour. On reconnaît là un des thèmes chers à Marivaux.   5. Sans possibilité de pardon ou d'accommodement.   6. Valville baise la main comme réparation de l'avoir déjà baisée.

sonnes qui s'aiment, ce sont là de ces simplicités[1] de sentiment que peut-être l'esprit remarquerait bien un peu s'il voulait, mais qu'il laisse bonnement[2] passer au profit du cœur.

Ne me direz-vous rien ? me disait donc Valville. Aurai-je le chagrin de croire que vous me haïssez ?

Un petit soupir naïf précéda ma réponse, ou plutôt la commença. Non, Monsieur, je ne vous hais pas, lui dis-je ; vous ne m'avez pas donné lieu de vous haïr, il s'en faut bien. Eh ! que pensez-vous donc de moi ? reprit-il avec feu[3]. Je vous ai dit que je vous aime ; comment regardez-vous mon amour ? êtes-vous fâchée que je vous en parle ?

Que voulez-vous que je réponde à cette question ? lui dis-je. Je ne sais pas ce que c'est que l'amour, Monsieur ; je pense seulement que vous êtes un fort honnête homme, que je vous ai beaucoup d'obligation, et que je n'oublierai jamais ce que vous avez fait pour moi dans cette occasion-ci.

Vous ne l'oublierez jamais ! s'écria-t-il. Eh ! comment saurai-je que vous voudrez bien vous ressouvenir de moi, si j'ai le malheur de ne vous plus voir, Mademoiselle ? Ne m'exposez point à vous perdre pour toujours ; et s'il est vrai que vous n'ayez point d'aversion pour moi, ne m'ôtez pas les moyens de vous parler quelquefois, et d'essayer si ma tendresse ne pourra vous toucher un jour. Je ne vous ai vue aujourd'hui que par un coup de hasard ; où vous retrouverai-je, si vous me laissez ignorer qui vous êtes ? Je vous chercherais inutilement. J'en conviens, lui dis-je avec une franchise qui alla plus vite que ma pensée, et qui semblait nous plaindre tous deux. Eh bien ! Mademoiselle, ajouta-t-il en approchant encore sa bouche de ma main (car nous ne prenions plus garde à cette

---

1. Candeur, sincérité, naïveté, ingénuité (F).   **2.** À la bonne foi, naïvement (A).   **3.** Avec vivacité et passion (R).

minutie[1]-là, elle nous était devenue familière ; et voilà
comme tout passe en amour) ; eh bien, nommez-moi, de
grâce, les personnes à qui vous appartenez[2] ; instruisez-
moi de ce qu'il faut faire pour être connu d'elles ; donnez-
moi cette consolation avant que de partir.

À peine achevait-il de parler qu'un laquais entra :
Qu'on mette les chevaux au carrosse pour reconduire
Mademoiselle, lui dit Valville, en se retournant de son
côté.

Cet ordre, que je n'avais point prévu, me fit frémir : il
rompait toutes mes mesures, et rejetait ma vanité dans
toutes ses angoisses.

Ce n'était point le carrosse de Valville qu'il me fallait.
La petite lingère n'échappait point par là à l'affront d'être
connue. J'avais compris qu'on m'enverrait chercher une
voiture ; je comptais m'y mettre toute seule, en être quitte
pour dire : Menez-moi dans telle rue ; et, à l'abri de toute
confusion, regagner ainsi cette fâcheuse[3] boutique qui
m'avait coûté tant de peine d'esprit, et dont je ne pouvais
plus faire un secret, si je m'en retournais dans l'équipage
de Valville : car il n'aurait pas oublié de demander à ses
gens : Où l'avez-vous menée ? Et ils n'auraient pas
manqué de lui dire, à une boutique.

Encore n'eût-ce été là que demi-mal, puisque je n'aurais pas été présente au rapport[4], et que je n'en aurais
rougi que de loin. Mais vous allez voir que la politesse
de Valville me destinait à une honte bien plus complète.

J'imagine une chose, Mademoiselle, me dit-il tout de
suite quand le laquais fut sorti ; c'est de vous reconduire
moi-même avec la femme que vous avez vu paraître.
Qu'en dites-vous, Mademoiselle ? il me semble que c'est
une attention nécessaire de ma part, après ce qui vous est

---

1. Voir note 3, p. 67.   2. Comme on dit appartenir à telle ou telle
famille. Ce qui implique le grand monde.   3. Dont le statut social
qu'elle représente ou dont elle est le symbole est difficile à supporter.
4. Par rapport aux réponses données par les domestiques. La formule
appartient au langage militaire.

arrivé ; je crois même qu'il y aurait de l'impolitesse à
m'en dispenser : c'est une réflexion que je fais, et qui me
vient fort à propos. Et moi, je la trouvais tuante [1].

Ah ! Monsieur, m'écriai-je, que me proposez-vous là ?
Moi, m'en retourner dans votre carrosse au logis, et y
arriver avec vous, avec un homme de votre âge ! Non,
Monsieur, je n'aurai pas cette imprudence-là ; le ciel m'en
préserve ! Vous ne songez pas à ce qu'on en dirait ; tout
est plein de médisants ; et si on ne va pas me chercher
une voiture, j'aime encore mieux m'en aller à pied chez
moi, et m'y traîner [2] comme je pourrai, que d'accepter vos
offres.

Ce discours ne souffrait point de réplique ; aussi m'en
parut-il outré.

Allons, Mademoiselle, s'écria-t-il à son tour avec douleur en se levant d'auprès de moi : je vous entends. Vous
ne voulez plus que je vous revoie, ni que je sache où vous
reprendre [3] ; car, de m'alléguer la crainte que vous avez,
dites-vous, de ce qu'on pourrait dire, il n'y a pas d'apparence qu'elle soit le motif de vos refus. Vous vous blessez
en tombant, vous êtes à ma porte, je m'y trouve, vous
avez besoin de secours, mille gens sont témoins de votre
accident, vous ne sauriez vous soutenir [4], je vous fais porter chez moi ; de là je vous ramène chez vous ; il n'y a
rien de si simple, vous le sentez bien ; mais rien en même
temps qui me mît plus naturellement à portée d'être connu
de vos parents, et je vois bien que c'est à quoi vous ne
voulez pas que je parvienne. Vous avez vos raisons, sans
doute ; ou je vous déplais, ou vous êtes prévenue [5].

Et là-dessus, sans me donner le temps de lui répondre,
outré du silence morne que j'avais gardé jusque-là, et,
dans l'amertume de son chagrin, ayant l'air content d'être
privé de ce qu'il était au désespoir de perdre, il part,

---

1. Qui porte un coup mortel au plan de Marianne.   2. Se déplacer
difficilement.   3. Retrouver.   4. Être dans un état physique normal.
5. Vous avez un avis préconçu.

s'avance à la porte de la salle et appelle impétueusement un laquais, qui accourt : Qu'on aille chercher une chaise, lui dit-il ; et si on n'en trouve pas, qu'on amène un carrosse. Mademoiselle ne veut pas du mien.

Et puis, revenant à moi : Soyez en repos, ajouta-t-il, vous allez avoir ce que vous souhaitez, Mademoiselle : il n'y a plus rien à craindre ; et vous et vos parents me serez éternellement inconnus, à moins que vous ne me disiez votre nom, et je ne pense pas que vous en ayez envie.

À cela nulle réponse encore de ma part ; je n'étais plus en état de parler. En revanche, devinez ce que je faisais, Madame : excédée de peines, de soupirs, de réflexions, je pleurais, la tête baissée. Vous pleuriez ? Oui, j'avais les yeux remplis de larmes. Vous en êtes surprise ? Mais mettez-vous bien au fait de ma situation, et vous verrez dans quel épuisement de courage je devais tomber.

Que n'avais-je pas souffert depuis une demi-heure ? Comptons mes détresses : une vanité inexorable qui ne voulait point de Mme Dutour, ni par conséquent que je fusse Lingère ; une pudeur gémissante[1] de la figure d'aventurière que j'allais faire, si je ne m'en tenais pas à être fille de boutique ; un amour désespéré, à quoi que je me déterminasse là-dessus : car une fille de mon état, me disais-je, ne pouvait pas conserver la tendresse de Valville, ni une fille suspecte mériter qu'il l'aimât.

À quoi donc me résoudre ? À m'en aller sur-le-champ ? Autre affliction pour mon cœur, qui se trouvait si bien de l'entretien de Valville.

Et voyez que de différentes mortifications il avait fallu sentir, peser, essayer sur mon âme, pour en comparer les douleurs, et savoir à laquelle je donnerais la préférence !

Ajoutez à cela qu'il n'y a rien de consolant dans de pareilles peines, parce que c'est la vanité qui nous les

---

1. Pudeur qui gémit parce qu'elle est outragée. Il faut remarquer que Marivaux, comme le veut la tradition grammaticale, accorde les participes présents des verbes intransitifs (voir p. 86 et 121, par exemple).

cause, et que de soi-même on est incapable d'une détermination[1]. En effet, à quoi m'avait-il servi d'opter et de m'être[2] enfin fixée à la douleur de quitter Valville ? M'en était-il moins difficile de lui rester inconnue, comme c'était mon dessein ? Non vraiment, car il m'offrait son carrosse, il voulait me reconduire ; ensuite, il se retranchait[3] à savoir mon nom, qu'il n'était pas naturel de lui cacher, mais que je ne pouvais pas lui dire, puisque je ne le savais pas moi-même, à moins que je ne prisse celui de Marianne ; et prendre ce nom-là, c'était presque déclarer Mme Dutour et sa boutique, ou faire soupçonner quelque chose d'approchant.

À quoi donc en étais-je réduite ? À quitter brusquement Valville sans aucun ménagement[4] de politesse et de reconnaissance ; à me séparer de lui comme d'un homme avec qui je voulais rompre, lui qui m'aimait, lui que je regrettais, lui qui m'apprenait que j'avais un cœur ; car on ne le sent que du jour où l'on aime (et jugez combien ce cœur est remué de la première leçon d'amour qu'il reçoit !), enfin, lui que je sacrifiais à une vanité haïssable, que je condamnais intérieurement moi-même, qui me paraissait ridicule, et qui, malgré tout le tourment qu'elle me causait, ne me laissait pas seulement la consolation de me trouver à plaindre.

En vérité, Madame, avec une tête de quinze ou seize ans, avais-je tort de succomber, de perdre tout courage, et d'être abattue jusqu'aux larmes ?

Je pleurai donc, et il n'y avait peut-être pas de meilleur expédient pour me tirer d'affaire, que de pleurer et de laisser tout là. Notre âme sait bien ce qu'elle fait, ou du moins son instinct le sait bien pour elle.

---

1. Au sens de décision.　　**2.** Ce texte est celui de l'édition originale. L'édition de 1741 donne ici un texte abrégé, que Marivaux aurait peut-être lui-même corrigé : « *... et savoir à laquelle je donnerais la triste préférence ! Encore, à quoi m'avait-il servi d'opter de m'être...* » **3.** Au sens sans doute de « se limitait à ».　　**4.** Mesure, réserve dont on use envers quelqu'un (A).

Vous croyez que mon découragement est mal entendu, qu'il ne peut tourner qu'à ma confusion ; et c'est le contraire. Il va remédier à tout ; car premièrement, il me soulagea, il me mit à mon aise, il affaiblit ma vanité, il me défit de cet orgueilleux effroi que j'avais d'être connue de Valville. Voilà déjà bien du repos pour moi : voici d'autres avantages.

C'est que cet abattement et ces pleurs me donnèrent, aux yeux de ce jeune homme, je ne sais quel air de dignité romanesque [1] qui lui en imposa, qui corrigea d'avance la médiocrité de mon état, qui disposa Valville à l'apprendre sans en être scandalisé ; car vous sentez bien que tout ceci ne saurait demeurer sans quelque petit éclaircissement. Mais n'en soyez point en peine, et laissez faire aux pleurs que je répands ; ils viennent d'ennoblir [2] Marianne dans l'imagination de son amant ; ils font foi d'une fierté de cœur qui empêchera bien qu'il ne la dédaigne.

Et dans le fond, observons une chose. Être jeune et belle, ignorer sa naissance, et ne l'ignorer que par un coup de malheur, rougir et soupirer en illustre infortunée de l'humiliation où cela vous laisse ; si j'avais affaire à l'amour, lui qui est tendre et galant, qui se plaît à honorer ce qu'il aime : voilà, pour lui paraître charmante et respectable, dans quelle situation et avec quel amas de circonstances je voudrais m'offrir à lui [3].

Il y a de certaines infortunes qui embellissent la beauté même, qui lui prêtent de la majesté. Vous avez alors, avec vos grâces, celles que votre histoire, faite comme un roman, vous donne encore. Et ne vous embarrassez pas

---

1. Ce qui est merveilleux, comme les aventures du roman. On remarquera ici que l'adjectif *romanesque* est accolé à *dignité*, ce qui modifie quelque peu son sens. On peut penser qu'ici il fait allusion aux romans de chevalerie et à ses preux personnages. **2.** Non pas de lui donner la noblesse comme état, mais l'ennoblissement est à prendre dans un sens moral comme l'accession à la noblesse des sentiments. **3.** Ce paragraphe est très largement un pastiche du vocabulaire employé dans les romans galants.

d'ignorer ce que vous êtes née ; laissez travailler les chimères de l'amour là-dessus ; elles sauront bien vous faire un rang distingué, et tirer bon parti des ténèbres qui cacheront votre naissance. Si une femme pouvait être prise pour une divinité, ce serait en pareil cas que son amant l'en croirait une.

À la vérité, il ne faut pas s'attendre que cela dure ; ce sont là de ces grâces et de ces dignités d'emprunt qui s'en retournent avec les amoureuses folies qui vous en parent.

Et moi, je retourne toujours aux réflexions, et je vous avertis que je ne me les reprocherai plus. Vous voyez bien que je n'y gagne rien et que je suis incorrigible ; ainsi tâchons toutes deux de n'y plus prendre garde.

Je laisse Valville désespéré de ce que je voulais partir sans me faire connaître ; mais les pleurs qu'il me vit répandre le calmèrent tout d'un coup. Je n'ai jamais rien vu ni de si doux, ni de si tendre que ce qui se peignit alors sur sa physionomie : et en effet, mes pleurs ne concluaient rien de fâcheux [1] pour lui ; ils n'annonçaient ni haine, ni indifférence, ils ne pouvaient signifier que de l'embarras.

Hé quoi ! Mademoiselle, vous pleurez ? me dit-il en venant se jeter à mes genoux avec un amour où l'on démêlait déjà je ne sais quel transport d'espérance ; vous pleurez ? Eh ! quel est donc le motif de vos larmes ? Vous ai-je dit quelque chose qui vous chagrine ? Parlez, je vous en conjure. D'où vient que je vous vois dans cet état-là ? ajouta-t-il en me prenant une main qu'il accablait de caresses, et que je ne retirais pas, mais que, dans ma consternation, je semblais lui abandonner avec décence, et comme à un homme dont le bon cœur, et non pas l'amour, obtenait de moi cette nonchalance-là.

Répondez-moi, s'écriait-il ; avez-vous d'autres sujets de tristesse ? Et pourriez-vous hésiter d'ouvrir votre cœur à qui vous a donné tout le sien, à qui vous jure qu'il sera

_____

1. Ici, au sens de déplaisant.

toujours à vous, à qui vous aime plus que sa vie, à qui
vous aime autant que vous méritez d'être aimée ? Est-ce
qu'on peut voir vos larmes sans souhaiter de vous secourir ? Et vous est-il permis de m'en pénétrer sans vouloir
rien faire de l'attendrissement où elles me jettent ? Parlez.
Quel service faut-il vous rendre ? Je compte que vous ne
vous en irez pas si tôt.

Il faudrait donc envoyer chez Mme Dutour, lui dis-je
naïvement alors, comme entraînée moi-même par le torrent de sa tendresse et de la mienne.

Et la voilà enfin déclarée, cette Mme Dutour si terrible,
et sa boutique et son enseigne (car tout cela était compris
dans son nom) ; et la voilà déclarée sans que j'y hési-
tasse : je ne m'aperçus pas que j'en parlais.

Chez Mme Dutour ! une Marchande de linge ? Hé ! je
la connais, dit Valville ; c'est donc elle qui aura soin d'aller chez vous avertir où vous êtes ? Mais de la part de qui
lui dira-t-on qu'on vient ?

À cette question ma naïveté m'abandonna ; je me
retrouvai glorieuse[1] et confuse, et je retombai dans tous
mes embarras.

Et en effet, y avait-il rien de si piquant que ce qui
m'arrivait ! Je viens de nommer Mme Dutour, je crois par
là avoir tout dit, et que Valville est à peu près au fait.
Point du tout ; il se trouve qu'il faut recommencer, que je
n'en suis pas quitte, que je ne lui ai rien appris, et qu'au
lieu de comprendre que je n'envoie chez elle que parce
que j'y demeure, il entend seulement que mon dessein est
de la charger d'aller dire à mes parents où je suis, c'est-
à-dire qu'il la prend pour ma commissionnaire ; c'est là
toute la relation qu'il imagine entre elle et moi.

Et d'où vient cela ? C'est que j'ai si peu l'air d'une
Marianne, c'est que mes grâces et ma physionomie le

---

1. Si ici l'adjectif possède un sens favorable (qui a soin de sa gloire),
il peut plus avant dans le texte constituer un équivalent de vaniteux ou
soucieux d'une gloire vaine.

préoccupent tant en ma faveur, c'est qu'il est si éloigné de penser que je puisse appartenir, de près ou de loin, à une Mme Dutour, qu'apparemment il ne saura que je loge chez elle et que je suis sa fille de boutique, que quand je le lui aurai dit, peut-être répété dans les termes les plus simples, les plus naturels et les plus clairs.

Oh ! voyez combien il sera surpris ; et si moi, qui prévois sa surprise, je ne dois pas frémir plus que jamais de la lui donner !

Je ne répondais donc rien ; mais il se mêlait à mon silence un air de confusion si marqué, qu'à la fin Valville entrevit ce que je n'avais pas le courage de lui dire.

Quoi ! Mademoiselle, est-ce que vous logez chez Mme Dutour ? Oui, Monsieur, lui répondis-je d'un ton vraiment humilié : je ne suis pourtant pas faite[1] pour être chez elle, mais les plus grands malheurs du monde m'y réduisent. Voilà donc ce que signifiaient vos pleurs ? me répondit-il en me serrant la main avec un attendrissement qui avait quelque chose de si honnête pour moi et de si respectueux, que c'était comme une réparation des injures que me faisait le sort : voyez si mes pleurs m'avaient bien servie.

L'article sur lequel nous en étions allait sans doute donner matière à une longue conversation entre nous, quand on ouvrit avec grand bruit la porte de la salle, et que nous vîmes entrer une Dame menée, devinez par qui ? par M. de Climal, qui, pour premier objet, aperçut Marianne en face, à demi couchée sur un lit de repos, les yeux mouillés de larmes, et tête à tête avec un jeune homme, dont la posture tendre et soumise menait à croire que son entretien roulait sur l'amour, et qu'il me disait : Je vous adore ; car vous savez qu'il était à mes genoux ; et qui plus est, c'est que, dans ce moment, il avait la tête baissée sur une de mes mains, ce qui concluait aussi qu'il la baisait. N'était-ce pas là un tableau bien amusant pour M. de Climal ?

1. Destinée à (L).

Je voudrais pouvoir vous exprimer ce qu'il devint. Vous dire qu'il rougit, qu'il perdit toute contenance, ce n'est vous rendre que les gros traits de l'état où je le vis.

Figurez-vous un homme dont les yeux regardaient tout sans rien voir, dont les bras se remuaient toujours sans avoir de geste, qui ne savait quelle attitude donner à son corps qu'il avait de trop, ni que faire de son visage qu'il ne savait sous quel air présenter, pour empêcher qu'on n'y vît son désordre qui allait s'y peindre.

M. de Climal était amoureux de moi ; comprenez donc combien il fut jaloux. Amoureux et jaloux ! voilà déjà de quoi être bien agité ; et puis M. de Climal était un faux dévot, qui ne pouvait avec honneur laisser transpirer ni jalousie, ni amour. Ils transpiraient pourtant malgré qu'il en eût : il le sentait bien, il en était honteux, il avait peur qu'on n'aperçût sa honte ; et tout cela ensemble lui donnait je ne sais quelle incertitude de mouvements, sotte, ridicule, qu'on voit mieux qu'on ne l'explique. Et ce n'est pas là tout : son trouble avait encore un grand motif que j'ignorais ; le voici : c'est que Valville, en se levant, s'écria à demi-bas : Eh ! c'est mon oncle !

Nouvelle augmentation de singularité[1] dans ce coup de hasard. Je n'avais fait que rougir en le voyant, cet oncle ; mais sa parenté, que j'apprenais, me déconcerta encore davantage ; et la manière dont je le regardai, s'il y fit attention, m'accusait bien nettement d'avoir pris plaisir aux discours de Valville. J'avais tout à fait l'air d'être sa complice ; cela n'était pas douteux à ma contenance.

De sorte que nous étions trois figures très interdites. À l'égard de la Dame que menait M. de Climal, elle ne me parut pas s'apercevoir de notre embarras, et ne remarqua, je pense, que mes grâces, ma jeunesse, et la tendre posture de Valville.

Ce fut elle qui ouvrit la conversation. Je ne vous plains point, Monsieur, vous êtes en bonne compagnie, un peu

---

1. Caractère unique, originalité.

dangereuse à la vérité ; je n'y crois pas votre cœur fort
en sûreté, dit-elle à Valville en nous saluant. À quoi
d'abord il ne répondit que par un sourire, faute de savoir
que dire. M. de Climal souriait aussi, mais de mauvaise
grâce, et en homme indéterminé sur le parti qu'il avait à
prendre, inquiet de celui que je prendrais ; car fallait-il
qu'il me connût ou non, et moi-même allais-je en agir
avec lui comme avec un homme que je connaissais ?

D'un autre côté, ne sachant aussi quel accueil je devais
lui faire, j'observais le sien pour m'y conformer ; et
comme son air souriant ne réglait rien là-dessus, la
manière dont je saluai ne fut pas plus décisive, et se sentit
de l'équivoque où il me laissait.

En un mot, j'en fis trop et pas assez. Dans la moitié de
mon salut, il semblait que je le connaissais ; dans l'autre
moitié, je ne le connaissais plus ; c'était oui, c'était non,
et tous les deux manqués.

Valville remarqua cette façon d'agir obscure, car il me
l'a dit depuis. Il en fut frappé.

Il faut savoir que, depuis quelque temps, il soupçonnait
son oncle de n'être pas tout ce qu'il voulait paraître ; il
avait appris, par de certains faits, à se défier de sa religion
et de ses mœurs. Il voyait que j'étais aimable, que je
demeurais chez Mme Dutour, que j'avais beaucoup pleuré
avant que de l'avouer. Que pouvait, après cela, signifier
cet accueil à double sens que je faisais à M. de Climal,
qui n'avait pas à son tour un maintien moins composé[1],
ni plus clair ? Il y avait là matière à de fâcheuses conjectures[2].

J'oublie de vous dire que je feignis de vouloir me lever,
pour saluer plus décemment : Non, Mademoiselle, non,
demeurez, me dit Valville, ne vous levez point ; Madame
vous en empêchera elle-même quand elle saura que vous

---

1. Maintien qui est élaboré, qui vise à se donner une contenance.
2. Déductions ou hypothèses qui ne serviraient pas les intérêts de
Marianne.

êtes blessée au pied. Pour Monsieur, ajouta-t-il en adressant la parole à son oncle, je crois qu'il vous en dispense,
d'autant plus qu'il me paraît que vous vous connaissez.

Je ne pense pas avoir cet honneur-là, répondit sur-le-
champ M. de Climal, avec une rougeur qui vengeait[1] la
vérité de son effronterie. Est-ce que Mademoiselle m'aurait vu quelque part ? ajouta-t-il en me regardant d'un œil
qui me demandait le secret.

Je ne sais, repartis-je d'un ton moins hardi que mes
paroles ; mais il me semblait que la physionomie de Monsieur ne m'était pas inconnue. Cela se peut, dit-il ; mais
qu'est-il donc arrivé à Mademoiselle ? est-ce qu'elle est
tombée ?

Et cette question-là, il la faisait à son neveu qui ne lui
répondait rien. Il ne l'avait pas seulement entendu ; son
inquiétude l'occupait bien d'autres choses.

Oui, Monsieur, dis-je alors pour lui, toute confuse que
j'étais d'aider à soutenir un mensonge dans lequel je
voyais bien que Valville m'accusait d'être de moitié[2]
avec son oncle ; oui, Monsieur, c'est une chute que j'ai
faite près d'ici, presque au sortir de la messe, et on m'a
portée dans cette salle, parce que je ne pouvais marcher.

Mais, dit la Dame, il faudrait du secours. Si c'était une
entorse, cela est considérable. Êtes-vous seule, Mademoiselle ? N'avez-vous personne avec vous ? pas un laquais ?
pas une femme ? Non, Madame, répondis-je, fâchée de
l'honneur qu'elle me faisait, et que je reprochais à ma
figure qui en était cause : je ne demeure pas loin d'ici.
Eh ! bien, dit-elle, nous allons dîner, M. de Climal et moi,
dans ce quartier ; nous vous remènerons[3].

Encore ! dis-je en moi-même : quelle persécution !

1. Marianne ment pour ne pas avouer son statut réel, mais aussi à
l'incitation de M. de Climal qui feint de ne pas la reconnaître. La rougeur contredit sa réponse. La vérité est vengée par cette contradiction
entre le discours et l'apparence. La formulation vive et imagée illustre
les vertus du style de Marivaux.   2. De connivence, complice.
3. Forme attestée dans l'édition et modifiée au XIXᵉ siècle.

Tout le monde a donc la fureur[1] de me ramener ! Car sur cet article-là je n'avais pas l'esprit bien fait ; et ce qui me frappa d'abord, ce fut, comme avec Valville, l'affront d'être reconduite à cette malheureuse boutique.

Cette Dame qui parlait de femme, de laquais, dont elle s'imaginait que je devais être suivie, après cette opinion fastueuse de mon état, qu'aurait-elle trouvé ? Marianne. Le beau dénoûment ! Et quelle Marianne encore ? Une petite friponne en liaison avec M. de Climal, c'est-à-dire avec un franc hypocrite.

Car quel autre nom eût pu espérer cet homme de bien ? Je vous le demande. Que serait devenue la bonne odeur de sa vie, lui qui avait nié de me connaître, et moi-même qui m'étais prêtée à son imposture ? N'aurais-je pas été une jolie mignonne avec mes grâces, si Mme Dutour et Toinon s'étaient trouvées sur le pas de leur porte, comme elles en avaient volontiers la coutume, et nous eussent dit : Ah ! c'est donc vous, Monsieur ? Eh ! d'où venez-vous, Marianne ? comme assurément elles n'y auraient pas manqué.

Oh ! voilà ce qui devait me faire trembler, et non pas ma boutique ; c'était là le véritable opprobre qui méritait mon attention. Je ne l'aperçus pourtant que le dernier : et cela est dans l'ordre. On va d'abord au plus pressé ; et le plus pressé pour nous, c'est nous-même, c'est-à-dire, notre orgueil ; car notre orgueil et nous, ce n'est qu'un, au lieu que nous et notre vertu, c'est deux. N'est-ce pas, madame ?

Cette vertu, il faut qu'on nous la donne ; c'est en partie une affaire d'acquisition[2]. Cet orgueil, on ne nous le donne pas, nous l'apportons en naissant ; nous l'avons tant, qu'on ne saurait nous l'ôter ; et comme il est le premier en date, il est, dans l'occasion, le premier servi.

---

1. Violence qui frôle la folie (R).   **2.** Marivaux distingue ce qui nous est donné (traits que nous avons en naissant) et ce qui vient de notre éducation.

C'est la nature qui a le pas sur l'éducation. Comme il y a longtemps que je n'ai fait de pause, vous aurez la bonté de vouloir bien que j'observe encore une chose que vous n'avez peut-être pas assez remarqué : c'est que, dans la vie, nous sommes plus jaloux de la considération des autres que de leur estime, et par conséquent de notre innocence, parce que c'est précisément nous que leur considération distingue, et que ce n'est qu'à nos mœurs que leur estime s'adresse.

Oh ! nous nous aimons encore plus que nos mœurs. Estimez mes qualités tant qu'il vous plaira, vous diraient tous les hommes, vous me ferez grand plaisir, pourvu que vous m'honoriez, moi qui les ai, et qui ne suis pas elles ; car si vous me laissez là, si vous négligez ma personne, je ne suis pas content, vous prenez à gauche[1] ; c'est comme si vous me donniez le superflu et que vous me refusassiez le nécessaire ; faites-moi vivre d'abord, et me divertissez après ; sinon, j'y pourvoirai. Et qu'est-ce que cela veut dire ? C'est que pour parvenir à être honoré, je saurai bien cesser d'être honorable ; et en effet, c'est assez là le chemin des honneurs : qui les mérite n'y arrive guère. J'ai fini.

Ma réflexion n'est pas mal placée[2], je l'ai faite seulement un peu plus longue que je ne croyais. En revanche, j'en ferai quelque autre ailleurs qui sera trop courte.

Je ne sais pas comment nous nous serions échappés, M. de Climal et moi, du péril où nous jetait cette Dame en offrant de me reconduire.

Aurait-il pu s'exempter de prêter son carrosse ? Aurais-je pu refuser de le prendre ? Tout cela était difficile. Il pâlissait et je ne répondais rien ; ses yeux me disaient : Tirez-moi d'affaire ; les miens lui disaient : Tirez-m'en vous-même ; et notre silence commençait à devenir sensible, quand il entra un laquais qui dit à Valville que le

---

1. On dit communément prendre une chose à gauche pour dire la prendre de travers (A).　　2. Ne manque pas de piquant, ni de sel.

carrosse qu'il avait envoyé chercher pour moi était à la porte.

Cela nous sauva, et mon Tartufe en fut si rassuré qu'il osa même abuser de la sécurité où il se trouvait pour lors, et porter l'audace jusqu'à dire : Mais il n'y a qu'à renvoyer ce carrosse ; il est inutile, puisque voilà le mien ; et cela du ton d'un homme qui avait compté me mener, et qui n'avait négligé de répondre à la proposition que parce qu'elle ne faisait pas la moindre difficulté.

Je songe pourtant que je devrais rayer l'épithète de Tartufe que je viens de lui donner ; car je lui ai obligation, à ce Tartufe-là. Sa mémoire me doit être chère ; il devint un homme de bien pour moi. Ceci soit dit pour l'acquit de ma reconnaissance, et en réparation du tort que la vérité historique pourra lui faire encore. Cette vérité a ses droits [1], qu'il faut bien que M. de Climal essuie.

Je compris bien qu'il s'en fiait à moi pour l'impunité de sa hardiesse, et qu'il ne craignait pas que j'eusse la malice ou la simplicité de l'en faire repentir.

Non, Monsieur, lui répondis-je ; il n'est pas nécessaire que je vous dérange, puisque j'ai une voiture pour m'en retourner ; et si Monsieur, dis-je tout de suite en parlant à Valville, veut bien appeler quelqu'un pour m'aider à me lever d'ici, je partirai tout à l'heure.

Je pense que ces Messieurs vous aideront bien eux-mêmes, dit galamment la Dame, et en voici un (c'était Valville qu'elle montrait) qui ne sera pas fâché d'avoir cette peine-là ; n'est-il pas vrai ? (discours qui venait sans doute de ce qu'elle l'avait vu à mes genoux). Au reste, ajouta-t-elle, comme nous nous en allons aussi, il faut vous dire ce qui nous amenait : avez-vous des nouvelles de Mme de Valville (c'était la mère du jeune homme) ? Arrive-t-elle de sa campagne ? La reverrons-nous bientôt ? Je l'attends cette semaine, dit Valville d'un air distrait et nonchalant, qui prouvait mal cet empressement

---

1. L'historien doit respecter la vérité.

que la dame lui avait supposé pour moi, et qui m'aurait
peut-être piquée moi-même, si je n'avais pas eu aussi mes
petites affaires dans l'esprit ; mais j'étais trop dans mon
tort pour y trouver à redire. Il y avait d'ailleurs dans sa
nonchalance je ne sais quel fond de tristesse qui me rendait honteuse, parce que j'en apercevais le motif.

Je sentais que c'était un cœur consterné de ne savoir
plus si je méritais sa tendresse, et qui avait peur d'être
obligé d'y renoncer. Y avait-il rien de plus obligeant pour
moi que cette peur-là, Madame, rien de plus flatteur, de
plus aimable, rien de plus digne de jeter mon cœur dans
un humble et tendre embarras devant le sien ? Car c'était
là précisément tout ce que j'éprouvais. Un mélange de
plaisir et de confusion, voilà mon état. Ce sont de ces
choses dont on ne peut dire que la moitié de ce qu'elles
sont.

Malgré cet air de froideur dont je vous ai parlé, Valville, après avoir satisfait à la question de la Dame, vint
à moi pour m'aider à me lever, et me prit par-dessous les
bras ; mais, comme il vit que M. de Climal s'avançait
aussi : Non, Monsieur, dit-il, ne vous en mêlez pas : vous
ne seriez pas assez fort pour soutenir Mademoiselle, et je
doute qu'elle puisse poser le pied à terre ; il vaut mieux
appeler quelqu'un. M. de Climal se retira (on a si peu
d'assurance quand on n'a pas la conscience bien nette).
Et là-dessus il sonne. Deux de ses gens arrivent : Approchez, leur dit-il, et tâchez de porter Mademoiselle jusqu'à
son carrosse.

Je crois que je n'avais pas besoin de cette cérémonie-là,
et qu'avec le secours de deux bras, je me serais aisément
soutenue ; mais j'étais si étourdie, si déconcertée, que je
me laissai mener comme on voulait, et comme je ne voulais pas.

M. de Climal et la Dame, qui s'en retournaient
ensemble, me suivirent, et Valville marchait le dernier en
nous suivant aussi.

Quand nous traversâmes la cour, je le vis du coin de l'œil qui parlait à l'oreille d'un laquais.

Et puis me voilà arrivée à mon carrosse, où la Dame, avant que de monter dans le sien, voulut obligeamment m'arranger[1] elle-même. Je l'en remerciai : mon compliment fut un peu confus. Ce que je dis à Valville le fut encore davantage ; je crois qu'il n'y répondit que par une révérence qu'il accompagna d'un coup d'œil où il y avait bien des choses que j'entendis toutes, mais que je ne saurais rendre, et dont la principale signifiait : Que faut-il que je pense ?

Ensuite je partis interdite[2], sans savoir ce que je pensais moi-même, sans avoir ni joie, ni tristesse, ni peine, ni plaisir. On me menait, et j'allais. Qu'est-ce que tout cela deviendra ? Que vient-il de se passer ? Voilà tout ce que je me disais dans un étonnement qui ne me laissait nul exercice d'esprit, et pendant lequel je jetai pourtant un grand soupir qui échappa plus à mon instinct qu'à ma pensée.

Ce fut dans cet état que j'arrivai chez Mme Dutour. Elle était assise à l'entrée de sa boutique, qui s'impatientait à m'attendre, parce que son dîner était prêt.

Je l'aperçus de loin qui me regardait dans le carrosse où j'étais, et qui m'y voyait, non comme Marianne, mais comme une personne qui lui ressemblait tant, qu'elle en était surprise ; et mon carrosse était déjà arrêté à la porte, qu'elle ne s'avisait pas encore de croire que ce fût moi (c'est qu'à son compte je ne devais arriver qu'à pied).

À la fin pourtant il fallut bien me reconnaître. Ah ! ah ! Marianne, eh ! c'est vous, s'écria-t-elle. Eh ! pourquoi donc en fiacre ? Est-ce que vous venez de si loin ? Non, Madame, lui dis-je ; mais je me suis blessée en tombant, et il m'était impossible de marcher ; je vous conterai mon

---

1. Au sens d'installer confortablement dans le carrosse.　2. Stupéfaite, sans pouvoir s'exprimer.

accident quand je serai rentrée. Ayez à présent la bonté
de m'aider avec le cocher à descendre.

Le cocher ouvrait la portière pendant que je parlais.
Allez, allez, me dit-il, arrivez ; ne vous embarrassez pas,
Mademoiselle ; pardi ! je vous descendrai bien tout seul.
Un bel enfant comme vous, qu'est-ce que cela pèse ? C'est
le plaisir[1]. Venez, venez, jetez-vous hardiment : je vous
porterais encore plus loin que vous n'iriez sur vos jambes.

En effet, il me prit entre ses bras, et me transporta
comme une plume jusqu'à la boutique, où je m'assis tout
d'un coup.

Il est bon de vous dire que dans l'intervalle du transport
je jetai les yeux dans la rue du côté d'où je venais, et que
je vis à trente ou quarante pas de là un des gens de Valville qui était arrêté, et qui avait tout l'air d'avoir couru
pour me suivre : et c'était apparemment là le résultat de
ce qu'il avait dit à ce laquais, quand je l'avais vu lui
parler à l'oreille.

La vue de ce domestique aposté[2] réveilla toute ma sensibilité sur mon aventure, et me fit encore rougir ; c'était
un témoin de plus de la petitesse de mon état ; et ce garçon, quoiqu'il n'eût fait que me voir chez Valville, ne se
serait pas, j'en suis sûre, imaginé que je dusse entrer chez
moi par une boutique ; c'est une réflexion que je fis : n'en
était-ce pas assez pour être fâchée de le trouver là ? Il
est vrai que ce n'était qu'un laquais ; mais quand on est
glorieuse, on n'aime à perdre dans l'esprit de personne ;
il n'y a point de petit mal pour l'orgueil, point de minutie,
rien ne lui est indifférent ; et enfin ce valet me mortifia ;
d'ailleurs, il n'était là que par l'ordre de Valville, il n'y
avait pas à en douter. C'était bien la peine que mon maître
fît tant de façon avec cette petite fille-là ! pouvait-il dire
en lui-même d'après ce qu'il voyait. Car ces gens-là sont
plus moqueurs que d'autres ; c'est le régal de leur bas-

---

1. La formule signifie : « Ce sera un plaisir ! »   2. Posté pour
surveiller.

sesse, que de mépriser ce qu'ils ont respecté par méprise, et je craignais que cet homme-ci, dans son rapport à Valville, ne glissât sur mon compte quelque tournure[1] insultante ; qu'il ne se régalât un peu aux dépens de mon domicile, et n'achevât de rebuter la délicatesse de son maître. Je n'avais déjà que trop baissé de prix à ses yeux. Il n'osait déjà plus faire tant de cas de l'honneur qu'il y aurait à me plaire ; et adieu le plaisir d'avoir de l'amour, quand la vanité d'en inspirer nous quitte ; et Valville était presque dans ce cas-là. Voyez le tort que m'eût fait alors le moindre trait railleur jeté sur moi ; car on ne saurait croire la force de certaines bagatelles sur nous, quand elles sont placées ; et la vérité est que les dégoûts[2] de Valville, provenus[3] de là, m'auraient plus fâchée que la certitude de ne le plus voir.

À peine fus-je assise, que je tirai de l'argent pour payer le cocher ; mais Mme Dutour, en femme d'expérience, crut devoir me conduire là-dessus, et me trouva trop jeune pour m'abandonner ce petit détail. Laissez-moi faire, me dit-elle, je vais le payer ; où vous a-t-il pris ? Auprès de la paroisse, lui dis-je. Eh ! c'est tout près d'ici, répliqua-t-elle en comptant quelque monnaie. Tenez, mon enfant, voilà ce qu'il vous faut.

Ce qu'il me faut ! cela ! dit le cocher, qui lui rendit sa monnaie avec un dédain brutal ; oh ! que nenni ; cela ne se mesure pas à l'aune[4]. Mais que veut-il dire avec son aune, cet homme ? répliqua gravement Mme Dutour : vous devez être content ; on sait peut-être bien ce que c'est qu'un carrosse, ce n'est pas d'aujourd'hui qu'on en paye.

Eh ! quand ce serait de demain, dit le cocher, qu'est-ce que cela avance ? Donnez-moi mon affaire, et ne crions pas tant. Voyez de quoi elle se mêle ! Est-ce vous que

---

1. Une désignation.   **2.** Terme mondain à l'époque, qui possède une signification strictement morale (A).   **3.** Provenant de là.
4. Mesure de tissu qui est de 1, 28 mètre et qui a été portée à 1, 20 mètre.

j'ai menée ? Est-ce qu'on vous demande quelque chose ?
Quelle diable de femme avec ses douze sols ! Elle marchande cela comme une botte d'herbes[1].

Mme Dutour était fière, parée, et qui plus est assez jolie,
ce qui lui donnait encore une autre espèce de gloire.

Les femmes d'un certain état s'imaginent en avoir plus
de dignité, quand elles ont un joli visage ; elles regardent
cet avantage-là comme un rang. La vanité s'aide de tout,
et remplace ce qui lui manque avec ce qu'elle peut.
Mme Dutour donc se sentit offensée de l'apostrophe
ignoble du cocher (je vous raconte cela pour vous divertir), la botte d'herbes sonna mal à ses oreilles. Comment
ce jargon-là pouvait-il venir à la bouche de quelqu'un qui
la voyait ? Y avait-il rien dans son air qui fit penser à
pareille chose ? En vérité, mon ami, il faut avouer que
vous êtes bien impertinent, et il me convient bien d'écouter vos sottises ! dit-elle. Allons, retirez-vous. Voilà votre
argent ; prenez ou laissez. Qu'est-ce que cela signifie ? Si
j'appelle un voisin, on vous apprendra à parler aux bourgeois plus honnêtement que vous ne faites.

Hé bien ! qu'est-ce que me vient conter cette chiffonnière[2] ? répliqua l'autre en vrai fiacre[3]. Gare ! prenez
garde à elle ; elle a son fichu des dimanches. Ne semble-
t-il pas qu'il faille tant de cérémonies pour parler à
Madame ? On parle bien à Perrette. Eh ! palsambleu !
payez-moi. Quand vous seriez encore quatre fois plus
bourgeoise que vous n'êtes, qu'est-ce que cela me fait ?
Faut-il pas que mes chevaux vivent ? Avec quoi dîneriez-
vous, vous qui parlez, si on ne vous payait pas votre toile ? Auriez-vous la face si large ? Fi ! que cela est vilain[4]
d'être crasseuse[5] !

Le mauvais exemple débauche. Mme Dutour, qui s'était

---

1. Marchande des quatre-saisons.   2. Par ce terme, le cocher déni-
gre la marchande qui est couturière.   3. Désigne aussi le conducteur
du fiacre. Cette profession avait la réputation d'avoir le verbe haut et
la réplique vive.   4. Paysan, homme de basse extraction.   5. Sordide-
ment avare (F).

maintenue jusque-là dans les bornes d'une assez digne fierté, ne put résister à cette dernière brutalité[1] du cocher : elle laissa là le rôle de femme respectable qu'elle jouait, et qui ne lui rapportait rien, se mit à sa commodité[2], en revint à la manière de quereller qui était à son usage, c'est-à-dire aux discours d'une commère de comptoir subalterne ; elle ne s'y épargna pas.

Quand l'amour-propre, chez les personnes comme elle, n'est qu'à demi fâché, il peut encore avoir soin de sa gloire, se posséder, ne faire que l'important, et garder quelque décence ; mais dès qu'il est poussé à bout, il ne s'amuse plus à ces fadeurs-là, il n'est plus assez glorieux pour prendre garde à lui ; il n'y a plus que le plaisir d'être bien grossier et de se déshonorer tout à son aise qui le satisfasse.

De ce plaisir-là, Mme Dutour s'en donna sans discrétion. Attends ! attends ! ivrogne, avec ton fichu des dimanches : tu vas voir la Perrette qu'il te faut ; je vais te la montrer, moi, s'écria-t-elle en courant se saisir de son aune qui était à côté du comptoir.

Et quand elle fut armée : Allons, sors d'ici, s'écria-t-elle, ou je te mesure avec cela, ni plus ni moins qu'une pièce de toile, puisque toile il y a. Jarnibleu[3] ! ne me frappez pas, lui dit le cocher qui lui retenait le bras ; ne soyez pas si osée[4] ! je me donne au diable, ne badinons point ! Voyez-vous ! je suis un gaillard qui n'aime pas les coups, ou la peste m'étouffe ! Je ne vous demande que mon dû, entendez-vous ? il n'y a point de mal à ça.

Le bruit qu'ils faisaient attirait du monde ; on s'arrêtait devant la boutique. Me laisseras-tu ? lui disait Mme Dutour, qui disputait toujours son aune contre le cocher. Levez-vous donc, Marianne ; appelez M. Ricard. Monsieur Ricard !

---

1. L'agression verbale est mise en relation avec la profession du fiacre. **2.** Se sentit à l'aise, prit ses aises. **3.** Comme Palsambleu ! (p. 154), c'est un juron sacrilège ou bleu remplace Dieu. **4.** Hardie, téméraire. Semble populaire au temps de Marivaux (D).

criait-elle tout de suite elle-même ; et c'était notre hôte qui logeait au second, et qui n'y était pas. Elle s'en douta. Messieurs, dit-elle, en apostrophant la foule qui s'était arrêtée devant la porte, je vous prends tous à témoin ; vous voyez ce qui en est, il m'a battue (cela n'était pas vrai) ; je suis maltraitée. Une femme d'honneur comme moi ! Eh vite ! eh vite !, allez chez le Commissaire ; il me connaît bien, c'est moi qui le fournis ; on n'a qu'à lui dire que c'est chez Mme Dutour. Courez-y, Madame Catau, courez-y, m'amie, criait-elle à une servante du voisinage ; le tout avec une cornette [1] que les secousses que le cocher donnait à ses bras avaient rangée de travers.

Elle avait beau crier, personne ne bougeait, ni Messieurs, ni Catau.

Le peuple, à Paris, n'est pas comme ailleurs : en d'autres endroits, vous le verrez quelquefois commencer par être méchant, et puis finir par être humain. Se querelle-t-on, il excite [2], il anime [3] ; veut-on se battre, il sépare. En d'autres pays, il laisse faire, parce qu'il continue d'être méchant.

Celui de Paris n'est pas de même ; il est moins canaille [4], et plus peuple que les autres peuples.

Quand il accourt en pareils cas, ce n'est pas pour s'amuser de ce qui se passe, ni comme qui dirait pour s'en réjouir ; non, il n'a pas cette maligne [5] espièglerie-là : il ne va pas rire, car il pleurera peut-être, et ce sera tant mieux pour lui. Il va voir, il va ouvrir des yeux stupidement avides, il va jouir bien sérieusement de ce qu'il verra. En un mot, alors, il n'est ni polisson, ni méchant, et c'est en quoi j'ai dit qu'il était moins canaille ; il est seulement curieux, d'une curiosité sotte et brutale, qui ne veut ni bien ni mal à personne, qui n'entend point d'autre

---

1. Depuis le XVIIIe siècle, ce mot désigne la coiffe traditionnelle à pointes.   2. Non pas *s'excite*, mais *excite* les combattants.   3. Non pas *s'anime*, mais *anime* au combat.   4. Désignation péjorative du bas peuple.   5. Digne du Malin qui désigne le diable.

finesse que de venir se repaître de ce qui arrivera[1]. Ce sont des émotions d'âme que ce peuple demande ; les plus fortes sont les meilleures : il cherche à vous plaindre si on vous outrage, à s'attendrir pour vous si on vous blesse, à frémir pour votre vie si on la menace ; voilà ses délices ; et si votre ennemi n'avait pas assez de place pour vous battre, il lui en ferait lui-même, sans en être plus malintentionné, et lui dirait volontiers : Tenez, faites à votre aise, et ne nous retranchez rien du plaisir que nous avons à frémir[2] pour ce malheureux[3]. Ce n'est pourtant pas les choses cruelles qu'il aime, il en a peur, au contraire ; mais il aime l'effroi qu'elles lui donnent : cela remue son âme qui ne sait jamais rien, qui n'a jamais rien vu, qui est toujours toute neuve.

Tel est le peuple de Paris, à ce que j'ai remarqué dans l'occasion. Vous ne vous seriez peut-être pas trop souciée de le connaître ; mais une définition de plus ou de moins, quand elle vient à propos, ne gâte rien dans une histoire[4]. Ainsi laissons celle-là, puisqu'elle y est.

Vous jugez bien, suivant le portrait que j'ai fait de ce peuple, que Mme Dutour n'avait point de secours à en espérer.

Le moyen qu'aucun des assistants eût voulu renoncer à voir le progrès d'une querelle qui promettait tant ! À tout moment on touchait à la catastrophe. Mme Dutour n'avait qu'à pouvoir parvenir à frapper le cocher de l'aune qu'elle tenait, voyez ce qu'il en serait arrivé avec un fiacre !

---

1. Dans une *Lettre au Mercure* d'août 1717, Marivaux développait déjà ses réflexions sur le peuple de Paris.   2. Ressentir une vive émotion, une agitation morale (A).   3. Cette passion des badauds pour le spectacle des querelles de rue qu'on analyse dans les *Lettres persanes* est un thème récurrent chez Diderot dans *Jacques le fataliste*. Cette idée de faire frémir est présente, selon des perspectives différentes, dans *Le Paradoxe sur le comédien* et dans l'*Éloge de Richardson*. 4. Encore une fois, Marivaux manifeste sa volonté de parsemer son texte de réflexions.

De mon côté, j'étais désolée ; je ne cessais de crier à
Mme Dutour : Arrêtez-vous ! Le cocher s'enrouait à prouver qu'on ne lui donnait pas son compte, qu'on voulait
avoir sa course pour rien, témoin les douze sols qui n'allaient jamais sans avoir leur épithète : et des épithètes
d'un cocher, on en soupçonne l'incivile élégance.

Le seul intérêt des bonnes mœurs devait engager
Mme Dutour à composer avec ce misérable ; il n'était pas
honnête à elle de soutenir l'énergie de ses expressions ;
mais elle en dévorait le scandale en faveur de la rage
qu'elle avait d'y répondre ; elle était trop fâchée pour
avoir les oreilles délicates.

Oui, malotru ! oui, douze sols, tu n'en auras pas davantage, disait-elle. Et moi je ne les prendrai pas, douze dia-
blesses ! répondait le cocher. Encore ne les vaux-tu pas,
continuait-elle ; n'es-tu pas honteux, fripon ? Quoi ! pour
venir d'auprès de la paroisse[1] ici ? Quand ce serait pour
un carrosse d'ambassadeur, tiens, jarni de ma vie ! un
denier avec, tu ne l'aurais pas ! J'aimerais mieux te voir
mort, il n'y aurait pas grand perte ; et souviens-toi seulement que c'est aujourd'hui la Saint-Matthieu : bon jour[2],
bonne œuvre, ne l'oublie pas ! Et laisse venir demain, tu
verras comme il sera fait. C'est moi qui te le dis, qui ne
suis pas une chiffonnière, mais bel et bien Mme Dutour,
Madame pour toi, Madame pour les autres, et Madame
tant que je serai au monde, entends-tu ?

Tout ceci ne se disait pas sans tâcher d'arracher le
bâton des mains du cocher qui le tenait, et qui, à la grimace et au geste que je lui vis faire, me parut prêt à traiter
Mme Dutour comme un homme.

Je crois que c'était fait de la pauvre femme : un gros
poing de mauvaise volonté, levé sur elle, allait lui

---

1. Paris était divisée en paroisses par lesquelles les habitants définis-
saient leur appartenance.   2. Bonne fête. Comme le remarque (D),
citant le *Dictionnaire satirique* de Leroux, le proverbe cité signifie que
« les scélérats font les jours de fête leurs meilleurs coups ».

apprendre à badiner avec la modération d'un fiacre, si je ne m'étais pas hâtée de tirer environ vingt sols, et de les lui donner.

Il les prit sur-le-champ, secoua l'aune entre les mains de Mme Dutour assez violemment pour l'en arracher, la jeta dans son arrière-boutique, enfonça son chapeau en me disant : grand merci, mignonne ; sortit de là, et traversa la foule qui s'ouvrit alors, tant pour le laisser sortir que pour livrer passage à Mme Dutour, qui voulait courir après lui, que j'en empêchai, et qui me disait que, jour de Dieu ! je n'étais qu'une petite sotte. Vous voyez bien ces vingt sols-là, Marianne, je ne vous les pardonnerai jamais, ni à la vie, ni à la mort : ne m'arrêtez pas, car je vous battrais. Vous êtes encore bien plaisante, avec vos vingt sols, pendant que c'est votre argent que j'épargne ! Et mes douze sols, s'il vous plaît, qui est-ce qui me les rendra ? (car l'intérêt chez Mme Dutour ne s'étourdissait[1] de rien.) Les emporte-t-il aussi, Mademoiselle ? Il fallait donc lui donner toute la boutique.

Eh ! Madame, lui dis-je, votre monnaie est à terre, et je vous la rendrai, si on ne la trouve pas ; ce que je disais en fermant la porte d'une main, pendant que je tenais Mme Dutour de l'autre.

Le beau carillon[2] ! dit-elle, quand elle vit la porte fermée. Ne nous voilà pas mal ! Ah çà ! voyons donc cette monnaie qui est à terre, ajouta-t-elle en la ramassant avec autant de sang-froid que s'il ne s'était rien passé. Le coquin est bien heureux que Toinon n'ait pas été ici ; elle vous aurait bien empêché de jeter l'argent par les fenêtres : mais il faut justement que cette bégueule[3]-là ait été dîner chez sa mère. Malepeste ! elle est un peu meil-

---

1. Mme Dutour ne s'étourdissait de rien signifie qu'elle n'abandonnait, à la différence de l'étourdi, aucune de ses demandes et ne négligeait aucun de ses intérêts. 2. Ensemble de quatre cloches. Ici, au figuré, qui parle fort, d'une façon assourdissante comme un carillon. 3. Sobriquet injurieux qu'on donne aux femmes, qui veut dire sotte, bête (L). N'a pas encore le sens moderne de prude.

leure ménagère ! Aussi n'a-t-elle que ce qu'elle gagne, et
les autres ce qu'on leur donne ; au lieu que vous, Dieu
merci, vous êtes si riche, vous avez un si bon trésorier !
Pourvu qu'il dure !

Eh ! Madame, lui dis-je avec quelque impatience, ne
plaisantons point là-dessus, je vous prie ; je sais bien que
je suis pauvre : mais il n'est pas nécessaire de m'en rail-
ler[1], non plus que des secours qu'on a bien voulu me
donner, et j'aime encore mieux y renoncer, n'avoir rien
et sortir de chez vous, que d'y demeurer exposée à des
discours aussi désobligeants. Tenez, dit-elle, où va-t-elle
chercher que je la raille, à cause que je lui dis qu'on lui
donne ? Eh ! pardi ! oui, on vous donne, et vous prenez
comme de raison : à bien donné, bien pris. Ce qui est
donné n'est pas fait pour rester là, peut-être ; et quand on
voudra, je prendrai ; voilà tout le mal que j'y sache, et je
prie Dieu qu'il m'arrive. On ne me donne rien, je ne
prends rien, et c'est tant pis. Voyez de quoi elle se fâche !
Allons, allons, dînons ; cela devrait être fait. Il faut aller
à vêpres. Et tout de suite, elle alla se mettre à table. Je
me levai pour en faire autant, en me soutenant sur cette
aune[2] que Mme Dutour avait remis sur le comptoir, et je
n'en avais pas trop besoin.

Il me faudrait un chapitre exprès, si je voulais rapporter
l'entretien que nous eûmes en mangeant.

Je ne disais mot et je boudais ; Mme Dutour, comme je
crois l'avoir déjà dit, était une bonne femme dans le fond,
se fâchant souvent au delà de ce qu'elle était fâchée ;
c'est-à-dire que de toute la colère qu'elle montrait dans
l'occasion, il y en avait bien la moitié dont elle aurait pu
se passer, et qui n'était là que pour représenter[3]. C'est
qu'elle s'imaginait que plus on se fâchait, plus on faisait

---

1. Se moquer de.   **2.** Voir note 4, p. 153. Essentiellement utilisée
dans la mesure des tissus, ce jusque vers 1840.   **3.** Donner une
impression d'importance, en imposer (A).

figure[1] ; et d'ailleurs elle s'animait elle-même du bruit de
sa voix : son ton, quand il était brusque, engageait son
esprit à l'être aussi. Et c'était de tout cela ensemble que
me vint cette enfilade de duretés que j'essuyai de sa part ;
et ce que je dis là d'elle n'annonce pas des mouvements
de mauvaise humeur bien opiniâtres ni bien sérieux : ce
sont des bêtises ou des enfances[2] dont il n'y a que de
bonnes gens qui soient capables ; de bonnes gens de peu
d'esprit, à la vérité, qui n'ont que de la faiblesse pour tout
caractère ; ce qui leur donne une bonté habituelle, avec
de petits défauts, de petites vertus, qui ne sont que des
copies de ce qu'ils ont vu faire aux autres.

Et telle était Mme Dutour, que je vous peins par hasard
en passant. Ce fut donc par cette bonté habituelle qu'elle
fut touchée de mon silence.

Peut-être aussi s'en inquiéta-t-elle à cause de la menace
que je lui avais faite de sortir de chez elle, si elle me chagrinait davantage : ma pension était bonne à conserver.

À qui en avez-vous donc ? me dit-elle. Comme vous
voilà muette et pensive ! Est-ce que vous avez du chagrin ? Oui, Madame ! vous m'avez mortifiée[3], lui répondis-je sans la regarder.

Quoi ! vous songez encore à cela ? reprit-elle ; eh !
mon Dieu, Marianne, que vous êtes enfant ! Qu'est-ce
donc que je vous ai dit ? je ne m'en souviens plus : est-
ce que vous croyez, quand on est en colère, qu'on va
éplucher[4] ses paroles ? Eh ! pardi ! ce n'est pas pour
s'épiloguer[5] qu'on vit ensemble. Eh bien ! j'ai parlé un
petit brin de M. de Climal. Est-ce cela qui vous fâche, à
cause que c'est lui qui prend soin de vous, et qui fait votre
dépense ? Est-ce là tout ? Gageons, parce que vous n'avez
ni père ni mère, que vous avez cru encore que je pensais à
cela ? car vous êtes d'un naturel soupçonneux, Marianne ;

---

1. Augmenter les formes extérieures de la colère.   **2.** Naïveté (D).
3. Fait souffrir, humiliée (R).   **4.** Examiner attentivement avec une
intention critique (A).   **5.** Censurer, trouver à redire (A).

vous avez toujours l'esprit au guet[1], Toinon me l'a bien
dit ; et sous prétexte que vous ne connaissez point vos
parents, vous allez toujours vous imaginant qu'on n'a que
cela dans la tête. Par hasard, hier, avec notre voisine, nous
parlions d'un enfant trouvé qu'on avait pris dans une
allée ; vous étiez dans la salle, vous nous entendîtes ; n'al-
lâtes-vous pas croire que c'était vous que nous disions[2] ?
Je le vis bien à la mine que vous fîtes en venant ; et voilà
que vous recommencez encore aujourd'hui ? Eh ! je prie
Dieu que ce soit là mon dernier morceau[3], si j'ai non plus
pensé à père et mère que s'il n'y en avait jamais eu pour
personne ! Au surplus, les enfants trouvés, les enfants qui
ne le sont point, tout cela se ressemble ; et si on mettait
là tous ceux qui sont comme vous, sans qu'on le sache ;
s'il fallait que le commissaire les emportât, où diantre les
mettrait-il ? Dans le monde, on est ce qu'on peut, et non
pas ce qu'on veut. Vous voilà grande et bien faite, et puis
Dieu est le père de ceux qui n'en ont point. Charité n'est
pas morte. Par exemple, n'est-ce pas une providence que
ce M. de Climal ? Il est vrai qu'il ne va pas droit[4] dans
ce qu'il fait pour vous ; mais qu'importe ? Dieu mène tout
à bien ; si l'homme n'en vaut rien, l'argent en est bon, et
encore meilleur que d'un bon Chrétien, qui ne donnerait
pas la moitié tant. Demeurez en repos, mon enfant : je ne
vous recommande que le ménage[5]. On ne vous dit point
d'être avaricieuse. Voilà que ma fête arrive ; quand ce
viendra la vôtre, celle de Toinon, dépensez alors, qu'on
se régale, à la bonne heure, chacun en profite ; mais hors
cela, et dans les jours de Carnaval, où tout le monde se
réjouit, gardez-moi votre petit fait[6].

Elle en était là de ses leçons, dont elle ne se lassait pas,

---

1. Prêt à observer.   **2.** Forme populaire pour : « C'est de vous que
nous parlions. »   **3.** Incident, mauvaise aventure.   **4.** Pour signifier
la démarche ambiguë et les arrière-pensées de M. de Climal.   **5.** Épargne, économie (R).   **6.** Il se dit familièrement de la part qui revient
à quelqu'un [...] Il a perdu, il a mangé tout son fait (A).

et dont une partie me scandalisait plus que ses brusqueries, quand on frappa à la porte. Nous verrons qui c'était dans la suite ; c'est ici que mes aventures vont devenir nombreuses et intéressantes : je n'ai pas encore deux jours à demeurer chez Mme Dutour, et je vous promets aussi moins de réflexions, si elles vous fâchent. Vous m'en direz votre sentiment.

TROISIÈME PARTIE

Oui, Madame, vous avez raison, il y a trop longtemps que vous attendez la suite de mon histoire [1] ; je vous en demande pardon ; je ne m'excuserai point, j'ai tort et je commence.

Je vous ai dit qu'on frappa à la porte pendant que Mme Dutour me prêchait une économie dont elle approuvait pourtant que je me dispensasse à son profit, c'est-à-dire à sa fête, à celle de Toinon, à la mienne, et à de certains jours de réjouissance où ce serait fort bien fait de dépenser mon argent pour la régaler [2] elle et sa maison.

C'était donc là à peu près ce qu'elle me disait, quand le bruit qu'on fit à la porte l'interrompit. Qui est là ? cria-t-elle tout de suite, et sans se lever ; qui est-ce qui frappe ? Je venais d'entendre arrêter un carrosse ; et comme on répondit au *qui est là* de Mme Dutour, il me sembla reconnaître la voix de la personne qui répondait. Je pense que c'est M. de Climal, lui dis-je. Croyez-vous ? me dit-elle en courant vite. Et je ne me trompais point, c'était lui-même.

Eh ! mon Dieu, Monsieur, je vous fais bien excuse ;

1. Entre la publication de la deuxième partie et celle de la troisième, il existe une durée de vingt-trois mois. Marivaux a l'habileté d'intégrer cette durée à la supposée correspondance de Marianne et de son amie. Voir l'Introduction, p. 12-13.   2. Donner un divertissement ou un banquet à quelqu'un (R).

vraiment, je me serais bien plus pressée, si j'avais cru que
c'était vous, lui dit-elle. Tenez, Marianne et moi nous
étions encore à table, il n'y a que nous deux ici. Jeannot
(c'était son fils) est avec sa tante, qui doit le mener tantôt
à la foire ; car il faut toujours que cet enfant soit fourré
chez elle, surtout les fêtes. Madelon (c'était sa servante)
est à la noce d'un cousin qu'elle a, et je lui ai dit : Va-
t'en, cela n'arrive pas tous les jours, et en voilà pour longtemps. D'un autre côté, Toinon est allée voir sa mère, qui
ne la voit pas souvent, la pauvre femme ; elle demeure si
loin ! c'est au Faubourg Saint-Marceau ; imaginez-vous
s'il y a à trotter [1] ! et tant mieux, j'en suis bien aise, moi :
cela fait que la fille ne sort guère. De sorte que je suis
restée seule en attendant Marianne, qui, par-dessus le
marché, s'est avisée de tomber en venant de l'église, et
qui s'est fait mal à un pied ; ce qui est cause qu'elle n'a
pu marcher, et qu'il a fallu la porter près de là dans une
maison pour accommoder [2] son pied, pour avoir un chirurgien qui ne se trouve pas là à point nommé ; il faut qu'il
vienne, qu'il voie ce que c'est, qu'on déchausse une fille,
qu'on la rechausse, qu'elle se repose ; ensuite un fiacre
dont elle a eu besoin, et qui me l'a ramenée ici toute
éclopée, pour ma peine de l'avoir attendue jusqu'à une
heure et demie ; et puis est-ce là tout ? Vous croyez qu'on
va dîner, n'est-ce pas ? Bon ! n'y avait-il pas encore ce
maudit [3] fiacre que j'ai voulu payer moi-même pour épargner l'argent de Marianne, qui ne se connaît pas à cela,
et qui, malgré moi, a été lui donner plus qu'il ne fallait !
J'étais dans une colère ! Aussi je l'aurais battu, si j'avais
été assez forte.

Il y a eu donc bien du bruit ? dit M. de Climal. Oh !
du bruit, si vous voulez, reprit-elle ; je me suis un peu
emportée contre lui ; mais au surplus il n'y a eu que

---

1. Aller çà et là, marcher.   2. Bien installer (R).   3. Au sens
de « mauvais ».

quelques voisins qui se sont assemblés à notre porte, quelques passants par-ci par-là.

Tant pis, lui dit-il assez froidement : ce sont là de ces scènes qu'il faut éviter le plus qu'on peut, et Marianne, qui l'a payé, a pris le bon parti. Comment va votre pied ? ajouta-t-il en s'adressant à moi. Assez bien, lui dis-je, je n'y sens presque plus que de la faiblesse, et j'espère que demain il n'y aura rien.

Avez-vous achevé de dîner ? nous dit-il. Oh ! sans doute, reprit Mme Dutour ; nous causions de choses et d'autres. Ne vous asseyez-vous pas, Monsieur ? avez-vous quelque chose à dire à Marianne ? Oui, dit-il, j'ai à lui parler.

Eh bien ! reprit-elle, ayez donc la bonté de passer dans la salle, vous ne seriez pas bien ici ; c'est notre taudis [1]. Venez, Marianne, appuyez-vous sur moi ; je vous mènerai jusque-là ; attendez, attendez, je m'en vais chercher mon aune, avec quoi vous vous soutiendrez. Non, non, dit M. de Climal, je l'aiderai ; prenez mon bras, Mademoiselle. Et là-dessus je me lève ; nous rentrâmes dans la boutique pour passer dans cette petite salle, où je crois que j'aurais fort bien été toute seule, en me soutenant d'une canne.

Ah çà ! dit Mme Dutour pendant que je m'assoyais dans un fauteuil, puisque vous avez à entretenir Marianne, moi je vais prendre ma coiffe, et sortir pour aller entendre un petit bout de vêpres ; elles seront bien avancées : mais je ne perdrai pas tout, et j'en aurai toujours peu ou prou. Adieu, Monsieur ; excusez si je m'en vais, je vous laisse le gardien de la maison. Marianne, si quelqu'un vient me demander, dites que je ne serai pas longtemps, entendez-vous, ma fille ? Monsieur, je suis votre servante.

Elle nous quitta alors, sortit un moment après, et ne fit que tirer la porte de la rue sans la fermer, parce qu'il ne

---

1. Se dit aussi d'une chambre en désordre et malpropre (A).

pouvait entrer qui que ce soit dans la boutique sans que
nous le vissions de la salle[1].

Jusque-là M. de Climal avait eu l'air sombre et rêveur,
ne m'avait pas dit quatre paroles, et semblait attendre
qu'elle fût partie pour entamer la conversation ; de mon
côté, à l'air intrigué[2] que je lui voyais, je me doutais de
ce qu'il allait me dire et j'en étais dégoûtée d'avance.
Apparemment qu'il va être question de son amour, pensais-je en moi-même.

Car, avant mon aventure avec Valville, vous vous ressouvenez bien que j'avais déjà conclu que M. de Climal
m'aimait, et j'en étais encore plus sûre depuis ce qui
s'était passé chez son neveu. Un dévot qui avait rougi de
m'y rencontrer, qui avait feint de ne m'y pas connaître,
ne pouvait y avoir été si confus[3] et si dissimulé que parce
que le fond de sa conscience sur mon chapitre ne lui faisait pas honneur. On appelle cela rougir devant son péché,
et vous ne sauriez croire combien alors ce vieux pécheur
me paraissait laid, combien sa présence m'était à charge[4].

Trois jours auparavant, en découvrant qu'il m'aimait,
je m'étais contentée de penser que c'était un hypocrite,
que je n'avais qu'à laisser être ce qu'il voudrait, et qui
n'y gagnerait rien ; mais à présent je n'en restais pas là ;
je ne me contenais plus pour lui dans cette tranquille
indifférence. Ses sentiments me scandalisaient, m'indi-
gnaient ; le cœur m'en soulevait. En un mot, ce n'était
plus le même homme à mes yeux : les tendresses du
neveu, jeune, aimable et galant, m'avaient appris à voir
l'oncle tel qu'il était, et tel qu'il méritait d'être vu ; elles
l'avaient flétri, et m'éclairaient sur son âge, sur ses rides,
et sur toute la laideur de son caractère[5].

Quelle folle et ridicule figure n'a-t-il pas été obligé de

---

1. Salle principale d'une demeure.   2. Au sens d'embarrassé.
3. Voir note 1, p. 127.   4. Sa présence m'était inopportune.   5. Cet
emploi figuré de laideur est si inhabituel que Marivaux a mis cette
expression en italique dans l'édition originale.

faire chez Valville ? Que va-t-il me dire avec son vilain
amour qui offense Dieu ? Va-t-il m'exhorter à ne valoir
pas mieux que lui sous prétexte des services qu'il me
rendra ? me disais-je. Ah ! qu'il est haïssable ! Comment
un homme, à cet âge-là, ne se trouve-t-il pas lui-même
horrible ? Être aussi vieux qu'il est, avoir l'air dévot, passer pour un si bon chrétien, et ensuite venir dire en secret
à une jeune fille : Ne prenez pas garde à cela ; je ne suis
qu'un fourbe, je trompe tout le monde, et je vous aime
en débauché honteux qui voudrait bien aussi vous rendre
libertine ! Ne voilà-t-il pas un Amant bien ragoûtant !

C'était là à peu près les petites idées dont je m'occupais
pendant qu'il gardait le silence en attendant que la Dutour
fût partie.

Enfin, nous restâmes seuls dans la maison. Que cette
femme est babillarde ! me dit-il en levant les épaules ; j'ai
cru que nous ne pourrions nous en défaire. Oui, lui répondis-je, elle aime assez à parler ; d'ailleurs, elle ne s'imagine pas que vous ayez rien de si secret à me dire.

Que pensez-vous de notre rencontre chez mon neveu ?
reprit-il en souriant. Rien, dis-je, sinon que c'est un coup
de hasard. Vous avez très sagement fait de ne me pas
connaître[1], me dit-il. C'est qu'il m'a paru que vous le
souhaitiez ainsi, répondis-je ; et à propos de cela, monsieur, d'où vient est-ce que vous êtes bien aise que je ne
vous aie point nommé, et que vous avez fait semblant de
ne m'avoir jamais vue ?

C'est, me répondit-il d'un air insinuant et doux, qu'il
vaut mieux, et pour vous et pour moi, qu'on ignore les
liaisons que nous avons ensemble, qui dureront plus d'un
jour, et sur lesquelles il n'est pas nécessaire qu'on glose[2],
ma chère fille ; vous êtes si aimable, qu'on ne manquerait
pas de croire que je vous aime.

---

1. Au sens de reconnaître.   2. Émettre un commentaire malveil-
lant. Mais aussi dont on pense qu'elles méritent un commentaire quel-
conque.

Oh ! il n'y a rien à appréhender, repris-je d'un ton ingénu ; on sait que vous êtes un si honnête homme ! Oui,
oui, dit-il comme en badinant, on le sait, et on a raison de
le croire ; mais, Marianne, on n'en est pas moins honnête
homme pour aimer une jolie fille.

Quand je dis honnête homme, répondis-je, j'entends un
homme de bien, pieux, et plein de Religion ; ce qui, je
crois, empêche qu'on ait de l'amour, à moins que ce ne
soit pour sa femme.

Mais, ma chère enfant, me dit-il, vous me prenez donc
pour un saint ? Ne me regardez point sur ce pied[1]-là :
vraiment, vous me faites trop d'honneur, je ne le suis
point ; et un saint même aurait bien de la peine à l'être
auprès de vous ; oui, bien de la peine : jugez des autres.
Et puis, je ne suis pas marié, je n'ai plus de femme à qui
je doive mon cœur, moi ; il ne m'est point défendu d'aimer, je suis libre. Mais nous parlerons de cela ; revenons
à votre accident.

Vous êtes tombée ; il a fallu vous porter chez mon
neveu, qui est un étourdi[2], et qui aura débuté[3] par vous
dire des galanteries, n'est-il pas vrai ? Il vous en contait,
du moins, quand nous sommes entrés, cette dame et moi ;
et il n'y a rien là d'étonnant : il vous a trouvée ce que
vous êtes, c'est-à-dire belle, aimable, charmante ; en un
mot, ce que tout le monde vous trouvera ; mais comme je
suis assurément le meilleur ami que vous ayez dans le
monde (et c'est de quoi j'espère bien vous donner des
preuves), dites-moi, ma belle enfant, n'auriez-vous pas
quelque penchant à l'écouter ? Il m'a semblé vous voir
un air assez satisfait auprès de lui ; me suis-je trompé ?

Moi, monsieur, répondis-je, je l'écoutais, parce que
j'étais chez lui ; je ne pouvais pas faire autrement ; mais
il ne me disait rien que de fort poli et de fort honnête.

De fort honnête ! dit-il en répétant ce mot ; prenez

---

1. De cette façon-là.   **2.** Personne qui agit sans considérer ce
qu'elle fait (A).   **3.** Qui aura commencé par...

garde, Marianne, ceci pourrait déjà bien venir d'un peu
de prévention[1]. Hélas ! que je vous plaindrais, dans la
situation où vous êtes, si vous étiez tentée de prêter
l'oreille à de pareilles cajoleries[2] ! Ah ! mon Dieu, que
ce serait dommage ! et que deviendriez-vous ? Mais,
dites-moi, vous a-t-il demandé où vous demeuriez ?

Je crois qu'oui, Monsieur, répondis-je en rougissant. Et
vous, qui n'en saviez pas les conséquences, vous le lui
avez sans doute appris ? ajouta-t-il. Je n'en ai point fait
difficulté, repris-je ; aussi bien l'aurait-il su quand je
serais montée dans le fiacre, puisqu'avant que de partir,
il faut bien dire où l'on va.

Vous me faites trembler pour vous, s'écria-t-il d'un air
sérieux et compatissant : oui, trembler. Voilà un événement bien fâcheux, et qui aura les plus malheureuses
suites du monde, si vous ne les prévenez pas ; il vous
perdra, ma fille. Je n'exagère rien, et je ne saurais me
lasser de le dire. Hélas ! quel dommage qu'avec les grâces
et la beauté que vous avez, vous devinssiez la proie d'un
jeune homme qui ne vous aimera point ; car ces jeunes
fous-là savent-ils aimer ? ont-ils un cœur, ont-ils des sentiments, de l'honneur, un caractère ? Ils n'ont que des
vices, surtout avec une fille de votre état, que mon neveu
croira fort au-dessous de lui, qu'il regardera comme une
jolie grisette[3], dont il va tâcher de faire une bonne fortune[4], et à qui il se promet bien de tourner la tête ; ne
vous attendez pas à autre chose. De petites galanteries, de
petits présents qui vous amuseront ; les protestations[5] les
plus tendres, que vous croirez ; un étalage de sa fausse
passion, qui vous séduira ; un éloge éternel de vos char-

---

1. Préjugé favorable envers quelqu'un.   2. Langage flatteur dont
on se sert pour tâcher de séduire une femme ou une fille (A).   3. Se
dit d'une jeune fille ou d'une jeune femme de médiocre état. Son premier sens : « habit d'étoffe grise de peu de valeur, que portent
les femmes du commun » (A).   4. Bonne fortune se dit en termes de
galanterie pour signifier les bonnes grâces qu'on obtient d'une
femme (A).   5. Déclarations et serments d'amour (R).

mes ; enfin, de petits rendez-vous que vous refuserez
d'abord, que vous accorderez après, et qui cesseront tout
d'un coup par l'inconstance et par les dégoûts[1] du jeune
homme : voilà tout ce qui en arrivera. Voyez, cela vous
convient-il ? je vous le demande, est-ce là ce qu'il vous
faut ? Vous avez de l'esprit et de la raison, et il n'est pas
possible que vous ne considériez quelquefois le cas où
vous êtes, que vous n'en soyez inquiète, effrayée. On a
beau être jeune, distraite, imprudente, tout ce qui vous
plaira ; on ne saurait pourtant oublier son état, quand il
est aussi triste, aussi déplorable que le vôtre ; et je ne
dis rien de trop, vous le savez, Marianne : vous êtes une
orpheline, et une orpheline inconnue à tout le monde, qui
ne tient à qui que ce soit sur la terre, dont qui que ce soit
ne s'inquiète et ne se soucie, ignorée pour jamais de votre
famille, que vous ignorez de même, sans parents, sans
bien, sans amis, moi seul excepté, que vous n'avez connu
que par hasard, qui suis le seul qui s'intéresse à vous, et
qui, à la vérité, vous suis tendrement attaché, comme vous
le voyez bien par la manière dont je vous parle, et comme
il ne tiendra qu'à vous de le voir infiniment plus dans la
suite : car je suis riche, soit dit en passant, et je puis vous
être d'un grand secours, pourvu que vous entendiez vos
véritables intérêts, et que j'aie lieu de me louer de votre
conduite. Quand je dis de votre conduite, c'est de la prudence que j'entends, et non pas une certaine austérité de
mœurs ; il n'est pas question ici d'une vie rigide et sévère
qu'il vous serait difficile, et peut-être impossible de
mener ; vous n'êtes pas même en situation de regarder de
trop près à vous là-dessus[2]. Dans le fond, je vous parle
ici en homme du monde, entendez-vous ? en homme qui,
après tout, songe qu'il faut vivre, et que la nécessité est
une chose terrible. Ainsi, quelque ennemi que je vous

---

1. Rarement employé au pluriel. Sentiment de répugnance, ou plus
simplement d'éloignement qu'on éprouve pour quelqu'un.   **2.** De
vous montrer exigeante sur ce point.

paraisse de ce qu'on appelle amour, ce n'est pas contre toutes sortes d'engagements que je me déclare ; je ne vous dis pas de les fuir tous : il y en a d'utiles et de raisonnables, de même qu'il y en a de ruineux et d'insensés, comme le serait celui que vous prendriez avec mon neveu, dont l'amour n'aboutirait à rien qu'à vous ravir tout le fruit du seul avantage que je vous connaisse, qui est d'être aimable. Vous ne voudriez pas perdre votre temps à être la maîtresse[1] d'un jeune étourdi que vous aimeriez tendrement et de bonne foi ; à la vérité, ce qui serait un plaisir, mais un plaisir bien malheureux, puisque le petit libertin[2] ne vous aimerait pas de même, et qu'au premier jour il vous laisserait dans une indigence, dans une misère dont vous auriez plus de peine à sortir que jamais : je dis une misère, parce qu'il s'agit de vous éclairer, et non pas d'adoucir les termes ; et c'est à tout cela que j'ai songé depuis que je vous ai quitté. Voilà ce qui m'a fait sortir de si bonne heure de la maison où j'ai dîné[3]. Car j'ai bien des choses à vous dire, Marianne ; je suis dans de bons sentiments pour vous ; vous vous en êtes sans doute aperçue ?

Oui, monsieur, lui répondis-je les larmes aux yeux, confuse et même aigrie[4] de la triste peinture qu'il venait de faire de mon état, et scandalisée du vilain intérêt qu'il avait à m'effrayer tant : oui, parlez, je me fais un devoir de suivre en tout les conseils d'un homme aussi pieux que vous.

Laissons là ma piété, vous dis-je, reprit-il en s'approchant d'un air badin pour me prendre la main. Je vous ai déjà dit dans quel esprit je vous parle. Encore une fois, je mets ici la Religion à part ; je ne vous prêche point, ma fille, je vous parle raison ; je ne fais ici auprès de vous que le personnage d'un homme de bon sens, qui voit que vous n'avez rien, et qu'il faut pourvoir aux besoins de la

---

1. Sans doute proche ici du sens moderne. 2. Débauché (R).
3. Au sens actuel de déjeuner. 4. Irritée, presque en colère (R).

vie, à moins que vous ne vous déterminiez à servir ; ce
dont vous m'avez paru fort éloignée, et ce qui effectivement ne vous convient pas.

Non, Monsieur, lui dis-je en rougissant de colère, j'espère que je ne serai pas obligée d'en venir là.

Ce serait une triste ressource, me dit-il, je ne saurais
moi-même y penser sans douleur ; car je vous aime, ma
chère enfant, et je vous aime beaucoup.

J'en suis persuadée, lui dis-je ; je compte sur votre amitié, Monsieur, et sur la vertu dont vous faites profession,
ajoutai-je pour lui ôter la hardiesse de s'expliquer plus
clairement.

Mais je n'y gagnai rien. Eh ! Marianne, me répondit-il,
je ne fais profession de rien que d'être faible, et plus
faible qu'un autre ; et vous savez fort bien ce que je veux
dire par le mot d'amitié ; mais vous êtes une petite mali-
cieuse[1], qui vous divertissez, et qui feignez de ne pas
m'entendre : oui, je vous aime, vous le savez ; vous y
avez pris garde, et je ne vous apprends rien de nouveau.
Je vous aime comme une belle et charmante fille que vous
êtes. Ce n'est pas de l'amitié que j'ai pour vous, Mademoiselle ; j'ai cru d'abord que ce n'était que cela ; mais
je me trompais, c'est de l'amour, et du plus tendre ; m'entendez-vous à présent, de l'amour et vous ne perdrez rien
au change ; votre fortune n'en ira pas plus mal : il n'y a
point d'ami qui vaille un Amant comme moi.

Vous, mon amant ! m'écriai-je en baissant les yeux ;
vous, Monsieur, je ne m'y attendais pas !

Hélas ! ni moi non plus, reprit-il ; ceci est une affaire de
surprise, ma fille. Vous êtes dans une grande infortune ; je
n'ai rien vu de si à plaindre que vous, de si digne d'être
secouru ; je suis né avec un cœur sensible aux malheurs
d'autrui, et je m'imaginais n'être que généreux en vous
secourant, que compatissant, que pieux même, puisque
vous me regardez aussi comme tel ; et il est vrai que je

_____

1. Méchante, pleine de malice et de duplicité (F).

suis dans l'habitude de faire tout le bien qu'il m'est possible. J'ai cru d'abord que c'était de même avec vous ;
j'en ai agi imprudemment dans cette confiance, et il en
est arrivé ce que je méritais : c'est que ma confiance a
été confondue. Car je ne prétends pas m'excuser, j'ai tort :
il aurait été mieux de ne vous pas aimer, j'en serais plus
louable, assurément ; il fallait vous craindre, vous fuir,
vous laisser là : mais d'un autre côté, si j'avais été si
prudent, où en seriez-vous, Marianne ? dans quelles
affreuses extrémités alliez-vous vous trouver ? Voyez
combien ma petite faiblesse, ou mon amour (comme il
vous plaira l'appeler) vient à propos pour vous. Ne
semble-t-il pas que c'est la Providence qui permet que je
vous aime, et qui vous tire d'embarras à mes dépens ? Si
j'avais pris garde à moi, vous n'aviez point d'asile[1], et
c'est cette réflexion-là qui me console quelquefois des
sentiments que j'ai pour vous ; je me les reproche moins
parce qu'ils m'étaient nécessaires, et que d'ailleurs ils
m'humilient. C'est un petit mal qui fait un grand bien, un
bien infini : vous n'imaginez pas jusqu'où il va. Je ne
vous ai parlé que de cette indigence où vous resteriez au
premier jour, si vous écoutiez mon neveu, lui ou tout
autre, et ne vous ai rien dit de l'opprobre qui la suivrait,
et que voici : c'est que la plupart des hommes, et surtout
des jeunes gens, ne ménagent pas une fille comme vous
quand ils la quittent ; c'est qu'ils se vantent d'avoir réussi
auprès d'elle ; c'est qu'ils sont indiscrets, impudents et
moqueurs sur son compte ; c'est qu'ils l'indiquent, qu'ils
la montrent, qu'ils disent aux autres : la voilà. Oh ! jugez
quelle aventure ce serait là pour vous, qui êtes la plus
aimable personne de votre sexe, et qui par conséquent
seriez aussi la plus déshonorée. Car, dans un pareil cas,
c'est ce qu'il y a de plus beau qui est le plus méprisé,
parce que c'est ce qu'on est le plus fâché de trouver
méprisable. Non pas qu'on exige qu'une belle fille n'ait

---

1. Au sens de protection.

point d'amants ; au contraire, n'en eût-elle point, on lui
en soupçonne, et il lui sied mieux d'en avoir qu'à une
autre, pourvu que rien n'éclate, et qu'on puisse toujours
penser, en la voyant, que c'est un grand bonheur que
d'être bien venu d'elle. Or, ce n'en est plus un quand elle
est décriée, et vous ne risquez rien de tout cela avec moi.
Vous sentez bien, du caractère dont je suis, que votre
réputation ne court aucun hasard : je ne serai pas curieux
qu'on sache que je vous aime, ni que vous y répondez[1].
C'est dans le secret que je prétends réparer vos malheurs
et vous assurer sourdement une petite fortune qui vous
mette pour jamais en état de vous passer du secours des
gens qui ne me ressembleraient pas, qui seraient plus ou
moins riches, mais tous avares, tous amoureux sans tendresse, qui ne vous donneraient qu'une aisance médiocre
et passagère, et dont vous seriez pourtant obligée de souffrir l'amour, même en restant chez Mme Dutour.

À ce discours, je me sentis saisie d'une douleur si vive,
je me fis tant de pitié à moi-même de me voir exposée à
l'insolence d'un pareil détail, que je m'écriai en fondant
en larmes : Eh ! mon Dieu, à quoi en suis-je réduite !

Et comme il crut que mon exclamation venait de
l'épouvante qu'il me donnait : Doucement, me dit-il d'un
air consolant et en me serrant la main ; doucement, mon
aimable et chère fille, rassurez-vous : puisque nous nous
sommes rencontrés, vous voilà hors du péril dont je parle ; il est vrai que vous ne l'éviteriez pas sans moi ; car il
ne faut pas vous flatter, vous n'êtes point née pour être
une Lingère ; ce n'est point une ressource pour vous que
ce métier-là ; vous n'y feriez aucun progrès, vous le sentez bien, j'en suis sûr ; et quand vous vous y rendriez
habile, il faut de l'argent pour devenir Maîtresse[2], et vous
n'en avez pas ; vous seriez donc toujours fille de bou-

---

1. Que vous répondez à l'amour par le même sentiment.   2. Les
maîtresses sont des femmes qui ont des lettres de maîtrise pour certains
métiers comme lingères et couturières (F).

tique[1]. Oh ! je vous prie, gagneriez-vous dans cet état de quoi subvenir à tous vos besoins ? et belle comme vous êtes, manquant de mille choses nécessaires, comment ferez-vous, si vous ne consentez pas que les gens en question vous aident ? Et si vous y consentez, quelle horrible situation !

Eh ! Monsieur, lui dis-je, en sanglotant, ne m'en entretenez plus, ayez cette considération pour moi et pour ma jeunesse. Vous savez que je sors d'entre les mains d'une fille vertueuse qui ne m'a pas élevée pour entendre de pareils discours ; et je ne sais pas comment un homme comme vous est capable de me les tenir, sous prétexte que je suis pauvre.

Non, ma fille, me répondit-il en me serrant les bras ; non, vous ne l'êtes point, vous avez du bien, puisque j'en ai ; c'est à moi désormais à vous tenir lieu de vos parents que vous n'avez plus. Tranquillisez-vous ; je n'ai voulu, dans ce que je vous ai dit, que vous inspirer un peu de frayeur utile ; que vous montrer de quelle conséquence il était pour vous, non seulement que nous nous connussions, mais encore que je prisse, sans m'en apercevoir, cette tendre inclination qui m'attache à vous, qui m'humilie pourtant, mais dont je subis humblement la petite humiliation, parce qu'en effet cet événement-ci a quelque chose d'admirable ; oui, la fin de vos malheurs en dépendait : il est certain que, sans ce penchant imprévu, je ne vous aurais pas assez secourue : je n'aurais été qu'un homme de bien envers vous, qu'un bon cœur, comme on l'est à l'ordinaire ; et cela ne vous aurait pas suffi. Vous aviez besoin que je fusse quelque chose de plus. Il fallait que je vous aimasse, que je sentisse de l'amour pour vous, je dis un amour d'inclination ; il fallait que je ne pusse le vaincre, et que, forcé d'y céder, je me fisse du moins un devoir de racheter ma faiblesse, et de l'expier en vous

---

1. Voir note 3, p. 85.

sauvant de tous les inconvénients de votre état[1] ; c'est
aussi ce que j'ai résolu, ma fille, et j'espère que vous ne
vous y opposerez pas ; je compte même que vous ne serez
pas ingrate. Il y a beaucoup de différence de votre âge au
mien, je l'avoue ; mais prenez garde : dans le fond, je ne
suis vieux que par comparaison, et parce que vous êtes
bien jeune ; car, avec toute autre qu'avec vous, je serais
d'un âge fort supportable, ajouta-t-il du ton d'un homme
qui se sent encore assez bonne mine. Ainsi, voyons,
convenons de nos mesures avant que la Dutour arrive. Je
crois que vous ne songez plus à être Lingère. D'un autre
côté, voici Valville qui est une tête folle, à qui vous avez
dit où vous demeuriez, et qui infailliblement cherchera à
vous revoir ; il s'agit donc d'échapper à sa poursuite, et
de lui dérober nos liaisons, qu'il n'ignorerait pas longtemps si vous restiez chez cette femme-ci ; de sorte que
l'unique parti qu'il y a à prendre, c'est de disparaître dès
demain de ce quartier, de vous loger ailleurs ; ce qui ne
sera pas difficile. Je connais un honnête homme que je
charge quelquefois du soin de mes affaires, qui est ce
qu'on appelle un Solliciteur de procès[2], dont la femme
est très raisonnable, et qui a une petite maison fort jolie,
où il y a un appartement que vient de quitter un homme
de province à qui il le louait[3] ; et cet appartement, j'irai
dès ce soir le retenir pour vous : vous serez là on ne peut
pas mieux, surtout venant de ma part. Ce sont de bonnes
gens qui seront charmés de vous avoir, qui s'en tiendront
honorés, d'autant plus que vous y paraîtrez d'une manière
convenable, et qui vous y fera respecter : vous y arriverez
sous le titre d'une de mes parentes, qui n'a plus ni père
ni mère, que j'ai retirée de la campagne, et dont je veux
prendre soin : ce qui, joint à la forte pension que vous y

---

1. Condition (Marianne est orpheline), mais en insistant sur la pauvreté.   **2.** Celui qui fait les démarches pour un procès (A).   **3.** Cette
femme qui loue cet appartement est plutôt une entremetteuse. Ce personnage apparaît dans *Le Paysan parvenu*.

payerez (car vous mangerez avec eux), à la parure qu'ils vous verront, à l'ameublement que vous aurez dans deux jours, aux maîtres que je vous donnerai (Maîtres de danse, de musique, de clavecin, comme il vous plaira) ; ce qui, joint, dis-je, à la façon dont j'en agirai avec vous quand j'irai vous voir, achèvera de vous rendre totalement la maîtresse chez eux. N'est-il pas vrai ? Il n'y a point à hésiter, ne perdons point de temps, Marianne ; et pour préparer la Dutour à votre sortie, dites-lui ce soir que vous ne vous sentez pas propre à son négoce, et que vous allez dans un couvent où, demain matin, on doit vous mener sur les dix heures ; en conformité de quoi je vous enverrai la femme de l'homme en question, qui viendra en effet vous prendre avec un carrosse, et qui vous conduira chez elle, où vous me trouverez. N'en êtes-vous pas d'accord, dites ? et ne voulez-vous pas bien aussi que, pour vous encourager, pour vous prouver la sincérité de mes intentions (car je ne veux pas que vous ayez le scrupule de m'en croire totalement sur ma parole), ne voulez-vous pas bien, dis-je, qu'en attendant mieux, je vous apporte demain un petit contrat de cinq cents livres de rente ? Parlez, ma belle enfant, serez-vous prête demain ? viendra-t-on ? oui, n'est-ce pas ?

D'abord, je ne répondis rien ; une indignité[1] si déclarée me confondait, me coupait la parole, et je restais immobile, les yeux baissés et mouillés de larmes.

À quoi rêvez-vous donc, ma chère Marianne ? me dit-il : le temps nous presse, la Dutour va rentrer ; en est-ce fait ? parlerai-je ce soir à mon homme ?

À ces mots, revenant à moi : Ah ! Monsieur, m'écriai-je, on ne vous connaît donc pas ? Ce Religieux qui m'a menée à vous m'avait dit que vous étiez un si honnête homme !

Mes pleurs et mes soupirs m'empêchèrent d'en dire davantage. Eh ! ma chère enfant, me répondit-il, quelle

---

1. Outrage, affront (A).

fausse idée vous faites-vous des choses ! Hélas ! lui-même, s'il savait mon amour, n'en serait point si surpris que vous vous le figurez, et n'en estimerait pas moins mon caractère ; il vous dirait que ce sont là de ces mouvements involontaires[1] qui peuvent arriver aux plus honnêtes gens, aux plus raisonnables, aux plus pieux ; il vous dirait que, tout religieux qu'il est, il n'oserait pas jurer de s'en garantir ; qu'il n'y a point de faute aussi pardonnable qu'une sensibilité comme la mienne. Ne vous en faites donc point un monstre[2], Marianne, ajouta-t-il en pliant imperceptiblement un genou devant moi ; ne m'en croyez pas le cœur moins vrai, moins digne de votre confiance, parce que je l'ai tendre. Ceci ne touche point à la probité, je vous l'ai déjà dit : c'est une faiblesse et non pas un crime, et une faiblesse à laquelle les meilleurs cœurs sont les plus sujets ; votre expérience vous l'apprendra. Ce religieux, dites-vous, a prétendu vous adresser à un homme vertueux ; aussi l'ai-je été jusqu'ici ; aussi le suis-je encore, et si je l'étais moins, je ne vous aimerais peut-être pas. Ce sont vos malheurs et mes vertus naturelles qui ont contribué au penchant que j'ai pour vous ; c'est pour avoir été généreux, pour vous avoir trop plaint que je vous aime, et vous me le reprochez ! vous que d'autres aimeront, qui ne me vaudront pas ! vous qui le voudrez bien sans que votre fortune y gagne ! et vous me rebutez, moi par qui vous allez être quitte de toutes les langueurs[3], de tous les opprobres[4] qui menacent vos jours ! moi dont la tendresse (et je vous le dis sans en être plus fier) est un présent que le hasard vous fait ; moi dont le ciel, qui se sert de tout, va se servir aujourd'hui pour changer votre sort !

Il en était là de son discours, quand le ciel, qu'il osait pour ainsi dire faire son complice, le punit subitement

---

1. Passions, sentiments qu'on ne peut contrôler.   2. Chose dont on s'effraie (L).   3. Ennui et peines de l'esprit (A).   4. Honte, déshonneur (R). En général, ne s'emploie pas au pluriel.

par l'arrivée de Valville, qui, comme je l'ai déjà marqué, connaissait Mme Dutour, et qui, de la boutique où il entra, passa dans la salle où nous étions, et trouva mon homme dans la même posture où, deux ou trois heures auparavant, l'avait surpris M. de Climal ; je veux dire à genoux devant moi, tenant ma main qu'il baisait, et que je m'efforçais de retirer ; en un mot, la revanche était complète.

Je fus la première à apercevoir Valville ; et à un geste d'étonnement que je fis, M. de Climal retourna la tête, et le vit à son tour.

Jugez de ce qu'il devint à cette vision ; elle le pétrifia, la bouche ouverte ; elle le fixa dans son attitude. Il était à genoux, il y resta ; plus d'action [1], plus de présence d'esprit, plus de paroles ; jamais hypocrite confondu ne fit moins de mystère de sa honte, ne la laissa contempler plus à l'aise, ne plia de meilleure grâce sous le poids de son iniquité, et n'avoua plus franchement qu'il était un misérable. J'ai beau appuyer là-dessus, je ne peindrai pas ce qui en était.

Pour moi, qui n'avais rien à me reprocher, il me semble que je fus plus fâchée qu'interdite de cet événement, et j'allais dire quelque chose, quand Valville, qui avait d'abord jeté un regard assez dédaigneux sur moi, et qui ensuite s'était mis froidement à contempler la confusion de son oncle, me dit d'un air tranquille et méprisant : Voilà qui est fort joli, Mademoiselle ! Adieu, Monsieur, je vous demande pardon de mon indiscrétion ; et là-dessus il partit en me lançant encore un regard aussi cavalier [2] que le premier, et au moment que M. de Climal se relevait.

Que voulez-vous dire avec ce *voilà qui est joli* ? lui criai-je en me levant aussi avec précipitation : arrêtez, Monsieur, arrêtez ; vous vous trompez, vous me faites tort, vous ne me rendez pas justice.

---

1. Plus de mouvement.   **2.** Semble ici avoir le sens de méprisant, brusque (A).

J'eus beau crier, il ne revint point. Courez donc après, Monsieur, dis-je alors à l'oncle, qui, tout palpitant encore et d'une main tremblante, ramenait son manteau sur ses épaules (car il en avait un) ; courez donc, Monsieur : vou-lez-vous que je sois la victime de ceci ? Que va-t-il penser de moi ? pour qui me prendra-t-il ? Mon Dieu ! que je suis malheureuse !

Ce que je disais la larme à l'œil, et si outrée[1], que j'allais moi-même rappeler le neveu qui était déjà dans la rue.

Mais l'oncle, m'empêchant de passer : Qu'allez-vous faire ? me dit-il. Restez, Mademoiselle ; ne vous inquiétez pas ; je sais la tournure qu'il faut donner à ce qui vient d'arriver. Est-il question d'ailleurs de ce que pense un petit sot que vous ne verrez plus, si vous voulez ?

Comment ! s'il en est question ! repris-je avec emporte-ment, lui qui connaît Mme Dutour, à qui il dira ce qu'il en pense ! lui avec qui j'ai eu un entretien de plus d'une heure, et qui par conséquent me reconnaîtra ! Monsieur, ne peut-il pas me rencontrer tous les jours ? peut-être demain ? ne me méprisera-t-il pas ? ne me regardera-t-il pas comme une indigne à cause de vous, moi qui suis sage, qui aimerais mieux mourir que de ne pas l'être, qui ne possède rien que ma sagesse, qu'on s'imaginera que j'aurai perdue ? Non, Monsieur, je suis désolée, je suis au désespoir de vous connaître : c'est le plus grand malheur qui pouvait m'arriver. Laissez-moi passer, je veux absolu-ment parler à votre neveu, et lui dire, à quelque prix que ce soit, mon innocence. Il n'est pas juste que vous vous ménagiez[2] à mes dépens. Pourquoi contrefaire le dévot, si vous ne l'êtes pas ? J'ai bien affaire de toutes ces hypo-crisies-là, moi !

Petite ingrate que vous êtes, me répondit-il en pâlissant, est-ce là comme vous payez mes bienfaits ? À propos de

---

1. Fort fâchée, irritée (R).   2. Au sens de s'épargner, s'innocenter, se disculper.

quoi parlez-vous de votre innocence ? Où avez-vous pris qu'on songe à l'attaquer ? Vous ai-je dit autre chose, sinon que j'avais quelque inclination pour vous, à la vérité, mais qu'en même temps je me la reprochais, que j'en étais fâché, que je m'en sentais humilié, que je la regardais comme une faute dont je m'accusais, et que je voulais l'effacer en la tournant à votre profit, sans rien exiger de vous qu'un peu de reconnaissance ? Ne sont-ce pas là mes termes ? et y a-t-il rien à tout cela qui n'ait dû vous rendre mon procédé respectable ?

Eh bien ! Monsieur, lui dis-je, puisque ce sont là vos desseins, et que vous avez tant de Religion, ne souffrez donc pas que cet incident-ci me fasse tort ; menez-moi à votre neveu, allons tout à l'heure lui dire ce qui en est, pour empêcher qu'il ne juge mal aussi bien de vous que de moi. Vous teniez ma main quand il est entré ; je crois même que vous la baisiez malgré moi ; vous étiez à genoux ; comment voulez-vous qu'il prenne cela pour de la piété, et qu'il ne s'imagine pas que vous êtes mon amant, et que je suis votre maîtresse, à moins que vous ne vous donniez la peine de le détromper ? Il faut donc absolument que vous lui parliez, quand ce ne serait qu'à cause de moi ; vous y êtes obligé pour ma réputation, et même pour ôter le scandale, autrement ce serait offenser Dieu ; et puis vous verrez que j'ai le meilleur cœur du monde, qu'il n'y aura personne qui vous chérira, qui vous respectera tant que moi, ni qui soit née si reconnaissante. Vous me ferez aussi tout le bien qu'il vous plaira. J'irai où vous voudrez, je vous obéirai en tout : je serai trop heureuse que vous preniez soin de moi, que vous ayez la charité de ne me point abandonner, pourvu qu'à présent vous ne fassiez plus mystère de cette charité à laquelle je me soumets, et que, sans tarder davantage, vous veniez dire à M. de Valville : Mon neveu, vous ne devez point avoir mauvaise opinion de cette fille ; c'est une pauvre orpheline que j'ai la bonté de secourir en bon chrétien que je suis ; et si tantôt j'ai fait semblant de ne la pas connaître chez vous, c'est que je ne voulais pas qu'on sût mon action pieuse. Voilà tout ce que je vous demande, monsieur, en vous priant de me pardonner les mots que j'ai dit sans attention, qui vous ont déplu, et que je réparerai par toute la soumission possible. Ainsi, dès que Mme Dutour sera rentrée, nous n'avons qu'à partir ; aussi bien, quand vous n'iriez pas, je vous avertis que j'irai moi-même.

Allez, petite fille, allez, me répondit-il, en homme sans pudeur, qui ne se souciait plus de mon estime, et qui voulait bien que je le méprisasse autant qu'il méritait ; je ne vous crains point, vous n'êtes pas capable de me nuire : et vous qui me menacez, craignez à votre tour que je ne me fâche, entendez-vous ? Je ne vous en dis pas davantage ; mais on se repent quelquefois d'avoir trop parlé. Adieu, ne comptez plus sur moi, je retire mes charités ; il y a d'autres gens dans la peine qui ont le cœur meilleur que vous, et à qui il est juste de donner la préférence. Il vous restera encore de quoi vous ressouvenir de moi ; vous avez des habits, du linge et de l'argent, que je vous laisse.

Non, lui dis-je, ou plutôt lui criai-je, il ne me restera rien, car je prétends vous rendre tout, et je commence par votre argent, que j'ai heureusement sur moi : le voici, ajoutai-je en le jetant sur une table avec une action vive et rapide, qui exprimait bien les mouvements d'un jeune petit cœur fier, vertueux et insulté ; il n'y a plus que l'habit et le linge dont je vais tout à l'heure faire un paquet que vous emporterez dans votre carrosse, monsieur ; et comme j'ai sur moi quelques-unes de ces hardes-là, dont j'ai autant d'horreur que de vous, je ne veux que le temps d'aller me déshabiller dans ma chambre, et je suis à vous dans l'instant : attendez-moi, sinon je vous promets de jeter le tout par la fenêtre.

Et pendant que je lui tenais ce discours, vous remarquerez que je détachais mes épingles, et que je me décoiffais, parce que la cornette[1] que je portais venait de lui, de façon qu'en un moment elle fut ôtée, et que je restai nu-tête avec ces beaux cheveux dont je vous ai parlé, et qui me descendaient jusqu'à la ceinture.

Ce spectacle le démonta ; j'étais dans un transport étourdi qui ne ménageait rien[2] ; j'élevais ma voix, j'étais échevelée, et le tout ensemble jetait dans cette scène un fracas, une indécence qui l'alarmait, et qui aurait pu dégénérer en avanie pour lui.

Je voulais le quitter pour aller faire ce paquet dans ma chambre ; il me retenait à cause de mon impétuosité, et balbutiait, avec des lèvres pâles, quelques mots que je n'écoutais point : Mais rêvez-vous ?... à quoi bon ce bruit-là ?... Quelle folie !... mais laissez donc... prenez garde... Mme Dutour arriva là-dessus.

Oh ! oh ! me dit-elle en me voyant dans le désordre où j'étais, eh ! qu'est-ce que c'est que tout cela ? qu'est-ce donc ? Sainte Vierge ! comme elle est faite ! à qui en a-t-elle, monsieur ? où a-t-elle mis sa cornette ? je crois qu'elle est à terre, Dieu me pardonne. Eh ! mon Dieu ! est-ce qu'on l'a battue ?

Ce qu'elle demandait avec plus de bruit que nous n'en avions fait.

Non, non, dit M. de Climal, qui se hâta de répondre de peur que je n'en vinsse à une explication. Je vous dirai de quoi il est question : ce n'est qu'un malentendu de sa part qui m'a fâché, et qui ne me permet plus de rien faire pour elle. Je vous payerai pour le peu de temps qu'elle a passé ici ; mais de celui qu'elle y passera à présent, je n'en réponds plus.

Quoi ! lui dit Mme Dutour d'un air inquiet, vous ne continuez pas la pension de cette pauvre fille ! Eh ! comment voulez-vous donc que je la garde ?

Eh ! Madame, n'en soyez point en peine, je ne serai

---

1. Sorte de coiffe que les femmes mettent sur leur tête (R). Voir note 1, p. 156. **2.** État de colère qui fait que l'on ne se contrôle plus.

point à votre charge ; et Dieu me préserve d'être à la
sienne ! dis-je à mon tour, d'un fauteuil où je m'étais
assise sans savoir ce que je faisais, et où je pleurais sans
les regarder ni l'un ni l'autre. Quant à lui, il s'esquivait
pendant que je parlais ainsi, et je restai seule tête à tête
avec la Dutour, qui, toute déconfortée [1], croisait les mains
d'étonnement, et disait : Quel charivari [2] ! Et puis s'asseyant : N'est-ce pas là de la belle besogne que vous avez
fait, Marianne ? Plus d'argent, plus de pension, plus d'entretien [3] ! accommode-toi, te voilà sur le pavé, n'est-ce
pas ? Le beau coup d'État ! la belle équipée ! Oui, pleurez
à cette heure, pleurez : vous voilà bien avancée ! Quelle
tête à l'envers [4] !

Eh ! laissez-moi, Madame, laissez-moi, lui dis-je, vous
parlez sans savoir de quoi il s'agit. Oui, je t'en réponds,
sans savoir ! ne sais-je pas que vous n'avez rien ? n'est-
ce pas en savoir assez ? Qu'est-ce qu'elle veut dire avec
sa science ? Demandez-moi où elle ira à présent ; c'est là
ce qui me chagrine, moi ; je parle par amitié, et puis c'est
tout ; car si j'avais le moyen de vous nourrir, pardi ! on
s'embarrasserait [5] beaucoup de M. de Climal. Eh ! merci
de ma vie, je vous dirais : ma fille, tu n'as rien ; eh bien !
moi, j'ai plus qu'il ne faut : va, laisse-le aller, et ne t'inquiète pas ; qui en a pour quatre, en a pour cinq. Mais
oui-da, on a beau avoir un bon cœur, on va bien loin avec
cela, n'est-ce pas ? Le temps est mauvais, on ne vend
rien, les loyers sont chers, et c'est tout ce qu'on peut faire
que de vivre et d'attraper le jour de l'an ; encore faut-il
bien tirer pour y aller [6].

Soyez tranquille, lui répondis-je en jetant un soupir : je
vous assure que j'en sortirai demain, à quelque prix que

---

1. Du verbe déconforter au sens de désoler, d'abattre l'esprit par quelque affliction (R).   2. Bruit confus, tumulte, bruit désagréable (R).
3. Allusion à la pension qu'on verse à Mme Dutour pour l'entretien de
Marianne.   4. D'un sens contraire à celui qu'il faut (R).   5. On ne
ferait pas grand cas de M. de Climal.   6. Peut-être « tirer le diable par
la queue » pour parvenir sans dettes au bout de l'an.

ce soit ; je ne suis pas sans argent, et je vous donnerai ce que vous voudrez pour la dépense que je ferai encore chez vous.

Quelle pitié ! me répondit-elle. Eh ! mais, Marianne, d'où est-elle donc venue, cette misérable querelle ? Je vous avais tant prêché, tant recommandé de ménager cet homme !

Ne m'en parlez plus, lui dis-je, c'est un indigne ; il voulait que je vous quittasse, et que j'allasse loger loin d'ici chez un homme de sa connaissance, qui apparemment ne vaut pas mieux que lui, et dont la femme devait me venir prendre demain matin. Ainsi, quand je n'aurais pas rompu avec lui, quand j'aurais fait semblant de consentir à ses sentiments, comme vous le dites, je n'en aurais pas demeuré plus longtemps chez vous, Madame Dutour.

Ah ! ah ! s'écria-t-elle, c'était donc là son intention ? Vous retirer de chez moi pour vous mettre en chambre avec quelque canaille ; ah ! pardi, celle-là est bonne ! Voyez-vous ce vieux fou, ce vieux pénard[1] avec sa mine d'apôtre ! À le voir, on le mettrait volontiers dans une niche[2] ; et pourtant il me fourbait[3] aussi. Mais à propos de quoi vous aller planter[4] ailleurs ? Est-ce qu'il ne pouvait pas vous voir ici ? qui est-ce qui l'en empêchait ? il était le maître ; il m'avait dit qu'il prenait soin de vous, que c'était une bonne œuvre qu'il faisait. Eh ! tant mieux, je l'avais pris au mot, moi : est-ce qu'on trouble une bonne œuvre ? au contraire, on est bien aise d'y avoir part. Va-t-on éplucher si elle est mauvaise ? Il n'y a que Dieu qui sache la conscience des gens, et il veut qu'on pense bien de son prochain. De quoi avait-il peur ? Il n'avait qu'à venir, et aller son train ; dès qu'il dit qu'il

---

1. Homme âgé, cassé, goutteux (L).   **2.** Renfoncement dans un mur où l'on installait les statues de la Vierge ou des saints.   **3.** Du verbe *fourber*, tromper par de mauvaises finesses (A).   **4.** Au sens de s'installer ailleurs.

est homme de bien, lui aurais-je dit : Tu en as menti ?
N'avez-vous pas votre chambre ? Y aurais-je été voir ce
qu'il vous disait ? Que lui fallait-il donc ? Je ne
comprends pas la fantaisie qu'il a eue. Pourquoi vous
changer de lieu, dites-moi ?

C'est, repris-je négligemment, qu'il ne voulait pas que
M. de Valville, chez qui on m'a portée, et à qui j'ai dit
où je demeurais, vînt me voir ici. Ah ! nous y voilà, dit-
elle ; oui, j'entends. Vraiment, je ne m'étonne pas ; c'est
que l'autre est son neveu, qui n'aurait pas pris la bonne
œuvre pour argent comptant, et qui lui aurait dit : Qu'est-
ce que vous faites de cette fille ? Mais est-ce qu'il est
venu, ce neveu ? Il n'y a qu'un moment qu'il vient de
sortir, lui dis-je, sans entrer dans un plus grand détail ; et
c'est après qu'il a été parti que M. de Climal s'est fâché
de ce que je refusais de me retirer demain où il me disait,
et qu'il m'a reproché ce que j'ai reçu de lui ; ce qui a fait
que j'ai voulu lui rendre le tout, même jusqu'à la cornette
que j'avais, et que j'ai ôtée.

Quel train que tout cela ! s'écria-t-elle. Allez, vous
avez eu bien du guignon [1] de vous laisser choir justement
auprès de la maison de ce M. de Valville. Eh ! mon Dieu !
comment est-ce que le pied vous a glissé ? ne faut-il pas
prendre garde où l'on marche, Marianne ! Voyez ce que
c'est que d'être étourdie ! Et puis en second lieu, pourquoi aller dire à ce neveu où vous demeurez ? Est-
ce qu'une fille donne son adresse à un homme ? Et ne saurait-on avoir le pied foulé sans dire où on loge ? Car il
n'y a que cela qui vous nuit aujourd'hui.

Je ne faisais pas grande attention à ce qu'elle me disait,
et ne lui répondais même que par complaisance.

Enfin, ma fille, continua-t-elle, de remède, je n'y en
vois point. Voyez, avisez-vous [2] ; car après ce qui est
arrivé, il faut bien prendre votre parti, et le plus tôt sera

---

1. Malheur. Le terme est familier, et se dit principalement au
jeu (A).   2. S'aviser au sens de prendre un parti après réflexion.

le mieux. Je ne veux point d'esclandre dans ma maison,
ni moi ni Toinon n'en avons que faire. Je sais bien que
ce n'est pas votre faute ; mais il n'importe, on prend tout
à rebours dans ce monde, chacun juge et ne sait ce qu'il
dit ; les caquets viennent : eh ! qui est-il, et qui est-elle ?
et où est-ce que c'est, où est-ce que ce n'est pas ? Cela
n'est pas agréable ; sans compter que nous ne vous
sommes de rien, ni vous de rien à nous ; pour une parente,
pour la moindre petite cousine, encore passe : mais vous
ne l'êtes ni de près ni de loin, ni à nous ni à personne.

Vous m'affligez, Madame, lui repartis-je vivement : ne
vous ai-je pas dit que je m'en irais demain ? Est-ce que
vous voulez que je m'en aille aujourd'hui ? ce sera
comme il vous plaira.

Non, ma fille, non, me répondit-elle ; j'entends raison,
je ne suis pas une femme si étrange : et si vous saviez la
pitié que vous me faites, assurément vous ne vous plain-
driez pas de moi. Non, vous coucherez ici, vous y souperez ; ce qu'il y aura, nous le mangerons ; de votre argent,
je n'en veux point ; et si par hasard il y a occasion de
vous rendre quelque service par le moyen de mes connais-
sances, ne m'épargnez pas. Au surplus, je vous conseille
une chose ; c'est de vous défaire de cette robe que M. de
Climal vous a donnée. Vous ne pourriez plus honnêtement la porter à cette heure que vous allez être pauvre et
sans ressource ; elle serait trop belle pour vous, aussi bien
que ce linge si fin, qui ne servirait qu'à faire demander
où vous l'avez pris. Croyez-moi, quand on est gentille, et
à votre âge, pauvreté et bravoure[1] n'ont pas bon air
ensemble : on ne sait qu'en dire. Ainsi point d'ajustement[2], c'est mon avis ; ne gardez que les hardes que vous
aviez quand vous êtes entrée ici, et vendez le reste. Je
vous l'achèterai même, si vous voulez ; non pas que je
m'en soucie beaucoup, mais j'avais dessein de m'habil-

---

1. Magnificence en habits. On lui préfère « braverie », mais qui est
vieilli (A). 2. Accommodement (A).

ler ; et pour vous faire plaisir, tenez, je m'accommoderai
de votre robe. Je suis un peu plus grasse que vous, mais
vous êtes un peu plus grande ; et comme elle est ample,
j'ajusterai cela, je tâcherai qu'elle me serve ; à l'égard
du linge, ou je vous le payerai, ou je vous en donnerai
d'autre.

Non, Madame, lui dis-je froidement : je ne vendrai rien,
parce que j'ai résolu, et même promis, de remettre tout à
M. de Climal.

À lui ! reprit-elle, vous êtes donc folle ? Je le lui remet-
trais comme je danse, pas plus à lui qu'à Jean de Vert[1] ;
il n'en verrait pas seulement une rognure, ni petite ni
grosse. Vous vous moquez ; n'est-ce pas une aumône
qu'il vous a faite ? Et ce qu'on a remis, savez-vous bien
qu'on ne l'a plus, ma fille ?

Elle n'en serait pas restée là sans doute, et se serait
efforcée, quoique inùtilement, de me convertir là-dessus,
sans une vieille femme qui arriva, et qui avait affaire à
elle ; et dès qu'elle m'eut quittée, je montai dans notre
chambre. Je dis la nôtre, parce que je la partageais avec
Toinon.

De mes sentiments à l'égard de M. de Climal, je ne
vous en parlerai plus ; je n'aurais pu tenir à lui que par
de la reconnaissance ; il n'en méritait plus de ma part : je
le détestais, je le regardais comme un monstre, et ce
monstre m'était indifférent ; je n'avais point de regret que
c'en fût un. Il était bien arrêté que je lui rendrais ses
présents, que je ne le reverrais jamais ; cela me suffisait,
et je ne songeai presque plus à lui. Voyons ce que je fis
dans ma chambre.

L'objet qui m'occupa d'abord, vous allez croire que ce
fut la malheureuse situation où je restais ; non, cette situation ne regardait que ma vie, et ce qui m'occupa me regardait, moi.

---

1. Personnage légendaire (en fait Jean de Weerdt, général allemand
pendant la guerre de Trente Ans) qui sert à renforcer une négation (D).

Vous direz que je rêve de distinguer cela. Point du tout : notre vie, pour ainsi dire, nous est moins chère que nous, que nos passions. À voir quelquefois ce qui se passe dans notre instinct là-dessus, on dirait que, pour être, il n'est pas nécessaire de vivre ; que ce n'est que par accident que nous vivons, mais que c'est naturellement que nous sommes. On dirait que, lorsqu'un homme se tue, par exemple, il ne quitte la vie que pour se sauver, que pour se débarrasser d'une chose incommode ; ce n'est pas de lui dont il ne veut plus, mais bien du fardeau qu'il porte [1].

Je n'allonge mon récit de cette réflexion que pour justifier ce que je vous disais, qui est que je pensai à un article qui m'intéressait plus que mon état, et cet article, c'était Valville, autrement dit, les affaires de mon cœur.

Vous vous ressouvenez que ce neveu, en me surprenant avec M. de Climal, m'avait dit : Voilà qui est joli, Mademoiselle ! Et ce neveu, vous savez que je l'aimais ; jugez combien ce petit discours devait m'être sensible.

Premièrement, j'avais de la vertu ; Valville ne m'en croyait plus, et Valville était mon Amant. Un Amant, madame, ah ! qu'on le hait en pareil cas ! mais qu'il est douloureux de le haïr ! Et puis, sans doute qu'il ne m'aimerait plus. Ah, l'indigne ! Oui ; mais avait-il tant de tort ? Ce Climal est un homme âgé, un homme riche ; il le voit à genoux devant moi ; je lui ai caché que je le connaissais, et je suis pauvre ; à quoi cela ressemble-t-il ? quelle opinion peut-il avoir de moi après cela ? Qu'ai-je à lui reprocher ? S'il m'aime, il est naturel qu'il me croie coupable, il a dû me dire ce qu'il m'a dit ; et il est bien fâcheux pour lui d'avoir eu tant d'estime et de penchant pour une fille qu'il est obligé de mépriser. Oui ; mais enfin il me méprise donc actuellement, il m'accuse de

---

1. (D) remarque très justement que la question du suicide qui passionne les hommes des Lumières (Montesquieu dans les *Lettres persanes*, Rousseau dans *La Nouvelle Héloïse* et Diderot en analysant le destin du stoïcien Sénèque) n'intéresse guère Marivaux.

tout ce qu'il y a de plus affreux, il n'a pas hésité un instant
à me condamner, pas seulement attendu qu'il m'eût parlé.
Et je pourrais excuser cet homme-là ! J'aurais encore le
courage de le voir ! il faudrait que je fusse bien lâche,
que j'eusse bien peu de cœur. Qu'il eût des soupçons,
qu'il fût en colère, qu'il fût outré, à la bonne heure ; mais
du mépris, du dédain, des outrages [1], mais s'en aller, voir
que je le rappelle, et ne pas revenir, lui qui m'aimait, et
qui ne m'aime plus apparemment ! Ah ! j'ai bien autre
chose à faire qu'à songer à un homme qui se trompe si
indignement, qui me connaît si mal ! Qu'il devienne ce
qu'il voudra ; l'oncle est parti, laissons là le neveu. L'un
est un misérable, et l'autre croit que j'en suis une ; ne
sont-ce pas là des gens bien regrettables ?

Mais à propos, j'ai un paquet à faire, dis-je encore en
moi-même en me levant d'un fauteuil où j'avais fait tout
le soliloque que je viens de rapporter ; à quoi est-ce que
je m'amuse, puisque je sors demain ? Il faut renvoyer ces
hardes aujourd'hui, aussi bien que l'argent que, ces jours
passés, m'a donné Climal. (Lequel argent était resté sur
la table où je l'avais jeté, et Mme Dutour me l'avait par
force remis dans ma poche.)

Là-dessus j'ouvris ma cassette pour y prendre d'abord
le linge nouvellement acheté. Oui, M. de Valville, oui,
disais-je en le tirant, vous apprendrez à me connaître, à
penser de moi comme vous le devez ; et cette idée me
hâtait : de sorte que, sans y songer, c'était plus à lui qu'à
son oncle que je rendais le tout, d'autant plus que le ren-
voi du linge, de la robe et de l'argent, joint à un billet
que j'écrirais, ne manquerait pas de désabuser Valville, et
de lui faire regretter ma perte.

Il m'avait paru avoir l'âme généreuse, et je m'applaudissais d'avance de la douleur qu'il aurait d'avoir outragé
une fille aussi respectable que moi : car je me voyais

---

1. Injures, offenses (R).

confusément je ne sais combien de titres pour être respectée.

Premièrement, j'avais mon infortune qui était unique ;
avec cette infortune, j'avais de la vertu, et elles allaient si
bien ensemble ! Et puis j'étais jeune, et puis j'étais belle ;
que voulez-vous de plus ? Quand je me serais faite exprès
pour être attendrissante, pour faire soupirer un amant
généreux de m'avoir maltraitée, je n'aurais pu y mieux
réussir ; et pourvu que j'affligeasse Valville, j'étais
contente ; après quoi, je ne voulais plus entendre parler
de lui. Mon petit plan était de ne le voir de ma vie : ce
que je trouvais aussi très beau à moi, et très fier ; car je
l'aimais, et j'étais même bien aise de l'aimer, parce qu'il
s'était aperçu de mon amour, et que, me voyant malgré
cela rompre avec lui, il en verrait mieux à quel cœur il
avait eu affaire.

Cependant le paquet s'avançait ; et ce qui va vous
réjouir, c'est qu'au milieu de ces idées si hautes et si
courageuses, je ne laissais pas, chemin faisant, que de
considérer ce linge en le pliant, et de dire en moi-même
(mais si bas, qu'à peine m'entendais-je) : Il est pourtant
bien choisi ; ce qui signifiait : c'est dommage de le
quitter [1].

Petit regret qui déshonorait un peu la fierté de mon
dépit ; mais que voulez-vous ? Je me serais parée de ce
linge que je renvoyais, et les grandes actions sont difficiles ; quelque plaisir qu'on y prenne, on se passerait bien
de les faire : il y aurait plus de douceur à les laisser là,
soit dit en badinant à mon égard ; mais en général, il faut
se redresser pour être grand : il n'y a qu'à rester comme
on est pour être petit. Revenons.

Il n'y avait plus que ma cornette à plier, et comme en
entrant dans la chambre je l'avais mise sur un siège près

---

1. On notera l'importance qu'attache Marivaux à la contradiction
qui existe entre ce que l'on prétend décider et ce que l'on pense réellement. Entre le désir et la loi.

de la porte, je l'oubliai : une fille de mon âge qui va
perdre sa parure peut avoir des distractions.

Je ne songeais donc plus qu'à ma robe, qu'il fallait
empaqueter aussi ; je dis celle que m'avait donnée M. de
Climal ; et comme je l'avais sur moi, et qu'apparemment
je reculais à l'ôter : N'y a-t-il plus rien à mettre ? disais-
je ; est-ce là tout ? Non, il y a encore l'argent ; et cet
argent, je le tirai sans aucune peine : je n'étais point avare,
je n'étais que vaine[1] ; et voilà pourquoi le courage ne me
manquait que sur la robe.

À la fin pourtant, il ne restait plus qu'elle ; comment
ferai-je ? Allons, avant que d'ôter celle-ci, commençons
par détacher l'autre, ajoutai-je, toujours pour gagner du
temps sans doute ; et cette autre, c'était la vieille dont je
parlais, et que je voyais accrochée à la tapisserie.

Je me levai donc pour l'aller prendre ; et dans le trajet
qui n'était que de deux pas, ce cœur si fier s'amollit, mes
yeux se mouillèrent, je ne sais comment, et je fis un grand
soupir, ou pour moi, ou pour Valville, ou pour la belle
robe ; je ne sais pour lequel des trois.

Ce qui est de certain, c'est que je décrochai l'ancienne,
et qu'en soupirant encore, je me laissai tristement aller
sur un siège, pour y dire : Que je suis malheureuse ! Eh !
mon Dieu ! pourquoi m'avez-vous ôté mon père et ma
mère ?

Peut-être n'était-ce pas là ce que je voulais dire, et ne
parlais-je de mes parents que pour rendre le sujet de mon
affliction plus honnête ; car quelquefois on est glorieux
avec soi-même, on fait des lâchetés qu'on ne veut pas
savoir, et qu'on se déguise sous d'autres noms ; ainsi
peut-être ne pleurais-je qu'à cause de mes hardes. Quoi
qu'il en soit, après ce court monologue qui, malgré que
j'en eusse, aurait fini par me déshabiller, j'allai par hasard
jeter les yeux sur ma cornette, qui était à côté de moi.

Bon ! dis-je alors ; je croyais avoir tout mis dans le

---

1. Qui a de la vanité, frivole (R).

paquet, et la voilà encore ; je ne songe pas seulement à en tirer une de ma cassette pour me recoiffer, et je suis nu-tête : quelle peine que tout cela ! Et puis, passant insensiblement d'une idée à une autre, mon religieux me revint dans l'esprit. Hélas ! le pauvre homme, me dis-je, il sera bien étonné quand il saura tout ceci.

Et tout de suite, je pensai que je devais l'aller voir ; qu'il n'y avait point de temps à perdre ; que c'était le plus pressé à cause de ma situation ; que je renverrais bien le paquet le lendemain. Pardi ! je suis bien sotte de m'inquiéter tant aujourd'hui de ces vilaines hardes (je disais vilaines pour me faire accroire [1] que je ne les aimais pas) : il vaut encore mieux les envoyer demain matin ; Valville sera chez lui alors, il n'y a point d'apparence qu'il y soit à présent ; laissons là le paquet, je l'achèverai tantôt, quand je serai revenue de chez ce Religieux : mon pied ne me fait presque plus de mal ; j'irai bien tout doucement jusqu'à son couvent, que vous remarquerez qu'il m'avait enseigné la dernière fois qu'il était venu me voir.

Oui ; mais, quelle cornette mettrai-je ? Quelle cornette, eh ! celle que j'avais ôtée, et qui était à côté de moi. C'était bien la peine d'aller fouiller dans ma cassette pour en tirer une autre, puisque j'avais celle-ci toute prête !

Et d'ailleurs, comme elle valait beaucoup plus que la mienne, il était même à propos que je m'en servisse, afin de la montrer à ce Religieux, qui jugerait, en la voyant, que celui qui me l'avait donnée y avait entendu finesse, et que ce ne pouvait pas être par charité qu'on en achetât de si belles ; car j'avais dessein de conter toute mon aventure à ce bon moine, qui m'avait paru un vrai homme de bien : or cette cornette serait une preuve sensible de ce que je lui dirais.

Et la robe que j'avais sur moi, eh ! vraiment, il ne fal-

---

1. Il ne s'emploie qu'avec le verbe faire (« faire accroire ») selon (A).

lait pas l'ôter non plus : il est nécessaire qu'il la voie, elle sera une preuve encore plus forte.

Je la gardai donc, et sans scrupule, j'y étais autorisée par la raison même : l'art imperceptible de mes petits raisonnements m'avait conduit jusque-là, et je repris courage jusqu'à nouvel ordre.

Allons, recoiffons-nous : ce qui fut bientôt fait, et je descendis pour sortir.

Mme Dutour était en bas avec sa voisine. Où allez-vous, Marianne ? me dit-elle. À l'église, lui répondis-je ; et je ne mentais presque pas : une église et un couvent sont à peu près la même chose. Tant mieux, ma fille, reprit-elle, tant mieux ; recommandez-vous à la sainte volonté de Dieu. Nous parlions de vous, ma voisine et moi : je lui disais que je ferai dire demain une messe à votre intention.

Et pendant qu'elle me tenait ce discours, cette voisine, qui m'avait déjà vue deux ou trois fois, et qui jusque-là ne m'avait pas trop regardée, ouvrait alors les yeux sur moi, me considérait avec une curiosité populaire, dont de temps en temps le résultat était de lever les épaules, et de dire : La pauvre enfant ! cela fait compassion : à la voir il n'y a personne qui ne croie que c'est une fille de famille. Façon de s'attendrir qui n'était ni de bon goût, ni intéressante ; aussi n'en remerciai-je pas, et je quittai bien vite mes deux commères.

Depuis le départ de M. de Climal jusqu'à ce moment où je sortis, je n'avais, à vrai dire, pensé à rien de raisonnable. Je ne m'étais amusée qu'à mépriser Climal, qu'à me plaindre de Valville, qu'à l'aimer, qu'à méditer des projets de tendresse et de fierté contre lui, et qu'à regretter mes hardes ; et de mon état, pas un mot : il n'en avait pas été question, je n'y avais pas pris garde.

Mais le fracas des rues écarta toutes ces idées frivoles, et me fit rentrer en moi-même.

Plus je voyais de monde et de mouvement dans cette prodigieuse ville de Paris, plus j'y trouvais de silence et de solitude pour moi : une forêt m'aurait paru moins déserte, je m'y serais sentie moins seule, moins égarée. De cette forêt, j'aurais pu m'en tirer ; mais comment sortir du désert où je me trouvais ? Tout l'univers en était un pour moi, puisque je n'y tenais par aucun lien à personne.

La foule de ces hommes qui m'entouraient, qui se parlaient, le bruit qu'ils faisaient, celui des équipages[1], la vue même de tant de maisons habitées, tout cela ne servait qu'à me consterner davantage.

Rien de tout ce que je vois ici ne me concerne, me disais-je ; et un moment après : Que ces gens-là sont heureux ! disais-je ; chacun d'eux a sa place et son asile. La nuit viendra, et ils ne seront plus ici, ils seront retirés chez eux ; et moi, je ne sais où aller, on ne m'attend nulle part, personne ne s'apercevra que je lui manque ; je n'ai du moins plus de retraite que pour aujourd'hui, et je n'en aurai plus demain.

C'était pourtant trop dire, puisqu'il me restait encore quelque argent, et qu'en attendant que le ciel me secourût, je pouvais me mettre dans une chambre ; mais qui n'a de retraite que pour quelques jours peut bien dire qu'il n'en a point.

Je vous rapporte à peu près tout ce qui me passait dans l'esprit en marchant.

Je ne pleurais pourtant point alors, et je n'en étais pas mieux. Je recueillais de quoi pleurer ; mon âme s'instruisait de tout ce qui pouvait l'affliger, elle se mettait au fait de ses malheurs ; et ce n'est pas là l'heure des larmes : on n'en verse qu'après que la tristesse est prise, et presque jamais pendant qu'on la prend ; aussi pleurerai-je bientôt. Suivez-moi chez mon Religieux ; j'ai le cœur serré ; je suis aussi parée que je l'étais ce matin, mais je n'y songe pas, ou, si j'y songe, je n'y prends plus de plaisir. Nombre de personnes me regardent en passant, je le remarque sans

---

1. Se dit du train, de la suite, mulets, chevaux, carrosses, valets, hardes... (A).

m'en applaudir : j'entends quelquefois dire à d'autres :
Voilà une belle fille ; et ce discours m'oblige[1] sans me
réjouir : je n'ai pas la force de me prêter à la douceur que
j'y sens.

Quelquefois aussi je pense à Valville, mais c'est pour
me dire qu'il serait ridicule d'y penser davantage ; et en
effet ma situation décourage le penchant que j'ai pour lui.

C'est bien à moi d'avoir de l'amour ; il aurait bonne
grâce, il serait bien placé dans une aussi malheureuse
créature que moi, qui erre inconnue sur la terre, où j'ai la
honte de vivre pour y être l'objet, ou du rebut, ou de la
compassion des autres.

J'arrive enfin dans un abattement que je ne saurais
exprimer ; je demande le Religieux, et on me mène dans
une salle en dehors où l'on me dit qu'il est avec une autre
personne ; et cette personne, Madame, admirez ce coup
de hasard, c'est M. de Climal, qui rougit et pâlit tour à
tour en me voyant, et sur lequel je ne jetai non plus les
yeux que si je ne l'avais jamais vu.

Ah ! c'est vous, Mademoiselle, me dit le Religieux ;
approchez, je suis bien aise que vous arriviez dans ce
moment ; c'est de vous dont nous nous entretenons ; mettez-vous là.

Non, mon père, reprit aussitôt M. de Climal en prenant
congé du Religieux ; souffrez que je vous quitte. Après
ce qui est arrivé, il serait indécent que je restasse : ce n'est
pas assurément que je sois fâché contre Mademoiselle ; le
ciel m'en préserve ; je lui pardonne de tout mon cœur et,
bien loin de me ressentir[2] de ce qu'elle a pensé de moi,
je vous jure, mon Père, que je lui veux plus de bien que
jamais, et que je rends grâces à Dieu de la mortification
que j'ai essuyée dans l'exercice de ma charité pour elle :
mais je crois que la prudence et la Religion même ne me
permettent plus de la voir.

---

1. Obliger quelqu'un : faire plaisir, rendre un bon office (R).
2. Garder du ressentiment (D).

Et cela dit, mon homme salua le Père, et, qui pis est, me salua moi-même les yeux modestement baissés, pendant que de mon côté je baissais la tête. Et il allait se retirer quand le Religieux, l'arrêtant par le bras : Non, mon cher Monsieur, non, lui dit-il, ne vous en allez pas, je vous conjure, écoutez-moi. Oui, vos dispositions sont très louables, très édifiantes ; vous lui pardonnez, vous lui souhaitez du bien, voilà qui est à merveille ; mais remarquez que vous ne vous proposez plus de lui en faire, que vous l'abandonnez malgré le besoin qu'elle a de votre secours, malgré son offense qui rendrait ce secours si méritoire, malgré cette charité que vous croyez encore sentir pour elle, et que vous vous dispensez pourtant d'exercer : prenez-y garde, craignez qu'elle ne soit éteinte. Vous remerciez Dieu, dites-vous, de la petite mortification qu'il vous a envoyée ; eh bien ! voulez-vous la mériter, cette mortification qui est en effet une faveur ? voulez-vous en être vraiment digne ? redoublez vos soins pour cette pauvre enfant orpheline qui reconnaîtra sa faute, qui d'ailleurs est jeune, sans expérience, à qui on aura peut-être dit qu'elle avait quelques agréments, et qui, par vanité, par timidité, par vertu même, aura pu se tromper à votre égard. N'est-il pas vrai, ma fille ? Ne sentez-vous pas le tort que vous avez eu avec Monsieur, à qui vous devez tant, et qui, bien loin de vous regarder autrement que selon Dieu, n'a voulu, par les saintes affections qu'il vous a témoignées, par ses douces et pieuses invitations, que vous engager vous-même à fuir ce qui pouvait vous égarer ? Dieu soit béni mille fois de vous avoir aujourd'hui conduite ici ! C'est à vous à qui il la ramène, mon cher Monsieur, vous le voyez bien. Allons, ma fille, avouez votre faute ; repentez-vous-en dans l'abondance de votre cœur, et promettez de la réparer à force de respect, de confiance et de reconnaissance ; avancez, ajouta-t-il, parce que je me tenais éloignée de M. de Climal.

Eh ! Monsieur, m'écriai-je alors en adressant la parole à ce faux dévot, est-ce que c'est moi qui ai tort ? comment

pouvez-vous me l'entendre dire ? hélas ! Dieu sait tout ;
qu'il nous rende justice. Je n'ai pu m'y tromper, vous le
savez bien aussi. Et je fondis en larmes en finissant ce
discours.

M. de Climal, tout intrépide tartufe qu'il était, ne put
le soutenir. Je vis l'embarras se peindre sur son visage, il
ne put pas même le dissimuler ; et dans la crainte que le
religieux ne le remarquât et n'en conçût quelque soupçon
contre lui, il prit son parti en habile homme : ce fut de
paraître naïvement embarrassé, et d'avouer qu'il l'était.

Ceci me déconcerte, dit-il avec un air de confusion
pudique, je ne sais que répondre ; quelle avanie[1] ! Ah !
mon Père, aidez-moi à supporter cette épreuve ; cela va
se répandre, cette pauvre enfant le dira partout ; elle ne
m'épargnera pas. Hélas ! ma fille, vous serez pourtant
bien injuste ; mais Dieu le veut. Adieu, mon Père ; parlez-
lui, tâchez de lui ôter cette idée-là, s'il est possible ; il est
vrai que je lui ai marqué de la tendresse, elle ne l'a pas
comprise : c'était son âme que j'aimais, que j'aime
encore, et qui mérite d'être aimée. Oui, mon Père, Mademoiselle a de la vertu, je lui ai découvert mille qualités ;
et je vous la recommande, puisqu'il n'y a pas moyen de
me mêler de ce qui la regarde.

Après ces mots, il se retira, et ne salua cette fois-ci que
le religieux, qui, en lui rendant son salut, avait l'air incertain de ce qu'il devait faire, qui le conduisit des yeux
jusqu'à sa sortie de la salle, et qui, se retournant ensuite
de mon côté, me dit presque la larme à l'œil : Ma fille,
vous me fâchez, je ne suis point content de vous ; vous
n'avez ni docilité ni reconnaissance ; vous n'en croyez
que votre petite tête, et voilà ce qui en arrive. Ah ! l'honnête homme ! quelle perte vous faites ! Que me demandez-vous à présent ? Il est inutile de vous adresser à moi
davantage, très inutile : quel service voulez-vous que je
vous rende ? J'ai fait ce que j'ai pu ; si vous n'en avez

---

1. Affront, traitement injurieux (R).

pas profité, ce n'est pas ma faute, ni celle de cet homme
de bien que je vous avais trouvé, et qui vous a traitée
comme si vous aviez été sa propre fille ; car il m'a tout
dit : habits, linge, argent, il vous a fourni de tout, vous
payait une pension, allait vous la payer encore, et avait
même dessein de vous établir, à ce qu'il m'a assuré ; et
parce qu'il n'approuve pas que vous voyiez son neveu,
qui est un jeune homme étourdi et débauché, parce qu'il
veut vous mettre à l'abri d'une connaissance qui vous est
très dangereuse, et que vous avez envie d'entretenir, vous
vous imaginez par dépit qu'un homme si pieux et si vertueux vous aime, et qu'il est jaloux ; cela n'est-il pas bien
étrange, bien épouvantable ? Lui jaloux ! lui vous aimer !
Dieu vous punira de cette pensée-là, ma fille ; vous ne
l'avez prise que dans la malice de votre cœur, et Dieu
vous en punira, vous dis-je.

Je pleurais pendant qu'il parlait. Écoutez-moi, mon
Père, lui répondis-je en sanglotant ; de grâce, écoutez-
moi.

Eh bien ! que me direz-vous ? répondit-il ; qu'aviez-
vous affaire de ce jeune homme ? pourquoi vous obstiner
à le voir ? Quelle conduite ! Passe encore pour cette folie-
là, pourtant ; mais porter la mauvaise humeur et la rancune jusqu'à être ingrate et méchante envers un homme
si respectable, et à qui vous devez tant : que deviendrez-
vous avec de pareils défauts ? Quel malheur qu'un esprit
comme le vôtre ! oh ! en vérité, votre procédé me scandalise. Voyez, vous voilà d'une propreté [1] admirable ; qui
est-ce qui dirait que vous n'avez point de parents ? et
quand vous en auriez, qu'ils seraient riches, seriez-vous
mieux accommodée que vous l'êtes ? peut-être pas si
bien, et tout cela vient de lui apparemment. Seigneur !
que je vous plains ! il ne vous a rien épargné... Eh ! mon
père, vous avez raison, m'écriai-je encore une fois ; mais

---

1. Désigne des objets ou des personnes d'une élégance sobre et de
bon goût (D).

ne me condamnez pas sans m'entendre. Je ne connais
point son neveu, je ne l'ai vu qu'une fois par hasard, et
ne me soucie point de le revoir, je n'y songe pas ; quelle
liaison aurais-je avec lui ? Je ne suis point folle, et M. de
Climal vous abuse ; ce n'est point à cause de cela que je
romps avec lui, ne vous prévenez[1] point. Vous parlez de
mes hardes, elles ne sont que trop belles ; j'en ai été étonnée, et elles vous surprennent vous-même ; tenez, mon
père, approchez, considérez la finesse de ce linge ; je ne
le voulais pas si fin au moins ; j'avais de la peine à le
prendre, surtout à cause des manières qu'il avait eues avec
moi auparavant ; mais j'ai eu beau lui dire : Je n'en veux
point, il s'est moqué de moi, et m'a toujours répondu :
Allez vous regarder dans un miroir, et voyez après si ce
linge est trop beau pour vous. Oh ! à ma place, qu'auriez-
vous pensé de ce discours-là, mon Père ? dites la vérité :
si M. de Climal est si dévot, si vertueux, qu'a-t-il besoin
de prendre garde à mon visage ? que je l'aie beau ou
laid, de quoi s'embarrasse-t-il ? D'où vient aussi qu'en
badinant il m'a appelée friponne dans son carrosse, en
m'ajoutant à l'oreille d'avoir le cœur plus facile, et qu'il
me laissait le sien pour m'y encourager ? Qu'est-ce que
cela signifie ? Quand on n'est que pieux, parle-t-on du
cœur d'une fille, et lui laisse-t-on le sien ? lui donne-t-on
des baisers comme il a encore tâché de m'en donner un
dans ce carrosse ?

Un baiser, ma fille, reprit le Religieux, un baiser ! vous
n'y songez pas ! comment donc ! savez-vous bien qu'il
ne faut jamais dire cela, parce que cela n'est point ? Qui
est-ce qui vous croira ? Allez, ma fille, vous vous trompez, il n'en est rien, il n'est pas possible ; un baiser !
quelle vision ! ce pauvre homme[2] ! C'est qu'on est cahoté
dans un carrosse, et que quelque mouvement lui aura fait

---

1. Ne vous mettez pas dans la tête une idée fausse (A).   2. On
reconnaîtra ici une reprise de la célèbre réplique d'Orgon dans *Le Tar-*
tuffe de Molière.

pencher sa tête sur la vôtre ; voilà tout ce que ce peut être, et ce que, dans votre chagrin[1] contre lui, vous aurez pris pour un baiser : quand on hait les gens, on voit tout de travers à leur égard.

Eh ! mon Père, en vertu de quoi l'aurais-je haï alors ? répondis-je. Je n'avais point encore vu son neveu, qui est, dit-il, la cause que je suis fâchée contre lui, je ne l'avais point vu : et puis, si je m'étais trompée sur ce baiser que vous ne croyez point, M. de Climal, dans la suite, ne m'aurait pas confirmée dans ma pensée ; il n'aurait pas recommencé chez Mme Dutour, ni tant manié, tant loué mes cheveux dans ma chambre, où il était toujours à me tenir la main qu'il approchait à chaque instant de sa bouche, en me faisant des compliments dont j'étais toute honteuse.

Mais... mais que me venez-vous conter, Mademoiselle ? Doucement donc, doucement, me dit-il d'un air plus surpris qu'incrédule : des cheveux qu'il touchait, qu'il louait ? M. de Climal, lui ! je n'y comprends rien ; à quoi rêvait[2]-il donc ? Il est vrai qu'il aurait pu se passer de ces façons-là ; ce sont de ces distractions qui ne sont pas convenables, je l'avoue ; on ne touche point aux cheveux d'une fille : il ne savait pas ce qu'il faisait ; mais n'importe : c'est un geste qui ne vaut rien. Et ma main qu'il portait à sa bouche, répondis-je, mon Père, est-ce encore une distraction ?

Oh ! votre main, reprit-il, votre main, je ne sais pas ce que c'est : il y a mille gens qui vous prennent par la main quand ils vous parlent, et c'est peut-être une habitude qu'il a aussi ; je suis sûr qu'à moi-même, il m'est arrivé mille fois d'en faire autant.

À la bonne heure, mon Père, repris-je ; mais quand vous prenez la main d'une fille, vous ne la baisez pas je ne sais combien de fois ; vous ne lui dites pas qu'elle l'a

---

1. Peut aussi signifier colère, aigreur, dépit (A).   2. Pensait.

belle, vous ne vous mettez pas à genoux devant elle, en
lui parlant d'amour.

Ah ! mon Dieu ! s'écria-t-il, ah ! mon Dieu ! petite
langue de serpent que vous êtes, taisez-vous. Ce que vous
dites est horrible, c'est le Démon qui vous inspire, oui, le
Démon ; retirez-vous, allez-vous-en, je ne vous écoute
plus ; je ne crois plus rien, ni les cheveux, ni la main, ni
les discours : faussetés que tout cela ! laissez-moi. Ah !
la dangereuse petite créature ! elle me fait frayeur[1], voyez
ce que c'est ! Dire que M. de Climal, qui mène une vie
toute pénitente, qui est un homme tout en Dieu, s'est mis
à genoux devant elle pour lui tenir des propos d'amour !
Ah ! Seigneur, où en sommes-nous !

Ce qu'il disait joignant les mains, en homme épouvanté
de mon discours, et qui éloignait tant qu'il pouvait une
pareille idée, dans la crainte d'être tenté d'examiner la chose.

En vérité, mon Père, lui répondis-je toute en larmes, et
excédée de sa prévention, vous me traitez bien mal, et il
est bien affligeant pour moi de ne trouver que des injures
où je venais chercher de la consolation et du secours.
Vous avez connu la personne qui m'a menée[2] à Paris, et
qui m'a élevée ; vous m'avez dit vous-même que vous
l'estimiez beaucoup, que sa vertu vous avait édifié ; c'est
à vous qu'elle s'est confessée à sa mort ; elle ne vous
aura pas parlé contre sa conscience, et vous savez ce
qu'elle vous a dit de moi ; vous pouvez vous en ressouvenir ; il n'y a pas si longtemps que Dieu me l'a ôtée, et je
ne crois pas, depuis qu'elle est morte, que j'aie rien fait
qui puisse vous avoir donné une aussi mauvaise opinion
de moi que vous l'avez : au contraire, mon innocence et
mon peu d'expérience vous ont fait compassion, aussi
bien que l'épouvante où vous m'avez vue ; et cependant
vous voulez que tout d'un coup je sois devenue une misérable, une scélérate, et la plus indigne[3], la plus épouvan-

---

1. Au sens fort d'épouvanter (R).   2. Amenée.   3. L'édition de
1781 donne ici digne. C'est évidemment une erreur typographique.

table fille du monde ! Vous voulez que, dans la douleur et dans les extrémités où je suis, un homme avec qui je n'ai été qu'une heure par accident, et que je ne verrai jamais, m'ait rendue si amoureuse de lui et si passionnée, que j'en aie perdu tout bon sens et toute conscience, et que j'aie le courage et même l'esprit d'inventer des choses qui font frémir, et de forger des impostures affreuses pour lui, contre un autre homme qui m'aiderait à vivre, qui pourrait me faire tant de bien, et que je serais si intéressée à conserver, si ce n'était pas un libertin qui fait semblant d'être dévot, et qui ne me donne rien que dans l'intention de me rendre en secret une malhonnête fille !

Ah ! juste ciel, comme elle s'emporte ! Que dit-elle là ? Qui a jamais rien ouï de pareil ? cria-t-il en baissant la tête, mais sans m'interrompre. Et je continuai.

Oui, mon Père, il ne tâche qu'à cela : voilà pourquoi il m'habille si bien. Qu'il vous conte ce qu'il lui plaira, notre querelle ne roule que là-dessus. Si j'avais consenti à sortir de l'endroit où je suis, et à me laisser mener dans une maison qu'il devait meubler magnifiquement, et où il prétendait me mettre en pension chez un homme à lui, qui est, dit-il, un solliciteur de procès, et à qui il aurait fait accroire que j'étais sa parente arrivée de la campagne : voyez ce que c'est, et la belle dévotion !...

Hem ! comment ? reprit alors le Religieux en m'arrêtant, un Solliciteur de procès, dites-vous ? Est-il marié ?

Oui, mon Père, il l'est, répondis-je ; un solliciteur de procès qui n'est pas riche, chez qui j'aurais appris à danser, à chanter, à jouer sur le clavecin ; chez qui j'aurais été comme la maîtresse par le respect qu'on m'aurait fait rendre, et dont la femme me serait venue prendre demain où je demeure ; et si j'avais voulu la suivre, et que je n'eusse point refusé de recevoir, pas plus tard que demain aussi, je ne sais combien de rentes, cinq ou six cents francs, je pense, par un contrat, seulement pour commencer ; si je ne lui avais pas témoigné que toutes ses proposi-

tions étaient horribles, il ne m'aurait pas reproché, comme
il a fait, et les louis d'or qu'il m'a donnés, que je lui
rendrai, et ces hardes que je suis honteuse d'avoir sur
moi, et dont je ne veux pas profiter, Dieu m'en préserve !
Il ne vous dira pas non plus que je l'ai menacé de venir
vous apprendre son amour malhonnête et ses desseins ; à
quoi il a eu le front de me répondre que, quand même
vous les sauriez, vous regarderiez cela comme rien,
comme une bagatelle qui arrivait à tout le monde, qui
vous arriverait peut-être à vous-même au premier jour ;
et que vous n'oseriez assurer que non, parce qu'il n'y
avait pas d'homme de bien qui ne fût sujet à être amoureux, ni qui pût s'en empêcher. Voyez si j'ai inventé ce
que je vous dis là, mon Père.

Mon bon Sauveur ! dit-il alors tout ému ; ah ! Seigneur ! voilà un furieux[1] récit ! Que faut-il que j'en pense ? et qu'est-ce que nous, bonté divine ? Vous me tentez,
ma fille : ce Solliciteur de procès m'embarrasse, il
m'étonne, je ne saurais le nier : car je le connais, je l'ai
vu avec lui (dit-il comme à part), et cette jeune enfant
n'aura pas été deviner que M. de Climal se servait de lui,
et qu'il est marié. C'est un homme de mauvaise mine,
n'est-ce pas ? ajouta-t-il.

Eh ! mon Père, je n'en sais rien, lui dis-je. M. de Climal
n'a fait que m'en parler, et je ne l'ai vu ni lui ni sa femme.
Tant mieux, reprit-il, tant mieux. Oui, j'entends bien ;
vous deviez seulement aller chez eux. Le mari est un
homme qui ne m'a jamais plu. Mais, ma fille, voilà qui
est étrange ; si vous dites vrai, à qui se fiera-t-on ?

Si je dis vrai, mon Père ! eh ! pourquoi mentirais-je ?
serait-ce à cause de ce neveu ? Eh ! qu'on me mette dans
un couvent, afin que je ne le voie ni ne le rencontre
jamais.

Fort bien, dit-il alors, fort bien : cela est bon, on ne
saurait mieux parler. Et puis, mon Père, ajoutai-je, deman-

_____
1. Véhément, impétueux (A).

dez à la Marchande chez qui M. de Climal m'a mise ce
qu'elle pense de lui, et si elle ne le regarde pas comme
un fourbe et comme un hypocrite ; demandez à son neveu
s'il ne l'a pas surpris à genoux devant moi, tenant ma
main qu'il baisait, et que je ne pouvais pas retirer d'entre
les siennes ; ce qui a si fort scandalisé ce jeune homme,
qu'il me regarde à cette heure comme une fille perdue ;
et enfin, mon Père, considérez la confusion où M. de Climal a été quand je suis entrée ici. Est-ce que vous n'avez
pas pris garde à sa mine ?

Oui, me dit-il, oui, il a rougi : vous avez raison, et
je n'y comprends rien ; serait-il possible ? J'en reviens
toujours à ce Solliciteur de procès, c'est un terrible article ; et son embarras, je ne l'aime point non plus. Qu'est-
ce que c'est aussi que ce contrat ? Il est bien pressé !
Qu'est-ce que c'est que ces meubles, et que ces maîtres
pour des fariboles¹ ? Avec qui veut-il que vous dansiez² ?
Plaisante charité, qui apprend aux gens à aller au bal ! Un
homme comme M. de Climal ! Que Dieu nous soit en
aide. Mais on ne sait qu'en dire : hélas ! la pauvre humanité, à quoi est-elle sujette ? Quelle misère que l'homme !
quelle misère ! Ne songez plus à tout cela, ma fille ; je
crois que vous ne me trompez pas : non, vous n'êtes pas
capable de tant de fausseté ; mais n'en parlons plus. Soyez
discrète, la charité vous l'ordonne, entendez-vous ? Ne
révélez jamais cette étrange aventure à personne ; gar-
dons-nous de réjouir le monde par ce scandale, il en
triompherait, et en prendrait droit de se moquer des vrais
serviteurs de Dieu. Tâchez même de croire que vous avez
mal vu, mal entendu ; ce sera une disposition d'esprit, une
innocence de pensée qui sera agréable à Dieu, qui vous
attirera sa bénédiction. Allez, ma chère enfant, retournez-
vous-en, et ne vous affligez pas (ce qu'il me disait à cause

---

1. Contes, folies, contes en l'air (R).　2. L'Église condamne la
danse qu'elle juge lascive. De nombreux traités de théologie ou de
morale (ceux de l'abbé Thiers notamment) en font le procès.

des pleurs que je répandrais de meilleur courage[1] que je n'avais fait encore, parce qu'il me plaignait). Continuez d'être sage, et la Providence aura soin de vous ; j'ai affaire, il faut que je vous quitte. Mais dites-moi l'adresse de cette Marchande où vous logez.

Hélas ! mon Père, lui répondis-je après la lui avoir dite, je n'ai plus que le reste de cette journée-ci à y demeurer ; la pension qu'on lui payait pour moi finit demain, ainsi je suis obligée de sortir de chez elle ; elle s'y attend ; je ne saurai plus après où me réfugier si vous m'abandonnez, mon Père : je n'ai que vous, vous êtes ma seule ressource.

Moi ! chère enfant ! hélas ! Seigneur, quelle pitié ! un pauvre Religieux comme moi, je ne puis rien ; mais Dieu peut tout : nous verrons, ma fille, nous verrons ; j'y penserai. Dieu sait ma bonne volonté ; il m'inspirera peut-être, tout dépend de lui ; je le prierai de mon côté, priez-le du vôtre, Mademoiselle. Dites-lui : Mon Dieu, je n'espère qu'en vous. N'y manquez pas ; et moi je serai demain sans faute à neuf heures du matin chez vous ; ne sortez pas avant ce temps-là. Ah çà ! il est tard, j'ai affaire ; adieu, soyez tranquille ; il y a loin d'ici chez vous : que le ciel vous conduise. À demain.

Je le saluai sans pouvoir prononcer un seul mot, et je partis pour le moins aussi triste que je l'avais été en arrivant chez lui : les saintes et pieuses consolations qu'il venait de me donner me rendaient mon état encore plus effrayant qu'il ne me l'avait paru ; c'est que je n'étais pas assez dévote, et qu'une âme de dix-huit ans croit tout perdu, tout désespéré, quand on lui dit en pareil cas qu'il n'y a plus que Dieu qui lui reste : c'est une idée grave et sérieuse qui effarouche sa petite confiance. À cet âge on ne se fie guère qu'à ce qu'on voit, on ne connaît guère que les choses de la terre.

---

1. Peut avoir aussi le sens de ressentiment et de colère (R).

J'étais donc profondément consternée en m'en retournant ; jamais mon accablement n'avait été si grand.

Quelques embarras dans la rue m'arrêtèrent à la porte d'un Couvent de filles ; j'en vis celle de l'Église ouverte, et, moitié par un sentiment de religion qui me vint en ce moment, moitié dans la pensée d'aller soupirer à mon aise, et de cacher mes larmes qui fixaient sur moi l'attention des passants, j'entrai dans cette Église, où il n'y avait personne, et où je me mis à genoux dans un confessionnal.

Là, je m'abandonnai à mon affliction, et je ne gênai ni mes gémissements ni mes sanglots ; je dis mes gémissements, parce que je me plaignais, parce que je prononçais des mots, et que je disais : Pourquoi suis-je venue au monde, malheureuse que je suis ? Que fais-je sur la terre ? Mon Dieu, vous m'y avez mise, secourez-moi. Et autres choses semblables.

J'étais dans le plus fort de mes soupirs et de mes exclamations, du moins je le crois, quand une Dame, que je ne vis point arriver, et que je n'aperçus que lorsqu'elle se retira, entra dans l'église.

Je sus après qu'elle arrivait de la campagne ; qu'elle avait fait arrêter son carrosse à la porte du Couvent, où elle était fort connue, et où quelques personnes de ses amies l'avaient priée de rendre, en passant, une lettre à la prieure [1] ; et que, pendant qu'on était allé avertir cette prieure de venir à son parloir, elle était entrée dans l'église dont elle avait, comme moi, trouvé la porte ouverte.

À peine y fut-elle, que mes tons gémissants la frappèrent ; elle y entendit tout ce que je disais, et m'y vit dans la posture de la personne du monde la plus désolée.

J'étais alors assise, la tête penchée, laissant aller mes bras qui retombaient sur moi, et si absorbée dans mes pensées, que j'en oubliais en quel lieu je me trouvais.

Vous savez que j'étais bien mise ; et quoiqu'elle ne me

---

1. Religieuse qui, dans un couvent, profite d'un bénéfice (rente sur le couvent).

vît pas au visage, il y a je ne sais quoi d'agile [1] et de léger
qui est répandu dans une jeune et jolie figure, et qui lui
fit aisément deviner mon âge. Mon affliction, qui lui parut
extrême, la toucha ; ma jeunesse, ma bonne façon [2], peut-
être aussi ma parure, l'attendrirent pour moi ; quand je
parle de parure, c'est que cela n'y nuit pas.

Il est bon en pareille occasion de plaire un peu aux
yeux, ils vous recommandent au cœur. Êtes-vous malheureux et mal vêtu ? ou vous échappez aux meilleurs cœurs
du monde, ou ils ne prennent pour vous qu'un intérêt fort
tiède ; vous n'avez pas l'attrait qui gagne leur vanité, et
rien ne nous aide tant à être généreux envers les gens,
rien ne nous fait tant goûter l'honneur et le plaisir de
l'être, que de leur voir un air distingué.

La Dame en question m'examina beaucoup, et aurait
même attendu pour me voir que j'eusse retourné la tête,
si on n'était pas venu l'avertir que la Prieure l'attendait à
son parloir.

Au bruit qu'elle fit en se retirant, je revins à moi ; et
comme j'entendais marcher, je voulus voir qui c'était ;
elle s'y attendait, et nos yeux se rencontrèrent.

Je rougis, en la voyant, d'avoir été surprise dans mes
lamentations ; et malgré la petite confusion que j'en avais,
je remarquai pourtant qu'elle était contente de la physionomie que je lui montrais, et que mon affliction la touchait. Tout cela était dans ses regards ; ce qui fit que les
miens (s'ils lui dirent ce que je sentais) durent lui paraître
aussi reconnaissants que timides ; car les âmes se
répondent.

C'était en marchant qu'elle me regardait ; je baissai
insensiblement les yeux, et elle sortit.

Je restai bien encore un demi-quart d'heure dans
l'Église, tant à essuyer mes larmes qu'à rêver à ce que

---

1. Sans doute au sens de mobile.   2. Se prend aussi dans le
discours familier pour l'air, la mine, le maintien, le port d'une personne (A).

je ferais le lendemain, si les soins de mon Religieux ne
réussissaient pas. Que j'envie le sort de ces saintes filles
qui sont dans ce Couvent ! me dis-je ; qu'elles sont heureuses !

Cette pensée m'occupait, quand une Tourière [1] me vint
dire honnêtement : Mademoiselle, on va fermer l'Église.
Tout à l'heure je vais sortir, Madame, lui répondis-je,
n'osant la regarder que de côté, de peur qu'elle ne s'aperçût que j'avais pleuré ; mais j'oubliai de prendre garde au
ton dont je lui répondais, et ce ton me trahit. Elle le sentit
si plaintif et si triste, me vit d'ailleurs si jeune, si joliment
accommodée, si jolie moi-même, à ce qu'elle me raconta
ensuite, qu'elle ne put s'empêcher de me dire : Hélas !
ma chère Demoiselle, qu'avez-vous donc ? mon bon
Dieu ! quelle pitié ! auriez-vous du chagrin ? c'est bien
dommage : peut-être venez-vous parler à quelqu'une de
nos Dames ; à laquelle est-ce, Mademoiselle ?

Je ne repartis rien à ce discours, mais mes yeux recommencèrent à se mouiller. Nous autres filles, ou nous autres
femmes, nous pleurons volontiers dès qu'on nous dit :
Vous venez de pleurer ; c'est une enfance [2] et comme une
mignardise [3] que nous avons et dont nous ne pouvons
presque pas nous défendre.

Eh ! mais, Mademoiselle, dites-moi ce que c'est ; dites,
ajouta la Tourière en insistant, irai-je avertir quelqu'une
de nos Religieuses ? Or, je réfléchissais à ce qu'elle me
répétait là-dessus ; c'est peut-être Dieu qui permet qu'elle
me fasse songer à cela, me dis-je toute attendrie de la
douceur avec laquelle elle me pressait, et tout de suite :
Oui, Madame, lui répondis-je, je souhaiterais bien parler
à Mme la Prieure, si elle en a le temps.

Eh bien ! ma belle Demoiselle, venez, reprit-elle, sui-

---

1. Se dit de la religieuse non cloîtrée chargé de faire passer au tour,
sorte de plateau tournant, des choses apportées au couvent, et par exten-
sion qui s'occupe des relations avec l'extérieur.   2. Voir note 2,
p. 164.   3. Délicatesse (A).

vez-moi ; je vais vous mener à son parloir, et elle s'y rendra un moment après. Allons.

Je la suivis donc ; nous montâmes un petit escalier, elle ouvrit une porte, et le premier objet qui me frappe, c'est cette Dame dont je vous ai parlé, que je n'avais vue que lorsqu'elle sortit de l'Église, et qui, en sortant, m'avait regardée d'une manière si obligeante.

Elle me parut encore charmée de mè revoir, et se leva d'un air caressant[1] pour me faire place.

Elle était avec la Prieure du Couvent, et je vous ai instruite de ce qui était cause de sa visite.

Madame, dit la Tourière à la Religieuse, j'allais vous avertir ; c'est mademoiselle qui vous demande.

Cette Prieure était une petite personne courte, ronde et blanche, à double menton, et qui avait le teint frais et reposé. Il n'y a point de ces mines-là dans le monde ; c'est un embonpoint[2] tout différent de celui des autres, un embonpoint qui s'est formé plus à l'aise et plus méthodiquement, c'est-à-dire où il entre plus d'art, plus de façon, plus d'amour de soi-même que dans le nôtre.

D'ordinaire, c'est, ou le tempérament, ou la quantité de nourriture, ou l'inaction et la mollesse qui nous acquièrent le nôtre, et cela est tout simple ; mais pour celui dont je parle, on sent qu'il faut, pour l'avoir acquis, s'en être saintement fait une tâche : il ne peut être que l'ouvrage d'une délicate, d'une amoureuse et d'une dévote complaisance qu'on a pour le bien et pour l'aise de son corps ; il est non seulement un témoignage qu'on aime la vie et la vie saine, mais qu'on l'aime douce, oisive et friande : et qu'en jouissant du plaisir de se porter bien, on s'accorde encore autant de douceurs et de privilèges que si on était toujours convalescente.

Aussi cet embonpoint religieux n'a-t-il pas la forme du

---

1. Qui manifeste par des marques extérieures une amitié, un amour, une affection (R).   **2.** État de quelqu'un qui se trouve en bonne santé (R).

nôtre, qui a l'air plus profane ; aussi grossit-il moins un visage qu'il ne le rend grave et décent ; aussi donne-t-il à la physionomie non pas un air joyeux, mais tranquille et content.

À voir ces bonnes filles, au reste, vous leur trouvez un extérieur affable, et pourtant un intérieur indifférent. Ce n'est que leur mine, et non pas leur âme qui s'attendrit pour vous : ce sont de belles images qui paraissent sensibles, et qui n'ont que des superficies de sentiment et de bonté. Mais laissons cela, je ne parle ici que des apparences, et ne décide point du reste. Revenons à la Prieure ; j'en ferai peut-être le portrait quelque part.

Mademoiselle, je suis votre servante, me dit-elle en se baissant pour me saluer : puis-je savoir à qui j'ai l'honneur de parler ? C'est moi qui en ai tout l'honneur, répondis-je encore plus honteuse que modeste, et quand je vous dirais qui je suis, je n'en serais pas plus connue de vous, Madame.

C'est, si je ne me trompe, Mademoiselle que j'ai vue dans l'Église où je suis entrée un instant, dit alors la Dame en question avec un souris[1] tendre ; j'ai cru même la voir pleurer, et cela m'a fait de la peine. Je vous rends mille grâces de votre bonté, Madame, repris-je d'une voix faible et timide ; et puis je me tus. Je ne savais comment entrer en matière : l'accueil de la Prieure, tout avenant qu'il était, m'avait découragée. Je n'espérais plus rien d'elle, sans que je pusse dire pourquoi : c'était ainsi que son abord m'avait frappée, et cela revient à ces superficies dont je parlais, et que je ne démêlais pas alors. Elle va me plaindre, et ne me secourra pas, me disais-je ; il n'y a rien à faire.

Cependant ces Dames, qui s'étaient levées, restaient debout, et j'en rougissais, parce que mon habit les trom-

---

1. Forme admise par l'Académie de *sourire*. Marivaux préfère *souris* à *sourire*.

pait, et que j'étais bien au-dessous de tant de façons. Souhaitez-vous que nous soyons seules ? me dit la Prieure.

Comme il vous plaira, Madame, répondis-je ; mais je serais fâchée d'être cause que Madame s'en allât, et de vous déranger ; si vous voulez, je reviendrai.

Ce que je disais dans l'intention d'échapper à l'embarras où je m'étais mise, et de ne plus revenir.

Non, Mademoiselle, non, me dit la Dame, en me prenant par la main pour me faire avancer ; vous resterez, s'il vous plaît ; ma visite est finie, et je partais. Ainsi je vais vous laisser libre : vous avez du chagrin, je m'en suis aperçue ; vous méritez qu'on s'y intéresse ; et si vous vous en retourniez, je ne me le pardonnerais pas.

Oui, Madame, lui dis-je, pénétrée de ce discours et toute en pleurs, il est vrai que j'ai du chagrin : j'en ai beaucoup, il n'y a personne qui ait autant sujet d'en avoir que moi, personne de si à plaindre ni de si digne de compassion que je le suis ; et vous me témoignez un cœur si généreux, que je ne ferai point difficulté de parler devant vous, Madame. Il ne faut pas vous retirer, vous ne me gênerez point ; au contraire, c'est un bonheur pour moi que vous soyez ici : vous m'aiderez à obtenir de Madame la grâce que je viens lui demander à genoux (je m'y jetai en effet), et qui est de vouloir bien me recevoir chez elle.

Eh ! ma belle enfant, que vous me touchez ! me répondit la Prieure en me tendant les bras de l'endroit où elle était, pendant que la Dame me relevait affectueusement. Que je me félicite du choix que vous avez fait de ma maison ! En vérité, quand je vous ai vue, j'ai eu comme un pressentiment de ce qui vous amène : votre modestie m'a frappée. Ne serait-ce pas une prédestinée qui me vient ? ai-je pensé en moi-même. Car il est certain que votre vocation est écrite sur votre visage : n'est-il pas vrai, Madame ? Ne trouvez-vous pas comme moi ce que je vous dis là ? Qu'elle est belle ! qu'elle a l'air sage ! Ah ! ma fille, que je suis ravie ! que vous me donnez de joie ! Venez, mon ange, venez ; je gagerais qu'elle est fille unique, et qu'on la veut marier malgré elle. Mais, dites-moi, mon cœur, est-ce tout à l'heure que vous voulez entrer ? Il faudra pourtant informer vos parents, n'est-ce pas ? Chez qui enverrai-je ?

Hélas ! ma Mère, répondis-je, je ne puis vous indiquer personne. Ma confusion et mes sanglots m'arrêtèrent là. Eh bien ! me dit-elle, de quoi s'agit-il ? Non, personne, continuai-je, rien de ce que vous croyez, ma Mère ; je n'ai pas la consolation d'avoir des parents ; du moins ceux que j'ai, je ne les ai jamais connus.

Jésus, Mademoiselle ! reprit-elle avec un refroidissement imperceptible et grave ; voilà qui est bien fâcheux, point de parents ! eh ! comment cela se peut-il ? qui est-ce donc qui a soin de vous ? car apparemment que vous n'avez point de bien non plus ? Que sont devenus votre Père et votre Mère ?

Je n'avais que deux ans, lui dis-je, quand ils ont été assassinés par des voleurs qui arrêtèrent un carrosse de voiture où ils étaient avec moi ; leurs domestiques y périrent aussi ; il n'y eut que moi à qui on laissa la vie, et je fus portée chez un Curé de village, qui ne vit plus, et dont la sœur, qui était une sainte personne, m'a élevée avec une bonté infinie ; mais malheureusement elle est morte ces jours passés à Paris, où elle était venue, tant pour la succession d'un parent qu'elle n'a pas recueillie à cause des dettes du défunt, que pour voir s'il y aurait moyen de me mettre dans quelque état qui me convînt. J'ai tout perdu par sa mort ; il n'y avait qu'elle qui m'aimait dans le monde, et je n'ai plus de tendresse à espérer de personne : il ne me reste plus que la charité des autres ; aussi n'est-ce qu'elle et son bon cœur que je regrette, et non pas les secours que j'en recevais ; je rachèterais sa vie de la mienne. Elle est morte dans une auberge où nous étions logées ; j'y suis restée seule, et l'on m'y a pris une partie du peu d'argent qu'elle me laissait. Un Religieux, son Confesseur, m'a tirée de là, et m'a remise, il y a quelques

jours, entre les mains d'un homme que je ne veux pas
nommer, qu'il croyait homme de bien et charitable, et qui
nous a trompés tous deux, qui n'était rien de tout cela. Il
a pourtant commencé d'abord par me mettre chez
Mme Dutour, une Marchande lingère ; mais à peine y ai-
je été, qu'il a découvert ses mauvais desseins par de l'argent qu'il m'a forcée de prendre, et par des présents que
je me suis bien doutée qui[1] n'étaient pas honnêtes, non
plus que certaines manières qu'il avait et qui ne signifiaient rien de bon, puisqu'à la fin il n'a pas eu honte à
son âge de me déclarer, en me prenant par les mains, qu'il
était mon amant, qu'il entendait que je fusse sa maîtresse,
et qu'il avait résolu de me mettre dans une maison d'un
quartier éloigné, où il serait plus libre d'être amoureux de
moi sans qu'on le sût, et où il me promettait des rentes,
avec toutes sortes de maîtres et de magnificence ; à quoi
j'ai répondu qu'il me faisait horreur d'être si hypocrite et
si fourbe. Eh ! Monsieur, lui ai-je dit, est-ce que vous
n'avez pas de religion ? Quelle abominable pensée ! Mais
j'ai eu beau dire ; ce méchant homme, au lieu de se repentir et de revenir à lui, s'est emporté contre moi, m'a traitée
d'ingrate, de petite créature[2] qu'il punirait si je parlais, et
m'a reproché son argent, du linge qu'il m'avait acheté,
et cette robe que je porte, et que je mettrai ce soir dans
le paquet que j'ai déjà fait du reste, pour lui renvoyer
le tout, dès que je serai rentrée chez Mme Dutour, qui de
son côté m'a donné mon congé pour demain matin, parce
qu'elle n'est payée que pour aujourd'hui ; de sorte que je
ne sais plus de quel côté tourner, si le Père Saint-Vincent,
de chez qui je viens en ce moment pour lui conter tout,
et qui m'avait bonnement[3] menée à cet horrible homme,
ne trouve pas demain à me placer en quelque endroit,
comme il m'a promis d'y tâcher.

---

1. (D) fait remarquer que c'est là la forme ancienne du tour « je lui
écris des lettres que je crois qui sont admirables ».   2. *Créature* se dit
quelquefois par mépris (A).   3. D'une manière simple et peu fine (A).

Au sortir de chez lui, j'ai passé par ici, et je suis entrée dans votre Église à cause que je pleurais le long du chemin, et qu'on me regardait ; et puis Dieu m'a inspiré la pensée de me jeter à vos pieds, ma mère, et d'implorer votre aide.

Là finit mon petit discours ou ma petite harangue, dans laquelle je ne mis point d'autre art que ma douleur, et qui fit son effet sur la Dame en question. Je la vis qui s'essuyait les yeux ; cependant elle ne dit mot alors, et laissa répondre la Prieure, qui avait honoré mon récit de quelques gestes de main, de quelques mouvements de visage, qu'elle n'aurait pu me refuser avec décence ; mais il ne me parut pas que son cœur eût donné aucun signe de vie.

Certes, votre situation est fort triste, Mademoiselle (car il n'y eut plus ni de ma belle enfant, ni de mon ange ; toutes ces douceurs furent supprimées) ; mais tout n'est pas désespéré ; il faut voir ce que ce Religieux, que vous appelez le Père Saint-Vincent, fera pour vous, reprit-elle d'un air de compassion posée[1]. Ne dites-vous pas qu'il s'est chargé de vous trouver une place ? il lui est bien plus aisé de vous rendre service qu'à moi qui ne sors point, et qui ne saurais agir. Nous ne voyons, nous ne connaissons presque personne ; et, à l'exception de Madame et de quelques autres Dames qui ont la bonté de nous aimer un peu, nous sommes des semaines entières sans recevoir une visite. D'ailleurs notre maison n'est pas riche ; nous ne subsistons que par nos pensionnaires, dont le nombre est fort diminué depuis quelque temps. Aussi sommes-nous endettées, et si mal à notre aise, que j'eus l'autre jour le chagrin de refuser une jeune fille, un fort bon sujet, qui se présentait pour être Converse, parce que nous n'en recevons plus, quelque besoin que nous en ayons, et que, nous apportant peu, elles nous seraient à charge. Ainsi de tous côtés vous voyez notre impuissance,

---

1. Modeste, rassise, grave (A).

dont je suis vraiment mortifiée ; car vous m'affligez, ma
pauvre enfant (ma pauvre ! quelle différence de style !
Auparavant elle m'avait dit : ma belle), vous m'affligez,
mais que ne vous êtes-vous adressée au Curé de votre
Paroisse ? Notre communauté ne peut vous aider que de
ses prières, elle n'est pas en état de vous recevoir : et tout
ce que je puis faire, c'est de vous recommander à la charité de nos Dames pensionnaires ; je quêterai pour vous,
et je vous remettrai demain ce que j'aurai ramassé. (Quê-
ter pour un ange, la belle chose à lui proposer !)

Non, ma Mère, non, répondis-je d'un ton sec et ferme,
je n'ai encore rien dépensé de la petite somme d'argent
que m'a laissée mon amie, et je ne venais pas demander
l'aumône. Je crois que, lorsqu'on a du cœur, il n'en faut
venir à cela que pour s'empêcher de mourir, et j'attendrai
jusqu'à cette extrémité ; je vous remercie.

Et moi, je ne souffrirai point qu'une fille aussi bien née
y soit jamais réduite, dit en ce moment la Dame qui avait
gardé le silence. Reprenez courage, Mademoiselle ; vous
pouvez encore prétendre à une amie dans le monde : je
veux vous consoler de la perte de celle que vous regrettez,
et il ne tiendra pas à moi que je ne vous sois aussi chère
qu'elle vous l'a été. Ma Mère, ajouta-t-elle en adressant
la parole à la Religieuse, je payerai la pension de Mademoiselle ; vous pouvez la faire entrer chez vous. Cependant, comme elle vous est absolument inconnue, et qu'il
est juste que vous sachiez quelles sont les personnes que
vous recevez, nous n'avons, pour vous ôter tout scrupule
là-dessus, et pour empêcher même qu'on ne trouve à
redire à l'inclination que je me sens pour mademoiselle,
nous n'avons, dis-je, qu'à envoyer tout à l'heure votre
tourière chez cette madame Dutour qui est Marchande, et
dont sans doute le bon témoignage justifiera ma conduite
et la vôtre.

Je compris d'abord à ce discours qu'elle était bien aise
elle-même de connaître un peu mieux son sujet, et de
savoir à qui elle avait affaire ; mais observez, je vous prie,

le tour honnête qu'elle prenait pour cela, et avec quel ménagement pour moi, avec quelle industrie [1] elle me cachait l'incertitude qui pouvait lui rester sur ce que je disais, et qui était fort raisonnable.

On ne saurait payer ces traits de bonté-là. De toutes les obligations qu'on peut avoir à une belle âme, ces tendres attentions, ces secrètes politesses de sentiment sont les plus touchantes. Je les appelle secrètes, parce que le cœur qui les a pour vous ne vous les compte point, ne veut point en charger votre reconnaissance ; il croit qu'il n'y a que lui qui les sait ; il vous les soustrait, il en enterre le mérite ; et cela est adorable.

Pour moi, je fus au fait ; les gens qui ont eux-mêmes un peu de noblesse de cœur se connaissent en égards [2] de cette espèce, et remarquent bien ce qu'on fait pour eux.

Je me jetai avec transport, quoique avec respect, sur la main de cette Dame, que je baisai longtemps, et que je mouillai des plus tendres et des plus délicieuses larmes que j'aie versées de ma vie. C'est que notre âme est haute, et que tout ce qui a un air de respect pour sa dignité la pénètre et l'enchante ; aussi notre orgueil ne fut-il jamais ingrat.

Madame, lui dis-je, consentez-vous que j'écrive deux mots à Mme Dutour par la Tourière ? vous verrez mon billet ; et je songe que, dans les circonstances où je suis, et qu'elle n'ignore pas, elle pourrait craindre de la surprise, et ne pas s'expliquer librement. Oui-da [3], Mademoiselle, me répondit-elle, vous avez raison, écrivez. Ma Mère, voulez-vous bien nous donner une plume et de l'encre ? Avec plaisir, dit la Prieure toute radoucie, et qui nous passa ce qu'il fallait pour le billet. Il fut court, le voici à peu près :

---

1. Habileté suspecte. L'expression « chevaliers d'industrie » désigne des tricheurs (A).   2. L'expression « en égard » est généralement au singulier, elle signifie ici « par des considérations » de cette espèce.
3. Style familier pour dire de bon cœur (A).

« La personne qui vous rendra cette lettre, Madame, ne va chez vous que pour s'informer de moi ; vous aurez la bonté de lui dire naïvement et dans la pure vérité ce que vous en savez, tant pour ce qui concerne mes mœurs et mon caractère, que pour ce qui a rapport à mon histoire, et à la manière dont on m'a mise chez vous. Je ne vous saurais aucun gré de tromper les gens en ma faveur : ainsi ne faites point difficulté de parler suivant votre conscience, sans vous soucier de ce qui me sera avantageux ou non. Je suis, Madame... »

Et *Marianne* au bas pour toute signature.

Ensuite je présentai ce papier à ma future bienfaitrice, qui, après l'avoir lu en riant, et d'un air qui semblait dire : Je n'ai que faire de cela, le donna à travers la grille à la Prieure, et lui dit : Tenez, ma mère, je crois que vous serez de mon avis, c'est que quiconque écrit de ce ton-là ne craint rien.

À merveille, reprit la Religieuse quand elle en eut fait la lecture, à merveille, on ne peut rien de mieux ; et sur-le-champ, pendant que je mettais le dessus [1] de la lettre, elle sonna pour faire venir la Tourière.

Celle-ci arriva, salua fort respectueusement la Dame, qui lui dit : À propos, j'ai vu votre sœur à la campagne ; on est fort contente d'elle où je l'ai mise, et j'ai quelque chose à vous en dire, ajouta-t-elle en la tirant un moment à quartier pour lui parler. Je présumai encore que j'étais cette sœur dont elle l'entretenait, et qu'il s'agissait de quelques ordres qui me regardaient ; et deux ou trois mots, comme : oui, Madame, laissez-moi faire, prononcés tout haut par la Tourière, qui me regardait beaucoup, me le prouvèrent.

Quoi qu'il en soit, cette fille prit le billet, partit et revint une petite demi-heure après. Ce qui fut dit entre la Dame, la Prieure et moi pendant cet intervalle de temps, je le passe. Voici la Tourière de retour ; j'oublie pourtant une

---

1. L'adresse.

circonstance, c'est qu'avant qu'elle rentrât dans le parloir, une autre fille de la maison vint avertir la Dame qu'on souhaitait lui dire un mot dans le parloir voisin. Elle y alla, et n'y resta que cinq ou six minutes. À peine était-elle revenue, que nous vîmes paraître la Tourière, qui apparemment venait de la quitter, et qui, avec une gaieté de bon augure, et débutant par un enthousiasme d'amitié pour moi, m'adressa d'abord la parole.

Ah ! sainte Mère de Dieu, que je viens d'entendre dire du bien de vous, Mademoiselle ! allez, je l'aurais deviné, vous avez bien la mine de ce que vous êtes. Madame, vous ne sauriez croire tout ce qu'on m'en vient de conter ; c'est qu'elle est sage, vertueuse, remplie d'esprit, de bon cœur, civile, honnête, enfin la meilleure fille du monde ; c'est un trésor, hors qu'on dit qu'elle est si malheureuse que nous en venons de pleurer, la bonne Mme Dutour et moi. Il n'y a ni père ni mère, on ne sait qui elle est : voilà tout son défaut ; et sans la crainte de Dieu, elle n'en serait pas plus mal, la pauvre petite ! témoin un gros richard qu'elle a congédié pour de bonnes raisons, le vilain qu'il est ! Je vous conterai cela une autre fois, je vous dis seulement le principal. Au reste, Madame, j'ai fait comme vous me l'avez commandé : je n'ai pas dit votre nom à la Marchande ; elle ne sait pas qui est-ce qui s'enquête.

La Dame rougit à cette indiscrétion de la tourière, qui me révélait que c'était de moi dont elles avaient parlé à part ; et cette rougeur fut une nouvelle bonté dont je lui tins compte.

Voilà qui est bien, ma bonne ; en voilà assez, lui dit-elle. Et vous, Mademoiselle, n'entrerez-vous pas aujourd'hui ? Avez-vous quelques hardes à prendre chez la Marchande, et faut-il que vous y alliez ? Oui, Madame, répondis-je, et je serai de retour dans une demi-heure, si vous me permettez de sortir.

Faites, Mademoiselle ; allez, reprit-elle, je vous attends. Je partis donc ; le Couvent n'était pas éloigné de chez

Mme Dutour, et j'y arrivai en très peu de temps, malgré un reste de douleur que je sentais encore à mon pied.

La Lingère causait à sa porte avec une de ses voisines ; j'entrai, je la remerciai, je l'embrassai de tout mon cœur ; elle le méritait.

Eh bien, Marianne ! Dieu merci, vous avez donc trouvé fortune ? eh bien ! par-ci, eh bien ! par là, qui est cette dame qui a envoyé chez moi ? J'abrégeai. Je suis extrêmement pressée, lui dis-je ; je vais me déshabiller, et mettre cet habit dans un paquet que j'ai commencé là-haut, qu'il faut que j'achève, et que vous aurez la bonté de faire porter aujourd'hui chez le neveu de M. de Climal. Oui, oui, reprit-elle, chez M. de Valville ; je le connais, c'est moi qui le fournis. Chez lui-même, lui dis-je, vous me remettez son nom ; et en lui répondant, je montais déjà l'escalier qui menait à la chambre.

Dès que j'y fus, et vite, et vite, j'ôte la robe que j'avais ; je reprends mon ancienne, je mets l'autre dans le paquet, et le voilà fait. Il y avait une petite écritoire et quelques feuilles de papier sur la table ; j'en prends une, et voici ce que j'y mets pour Valville.

« Monsieur, il n'y a que cinq ou six jours que je connais M. de Climal, votre oncle, et je ne sais pas où il loge, ni où lui adresser les hardes qui lui appartiennent, et que je vous prie de lui remettre. Il m'avait dit qu'il me les donnait par charité, car je suis pauvre ; et je ne les avais prises que sur ce pied-là. Mais comme il ne m'a pas dit vrai, et qu'il m'a trompée, elles ne sont plus à moi, et je les rends, aussi bien que quelque argent qu'il a voulu à toute force que je prisse. Je n'aurais pas recours à vous dans cette occasion, si j'avais le temps d'envoyer chez un Récollet [1], nommé le Père Saint-Vincent, qui a cru me rendre service en me faisant connaître votre oncle, et qui vous apprendra, quand vous le voudrez, à vous reprocher

---

1. Frères mineurs de l'ordre de saint François. Ils fournissaient des aumôniers pour les régiments et des missionnaires.

l'insulte que vous avez fait à une fille affligée, vertueuse, et peut-être votre égale. »

Que dites-vous de ma lettre ? J'en fus assez contente, et la trouvai mieux que je n'aurais moi-même espéré de la faire, vu ma jeunesse et mon peu d'usage ; mais on serait bien supide si, avec des sentiments d'honneur, d'amour et de fierté, on ne s'exprimait pas un peu plus vivement qu'à son ordinaire.

Aussitôt ce billet écrit, je pris le paquet, et je descendis en bas.

Je supprime ici un détail que vous devinerez aisément ; c'est ma petite cassette pleine de mes hardes, que je ne pouvais pas porter moi-même, et que j'envoyai prendre en haut par un homme qui s'était dévoué au service de tout le quartier, et qui se tenait d'ordinaire à deux pas du logis ; ce sont mes adieux à Mme Dutour, qui me promit que le ballot et le billet pour Valville seraient remis à leur adresse en moins d'une heure ; ce sont mille assurances que nous nous fîmes, cette bonne femme et moi ; ce sont presque des pleurs de sa part, car elle ne pleura pas tout à fait, mais je croyais toujours qu'elle allait pleurer. Pour moi, je versai quelques larmes par tristesse : il me semblait, en me séparant de la Dutour et en sortant de sa maison, que je quittais une espèce de parente, et même une espèce de patrie ; et que j'allais, à la garde de Dieu, dans un pays étranger, sans avoir le temps de me reconnaître. J'étais comme enlevée, il y avait quelque chose de trop fort pour moi dans la rapidité des événements qui me déplaçaient, qui me transportaient : je ne savais où, ni entre les mains de qui j'allais tomber.

Et ce quartier dont je m'éloignais, le comptez-vous pour rien ? Il me mettait dans le voisinage de Valville, de ce Valville que j'avais dit que je ne verrais plus, il est vrai ; mais il était bien rigoureux de se trouver pris au mot : je m'étais promis de ne le plus voir, et non pas de ne le pouvoir plus, ce qui est bien autrement sérieux ; et le cœur ne se mène pas avec cette rudesse-là. Ce qui l'aide à être ferme, dans un cas comme le mien, c'est la liberté d'être faible ; et cette liberté, je la perdais par mon changement d'état, et j'en soupirais ; mon courage en était abattu.

Cependant, il faut partir ; allons, me voilà en chemin : j'ai dit à la Dutour que c'était à un Couvent que je me rendais. Comment s'appelle-t-il, je l'ignore aussi bien que le nom de la rue ; mais je sais mon chemin, le crocheteur me suit ; à son retour il l'instruira, et si par hasard elle voit Valville, elle pourra l'instruire aussi : ce n'est pas que je le souhaite, c'est seulement une réflexion que je fais en marchant et qui m'amuse. Eh bien ! oui, il saura le lieu de ma retraite ; que m'importe ? qu'en peut-il arriver ? rien, à ce qu'il me semble. Est-ce qu'il tentera de me voir ou de m'écrire ? Oh ! que non, me disais-je. Oh ! que si, devais-je dire, si je m'étais répondu sincèrement, et suivant la consolante apparence que j'y trouvais.

Mais nous approchons du Couvent, et nous y sommes. J'y revenais bien moins parée que je n'en étais partie : ma bienfaitrice m'en demanda la raison.

C'est, lui dis-je, que j'ai repris mes hardes, et que j'ai laissé chez Mme Dutour toutes celles que vous m'avez vues, Madame, afin qu'elle les fasse rendre à l'homme dont je vous ai parlé, et de qui je les tenais. Ma chère fille, vous n'y perdrez rien, me répondit-elle en m'embrassant. Après quoi j'entrai ; je revins la remercier à travers les grilles du parloir ; elle partit, et me voilà pensionnaire [1].

J'aurai bien des choses à vous dire de mon Couvent ; j'y connus bien des personnes ; j'y fus aimée de quelques-unes, et dédaignée de quelques autres ; et je vous promets l'histoire du séjour que j'y fis : vous l'aurez dans la quatrième partie. Finissons celle-ci par un événement qui a été la cause de mon entrée dans le monde.

Deux ou trois jours après que je fus chez ces Religieuses, ma bienfaitrice m'y fit habiller comme si j'avais

---

1. Tous les événements qui précèdent ont eu lieu en une journée.

été sa fille, et m'y pourvut, sur ce pied-là, de toutes les hardes qui m'étaient nécessaires. Jugez des sentiments que je pris pour elle : je ne la voyais jamais qu'avec des transports de joie et de tendresse.

On remarqua que j'avais de la voix, elle voulut que j'apprisse la musique. La Prieure avait une nièce à qui on donna un maître de clavecin ; ce maître fut le mien aussi. Il y a des talents, me dit cette aimable dame, qui servent toujours, quelque parti qu'on prenne ; si vous êtes religieuse ils vous distingueront dans votre maison[1], si vous êtes du monde, ce sont des grâces de plus, et des grâces innocentes.

Elle me venait voir tous les deux ou trois jours, et il y avait déjà trois semaines que je vivais là dans une situation d'esprit très difficile à dire ; car je tâchais plus d'être tranquille que je ne l'étais, et ne voulais point prendre garde à ce qui m'empêchait de l'être, et qui n'était qu'une folie secrète qui me suivait partout.

Valville savait sans doute où je demeurais ; je n'entendais pourtant point parler de lui, et mon cœur n'y comprenait rien. Quand Valville aurait trouvé le moyen de me donner de ses nouvelles, il n'y aurait rien gagné : j'avais renoncé à lui ; mais je n'entendais pas qu'il renonçât à moi. Quelle bizarrerie de sentiment !

Un jour que je rêvais à cela, malgré que j'en eusse (et c'était l'après-midi), on vint me dire qu'un laquais demandait à me parler ; je crus qu'il venait de la part de ma bienfaitrice, et je passai au parloir. À peine considérai-je ce prétendu domestique, qui ne se montrait que de côté, et qui d'une main tremblante me présenta une lettre. De quelle part ? lui dis-je. Voyez, Mademoiselle, me répondit-il d'un ton de voix ému, et que mon cœur reconnut avant moi, puisque j'en fus émue moi-même.

Je le regardai alors en prenant sa lettre, je lui trouvai les yeux sur moi ; quels yeux, Madame ! les miens se

---

1. Le couvent dans lequel elle prononcera ses vœux.

fixèrent sur lui ; nous restâmes quelque temps sans nous
rien dire ; et il n'y avait encore que nos cœurs qui se
parlaient, quand une tourière arriva, qui me dit que ma
bienfaitrice allait monter, et que son carrosse venait d'entrer dans la cour. Remarquez qu'elle ne la nomma pas ;
c'est votre bonne maman, me dit-elle, et puis elle se retira.

Ah ! monsieur, retirez-vous, criai-je toute troublée à
Valville (car vous voyez bien que c'était lui), qui ne me
répondit que par un soupir en sortant.

Je cachai ma lettre en attendant ma bienfaitrice, qui
parut un instant après, et qui amenait avec elle une Dame
que j'ai bien aimée, que vous aimerez aussi sur le portrait
que je vous en ferai dans ma quatrième partie, et que je
joindrai à celui de cette chère Dame qu'on appelait ma
mère.

QUATRIÈME PARTIE

Je ris en vous envoyant ce paquet [1], Madame. Les différentes parties de l'histoire de Marianne se suivent ordinairement de fort loin. J'ai coutume de vous les faire attendre très longtemps ; il n'y a que deux mois que vous avez reçu la troisième, et il me semble que je vous entends dire : Encore une troisième Partie ! a-t-elle oublié qu'elle me l'a envoyée ?

Non, Madame, non : c'est que c'est la quatrième ; rien que cela, la quatrième. Vous voilà bien étonnée, n'est-ce pas ? Voyez si je ne gagne pas à avoir été paresseuse ? peut-être qu'en ce moment vous me savez bon gré de ma diligence, et vous ne la remarqueriez pas si j'avais coutume d'en avoir.

À quelque chose nos défauts sont bons. On voudrait bien que nous ne les eussions pas, mais on les supporte, et on nous trouve plus aimables de nous en corriger quelquefois, que nous ne le paraîtrions avec les qualités contraires.

Vous souvenez-vous de M. de... ? C'était un grondeur [2] éternel, et d'une physionomie à l'avenant. Avait-il un quart d'heure de bonne humeur, on l'aimait plus dans ce quart d'heure qu'on ne l'eût aimé pendant toute une

---

1. Paquet de feuilles, car il s'agit du manuscrit que rédige Marianne devenue comtesse de ***, ou paquet au sens général d'envoi.
2. Grincheux.

année, s'il avait toujours été agréable ; de mémoire d'homme on n'avait vu tant de grâces à personne.

Mais commençons cette quatrième Partie ; peut-être avez-vous besoin de la lire pour la croire ; et avant que de continuer mon récit, venons au portrait de ma bienfaitrice, que je vous ai promis, avec celui de la dame qu'elle a amenée, et à qui dans les suites j'ai eu des obligations dignes d'une reconnaissance éternelle.

Quand je dis que je vais vous faire le portrait de ces deux Dames, j'entends que je vous en donnerai quelques traits. On ne saurait rendre en entier ce que sont les personnes ; du moins cela ne me serait pas possible ; je connais bien mieux les gens avec qui je vis que je ne les définirais ; il y a des choses en eux que je ne saisis point assez pour les dire, et que je n'aperçois que pour moi, et non pas pour les autres ; ou si je les disais, je les dirais mal. Ce sont des objets de sentiment[1] si compliqués et d'une netteté si délicate qu'ils se brouillent dès que ma réflexion s'en mêle ; je ne sais plus par où les prendre pour les exprimer : de sorte qu'ils sont en moi, et non pas à moi.

N'êtes-vous pas de même ? il me semble que mon âme, en mille occasions, en sait plus qu'elle n'en peut dire, et qu'elle a un esprit à part, qui est bien supérieur à l'esprit que j'ai d'ordinaire. Je crois aussi que les hommes sont bien au-dessus de tous les livres qu'ils font. Mais cette pensée me mènerait trop loin : revenons à nos dames et à leur portrait. En voici un qui sera un peu étendu, du moins j'en ai peur ; et je vous en avertis, afin que vous choisissiez, ou de le passer, ou de le lire.

Ma bienfaitrice, que je vous ne ai pas encore nommée,

---

1. Des objets de l'ordre du sentiment, perceptibles par le sentiment (D). Marivaux, dans son théâtre et dans des *Réflexions sur la véritable clarté* (*Mercure* de mars 1719), s'était interrogé sur la possibilité d'exprimer avec clarté les sentiments.

s'appelait Mme de Miran[1], elle pouvait avoir cinquante ans. Quoiqu'elle eût été belle femme, elle avait quelque chose de si bon et de si raisonnable dans la physionomie, que cela avait pu nuire à ses charmes, et les empêcher d'être aussi piquants qu'ils auraient dû l'être. Quand on a l'air si bon, on en paraît moins belle ; un air de franchise et de bonté si dominant est tout à fait contraire à la coquetterie ; il ne fait songer qu'au bon caractère d'une femme, et non pas à ses grâces ; il rend la belle personne plus estimable, mais son visage plus indifférent : de sorte qu'on est plus content d'être avec elle que curieux de la regarder.

Et voilà, je pense, comme on avait été avec Mme de Miran ; on ne prenait pas garde qu'elle était belle femme, mais seulement la meilleure femme du monde. Aussi, m'a-t-on dit, n'avait-elle guère fait d'amants, mais beaucoup d'amis, et même d'amies ; ce que je n'ai pas de peine à croire, vu cette innocence d'intention qu'on voyait en elle, vu cette mine simple, consolante et paisible, qui devait rassurer l'amour-propre de ses compagnes, et la faisait plus ressembler à une confidente qu'à une rivale.

Les femmes ont le jugement sûr là-dessus. Leur propre envie de plaire leur apprend tout ce que vaut un visage de femme, quel qu'il soit ; beau ou laid, il n'importe : ce qu'il a de mérite, fût-il imperceptible, elles l'y découvrent, et ne s'y fient pas. Mais il y a des beautés entre elles qu'elles ne craignent point, elles sentent fort bien que ce sont des beautés sans conséquence ; et apparemment que c'était ainsi qu'elles avaient jugé de Mme de Miran.

Or, à cette physionomie plus louable que séduisante, à ces yeux qui demandaient plus d'amitié que d'amour, cette chère Dame joignait une taille bien faite, et qui aurait été galante, si Mme de Miran l'avait voulu, mais qui,

---

1. Mme de Lambert, dont Marivaux a fréquenté le salon, sert ici de modèle au personnage. Voir l'Introduction, p. 23.

faute de cela, n'avait jamais que des mouvements naturels et nécessaires, et tels qu'ils pouvaient partir de l'âme du monde de la meilleure foi.

Quant à l'esprit, je crois qu'on n'avait jamais songé à dire qu'elle en eût, mais qu'on n'avait jamais dit aussi qu'elle en manquât. C'était de ces esprits qui satisfont à tout sans se faire remarquer en rien ; qui ne sont ni forts ni faibles, mais doux et sensés ; qu'on ne critique ni qu'on ne loue, mais qu'on écoute.

Fût-il question des choses les plus indifférentes, Mme de Miran ne pensait rien, ne disait rien qui ne se sentît de cette abondance de bonté qui faisait le fond de son caractère.

Et n'allez pas croire que ce fût une bonté sotte, aveugle, de ces bontés d'une âme faible et pusillanime, et qui paraissent risibles même aux gens qui en profitent.

Non, la sienne était une vertu ; c'était le sentiment d'un cœur excellent ; c'était cette bonté proprement dite qui tiendrait lieu de lumière, même aux personnes qui n'auraient pas d'esprit, et qui, parce qu'elle est vraie bonté, veut avec scrupule être juste et raisonnable, et n'a plus envie de faire un bien dès qu'il en arriverait un mal.

Je ne vous dirai pas même que Mme de Miran eût ce qu'on appelle de la noblesse d'âme, ce serait aussi confondre les idées : la bonne qualité que je lui donne était quelque chose de plus simple, de plus aimable, et de moins brillant. Souvent ces gens qui ont l'âme si noble ne sont pas les meilleurs cœurs du monde ; ils s'entêtent trop de la gloire et du plaisir d'être généreux, et négligent par là bien des petits devoirs. Ils aiment à être loués, et Mme de Miran ne songeait pas seulement à être louable ; jamais elle ne fut généreuse à cause qu'il était beau de l'être, mais à cause que vous aviez besoin qu'elle le fût ; son but était de vous mettre en repos, afin d'y être aussi sur votre compte.

Lui marquiez-vous beaucoup de reconnaissance, ce qui l'en flattait le plus, c'est que c'était signe que vous étiez content. Quand on remercie tant d'un service, apparemment qu'on se trouve bien de l'avoir reçu, et voilà ce qu'elle aimait à penser de vous : de tout ce que vous lui disiez, il n'y avait que votre joie qui la récompensait.

J'oubliais une chose assez singulière, c'est que, quoiqu'elle ne se vantât jamais des belles actions qu'elle faisait, vous pouviez vous vanter des vôtres avec elle en toute sûreté, et sans craindre qu'elle y prît garde ; le plaisir de vous entendre dire que vous étiez bon, ou que vous l'aviez été, lui fermait les yeux sur votre vanité, ou lui persuadait qu'elle était fort légitime ; aussi contribuait-elle à l'augmenter tant qu'elle pouvait : oui, vous aviez raison de vous estimer, il n'y avait rien de plus juste ; et à peine pouviez-vous vous trouver autant de mérite qu'elle vous en trouvait elle-même.

À l'égard de ceux qui s'estiment[1] à propos de rien, qui sont glorieux de leur rang ou de leurs richesses, gens insupportables et qui fâchent tout le monde, ils ne fâchaient point Mme de Miran : elle ne les aimait pas, voilà tout, ou bien elle avait pour eux une antipathie froide, tranquille et polie.

Les médisants par babil, je veux dire ces gens à bons mots contre les autres, à qui pourtant ils n'en veulent point, la fatiguaient un peu davantage, parce que leur défaut choquait sa bonté naturelle, au lieu que les glorieux ne choquaient que sa raison et la simplicité de son caractère.

Elle pardonnait aux grands parleurs, et riait bonnement en elle-même de l'ennui qu'ils lui donnaient, et dont ils ne se doutaient pas.

Trouvait-elle des esprits bizarres, entêtés, qui n'entendaient pas raison ? elle prenait patience, et n'en était pas moins leur amie ; eh bien ! c'étaient d'honnêtes gens qui avaient leurs petits défauts, chacun n'avait-il pas les

---

1. Des gens qui tirent gloire et importance de leur rang ou de leurs richesses.

siens ? et voilà qui était fini. Tout ce qui n'était que faute
de jugement, que petitesse d'esprit, bagatelle que cela
avec elle ; son bon cœur ne l'abandonnait pour personne,
ni pour les menteurs qui lui faisaient pitié, ni pour les
fripons qui la scandalisaient sans la rebuter[1], pas même
pour les ingrats qu'elle ne comprenait pas. Elle ne se
refroidissait que pour les âmes malignes ; elle aurait pourtant servi les personnes de cette espèce, mais à contre-
cœur et sans goût : c'était là ses vrais méchants, les seuls
qui étaient brouillés avec elle, et contre qui elle avait une
rancune secrète et naturelle qui l'éloignait d'eux sans
retour.

Une coquette qui voulait plaire à tous les hommes était
plus mal dans son esprit qu'une femme qui en aurait aimé
quelques-uns plus qu'il ne fallait ; c'est qu'à son gré il y
avait moins de mal à s'égarer qu'à vouloir égarer les
autres ; et elle aimait mieux qu'on manquât de sagesse
que de caractère ; qu'on eût le cœur faible, que l'esprit
impertinent et corrompu.

Mme de Miran avait plus de vertus morales que de chrétiennes, respectait plus les exercices de sa religion qu'elle
n'y satisfaisait, honorait fort les vrais dévots sans songer
à devenir dévote, aimait plus Dieu qu'elle ne le craignait,
et concevait sa justice et sa bonté un peu à sa manière, et
le tout avec plus de simplicité que de philosophie. C'était
son cœur, et non pas son esprit qui philosophait là-dessus.
Telle était Mme de Miran, sur qui j'aurais encore bien des
choses à dire ; mais à la fin, je serais trop longue ; et si
par hasard vous trouvez déjà que je l'aie été trop, songez
que c'est ma bienfaitrice, et que je suis bien excusable de
m'être un peu oubliée dans le plaisir que j'ai eu de parler
d'elle.

Il vous revient encore un portrait, celui de la Dame avec
qui elle était ; mais ne craignez rien, je vous en fais grâce
pour à présent, et en vérité je me l'épargne à moi-même ;

---

1. Au sens de dégoûter, de faire perdre courage (R).

car je soupçonne qu'il ne sera pas court non plus, qu'il ne sera pas même aisé, et il est bon que nous reprenions toutes deux haleine. Je vous le dois pourtant, et vous l'aurez pour l'acquit de mon exactitude. Je vois d'ici où je le placerai dans cette quatrième partie, mais je vous assure que ce ne sera que dans les dernières pages, et peut-être ne serez-vous pas fâchée de l'y trouver. Vous pouvez du moins vous attendre à du singulier. Vous venez de voir un excellent cœur ; celui que j'ai encore à vous peindre le vaudra bien, et sera pourtant différent. À l'égard de l'esprit, ce sera toute la force de celui des hommes, mêlée avec toute la délicatesse de celui des femmes.

Continuons mon récit. Bonjour, ma fille, me dit Mme de Miran en entrant dans le parloir ; voici une Dame qui a voulu vous voir, parce que je lui ai dit du bien de vous ; et je serai ravie aussi qu'elle vous connaisse, afin qu'elle vous aime. Eh bien ! Madame, ajouta-t-elle en s'adressant à son amie, la voilà : comment la trouvez-vous ? n'est-il pas vrai que ma fille est gentille ?

Non, Madame, reprit cette amie d'un air caressant, non, elle n'est pas gentille, ce n'est pas là ce qu'il faut dire, s'il vous plaît : vous en parlez avec la modestie d'une mère. Pour moi, qui suis une étrangère, il m'est permis de dire franchement ce que j'en pense, et ce qui en est ; c'est qu'elle est charmante, et qu'en vérité je ne sache point de figure plus aimable, ni d'un air plus noble.

Je baissai les yeux à un discours si flatteur, et je ne sus y répondre qu'en rougissant. On s'assit, la conversation s'engagea. Y a-t-il rien dans la physionomie de Mademoiselle qui pronostique les infortunes qu'elle a essuyées ? dit Mme Dorsin [1] (c'était le nom de la Dame en question). Mais il faut tôt au tard que chacun ait ses malheurs dans ce monde ; et voilà les siens passés, j'en suis sûre.

Je le crois aussi, Madame, répondis-je modestement. Puisque j'ai rencontré Madame, et qu'elle a la bonté de

---

1. Marivaux s'est inspiré de Mme de Tencin. Voir l'introduction, p. 23.

s'intéresser à moi, c'est un grand signe que mon bonheur commence. C'était de Mme de Miran dont je parlais, comme vous le voyez, et qui, avançant sa main à la grille pour me prendre la mienne, dont je ne pus lui passer que trois ou quatre doigts, me dit : Oui, Marianne, je vous aime, et vous le méritez bien ; soyez désormais sans inquiétude ; ce que j'ai fait pour vous n'est encore rien, n'en parlons point. Je vous ai appelée ma fille ; imaginez-vous que vous l'êtes, et que je vous aimerai autant que si vous l'étiez.

Cette réponse m'attendrit, mes yeux se mouillèrent : je tâchai de lui baiser la main, dont elle ne put à son tour m'abandonner que quelques doigts.

L'aimable enfant ! s'écria là-dessus Mme Dorsin ; savez-vous que je suis un peu jalouse de vous, Madame, et qu'elle vous aime de si bonne grâce que je prétends en être aimée aussi, moi ? Faites comme il vous plaira, vous êtes sa mère ; et je veux du moins être son amie : n'y consentez-vous pas, Mademoiselle ?

Moi, Madame, repartis-je, le respect m'empêche de dire qu'oui, je n'ose prendre cette liberté-là ; mais si ce que vous me dites m'arrivait, ce serait encore aujourd'hui un des plus heureux jours de ma vie. Vous avez raison, ma fille, me dit Mme de Miran ; et le plus grand service qu'on puisse vous rendre, c'est de prier Madame de vous tenir parole, et de vous accorder son amitié. Vous la lui promettez, Madame ? ajouta-t-elle en parlant à Mme Dorsin, qui, de l'air du monde le plus prévenant, dit sur-le-champ : Je la lui donne, mais à condition qu'après vous, il n'y aura personne qu'elle aimera tant que moi.

Non, non, dit Mme de Miran, vous ne vous rendez pas justice ; et moi je lui défends bien de mettre entre nous là-dessus la moindre différence, et j'ose vous répondre qu'elle m'obéira de reste. Je baissai encore les yeux, en disant très sincèrement que j'étais confuse et charmée.

Mme de Miran regarda tout de suite à sa montre. Il est plus tard que je ne croyais, dit-elle, et il faut que je m'en aille bientôt. Je ne vous vois aujourd'hui qu'en passant,

Marianne ; j'ai beaucoup de visites à faire : d'ailleurs je me sens abattue[1], et veux rentrer de bonne heure chez moi. Je n'ai pas fermé l'œil de la nuit, j'ai eu mille choses dans l'esprit qui m'en ont empêché.

Mais en effet, Madame, repris-je, j'ai cru vous voir un peu triste (et cela était vrai), et j'en ai été inquiète ; est-ce que vous auriez du chagrin ?

Oui, reprit-elle, j'ai un fils qui est fort honnête homme, dont j'ai toujours été très contente, et dont je ne la[2] suis pas aujourd'hui. On veut le marier, il se présente un parti très avantageux pour lui. Il est question d'une fille riche, aimable, fille de condition, dont les parents paraissent souhaiter que le mariage se fasse ; mon fils lui-même, il y a plus d'un mois, a consenti que des amis communs s'en mêlassent. On l'a mené chez la jeune personne, il l'a vue plus d'une fois, et depuis quelques semaines il néglige de conclure. Il semble qu'il ne s'en soucie plus ; et sa conduite me désole, d'autant plus que c'est une espèce d'engagement que j'ai pris avec une famille considérable, à qui je ne sais que dire pour excuser la tiédeur choquante qu'il montre aujourd'hui.

Elle ne durera pas, je ne saurais le croire, reprit Mme Dorsin, et je vous le répète encore, votre fils n'est point un étourdi ; c'est un jeune homme qui a de l'esprit, de la raison, de l'honneur. Vous savez sa tendresse, ses égards et son respect pour vous, et je suis persuadée qu'il n'y a rien à craindre. Il viendra demain dîner chez moi ; il m'écoute ; laissez-moi faire, je lui parlerai : car de dire que cette petite fille dont on vous a parlé, et qu'il a rencontrée en revenant de la messe, l'ait dégoûté du mariage en question, je vous l'ai déjà dit, c'est ce qui ne m'entrera jamais dans l'esprit.

---

1. Adjectif formé sur le participe passé du verbe abattre quand il signifie « affaiblir, diminuer, abaisser, faire perdre les forces, le courage » (A).   2. Forme archaïque d'accord du pronom représentant une qualité. On devait déjà dire à l'époque de Marivaux : dont je ne le suis pas... (D).

En revenant de la Messe, Madame ? dis-je alors un peu
étonnée à cause de la conformité que cette aventure avait
avec la mienne (vous vous souvenez que c'était au retour
de l'église que j'avais rencontré Valville), sans compter
que le mot de petite fille était assez dans le vrai.

Oui, en revenant de la Messe, me répondit Mme Dorsin,
ils en sortaient tous deux ; et il n'y a pas d'apparence
qu'ils se soient vus depuis.

Eh ! que sait-on ? On la fait si jolie que cela m'alarme,
repartit Mme de Miran ; et puis vous savez, quand elle fut
partie, les mesures qu'il prit pour la connaître.

Des mesures ! autre motif pour moi d'écouter.

Eh ! mon Dieu, Madame, à quoi vous arrêtez-vous là ?
s'écria Mme Dorsin. Elle est jolie, à la bonne heure ; mais
y a-t-il moyen de penser qu'une grisette lui ait tourné la
tête ? Car il n'est question que d'une grisette, ou tout au
plus de la fille de quelque petit bourgeois, qui s'était mise
dans ses beaux atours à cause du jour de fête.

Un jour de fête ! Ah ! Seigneur, quelle date ! est-ce que
ce serait moi ? dis-je encore en moi-même toute tremblante, et n'osant plus faire de questions.

Oh ! je vous demande, ajouta Mme Dorsin, si une fille
de quelque distinction va seule dans les rues, sans laquais,
sans quelqu'un avec elle, comme on a trouvé celle-ci, à
ce qu'on vous a dit ; et qui plus est, c'est qu'elle se jugea
elle-même, et qu'elle vit bien que votre fils ne lui convenait pas, puisqu'elle ne voulut, ni qu'on la ramenât, ni
dire qui elle était, ni où elle demeurait. Ainsi, quand on
le supposerait si amoureux d'elle, où la retrouvera-t-il ?
Il a pris des mesures, dites-vous : ses gens rapportent qu'il
fit courir un laquais après le fiacre qui l'emmenait. (Ah !
que le cœur me battit ici !) Mais est-ce qu'on peut suivre
un fiacre ? Et d'ailleurs, ce même laquais, que vous avez
interrogé, vous a dit qu'il avait eu beau courir après, et
qu'il l'avait perdu de vue.

Bon ! tant mieux, pensais-je ici, ce n'est plus moi ; le
laquais qui me suivit me vit descendre à ma porte.

Ce garçon vous trompe, continua Mme Dorsin ; il est dans la confidence de son maître, dites-vous.

Ahi ! ahi ! cela se pourrait bien ; c'est moi qui me le disais.

Eh bien ! soit ; je veux qu'il ait vu arrêter le fiacre (c'est la Dame qui parle), et que votre fils ait su où demeure la petite fille : qu'en concluez-vous ? qu'il s'est pris de belle passion pour elle, qu'il va lui sacrifier sa fortune et sa naissance, qu'il va oublier ce qu'il est, ce qu'il vous doit, ce qu'il se doit à lui-même, et qu'il ne veut plus ni aimer, ni épouser qu'elle ? En vérité, est-ce là votre fils ? Le reconnaissez-vous à de pareilles extravagances ? Eh ! c'est à peine ce qu'on pourrait craindre d'un imbécile ou d'un écervelé reconnu pour tel. Je veux croire que la fille lui a plu, mais de la façon dont lui devait plaire une fille de cette sorte-là, à qui on ne s'attache point, et qu'un homme de son âge et de sa condition tâche de connaître par goût de fantaisie, et pour voir jusqu'où cela le mènera ; c'est tout ce qu'il en peut être. Ainsi, soyez tranquille, je vous garantis que nous le marierons, si nous n'avons que les charmes de la petite aventurière[1] à combattre. Voilà quelque chose de bien redoutable !

Petite aventurière ! le terme était encore de mauvais augure. Je ne m'en tirerai jamais, me disais-je : cependant, si ces Dames en étaient demeurées là, je n'aurais su affirmativement ni qu'espérer, ni que craindre ; mais Mme de Miran va éclaircir la chose.

Je serais assez de votre avis, répondit-elle d'un air inquiet, si on ne disait pas que mon fils n'est triste et de méchante humeur que depuis le jour de cette malheureuse aventure, et il est constant que je l'ai trouvé tout changé. Mon fils est naturellement gai, vous le savez, et je ne le vois plus que sombre, que distrait, que rêveur ; ses amis même s'en aperçoivent. Le Chevalier, qu'il ne quittait point, et avec qui il est si lié, le fatigue et l'importune :

---

1. Qui n'a aucune fortune et qui vit d'intrigues (A).

il lui fit dire hier qu'il n'y était pas. Ajoutez à cela les
courses de ce même laquais dont je vous ai parlé, que
mon fils dépêche quatre fois par jour, et avec qui, quand
il revient, il a toujours de fort longs entretiens. Ce n'est
pas là tout ; j'oubliais de vous dire une chose : c'est que
j'ai été ce matin parler au Chirurgien [1] qu'on alla chercher
pour visiter le pied de la petite personne.

Oh ! pour le coup, me voici comme dans mon cadre. À
l'article du pied, figurez-vous la pauvre petite orpheline
anéantie ; je ne sais pas comment je pus respirer avec
l'effroyable battement de cœur qui me prit.

Ah ! c'est donc moi ! me dis-je. Il me sembla que je
sortais de l'église, que je me voyais encore dans cette rue
où je tombai avec ces maudits habits que Climal m'avait
donnés, avec toutes ces parures qui me valaient le titre de
grisette en ses beaux atours des jours de fête.

Quelle situation pour moi, Madame ! et ce que j'y sentais de plus humiliant et de plus fâcheux, c'est que cet air
si noble et si distingué, que Mme Dorsin en entrant avait
dit que j'avais, et que Mme de Miran me trouvait aussi, ne
tenait à rien dès qu'on me connaîtrait ; m'appartenait-il
de venir rompre un mariage tel que celui dont il était
question ?

Oui, Marianne avait l'air d'une fille de condition,
pourvu qu'elle n'eût point d'autre tort que d'être infortunée, et que ses grâces n'eussent causé aucun désordre ;
mais Marianne aimée de Valville, Marianne coupable du
chagrin qu'il donnait à sa mère, pouvait fort bien redevenir grisette, aventurière et petite fille, dont on ne se soucierait plus, qui indignerait, et qui était bien hardie d'oser
toucher le cœur d'un honnête homme.

Mais achevons d'écouter Mme de Miran, qui continue,
à qui, dans la suite de son discours, il échappera quelques

---

1. On les oppose aux médecins, car ils n'agissent pas sur les
humeurs mais « guérissent les maladies du corps de l'homme par l'opé-
ration de la main ». De ce fait, ils leur sont socialement inférieurs (R).

traits qui me ranimeront, et qui en est au chirurgien à qui elle alla parler.

Et qui m'a dit de bonne foi, continua-t-elle, que la jeune enfant était fort aimable, qu'elle avait l'air d'une fille de très bonne famille, et que mon fils, dans toutes ses façons, avait marqué un vrai respect pour elle ; et c'est ce respect qui m'inquiète : j'ai peine, quoi que vous disiez, à le concilier avec l'idée que j'ai d'une grisette. S'il l'aime et qu'il la respecte, il l'aime donc beaucoup, il l'aime donc d'une manière qui sera dangereuse, et qui peut le mener très loin. Vous concevez bien d'ailleurs que tout cela n'annonce pas une fille sans éducation et sans mérite ; et si mon fils a de certains sentiments pour elle, je le connais, je n'en espère plus rien. Ce sera justement parce qu'il a des mœurs, de la raison, et le caractère d'un honnête homme, qu'il n'y aura presque point de remède à ce misérable penchant qui l'aura surpris pour elle, s'il la croit digne de sa tendresse et de son estime.

Or, mettez-vous à la place de l'orpheline, et voyez, je vous prie, que de tristes considérations à la fois : doucement pourtant, il s'y en joignait une qui était bien agréable.

Avez-vous pris garde à cette mélancolie où, disait-on, Valville était tombé depuis le jour de notre connaissance ? Avez-vous remarqué ce respect que le chirurgien disait qu'il avait eu pour moi ? Vraiment, mon cœur, tout troublé, tout effrayé qu'il avait été d'abord, avait bien recueilli ces petits traits-là ; et ce que Mme de Miran avait conclu de ce respect ne lui était pas échappé non plus.

S'il la respecte, il l'aime donc beaucoup, avait-elle dit, et j'étais tout à fait de son avis ; la conséquence me paraissait fort sensée et fort satisfaisante : de sorte qu'en ce moment j'avais de la honte, de l'inquiétude et du plaisir ; mais ce plaisir était si doux, cette idée d'être véritablement aimée de Valville eut tant de charmes, m'inspira des sentiments si désintéressés et si raisonnables, me fit penser si noblement ; enfin, le cœur est de si bonne composition quand il est content en pareil cas, que vous allez être édifiée du parti que je pris : oui, vous allez voir une action qui prouva que Valville avait eu raison de me respecter.

Je n'étais rien, je n'avais rien qui pût me faire considérer ; mais à ceux qui n'ont ni rang, ni richesses qui en imposent, il leur reste une âme, et c'est beaucoup ; c'est quelquefois plus que le rang et la richesse, elle peut faire face à tout. Voyons comment la mienne me tira d'affaire.

Mme Dorsin répliqua encore quelque chose à Mme de Miran sur ce qu'elle venait de dire.

Cette dernière se leva pour s'en aller, et dit : Puisqu'il dîne demain chez vous, tâchez donc de le disposer à ce mariage. Pour moi, qui ne puis me rassurer sur l'aventure en question, j'ai envie, à tout hasard, de mettre quelqu'un après mon fils ou après son laquais, quelqu'un qui les suive l'un ou l'autre, et qui me découvre où ils vont : peut-être saurai-je par là quelle est la petite fille, supposé qu'il s'agisse d'elle, et il ne sera pas inutile de la connaître. Adieu, Marianne ; je vous reverrai dans deux ou trois jours.

Non, lui dis-je en laissant tomber quelques larmes ; non, Madame, voilà qui est fini. Il ne faut plus me voir, il faut m'abandonner à mon malheur ; il me suit partout, et Dieu ne veut pas que j'aie jamais de repos.

Quoi ! que voulez-vous dire ? me répondit-elle ; qu'avez-vous, ma fille ? D'où vient que je vous abandonnerais ?

Ici mes pleurs coulèrent avec tant d'abondance que je restai quelque temps sans pouvoir prononcer un mot.

Tu m'inquiètes, ma chère enfant, pourquoi donc pleures-tu ? ajouta-t-elle en me présentant sa main comme elle avait déjà fait quelques moments auparavant. Mais je n'osais plus lui donner la mienne. Je me reculais honteuse, et avec des paroles entrecoupées de sanglots : Hélas ! Madame, arrêtez, lui dis-je ; vous ne savez pas à qui vous parlez, ni à qui vous témoignez tant de bontés.

Je crois que c'est moi qui suis votre ennemie, que c'est moi qui vous cause le chagrin que vous avez.

Comment ! Marianne, reprit-elle étonnée, vous êtes celle que Valville a rencontrée, et qu'on porta au logis ? Oui, Madame, c'est moi-même, lui dis-je, je ne suis pas assez ingrate pour vous le cacher ; ce serait une trahison affreuse, après tous les soins que vous avez pris de moi, et que vous voyez bien que je ne mérite pas, puisque c'est un malheur pour vous que je sois au monde ; et voilà pourquoi je vous dis de m'abandonner. Il n'est pas naturel que vous teniez lieu de mère à une fille orpheline que vous ne connaissez pas, pendant qu'elle vous afflige, et que c'est pour l'avoir vue que votre fils refuse de vous obéir. Je me trouve bien confuse de voir que vous m'ayez tant aimée, vous qui devez me vouloir tant de mal. Hélas ! vous vous y êtes bien trompée, et je vous en demande pardon.

Mes pleurs continuaient ; ma bienfaitrice ne me répondait point, mais elle me regardait d'un air attendri, et presque la larme à l'œil elle-même.

Madame, lui dit son amie en s'essuyant les yeux, en vérité, cette enfant me touche ; ce qu'elle vient de vous dire est admirable : voilà une belle âme, un beau caractère !

Mme de Miran se taisait encore, et me regardait toujours.

Vous dirais-je à quoi je pense ? reprit tout de suite Mme Dorsin : vous êtes le meilleur cœur du monde, et le plus généreux ; mais je me mets à votre place, et après cet événement-ci il se pourrait fort bien que vous eussiez quelque répugnance à la voir davantage ; il faudra peut-être que vous preniez sur vous pour lui continuer vos soins. Voulez-vous me la laisser ? Je me charge d'elle en attendant que tout ceci se passe. Je ne prétends pas vous l'ôter, elle y perdrait trop ; et je vous la rendrai dès que le mariage de votre fils sera conclu, et que vous me la redemanderez.

À ce discours, je levai les yeux sur elle d'un air humble

et reconnaissant, à quoi je joignis une très humble et très légère inclination de tête ; je dis légère, parce que je compris dans mon cœur que je devais la remercier avec discrétion, et qu'il fallait bien paraître sensible à ses bontés, mais non pas faire penser qu'elles me consolassent, comme en effet elles ne me consolaient pas. J'accompagnai le tout d'un soupir ; après quoi Mme Dorsin, reprenant la parole, dit à ma bienfaitrice : Voyez, consultez-vous.

De grâce, un moment, répondit Mme de Miran ; tout à l'heure je vais vous répondre. Laissez-moi auparavant m'informer d'une chose.

Marianne, me dit-elle, n'avez-vous point eu de nouvelles de mon fils depuis que vous êtes ici ?

Hélas ! Madame, répondis-je, ne m'interrogez point là-dessus ; je suis si malheureuse que je n'aurai encore que des sujets de douleur à vous donner, et vous n'en serez que plus en colère contre moi. Il est juste que vous m'ôtiez votre amitié, et que vous laissiez là une fille qui vous est si contraire ; mais il ne vous servira de rien de la haïr davantage, et je voudrais pouvoir m'exempter[1] de cela : ce n'est pas que je refuse de vous dire la vérité ; je sais bien que je suis obligée de vous la dire, c'est la moindre chose que je vous doive ; mais ce qui me retient, c'est la peine qu'elle vous fera, c'est la rancune que vous en prendrez contre moi, et toute l'affliction que j'en aurai moi-même.

Non, ma fille, non, reprit Mme de Miran ; parlez hardiment, et ne craignez rien de ma part : Valville sait-il où vous êtes ? est-il venu ici ?

Ce discours redoubla mes larmes ; je tirai ensuite de ma poche la lettre que j'avais reçue de Valville, et que je n'avais pas décachetée ; et la lui présentant d'une main tremblante :

Je ne sais, lui dis-je à travers mes sanglots, comment il

---

1. Signifie aussi dispenser (A) (D).

a découvert que je suis ici, mais voilà ce qu'il vient de me donner lui-même.

Mme de Miran la prit en soupirant, l'ouvrit, la parcourut, et jeta les yeux sur son amie, qui fixa aussi les siens sur elle ; elles furent toutes deux assez longtemps à se regarder sans se rien dire ; il me sembla même que je les vis pleurer un peu : et puis Mme Dorsin, en secouant la tête : Ah ! Madame, dit-elle, je vous demandais Marianne ; mais je ne l'aurai pas, je vois bien que vous la garderez pour vous.

Oui, c'est ma fille plus que jamais, répondit ma bienfaitrice avec un attendrissement qui ne lui permit de dire que ce peu de mots ; et sur-le-champ elle me tendit une troisième fois la main, que je pris alors du mieux que je pus, et que je baisai mille fois à genoux, si attendrie moi-même, que j'en étais comme suffoquée. Il se passa en même temps un moment de silence qui fut si touchant, que je ne saurais encore y penser sans me sentir remuée jusqu'au fond de l'âme.

Ce fut Mme Dorsin qui le rompit la première. Est-ce qu'il n'y a pas moyen que je l'embrasse ? s'écria-t-elle. Je n'ai de ma vie été si émue que je le suis ; je ne sais plus qui des deux j'aime le plus, ou de la mère, ou de la fille.

Ah çà ! Marianne, me dit Mme de Miran quand tous nos mouvements furent calmés, qu'il ne vous arrive donc plus, tant que je vivrai, de dire que vous êtes orpheline, entendez-vous ? Venons à mon fils. C'est sans doute Mme Dutour, cette marchande chez qui vous demeuriez, qui lui aura dit où vous êtes.

Apparemment, répondis-je ; je ne le lui ai pourtant pas dit à elle-même, et je n'avais garde, puisque j'ignorais le nom du Couvent quand j'y suis entrée ; mais l'homme dont j'ai été obligée de me servir pour faire porter mes hardes ici est de son quartier ; ce sera lui qui le lui aura appris, et puis M. de Valville, qui me fit suivre par un laquais, lorsque je sortis de chez lui en fiacre, et qui a su que j'étais descen-

due chez Mme Dutour, a sans doute interrogé cette bonne
dame, qui n'aura pas manqué de lui apprendre tout ce
qu'elle en savait. C'est ce que j'en puis juger, car pour moi
il n'y a point de ma faute : je n'ai contribué en rien à tout
ce qui est arrivé ; et une marque de cela, c'est que depuis
ce temps-là je n'ai entendu parler de M. de Valville que
d'aujourd'hui ; il ne m'a donné sa lettre que cet après-midi,
encore ne me l'a-t-il rendue que par finesse.

Je n'eus pas plutôt lâché ce dernier mot que j'en sentis
toute la conséquence : c'était engager Mme de Miran à
m'en demander l'explication, et le déguisement de Valville était un article que j'aurais peut-être pu soustraire à
sa connaissance, sans blesser la sincérité dont je me
piquais avec elle ; et j'étais indiscrète, à force de candeur.

Mais enfin le mot était dit, et Mme de Miran n'avait
plus besoin que je l'expliquasse, elle savait déjà ce qu'il
signifiait. Par finesse ! me répondit-elle ; je suis donc au
fait, et voici comment.

C'est qu'en sortant de carrosse dans la cour du couvent,
j'ai vu par hasard un jeune homme en livrée qui descendait de ce parloir-ci, et j'ai trouvé qu'il ressemblait tant à
mon fils, que j'en ai été frappée ; j'ai même pensé vous
le dire, Madame. À la fin, pourtant, j'ai regardé cela
comme une chose singulière à laquelle je n'ai plus fait
d'attention : mais à présent, Marianne, que je sais que
mon fils vous aime, je ne doute pas qu'au lieu d'un
homme qui lui ressemblait, ce ne soit lui-même que j'ai
vu tantôt ; n'est-il pas vrai ?

Hélas ! Madame, lui dis-je après avoir hésité un instant,
à peine arrivait-il, quand vous êtes venue. J'ai pris sa
lettre sans le regarder, et je ne l'ai reconnu qu'à un regard
qu'il m'a jeté en partant ; je me suis écriée de surprise,
on vous a annoncée, et il s'est retiré.

Du caractère dont il est, dit alors Mme de Miran en parlant à son amie, il faut que Marianne ait fait une prodi-

gieuse impression sur son cœur ; voyez à quoi il a pu se résoudre, et quelle démarche : prendre une livrée[1] !

Oui, reprit Mme Dorsin : cette action-là conclut qu'il l'aime beaucoup assurément, et voilà une physionomie qui le conclut[2] encore mieux.

Mais ce mariage qui est presque arrêté, Madame, dit ma bienfaitrice, cet engagement que j'ai pris de son propre aveu, comment s'en tirer ? Jamais Valville ne terminera ; je vous dirai plus, c'est que je serais fâchée qu'il épousât cette fille, prévenu d'une aussi forte passion que celle-ci me le paraît. Oh ! comment le guérir de cette passion ?

L'en guérir, nous aurions de la peine, repartit Mme Dorsin : mais je crois qu'il suffira de rendre cette passion raisonnable, et nous le pourrons avec le secours de Mademoiselle. C'est un bonheur que nous ayons affaire à elle : nous venons de voir un trait du caractère de son cœur qui prouve de quoi sa tendresse et sa reconnaissance la rendront capable pour une mère comme vous ; or, pour déterminer votre fils à remplir vos engagements et les siens, il ne s'agit, de la part de votre fille, que d'un procédé qui sera bien digne d'elle ; c'est qu'il est seulement question qu'elle lui parle elle-même : il n'y a qu'elle qui puisse lui faire entendre raison. Il vous obéirait pourtant si vous l'exigiez, j'en suis persuadée, il vous respecte trop pour se révolter contre vous ; mais comme vous dites fort bien, vous ne voulez pas le forcer, et vous pensez juste[3] ; vous n'en feriez qu'un homme malheureux qui le deviendrait par complaisance pour vous, qui ne se consolerait pas de l'être devenu, parce qu'il dirait toujours : Je pouvais ne pas l'être ; au lieu que Marianne, par mille raisons sans réplique qu'elle saura lui dire avec douceur, qu'elle peut

---

1. Habits de couleur dont on habille les pages, les laquais, les cochers, les palefreniers, les postillons... (A). (D) souligne à partir de cette notation la force du préjugé qui règne en ces premières décennies du XVIIIe siècle.   2. Qui le confirme encore mieux.   3. Votre pensée est juste.

même paraître lui dire avec regret, en fera un homme bien convaincu qu'il l'aimerait en vain, qu'elle n'est pas en état de l'aimer, et par là lui calmera le cœur et le consolera de la nécessité où il s'est mis d'épouser la jeune personne qu'on lui destine ; de sorte qu'alors ce sera lui qui se mariera, et non pas vous qui le marierez. Voilà ce qui m'en semble.

C'est fort bien dit, reprit Mme de Miran, et votre idée est très bonne : j'y ajouterai seulement une chose.

Ne serait-il pas à propos, pour achever de lui ôter toute espérance, que ma fille feignît de vouloir être religieuse, et ajoutât même qu'à cause de sa situation elle n'a point d'autre parti à prendre ? Ce que je dis là ne signifie rien au moins, Marianne, me dit-elle en s'interrompant. Ne croyez pas que ce soit pour vous insinuer de quitter le monde : j'en suis si éloignée, qu'il faudrait que je vous visse la vocation la plus marquée et la plus invincible pour y consentir ; tant j'aurais peur que ce ne fût simplement que votre peu de fortune, ou l'inquiétude de l'avenir, ou la crainte de m'être à charge, qui vous y engageât ; entendez-vous, ma fille ? Ainsi, ne vous y trompez pas. Je n'envisage ici que mon fils : je ne prétends que vous indiquer le moyen de l'amener à mes fins, et de l'aider à surmonter un amour que vous ne méritez que trop qu'il ait pour vous, qu'il serait trop heureux d'avoir pris [1], et dont je serais charmée moi-même, sans les usages et les maximes du monde, qui, dans l'infortune où vous êtes, ne me permettent pas d'y acquiescer. Hélas ! cependant que vous manque-t-il ? Ce n'est ni la beauté, ni les grâces, ni la vertu, ni le bel esprit, ni l'excellent cœur ; et voilà pourtant tout ce qu'il y a de plus rare, de plus précieux ; voilà les vraies richesses d'une femme dans le mariage, et vous

---

1. Éprouver un amour. Le verbe *prendre* souligne le caractère de piège que représente la passion amoureuse. On parle dans la poésie précieuse des *lacs d'amour*, qui sont des cordons avec lesquels on tient prisonnier ou attaché. Les lacs sont aussi des collets, pièges de chasseur et de braconnier.

les avez à profusion : mais vous n'avez pas vingt mille livres de rentes, on ne ferait aucune alliance en vous épousant ; on ne connaît point vos parents, qui nous feraient peut-être beaucoup d'honneur ; et les hommes, qui sont sots, qui pensent mal, et à qui pourtant je dois compte de mes actions là-dessus, ne pardonnent point aux disgrâces[1] dont vous souffrez, et qu'ils appellent des défauts.

La raison vous choisirait, la folie des usages vous rejette.

Tout ce détail, je vous le fais par amitié, et afin que vous ne regardiez pas les secours que je vous demande contre l'amour de Valville comme un sujet d'humiliation pour vous.

Eh ! mon Dieu, Madame, ma chère mère (puisque vous m'accordez la permission de vous appeler ainsi), que vous êtes bonne et généreuse ! m'écriai-je en me jetant à ses genoux, d'avoir tant d'attention, tant de ménagement pour une pauvre fille qui n'est rien, et qu'une autre personne que vous ne pourrait plus souffrir[2] ! Eh ! mon Dieu, où serais-je sans la charité que vous avez pour moi ? songez-vous que sans ma mère j'aurais actuellement la confusion de demander ma vie à tout le monde ? et malgré cela, vous avez peur de m'humilier ! Y a-t-il encore sur la terre un cœur comme le vôtre ?

Eh ! ma fille, s'écria-t-elle à son tour, qui est-ce qui n'aurait pas le cœur bon avec toi, chère enfant ? tu m'enchantes. Oh ! elle vous enchante, à la bonne heure, dit alors Mme Dorsin. Mais finissez toutes deux, car je n'y saurais tenir[3], vous m'attendrissez trop.

Revenons donc à ce que nous disions, reprit ma bienfaitrice. Puisque nous décidons qu'elle parlera à Valville, attendra-t-elle qu'il revienne la voir, ou pour aller plus vite, ne vaut-il pas mieux qu'elle lui écrive de venir ?

Sans difficulté, dit Mme Dorsin, qu'elle écrive ; mais je suis d'avis auparavant que nous sachions ce qu'il lui dit

---

1. Infortune, malheur (A).   **2.** Supporter (R).   **3.** Se retenir (A).

dans la lettre que vous tenez, et que vous avez lue tout
bas ; c'est ce qui réglera ce que nous devons faire. Oui,
dis-je aussi d'un air simple et naïf, il faut voir ce qu'il
pense, d'autant plus que j'ai oublié de vous dire que je
lui écrivis, le jour que je vins ici, une heure avant que d'y
entrer. Eh ! pourquoi, Marianne ? me dit Mme de Miran.

Hélas ! par nécessité, Madame, répondis-je, c'est que
je lui envoyais un paquet, où il y avait une robe que je n'ai
mise qu'une fois, du linge et quelque argent ; et comme je
ne voulais point garder ces vilains présents, que je ne
savais point la demeure de cet homme riche qui me les
avait donnés, de cet homme de considération dont je vous
ai parlé, qui avait fait semblant de me mettre par pitié
chez Mme Dutour, et qui avait pourtant des intentions si
malhonnêtes, j'écrivis à M. de Valville, qui savait où il
demeurait, pour le prier d'avoir la bonté de lui faire tenir
le paquet de ma part.

Eh ! par quel hasard, dit Mme de Miran, mon fils savait-
il donc la demeure de cet homme-là ?

Eh ! Madame, vous allez encore être étonnée, répondis-
je ; il la sait, parce que c'est son oncle. Quoi ! reprit-elle,
M. de Climal ! C'est lui-même, repris-je. C'était à lui que
ce bon Religieux dont je vous ai parlé m'avait menée, et
ce fut chez vous que j'appris qu'il était l'oncle de M. de
Valville, parce qu'il y vint une demi-heure après qu'on
m'y eut portée le jour de ma chute ; et ce fut lui aussi que
M. de Valville surprit l'après-midi à mes genoux, chez la
marchande de linge, dans l'instant qu'il m'entretenait de
son amour pour la première fois, et qu'il voulait, disait-
il, me loger dès le lendemain bien loin de là, afin de me
voir plus en secret, et de m'éloigner du voisinage de
M. de Valville.

Juste ciel ! que m'apprenez-vous ? s'écria-t-elle ; quelle
faiblesse dans mon frère ! Madame, ajouta-t-elle à son
amie, au nom de Dieu, ne dites mot de ce que vous venez
d'entendre. Si jamais une aventure comme celle-là venait
à être sue, jugez du tort qu'elle ferait à M. de Climal, qui

passe pour un homme plein de vertu, et qui en effet en a beaucoup, mais qui s'est oublié dans cette occasion-ci. Le pauvre homme, à quoi songeait-il ? Allons, laissons cela, ce n'est pas de quoi il est question. Voyons la lettre de mon fils.

Elle la rouvrit. Mais, dit-elle tout de suite en s'arrêtant, il me vient un scrupule ; faisons-nous bien de la lire devant Marianne ? Peut-être aime-t-elle Valville ; il y a dans ce billet-ci beaucoup de tendresse ; elle en sera touchée, et n'en aura que plus de peine à nous rendre le service que nous lui demandons. Dis-nous, ma chère enfant, n'y a-t-il point de risque ? Qu'en devons-nous croire ? Aimes-tu mon fils ?

Il n'importe, Madame, répondis-je ; cela n'empêchera pas que je ne lui parle comme je le dois.

Il n'importe, dis-tu ; tu l'aimes donc, ma fille ? reprit-elle en souriant. Oui, Madame, lui dis-je, c'est la vérité ; j'ai pris d'abord[1] de l'inclination pour lui, tout d'abord sans savoir que c'était de l'amour, je n'y songeais pas ; j'avais seulement du plaisir à le voir, je le trouvais aimable ; et vous savez que je n'avais point tort, car il l'est beaucoup ; c'est un jeune homme si doux, si bien fait, qui vous ressemble tant ! et je vous ai aimée aussi, dès que je vous ai vue : c'est la même chose. Mme Dorsin et elle se mirent à rire là-dessus. Je ne me lasse point de l'entendre, dit la première, et je ne pourrai plus me passer de la voir ; elle est unique.

Oui, j'en conviens, repartit ma bienfaitrice ; mais je vais pourtant la quereller d'avoir dit à mon fils qu'elle l'aimait, à cause que c'est un discours indiscret[2].

Ah ! mon Dieu ! Madame, jamais, m'écriai-je ; il n'en sait rien, je n'en ai pas ouvert la bouche. Est-ce qu'une fille ose dire à un homme qu'elle l'aime ? à une Dame, encore, passe, il n'y a pas de mal : mais M. de Valville n'en a pas le moindre soupçon, à moins qu'il ne l'ait

---

1. Au sens classique de « dès l'abord » (D).   2. Imprudent.

deviné ; et quand il s'en douterait, cela ne lui servira de
rien, Madame, vous le verrez. Je vous le promets, ne vous
embarrassez point. Eh bien ! oui, il est aimable, il faudrait
être aveugle pour ne le pas voir ; mais qu'est-ce que cela
fait ? c'est tout comme s'il ne l'était pas plus qu'un autre,
je vous assure, je n'y prendrai pas garde, et je serais bien
ingrate d'en agir autrement.

Ah ! ma chère fille, me dit Mme de Miran, il te sera bien
difficile de résoudre ce cœur-là à renoncer à toi : plus je
te vois, plus je désespère que tu le puisses. Essayons pourtant, et voyons ce qu'il t'écrit.

La lettre était courte, et la voici, autant que je puis m'en
ressouvenir :

*Il y a trois semaines que je vous cherche, Mademoiselle,
et que je meurs de douleur. Je n'ai pas dessein de vous
parler de mon amour, il ne mérite plus que vous l'écoutiez.
Je ne veux que me jeter à vos pieds, que vous montrer l'affliction*[1] *où je suis de vous avoir offensée ; je ne veux que
vous demander pardon, non pas dans l'espérance de l'obtenir, mais afin que vous vous vengiez en me le refusant. Vous
ne savez pas combien vous pouvez me punir ; il faut que
vous le sachiez, je ne demande que la consolation de vous
l'apprendre.*

C'était là à peu près ce que contenait la lettre ; elle me
pénétra, et j'avoue que mon cœur en secret n'en perdit
pas un mot ; je crois même que Mme de Miran s'en aperçut, car elle me dit en me regardant : Ma fille, ce billet
vous touche, n'est-ce pas ? Je ne dirai point que non, ma
mère, je ne sais point mentir, répondis-je : ne craignez
rien pourtant, je n'en ferai pas mon devoir avec moins de
courage, au contraire.

Mais, repartit-elle, de quelle offense parle-t-il donc ?
De la mauvaise opinion qu'il témoigna avoir de moi

---

1. Douleur causée par quelque accident, ou par quelque chose de
fâcheux, qui nous est arrivé, ou à ceux que nous aimons, ou auxquels
nous prenons intérêt (R).

quand il trouva M. de Climal à mes genoux, repartis-je ; et depuis qu'il a reçu ma lettre, où je le priais de remettre le paquet de hardes à son oncle, il a bien vu qu'il s'était trompé sur mon compte, et que j'étais innocente ; et voilà pourquoi il a mis qu'il m'a offensée.

Sur ce pied-là, dit Mme Dorsin, ce qu'il lui écrit marque bien autant de probité que d'amour. J'aime à le voir rendre justice à la vertu de Marianne, c'est le procédé d'un honnête homme ; et plus il estime votre fille, moins elle aura de peine à l'amener à ce que la raison et la conjoncture présente exigent qu'il fasse. Comptez là-dessus.

Vous me persuadez, répondit ma bienfaitrice ; mais il est temps de nous retirer, finissons. Nous convenons donc que Marianne écrira à Valville. Il ne s'agit que d'un mot, lui dis-je ; et je puis tout à l'heure l'écrire devant vous, madame. Voici de l'encre et du papier dans ce parloir.

Eh bien ! soit, ma fille, écris ; tu as raison, une ligne suffira ; et sur-le-champ je fis ce billet-ci :

Je n'ai pu vous parler tantôt, monsieur ; et j'aurais pourtant quelque chose à vous dire.

Mais, ma mère, quand le prierai-je de venir ? dis-je alors à Mme de Miran en m'interrompant.

Demain à onze heures du matin, me répondit-elle.

Et je vous serais obligée, ajoutai-je en continuant d'écrire, *de venir ici demain à onze heures du matin ; je vous attendrai. Je suis...* Et toujours *Marianne* au bas.

Je mis dessus le billet l'adresse telle que ma bienfaitrice me la dicta ; elle se chargea de le cacheter, de le faire porter par quelque domestique du Couvent, à qui elle parlerait en s'en retournant, et je lui[1] donnai.

Je t'avertis que je me trouverai aussi au rendez-vous, ma fille, me dit-elle lorsqu'elle me quitta ; j'y arriverai seulement quelques instants après lui, pour te laisser le temps de lui dire que je t'ai rencontrée dans ce Couvent,

---

1. (D) remarque dans ce passage un emploi très moderne du style indirect libre.

que c'est moi qui t'y ai mise en pension, et que dans nos
entretiens le hasard t'a appris que j'étais sa mère ; que je
t'ai dit qu'il me chagrinait ; que depuis qu'il avait vu une
jeune personne qu'on avait portée chez moi, et dont tu
ajouteras que je t'ai conté l'histoire, il refusait de terminer
un mariage qui était arrêté. Je me montrerai là-dessus,
comme si j'arrivais pour te voir, et puis ce sera à toi, ma
fille, à achever le reste : adieu, Marianne, jusqu'à demain.
Adieu, ma chère enfant, me dit aussi Mme Dorsin ; je suis
votre bonne amie au moins, ne l'oubliez pas ; jusqu'au
revoir, et ce sera bientôt. Je veux qu'au premier jour elle
vienne dîner avec vous chez moi, Madame ; si vous ne me
l'amenez pas, je viendrai la chercher, je vous en avertis.

Je serai de la partie la première fois, dit Mme de Miran,
après quoi je vous la laisserai tant qu'il vous plaira.

Je ne répondis à tout cela que par un souris et par une
profonde révérence ; elles s'en allèrent, et je restai dans
une situation d'esprit assez paisible.

Qui m'aurait vue, m'aurait crue triste ; et dans le fond
je ne l'étais pas, je n'avais que l'air de l'être, et, à me
bien définir, je n'étais qu'attendrie.

Je soupirais pourtant comme une personne qui aurait
eu du chagrin ; peut-être même croyais-je en avoir, à
cause de la disposition des choses : car enfin, j'aimais un
homme auquel il ne fallait plus penser ; et c'était là un
sujet de douleur ; mais, d'un autre côté, j'en étais tendrement aimée, de cet homme, et c'est une grande douceur.
Avec cela on est du moins tranquille sur ce qu'on vaut ;
on a les honneurs essentiels d'une aventure, et on prend
patience sur le reste.

D'ailleurs, je venais de m'engager à quelque chose de si
généreux, je venais de montrer tant de raison, tant de franchise, tant de reconnaissance, de donner une si grande idée
de mon cœur, que ces deux dames en avaient pleuré d'admiration pour moi. Oh ! voyez avec quelle complaisance je
devais regarder ma belle âme, et combien de petites vanités

intérieures devaient m'amuser et me distraire du souci que j'aurais pu prendre !

Mais venons aux suites de cet événement, et passons au lendemain.

Sans doute que ma lettre fut exactement rendue à Valville. C'était à onze heures du matin que je l'attendais au couvent, et il ne manqua pas d'y arriver à l'heure précise.

La première fois qu'il m'y avait vue, à ce qu'il m'a dit depuis, il avait cru nécessaire de se travestir, par deux raisons : l'une était qu'après l'insulte qu'il m'avait faite, je refuserais de lui parler, s'il me demandait sous son nom ; l'autre, que l'abbesse voudrait peut-être savoir ce qui l'amenait, et qui il était, avant que de me permettre de le voir ; au lieu que toutes ces difficultés n'y seraient plus, dès qu'il paraîtrait sous la figure d'un domestique, qui venait même de la part de Mme de Miran : car c'était une précaution qu'il avait prise.

Mais cette fois-ci, il comprit bien par la teneur de mon billet, qui était simple, que je le dispensais de tout déguisement, et qu'il n'en était pas besoin.

Il m'a avoué depuis que le peu de façon que j'y faisais l'avait inquiété : et effectivement, ce n'était pas trop bon signe ; une pareille visite n'avait plus l'air d'intrigue : elle était trop innocente pour promettre quelque chose de bien favorable.

Quoi qu'il en soit, onze heures venaient de sonner, quand l'abbesse elle-même vint m'annoncer Valville.

Allez, Marianne, me dit-elle ; c'est le fils de Mme de Miran qui vous demande ; elle me dit hier, après qu'elle vous eut quittée, qu'il viendrait vous voir. Il vous attend.

Le cœur me battit dès que j'appris qu'il était là. Je vous suis bien obligée, Madame, répondis-je ; j'y vais. Et je partis. Mais je marchai lentement, pour me donner le temps de me rassurer.

J'allais soutenir une terrible scène, je craignais de manquer de courage ; je me craignais moi-même, j'avais peur que mon cœur ne servît lâchement ma bienfaitrice.

J'oubliais encore de vous parler d'un article qui me faisait honneur.

C'est que j'étais restée dans mon négligé[1], je dis dans le négligé où je m'étais laissée en me levant ; point d'autre linge que celui avec lequel je m'étais couchée : linge assez blanc, mais toujours flétri, qui ne vous pare point quand vous êtes aimable, et qui vous dépare un peu quand vous ne l'êtes pas.

Joignez-y une robe à l'avenant[2] et qui me servait le matin dans ma chambre. Je n'avais, en un mot, que les grâces que je n'avais pu m'ôter, c'est-à-dire celles de mon âge et de ma figure, avec lesquelles je pourrai encore me soutenir, me disais-je bien secrètement en moi-même, et si secrètement que je n'y faisais pas d'attention, quoique cela m'aidât à renoncer aux agréments que je ne me donnais pas, et dont je faisais un sacrifice à Mme de Miran.

Ce n'est pas qu'elle eût songé à me dire : Ne vous ajustez[3] point ; mais je suis sûre que dès qu'elle m'aurait vue ajustée, elle aurait tout d'un coup songé que je ne devais pas l'être.

Enfin, je parus ; me voilà dans le parloir où je trouvai Valville.

Qu'il était bien mis, lui, qu'il avait bonne mine ! Hélas ! qu'il avait l'air tendre et respectueux ! Que je lui sentis d'envie de me plaire, et qu'il était flatteur, pour une fille comme Marianne, de voir qu'un homme comme lui mît sa fortune à trouver grâce devant elle ! Car ce que je dis là était écrit dans ses yeux ; Valville ne semblait respirer que ce sentiment-là.

Il tenait une lettre à la main ; c'était la mienne, celle où je lui avais mandé de venir.

Je ne sais, dit-il en me montrant cette lettre qu'il baisa,

---

1. Quand il est substantif, il signifie l'état où est une femme quand elle n'est point parée (A).   2. En proportion (A). Ici, du même ordre. 3. Se dit de la parure dans l'habillement [...] principalement des femmes (A).

si je dois me réjouir ou m'affliger de l'ordre que j'ai reçu de votre part dans ce billet ; mais je n'y obéis pas sans inquiétude.

Et il fallait voir avec quelle timidité, avec quel air de défiance sur son sort, il me tenait ce discours.

Monsieur, lui répondis-je, extrêmement émue de tout ce que son abord avait de tendre et de charmant, assoyez-vous.

Il fallut ensuite que je reprisse haleine ; il s'assit.

Oui, Monsieur, continuai-je d'une voix encore un peu tremblante, j'ai à vous parler. Eh bien ! Mademoiselle, repartit-il tout tremblant à son tour, de quoi s'agit-il ? Que m'annoncez-vous par ce début ? Votre Abbesse sait apparemment la visite que je vous rends ?

Oui, Monsieur, lui dis-je ; c'est elle-même qui, en vous nommant, est venue m'avertir que vous me demandiez.

En me nommant ! s'écria-t-il ; eh ! comment cela se peut-il ? Je ne la connais point, je ne l'ai jamais vue ; vous lui avez donc dit qui j'étais ? Vous êtes donc convenues ensemble que vous m'enverriez chercher ?

Non, Monsieur, je ne lui ai rien confié ; tout ce qu'elle savait, c'est que vous deviez venir, et c'est une autre que moi qui l'en a instruite ; mais de grâce, écoutez-moi.

Vous voulez me persuader que vous m'aimez, et je crois que vous dites vrai ; mais quel dessein pouvez-vous avoir en m'aimant ?

Celui de n'être jamais qu'à vous, me répondit-il froidement, mais d'un ton ferme et déterminé, celui de m'unir à vous par tous les liens de l'honneur et de la religion[1]. S'il y en avait de plus forts, je les prendrais, ils me feraient encore plus de plaisir ; et, en vérité, ce n'était pas la peine de me demander mon dessein ; je ne pense pas

---

1. (D) remarque que la netteté de la déclaration de Valville surprend. Elle n'est pas fréquente chez les héros de roman. Peut-on en déduire que Marivaux s'intéresse peu à ce personnage qui n'existe qu'en fonction de Marianne ?

qu'il puisse en venir d'autre dans l'esprit d'un homme qui
vous aime, Mademoiselle ; mes intentions ne sauraient
être douteuses ; il ne reste plus qu'à savoir si elles vous
seront agréables, et si je pourrai obtenir de vous ce qui
sera le bonheur de ma vie.

Quel discours, Madame ! Je sentis que les larmes m'en
venaient aux yeux ; je crois même que je soupirai, il n'y
eut pas moyen de m'en empêcher ; mais je soupirai le
plus bas qu'il me fut possible, et sans oser lever les yeux
sur lui.

Monsieur, lui dis-je, ne vous ai-je pas dit les malheurs
que j'ai essuyés dès mon enfance ? Je ne sais point de qui
je suis née, j'ai perdu mes parents sans les connaître, je
n'ai ni bien ni famille, et nous ne sommes pas faits l'un
pour l'autre. D'ailleurs, il y a encore des obstacles insurmontables.

Je vous entends, me dit-il de l'air d'un homme consterné ; c'est que votre cœur se refuse au mien.

Non, ce n'est point cela, lui dis-je sans pouvoir poursuivre. Ce n'est point cela, Mademoiselle, me répondit-il,
et vous me parlez d'obstacles !

Nous en étions là de notre conversation, quand Mme de
Miran entra : jugez de la surprise de Valville.

Quoi ! c'est ma mère, s'écria-t-il en se levant. Ah !
Mademoiselle, tout est concerté. Oui, mon fils, lui dit-elle
d'un ton plein de douceur et de tendresse, nous voulions
vous le cacher : mais je vous l'avoue de bonne foi ;
je savais que vous deviez être ici, et nous étions convenues que je m'y rendrais. Ma chère fille, ajouta-t-elle
en s'adressant à moi, Valville est-il au fait ? l'as-tu instruit ?

Non, ma mère, lui dis-je fortifiée par sa présence, et
ranimée par la façon affectueuse dont elle me parlait
devant lui ; non, je n'ai pas eu le temps ; Monsieur ne
venait que d'entrer, et notre entretien ne faisait que
commencer quand vous êtes arrivée. Mais je vais lui
conter tout devant vous, ma mère.

Et sur-le-champ : Vous voyez, Monsieur, dis-je à Valville, qui ne savait ce que nous voulions dire avec ces
noms que nous nous donnions, vous voyez comment
Mme de Miran me traite ; ce qui vous marque bien les
bontés qu'elle a pour moi, et même les obligations que je
lui ai. Je lui en ai tant que cela n'est pas croyable ; et vous
seriez le premier à dire que je serais indigne de vivre, si
je ne vous conjurais pas de ne plus songer à moi. Valville
à ces mots baissa la tête et soupira.

Attendez, Monsieur, attendez, repris-je ; c'est vous-
même que je prends pour juge dans cette occasion-ci.

Il n'y a qu'à considérer qui je suis. Je vous ai déjà dit
que j'ai perdu mon père et ma mère : ils ont été assassinés
dans un voyage dont j'étais avec eux, dès l'âge de deux
ans ; et depuis ce temps, voici, monsieur, ce que je suis
devenue. C'est la sœur d'un Curé de campagne qui m'a
élevée par compassion. Elle est venue à Paris avec moi
pour une succession qu'elle n'a pas recueillie ; elle y est
morte, et m'y a laissée seule sans secours dans une
auberge. Son confesseur, qui est un bon religieux, m'en a
tirée pour me présenter à M. de Climal, votre oncle ;
M. de Climal m'a mise chez une Lingère, et m'y a abandonnée au bout de trois jours[1] ; je vous ai dit pourquoi,
en vous priant de lui remettre ses présents. La Lingère me
dit qu'il fallait prendre mon parti ; je sortis pour informer
ce religieux de mon état, et c'est en revenant de chez lui
que j'entrai dans l'église de ce couvent-ci pour cacher
mes pleurs qui me suffoquaient ; ma mère, qui est présente, y arriva après moi, et c'est une grâce que Dieu m'a
faite. Elle me vit pleurer dans un confessionnal ; je lui
fis pitié, et je suis pensionnaire ici depuis le même jour.
C'est elle qui paye ma pension, qui m'a habillée, qui m'a
fourni de tout abondamment, magnifiquement, avec des
manières, des tendresses, des caresses qui font que je ne

---

1. Ces trois jours occupent trois parties du roman. Est-ce vraisemblable ?

saurais y penser sans fondre en larmes ; elle vient me voir, elle me parle, elle me chérit, et en agit avec moi comme si j'étais votre sœur ; elle m'a même défendu de songer que suis orpheline, et elle a bien raison ; je ne dois plus me ressouvenir que je le suis ; cela n'est plus vrai. Il n'y a peut-être point de fille, avec la meilleure mère du monde, qui soit si heureuse que moi. Ma bienfaitrice et son fils, à cet endroit de mon discours, me parurent émus jusqu'aux larmes.

Voilà ma situation, continuai-je, voilà où j'en suis avec Mme de Miran. Vous qui, à ce qu'on dit, êtes un jeune homme plein de raison et de probité, comme il me l'a semblé aussi, parlez-moi en conscience, Monsieur. Vous m'aimez ; que me conseillez-vous de faire de votre amour, après ce que je viens de vous dire ? Il faut regarder que les malheureux à qui on fait la charité ne sont pas si pauvres que moi ; ils ont du moins des frères, des sœurs, ou quelques autres parents ; ils ont un pays, ils ont un nom avec des gens qui les connaissent ; et moi, je n'ai rien de tout cela. N'est-ce pas là être plus misérable et plus pauvre qu'eux ?

Va, ma fille, me dit Mme de Miran, achève, et ne t'arrête point là-dessus. Non, ma mère, repris-je, laissez-moi dire tout. Je ne dis rien que de vrai, Monsieur, et cependant, vous me demandez mon cœur pour m'épouser. Ne serait-ce pas là un beau présent que je vous ferais ? Ne serait-ce pas une cruauté à moi que de vous le donner ? Eh ! mon Dieu, quel cœur vous donnerais-je, sinon celui d'une étourdie, d'une évaporée[1], d'une fille sans jugement, sans considération pour vous. Il est vrai que je vous plais ; mais vous ne vous attachez pas à moi seulement à cause que je suis jolie, ce ne serait pas la peine ; et apparemment que vous me croyez d'un bon caractère, et en ce cas, comment pouvez-vous espérer que je consente à un amour qui vous attirerait le blâme de tout le monde, qui vous

_____
1. Dissipée, extravagante (R).

brouillerait avec toute une famille, avec tous vos amis,
avec tous les gens qui vous estiment, et avec moi aussi ?
Car quel repentir n'auriez-vous pas, quand vous ne m'aimeriez plus, et que vous vous trouveriez le mari d'une
femme qui serait moquée [1], que personne ne voudrait voir,
et qui ne vous aurait apporté que du malheur et que de la
honte ? Encore n'est-ce rien que tout ce que je dis là,
ajoutai-je avec un attendrissement qui me fit pleurer. À
présent que je suis si obligée à Mme de Miran, quelle
méchante créature ne serais-je pas, si je vous épousais ?
Pourriez-vous sentir autre chose pour moi que de l'horreur, si j'en étais capable ? Y aurait-il rien de si abominable que moi sur la terre, surtout dans l'occurrence où
je sais que vous êtes ? Car je suis informée de tout ; ma
mère me vint voir hier à son ordinaire, elle était triste. Je
lui demandai ce qu'elle avait, elle me dit que son fils la
chagrinait ; je l'écoutais sans m'attendre que je serais
mêlée là-dedans. Elle me dit aussi qu'elle avait toujours
été fort contente de ce fils, mais qu'elle ne le reconnaissait
plus depuis qu'il avait vu une certaine jeune fille ; là-
dessus elle me conta notre histoire, et cette jeune fille qui
vous dérange [2], qui fait que vous manquez à votre parole,
qui afflige aujourd'hui ma mère, qui lui a ôté le bon cœur
et la tendresse de son fils, il se trouve que c'est moi,
Monsieur, que c'est cette pensionnaire qu'elle fait vivre
et qu'elle accable de bienfaits. Après cela, monsieur,
voyez, avec l'honneur, avec la probité, avec le cœur estimable, tendre et généreux que vous avez coutume d'avoir,
voyez si vous souhaitez encore que je vous aime, et si
vous-même vous auriez le courage d'aimer un monstre
comme j'en serais un, si j'écoutais votre amour. Non,
monsieur, vous êtes touché de ce que je vous apprends,
vous pleurez, mais ce n'est plus que de tendresse pour ma
mère, et que de pitié pour moi. Non, ma mère, vous ne

---

1. Dont on se moquerait.   2. Au sens de jeter dans le désordre
moral (L).

serez plus ni triste ni inquiète ; M. de Valville ne voudra
pas que je sois davantage le sujet de votre chagrin : c'est
une douleur qu'il ne fera pas à moi-même. Je suis bien
sûre qu'il ne troublera plus le plaisir que vous avez à me
secourir ; il y sera sensible au contraire, il voudra y avoir
part, il m'aimera encore, mais comme vous m'aimez. Il
épousera la demoiselle en question, il l'épousera à cause
de lui-même qui le doit, à cause de vous qui lui avez
procuré ce parti pour son bien, et à cause de moi qui l'en
conjure comme de la seule marque qu'il peut me donner
que je lui ai été véritablement chère. C'est une consolation qu'il ne refusera pas à une fille qui ne saurait être à
lui, mais qui ne sera jamais à personne, et qui de son côté
ne refuse pas de lui dire que si elle avait été riche et son
égale, elle avait si bonne opinion de lui qu'elle l'aurait
préféré à tous les hommes du monde ; c'est une consolation que je veux bien lui donner à mon tour, et je n'y ai
pas de regret, pourvu qu'il vous contente.

Je m'arrêtai alors, et me mis à essuyer les pleurs que
je versais. Valville, toujours sa tête baissée, et plongé
dans une profonde rêverie, fut quelque temps sans
répondre. Mme de Miran le regardait, et attendait, la larme
à l'œil, qu'il parlât. Enfin il rompit le silence, et s'adressant à ma bienfaitrice :

Ma mère, lui dit-il, vous voyez ce que c'est que
Marianne ; mettez-vous à ma place, jugez de mon cœur
par le vôtre. Ai-je eu tort de l'aimer ? me sera-t-il possible de ne l'aimer plus ? Ce qu'elle vient de me dire
est-il propre à me détacher d'elle ? Que de vertus, ma
mère, et il faut que je la quitte ! Vous le voulez, elle
m'en prie, et je la quitterai : j'en épouserai une autre, je
serai malheureux, j'y consens, mais je ne le serai pas
longtemps.

Ses pleurs coulèrent après ce peu de mots ; il ne les
retint plus : ils attendrirent Mme de Miran, qui pleura

comme lui et qui ne sut que dire ; nous nous taisions tous trois, on n'entendait que des soupirs [1].

Eh ! seigneur, m'écriai-je avec amour, avec douleur, avec mille mouvements confus que je ne saurais expliquer, eh ! mon Dieu, madame, pourquoi m'avez-vous rencontrée ? Je suis au désespoir d'être au monde, et je prie le ciel de m'en retirer. Hélas ! me dit tristement Valville, de quoi vous plaignez-vous ? ne vous ai-je pas dit que je vous quitte ?

Oui, vous me quittez, lui répondis-je, mais, en me le disant, vous désolez ma mère, vous la faites mourir, vous la menacez d'être malheureux, et vous voulez qu'elle se console, vous demandez de quoi nous avons à nous plaindre ! Eh ! qu'exigez-vous de plus que ce que je vous ai dit ? Quand on est généreux, qu'on est raisonnable, n'y a-t-il pas des choses auxquelles il faut se rendre ? Eh bien ! vous ne m'épouserez pas ; mais c'est Dieu qui ne l'a pas permis ; mais je n'épouserai personne, et vous me serez toujours cher, Monsieur. Vous ne me perdez point, je ne vous perds point non plus : je serai religieuse ; mais ce sera à Paris, et nous nous verrons quelquefois, nous aurons tous deux la même mère, vous serez mon frère, mon bienfaiteur, le seul ami que j'aurai sur la terre, le seul homme que j'y aurai estimé, et que je n'oublierai jamais.

Ah ! ma mère, s'écria encore Valville en tombant subitement aux genoux de Mme de Miran, je vous demande pardon des pleurs que je vous vois répandre et dont je suis cause. Faites de moi ce qu'il vous plaira, vous êtes la maîtresse, mais vous m'avez perdu ; vous avez mis le comble à mon admiration pour elle en m'attirant ici ; je ne sais plus où je suis [2]. Ayez pitié de l'état où je me trouve ; tout ceci me déchire le cœur ; emmenez-moi, sor-

---

1. Ces soupirs, entre autres, font de *La Vie de Marianne* un des premiers romans sensibles (D).   2. Marivaux emploie « où je suis » et « où j'en suis » indifféremment (D).

tons. J'aime mieux mourir que de vous affliger : mais
vous qui avez tant de tendresse pour moi, que voulez-
vous que je devienne ?

Hélas ! mon fils, que veux-tu que je te réponde ? lui dit
cette Dame. Il faudra voir ; je te plains, je t'excuse, vous
me touchez tous deux, et je t'avoue que j'aime autant
Marianne que tu l'aimes toi-même. Lève-toi, mon fils,
ceci n'a pas réussi comme je le croyais, ce n'est pas sa
faute ; je lui pardonne l'amour que tu as pour elle, et
si tout le monde pensait comme moi, je ne serais guère
embarrassée, mon fils.

À ces derniers mots, dont Valville comprit tout le sens
favorable, il se rejeta à ses genoux, lui prit une main qu'il
baisa mille fois sans parler. Eh bien ! Madame, lui dis-je,
m'aimerez-vous encore ? y a-t-il d'autre remède que de
m'abandonner ?

Le ciel m'en préserve, ma chère enfant, me répondit-
elle ; que viens-tu me dire ? Va, encore une fois, sois tranquille, je suis contente de toi. Mon fils, ajouta-t-elle d'un
air de bonté qui me ravit encore, je ne te presse plus de
terminer le mariage en question ; cela va me brouiller
avec d'honnêtes gens, mais je t'aime encore mieux
qu'eux.

Vous me rendez la vie, repartit Valville ; je suis le plus
heureux de tous les fils. Mais, ma mère, que ferez-vous
de Marianne ? Ne me permettrez-vous pas de la voir quelquefois ? Mon fils, lui répondit-elle, tu me demandes plus
que je ne sais : laisse-moi y rêver [1], nous verrons. Consentez du moins que je l'aime, ajouta-t-il. Eh ! juste ciel ! à
quoi servirait-il que je te le défendisse ? Aime-la, mon
enfant, aime-la ; il en arrivera ce qui pourra, reprit-elle.

J'avais pourtant dit que j'allais être religieuse, et je
pensai le répéter par excès de zèle ; mais comme Mme de
Miran l'oubliait, je m'avisai tout d'un coup de réfléchir
que je ne devais pas l'en faire ressouvenir.

_____
1. Y penser, y réfléchir.

Je venais de m'épuiser en générosité, il n'y avait rien que je n'eusse dit pour détourner Valville de m'aimer ; mais s'il plaisait à Mme de Miran de vouloir bien qu'il m'aimât, si son propre cœur s'attendrissait jusque-là pour son fils ou pour moi, je n'avais qu'à me taire ; ce n'était pas à moi à lui dire : Madame, prenez garde à ce que vous faites. Cet excès de désintéressement de ma part n'aurait été ni naturel ni raisonnable.

Ainsi je ne dis mot. Elle se leva : Quelle dangereuse petite fille tu es [1], Marianne, me dit-elle en se levant ; adieu. Partons, mon fils ; et le fils ne cessait de lui baiser la main qu'il tenait, ce qui n'était pas si mal entendu [2].

Oui, oui, ajouta-t-elle, je comprends bien ce que cela veut dire, mais je ne déciderai rien ; je ne sais à quoi me résoudre ; quelle situation ! Adieu, il est tard ; va dîner, ma fille, je te reverrai bientôt. Je la saluai alors sans rien répondre ; et comme je paraissais pleurer, et que je m'essuyais les yeux de mon mouchoir : Pourquoi pleures-tu ? me dit-elle, je n'ai rien à te reprocher ; je ne saurais te savoir mauvais gré d'être aimable ; va-t'en, tranquillise-toi. Donne-moi la main, Valville.

Et sur-le-champ elle descendit l'escalier, aidée de son fils, qui, par discrétion, ne me parla que des yeux, et ne prit congé de moi que par une révérence que je lui rendis d'un air mal assuré, et comme une personne qui avait peur de s'émanciper trop et d'abuser de l'indulgence de la mère en le saluant.

Me voilà seule, et bien plus agitée que je ne l'avais été la veille, lorsque Mme de Miran me quitta.

Aussi y avait-il ici matière à bien d'autres mouvements. Aime-la, mon enfant, il en arrivera ce qui pourra, avait dit ma bienfaitrice à son fils, et puis nous verrons, je ne

---

1. Mme de Miran demeure lucide. Marianne est-elle dangereuse par calcul ou parce qu'elle est sincère et jolie ? C'est là toute l'ambiguïté du personnage.   2. La réflexion s'applique sans doute et au commentaire de Mme de Miran et aux marques d'affection de Valville.

sais que résoudre, avait-elle ajouté ; et dans le fond,
c'était m'avoir dit à moi-même : espérez ; aussi espérais-
je, mais en tremblant, mais en me traitant de folle d'oser
espérer si mal à propos ; et en pareil cas, on souffre beaucoup ; il vaudrait mieux ne voir aucune lueur de succès
que d'en voir une si faible, qui ne vient flatter l'âme que
pour la troubler.

Est-ce que j'épouserais Valville ? me disais-je ; je ne
le croyais pas possible, et je sentais pourtant que ce serait
un malheur pour moi si je ne l'épousais pas. C'est là tout
ce que mon cœur avait gagné aux discours incertains de
Mme de Miran : n'était-ce pas là le sujet d'un tourment de
plus ?

Je n'en dormis point la nuit suivante ; j'en dormis mal
deux ou trois nuits de suite, car je passai trois jours sans
entendre parler de rien, et ce ne fut pas, s'il m'en souvient, sans un peu de murmure contre ma bienfaitrice.

Que ne se détermine-t-elle donc ? disais-je quelquefois ; à quoi bon tant de longueurs ? Et là-dessus je crois
que je boudais contre elle.

Enfin le quatrième jour arriva, et elle ne paraissait
point ; mais au lieu d'elle, Valville, à trois heures après
midi, me demanda.

On vint me le dire, et c'était me donner la liberté d'aller
lui parler ; cependant je n'en usai pas. Je l'aimais, et mille
fois plus que je ne l'avais encore aimé ; j'avais une
extrême envie de le voir, une extrême curiosité de savoir
s'il n'avait rien de nouveau à m'apprendre sur notre
amour, et malgré cela je me retins ; je refusai de l'aller
trouver, afin que si Mme de Miran le savait, elle m'en
estimât davantage ; ainsi mon refus n'était qu'une ruse[1].
Je fis donc prier Valville de trouver bon que je ne le visse
point, à moins qu'il ne vînt de la part de sa mère, ce que

---

1. Au sens d'une manœuvre habile.

je ne présumais point, puisqu'elle ne m'avait pas avertie, comme en effet[1] elle ignorait sa visite.

Valville n'osa me tromper, et fut assez sage pour se retirer. Ce trait de prudence rusée me coûta extrêmement ; je commençais à me le reprocher, quand il me fit dire qu'il me reverrait le lendemain avec Mme de Miran. Et voici à propos de quoi il pouvait m'en assurer : c'est que le lendemain il devait y avoir une cérémonie dans notre couvent ; une jeune Religieuse y faisait sa profession, et ses parents en avaient invité toute la famille de Valville, la mère, le fils, l'oncle et toute la parenté ; ce que j'appris après, et ce que je présumai au moment où je les vis dans l'Église.

Vous savez qu'en de pareilles fêtes les Religieuses paraissent à découvert, et qu'on tire le rideau de leur grille[2] ; observez aussi que je me mettais ordinairement fort près de cette grille. Mme de Miran était arrivée si tard, avec toute sa compagnie, qu'elle n'eut que le temps d'entrer tout de suite dans l'église. Je vous ai dit que j'ignorais qu'elle fût invitée, et ce fut pour moi une agréable surprise, lorsque je la vis qui traversait pour venir se placer près de notre grille ; un Cavalier d'assez bonne mine, quoique un peu âgé, lui donnait la main.

Une file d'autres personnes la suivait, à ce qu'il me parut ; je ne la quittai point des yeux, elle ne me voyait point encore.

Enfin, elle arrive, et la voilà assise avec le Cavalier à côté d'elle. Ce fut alors qu'à travers ceux qui la suivaient, je démêlai M. de Climal, et Valville.

Quoi ! M. de Climal ! dis-je en moi-même avec un étonnement où peut-être entrait-il un peu d'émotion. Ce qui est de certain, c'est que j'aurais mieux aimé qu'il n'eût point été là ; je ne savais s'il devait m'être indiffé-

---

1. Au sens classique de « en fait ».   2. Dans les couvents de clôture, cette grille sépare le chœur, réservé aux religieuses de l'église ouverte au public (D).

rent qu'il y fût, ou si je devais en être fâchée ; mais à tout prendre, ce n'était pas une agréable vision pour moi, j'avais droit de le regarder comme un méchant homme, que ma seule présence déconcerterait.

Encore ne serait-ce rien pour lui que l'embarras de me voir, en comparaison des circonstances qui allaient s'y joindre, et des motifs d'inquiétude et de confusion qui allaient l'accabler. Je n'attendais que l'instant de faire ma révérence à Mme de Miran, sa sœur ; et Mme de Miran ne manquerait pas d'y répondre avec cet accueil aisé, tendre et familier, qui lui était ordinaire. Oh ! que penserait-il de cette familiarité ? Quelles suites fâcheuses n'en pouvait-il pas prévoir ? Madame, concevez combien il me trouverait redoutable pour sa gloire, et combien un méchant qui vous craint est lui-même à craindre.

Et tout ce que je vous dis là m'agitait confusément.

Son neveu fut le premier qui m'aperçut, et qui me salua avec je ne sais quel air de gaieté et de confiance qui était de bon augure pour nos affaires. M. de Climal, qui s'asseyait en ce moment, ne le vit point me saluer, et parlait au Cavalier qui était auprès de Mme de Miran.

Cette Dame les écoutait, et ne regardait point encore du côté des Religieuses. Enfin elle jeta les yeux sur nous, et m'aperçut.

Ce furent aussitôt de profondes révérences de ma part, qui m'attirèrent de la sienne de ces démonstrations qui se font avec la main, et qui signifiaient : Ah ! bonjour, ma chère enfant, te voilà ! Son frère, qui tirait alors de sa poche une espèce de bréviaire, remarqua ces démonstrations, les suivit de l'œil, et vit sa petite lingère qui ne paraissait pas avoir beaucoup perdu en le congédiant, et dont les ajustements ne devaient pas lui faire regretter le paquet de hardes malhonnêtes qu'elle lui avait renvoyées.

Ce pauvre homme (car l'instant approche où il méritera que j'adoucisse mes expressions sur son chapitre), ce pauvre homme, pour qui, par une espèce de fatalité, je devais toujours être un sujet d'embarras et d'alarmes, perdit toute contenance en me voyant, et n'eut pas la force de me regarder en face.

Je rougis à mon tour, mais en ennemie hardie et indignée, qui se sent l'avantage d'une bonne conscience, et qui a droit de confondre une âme coupable et au-dessous de la sienne.

Je doutais s'il me saluerait ou non, et il n'en fit rien, et je l'imitai par hauteur, par prudence, et même par une sorte de pitié pour lui ; il y avait de tout cela dans mon esprit [1].

Je m'aperçus que Mme de Miran l'observait, et je suis persuadée qu'elle sentit bien le désordre où il se trouvait, tant à cause de moi qu'à cause de Valville, que, par bonheur pour lui encore, il croyait seul au fait de son indignité. Le service commença ; il y eut un sermon qui fut fort beau ; je ne dis pas bon : ce fut avec la vanité de prêcher élégamment qu'on nous prêcha la vanité des choses de ce monde, et c'est là le vice de nombre de prédicateurs ; c'est bien moins pour notre instruction qu'en faveur de leur orgueil qu'ils prêchent ; de sorte que c'est presque toujours le péché qui prêche la vertu dans nos chaires [2].

La cérémonie finie, Mme de Miran me demanda, et vint au parloir avant que de partir ; elle n'avait que son fils avec elle. M. de Climal s'était déjà retiré. Bonjour, Marianne, me dit-elle ; le reste de ma compagnie m'attend en bas, à l'exception de mon frère, qui est parti, et je ne suis montée que pour te dire un mot. Voici Valville qui t'aime toujours, qui me persécute, qui est toujours à mes genoux pour obtenir que je consente à ses desseins ; il dit que je ferais son malheur si je m'y opposais, que c'est

----

1. Ce paragraphe est omis dans l'édition de 1781.   2. Marivaux n'est pas tendre avec les prédicateurs. Dans *Le Cabinet du philosophe*, il leur reproche de vouloir se faire admirer plutôt que d'essayer de convaincre ou d'évangéliser.

une inclination insurmontable, que sa destinée est de t'aimer et d'être à toi. Je me rends, je ne saurais dans le fond condamner le choix de son cœur ; tu es estimable, et c'est assez pour un homme qui t'aime et qui est riche. Ainsi, mes enfants, aimez-vous, je vous le permets. Toute autre mère que moi n'en agirait pas de même. Suivant les maximes du monde, mon fils fait une folie, et je ne suis pas sage de souffrir qu'il la fasse ; mais il y va, dit-il, du repos de sa vie, et il me faudrait un autre cœur que le mien pour résister à cette raison-là. Je songe que Valville ne blesse point le véritable honneur, qu'il ne s'écarte que des usages établis, qu'il ne fait tort qu'à sa fortune, qu'il peut se passer d'augmenter. Il assure qu'il ne saurait vivre sans toi ; je conviens de tout le mérite qu'il te trouve : il n'y aura, dans cette occasion-ci, que les hommes et leurs coutumes de choqués ; Dieu ni la raison ne le seront pas. Qu'il poursuive donc. Ce sont tes affaires, mon fils ; tu es d'une famille considérable, on ne connaît point celle de Marianne, l'orgueil et l'intérêt ne veulent point que tu l'épouses ; tu ne les écoutes pas, tu n'en crois que ton amour. Je ne suis à mon tour ni assez orgueilleuse, ni assez intéressée pour être inexorable, et je n'en crois que ma bonté. Tu m'y forces par la crainte de te rendre malheureux : je serais réduite à être ton tyran, et je crois qu'il vaut mieux être ta mère. Je prie le ciel de bénir les motifs qui font que je te cède ; mais quoi qu'il arrive, j'aime mieux avoir à me reprocher mon indulgence qu'une inflexibilité dont tu ne profiterais pas, et dont les suites seraient peut-être encore plus tristes[1].

Valville, à ce discours, pleurant de joie et de reconnaissance, embrassa ses genoux. Pour moi, je fus si touchée, si pénétrée, si saisie, qu'il ne me fut pas possible d'articuler un mot ; j'avais les mains tremblantes, et je n'exprimai ce que je sentais que par de courts et fréquents soupirs.

---

1. Ce fut la situation de Mme Lambert dont le fils se maria contre son choix (D).

Tu ne me dis rien, Marianne, me dit ma bienfaitrice, mais j'entends ton silence, et je ne m'en défends point : je suis moi-même sensible à la joie que je vous donne à tous deux. Le ciel pouvait me réserver une belle-fille qui fût plus au gré du monde[1], mais non pas qui fût plus au gré de mon cœur.

J'éclatai ici par un transport subit : ah ! ma mère, m'écriai-je, je me meurs ; je ne me possède pas de tendresse et de reconnaissance.

Là, je m'arrêtai, hors d'état d'en dire davantage à cause de mes larmes ; je m'étais jetée à genoux, et j'avais passé une moitié de ma main par la grille pour avoir celle de Mme de Miran, qui en effet approcha la sienne ; et Valville, éperdu de joie et comme hors de lui, se jeta sur nos deux mains, qu'il baisait alternativement.

Écoutez, mes enfants, dit Mme de Miran après avoir regardé quelque temps les transports de son fils, il faut user de quelque prudence en cette conjoncture-ci ; tant que vous resterez dans ce couvent, ma fille, je défends à Valville de vous y venir voir sans moi ; vous avez conté votre histoire à l'Abbesse, elle pourrait se douter que mon fils vous aime, que peut-être j'y consens ; elle en raisonnerait avec ses Religieuses, qui en parleraient à d'autres, et c'est ce que je veux éviter. Il n'est pas même à propos que vous demeuriez longtemps dans cette maison, Marianne ; je vous y laisserai encore trois semaines ou tout au plus un mois, pendant lequel je vous chercherai un Couvent où l'on ne saura rien des accidents de votre vie, et où, sous un autre nom que le mien, je vous placerai moi-même, en attendant que j'aie pris des mesures, et que j'aie vu comment je me conduirai pour préparer les esprits à votre mariage, et pour empêcher qu'il n'étonne. On vient à bout de tout avec un peu de patience et d'adresse, surtout quand on a une mère comme moi pour confidente.

Valville, là-dessus, allait retomber dans ses remercie-

---

1. Le monde est ici la société, ses préjugés et ses règles.

ments, et moi dans les témoignages de mon respect et de ma tendresse, mais elle se leva : Tu sais qu'on m'attend, dit-elle à son fils ; renferme ta joie[1], je te dispense de me la montrer, je la vois de reste : descendons.

Ma mère, reprit son fils, Marianne sera encore un mois ici. Vous me défendez de la voir sans vous ; cela ne veut-il pas dire que je vous accompagnerai quelquefois, quand vous viendrez ? Oui, oui, dit-elle, il faudra bien, mais une ou deux fois seulement, et pas davantage. Allons, sortons, au nom de Dieu, laisse-moi te conduire ; il y aura une difficulté à laquelle je ne songeais pas : c'est que mon frère connaît Marianne, sait qui elle est ; et peut-être serons-nous obligés de vous marier secrètement. Tu es son héritier, mon fils, c'est à quoi il faut prendre garde. Il est vrai qu'après son aventure avec Marianne, on pourrait espérer de le gagner, de lui faire entendre raison ; et nous consulterons sur le parti qu'il y aura à prendre ; il m'aime, il a quelque confiance en moi, je la mettrai à profit, et tout peut s'arranger. Adieu, ma fille. Et sur-le-champ elle se hâta de descendre, et me laissa plus charmée que je n'entreprendrai de le dire.

Je vous ai conté qu'il y avait trois ou quatre nuits que je n'avais presque pas dormi de pure inquiétude ; à présent, mettez-en pour le moins autant que je passai dans l'insomnie. Rien ne réveille tant qu'une extrême joie, ou que l'attente certaine d'un grand bonheur ; et sur ce pied-là, jugez si je devais avoir beaucoup de disposition à dormir.

Imaginez-vous ce que je deviens quand je pense que j'épouserai Valville, et combien de fois mon âme en tressaille ; et si, avec tant de tressaillements, j'avais le sang bien reposé.

Les deux premiers jours je fus simplement enchantée ; ensuite il s'y joignit de l'impatience. Oui, j'épouserai Valville, Mme de Miran me l'a dit, me l'a promis ; mais cet événement, quand arrivera-t-il ? Je vais demeurer encore

---

1. Au sens de dissimuler ou de contrôler sa joie.

un mois ici ; on doit me mettre après dans un autre couvent, afin de prendre des mesures pour ce mariage ; mais
ces mesures seront-elles bien longues à prendre ? ira-t-on
vite ? On n'en sait rien ; on ne fixe aucun temps, on peut
changer de sentiment ; et ces pensées altéraient extrêmement ma satisfaction ; j'en souffrais quelquefois presque
autant que d'un vrai chagrin ; j'aurais voulu pouvoir sau-
ter de l'instant où j'étais à l'instant de ce mariage.

Enfin ces agitations, tant agréables que pénibles, s'af-
faiblirent et se passèrent : l'âme s'accoutume à tout, sa
sensibilité s'use, et je me familiarisai avec mes espérances
et avec mes inquiétudes.

Me voilà donc tranquille ; il y avait cinq ou six jours
que je n'avais vu ni la mère ni le fils, quand un matin on
m'apporta un billet de Mme de Miran, où elle me mandait
qu'elle me viendrait prendre à une heure après-midi avec
son fils, pour me mener dîner chez Mme Dorsin ; son billet
finissait par ces mots :

*« Et surtout rien de négligé dans ton ajustement,
entends-tu ? je veux que tu te pares. »*

Et vous serez obéie, dis-je en moi-même en lisant sa
lettre ; aussi avais-je bien l'intention de me parer, même
avant que d'avoir lu l'ordre ; mais cet ordre mettait encore
ma vanité bien plus à son aise ; j'allais avoir de la coquetterie par obéissance.

Quand je dis de la coquetterie, c'est qu'il y en a toujours à s'ajuster avec un peu de soin, c'est tout ce que je
veux dire ; car jamais je ne me suis écartée de la décence
la plus exacte dans ma parure : j'y ai toujours cherché
l'honnête, et par sagesse naturelle, et par amour-propre ;
oui, par amour-propre.

Je soutiens qu'une femme qui choque la pudeur perd
tout le mérite des grâces qu'elle a : on ne les distingue
plus à travers la grossièreté des moyens qu'elle emploie
pour plaire ; elle ne va plus au cœur, elle ne peut plus
même se flatter de plaire, elle débauche ; elle n'attire plus
comme aimable, mais seulement comme libertine, et par

là se met à peu près au niveau de la plus laide qui ne se ménagerait pas. Il est vrai qu'avec un maintien sage et modeste, moins de gens viendront lui dire : Je vous aime ; mais il y en aura peut-être encore plus qui le lui diraient, s'ils osaient : ainsi ce ne sera pour elle que des déclarations de moins, et non pas des amants ; de façon qu'elle y gagnera du respect, et n'y perdra rien du côté de l'amour.

Cette réflexion a coulé de ma plume sans que j'y prisse garde ; heureusement elle est courte, et j'espère qu'elle ne vous ennuiera pas. Continuons.

Onze heures sont sonnées ; il est temps de m'habiller, et je vais me mettre du meilleur air qu'il me sera possible, puisqu'on le veut ; et c'est encore bon signe qu'on le veuille, c'est une marque que Mᵐᵉ de Miran persiste à m'abandonner le cœur de Valville. Si elle hésitait, elle n'exposerait pas ce jeune homme à tous mes appâts, n'est-il pas vrai ?

C'est aussi ce que je pense en m'habillant, et j'ai bien du plaisir à le penser, mes grâces s'en ressentiront, j'en aurai le teint plus clair, et les yeux plus vifs.

Mais me voilà prête, une heure va sonner, j'attends Mᵐᵉ de Miran ; et pour me désennuyer en l'attendant, je vais de temps en temps me regarder dans mon miroir, retoucher à ma coiffure qui va fort bien, et à qui pourtant, par une nécessité de geste, je refais toujours quelque chose.

On ouvre ma porte, Mᵐᵉ de Miran vient d'arriver, on m'en avertit, et je pars. Son fils était à la porte du Couvent, et il me donna la main jusqu'au carrosse où ma bienfaitrice était restée.

Je ne vous dis pas que quelques Sœurs Converses que je trouvai sur mon chemin, en descendant de chez moi, me parurent surprises de me voir si jolie. Jésus ! mignonne, que vous êtes belle ! s'écrièrent-elles avec une simplicité naïve à laquelle je pouvais me fier.

Je vis Valville prêt à s'écrier à son tour. Il se retint : la Tourière était présente, et il ne s'expliqua que par un serrement de main que j'approuvai d'un petit regard qui n'en fut que plus doux pour être timide.

M. de Climal ne se porte pas bien, me dit-il dans le trajet ; il a un peu de fièvre depuis deux jours. Tant pis, répondis-je, je ne lui veux point de mal, et il faut espérer que ce ne sera rien ; là-dessus nous arrivâmes au carrosse.

Allons, monte, Marianne, me dit ma bienfaitrice ; hâtons-nous, il se fait tard. Et je montai.

Tu es fort bien, ajouta-t-elle en m'examinant, fort bien. Oui, dit Valville avec un souris, grâce à sa beauté et à sa figure, elle est on ne peut pas mieux.

Écoute, Marianne, reprit Mᵐᵉ de Miran, tu sais que nous allons dîner chez Mᵐᵉ Dorsin [1] ; il y aura du monde, et nous sommes convenues toutes deux que je t'y mènerais comme la fille d'une de mes meilleures amies qui est morte, qui était en province, et qui en mourant t'a confiée à mes soins. Souviens-toi de cela ; et ce que je dirai est presque vrai : j'aurais aimé ta mère si je l'avais connue ; je la regarde comme une amie que j'ai perdue ; ainsi je ne tromperai personne.

Hélas ! Madame, répondis-je extrêmement attendrie, vos bontés pour moi vont toujours en augmentant depuis que j'ai le bonheur d'être à vous ; toutes les paroles que vous m'avez dites sont autant d'obligations que je vous ai, autant de bienfaits de votre part.

Il est vrai, dit Valville, qu'il n'y a point de mère qui ressemble à la nôtre ; aussi ne saurait-on dire combien on l'aime. Oui, reprit-elle d'un air badin, je crois que tu m'aimes beaucoup, mais que tu me cajoles un peu.

Au reste, ma fille, je ne connais point de meilleure compagnie que celle où je te mène, ni de plus choisie ; ce sont tous gens extrêmement sensés et de beaucoup d'esprit que tu vas voir. Je ne te prescris rien ; tu n'as nulle habitude du monde, mais cela ne te fera aucun tort auprès d'eux ; ils n'en jugeront pas moins sainement de ce que

---

1. Voir la note 1, p. 237 et l'Introduction, p. 23.

tu vaux, et je ne saurais te présenter nulle part où ton peu de connaissance à cet égard soit plus à l'abri de la critique. Ce sont de ces personnes qui ne trouvent ridicule que ce qui l'est réellement ; ainsi, ne crains rien, tu ne leur déplairas pas, je l'espère.

Nous arrivâmes alors, et nous entrâmes chez Mme Dorsin ; il y avait trois ou quatre personnes avec elle.

Ah ! la voilà donc enfin, vous me l'amenez, dit-elle à Mme de Miran en me voyant ; venez, Mademoiselle, venez que je vous embrasse, et allons nous mettre à table ; on n'attendait que vous.

Nous dînâmes. Quelque novice et quelque ignorante que je fusse en cette occasion-ci, comme l'avait dit Mme de Miran, j'étais née pour avoir du goût, et je sentis bien en effet avec quelles gens je dînais.

Ce ne fut point à force de leur trouver de l'esprit que j'appris à les distinguer pourtant. Il est certain qu'ils en avaient plus que d'autres, et que je leur entendais dire d'excellentes choses, mais ils les disaient avec si peu d'effort, ils y cherchaient si peu de façon, c'était d'un ton de conversation si aisé et si uni, qu'il ne tenait qu'à moi de croire qu'ils disaient les choses les plus communes. Ce n'était point eux qui y mettaient de la finesse, c'était de la finesse qui s'y rencontrait ; ils ne sentaient pas qu'ils parlaient mieux qu'on ne parle ordinairement ; c'était seulement de meilleurs esprits que d'autres, et qui par là tenaient nécessairement de meilleurs discours qu'on n'a coutume d'en tenir ailleurs, sans qu'ils eussent besoin d'y tâcher, et je dirais volontiers sans qu'il y eût de leur faute ; car on accuse quelquefois les gens d'esprit de vouloir briller. Oh ! il n'était pas question de cela ici ; et comme je l'ai déjà dit, si je n'avais pas eu un peu de goût naturel, un peu de sentiment, j'aurais pu m'y méprendre, et je ne me serais aperçu de rien.

Mais à la fin, ce ton de conversation si excellent, si exquis, quoique si simple, me frappa.

Ils ne disaient rien que de juste et que de convenable,
rien qui ne fût d'un commerce doux, facile et gai. J'avais
compris le monde tout autrement que je ne le voyais là
(et je n'avais pas tant de tort) ; je me l'étais figuré plein
de petites règles frivoles et de petites finesses polies, plein
de bagatelles graves et importantes, difficiles à apprendre,
et qu'il fallait savoir sous peine d'être ridicule, toutes ridi-
cules qu'elles sont elles-mêmes.

Et point du tout ; il n'y avait rien ici qui ressemblât à
ce que j'avais pensé, rien qui dût embarrasser mon esprit
ni ma figure, rien qui me fît craindre de parler, rien au
contraire qui n'encourageât ma petite raison à oser se
familiariser avec la leur ; j'y sentis même une chose qui
m'était fort commode, c'est que leur bon esprit suppléait
aux tournures obscures et maladroites du mien. Ce que je
ne disais qu'imparfaitement, ils achevaient de le penser
et de l'exprimer pour moi, sans qu'ils y prissent garde ;
et puis ils m'en donnaient tout l'honneur.

Enfin ils me mettaient à mon aise ; et moi qui m'imaginais qu'il y avait tant de mystère dans la politesse des
gens du monde, et qui l'avais regardée comme une
science qui m'était totalement inconnue et dont je n'avais
nul principe, j'étais bien surprise de voir qu'il n'y avait
rien de si particulier dans la leur, rien qui me fût si étranger, mais seulement quelque chose de liant, d'obligeant
et d'aimable.

Il me semblait que cette politesse était celle que toute
âme honnête, que tout esprit bien fait trouve qu'il a en lui
dès qu'on la lui montre.

Mais nous voici chez Mme Dorsin, aussi bien qu'aux
dernières pages de cette partie de ma vie ; c'est ici où j'ai
dit que je ferais le portrait de cette dame. J'ai dit aussi,
ce me semble, qu'il serait long, et c'est de quoi je ne
réponds plus. Peut-être sera-t-il court, car je suis lasse.
Tous ces portraits me coûtent. Voyons celui-ci pourtant.

Mme Dorsin était beaucoup plus jeune que ma bienfaitrice. Il n'y a guère de physionomie comme la sienne, et

jamais aucun visage de femme n'a tant mérité que le sien
qu'on se servît de ce terme de physionomie [1] pour le définir et pour exprimer tout ce qu'on en pensait en bien.

Ce que je dis là signifie un mélange avantageux de
mille choses dont je ne tenterai pas le détail.

Cependant voici en gros ce que j'en puis expliquer.
Mme Dorsin était belle, encore n'est-ce pas là dire ce
qu'elle était. Ce n'aurait pas été la première idée qu'on
eût eue d'elle en la voyant : on avait quelque chose de
plus pressé à sentir, et voici un moyen de me faire
entendre.

Personnifions la beauté, et supposons qu'elle s'ennuie
d'être si sérieusement belle, qu'elle veuille essayer du
seul plaisir de plaire, qu'elle tempère sa beauté sans la
perdre, et qu'elle se déguise en grâce ; c'est à Mme Dorsin
à qui elle voudra ressembler. Et voilà le portrait que vous
devez vous faire de cette Dame.

Ce n'est pas là tout ; je ne parle ici que du visage, tel
que vous l'auriez pu voir dans un tableau de Mme Dorsin.

Ajoutez à présent une âme qui passe à tout moment sur
cette physionomie, qui va y peindre tout ce qu'elle sent,
qui y répand l'air de tout ce qu'elle est, qui la rend aussi
spirituelle, aussi délicate, aussi vive, aussi fière, aussi
sérieuse, aussi badine qu'elle l'est tour à tour elle-même ;
et jugez par là des accidents de force, de grâce, de finesse,
et de l'infinité des expressions rapides qu'on voyait sur
ce visage.

Parlons maintenant de cette âme, puisque nous y
sommes. Quand quelqu'un a peu d'esprit et de sentiment,
on dit d'ordinaire qu'il a les organes épais ; et un de mes
amis, à qui je demandai ce que cela signifiait, me dit
gravement et en termes savants : C'est que notre âme est
plus ou moins bornée, plus ou moins embarrassée, suivant
la conformation des organes auxquels elle est unie.

Et s'il m'a dit vrai, il fallait que la nature eût donné à

1. Traits, air du visage (A).

Mme Dorsin des organes bien favorables ; car jamais âme ne fut plus agile que la sienne, et ne souffrit moins de diminution dans sa faculté de penser. La plupart des femmes qui ont beaucoup d'esprit ont une certaine façon d'en avoir qu'elles n'ont pas naturellement, mais qu'elles se donnent.

Celle-ci s'exprime nonchalamment et d'un air distrait afin qu'on croie qu'elle n'a presque pas besoin de prendre la peine de penser, et que tout ce qu'elle dit lui échappe.

C'est d'un air froid, sérieux et décisif que celle-là parle, et c'est pour avoir aussi un caractère d'esprit particulier.

Une autre s'adonne à ne dire que des choses fines, mais d'un ton qui est encore plus fin que tout ce qu'elle dit ; une autre se met à être vive et pétillante. Mme Dorsin ne débitait rien de ce qu'elle disait dans aucune de ces petites manières de femme : c'était le caractère de ses pensées qui réglait bien franchement le ton dont elle parlait. Elle ne songeait à avoir aucune sorte d'esprit, mais elle avait l'esprit avec lequel on en a de toutes les sortes, suivant que le hasard des matières l'exige ; et je crois que vous m'entendrez, si je vous dis qu'ordinairement son esprit n'avait point de sexe, et qu'en même temps ce devait être de tous les esprits de femme le plus aimable, quand Mme Dorsin voulait.

Il n'y a point de jolie femme qui n'ait un peu trop envie de plaire ; de là naissent ces petites minauderies[1] plus ou moins adroites par lesquelles elle vous dit : Regardez-moi.

Et toutes ces singeries[2] n'étaient point à l'usage de Mme Dorsin ; elle avait une fierté d'amour-propre qui ne lui permettait pas de s'y abaisser, et qui la dégoûtait des avantages qu'on en peut tirer ; ou si dans la journée elle se relâchait un instant là-dessus, il n'y avait qu'elle qui le savait. Mais, en général, elle aimait mieux qu'on pensât

---

1. Mines et façons de faire affectées (A).   2. Grimaces, gestes, tours de malice (A).

bien de sa raison que de ses charmes ; elle ne se confondait pas avec ses grâces ; c'était elle que vous honoriez
en la trouvant raisonnable ; vous n'honoriez que sa figure
en la trouvant aimable.

Voilà quelle était sa façon de penser ; aussi aurait-elle
rougi de vous avoir plu, si dans la réflexion vous aviez
pu vous dire : elle a tâché de me plaire ; de sorte qu'elle
vous laissait le soin de sentir ce qu'elle valait, sans se
faire l'affront de vous y aider.

À la vérité, ce dégoût qu'elle avait pour tous ces petits
moyens de plaire, peut-être était-elle bien aise qu'on le
remarquât ; et c'était là le seul reproche qu'on pouvait
hasarder contre elle, la seule espèce de coquetterie dont
on pouvait la soupçonner en la chicanant.

Et en tout cas, si c'est là une faiblesse, c'est du moins
de toutes les faiblesses la plus honnête, je dis même la
plus digne d'une âme raisonnable, et la seule qu'elle pourrait avouer sans conséquence. Il est naturel de souhaiter
qu'on nous rende justice ; la plus grande de toutes les
âmes ne serait pas insensible au plaisir d'être connue pour
telle.

Mais je suis trop fatiguée pour continuer, je m'endors.
Il me reste à parler du meilleur cœur du monde, en même
temps du plus singulier, comme je vous l'ai déjà dit ; et
c'est une besogne que je ne suis pas en état d'entreprendre
à présent ; je la remets à une autre fois, c'est-à-dire dans
ma cinquième partie, où elle viendra fort à propos ; et
cette cinquième, vous l'aurez incessamment. J'avais promis dans ma troisième de vous conter quelque chose de
mon couvent ; je n'ai pu le faire ici, et c'est encore partie
remise. Je vous annonce même l'histoire d'une Religieuse
qui fera presque tout le sujet de mon cinquième livre.

CINQUIÈME PARTIE

Voici, Madame, la cinquième Partie de ma vie. Il n'y a pas longtemps que vous avez reçu la quatrième, et j'aurais, ce me semble, assez bonne grâce à me vanter que je suis diligente ; mais ce serait me donner des airs que je ne soutiendrais peut-être pas, et j'aime mieux tout d'un coup entrer modestement en matière. Vous croyez que je suis paresseuse, et vous avez raison ; continuez de le croire, c'est le plus sûr, et pour vous, et pour moi. De diligence, n'en attendez point ; j'en aurai peut-être quelquefois, mais ce sera par hasard, et sans conséquence ; et vous m'en louerez si vous voulez, sans que vos éloges m'engagent à les mériter dans la suite.

Vous savez que nous dînions, Mme de Miran, Valville et moi, chez Mme Dorsin, dont je vous faisais le portrait, que j'ai laissé à moitié fait, à cause que je m'endormais. Achevons-le.

Je vous ai dit combien elle avait d'esprit, nous en sommes maintenant aux qualités de son cœur. Celui de Mme de Miran vous a paru extrêmement aimable ; je vous ai promis que celui de Mme Dorsin le vaudrait bien. Je vous ai en même temps annoncé que vous verriez un caractère de bonté différent ; et de peur que cette différence ne nuise à l'idée que je veux vous donner de cette dame, vous me permettrez de commencer par une petite réflexion.

Vous vous souvenez que dans Mme de Miran, je vous

ai peint une femme d'un esprit ordinaire, de ces esprits qu'on ne loue ni qu'on ne méprise, et qui ont une raisonnable médiocrité[1] de bon sens et de lumière ; au lieu que je vais parler d'une femme qui avait toute la finesse d'esprit possible. Ne perdez point cela de vue. Voici à présent ma réflexion.

Supposons la plus généreuse et la meilleure personne du monde, et avec cela la plus spirituelle, et de l'esprit le plus délié. Je soutiens que cette bonne personne ne paraîtra jamais si bonne, (car il faut que je répète les mots) que le paraîtra une autre personne qui, avec ce même degré de bonté, n'aura qu'un esprit médiocre.

Quand je dis qu'elle paraîtra moins bonne, pourvu encore qu'on lui accorde de la bonté, qu'on n'attribue pas à son esprit ce qui ne paraîtra que dans son cœur, qu'on ne dise pas que cette bonté n'est qu'un tour d'adresse de son esprit. Et voulez-vous savoir la cause de cette injustice qu'on lui fera, de la croire moins bonne ? La voici en partie, si je ne me trompe.

C'est que la plupart des hommes, quand on les oblige, voudraient qu'on ne sentît presque pas, et le prix du service qu'on leur rend, et l'étendue de l'obligation qu'ils en ont ; ils voudraient qu'on fût bon sans être éclairé ; cela conviendrait mieux à leur ingrate délicatesse, et c'est ce qu'ils ne trouvent pas dans quiconque a beaucoup d'esprit. Plus il en a, plus il les humilie ; il voit trop clair dans ce qu'il fait pour eux. Cet esprit qu'il a en est un témoin trop exact, et peut-être trop superbe : d'ailleurs, ils ne sauraient plus manquer de reconnaissance sans en être honteux ; ce qui les fâche au point qu'ils en manquent d'avance, précisément à cause qu'on sait trop toute celle qu'ils doivent. S'ils avaient affaire à quelqu'un qui le sût moins, ils en auraient davantage.

Avec cette personne qui a tant d'esprit, il faudra, se disent-ils, qu'ils prennent garde de ne pas paraître

---

1. Au sens d'intelligence et de bon sens moyens.

ingrats ; au lieu qu'avec cette personne qui en aurait
moins, leur reconnaissance leur ferait presque autant
d'honneur que s'ils étaient eux-mêmes généreux.

Voilà pourquoi ils aiment tant la bonté de l'une, et pourquoi ils jugent avec tant de rancune de la bonté de l'autre.

L'une sait bien en gros qu'elle leur rend service, mais
elle ne le sait pas finement ; la moitié de ce qui en est lui
échappe faute de lumière, et c'est autant de rabattu sur
leur reconnaissance, autant de confusion d'épargnée. Ils
sont servis à meilleur marché, et ils lui en savent si bon
gré qu'ils la croient mille fois plus obligeante que l'autre,
quoique le seul mérite qu'elle ait de plus soit d'avoir une
qualité de moins, c'est-à-dire d'avoir moins d'esprit.

Or, Mme de Miran était de ces bonnes personnes à qui
les hommes, en pareil cas, sont si obligés de ce qu'elles
ont l'esprit médiocre ; et Mme Dorsin, de ces bonnes personnes dont les hommes regardent les lumières involontaires comme une injure, et le tout de bonne foi, sans
connaître leur injustice ; car ils ne se débrouillent pas
jusque-là.

Me voilà au bout de ma réflexion. J'aurais pourtant
grande envie d'y ajouter encore quelques mots, pour la
rendre complète. Le voulez-vous bien ? Oui, je vous en
prie. Heureusement que mon défaut là-dessus n'a rien de
nouveau pour vous. Je suis insupportable avec mes
réflexions, vous le savez bien. Souffrez donc encore celle-
ci, qui n'est qu'une petite suite de l'autre ; après quoi je
vous assure que je n'en ferai plus, ou si par hasard il m'en
échappe quelqu'une, je vous promets qu'elle n'aura pas
plus de trois lignes, et j'aurai soin de les compter. Voici
donc ce que je voulais vous dire.

D'où vient que les hommes ont cette injuste délicatesse
dont nous parlions tout à l'heure ? N'aurait-elle pas sa
source dans la grandeur réelle de notre âme ? Est-ce que
l'âme, si on peut le dire ainsi, serait d'une trop haute
condition pour devoir quelque chose à une autre âme ? Le

titre de bienfaiteur ne sied-il bien qu'à Dieu seul ? Est-il déplacé partout ailleurs ?

Il y a apparence, mais qu'y faire ? Nous avons tous besoin les uns des autres ; nous naissons dans cette dépendance, et nous ne changerons rien à cela.

Conformons-nous donc à l'état où nous sommes ; et s'il est vrai que nous soyons si grands, tirons de cet état le parti le plus digne de nous.

Vous dites que celui qui vous oblige a de l'avantage sur vous. Eh bien ! voulez-vous lui conserver cet avantage, n'être qu'un atome auprès de lui, vous n'avez qu'à être ingrat. Voulez-vous redevenir son égal, vous n'avez qu'à être reconnaissant ; il n'y a que cela qui puisse vous donner votre revanche. S'enorgueillit-il du service qu'il vous a rendu, humiliez-le à son tour, et mettez-vous modestement au-dessus de lui par votre reconnaissance. Je dis modestement ; car si vous êtes reconnaissant avec faste, avec hauteur, si l'orgueil de vous venger s'en mêle, vous manquez votre coup ; vous ne vous vengez plus, et vous n'êtes plus tous deux que de petits hommes, qui disputez à qui sera le plus petit.

Ah ! j'ai fini. Pardon, Madame ; en voilà pour longtemps, peut-être pour toujours. Revenons à Mme Dorsin et à son esprit.

J'ignore si jamais le sien a été cause qu'on ait moins estimé son cœur qu'on ne le devait ; mais, comme vous avez été frappée du portrait que je vous ai fait de la meilleure personne du monde, qui, du côté de l'esprit, n'était que médiocre, j'ai été bien aise de vous disposer à voir sans prévention un autre portrait de la meilleure personne du monde aussi, mais qui avait un esprit supérieur, ce qui fait d'abord un peu contre elle [1], sans compter que cet

---

1. Selon (D), l'expression « faire contre elle » n'est pas d'un usage fréquent. Il la rapproche de l'expression « faire contre » employée dans certains jeux de cartes et du verbe « contrer ». Il propose de la traduire par « jouer contre ».

esprit va nécessairement mettre des différences dans sa manière d'être bonne, comme dans tout le reste du caractère.

Par exemple, Mme de Miran, avec tout le bon cœur qu'elle avait, ne faisait pour vous que ce que vous la priiez de faire, ou ne vous rendait précisément que le service que vous osiez lui demander ; je dis que vous osiez, car on a rarement le courage de dire tout le service dont on a besoin, n'est-il pas vrai ? On y va d'ordinaire avec une discrétion qui fait qu'on ne s'explique qu'imparfaitement.

Et avec Mme de Miran, vous y perdiez ; elle n'en voyait pas plus que vous lui en disiez, et vous servait littéralement.

Voilà ce que produisait la médiocrité de ses lumières ; son esprit bornait la bonté de son cœur.

Avec Mme Dorsin, ce n'était pas de même ; tout ce que vous n'osiez lui dire, son esprit le pénétrait ; il en instruisait son cœur, il l'échauffait de ses lumières, et lui donnait pour vous tous les degrés de bonté qui vous étaient nécessaires.

Et ce nécessaire allait toujours plus loin que vous ne l'aviez imaginé vous-même. Vous n'auriez pas songé à demander tout ce que Mme Dorsin faisait.

Aussi pouviez-vous manquer d'attention, d'esprit, d'industrie : elle avait de tout cela pour vous.

Ce n'était pas elle que vous fatiguiez du soin de ce qui vous regardait, c'était elle qui vous en fatiguait ; c'était vous qu'on pressait, qu'on avertissait, qu'on faisait ressouvenir de telle ou telle chose, qu'on grondait de l'avoir oubliée ; en un mot, votre affaire devenait réellement la sienne. L'intérêt qu'elle y prenait n'avait plus l'air généreux à force d'être personnel ; il ne tenait qu'à vous de trouver cet intérêt incommode [1].

Au lieu d'une obligation que vous comptiez avoir à Mme Dorsin, vous étiez tout surpris de lui en avoir plu-

---

1. Fâcheux, qui cause quelque peine (A).

sieurs que vous n'aviez pas prévues ; vous étiez servi pour le présent, vous l'étiez pour l'avenir dans la même affaire. Mme Dorsin voyait tout, songeait à tout, devenant toujours plus serviable, et se croyant obligée de le devenir à mesure qu'elle vous obligeait.

Il y a des gens qui, tout bons cœurs qu'ils sont, estiment ce qu'ils ont fait, ou ce qu'ils font pour vous, l'évaluent, en sont glorieux, et se disent : Je le sers bien, il doit être bien reconnaissant.

Mme Dorsin disait : Je l'ai servi plusieurs fois, je l'ai donc accoutumé à croire que je dois le servir toujours ; il ne faut donc pas tromper cette opinion qu'il a, et qui m'est si chère ; il faut donc que je continue de la mériter.

De sorte qu'à la manière dont elle envisageait cela, ce n'était pas elle qui méritait votre reconnaissance, c'était vous qui méritiez la sienne, à cause que vous comptiez qu'elle vous servirait. Elle concluait qu'elle devait vous servir, et le concluait avec un plaisir qui la payait de tout ce qu'elle avait fait pour vous.

Votre hardiesse à redemander d'être servi faisait sa récompense, son sublime amour-propre n'en connaissait point de plus touchante ; et plus là-dessus vous en agissiez sans façon avec elle, plus vous la charmiez, plus vous la traitiez selon son cœur ; et cela est admirable.

Une âme qui ne vous demande rien pour les services qu'elle vous a rendus, sinon que vous en preniez droit d'en exiger d'autres, qui ne veut rien que le plaisir de vous voir abuser de la coutume qu'elle a de vous obliger, en vérité, une âme de ce caractère a bien de la dignité.

Peut-être l'élévation de pareils sentiments est-elle trop délicieuse ; peut-être Dieu défend-il qu'on s'y complaise ; mais moralement parlant, elle est bien respectable aux yeux des hommes. Venons au reste.

La plupart des gens d'esprit ne peuvent s'accommoder de ceux qui n'en ont point ou qui n'en ont guère, ils ne savent que leur dire dans une conversation ; et Mme Dorsin, qui avait bien plus d'esprit que ceux qui en ont beaucoup, ne s'avisait point d'observer si vous en manquiez avec elle, et n'en désirait jamais plus que vous n'en aviez ; et c'est qu'en effet elle n'en avait elle-même alors pas plus qu'il vous en fallait.

Non pas qu'elle vous fît la grâce de régler son esprit sur le vôtre : il se trouvait d'abord tout réglé, et elle n'avait point d'autre mérite à cela que celui d'être née avec un esprit naturellement raisonnable et philosophe[1], qui ne s'amusait pas à dédaigner ridiculement l'esprit de personne, et qui ne sentait rapidement le vôtre que pour s'y conformer sans s'en apercevoir.

Mᵐᵉ Dorsin ne faisait pas réflexion qu'elle descendait jusqu'à vous ; vous ne vous en doutiez pas non plus ; vous lui trouviez pourtant beaucoup d'esprit, et c'est que celui qu'elle gardait avec vous ne servait qu'à vous en donner plus que vous n'en aviez d'ordinaire, et l'on en trouve toujours beaucoup à qui nous en donne.

D'un autre côté, ceux qui en avaient tâchaient d'en montrer le plus qu'ils pouvaient avec elle, non qu'ils crussent qu'il fallait en avoir, ni qu'elle examinerait s'ils en avaient ; mais afin qu'elle leur fît l'honneur de leur en trouver. C'était la seule force de l'estime qu'ils avaient pour le sien qui les mettait sur ce ton-là.

Les femmes surtout s'efforçaient de faire preuve d'esprit devant elle, sans exiger qu'elle en fît autant : ses preuves étaient toujours faites à elle. Ainsi elles ne venaient pas pour voir combien elle avait d'esprit, elles venaient seulement lui montrer combien elles en avaient.

Aussi les laissait-elle étaler le leur tout à leur aise, et

---

1. Le sens n'est pas évident. Doit-on tenir compte du sens que prend le terme « philosophe » au XVIIIᵉ siècle et admettre qu'il s'applique à un esprit qui se met au-dessus des préjugés, et examine avec la raison toutes les actions humaines, ou, plus traditionnellement, qu'il s'applique à un esprit qui a choisi de mener une vie tranquille et retirée, hors de l'embarras des affaires ? Ces deux définitions viennent de (A). Il semble par le contexte qu'il faille pencher pour un sens proche de la première acception ici citée.

ne les interrompait-elle le plus souvent que pour approuver, que pour louer, que pour les remettre en haleine.

Il me semblait lui entendre dire : Allons, brillez, mesdames, courage ! et effectivement elles brillaient, ce qui
demande beaucoup d'esprit ; et Mme Dorsin se contentait
de les y aider ; sorte d'inaction ou de désintéressement
qui en demande bien davantage, et d'un esprit bien plus
mâle.

Vous auriez dit de jolis enfants qui, pour avoir un juge
de leur adresse, venaient jouer devant un homme fait.

Voici encore un effet singulier du caractère de
Mme Dorsin.

Allez dans quelque maison du monde que ce soit ;
voyez-y des personnes de différentes conditions, ou de
différents états ; supposez-y un militaire, un financier, un
homme de robe[1], un ecclésiastique, un habile homme
dans les arts qui n'a que son talent pour toute distinction[2],
un savant qui n'a que sa science : ils ont beau être
ensemble, tous réunis qu'ils sont, ils ne se mêlent point,
jamais ils ne se confondent ; ce sont toujours des étrangers les uns pour les autres, et comme gens de différentes
nations ; toujours des gens mal assortis, qui se servent
mutuellement de spectacle.

Vous y verrez aussi une subordination sotte et gênante,
que l'orgueil cavalier ou le maintien imposant des uns, et
la crainte de s'émanciper dans les autres, y conservent
entre eux.

L'un interroge hardiment, l'autre avec poids et gravité ;
l'autre attend pour parler qu'on lui parle.

Celui-ci décide, et ne sait ce qu'il dit ; celui-là a raison,
et n'ose le dire ; aucun d'entre eux ne perd de vue ce
qu'il est, et y ajuste ses discours et sa contenance ; quelle
misère !

Oh ! je vous assure qu'on était bien au-dessus de cette

---

1. Magistrat.   2. Au sens de singularité avantageuse (A).

puérilité-là chez Mme Dorsin, elle avait le secret d'en guérir ceux qui la voyaient souvent.

Il n'était point question de rangs ni d'états chez elle ;
personne ne s'y souvenait du plus ou du moins d'importance qu'il avait ; c'était des hommes qui parlaient à des
hommes, entre qui seulement les meilleures raisons l'em-
portaient sur les plus faibles ; rien que cela.

Ou si vous voulez que je vous dise un grand mot,
c'était comme des intelligences d'une égale dignité, sinon
d'une force égale, qui avaient tout uniment commerce
ensemble ; des intelligences entre lesquelles il ne s'agissait plus des titres que le hasard leur avait donné ici-bas,
et qui ne croyaient pas que leurs fonctions fortuites dus-
sent plus humilier les unes qu'enorgueillir les autres.
Voilà comme on l'entendait chez Mme Dorsin ; voilà ce
qu'on devenait avec elle, par l'impression qu'on recevait
de cette façon de penser raisonnable et philosophe que je
vous ai dit qu'elle avait, et qui faisait que tout le monde
était philosophe aussi.

Ce n'est pas, d'un autre côté, que, pour entretenir la
considération qu'il lui convenait d'avoir, étant née ce
qu'elle était, elle ne se conformât aux préjugés vulgaires,
et qu'elle ne se prêtât volontiers aux choses que la vanité
des hommes estime, comme par exemple d'avoir des liaisons d'amitié avec des gens puissants qui ont du crédit ou
des dignités, et qui composent ce qu'on appelle le grand
monde ; ce sont là des attentions qu'il ne serait pas sage
de négliger, elles contribuent à vous soutenir dans l'imagination des hommes.

Et c'était dans ce sens-là que Mme Dorsin les avait. Les
autres les ont par vanité, et elle ne les avait qu'à cause de
la vanité des autres.

Je vous ai dit que je serais long sur son compte, et
comme vous voyez, je vous tiens parole.

Encore un petit article, et je finis ; car je renonce à
je ne sais combien de choses que je voulais dire, et qui
tiendraient trop de place.

On peut ébaucher un portrait en peu de mots ; mais le détailler exactement comme je vous avais promis de le faire, c'est un ouvrage sans fin. Venons à l'article qui sera le dernier.

Mme Dorsin, à cet excellent cœur que je lui ai donné, à cet esprit si distingué qu'elle avait, joignait une âme forte, courageuse et résolue ; de ces âmes supérieures à tout événement, dont la hauteur et la dignité ne plient sous aucun accident humain ; qui retrouvent toutes leurs ressources où les autres les perdent ; qui peuvent être affligées, jamais abattues ni troublées ; qu'on admire plus dans leurs afflictions qu'on ne songe à les plaindre ; qui ont une tristesse froide et muette dans les plus grands chagrins, une gaieté toujours décente dans les plus grands sujets de joie.

Je l'ai vue quelquefois dans l'un et dans l'autre de ces états, et je n'ai jamais remarqué qu'ils prissent rien sur sa présence d'esprit, sur son attention pour les moindres choses, sur la douceur de ses manières, et sur la tranquillité de sa conversation avec ses amis. Elle était tout à vous [1], quoiqu'elle eût lieu d'être tout à elle ; et j'en étais quelquefois si surprise, que, malgré moi et ma tendresse pour elle, je m'occupais plus à la considérer qu'à partager ce qui la touchait en bien ou en mal.

Je l'ai vue, dans une longue maladie où elle périssait de langueur, où les remèdes ne la soulageaient point, où souvent elle souffrait beaucoup. Sans son visage abattu, vous auriez ignoré ses souffrances ; elle vous disait : Je souffre, si vous lui demandiez comment elle était ; elle vous parlait de vous et de vos affaires, ou suivait paisiblement la conversation, si vous ne le lui demandiez point.

Je suis sûre que toutes les femmes sentaient ce que

---

1. En général, Marivaux accorde *tout* adverbe (« toute éclopée », « toute attendrie »...), ici il respecte la règle de non-accord, comme le remarque (D).

valait Mme Dorsin ; mais il n'y avait que les femmes du plus grand mérite qui, je pense, eussent la force de convenir de tout le sien, et pas une d'entre elles qui n'eût été glorieuse de son estime.

Elle était la meilleure de toutes les amies ; elle aurait été la plus aimable de toutes les maîtresses.

N'eût-on vu Mme Dorsin qu'une ou deux fois, elle ne pouvait être une simple connaissance pour personne ; et quiconque disait : Je la connais, disait une chose qu'il était bien aise qu'on sût, et une chose qui était remarquée par les autres.

Enfin ses qualités et son caractère la rendaient si considérable et si importante, qu'il y avait de la distinction à être de ses amis, de la vanité à la connaître, et du bon air à parler d'elle équitablement ou non. C'était être d'un parti que de l'aimer et de lui rendre justice, et d'un autre parti que de la critiquer.

Ses domestiques l'adoraient ; ce qu'elle aurait perdu de son bien, ils auraient cru le perdre autant qu'elle ; et par la même méprise de leur attachement pour elle, ils s'imaginaient être riches de tout ce qui appartenait à leur maîtresse ; ils étaient fâchés de tout ce qui la fâchait, réjouis de tout ce qui la réjouissait. Avait-elle un procès, ils disaient : Nous plaidons ; achetait-elle : Nous achetons. Jugez de tout ce que cela supposait d'aimable dans cette maîtresse, et de tout ce qu'il fallait qu'elle fût pour enchanter, pour apprivoiser jusque-là, comment dirai-je, pour jeter dans de pareilles illusions cette espèce de créatures dont les meilleures ont bien de la peine à nous pardonner leur servitude, nos aises et nos défauts ; qui, même en nous servant bien, ne nous aiment ni ne nous haïssent, et avec qui nous pouvons tout au plus nous réconcilier par nos bonnes façons. Mme Dorsin était extrêmement généreuse, mais ses domestiques étaient fort économes, et malgré qu'elle en eût [1], l'un corrigeait l'autre.

---

1. Malgré sa générosité et ses dépenses.

Ses amis... oh ! ses amis me permettront de les laisser
là ; je ne finis point. Qu'est-ce que cela signifie ? Allons
voilà qui est fait.

Où en étions-nous de mon histoire ? Encore chez
Mme Dorsin, de chez qui je vais sortir.

Je supprime les caresses qu'elle me fit, et tout ce que
les Messieurs avec qui j'avais dîné dirent de galant et
d'avantageux pour moi.

Il vint quelqu'un. Mme de Miran saisit cet instant pour
se retirer ; nous la suivîmes, Valville et moi. Son amie
courut après nous pour m'embrasser, et nous voilà partis
pour me reconduire à mon Couvent.

Dans tout ceci je n'ai fait aucune mention de Valville ;
qu'est-ce que j'en aurais dit ? Qu'il avait à tout moment
les yeux sur moi, que je levais quelquefois les miens sur
lui, mais tout doucement, et comme à la dérobée ; que
lorsqu'on me parlait, je le voyais intrigué, et comme en
peine de ce que j'allais répondre, et regardant ensuite les
autres, pour voir s'ils étaient contents de ce que j'avais
répondu ; ce qui, à vous dire vrai, leur arrivait assez souvent. Je crois bien que c'était un peu par bonté, mais il
me semble, autant qu'il m'en souvient, qu'il y entrait un
peu de justice. J'avoue que je fus d'abord embarrassée, et
mes premiers discours s'en ressentirent ; mais cela n'alla
pas si mal après, et je me tirai passablement d'affaire,
même au sentiment de Mme de Miran, qui, tout en badinant, me dit dans le carrosse : Eh bien ! petite fille, la
compagnie que nous venons de quitter est-elle de votre
goût ? Vous êtes assez du sien à ce qu'il m'a paru, et
nous ferons quelque chose de vous. Oui-da, dit Valville
sur le même ton, il y a lieu d'espérer que Mlle Marianne
ne déplaira pas dans la suite.

Je me mis à rire. Hélas ! répondis-je, je ne sais ce qui
en arrivera, mais il ne tiendra pas à moi que ma mère ne
se repente point de m'avoir pris pour sa fille. Et ce fut en
continuant ce badinage que nous arrivâmes au Couvent.

Serons-nous longtemps sans la revoir ? dit Valville à

Mᵐᵉ de Miran, quand il me donna la main pour m'aider à descendre de carrosse. Je pense que non, repartit-elle ; il y aura peut-être encore quelque dîner chez Mᵐᵉ Dorsin. Comme on s'est assez bien trouvé de nous, peut-être nous renverra-t-on chercher ; point d'impatience ; partez, conduisez Marianne.

Et là-dessus nous sonnâmes, on vint m'ouvrir, et Valville n'eut que le temps de soupirer de ce qu'il me quittait : Vous allez vous renfermer, me dit-il, et dans un moment il n'y aura plus personne pour moi dans le monde ; je vous dis ce que je sens. Eh ! qui est-ce qui y sera pour moi ? repartis-je ; je n'y connais que vous et ma mère, et je ne me soucie pas d'y en connaître davantage.

Ce que je dis sans le regarder ; mais il n'y perdait rien ; ce petit discours valait bien un regard. Il m'en parut pénétré, et pendant qu'on ouvrait la porte, il eut le secret, je ne sais comment, d'approcher ma main de sa bouche, sans que Mᵐᵉ de Miran, qui l'attendait dans son carrosse, s'en aperçût ; du moins crut-il qu'elle ne le voyait pas, à cause qu'elle ne devait pas le voir ; et je raisonnai à peu près de même. Cependant, je retirai ma main, mais quand il ne fut plus temps ; on s'y prend toujours trop tard en pareil cas.

Enfin, me voici entrée, moitié rêveuse et moitié gaie. Il s'en allait, et moi je restais ; et il me semble que la condition de ceux qui restent est toujours plus triste que celle des personnes qui s'en vont. S'en aller, c'est un mouvement qui dissipe, et rien ne distrait les personnes qui demeurent ; c'est elles que vous quittez, qui vous voient partir, et qui se regardent comme délaissées, surtout dans un Couvent, qui est un lieu où tout ce qui se passe est si étranger à ce que vous avez dans le cœur, un lieu où l'amour est si dépaysé, et dont la clôture qui vous enferme rend ces sortes de séparations plus sérieuses et plus sensibles qu'ailleurs.

D'un autre côté aussi, j'avais de grandes raisons de gaieté et de consolation. Valville m'aimait, il lui était permis de m'aimer, je ne risquais rien en l'aimant, et nous

étions destinés l'un à l'autre ; voilà d'agréables sujets de
pensées ; et de la manière dont Mme de Miran en agissait,
à toute la conduite qu'elle tenait, il n'y avait qu'à patien-
ter et prendre courage.

Au sortir d'avec Valville, je montai à ma chambre, où
j'allais me déshabiller et me remettre dans mon négligé,
quand il fallut aller souper. Je me laissai donc comme
j'étais, et me rendis au réfectoire avec tous mes atours.

Entre les Pensionnaires il y en avait une à peu près de
mon âge, et qui était assez jolie pour se croire belle, mais
qui se la croyait tant (je dis belle), qu'elle en était sotte.
On ne la sentait occupée que de son visage, occupée avec
réflexion ; elle ne songeait qu'à lui ; elle ne pouvait pas s'y
accoutumer, et on eût dit, quand elle vous regardait, que
c'était pour vous faire admirer ses grands yeux, qu'elle
rendait fiers ou doux, suivant qu'il lui prenait fantaisie de
vous en imposer ou de vous plaire.

Mais d'ordinaire elle les adoucissait rarement ; elle
aimait mieux qu'ils fussent imposants que gracieux ou
tendres, à cause qu'elle était fille de qualité et glorieuse.

Vous vous souvenez du discours que j'avais tenu à
l'Abbesse, lorsque je me présentai à elle devant Mme de
Miran ; je lui avais confié l'état de ma fortune et tous mes
malheurs ; et ma bienfaitrice, qui en fut si touchée, avait
oublié de lui recommander le secret en me mettant chez
elle. On ne songe pas à tout.

J'y avais pourtant songé, moi, dès le soir même, deux
heures après que je fus dans la maison, et l'avais bien
humblement priée de ne point divulguer ce que je lui
avais appris. Hélas ! ma chère enfant, je n'ai garde,
m'avait-elle répondu. Jésus, mon Dieu ! ne craignez rien ;
est-ce qu'on ne sait pas la conséquence de ces choses-là ?

Mais, soit qu'il fût déjà trop tard quand je l'en avertis,
quoiqu'il n'y eût que deux heures qu'elle fût instruite,
soit qu'en la conjurant de ne rien dire je lui eusse rendu
mon secret plus pesant et plus difficile à garder, et que
cela n'eût servi qu'à lui faire venir la tentation de le dire,

à neuf heures du matin le lendemain, j'étais, comme on dit, la fable de l'armée[1] ; mon histoire courait tout le Couvent ; je ne vis que des Religieuses ou des Pensionnaires qui chuchotaient aux oreilles les unes des autres en me regardant, et qui ouvraient sur moi les yeux du monde les plus indiscrets, dès que je paraissais.

Je compris bien ce qui en était cause, mais qu'y faire ? Je baissais les yeux, et passais mon chemin.

Il n'y en eut pas une, au reste, qui ne me prévînt d'amitié, et qui ne me fît des caresses. Je pense que d'abord la curiosité de m'entendre parler les y engagea ; c'est une espèce de spectacle qu'une fille comme moi qui arrive dans un Couvent. Est-elle grande ? est-elle petite ? comment marche-t-elle ? que dit-elle ? quel habit, quelle contenance a-t-elle ? tout en est intéressant.

Et cela finit ordinairement par la trouver encore plus aimable qu'elle ne l'est, pourvu qu'elle le soit un peu, ou plus déplaisante, pour peu qu'elle déplaise ; c'est là l'effet de ces sortes de mouvements qui nous portent à voir les personnes dont on nous conte des choses singulières.

Et cet effet me fut avantageux ; toutes ces filles m'aimèrent, surtout les Religieuses, qui ne me disaient rien de ce qu'elles savaient de moi (vraiment elles n'avaient garde, comme avait dit notre Abbesse[2]), mais qui, dans les discours qu'elles me tenaient, et tout en se récriant sur mon air de douceur et de modestie, sur mon aimable petite personne, prenaient avec moi des tons de lamentation si touchants, que vous eussiez dit qu'elles pleuraient sur moi ; et le tout à propos de ce qu'elles savaient, et de ce

---

1. Façon imagée de dire que, malgré les précautions et les demandes de secret, l'histoire de Marianne est connue de tout le couvent, comme sans doute un acte de courage ou de lâcheté, un plan d'attaque, une manœuvre qu'on tient à cacher sont pourtant connus de toute l'armée. Il ne semble pas qu'il y ait nécessairement un sens péjoratif à donner à *fable*, comme dans « être la fable de la ville » où fable est synonyme de risée.   2. Elles se gardaient bien de répéter ce qu'elles savaient ainsi que l'avait demandé l'abbesse.

que, par discrétion, elles ne faisaient pas semblant de
savoir. Voyez, que cela était adroit ! Quand elles m'auraient dit : Pauvre petite Orpheline, que vous êtes à
plaindre d'être réduite à la charité des autres ! elles ne se
seraient pas expliquées plus clairement.

Venons à ce qui fait que je parle de ceci. C'est que
cette jeune Pensionnaire, qui se croyait si belle, et qui
était si fière, avait été la seule qui m'eût dédaignée, et qui
ne m'eût pas dit un mot ; à peine pouvait-elle se résoudre
à payer d'une imperceptible inclination de tête les révérences que je ne manquais jamais de lui faire lorsque je
la rencontrais. On voyait que cela lui coûtait.

Un jour même qu'elle se promenait dans le jardin avec
quelques-unes de nos compagnes, et que je vins à passer
avec une Religieuse, elle laissa tomber négligemment un
regard sur moi, et je l'entendis qui disait, mais d'un ton
de Princesse : Oui, elle est assez bien, assez gentille. C'est
donc une Dame qui a la charité de payer sa pension ? Ne
trouvez-vous pas qu'elle ressemble à Javotte ? (C'était
une fille qui la servait, et qui en effet me ressemblait,
mais fort en laid.)

Je remarquai qu'aucune de celles qui l'accompagnaient
ne répondit. Quant à moi je rougis beaucoup, et les larmes
m'en vinrent aux yeux ; la Religieuse avec qui je me promenais, fille d'un très bon esprit, qui s'était prise d'inclination pour moi, et que j'aimais aussi, leva les épaules et
se tut.

Mon Dieu, qu'il y a de cruelles gens dans le monde !
ne pus-je m'empêcher de dire en soupirant ; car aussi bien
il aurait été inutile de me retenir et de passer cela sous
silence : voilà qui était fini, on me connaissait.

Consolez-vous, me dit la Religieuse en me prenant la
main, vous avez des avantages qui vous vengent bien de
cette petite sotte-là, ma fille ; et vous pourriez être plus
glorieuse qu'elle, si vous n'étiez pas plus raisonnable.
N'enviez rien de ce qu'elle a de plus que vous ; c'est à
elle à être jalouse.

Vous avez bien de la bonté, ma mère, lui répondis-je en la regardant avec reconnaissance ; hélas ! vous parlez d'être raisonnable, et il me serait bien aisé de ne pas rougir de mes malheurs, si tout le monde avait autant de raison que vous.

Voilà donc ce que j'avais déjà essuyé de cette superbe Pensionnaire, qui ne pouvait pas me pardonner d'être, peut-être, aussi belle qu'elle. Quand je dis peut-être, c'est pour parler comme elle, à qui, toute vaine qu'elle était de sa beauté, il ne laissait pas que d'être difficile et hardi, je pense, de décider qu'elle valait mieux que moi ; et c'était apparemment cette difficulté-là qui l'aigrissait si fort, et lui donnait tant de rancune contre l'Orpheline.

Quoi qu'il en soit, je me rendis donc au réfectoire, parée comme vous savez que je l'étais, et qui plus est, bien aise de l'être, à cause de ma jalouse, à qui, par hasard, je m'avisai de songer en chemin, et qui allait, à mon avis, passer un mauvais quart d'heure, et soutenir une comparaison fâcheuse de ma figure à la sienne. Ni elle ni personne de la maison ne m'avait encore vue dans tous mes ajustements, et il est vrai que j'étais brillante.

J'arrive. Je vous ai dit que je n'étais pas haïe : mes façons douces et avenantes m'avaient attiré la bienveillance de tout le monde, et faisaient qu'on aimait à me louer et à me rendre justice ; de sorte qu'à mon apparition, tous les yeux se fixèrent sur moi, et on se fit l'une à l'autre de ces petits signes de tête qui marquent une agréable surprise, et qui font l'éloge de ce qu'on voit ; en un mot, je causai un moment de distraction dont je devais être très flattée, et de temps en temps on regardait ma rivale, pour examiner la mine qu'elle faisait, comme si on avait voulu voir si elle ne se tenait pas pour battue ; car on savait sa jalousie.

Quant à elle, aussitôt qu'elle m'eut vue, j'observai qu'elle baissa les yeux en souriant de l'air dont on sourit quand quelque chose paraît ridicule ; c'était apparemment tout ce qu'elle imagina de mieux pour se défendre ; et

vous allez voir sur quoi elle fondait cet air railleur qu'elle
jugea à propos de prendre.

Le souper finit, et nous passâmes toutes ensemble dans
le jardin. Quelques Religieuses nous y suivirent, entre
autres celle dont je vous ai déjà parlé, et qui était mon
amie.

Dès que nous y fûmes, mes compagnes m'entourèrent.
L'une me demandait : Où avez-vous donc été ? on ne
vous a pas vue aujourd'hui. L'autre regardait ma robe, en
maniait l'étoffe et disait : Voilà de beau linge, et tout cela
vous sied à merveille. Ah ! que vous êtes bien coiffée ! et
mille autres bagatelles [1] de cette espèce, dignes de l'entretien de jeunes filles qui voient de la parure [2].

Mon amie la Religieuse vint s'en mêler à sa manière,
et s'adressant, malicieusement sans doute, à celle qui me
dédaignait tant, et qui s'avançait avec elle : N'est-il pas
vrai, Mademoiselle, que ce serait là une belle victime à
offrir au Seigneur ? lui dit-elle. Ah ! mon Dieu, le beau
sacrifice que ce serait si Mademoiselle renonçait au
monde et se faisait Religieuse ! (et vous comprenez bien
que c'était de moi dont elle parlait.)

Eh ! mais, ma mère, je crois pour moi que c'est son
dessein, et elle ferait fort bien, repartit l'autre, ce serait
du moins le parti le plus sûr. Et puis m'apostrophant :
Vous avez là une belle robe, Marianne, et tout y répond [3] ;
cela est cher au moins, et il faut que la Dame qui a soin
de vous soit très généreuse. Quel âge a-t-elle ? est-elle
vieille ? songe-t-elle à vous assurer de quoi vivre ? Elle
ne sera pas éternelle, et il serait fâcheux qu'elle ne vous
mît pas en état d'être toujours aussi proprement mise ; on
s'y accoutume, et c'est ce que je vous conseille de lui
dire.

Le silence qui se fit à ce discours, et qui vint en partie

---

1. Choses de peu de prix et pas nécessaires (A).   2. Ornement,
ajustement, ce qui sert à parer (A).   3. Tout est en harmonie avec la
belle robe.

de l'étonnement où il jeta toutes ces filles, me déconcerta ; je restai muette et confuse en voyant la confusion des autres, et ne pus m'empêcher de pleurer avant que de répondre.

Pendant que je me taisais : Qu'est-ce que c'est que ce raisonnement-là, Mademoiselle ? Eh ! de quoi vous mêlez-vous ? repartit pour moi cette Religieuse qui m'aimait. Savez-vous bien que votre mauvaise humeur n'humilie que vous ici, et qu'on n'ignore pas le motif d'un mouvement si hautain ! c'est votre défaut que cette hauteur ; Madame votre mère nous en avertit quand elle vous mit ici, et nous pria de tâcher de vous en corriger ; j'y fais ce que je puis, profitez de la leçon que je vous donne ; et en parlant à Mademoiselle, ne dites plus Marianne, comme vous venez de le dire, puisqu'elle vous appelle toujours Mademoiselle, et qu'il n'y a que vous de toutes vos Compagnes qui preniez la liberté de l'appeler autrement. Vous n'avez pas droit de vous dispenser des devoirs d'honnêteté[1] et de politesse qui doivent s'observer entre vous. Et vous, Mademoiselle, qu'est-ce qui vous afflige, et pourquoi pleurez-vous ? (Ceci me regardait.) Y a-t-il rien de honteux dans les malheurs qui vous sont arrivés, et qui font que vos parents vous ont perdue ? Il faudrait être un bien mauvais esprit pour abuser de cela contre vous, surtout avec une fille aussi bien née que vous l'êtes, et qui ne peut assurément venir que de très bon lieu[2]. Si on juge de la condition des gens par l'opinion que leurs façons nous en donnent, telle ici qui se croit plus que vous ne risque rien à vous regarder comme son égale en naissance, et serait trop heureuse d'être votre égale en bon caractère.

Non, ma Mère, répondis-je d'un air doux, mais contristé[3] ; je n'ai rien, Dieu m'a tout ôté, et je dois croire que je suis au-dessous de tout le monde ; mais j'aime encore

---

1. Conformément à l'honneur, à la vertu et à la probité (A).
2. Pour *origine*. Synonyme d'être bien né.   3. Affligé (R).

mieux être comme je suis, que d'avoir tout ce que mademoiselle a de plus que moi, et d'être capable d'insulter
les personnes affligées. Ce discours et mes larmes qui s'y
mêlaient émurent le cœur de mes Compagnes, et les
mirent de mon parti.

Eh ! qui est-ce qui songe à l'insulter ? s'écria ma
jalouse en rougissant de honte et de dépit ; quel mal lui
fait-on, je vous prie, de lui dire qu'elle prenne garde à ce
qu'elle deviendra ? Il faut donc bien des précautions avec
cette petite fille-là !

On ne lui répondit rien ; ma Religieuse lui avait déjà
tourné le dos, et m'emmenait d'un autre côté avec la plus
grande partie des autres Pensionnaires qui nous suivirent ;
il n'en resta qu'une ou deux avec mon ennemie ; encore
l'une était-elle sa parente, et l'autre son amie.

Cette petite aventure, que j'ai crue assez instructive
pour les jeunes personnes à qui vous pourriez donner ceci
à lire, fit que je redoublai de politesse et de modestie avec
mes Compagnes ; ce qui fit qu'à leur tour elles redoublèrent d'amitié pour moi. Reprenons à présent le cours de
mon histoire.

Je vous ai promis celle d'une Religieuse, mais ce n'est
pas encore ici sa place, et ce que je vais raconter l'amè-
nera. Cette Religieuse, vous la devinez sans doute ; vous
venez de la voir venger mon injure, et à la manière dont
elle a parlé, vous avez dû sentir qu'elle n'avait point les
petitesses ordinaires aux esprits de Couvent. Vous saurez
bientôt qui elle était. Continuons. Mme de Miran vint me
revoir deux jours après notre dîner chez Mme Dorsin ; et
quelques jours ensuite je reçus d'elle, à neuf heures du
matin, un second billet qui m'avertissait de me tenir prête
à une heure après midi, pour aller avec elle chez Mme Dorsin, avec un nouvel ordre de me parer, qui fut suivi d'une
parfaite obéissance.

Elle arriva donc. Il y avait huit jours que je n'avais vu
Valville, et je vous avoue que le temps m'avait duré ;
j'espérais le trouver à la porte du Couvent comme la pre-

mière fois ; je m'y attendais, je n'en doutais pas, et je pensais mal.

Mme de Miran avait prudemment jugé à propos de ne le pas amener avec elle, et je ne fus reçue que par un laquais, qui me conduisit à son carrosse. J'en fus interdite, ma gaieté me quitta tout d'un coup ; je pris pourtant sur moi, et je m'avançai avec un découragement intérieur que je voulais cacher à Mme de Miran ; mais il aurait fallu n'avoir point de visage ; le mien me trahissait, on y lisait mon trouble, et malgré que j'en eusse, je m'approchai d'elle avec un air de tristesse et d'inquiétude, dont je la vis sourire dès qu'elle m'aperçut. Ce sourire me remit un peu le cœur, il me parut un bon signe. Montez, ma fille, me dit-elle. Je me plaçai, et puis nous partîmes.

Il manque quelqu'un ici, n'est-il pas vrai ? ajouta-t-elle toujours en souriant. Eh ! qui donc, ma mère ? repris-je, comme si je n'avais pas été au fait. Eh ! qui, ma fille ? s'écria-t-elle ; tu le sais encore mieux que moi, qui suis sa mère. Ah ! c'est M. de Valville, répondis-je ; eh ! mais je m'imagine que nous le retrouverons chez Mme Dorsin.

Point du tout, me dit-elle ; c'est encore mieux que cela ; il nous attend chez un de ses amis chez qui nous devons le prendre en passant, et c'est moi qui n'ai pas voulu l'amener ici. Vous allez le voir tout à l'heure.

En effet, nous arrêtâmes à quelques pas de là : un laquais, que j'avais aperçu de loin à la porte d'une maison, disparut sur-le-champ, et courut sans doute avertir son maître, qui lui avait apparemment ordonné de se tenir là, et qui était déjà descendu quand nous arrivâmes. Que l'instant où l'on revoit ce qu'on aime fait de plaisir après quelque absence ! Ah ! l'agréable objet à retrouver !

Je compris à merveille, en le voyant à la porte de cette maison, qu'il fallait qu'il eût pris des mesures pour me revoir une ou deux minutes plus tôt ; et de quel prix n'est pas une minute au compte de l'amour, et quel gré mon cœur ne sut-il pas au sien d'avoir avancé notre joie de cette minute de plus !

Quoi ! mon fils, vous êtes déjà là ? lui dit Mme de
Miran : voilà ce qui s'appelle mettre les moments à profit.
Et voilà ce qui s'appelle une mère qui, à force de bon
cœur, devine les cœurs tendres, lui répondit-il du même
ton. Taisez-vous, lui dit-elle, supprimez ce langage-là, il
n'est pas séant que je l'écoute ; que vos tendresses attendent, s'il vous plaît, que je n'y sois plus. Tu baisses les
yeux, toi, ajouta-t-elle en s'adressant à moi ; mais je t'en
veux aussi ; je t'ai vu tantôt pâlir de ce qu'il n'était pas
avec moi ; ce n'était pas assez de votre mère, mademoiselle ?

Ah ! ma mère, ne la querellez point, lui répondit Valville en me lançant un regard enflammé de tendresse,
serait-il beau qu'elle ne s'aperçût pas de l'absence d'un
homme à qui sa mère la destine ? Si vous tourniez la
tête, j'aurais grande envie de lui baiser la main pour la
remercier, et il me la prenait en tenant ce discours ; mais
je la retirai bien vite ; je lui donnai même un petit coup
sur la sienne, et me jetai tout de suite sur celle de Mme de
Miran, que je baisai de tout mon cœur, et pénétrée des
mouvements les plus doux qu'on puisse sentir [1].

Elle de son côté me serra la mienne. Ah ! la bonne
petite hypocrite ! me dit-elle ; vous abusez tous deux du
respect que vous me devez ; allons, paix, parlons d'autre
chose. Avez-vous passé chez mon frère, mon fils,
comment se porte-t-il ce matin ? Un peu mieux, mais toujours assoupi comme hier, répondit Valville. Cet assoupissement m'inquiète, dit Mme de Miran ; nous ne serons
pas aujourd'hui si longtemps chez Mme Dorsin que l'autre
jour, je veux voir mon frère de bonne heure.

Et nous en étions là quand le cocher arrêta chez cette
Dame. Il y avait bonne compagnie ; j'y trouvai les mêmes
personnes que j'y avais déjà vues, avec deux autres, qui
ne me parurent point de trop pour moi, et qui, à la façon
obligeante et pourtant curieuse dont elles me regardèrent,

---

1. Ce paragraphe relève par bien des aspects du style galant.

s'attendaient à me voir, ce me semble ; il fallait qu'on se fût entretenu de moi, et à mon avantage ; ce sont de ces choses qui se sentent.

Nous dînâmes ; on me fit parler plus que je n'avais fait au premier dîner. Mme Dorsin, suivant sa coutume, m'accabla de caresses. Dispensez-moi du détail de ce qu'on y dit ; avançons.

Il n'y avait qu'une heure que nous étions sortis de table, quand on vint dire à Mme de Miran qu'un domestique de chez elle demandait à lui parler.

Et c'était pour lui dire que M. de Climal était en danger, qu'on tâchait de le faire revenir d'une apoplexie où il était tombé depuis deux heures.

Elle rentra où nous étions, toute effrayée, et, la larme à l'œil, nous apprit cette nouvelle, prit congé de la compagnie, me laissa à mon Couvent, et courut chez le malade avec Valville, qui me parut touché de l'état de son oncle, et touché aussi, je pense, du contretemps qui nous arrachait si brusquement au plaisir d'être ensemble. J'en fus encore moins contente que lui ; je voulus bien qu'il s'en aperçût dans mes regards, et j'allai tristement me renfermer dans ma chambre, où il me vint des motifs de réflexion qui me chagrinèrent.

Si M. de Climal meurt à présent, disais-je, Valville, qui en hérite et qui est déjà très riche, va le devenir encore davantage ; eh ! que sais-je si cette augmentation de richesses ne me nuira pas ? Sera-t-il possible qu'un héritier si considérable m'épouse ? Mme de Miran elle-même ne se dédira-t-elle pas de cette bonté incroyable qu'elle a aujourd'hui de consentir à notre amour ? M'abandonnera-t-elle un fils qui pourra faire les plus grandes alliances, à qui on va les proposer, et qu'elles tenteront peut-être ? Il y avait effectivement lieu d'être alarmée.

Au moment où je raisonnais ainsi, Valville avait beaucoup de tendresse pour moi, j'en étais sûre ; et tant qu'il ne s'agissait que d'épouser quelqu'une de ses égales, il m'aimait assez pour être insensible à l'avantage qu'il

aurait pu y trouver. Mais le serait-il à l'ambition de s'al-
lier à une famille encore au-dessus de la sienne, et plus
puissante ? Résisterait-il à l'appât des honneurs et des
emplois qu'elle pourrait lui procurer ? Aurait-il de
l'amour jusque-là ? Il y a des degrés de générosité supé-
rieurs à des âmes très généreuses. Les cœurs capables de
soutenir toutes sortes d'épreuves en pareil cas sont si
rares ! Les cœurs qui ne se rendent [1] qu'aux plus fortes le
sont même aussi.

Je n'avais pourtant rien à craindre de ce côté-là ; ce
n'est pas l'ambition qui me nuira dans le cœur de Valville. Quoi qu'il en soit, je fus inquiète, et je ne dormis
guère.

Je venais de me lever le lendemain, quand je vis entrer
une Religieuse dans ma chambre, qui me dit de la part de
l'abbesse de m'habiller le plus vite que je pourrais, et cela
en conséquence d'un billet que lui avait écrit Mme de
Miran, où elle la priait de me faire partir au plus tôt. Il y
a même, ajouta cette Religieuse, un carrosse qui vous
attend dans la cour.

Autre sujet d'inquiétude pour moi ; le cœur me battit ;
m'envoyer chercher si matin ! me dis-je. Eh ! mon Dieu,
qu'est-il donc arrivé ? Qu'est-ce que cela m'annonce ? Je
n'ai pour toute ressource ici que la protection de Mme de
Miran (car je n'osais plus en ce moment dire ma mère) ;
veut-on me l'ôter ? est-ce que je vais la perdre ? On n'est
sûre de rien dans l'état où j'étais. Ma condition présente
ne tenait à rien ; personne n'était obligé de m'y soutenir ;
je ne la devais qu'à un bon cœur, qui pouvait tout d'un
coup me retirer ses bienfaits, et m'abandonner sans que
j'eusse à me plaindre ; et ce bon cœur, il ne fallait qu'un
mauvais rapport, qu'une imposture pour le dégoûter de
moi ; et tout cela me roulait dans la tête en m'habillant.
Les malheureux ont toujours si mauvaise opinion de leur
sort ! Ils se fient si peu au bonheur qui leur arrive !

_____
1. Qui ne cèdent qu'aux plus fortes épreuves.

Enfin me voilà prête ; je sortis dans un ajustement fort négligé, et j'allai monter en carrosse. Je pensais en chemin qu'on me menait chez Mme de Miran ; point du tout ; ce fut chez M. de Climal qu'on arrêta. Je reconnus la maison : vous savez qu'il n'y avait pas si longtemps que j'y avais été.

Jugez quelle fut ma surprise ! Oh ! ce fut pour le coup que je me crus perdue. Allons, c'en est fait, me dis-je ; je vois bien de quoi il s'agit ; c'est ce misérable faux dévôt qui est réchappé et qui se venge ; je m'attends à mille calomnies qu'il aura inventé contre moi ; il aura tout tourné à sa fantaisie ; il passe pour un homme de bien, et j'aurai beau faire, Mme de Miran croira toutes les faussetés qu'il aura dites. Ah ! mon Dieu, le méchant homme !

Et en effet, n'y avait-il pas quelque apparence à ce que j'appréhendais ? Les menaces qu'il m'avait faites en me quittant chez Mme Dutour ; cette scène qui s'était passée entre lui et moi chez ce Religieux à qui j'avais été me plaindre, et devant qui je l'avais réduit, pour se défendre, à tout ce que l'hypocrisie a de plus scélérat et de plus intrépide ; cette rencontre que j'avais fait de lui à mon Couvent ; les signes d'amitié dont m'y avait honoré Mme de Miran, qu'il m'avait vu saluer de loin ; la crainte que je ne révélasse, ou que je n'eusse déjà révélé son indignité à cette Dame, qu'il voyait que je connaissais : tout cela, joint au voyage qu'on me faisait faire chez lui, sans qu'on m'en eût avertie, ne semblait-il pas m'annoncer quelque chose de sinistre ? Qui est-ce qui n'aurait pas cru que j'allais essuyer quelque nouvelle iniquité de sa part ?

Vous verrez peut-être que, selon lui, ce sera moi qui aurai voulu le tenter pour l'engager à me faire du bien, me disais-je. Mais ce n'est pas là ce qu'il a dit au Père Saint-Vincent ; il m'a seulement accusée d'avoir cru que c'était lui-même qui m'aimait ; et ce bon Religieux, devant qui nous nous sommes trouvés tous deux, ne refusera pas son témoignage à une pauvre fille à qui on veut faire un si grand tort. Voilà comme je raisonnais en me voyant dans la cour de M. de Climal, de sorte que je sortis du carrosse avec un tremblement digne de l'effroyable scène à laquelle je me préparais.

Il y avait deux escaliers, et je dis à un laquais : Où est-ce ? Par là, Mademoiselle, me dit-il ; c'était l'escalier à droite qu'il me montrait, et dont Valville en cet instant même descendait avec précipitation.

Étonnée de le voir là, je m'arrêtai sans trop savoir ce que je faisais, et me mis à examiner quelle mine il avait, et de quel air il me regardait.

Je le trouvai triste, mais d'une tristesse qui, ce me semble, ne signifiait rien contre moi ; aussi m'aborda-t-il d'un air fort tendre.

Venez, Mademoiselle, me dit-il en me donnant la main ; il n'y a point de temps à perdre, mon oncle se meurt, et il vous attend.

Moi, Monsieur ! repris-je en respirant plus à l'aise (car sa façon de me parler me rassurait, et puis cet oncle mourant ne me paraissait plus si dangereux ; un homme qui se meurt voudrait-il finir sa vie par un crime ? Cela n'est pas vraisemblable).

Moi, Monsieur, m'écriai-je donc, et d'où vient m'attend-il[1] ? Que peut-il me vouloir ? Nous n'en savons rien, me répondit-il ; mais ce matin, il a demandé à ma mère si elle connaissait particulièrement la jeune personne qu'elle avait saluée au Couvent ces jours passés ; ma mère lui a dit qu'oui, lui a même appris en peu de mots de quelle façon vous vous étiez connues à ce Couvent, et ne lui a point caché que c'était elle qui vous y avait mise. Là-dessus : Vous pouvez donc la faire venir, a-t-il répondu, et je vous prie de l'envoyer chercher ; il faut que je la voie, j'ai quelque chose à lui dire avant que je meure ; et ma mère aussitôt a écrit à votre Abbesse de vous permettre de sortir ; voilà tout ce que nous pouvons vous en dire.

_____

1. Expression récente qui sert dans tous les emplois de pourquoi (D).

Hélas ! lui répondis-je, cette envie qu'il a de me voir m'a d'abord fait peur ; je me suis figurée, en partant, qu'il y avait quelque mauvaise volonté de sa part. Vous vous êtes trompé, reprit-il, du moins paraît-il dans des dispositions bien éloignées de cela. Et nous montions l'escalier pendant ce court entretien. C'est ma mère, ajouta-t-il, qui a voulu que je vous prévinsse sur tout ceci avant que vous vissiez M. de Climal.

À ces mots nous arrivâmes à la porte de sa chambre. Je vous ai dit que j'étais un peu rassurée ; mais la vue de cette chambre où j'allais entrer ne laissa pas que de me remuer intérieurement.

C'était en effet une étrange visite que je rendais ; il y avait mille petites raisons de sentiment qui m'en faisaient une corvée.

Il me répugnait de paraître aux yeux d'un homme qui, à mon gré, ne pourrait guère s'empêcher d'être humilié en me voyant. Je pensais aussi que j'étais jeune, et que je me portais bien, et que lui était vieux et mourant.

Quand je dis vieux, je sais bien que ce n'était pas une chose nouvelle ; mais c'est qu'à l'âge où il était, un homme qui se meurt a cent ans ; et cet homme de cent ans m'avait parlé d'amour, m'avait voulu persuader qu'il n'était vieux que par rapport à moi qui étais trop jeune ; et dans l'état hideux[1] et décrépit où il était, j'avais de la peine à l'aller faire ressouvenir de tout cela. Est-ce là tout ? Non ; j'avais été vertueuse avec lui, il n'avait été qu'un lâche avec moi ; voyez combien de sortes d'avantages j'aurais sur lui. Voilà à quoi je songeais confusément, de façon que j'étais moi-même honteuse de l'affront que mon âge, mon innocence et ma santé feraient à ce vieux pécheur confondu et agonisant. Je me trouvais trop vengée, et j'en rougissais d'avance.

Ce ne fut pas lui que j'aperçus d'abord ; ce fut le Père

---

1. Affreux. S'emploie rarement, à la différence de *décrépit*, pour dépeindre l'état d'un mourant.

Saint-Vincent, qui était au chevet de son lit, et au-dessous
duquel était assise Mme de Miran, qui me tournait le dos.

À cet aspect, surtout à celui du Père Saint-Vincent, que
je surpris bien autant qu'il me surprit, je n'osai plus me
croire à l'abri de rien, et me voilà retombée dans mes
inquiétudes ; car enfin, l'autre avait beau être mourant,
que faisait là ce bon Religieux ? pourquoi fallait-il qu'il
s'y trouvât avec moi ?

Et à propos de ce Religieux, de qui, par parenthèse, je
ne vous ai rien dit depuis que je l'ai quitté à son Couvent ;
qui, comme vous savez, m'avait promis de chercher à me
placer, et de venir le lendemain matin chez Mme Dutour,
m'informer de ce qu'il aurait pu faire, vous remarquerez
que je lui avais écrit deux ou trois jours après que j'eus
rencontré Mme de Miran, que je l'avais instruit de mon
aventure et de l'endroit où j'étais, et que je l'avais prié
d'avoir la bonté de m'y venir voir, à quoi il avait répondu
qu'il y passerait incessamment.

J'étais donc, vous dis-je, fort étourdie de le trouver là,
et je n'augurais rien de bon des motifs qu'on avait eu de
l'y appeler.

Lui, de son côté, à qui je n'avais point appris dans ma
lettre le nom de ma bienfaitrice, et à qui M. de Climal
n'avait encore rien dit de son projet, ne savait que penser
de me voir au milieu de cette famille, amenée par Valville, qu'il vit venir avec moi, mais qui n'avança pas et
qui se tint éloigné, comme si, par égard pour son oncle,
il avait voulu lui cacher que nous étions entrés ensemble.

Au bruit que nous fîmes en entrant : Qui est-ce que
j'entends ? demanda le malade. C'est la jeune personne
que vous avez envie de voir, mon frère, lui dit Mme de
Miran. Approchez, Marianne, ajouta-t-elle tout de suite.

À ce discours, tout le corps me frémit ; j'approchai
pourtant, les yeux baissés ; je n'osais les lever sur le mourant : je n'aurais su, ce me semble, comment m'y prendre
pour le regarder, et je reculais d'en venir là.

Ah ! Mademoiselle, c'est donc vous ? me dit-il d'une

voix faible et embarrassée, je vous suis obligé d'être venue ; assoyez-vous, je vous prie. Je m'assis donc et me tus, toujours les yeux baissés. Je ne voyais encore que son lit ; mais, un moment après, j'essayai de regarder plus haut, et puis encore un peu plus haut, et de degré en degré je parvins enfin jusqu'à lui voir la moitié du visage, que je regardai vite tout entier ; mais ce ne fut qu'un instant ; j'avais peur que le malade ne me surprît en l'examinant, et n'en fût trop mortifié ; ce qui est de sûr, c'est que je ne vis point de malice dans ce visage-là contre moi.

Où est mon neveu ? dit encore M. de Climal. Me voici, mon oncle, répondit Valville, qui se montra alors modestement. Reste ici, lui dit-il ; et vous, mon Père, ajouta-t-il en s'adressant au Religieux, ayez aussi la bonté de demeurer ; le tout sans parler de Mme de Miran, qui remarqua cette exception qu'il faisait d'elle, et qui lui dit : Mon frère, je vais donner quelques ordres, et passer pour un instant dans une autre chambre.

Comme vous voudrez, ma sœur, répondit-il. Elle sortit donc ; et cette retraite, que M. de Climal me parut souhaiter lui-même, acheva de me prouver que je n'avais rien à craindre de fâcheux. S'il avait voulu me faire du mal, il aurait retenu ma bienfaitrice, la scène n'aurait pu se passer sans elle ; aussi ne me resta-t-il plus qu'une extrême curiosité de savoir à quoi cette cérémonie aboutirait. Il se fit un moment de silence après que Mme de Miran fut sortie ; nous entendîmes soupirer M. de Climal.

Je vous ai fait prier, dit-il en se retournant un peu de notre côté, de venir ici ce matin, mon Père, et je ne vous ai point encore instruit des raisons que j'ai pour vous y appeler ; j'ai voulu aussi que mon neveu fût présent ; il le fallait, à cause de Mademoiselle que ceci regarde.

Il reprit haleine en cet endroit ; je rougis, les mains me tremblèrent ; et voici comment il continua :

C'est vous, mon Père, qui me l'avez amenée, dit-il en parlant de moi ; elle était dans une situation qui l'exposait

beaucoup ; vous vîntes lui chercher du secours chez moi,
vous me choisîtes pour lui en donner. Vous me croyiez
un homme de bien, et vous vous trompiez, mon père, je
n'étais pas digne de votre confiance.

Et comme alors le Religieux parut vouloir l'arrêter par
un geste qu'il fit : Ah ! mon Père, lui dit-il, au nom de
Dieu, dont je tâche de fléchir la justice, ne vous opposez
point à celle que je veux me rendre. Vous savez l'estime
et peut-être la vénération dont vous m'avez honoré de si
bonne foi ; vous savez la réputation où je suis dans le
public ; on m'y respecte comme un homme plein de vertu
et de piété ; j'y ai joui des récompenses de la vertu, et je
ne les méritais pas, c'est un vol que j'ai fait. Souffrez
donc que je l'expie, s'il est possible, par l'aveu des four-
beries qui vous ont jeté dans l'erreur, vous et tout le
monde, et que je vous apprenne, au contraire, tout le
mépris que je méritais, et toute l'horreur qu'on aurait eu
pour moi, si on avait connu le fond de mon abominable
conscience.

Ah ! mon Dieu, soyez béni, Sauveur de nos âmes !
s'écria le Père Saint-Vincent.

Oui, mon Père, reprit M. de Climal, en nous regardant
avec des yeux baignés de larmes, et d'un ton auquel on
ne pouvait pas résister ; voilà quel était l'homme à qui
vous êtes venu confier Mademoiselle ; vous ne vous
adressiez qu'à un misérable ; et toutes les bonnes actions
que vous m'avez vu faire (je ne saurais trop le répéter)
sont autant de crimes dont je suis coupable devant Dieu,
autant d'impostures qui m'ont mis en état de faire le mal,
et pour lesquelles je voudrais être exposé à tous les
opprobres, à toutes les ignominies qu'un homme peut
souffrir sur la terre ; encore n'égaleraient-elles pas les
horreurs de ma vie.

Ah ! Monsieur, en voilà assez, dit le père Saint-Vincent, en voilà assez ! Allons, il n'y a plus qu'à louer Dieu
des sentiments qu'il vous donne. Que d'obligations vous

lui avez ! de quelles faveurs ne vous comble-t-il pas ! Ô bonté de mon Dieu, bonté incompréhensible, nous vous adorons ! Voici les merveilles de la grâce[1] ; je suis pénétré de ce que je viens d'entendre, pénétré jusqu'au fond du cœur. Oui, Monsieur, vous avez raison, vous êtes bien coupable ; vous renoncez à notre estime, à la bonne opinion qu'on a de vous dans le monde ; vous voudriez mourir méprisé, et vous vous écriez : Je suis méprisable. Eh bien ! encore une fois, Dieu soit loué ! Je ne puis rien ajouter à ce que vous dites ; nous ne sommes point dans le Tribunal de la Pénitence, et je ne suis ici qu'un pécheur comme vous. Mais voilà qui est bien, soyez en repos, nous sentons tous votre néant, aussi bien que le nôtre. Oui, monsieur, ce n'est plus vous en effet que nous estimons ; ce n'est plus cet homme de péché et de misère : c'est l'homme que Dieu a regardé, dont il a eu pitié, et sur qui nous voyons qu'il répand la plénitude de ses miséricordes. Puissions-nous, ô mon Sauveur ! nous qui sommes les témoins des prodiges que votre grâce opère en lui, puissions-nous finir dans de pareilles dispositions ! Hélas ! qui de nous n'a pas de quoi se confondre et s'anéantir devant la justice divine ? Chacun de nous n'at-il pas ses offenses, qui, pour être différentes, n'en sont peut-être pas moins grandes ? Ne parlons plus des vôtres, en voilà assez, Monsieur, en voilà assez ; puisque vous les pleurez, Dieu vous aime, et ne vous a pas abandonné ; vous tenez de lui ce courage avec lequel vous nous les avouez ; cette effusion de cœur est un gage de sa bonté pour vous ; vous lui devez non seulement la patience avec laquelle il vous a souffert, mais encore cette douleur et ces larmes qui vous réconcilient avec lui, et qui font un spectacle dont les anges mêmes se réjouissent. Gémissez donc, Monsieur, gémissez, mais en lui disant : Ô mon Dieu ! vous ne rejetterez point un cœur contrit et humilié.

---

1. Il serait abusif, à partir de ce mot, de prêter à ce personnage une teinture de jansénisme.

Pleurez, mais avec confiance, avec la consolation d'espérer que vos pleurs le fléchiront, puisqu'ils sont un don de
sa miséricorde.

Et ce bon Religieux en versait lui-même en tenant ce
discours, et nous pleurions aussi, Valville et moi.

Je n'ai pas encore tout dit, mon Père, reprit alors M. de
Climal. Non, Monsieur, non, je vous prie, répondit le
Religieux, il n'est pas nécessaire d'aller plus loin, conten-
tez-vous de ce que vous avez dit ; le reste serait superflu,
et ne servirait peut-être qu'à vous satisfaire [1]. Il est quelquefois doux et consolant de s'abandonner au mouvement
où vous êtes : eh bien ! Monsieur, privez-vous de cette
douceur et de cette consolation ; mortifiez [2] l'envie que
vous avez de nous en avouer davantage. Dieu vous tiendra
compte et de ce que vous avez dit, et de ce que vous vous
serez abstenu de dire.

Ah ! mon Père, s'écria le malade, ne m'arrêtez point ;
ce serait me soulager que de me taire ; je suis bien éloigné
d'éprouver la douceur dont vous parlez. Dieu ne me fait
pas une si grande grâce à moi qui n'en mérite aucune :
c'est bien assez qu'il me donne la force de résister à la
confusion dont je me sens couvert, et qui m'arrêterait à
tout moment s'il ne me soutenait pas. Oui, mon Père, cet
aveu de mes indignités m'accable ; je souffre à chaque
mot que je vous dis, je souffre, et j'en remercie mon Dieu,
qui par là me laisse en état de lui sacrifier mon misérable
orgueil. Permettez donc que je profite d'une honte qui me
punit ; je voudrais pouvoir l'augmenter pour proportion-
ner, s'il était possible, mes humiliations à la fausseté des
vertus qu'on a honorées en moi. Je voudrais avoir toute
la terre pour témoin de l'affront que je me fais ; je suis
même fâché d'avoir été obligé de renvoyer Mme de
Miran ; j'aurais pu du moins rougir encore aux yeux

---

1. La confession exhaustive des fautes peut relever aux yeux du
prêtre d'une certaine complaisance.   2. Domptez, réprimez (R).

d'une sœur qui n'est peut-être pas désabusée [1]. Mais il a fallu l'écarter ; je la connais, elle m'aurait interrompu ; son amitié pour moi, trop tendre et trop sensible, ne lui aurait pas permis d'écouter ce que j'avais à dire ; mais vous le lui répéterez, mon Père, je l'espère de votre piété, et c'est un soin dont vous voulez bien que je vous charge. Achevons.

Mademoiselle vous a dit vrai dans le récit qu'elle vous a fait sans doute de mon procédé avec elle ; je ne l'ai secourue, en effet, que pour tâcher de la séduire ; je crus que son infortune lui ôterait le courage de rester vertueuse, et j'offris de lui assurer de quoi vivre, à condition qu'elle devînt méprisable. C'est vous en dire assez, mon Père ; j'abrège cet horrible récit par respect pour sa pudeur, que mes discours passés n'ont déjà que trop offensée. Je vous en demande pardon, Mademoiselle, et je vous conjure d'oublier cette affreuse aventure ; que jamais le ressouvenir de mon impudence ne salisse un esprit aussi chaste que le doit être le vôtre. Recevez-en pour réparation de ma part cet aveu que je vous fais, qui est qu'avec vous j'ai été non seulement un homme détestable devant Dieu, mais encore un malhonnête homme suivant le monde, car j'eus la lâcheté, en vous quittant, de vous reprocher de petits présents que vous m'avez renvoyés ; j'insultai à la triste situation où je vous abandonnais, et je menaçai de me venger, si vous osiez vous plaindre de moi.

Je fondais en larmes pendant qu'il me faisait cette satisfaction [2] si généreuse et si chrétienne ; elle m'attendrit au point qu'elle m'arracha des soupirs. Valville et le Père Saint-Vincent s'essuyaient les yeux et gardaient le silence.

Vous savez, Mademoiselle, ajouta M. de Climal, ce que

---

1. Mme de Miran serait-elle encore abusée par l'apparente dévotion de son frère ?   2. Sorte d'excuse que l'on fait à une personne qu'on a offensée (A). On pourrait employer le mot réparation.

je vous offris alors : ce fut, je pense, un contrat de cinq
ou six cents livres de rente ; je vous en laisse aujourd'hui
un de douze cents dans mon testament[1]. Vous refusâtes
avec horreur ces six cents livres, quand je vous les proposai comme la récompense d'un crime ; acceptez les douze
cents francs, à présent qu'ils ne sont plus que la récompense de votre sagesse ; il est bien juste d'ailleurs que je
vous sois un peu plus secourable dans mon repentir que
je n'offrais de l'être dans mon désordre. Mon neveu, que
voici, est mon principal héritier, je le fais mon légataire ;
il est né généreux, et je suis persuadé qu'il ne regrettera
point ce que je vous laisse.

Ah ! mon oncle, s'écria Valville la larme à l'œil, vous
faites l'action du monde la plus louable, et la plus digne
de vous ; tout ce qui m'en afflige, c'est que vous ne la
faites pas en pleine santé. Quant à moi, je ne regretterai
que vous, et que la tendresse que vous me témoignez ;
j'achèterais la durée de votre vie de tous les biens imaginables ; et si Dieu m'exauce, je ne lui demande que la
satisfaction de vous voir vivre aussi longtemps que je
vivrai moi-même.

Et moi, Monsieur, m'écriai-je à mon tour en sanglotant,
je ne sais que répondre à force d'être sensible à tout ce
que je viens d'entendre. J'ai beau être pauvre, le présent
que vous me faites, si vous mourez, ne me consolera pas
de votre perte : je vous assure que je la regarderai aujour-
d'hui comme un nouveau malheur. Je vois, monsieur, que
vous seriez un véritable ami pour moi, et j'aimerais bien
mieux cela, sans comparaison, que ce que vous me laissez
si généreusement.

Mes pleurs ici me coupèrent la parole ; je m'aperçus
que mon discours l'attendrissait lui-même. Ce que vous
dites là répond à l'opinion que j'ai toujours eu de votre

---

1. (D) a calculé ce que représente cette somme au XVIIIᵉ siècle. Une
telle rente permettait à Marianne de vivre commodément, mais sans
commune mesure avec la fortune de Valville.

cœur, mademoiselle, reprit-il après quelques moments de
silence, et il est vrai que je justifierais ce que vous pensez
de moi, si Dieu prolongeait mes jours. Je sens que je
m'affaiblis, dit-il ensuite ; ce n'est point à moi à vous
donner des leçons, elles ne partiraient pas d'une bouche
assez pure. Mais puisque vous croyez perdre un ami en
moi, qu'il me soit permis de vous dire encore une chose :
j'ai tenté votre vertu, il n'a pas tenu à moi qu'elle ne
succombât ; voulez-vous m'aider à expier les efforts que
j'ai fait contre elle ? aimez-la toujours, afin qu'elle sollicite la miséricorde de Dieu pour moi ; peut-être mon pardon dépendra-t-il de vos mœurs. Adieu, Mademoiselle.
Adieu, mon Père, ajouta-t-il en parlant au Père Saint-
Vincent ; je vous la recommande. Pour vous, mon neveu,
vous voyez pourquoi je vous ai retenu ; vous m'avez vu
à genoux devant elle, vous avez pu la soupçonner d'y
consentir ; elle était innocente, et j'ai cru être obligé de
vous l'apprendre.

Il s'arrêta là, et nous allions nous retirer, quand il dit
encore :

Mon neveu, allez de ma part prier ma sœur de rentrer.
Mademoiselle, me dit-il après, Mme de Miran m'a appris
comment vous la connaissiez ; dans le récit que vous lui
avez fait de votre situation, le détail de l'injure toute
récente que vous veniez d'essuyer de moi a dû naturellement y entrer ; dites-moi franchement, l'en avez-vous instruite, et m'avez-vous nommé ?

Je vais, Monsieur, vous dire la vérité, lui répondis-je,
un peu embarrassée de la question. Au sortir de chez le
Père Saint-Vincent, j'entrai dans le parloir d'un couvent
pour y demander du secours à l'abbesse ; j'y rencontrai
Mme de Miran ; j'étais comme au désespoir ; elle vit que
je fondais en larmes, cela la toucha. On me pressa de dire
ce qui m'affligeait. Je ne songeais pas à vous nuire ; mais
je n'avais point d'autre ressource que de faire compassion, et je contai tout, mes premiers malheurs et les derniers. Je ne vous nommai pourtant point alors, moins par

discrétion qu'à cause que je crus cela inutile ; et elle n'en
aurait jamais su davantage, si quelques jours après, en
parlant de ces hardes que je renvoyai, je n'avais pas par
hasard nommé M. de Valville, chez qui je les fis porter,
comme au neveu de la personne qui me les avait données.
Voilà malheureusement comment elle vous connut, Monsieur ; et je suis bien mortifiée de mon imprudence ; car
pour de la malice, il n'y en a point eu ; je vous le dis en
conscience ; je pourrais vous tromper, mais je suis trop
pénétrée et trop reconnaissante pour vous rien cacher.

Dieu soit loué ! s'écria-t-il alors en adressant la parole
au Père Saint-Vincent ; actuellement ma sœur sait donc à
quoi s'en tenir sur mon compte. Je ne le croyais pas ;
c'est une confusion que j'ai de plus avant que je meure ;
je sens qu'elle est grande, mon père, et je vous en remercie, Mademoiselle ; ne vous reprochez rien, c'est un service que vous m'avez rendu ; ma sœur me connaît, et je
vais rougir devant elle.

Je pensai faire des cris de douleur en l'entendant parler
ainsi. Mme de Miran rentra avec Valville ; mes pleurs et
mes sanglots la surprirent, son frère s'en aperçut : Venez,
ma sœur, lui dit-il ; je vous aurais retenue tantôt, si je
n'avais craint votre tendresse ; j'avais à dire des choses
que vous n'auriez pas soutenues [1], mais je n'y perdrai rien,
le Père Saint-Vincent aura la bonté de vous les redire ; et
grâces à Dieu, vous en savez déjà l'essentiel ; Mademoiselle vous a mise en état de me rendre justice. J'en ai mal
usé avec elle ; le Père Saint-Vincent me l'avait confiée ;
elle ne pouvait pas tomber en de plus mauvaises mains,
et je la remets dans les vôtres. À toute l'amitié que vous
m'avez paru avoir pour elle, ajoutez-y celle que vous
aviez pour moi, et dont elle est bien plus digne que je ne
l'étais. Votre cœur, tel qu'il fut à mon égard, est un bien
que je lui laisse, et qui la vengera du peu d'honneur et de
vertu qu'elle trouva dans le mien.

---

1. Au sens de supporter.

Ah ! mon frère, mon frère, que m'allez-vous dire ? lui répondit Mme de Miran, qui pleurait presque autant que moi ; finissons, je vous prie, finissons ; dans l'affliction où je suis, je ne pourrais pas en écouter davantage. Oui, j'aurai soin de Marianne, elle me sera toujours chère, je vous le promets, vous n'en devez pas douter ; vous venez de lui donner sur mon cœur des droits qui seront éternels. Voilà qui est fait, n'en parlons plus ; vous voyez la douleur où vous nous jetez tous ; allons, mon frère, êtes-vous en état de parler si longtemps ? Cela vous fatigue, comment vous trouvez-vous ?

Comme un homme qui va bientôt paraître devant Dieu, dit-il ; je me meurs, ma sœur. Adieu, mon Père, souvenez-vous de moi dans vos saints Sacrifices : vous savez le besoin que j'en ai.

À peine put-il achever ces dernières paroles, et il tomba dès cet instant dans une faiblesse où nous crûmes qu'il allait expirer.

Deux Médecins entrèrent alors. Le Religieux s'en alla ; on nous fit retirer, Valville et moi, pendant qu'on essayait de le secourir. Mme de Miran voulut rester, et nous passâmes dans une salle où nous trouvâmes un intime ami de M. de Climal et deux parentes de la famille qui allaient entrer.

Valville les retint, leur apprit que le malade avait perdu toute connaissance, et qu'il fallait attendre ce qui en arriverait ; de sorte que personne n'entra qu'un Ecclésiastique, qui était son confesseur, et que nous vîmes arriver.

Valville, qui était assis à côté de moi dans cette salle, me dit tout bas quelles étaient ces trois personnes que nous y avions trouvées.

Je parle de cet ami de M. de Climal, et de ces deux Dames ses parentes, dont l'une était la mère et l'autre la fille.

L'ami me parut un homme froid et poli ; c'était un magistrat de l'âge de soixante ans à peu près.

La mère de la Demoiselle pouvait en avoir cinquante

ou cinquante-cinq ; petite femme brune, assez ronde, très
laide, qui avait le visage large et carré, avec de petits yeux
noirs, qui d'abord paraissaient vifs, mais qui n'étaient que
curieux et inquiets ; de ces yeux toujours remuants, toujours occupés à regarder, et qui cherchent de quoi fournir
à l'amusement d'une âme vide, oisive, et qui n'a rien à
voir en elle-même. Car il y a de certaines gens dont l'esprit n'est en mouvement que par pure disette d'idées ;
c'est ce qui les rend si affamés d'objets étrangers, d'autant plus qu'il ne leur reste rien, que tout passe en eux,
que tout en sort ; gens toujours regardants, toujours écou-
tants, jamais pensants. Je les compare à un homme qui
passerait sa vie à se tenir à sa fenêtre : voilà l'image que
je me fais d'eux, et des fonctions de leur esprit.

Telle était la femme dont je vous parle ; je ne jugeai
pourtant pas d'elle alors comme j'en juge à présent que je
me la rappelle ; mes réflexions, quelque avancées qu'elles
fussent, n'allaient pas encore jusque-là ; mais je lui trouvai un caractère qui me déplut.

D'abord ses yeux se jetèrent sur moi, et me parcouru-
rent ; je dis se jetèrent, au hasard de mal parler, mais c'est
pour vous peindre l'avidité curieuse avec laquelle elle se
mit à me regarder ; et de pareils regards sont si à charge !

Ils m'embarrassèrent, et je n'y sus point d'autre remède
que de la regarder à mon tour, pour la faire cesser ; quelquefois cela réussit, et vous délivre de l'importunité dont
je souffrais.

En effet, cette Dame me laissa là, mais ce ne fut que
pour un moment ; elle revint bientôt de plus belle, et me
persécuta.

Tantôt c'était mon visage, tantôt ma cornette, et puis
mes habits, ma taille, qu'elle examinait.

Je toussai par hasard ; elle en redoubla d'attention pour
observer comment je toussais. Je tirai mon mouchoir ;
comment m'y prendrai-je ? ce fut encore un spectacle
intéressant pour elle, un nouvel objet de curiosité.

Valville était à côté d'elle ; la voilà qui tout d'un coup

se retourne pour lui parler, et qui lui demande : Qui est cette demoiselle-là ?

Je l'entendis ; les gens comme elle ne questionnent jamais aussi bas qu'ils croient le faire ; ils y vont si étourdiment, qu'ils n'ont pas le temps d'être discrets. C'est une Demoiselle de province, et qui est la fille d'une des meilleures amies de ma mère, lui répondit Valville assez négligemment. Ah ! ah ! de province, reprit-elle ; et la mère est-elle ici ? Non, repartit-il encore ; cette Demoiselle-ci est dans un Couvent à Paris. Ah ! dans un Couvent ! Est-ce qu'elle a envie d'être Religieuse ? Et dans lequel est-ce ? Ma foi, dit-il, je n'en sais pas le nom. C'est peut-être qu'elle y a quelque parente ? continua-t-elle. Elle est fort jolie, vraiment, très jolie ; ce qu'elle disait en entrecoupant chaque question d'un regard sur ma figure. À la fin elle se lassa de moi, et me quitta pour examiner le Magistrat, qu'elle connaissait pourtant, mais dont le silence et la tristesse lui parurent alors dignes d'être considérés.

Voilà qui est bien épouvantable, lui dit-elle après ; cet homme qui se meurt, et qui se portait si bien, qui est-ce qui l'aurait cru ? Il n'y a que dix jours que nous dînâmes ensemble.

C'était de M. de Climal dont elle parlait. Mais dites-moi, monsieur de Valville, est-ce qu'il est si mal ? Cet homme-là est fort, j'espère qu'il en reviendra, qu'en pensez-vous ? Depuis quand est-il malade ? Car j'étais à la campagne, moi, et je n'ai su cela que d'hier. Est-il vrai qu'il ne parle plus, qu'il n'a plus de connaissance ? Oui, Madame, il n'est que trop vrai, répondit Valville. Et Mme de Miran est donc là dedans ? répondit-elle. Qui est-ce qui y est encore ? La pauvre femme ! elle doit être bien désolée, n'est-ce pas ? Ils s'aimaient beaucoup ; c'est un si honnête homme, toute la famille y perd. Voici une fille qui en a pleuré hier toute la journée, et moi aussi (et cette fille, qui était la sienne, avait effectivement l'air assez contristé, et ne disait mot).

Nos yeux s'étaient quelquefois rencontrés comme à la
dérobée, et il me semblait avoir vu dans ses regards autant
d'honnêteté pour moi qu'elle en avait dû rencontrer dans
les miens pour elle. J'avais lieu de soupçonner que j'étais
de son goût ; de mon côté, j'étais enchantée d'elle, et
j'avais bien raison de l'être.

Ah ! madame, l'aimable personne que c'était ! Je n'ai
encore rien vu de cet âge-là qui lui ressemble ; jamais la
jeunesse n'a tant paré personne ; il n'en fut jamais de si
agréable, de si riante à l'œil que la sienne. Il est vrai que
la Demoiselle n'avait que dix-huit ans ; mais il ne suffit
pas de n'avoir que cet âge-là pour être jeune comme elle
l'était ; il faut y joindre une figure faite exprès pour s'em-
bellir de ces airs lestes[1], fins et légers, de ces agréments
sensibles, mais inexprimables, que peut y jeter la jeunesse ; et on peut avoir une très belle figure sans l'avoir
propre et flexible[2] à tout ce que je dis.

Il est question ici d'un charme à part, de je ne sais
quelle gentillesse qui répand dans les mouvements, dans
le geste même, dans les traits, plus d'âme et plus de vie
qu'ils n'en ont d'ordinaire.

On disait l'autre jour à une Dame qu'elle était au printemps de son âge : ce terme de printemps me fit ressouvenir de la jeune Demoiselle dont je parle, et je gagerais
que c'est quelque figure comme la sienne, qui a fait imaginer cette expression-là.

Je ne lis jamais les mots de *Flore* ou d'*Hébé*, que je ne
songe tout d'un coup à Mlle de Fare (c'était ainsi qu'elle
s'appelait).

Représentez-vous une taille haute, agile et dégagée. À
la manière dont Mlle de Fare allait et venait, se transportait
d'un lieu à un autre, vous eussiez dit qu'elle ne pesait
rien.

Enfin c'était des grâces de tout caractère ; c'était du

1. Qui est fort proprement vêtu (A).   2. Convenable à. L'expression est propre à Marivaux.

noble, de l'intéressant, mais de ce noble aisé et naturel,
qui est attaché à la personne, qui n'a pas besoin d'attention pour se soutenir, qui est indépendant de toute contenance, que ni l'air folâtre ni l'air négligé n'altèrent, et qui
est comme un attribut de la figure ; c'était de cet intéressant qui fait qu'une personne n'a pas un geste qui ne soit
au gré de votre cœur. C'était de ces traits délicats,
mignons, et qui font une physionomie vive, rusée et non
pas maligne.

Vous êtes une espiègle, lui disais-je quelquefois ; et il
y avait en effet quelque chose de ce que je dis là dans sa
mine ; mais cela y était comme une grâce qu'on aimait à
y voir, et qui n'était qu'un signe de gaieté dans l'esprit.

Mlle de Fare n'était pas d'une forte santé, mais ses
indispositions lui donnaient l'air plus tendre que malade.
Elle aurait souhaité plus d'embonpoint qu'elle n'en avait ;
mais je ne sais si elle y aurait tant gagné ; du moins, si
jamais un visage a pu s'en passer, c'était le sien ; l'embonpoint n'y aurait ajouté qu'un agrément, et lui en aurait
ôté plusieurs de plus piquants et de plus précieux.

Mlle de Fare, avec la finesse et le feu qu'elle avait dans
l'esprit, écoutait volontiers en grande compagnie, y pensait beaucoup, y parlait peu ; et ceux qui y parlaient bien
ou mal n'y perdaient rien.

Je ne lui ai jamais rien entendu dire qui ne fût bien
placé et dit de bon goût.

Était-elle avec ses amis, elle avait dans sa façon de
penser et de s'énoncer toute la franchise du brusque, sans
en avoir la dureté.

On lui voyait une sagacité de sentiment[1] prompte,
subite et naïve, une grande noblesse dans les idées, avec
une âme haute et généreuse. Mais ceci regarde le caractère, que vous connaîtrez encore mieux par les choses que
je dirai dans la suite.

Il y avait déjà du temps que nous étions là, quand

---

1. Chez Marivaux, a un sens proche d'intuition (D).

Mme de Miran sortit de la chambre du Malade, et nous dit que la connaissance lui était entièrement revenue, et qu'actuellement les Médecins le trouvaient beaucoup mieux. Il m'a même demandé, ajouta-t-elle en m'adressant la parole, si vous étiez encore ici, Mademoiselle, et m'a prié qu'on ne vous ramenât à votre Couvent qu'après que vous aurez dîné avec nous. Vous me faites tous deux beaucoup d'honneur, lui répondis-je, et je ferai ce qui vous plaira, Madame,

Je voudrais bien qu'il sût que je suis ici, dit alors le Magistrat son ami, et j'aurais une extrême envie de le voir, s'il était possible.

Et moi aussi, dit la Dame : n'y aurait-il pas moyen de l'avertir ? S'il est mieux, il ne sera peut-être pas fâché que nous entrions. Qu'en dites-vous, Madame ? Les médecins en ont donc meilleure espérance ? Hélas ! cela ne va pas encore jusque-là ; ils le trouvent seulement un peu moins mal, et voilà tout, répondit Mme de Miran ; mais je vais retourner sur-le-champ, pour savoir s'il n'y a pas d'inconvénient que vous entriez ; et à peine nous quittait-elle là-dessus, que les deux médecins sortirent de la chambre.

Messieurs, leur dit-elle, ces deux Dames peuvent-elles entrer avec Monsieur pour voir mon frère ? Est-il en état de les recevoir ?

Il est encore bien faible, répondit l'un d'eux, et il a besoin de repos ; il serait mieux d'attendre quelques heures.

Ah ! sans difficulté, il faut attendre, dit alors le Magistrat ; je reviendrai cet après-midi. Ce ne sera pas la peine, si vous voulez rester, reprit Mme de Miran. Non, dit-il, je vous suis obligé, je ne saurais, j'ai quelque affaire.

Pour moi, je n'en ai point, dit la Dame, et je suis d'avis de demeurer ; n'est-il pas vrai, Madame ? Eh bien ! Messieurs, continua-t-elle tout de suite, dites-nous donc, que pensez-vous de cette maladie ? J'ai dans l'esprit qu'il s'en tirera, moi, n'est-ce pas ? Ne serait-ce point de la poitrine dont il est attaqué ? Il y a six mois qu'il eut un rhume qui dura très longtemps ; je lui dis d'y prendre garde, il le négligeait un peu. La fièvre est-elle considérable ?

Ce n'est pas la fièvre que nous craignons le plus, Madame, dit l'autre Médecin, et on ne peut encore porter un jugement bien sûr de ce qui arrivera ; mais il y a toujours du danger.

Ils nous quittèrent après ce discours ; le magistrat les suivit, et nous restâmes, la mère, la fille, Mme de Miran, Valville et moi, dans la salle.

Il était tard, un laquais vint nous dire qu'on allait servir. Mme de Miran passa un moment chez le Malade ; on lui dit qu'il reposait ; elle en ressortit avec l'Ecclésiastique, qui y était demeuré, qui nous dit qu'il reviendrait après dîner ; et nous allâmes nous mettre à table, un peu moins alarmés que nous ne l'avions été dans le cours de la matinée.

Tous ces détails sont ennuyants, mais on ne saurait s'en passer ; c'est par eux qu'on va aux faits principaux. À table on me mit à côté de Mlle de Fare. Je crus voir, à ses façons gracieuses, qu'elle était bien aise de cette occasion qui s'offrait de lier quelque connaissance ensemble. Nous nous prévenions de mille petites honnêtetés que l'inclination suggère à deux personnes qui ont du plaisir à se voir.

Nous nous regardions avec complaisance, et comme l'amour a ses droits, quelquefois aussi je regardais Valville, qui, de son côté et à son ordinaire, avait presque toujours les yeux sur moi.

Je crois que Mlle de Fare remarqua nos regards. Mademoiselle, me dit-elle tout bas pendant que sa mère et Mme de Miran se parlaient, je voudrais bien ne me pas tromper dans ce que je pense ; et cela étant vous ne quitteriez point Paris.

Je ne sais pas ce que vous entendez, lui répondis-je du même ton (et effectivement je n'en savais rien) ; mais, à tout hasard, je crois que vous pensez toujours juste ; vou-

lez-vous bien à présent me dire votre pensée, mademoiselle ?

C'est, reprit-elle toujours tout bas, que Madame votre
mère est la meilleure amie de Mme de Miran, et que vous
pourriez bien épouser mon cousin ; dites-moi ce qui en
est à votre tour.

Cela n'était pas aisé ; la question m'embarrassa,
m'alarma même ; j'en rougis, et puis j'eus peur qu'elle
ne vît que je rougissais, et que cela ne trahît un secret qui
me faisait trop d'honneur. Enfin j'ignore ce que j'aurais
répondu, si sa mère ne m'avait pas tirée d'affaire. Heureusement, comme je vous l'ai dit, c'était de ces femmes qui
voient tout, qui veulent tout savoir.

Elle s'aperçut que nous nous parlions : Qu'est-ce que
c'est, ma fille ? dit-elle ; de quoi est-il question ? Vous
souriez, et Mademoiselle rougit (rien ne lui était échappé).
Peut-on savoir ce que vous vous disiez ?

Je n'en ferai pas de mystère, repartit sa fille ; je serais
charmée que Mademoiselle demeurât à Paris, et je lui
disais que je souhaitais qu'elle épousât M. de Valville.

Ah ! ah ! s'écria-t-elle, eh ! mais, à propos, j'ai eu aussi
la même idée ; et il me semble, sur tout ce que j'ai
observé, qu'ils n'en seraient fâchés ni l'un ni l'autre. Eh !
que sait-on ? C'est peut-être le dessein qu'on a ; il y a
toute apparence.

Et pourquoi non ? dit Mme de Miran, qui apparemment
ne vit point de risque à prendre son parti dans ces circonstances, et qui, par une bonté de cœur dont le mien est
encore transporté quand j'y songe, et que je ne me rappelle jamais sans pleurer de tendresse et de reconnaissance ; qui, dis-je, par une bonté de cœur admirable, et pour
nous donner d'infaillibles gages de sa parole, voulut bien
saisir cette occasion de préparer les esprits sur notre
mariage.

Eh ! pourquoi non ? dit-elle donc à son tour, mon fils
ne sera pas à plaindre, si cela arrive. Ah ! tout le monde
sera de votre avis, reprit Mme de Fare : il n'y aura, certes,

que des compliments à lui faire, et je lui fais les miens
d'avance ; je ne sache personne mieux partagé qu'il le
sera. Aussi puis-je vous assurer, madame, que je n'envie-
rai le partage de personne, répondit Valville d'un air franc
et aisé, pendant que je baissais la tête pour la remercier
de ses politesses, sans lui rien dire ; car je crus devoir me
taire et laisser parler ma bienfaitrice, devant qui je n'avais
là-dessus et dans cette occasion qu'un silence modeste et
respectueux à garder. Je ne pus m'empêcher cependant de
jeter sur elle un regard bien tendre et bien reconnaissant ;
et de la manière dont la conversation se tourna là-dessus,
quoique tout y fût dit en badinant, Mme de Fare ne douta
point que je ne dusse épouser Valville.

Je m'en retournerai dès que j'aurai vu M. de Climal, et
puis nous reconduirons votre bru à son Couvent, dit-elle
à Mme de Miran ; ou bien, tenez, faisons encore mieux :
je ne couche pas ce soir à Paris, je m'en retourne à ma
maison de campagne, qui n'est qu'à un quart de lieue
d'ici, comme vous savez. Je pense que vous pouvez disposer de mademoiselle. Écrivez, ou envoyez dire à son
couvent qu'on ne l'attende point, et que vous la gardez
pour un jour ou deux, moyennant quoi nous la mènerons
avec nous. Ne faut-il pas que ces demoiselles se connaissent un peu davantage ? Vous leur ferez plaisir à toutes
deux, j'en suis sûre.

Mlle de Fare s'en mêla, et joignit de si bonne grâce ses
instances à celles de sa mère, que Mme de Miran, à qui on
supposait que mes parents m'avaient confiée, dit qu'elle
y consentait, et que j'étais la maîtresse. Il est vrai, ajouta-
t-elle, que vous n'avez personne avec vous ; mais vous
serez servie chez Madame. Allez, je passerai tantôt moi-
même à votre couvent ; et demain, suivant l'état où sera
mon frère, j'irai sur les cinq heures du soir vous
reprendre, ou je vous enverrai chercher.

Puisque vous me le permettez, je n'hésiterai point,
Madame, répondis-je.

On se leva de table. Valville me parut charmé qu'on

eût lié cette petite partie [1] ; je devinai ce qui lui en plaisait ; c'est qu'elle nous convainquait encore de la sincérité
des promesses de Mme de Miran ; non seulement cette
dame laissait croire que j'étais destinée à son fils, mais
elle me laissait aller dans le monde sur ce pied-là : y
avait-il de procédé plus net, et n'était-ce pas là s'engager
à ne se dédire jamais ?

Sortons de chez M. de Climal. Mme de Fare ne put le
voir ; on dit qu'il reposait ; et dans l'instant que nous
allions partir, Valville, par quelques discours qu'il tint
adroitement, engagea cette dame à lui proposer de nous
suivre et de venir souper chez elle.

Il fait le plus beau temps du monde, lui dit-elle, vous
reviendrez ce soir ou demain matin, si vous l'aimez
mieux. Me le permettez-vous aussi ? dit en riant Valville
à Mme de Miran, dont il était bien aise d'avoir l'approbation. Oui-da, mon fils, reprit-elle, vous pouvez y aller ;
aussi bien ne me retirerai-je d'ici que fort tard. Et là-
dessus nous prîmes congé d'elle, et nous partîmes.

Nous voici arrivés ; je vis une très belle maison ; nous
nous y promenâmes beaucoup ; tout m'y rendait l'âme
satisfaite. J'y étais avec un homme que j'aimais, qui
m'adorait, qui avait la liberté de me le dire, qui me le
disait à chaque instant, et dont on trouvait bon que je
reçusse les hommages, à qui même il m'était permis de
marquer modestement du retour. Aussi n'y manquais-je
pas ; il me parlait, et moi je le regardais, et ses discours
n'étaient pas plus tendres que mes regards. Il le sentait
bien : ses expressions en devenaient plus passionnées, et
le langage de mes yeux encore plus doux.

Quelle agréable situation ! d'un côté Valville qui
m'idolâtrait, de l'autre Mlle de Fare qui ne savait quelles
caresses me faire ; et de ma part un cœur plein de sensibilité pour tout cela. Nous nous promenions tous trois dans
le bois de la maison ; nous avions laissé Mme de Fare

---

1. Divertissement qu'on a projeté à plusieurs (A).

occupée à recevoir deux personnes qui venaient d'arriver pour souper chez elle ; et comme les tendresses de Valville interrompaient ce que nous nous disions, cette aimable fille et moi, nous nous avisâmes, par un mouvement de gaieté, de le fuir, de l'écarter d'auprès de nous, et de lui jeter des feuilles que nous arrachions des bosquets.

Il nous poursuivait, nous courions, il me saisit, elle vint à mon secours, et mon âme se livrait à une joie qui ne devait pas durer.

C'était ainsi que nous nous amusions, quand on vint nous avertir qu'on n'attendait que nous pour se mettre à table, et nous nous rendîmes dans la salle.

On soupa ; on demanda d'abord des nouvelles de M. de Fare qui était à l'armée ; on parla de moi ensuite ; la compagnie me fit de grandes honnêtetés. Mme de Fare l'avait déjà prévenue sur le mariage auquel on me destinait, on en félicita Valville.

Le souper fini, les convives nous quittèrent ; Mme de Fare dit à Valville de rester jusqu'au lendemain, il ne l'en fallut pas presser beaucoup. Je touche à la catastrophe qui me menace, et demain je verserai bien des larmes.

Je me levai entre dix et onze heures du matin ; un quart d'heure après entra une femme de chambre qui venait pour m'habiller.

Quelque inusité que fût pour moi le service qu'elle allait me rendre, je m'y prêtai, je pense, d'aussi bonne grâce que s'il m'avait été familier. Il fallait bien soutenir mon rang, et c'était là de ces choses que je saisissais on ne peut pas plus vite ; j'avais un goût naturel, ou, si vous voulez, je ne sais quelle vanité délicate qui me les apprenait tout d'un coup, et ma femme de chambre ne me sentit point novice.

À peine achevait-elle de m'habiller, que j'entendis la voix de Mlle de Fare qui approchait, et qui parlait à une autre personne qui était avec elle. Je crus que ce ne pouvait être que Valville, et je voulais aller au-devant d'elle ; elle ne m'en donna pas le temps, elle entra.

Ah ! madame, devinez avec qui, devinez ! Voilà ce qu'on peut appeler un coup de foudre.

C'était avec cette Marchande de toile chez qui j'avais demeuré en qualité de fille de boutique, avec Mme Dutour, de qui j'ai dit étourdiment, ou par pure distraction, que je ne parlerais plus, et qui, en effet, ne paraîtra plus sur la scène.

Mlle de Fare accourut d'abord à moi, et m'embrassa d'un air folâtre ; mais ce fatal objet, cette misérable Mme Dutour venait de frapper mes yeux, et elle n'embrassa qu'une statue : je restai sans mouvement, plus pâle que la mort, et ne sachant plus où j'étais.

Eh ! ma chère, qu'avez-vous donc ? Vous ne me dites mot ! s'écria Mlle de Fare, étonnée de mon silence et de mon immobilité.

Eh ! que Dieu nous soit en aide ! Aurais-je la berlue ? N'est-ce pas vous, Marianne ? s'écria de son côté Mme Dutour. Eh ! pardi oui, c'est elle-même. Tenez, comme on se rencontre ! Je suis venue ici pour montrer de la toile à des dames qui sont vos voisines, et qui m'ont envoyé chercher ; et en revenant, j'ai dit : Il faut que je passe chez Mme la marquise, pour voir si elle n'a besoin de rien. Vous m'avez trouvée dans sa chambre, et puis vous m'amenez ici, où je la trouve ; il faut croire que c'est mon bon ange qui m'a inspirée d'entrer dans la maison.

Et tout de suite, elle se jeta à mon col. Quelle bonne fortune avez-vous donc eue ? ajouta-t-elle tout de suite. Comme la voilà belle et bien mise ! Ah ! que je suis aise de vous voir brave ! que cela vous sied bien ! Je pense, Dieu me pardonne, qu'elle a une femme de chambre. Eh ! mais, dites-moi donc ce que cela signifie. Voilà qui est admirable, cette pauvre enfant ! Contez-moi donc d'où cela vient.

À ce discours, pas un mot de ma part ; j'étais anéantie. Là-dessus, Valville arrive d'un air riant ; mais, à l'aspect de Mme Dutour, le voici qui rougit, qui perd contenance, et qui reste immobile à son tour. Vous jugez bien qu'il

comprit toutes les fâcheuses conséquences de cette aventure ; ceci, au reste, se passa plus vite que je ne puis le
raconter.

Doucement, madame Dutour, doucement, dit alors
Mlle de Fare ; vous vous trompez sûrement, vous ne savez
pas à qui vous parlez. Mademoiselle n'est pas cette
Marianne pour qui vous la prenez.

Ce ne l'est pas ! s'écria encore la marchande, ce ne
l'est pas ! Ah ! pardi, en voici bien d'un autre : vous verrez que je ne suis peut-être pas Mme Dutour aussi, moi !
Eh ! merci de ma vie ! demandez-lui si je me trompe. Eh
bien ! répondez donc, ma fille, n'est-il pas vrai que c'est
vous ? Dites donc, n'avez-vous pas été quatre ou cinq
jours en pension chez moi pour apprendre le négoce ?
C'était M. de Climal qui l'y avait mise, et puis qui la
laissa là un beau jour de fête ; bon jour, bonne œuvre [1] ;
adieu, va où tu pourras ! Aussi pleurait-elle, il faut voir,
la pauvre orpheline ! Je la trouvai échevelée comme une
Madeleine, une nippe d'un côté, une nippe d'un autre ;
c'était une vraie pitié.

Mais, encore une fois, prenez garde, Madame, prenez
garde, car cela ne se peut pas, dit Mlle de Fare étonnée.
Oh bien, je ne dis pas que cela se puisse, mais je dis que
cela est, reprit la Dutour. Eh ! à propos, tenez, c'est chez
M. de Valville que je fis porter le paquet de hardes dont
M. de Climal lui avait fait présent ; à telles enseignes que
j'ai encore un mouchoir à elle, qu'elle a oublié chez moi
et qui ne vaut pas grand argent. Mais enfin, n'importe, il
est à elle, et je n'y veux rien ; on l'a blanchi tel qu'il est ;
quand il serait meilleur, il en serait de même, et ce que
j'en dis n'est que pour faire voir si je dois la connaître.
En un mot comme en cent, qu'elle parle ou qu'elle ne
parle pas, c'est Marianne ; et quoi encore ? Marianne.
C'est le nom qu'elle avait quand je l'ai prise ; si elle ne

---

1. On dit proverbialement « Bon jour, bonne œuvre quand quelqu'un
fait une méchante action le jour d'une bonne fête » (A).

l'a plus, c'est qu'elle en a changé, mais je ne lui en savais
point d'autre, ni elle non plus ; encore était-ce, m'a-t-elle
dit, la nièce d'un Curé qui le lui avait donné, car elle ne
sait qui elle est ; c'est elle qui me l'a dit aussi. Que diantre ! où est donc la finesse que j'y entends ? Est-ce que
j'ai envie de lui nuire, moi, à cette enfant, qui a été ma
fille de boutique ? Est-ce que je lui en veux ? Pardi ! je
suis comme tout le monde, je reconnais les gens quand je
les ai vus. Voyez que cela est difficile ! Si elle est devenue glorieuse, dame ! je n'y saurais que faire. Au surplus,
je n'ai que du bien à dire d'elle ; je l'ai connue pour
honnête fille, y a-t-il rien de plus beau ? Je lui défie
d'avoir mieux, quand elle serait Duchesse : de quoi se
fâche-t-elle ?

À ce dernier mot, la femme de chambre se mit à rire
sous sa main et sortit ; pour moi, qui me sentais faible et
les genoux tremblants, je me laissai tomber dans un fauteuil qui était à côté de moi, où je ne fis que pleurer et
jeter des soupirs.

Mlle de Fare baissait les yeux et ne disait mot. Valville,
qui jusque-là n'avait pas encore ouvert la bouche, s'approcha enfin de Mme Dutour, et la prenant par le bras :
Eh ! Madame allez-vous-en, sortez, je vous en conjure ;
faites-moi ce plaisir-là, vous n'y perdrez point, ma chère
madame Dutour ; allez, qu'on ne vous voie point davantage ici ; soyez discrète, et comptez de ma part sur tous
les services que je pourrai vous rendre.

Eh ! mon Dieu, de tout mon cœur ! reprit-elle. Hélas !
je suis bien fâchée de tout cela, mon cher Monsieur ; mais
que voulez-vous ? Devine-t-on ? Mettez-vous à ma place.

Eh oui, Madame, lui dit-il, vous avez raison, mais partez, partez, je vous prie. Adieu, adieu, répondit-elle, je
vous fais bien excuse. Mademoiselle, je suis votre servante (c'était à Mlle de Fare à qui elle parlait). Adieu,
Marianne, allez, mon enfant, je ne vous souhaite pas plus
de mal qu'à moi, Dieu le sait ; toutes sortes de bonheurs
puissent-ils vous arriver ! Si pourtant vous voulez voir

ce que j'ai apporté dans mon carton, dit-elle encore en s'adressant à Mlle de Fare, peut-être prendriez-vous quelque chose. Eh ! non, reprit Valville, non ! vous dit-on ; j'achèterai tout ce que vous avez, je le retiens, et vous le payerai demain chez moi. Ce fut en la poussant qu'il parla ainsi, et enfin elle sortit.

Mes larmes et mes soupirs continuaient, je n'osais pas lever les yeux, et j'étais comme une personne accablée.

Monsieur de Valville, dit alors Mlle de Fare, qui jusqu'ici n'avait fait qu'écouter, expliquez-moi ce que cela signifie.

Ah ! ma chère cousine, répondit-il en embrassant ses genoux, au nom de tout ce que vous avez de plus cher, sauvez-moi la vie, il n'y va pas de moins pour moi ; je vous en conjure par toute la bonté, par toute la générosité de votre cœur. Il est vrai, Mademoiselle a été quelques jours chez cette marchande ; elle a perdu son père et sa mère depuis l'âge de deux ans ; on croit qu'ils étaient étrangers ; ils ont été assassinés dans un carrosse de voiture avec nombre de domestiques à eux, c'est un fait constaté ; mais on n'a jamais pu savoir qui ils étaient ; leur suite a seulement prouvé qu'ils étaient gens de condition, voilà tout ; et Mademoiselle fut retirée du carrosse dans la portière duquel elle était tombée sous le corps de sa mère ; elle a depuis été élevée par la sœur d'un Curé de village, qui est morte à Paris il y a quelques mois, et qui la laissa sans secours. Un Religieux la présenta à mon oncle ; c'est par hasard que je l'ai connue, et je l'adore ; si je la perds, je perds la vie. Je vous ai dit que ses parents voyageaient avec plusieurs domestiques de tout sexe ; elle est fille de qualité, on n'en a jamais jugé autrement. Sa figure, ses grâces et son caractère en sont encore de nouvelles preuves ; peut-être même est-elle née plus que moi ; peut-être que, si elle se connaissait, je serais trop honoré de sa tendresse. Ma mère, qui sait tout ce que je vous dis là, et tout ce que je n'ai pas le temps de vous dire, ma mère est dans notre confidence, elle est enchan-

tée d'elle ; elle l'a mise dans un Couvent ; elle consent
que je l'aime, elle consent que je l'épouse, et vous êtes
bien digne de penser de même ; vous n'abuserez point de
l'accident funeste qui lui dérobe sa naissance ; vous ne
lui en ferez point un crime. Un malheur, quand il est
accompagné des circonstances que je vous dis, ne doit
point priver une fille, d'ailleurs si aimable, du rang dans
lequel on a bien vu qu'elle était née, ni des égards et de
la considération qu'elle mérite de la part de tous les honnêtes gens. Gardez donc votre estime et votre amitié pour
elle ; conservez-moi mon épouse, conservez-vous l'amie
la plus digne de vous, une amie d'un mérite et d'un cœur
que vous ne trouverez nulle part ; d'un cœur que vous
allez acquérir tout entier, sans compter le mien, dont la
reconnaissance sera éternelle et sans bornes. Mais ce n'est
pas assez que de ne point divulguer notre secret : il y
avait tout à l'heure ici une femme de chambre qui a tout
entendu ; il faut la gagner, il faut se hâter.

C'est à quoi je songeais, dit Mlle de Fare, qui l'interrompit, et qui tira le cordon d'une sonnette, et je vais y remédier. Tranquillisez-vous, Monsieur, et fiez-vous à moi.
Voici un récit qui m'a remuée jusqu'aux larmes ; j'avais
beaucoup d'estime pour vous, vous venez de m'en donner
mille fois davantage. Je regarde aussi Mme de Miran, dans
cette occasion-ci, comme la femme du monde la plus respectable ; je ne saurais vous dire combien je l'aime,
combien son procédé me touche, et mon cœur ne le cédera
pas au sien. Essuyez vos pleurs, ma chère amie, et ne
songeons plus qu'à nous lier d'une amitié qui dure autant
que nous, ajouta-t-elle en me tendant la main, sur laquelle
je me jetai, que je baisai, que j'arrosai de mes larmes,
d'un air qui n'était que suppliant, reconnaissant et tendre,
mais point humilié.

Cette amitié que vous me faites l'honneur de me
demander me sera plus chère que ma vie ; je ne vivrai
que pour vous aimer tous deux, vous et Valville, lui dis-

je à travers des sanglots que m'arracha l'attendrissement où j'étais.

Je ne pus en dire davantage ; Mlle de Fare pleurait aussi en m'embrassant, et ce fut en cet état que la surprit la femme de chambre dont je vous ai parlé, et qui venait savoir pourquoi elle avait sonné.

Approchez, Favier, lui dit-elle du ton le plus imposant ; vous avez de l'attachement pour moi, du moins il me le semble. Quoi qu'il en soit, vous avez vu ce qui s'est passé avec cette Marchande ; je vous perdrai[1] tôt ou tard, si jamais il vous échappe un mot de ce qui s'est dit ; je vous perdrai : mais aussi je vous promets votre fortune pour prix du silence que vous garderez. Et moi, je lui promets de partager la mienne avec elle, dit tout de suite Valville.

Favier, en rougissant, nous assura qu'elle se tairait ; mais le mal était fait, elle avait déjà parlé ; et c'est ce que vous verrez dans la sixième Partie, avec tous les événements que son indiscrétion causa ; les Puissances[2] même s'en mêlèrent. Je n'ai pas oublié, au reste, que je vous ai annoncé l'histoire d'une Religieuse, et voici sa place ; c'est par où commencera la sixième Partie.

---

1. Au sens de ruiner, se dit de tout ce qui peut déshonorer, discréditer et causer du préjudice à quelqu'un, à sa réputation, à sa santé (A).
2. Se dit aussi de ceux qui possèdent les premières dignités de l'État (A).

... à travers des sanglots que je lui adresse cette prière.

Je ne puis en dire davantage [47] de Paris, il m'a laissé en m'embrassant, et ce fut en cet état que le surprit la forme de vieillards dont il vous a parlé parce qu'on venait savoir comment elle se trouvait.

Apprenez-le-lui lui-même du ton le plus imposant vous avez de l'attachement politique, du moins il m'a semblé. Quoi qu'il en soit vous avez vu ce que j'ai trouvé avec cette Marquise; je vous remercie, lui, du fond de l'amitié à vous témoigner un éclat de ... c'est là que je vous souhaite; mais ainsi je vous promets votre fortune pour prix du silence que vous garderez. En mot, j'ai la bonté de travailler je ne sais encore au juste de quelle Valville France, en m'engageant nous en sommes quand je ne saurai mais il m'a fallu tant l'arracher déjà qu'il y a ... et c'est que vous verrez dans la sixième lettre à ce titre les évènements qui son introduction enfin ... Son Professeur m'a ... je m'en irai dérivant de m'arracher un endroit que je vous ai donné à l'honneur d'une Religieuse, et votre ... plaise, c'est par ce contract ou ... à Sisteron Paris.

SIXIÈME PARTIE

Je vous envoie, Madame, la sixième Partie de ma Vie ; vous voilà fort étonnée, n'est-il pas vrai ? Est-ce que vous n'avez pas encore achevé de lire la cinquième ? Quelle paresse ! Allons, Madame, tâchez donc de me suivre ; lisez du moins aussi vite que j'écris.

Mais, me dites-vous, d'où peut venir en effet tant de diligence, vous qui jusqu'ici n'en avez jamais eu, quoique vous m'ayez toujours promis d'en avoir ?

C'est que ma promesse gâtait tout. Cette diligence alors était comme d'obligation, je vous la devais, et on a de la peine à payer ses dettes. À présent que je ne vous la dois plus, que je vous ai dit qu'il ne fallait plus y compter, je me fais un plaisir de vous la donner pour rien ; cela me réjouit. Je m'imagine être généreuse, au lieu que je n'aurais été qu'exacte, ce qui est bien différent.

Reprenons le fil de notre discours. J'ai l'histoire d'une Religieuse à vous raconter : je n'avais pourtant résolu de vous parler que de moi, et cet épisode n'entrait pas dans mon plan[1] ; mais, puisque vous m'en paraissez curieuse, que je n'écris que pour vous amuser, et que c'est une chose que je trouve sur mon chemin, il ne serait pas juste de vous en priver. Attendez un moment, je vais bientôt

---

1. Cette remarque vise à montrer que la digression ici annoncée sert à prouver l'authenticité du récit, qu'il ne s'agit pas d'un roman mais bien de Mémoires. Voir l'Introduction, p. 11-14.

rejoindre cette Religieuse en question, et ce sera elle qui vous satisfera.

Vous m'avouez, au reste, que vous avez laissé lire mes aventures à plusieurs de vos amis. Vous me dites qu'il y en a quelques-uns à qui les réflexions que j'y fais souvent n'ont pas déplu ; qu'il y en a d'autres qui s'en seraient bien passés[1]. Je suis à présent comme ces derniers, je m'en passerai bien aussi, ma Religieuse de même. Ce ne sera pas une babillarde comme je l'ai été ; elle ira vite, et quand ce sera mon tour à parler, je ferai comme elle.

Mais je songe que ce mot de *babillarde*[2], que je viens de mettre là sur mon compte, pourrait fâcher d'honnêtes gens qui ont aimé mes réflexions. Si elles n'ont été que du babil, ils ont donc eu tort de s'y plaire, ce sont donc des lecteurs de mauvais goût. Non pas, Messieurs, non pas ; je ne suis point de cet avis ; au contraire, je n'oserais dire le cas que je fais de vous, ni combien je me sens flattée de votre approbation là-dessus. Quand je m'appelle une babillarde, entre nous, ce n'est qu'en badinant[3], et que par complaisance pour ceux qui m'ont peut-être trouvée telle ; et la vérité est que je continuerais de l'être, s'il n'était pas plus aisé de ne l'être point. Vous me faites beaucoup d'honneur, en approuvant que je réfléchisse ; mais aussi ceux qui veulent que je m'en tienne au simple récit des faits me font grand plaisir ; mon amour-propre est pour vous, mais ma paresse se déclare pour eux, et je suis un peu revenue des vanités de ce monde ; à mon âge on préfère ce qui est commode à ce qui n'est que glorieux. Je soupçonne d'ailleurs (et je vous le dis en secret), je soupçonne que vous n'êtes pas le plus grand nombre. Ajoutez à cela la difficulté de vous servir, et vous excuserez le parti que je vais prendre.

Nous en étions au discours que Mlle de Fare et Valville

---

1. Façon élégante d'indiquer que ces réflexions avaient pu déplaire.
2. Voir note 5, p. 133.   3. Dire des choses d'un air fin et plaisant (R).

tinrent à Favier ; j'ai dit que cette précaution qu'ils prirent fut inutile.

Vous avez vu que Favier s'était retirée avant que la Dutour s'en allât, et il n'y avait tout au plus qu'un quart d'heure qu'elle avait disparu quand elle revint ; mais ce quart d'heure, elle l'avait déjà employé contre moi. De ma chambre, elle s'était rendue chez Mme de Fare, à qui elle avait conté tout ce qu'elle venait de voir et d'entendre.

Elle n'osa nous l'avouer. Mlle de Fare le prit avec elle sur un ton qui l'en empêcha, et qui lui fit peur. J'observai seulement, comme je vous l'ai déjà dit, qu'elle rougit ; et à travers l'accablement où j'étais je ne tirai pas un bon augure de cette rougeur.

Elle sortit assez déconcertée, et Mlle de Fare se remit à me consoler. Je lui tenais une main, que je baignais de mes larmes ; elle répondait à cette action par les caresses les plus affectueuses.

Eh ! ma chère amie, cessez donc de pleurer, me disait-elle ; que craignez-vous ? Cette fille ne dira mot, soyez-en persuadée (c'était de Favier dont elle parlait) ; nous venons de l'intéresser par tous les motifs qui peuvent lui fermer la bouche. Je lui ai dit que son indiscrétion la perdrait, que son silence ferait sa fortune ; et après les menaces dont je l'ai intimidée, après les récompenses que je lui ai promises, concevez-vous qu'elle ne se taise pas ? Y a-t-il quelque apparence qu'elle nous trahisse ? Tranquillisez-vous donc ; donnez-moi cette marque d'amitié et de confiance, ou bien je croirai à présent que c'est à cause de moi que vous pleurez tant ; je croirai que vous rougissez de m'avoir eu pour témoin de ce qui s'est passé, et que vous me soupçonnez d'avoir quelque sentiment qui vous humilie, moi qui ne vous en aime que davantage, qui ne m'en sens que plus liée à vous ; moi pour qui vous n'en devenez que plus intéressante, et qui n'en aurai toute ma vie que plus d'égards pour vous. Je le croirai, vous dis-je, et voyez en ce cas combien j'aurai lieu de me plaindre de vous, combien votre douleur m'offenserait et serait désobligeante pour un cœur comme le mien !

Ce discours redoublait mon attendrissement, et par conséquent mes larmes. Je n'avais pas la force de parler ; mais je donnais mille baisers sur sa main que je tenais toujours, et que je pressais entre les miennes en signe de reconnaissance.

Quelqu'un peut venir, me disait de son côté Valville. Mme de Fare elle-même va peut-être arriver ; que voulez-vous qu'elle pense de l'état où vous êtes ? Quelle raison lui en rendrons-nous, et de quoi vous affligez-vous tant ? Ceci n'aura point de suite ; c'est moi qui vous le garantis, ajoutait-il en se jetant à mes genoux avec plus d'amour, avec plus de passion, ce me semble, qu'il n'en avait jamais eu ; et mes regards, que je laissais tomber tour à tour sur l'amant et l'amie, leur exprimaient combien j'étais sensible à tout ce qu'ils me disaient tous deux de doux et de consolant, quand nous entendîmes marcher près de ma chambre.

C'était Mme de Fare, qui entra un moment après. Sa fille et Valville s'assirent à côté de moi, et j'essuyai mes pleurs avant qu'elle parût ; mais toute l'impression des mouvements dont j'avais été agitée me restait sur le visage ; on y voyait encore un air de douleur et de consternation que je ne pouvais pas en ôter.

Feignez d'être malade, se hâta de me dire Mlle de Fare, et nous supposerons que vous venez de vous trouver mal.

À peine achevait-elle ce peu de mots, que nous vîmes sa mère. Je ne la saluai que d'une simple inclination de tête, à cause de la faiblesse que nous étions convenus que j'affecterais, et qui était assez réelle.

Mme de Fare me regarda, et ne me salua pas non plus.

Est-ce qu'elle est indisposée ? dit-elle à Valville d'un air indifférent et peu civil[1]. Oui, Madame, répondit-il ; nous avons eu beaucoup de peine à faire revenir Made-

---

1. Honnête, poli, qui a de la civilité (R).

moiselle d'un évanouissement qui lui a pris. Et elle est encore extrêmement faible, ajouta Mlle de Fare, que je vis surprise du peu de façon[1] que faisait sa mère en parlant de moi.

Mais, reprit cette Dame du même ton, et sans jamais dire Mademoiselle, si elle veut, on la ramènera à Paris, je lui prêterai mon carrosse.

Madame, lui dit sèchement Valville, le vôtre n'est pas nécessaire ; elle s'en retournera dans le mien, qui est venu me prendre. Vous avez raison, cela est égal, repartit-elle. Quoi ! ma mère, tout à l'heure ! s'écria la fille : je serais d'avis qu'on attendît à tantôt.

Non, Mademoiselle, dis-je alors à mon tour, en m'appuyant sur le bras de Valville pour me lever ; non, laissez-moi partir ; je vous rends mille grâces de votre attention pour moi, mais effectivement il vaut mieux que je me retire, et je sens bien qu'il ne faut pas que je reste ici plus longtemps. Descendons, Monsieur, je serai bien aise de prendre l'air en attendant que votre carrosse soit prêt.

Mais, ma mère, reprit une seconde fois Mlle de Fare, prenez donc garde ; laisserons-nous Mademoiselle s'en retourner toute seule dans ce carrosse ? Et puisqu'elle veut absolument se retirer, n'êtes-vous pas d'avis que nous la ramenions, ou du moins que je prenne une de vos femmes avec moi pour la reconduire jusqu'à son Couvent, ou chez Mme de Miran, qui nous l'a confiée ? Sans quoi il n'y a ici que M. de Valville qui pourrait l'accompagner, et il ne serait pas dans l'ordre qu'il partît avec elle.

Non, reprit la mère en souriant ; mais, dites-moi, M. de Valville, j'attends compagnie[2] ; ni ma fille ni moi ne pouvons quitter[3] ; ne suffira-t-il pas d'une de mes femmes ? Je vous donnerai celle qui l'a habillée. Il n'y a qu'un pas d'ici à Paris, n'est-ce pas, ma belle enfant ? Ce sera assez.

---

1. Du peu de cas.   2. Au sens d'attendre *de la* compagnie.
3. Au sens de s'absenter (D).

Valville, indigné d'un procédé si cavalier, ne répondit mot. Je n'ai besoin de personne, Madame, lui dis-je, pleinement persuadée que cette femme de chambre qu'elle m'offrait avait parlé ; je n'ai besoin de personne.

Et c'était en sortant de la chambre avec Valville que je disais cela. Mlle de Fare baissait les yeux d'un air d'étonnement qui n'était pas à la louange de sa mère.

Madame, dit Valville à Mme de Fare d'un ton aussi brusque que dégagé, Mademoiselle va prendre mon équipage ; vous avez offert le vôtre, vous n'avez qu'à me le prêter pour la suivre ; l'état où elle est m'inquiète, et s'il lui arrivait quelque chose, je serai à portée de lui faire donner du secours.

Eh ! d'où vient nous quitter ? dit-elle toujours en souriant. Qu'est-ce que cela signifie ? Je n'en vois pas la nécessité, puisque je lui offre une de mes femmes avec elle. Aime-t-elle mieux rester ? Vous savez qu'à quatre ou cinq heures il doit lui venir une voiture, que Mme de Miran a dit qu'elle enverrait ; et comme elle est malade, et que j'aurai compagnie, elle mangera dans sa chambre. Oui, dit-il, l'expédient serait assez commode, mais je ne crois pas qu'il lui convienne.

Votre sérieux me divertit, mon cousin, lui repartit-elle ; au surplus, s'il n'y a pas moyen de vous arrêter[1], mon carrosse est à votre service.

Bourguignon[2], ajouta-t-elle tout de suite en parlant à un laquais qui se rencontra là, qu'on mette les chevaux au carrosse. Je pense que voici du monde qui vient : adieu, Monsieur ; nous nous reverrons, mais il y a bien de la méchante humeur à vous à nous quitter. Ma belle enfant, je suis votre servante. Allez, ce ne sera rien ; faites-la déjeuner avant qu'elle parte. Là-dessus elle prit congé de

---

1. Au sens de retenir (D).　　2. Il était habituel aux XVIIe et XVIIIe siècles d'appeler les domestiques par leur province d'origine comme Picard, Breton...

nous, et puis, se retournant : Venez, ma fille, dit-elle à Mlle de Fare ; venez, j'ai à vous parler.

Dans un instant, ma mère, je vous suis, répondit la fille en nous regardant tristement, Valville et moi. Je ne comprends rien à ces manières-ci, nous dit-elle ; elles ne ressemblent point à celles d'hier au soir ; quelle en peut être la cause ? Est-ce que cette misérable femme l'aurait déjà instruite ? J'ai de la peine à le croire.

N'en doutez point, reprit Valville, qui avait fait donner ses ordres à son cocher ; mais n'importe, elle sait l'intérêt que ma mère prend à Mademoiselle, et tout ce qu'on peut lui avoir dit ne la dispense pas des égards et des politesses qu'elle devait conserver pour elle. D'ailleurs, à propos de quoi en agit-elle si mal avec une jeune personne pour qui elle a vu que ma mère et moi avons les plus grandes attentions ? Cette Lingère dont on lui a rapporté les discours, n'a-t-elle pas pu se tromper, et prendre mademoiselle pour une autre ? Mademoiselle lui a-t-elle répondu un mot ? Est-elle convenue de ce qu'elle lui disait ? Il est vrai qu'elle a pleuré, mais c'est peut-être à cause qu'elle a cru qu'on voulait lui faire injure : c'était surprise ou timidité, et tout cela est possible dans une personne de son âge, qui se voit apostrophée[1] avec tant de hardiesse. Ce n'est pas à vous, ma chère cousine, à qui ce que je dis là s'adresse ; vous savez avec quelle confiance je me suis livré à vous là-dessus. Je veux seulement dire que Mme de Fare devait du moins suspendre son jugement, et ne pas s'en rapporter à une femme de chambre, qui a pu mal entendre, qui a pu ajouter à ce qu'elle a entendu, et qui elle-même n'a raconté ce qu'elle a su que d'après une autre femme, qui, comme je l'ai dit, peut avoir été trompée par quelque ressemblance. Et supposez qu'elle ne se soit point méprise ; il s'agit ici de faits qui méritent bien qu'on s'en assure, ou qu'on les éclaircisse ; d'autant plus

---

1. Apostropher signifie, au sens figuré, réprimander, censurer, qualifier durement (R).

qu'il peut y entrer une infinité de circonstances qui changent considérablement les choses, comme le sont les circonstances que je vous ai dites, et qui font bien voir que
Mademoiselle est à plaindre, mais qui ne donnent droit à
qui que ce soit de la traiter comme on vient de le faire.

Et il fallait voir avec quel feu, avec quelle douleur
s'énonçait Valville, et toute la tendresse qu'il mettait pour
moi dans ce qu'il disait.

Si Mme de Fare avait votre cœur et votre façon de penser, Mademoiselle, ajouta-t-il, je lui aurais tout avoué ;
mais je m'en suis abstenu. C'est un détail, vous me permettrez de le dire, qui n'est pas fait pour un esprit comme
le sien. Quoi qu'il en soit, Mademoiselle, elle vous aime,
vous avez du pouvoir sur elle, tâchez d'obtenir qu'elle se
taise ; dites-lui que ma mère le lui demande en grâce, et
que, si elle y manque, c'est se déclarer notre ennemie, et
m'outrager personnellement sans retour. Enfin, ma chère
cousine, dites-lui l'intérêt que vous prenez à ce qui nous
regarde, et tout le chagrin qu'elle ferait à vous-même, si
elle ne nous gardait pas le secret.

Ne vous inquiétez point, lui repartit Mlle de Fare, elle
se taira, Monsieur, je vais tout à l'heure me jeter à ses
genoux pour l'y engager, et j'en viendrai à bout.

Mais du ton dont elle nous le promettait, on voyait bien
qu'elle souhaitait plus de réussir qu'elle ne l'espérait, et
elle avait raison.

Pendant qu'ils s'entretenaient ainsi, je soupirais, et
j'étais consternée. Il n'y a plus de remède ! m'écriais-je
quelquefois ; nous n'en reviendrons point. Et en effet, qui
n'aurait pas pensé que cet événement-ci romprait notre
mariage, et qu'il en naîtrait des obstacles insurmontables ?

Et si Mme de Miran les surmonte, me disais-je en moi-
même, si elle a ce courage-là, aurai-je celui d'abuser de
toutes ses bontés, de l'exposer à tout le blâme, à tous les
reproches qu'elle en essuiera de sa famille ? Pourrai-je

être heureuse, si mon bonheur dans les suites devient un sujet de honte et de repentir pour elle ?

Voilà ce qui me passait dans l'esprit, en supposant même que Mme de Miran ne se rebutât point, et tînt bon contre l'ignominie que cette aventure-ci répandrait sur moi, si elle éclatait, comme il y avait tout lieu de croire qu'elle éclaterait.

Les deux carrosses, celui de Mme de Fare et celui de Valville, arrivèrent dans la cour. Mlle de Fare m'embrassa ; elle me tint longtemps entre ses bras, je ne pouvais m'en arracher, et je montai la larme à l'œil dans le carrosse de Valville, renvoyée, pour ainsi dire, avec moquerie d'une maison où l'on m'avait reçue la veille avec tant d'accueil.

Me voici partie ; Valville me suivait dans son équipage ; nous nous trouvions quelquefois de front, et nous nous parlions alors.

Il affectait une gaieté qu'assurément il n'avait pas ; et dans un moment où son carrosse était extrêmement près du mien : Songez-vous encore à ce qui s'est passé ? me dit-il assez bas, et en avançant sa tête. Pour moi, ajouta-t-il, il n'y a que l'attention que vous y faites qui me fâche.

Non, non, Monsieur, lui répondis-je, ceci n'est pas aussi indifférent que vous le croyez ; et moins vous y êtes sensible, et plus vous méritez que j'y pense.

Nous ne saurions continuer la conversation, me répondit-il ; mais allez-vous rentrer dans votre Couvent, et ne jugez-vous pas à propos de voir ma mère auparavant ?

Il n'y a pas moyen, lui dis-je ; vous savez l'état où nous avons laissé M. de Climal ; Mme de Miran est peut-être actuellement dans l'embarras [1] : ainsi il vaut mieux retourner chez moi.

Je crois, reprit Valville, que je vois de loin le carrosse de ma mère. Il ne se trompait pas ; et Mme de Miran ne

---

1. Tracas, trouble (R). Il s'agit ici d'évoquer la mort de M. de Climal sans prononcer le mot.

l'envoyait plus tôt qu'elle ne l'avait dit que pour avertir
Valville que M. de Climal était mort.

Il reçut cette nouvelle avec beaucoup de douleur ; elle
m'affligea moi-même très sérieusement ; les dernières
actions du défunt me l'avaient rendu cher, et je pleurai de
tout mon cœur.

Je descendis alors du carrosse de Valville, à qui je le
laissai ; il renvoya l'équipage de Mme de Fare, et je me
mis dans celui de Mme de Miran, dont le cocher avait ordre
de me ramener au Couvent, où j'arrivai fort abattue, et
roulant mille tristes pensées dans ma tête.

Je fus trois jours sans voir personne de chez Mme de
Miran.

Le quatrième au matin, un laquais vint de sa part me
dire qu'elle avait été incommodée, et que je la verrais le
lendemain ; et dans l'instant que je quittais ce domestique,
il tira mystérieusement de sa poche un billet que Valville
l'avait chargé de me donner, et que j'allai lire dans ma
chambre.

Je n'ai pas instruit ma mère de l'accident qui vous est
arrivé chez Mme de Fare, m'y disait-il. Peut-être cette
dame sera-t-elle discrète en faveur de sa fille, qui l'en
aura fortement pressée [1] ; et dans l'espérance que j'en ai,
j'ai cru devoir cacher à ma mère une aventure qu'il vaut
mieux qu'elle ignore, s'il est possible, et qui ne servirait
qu'à l'inquiéter. Elle vous verra demain, m'a-t-elle dit ;
j'ai parlé à la Dutour, je l'ai mise dans nos intérêts ; rien
n'a encore transpiré. Gardez-vous de votre côté, je vous
prie, de rien dire à ma mère. Voilà quelle était à peu près
la substance de son billet, que je lus en secouant la tête,
à l'endroit où il me recommandait le silence.

Vous avez beau dire, lui répondis-je en moi-même ; il
ne sera pas généreux de me taire ; il y aura à cela une
espèce de trahison ou de fourberie, à laquelle Mme de
Miran ne doit point s'attendre de ma part ; ce sera lui

---

1. Soumise à des pressions.

manquer de reconnaissance, et je ne saurais me résoudre
à une dissimulation si ingrate. Il me semble que je dois
lui déclarer tout, à quelque prix que ce soit.

En pensant ainsi pourtant, je n'étais pas encore déterminée à ce que je ferais ; mais cette mauvaise finesse dont
on me conseillait d'user répugnait à mon cœur ; de sorte
que je restai jusqu'au lendemain fort agitée, et sans
prendre de résolution là-dessus. À trois heures après midi,
on m'annonça Mme de Miran, et j'allai la trouver au parloir dans une émotion qui venait de plusieurs motifs. Et
les voici.

Me tairai-je ? C'est assurément le plus sûr, me disais-
je ; mais ce n'est pas le plus honnête, et je trouve cela
lâche. Parlerai-je ? C'est le parti le plus digne, mais d'un
autre côté le plus dangereux. Il fallait se hâter d'opter, et
j'étais déjà devant Mme de Miran sans m'être encore arrêtée à rien.

Il est quelquefois difficile de décider entre la fortune et
son devoir. Quand je dis ma fortune, je parle de celle de
mon cœur, que je risquais de perdre, et du bonheur qu'il
y aurait pour moi à me voir unie à un homme qui m'était
cher ; car je ne songeais point du tout aux biens de Valville, non plus qu'au rang qu'il me donnerait. Quand on
aime bien, on ne pense qu'à son amour ; il absorbe toute
autre considération ; et le reste, de quelque conséquence
qu'il fût, ne m'aurait pas fait hésiter un instant. Mais il
s'agissait de celer[1] à Mme de Miran un accident qu'il
importait qu'elle sût, à cause des inconvénients qui le suivraient.

Ma fille, me dit-elle, voici un contrat de douze cents
livres de rente qui vous appartient, et que je vous apporte ;
il est en bonne forme, vous pouvez vous en fier à moi ;
c'est mon frère qui vous le laisse, et mon fils, qui est son
héritier, n'y perd rien, puisque vous devez l'épouser, et
que cela lui revient ; mais n'importe, prenez ; c'est un

---

1. Au sens de cacher (R).

bien qui est à vous, et j'aime encore mieux, dans cette occasion-ci, qu'il le tienne de vous que de son oncle. Voyez, je vous prie, quel début !

Hélas ! ma mère, lui répondis-je, ce qui me touche le plus dans tout cela, c'est la manière dont vous me traitez ; mon Dieu, que je vous ai d'obligations ! Y a-t-il rien qui vaille la tendresse dont vous m'honorez ? Vous savez, ma mère, que j'aime M. de Valville, mais mon cœur est encore plus à vous qu'à lui ; ma reconnaissance pour vous m'est plus chère que mon amour. Et là-dessus, je me mis à pleurer.

Va, Marianne, me dit-elle, ta reconnaissance me fait grand plaisir, mais je n'en veux jamais d'autre de toi que celle qu'une fille doit avoir pour une mère bien tendre : voilà de quelle espèce j'exige que soit la tienne. Souviens-toi que ce n'est plus une étrangère, mais que c'est ma fille que j'aime ; tu vas bientôt achever de la devenir, et je t'avoue qu'à présent je le souhaite autant que toi. Je vieillis. Je viens de perdre le seul frère qui me restait ; je sens que je me détache de la vie, et je ne m'y propose plus d'autre douceur que celle d'avoir Marianne auprès de moi ; je ne pourrais plus me passer de ma fille.

Mes pleurs recommencèrent à ce discours. Je te retirerai d'ici dans quelques jours, ajouta-t-elle, et je t'ai déjà retenu ta place dans un autre Couvent. Es-tu contente de Mme de Fare ? Je ne l'ai pas revue depuis que tu es revenue de chez elle ; elle vint hier pour me voir, mais j'étais indisposée et ne recevais personne. S'est-il encore dit quelque chose chez elle sur le mariage entre Valville et toi, dont il fut question chez mon frère ?

Non, ma mère. On n'en parla plus, lui répondis-je confuse et pénétrée de tant de témoignages de tendresse ; et je n'ai pas la hardiesse d'espérer qu'on en parle davantage.

Quoi ! que veux-tu dire ? reprit-elle, et d'où vient me tiens-tu ce discours ? Ne dois-tu pas être sûre de mon cœur ? M. de Valville ne vous a donc informée de rien, ma mère ? lui repartis-je. Non, me dit-elle ; qu'est-il donc arrivé, Marianne ?

Que je suis perdue, ma mère, et que Mme de Fare sait qui je suis, répondis-je. Eh ! qui lui a dit [1] ? s'écria-t-elle sur-le-champ : comment le sait-elle ? Par le plus malheureux accident du monde, repris-je ; c'est que cette Marchande de linge chez qui j'ai demeuré quatre ou cinq jours est venue par hasard à cette campagne pour y vendre quelque chose, et qu'elle m'y a trouvée.

Eh ! mon Dieu, tant pis ; t'a-t-elle reconnue ? me dit-elle. Oh ! tout d'un coup, repris-je. Eh bien ! achevez donc, ma fille, que s'est-il passé ? Qu'elle a voulu, repartis-je m'embrasser avec cette familiarité qu'elle a cru lui être permise, qu'elle s'est étonnée de me voir si ajustée [2], qu'elle ne m'a jamais appelée que Marianne ; qu'on lui a dit qu'elle se trompait, qu'elle me prenait pour une autre ; enfin qu'elle a soutenu le contraire ; et que pour le prouver elle a dit mille choses qui doivent entièrement décourager votre bonne volonté, qui doivent vous empêcher de conclure notre mariage, et me priver du bonheur de vous avoir véritablement pour mère. Le tout est arrivé dans ma chambre. Mlle de Fare, qui était présente, mais qui est une personne généreuse, et à qui M. de Valville a tout conté, ne m'en a témoigné ni moins d'estime, ni fait moins d'amitié ; au contraire : aussi nous a-t-elle promis de garder un secret éternel, et n'a-t-elle rien oublié pour me consoler. Mais je suis née si malheureuse que sa générosité ne servira à rien, ma mère. Est-ce là tout ? Ne t'afflige point, reprit Mme de Miran : si notre secret n'est su que de Mlle de Fare, je suis tranquille, et il n'y a rien de gâté [3] ; nous pouvons en toute sûreté nous en fier à elle, et tu as tort de dire que Mme de Fare sait qui tu es ; il est certain que sa fille ne lui en aura point parlé, et je n'aurais que cette Dame à craindre. Eh bien ! ma mère, c'est que

---

1. Forme fréquente qui fait omission du pronom personnel à valeur de neutre « le ».   **2.** Parée.   **3.** Au sens de compromis.

Mme de Fare est instruite, lui répondis-je ; il y avait là une femme de chambre qui a entendu tout ce que la Lingère a dit, et qui lui a tout rapporté ; et ce qui nous l'a persuadé, c'est que cette Dame, qui vint ensuite, ne me traita pas aussi honnêtement que la veille ; ses manières étaient bien changées, ma mère, je suis obligée de vous l'avouer ; je croirais faire une perfidie si je vous le cachais. Vous avez eu la bonté de dire que j'étais la fille d'une de vos amies de province ; mais il n'y a plus moyen de se sauver par là ; Mme de Fare sait que je ne suis qu'une pauvre orpheline, ou du moins que je ne connais point ceux qui m'ont mis au monde, et que c'était par pure charité que M. de Climal m'avait placée chez Mme Dutour. Voilà sur quoi il faut que vous comptiez, et ce que j'ai cru qu'il était de mon devoir de vous apprendre. M. de Valville ne vous en a pas avertie ; mais c'est qu'il m'aime, et qu'il a craint que vous ne voulussiez plus consentir à notre mariage, et il faut lui pardonner ; il est votre fils, c'est une liberté qu'il a pu prendre avec vous ; sans compter qu'il n'y a personne que cette aventure-ci regarde de si près que lui ; c'est lui qui en souffrirait le plus, puisqu'il serait mon mari ; mais moi qui en aurais tout le profit, et qui ne veux pas l'avoir par une surprise qui vous serait préjudiciable, moi que vous avez accablée de bienfaits, qui ne dois la qualité de votre fille qu'à votre bon cœur, et qui n'ai pas les privilèges de M. de Valville, je m'imagine que je ne serais pas pardonnable si j'avais des ruses avec vous, et si je vous dissimulais une chose qui a de quoi vous détourner du dessein où vous êtes de nous marier ensemble. (Mme de Miran, pendant que je lui parlais, me regardait avec une attention dont je ne pénétrais pas le motif ; mais de l'air dont elle fixait ses yeux sur moi, il semblait qu'elle m'examinait plus qu'elle ne m'écoutait.) Je continuai, et j'ajoutai :

Vous aviez envie de prendre des mesures qui auraient empêché qu'on ne me connût, et il n'y a plus de mesures à prendre ; apparemment que Mme de Fare dira tout, malgré sa fille, qui l'aura conjurée de n'en rien faire. Ainsi voyez, ma mère, voilà la belle-fille que vous auriez, si j'épousais M. de Valville ; il n'y a pas autre chose à espérer. Je ne me consolerai point du bonheur dont vous auriez bien raison de me priver ; mais je me consolerais encore moins de vous avoir trompée.

Mme de Miran resta quelques moments sans me répondre, me parut plus rêveuse que triste, et puis me dit en faisant un léger soupir :

Tu m'affliges, ma fille, et cependant tu m'enchantes ; il faut convenir avec toi que tu as un malheur bien obstiné[1]. N'y aurait-il pas moyen, sans que je m'en mêlasse, d'engager cette Lingère à dire qu'en effet elle s'est méprise ? Dis-moi, que lui répondis-tu alors ?

Rien, ma mère, lui repartis-je ; je ne sus que pleurer pendant que Mlle de Fare s'obstinait à lui dire qu'elle ne me connaissait pas.

Pauvre enfant ! reprit Mme de Miran. Vraiment non, je ne savais rien de cela ; mon fils n'a eu garde de me l'apprendre, et comme tu le dis, il est bien pardonnable, et peut-être même t'a-t-il recommandé de ne m'en point parler.

Hélas ! ma mère, repris-je, je vous ai dit qu'il m'aime, c'est toujours son excuse, et ce n'est que d'aujourd'hui qu'il m'a priée de me taire.

Comment ! d'aujourd'hui ! s'écria-t-elle ; est-ce qu'il t'est venu voir ? Non, Madame, repartis-je, mais il m'a écrit, et je vous conjure de ne lui point dire que je vous l'ai avoué. C'est le laquais que vous m'avez envoyé hier qui m'a apporté ce petit billet de sa part ; et sur-le-champ je le lui remis entre les mains. Elle le lut.

Je ne saurais blâmer mon fils, dit-elle ensuite ; mais tu es une fille étonnante, et il a raison de t'aimer. Va, ajouta-t-elle en me rendant le billet, si les hommes étaient raisonnables, il n'y en a pas un, quel qu'il soit, qui ne lui enviât

---

1. Qui ne connaît pas de répit, qui est opiniâtre.

sa conquête. Notre orgueil est bien petit auprès de ce que
tu fais là ; tu n'as jamais été plus digne du consentement
que j'ai donné à l'amour de Valville, et je ne me rétracte
point, mon enfant, je ne me rétracte point. À quelque prix
que ce soit, je te tiendrai parole ; je veux que tu vives
avec moi ; tu seras ma consolation ; tu me dégoûtes[1] de
toutes les filles qu'on pourrait m'offrir pour mon fils, il
n'y en a pas une qui pût m'être supportable après toi ;
laisse-moi faire. Si Mme de Fare, qui, à te dire la vérité,
est une bien petite femme, et l'esprit le plus frivole que
je connaisse, si elle n'a encore rien répandu de ce qu'elle
sait, ce qui est difficile à croire, vu son caractère, je lui
écrirai ce soir d'une manière qui la retiendra peut-être.
Dans le fond, comme je te l'ai dit, elle n'est que frivole
et point méchante. Je la verrai ensuite, je lui conterai toute
ton histoire ; elle est curieuse, elle aime qu'on lui fasse
des confidences ; je la mettrai dans la nôtre, et elle m'en
sera si obligée, qu'elle sera la première à me louer de ce
que je fais pour toi, et qu'elle pensera de ta naissance
pour le moins aussi avantageusement que moi, qui pense
qu'elle est très bonne. Et supposons qu'elle ait déjà été
indiscrète, n'importe, ma fille, on trouve des remèdes à
tout, console-toi. J'en imagine un ; il ne s'agit, dans cette
occurrence[2]-ci, que de me mettre à l'abri de la censure.
Il suffira que rien ne retombe sur moi. À l'égard de Valville, il est jeune ; et quelque bonne opinion qu'on ait de
lui, il a beaucoup d'amour ; tu es de la plus aimable figure
du monde, et la plus capable de mener loin le cœur de
l'homme le plus sage ; or si mon fils t'épouse, et qu'on
soit bien sûr que je n'y ai point consenti, il aura tort, et
ce ne sera pas ma faute. Au surplus, je suis bonne, on me
connaît assez pour telle ; je ne manquerai pas d'être très
irritée, mais enfin je pardonnerai tout. Tu entends bien ce
que je veux dire, Marianne, ajouta-t-elle en souriant.

---

1. Tu me donnes de l'aversion (R).   2. Rencontre, conjoncture,
circonstance (R).

À quoi je ne répondis qu'en me jetant comme une folle sur une main dont, par hasard, elle tenait alors un des barreaux de la grille.

Je pleurai d'aise, je criai de joie, je tombai dans des transports de tendresse, de reconnaissance ; en un mot, je ne me possédai plus, je ne savais plus ce que je disais[1] : Ma chère mère, mon adorable mère ! ah ! mon Dieu, pourquoi n'ai-je qu'un cœur ? Est-il possible qu'il y en ait un comme le vôtre ! Ah ! Seigneur, quelle âme ! et mille autres discours que je tins et qui n'avaient point de suite.

As-tu pu croire qu'une aussi louable sincérité que la tienne tournerait à ton désavantage auprès d'une mère comme moi, Marianne ? me dit Mme de Miran, pendant que je me livrais à tous les mouvements que je viens de vous dire.

Hélas ! Madame, est-ce qu'on peut s'imaginer rien de semblable à vous et à vos sentiments ? lui répondis-je quand je fus un peu plus calme. Si je n'y étais pas accoutumée, je ne le croirais pas. Serre donc le parchemin que je t'ai donné, me dit-elle (c'était ce contrat dont elle parlait). Sais-tu bien que, suivant la date de la donation, il t'est déjà dû un premier quartier de la rente, et que je te l'apporte ? Le voilà, ajouta-t-elle en tirant de sa poche un petit rouleau de louis d'or, qu'elle me força de prendre, à cause que je le refusais ; je voulais qu'elle me le gardât.

Il sera mieux entre vos mains qu'entre les miennes, lui disais-je ; qu'en ferai-je ? Ai-je besoin de quelque chose avec vous ? Me laissez-vous manquer de rien ? N'ai-je pas tout en abondance ? J'ai encore l'argent que vous m'avez donné vous-même (cela était vrai), et celui dont j'ai hérité à la mort de la demoiselle qui m'a élevée me reste aussi. Prends toujours, me dit-elle, prends ; il faut bien t'accoutumer à en avoir, et celui-ci est à toi.

Alors nous entendîmes ouvrir la porte du parloir où

---

1. Marivaux, comme le remarque (D), réduit à quelques phrases sans suite le désordre de Marianne.

j'étais. Je serrai donc ce rouleau, et nous vîmes entrer l'Abbesse de notre Couvent.

J'ai su que vous étiez ici, dit-elle à Mme de Miran, ou plutôt à ma mère, car je ne dois plus l'appeler autrement. Ne l'était-elle pas, si elle n'était pas même quelque chose de mieux ?

J'ai su que vous étiez ici, Madame, lui dit donc l'Abbesse d'un ton de condoléance (à cause que je lui avais dit la mort de M. de Climal), et je viens pour avoir l'honneur de vous voir un moment ; je devais cet après-midi envoyer chez vous, je l'avais dit à Mademoiselle.

Elles eurent ensuite un instant de conversation très sérieuse ; Mme de Miran se leva. Je serai quelque temps sans vous revoir, et même sans sortir, Marianne, me dit-elle ; adieu. Et puis elle salua l'abbesse et partit. Jugez de la tranquillité où elle me laissa. Qu'avais-je désormais à craindre ? Par où mon bonheur pouvait-il m'échapper ? Y avait-il de revers [1] plus terrible pour moi que celui que je venais d'essuyer, et dont je sortais victorieuse ? Non, sans doute, et puisque la bonté de Mme de Miran à mon égard résistait à d'aussi puissants motifs de dégoût, je pouvais défier le sort de me nuire ; c'en était fait, ceci épuisait tout ; et je n'avais plus contre moi, raisonnablement parlant, que la mort de ma mère, celle de son fils, ou la mienne.

Encore celle de ma mère, qui, je crois (et l'amour me le pardonne), qui, dis-je, m'aurait, je pense, été plus sensible que celle de Valville même, n'aurait pas, suivant toute apparence, empêché pour lors notre mariage ; de sorte que je nageais dans la joie, et je me disais : Tous mes malheurs sont donc finis ; et qui plus est, si mes premières infortunes ont commencé par être excessives, il me semble que mes premières prospérités commencent de même ; je n'ai peut-être pas perdu plus de biens que j'en retrouve ; la mère à qui je dois la vie n'aurait peut-

_____

1. Disgrâce, malheur (A).

être pas été plus tendre que la mère qui m'adopte, et ne m'aurait pas laissé un meilleur nom que celui que je vais porter.

Mᵐᵉ de Miran me tint parole ; dix ou douze jours se passèrent sans que je la visse ; mais presque tous les jours elle envoyait au Couvent, et je reçus aussi deux ou trois billets de Valville, et ceux-ci, sa mère les savait ; je ne vous les rapporterai point, il y en avait de trop longs. Voici seulement ce que j'ai retenu du premier :

« Vous m'avez décelé[1] à ma mère, Mademoiselle (et c'est que j'avais montré son dernier billet à Mᵐᵉ de Miran), mais vous n'y gagnerez rien ; au contraire, au lieu d'un billet ou deux que j'aurais tout au plus hasardé de vous écrire, vous en recevrez trois ou quatre, et davantage ; en un mot, tant qu'il me plaira, car ma mère le veut bien ; et il faut, s'il vous plaît, que vous le vouliez bien aussi. Je vous avais priée de ne lui dire ni l'impertinence de la Dutour, ni le sot procédé de Mᵐᵉ de Fare, et vous n'avez tenu compte de ma prière ; vous avez un petit cœur mutin, qui s'est avisé d'être plus franc et plus généreux que le mien. Quel tort cela m'a-t-il fait ? Aucun, et grâces au ciel, je vous mets au pis[2] ; si je n'ai pas le cœur aussi noble que vous, en revanche celui de ma mère vaut bien le vôtre : entendez-vous, Mademoiselle ? Ainsi il n'en sera ni plus ni moins ; et quand nous serons mariés, nous verrons un peu s'il est vrai que le vôtre soit plus noble que le mien ; et en attendant, je puis me vanter, du moins, de l'avoir plus tendre. Savez-vous ce qu'ont produit tous les aveux que vous avez faits à ma mère ? Valville, m'a-t-elle dit, ma fille est incomparable ; tu lui avais recommandé le secret sur ce qui s'est passé chez Mᵐᵉ de Fare, et je ne t'en sais pas mauvais gré ; mais elle m'a tout dit, et je n'en reviens point ; je l'aime mille fois plus que je ne l'aimais, et elle vaut mieux que toi. »

---

1. Découvrir ce qui est caché. Contraire de celer (voir note 1, p. 351).   2. En mettant les choses au pire.

Le reste du billet était rempli de tendresses ; mais voilà
le seul dont je me suis ressouvenue, et qui fût essentiel.
Revenons. Il y avait donc dix ou douze jours que je
n'avais vu personne de chez Mme de Miran, quand, sur les
dix heures du matin, on vint me dire qu'il y avait une
parente de ma mère qui me demandait, et qui m'attendait
au parloir.

Comme on ne me dit point si elle était vieille ou jeune,
je m'imaginai que c'était Mlle de Fare, qui, après sa mère,
était la seule parente de Mme de Miran que je connusse ;
et je descendis, persuadée que ce ne pouvait être qu'elle.

Point du tout. Je ne trouvai, au lieu d'elle, qu'une grande
femme maigre et menue, dont le visage étroit et long lui
donnait une mine froide et sèche, avec de grands bras extrêmement plats [1] au bout desquels étaient deux mains pâles
et décharnées, dont les doigts ne finissaient point. À cette
vision, je m'arrêtai, je crus qu'on se trompait, et que c'était
une autre Marianne à qui ce grand spectre en voulait (car
c'était sous le nom de Marianne qu'elle m'avait fait appeler). Madame, lui dis-je, je ne sache point avoir l'honneur
d'être connue de vous, et ce n'est pas moi que vous
demandez apparemment.

Vous m'excuserez, me répondit-elle ; mais, pour en
être plus sûre, je vous dirai que la Marianne que je
cherche est une jeune fille orpheline, qui, dit-on, ne
connaît ni ses parents ni sa famille, qui a demeuré
quelques jours en apprentissage chez une Marchande Lingère, appelée Mme Dutour, et que Mme la marquise de Fare
emmena ces jours passés à sa maison de campagne. À
tout ce que je dis là, Mademoiselle, cette Marianne qui
est pensionnaire de Mme de Miran, n'est-ce pas vous ?

Oui, Madame, lui repartis-je. Quelque intention que
vous ayez en me le demandant, c'est moi-même, je ne le

---

1. Emploi curieux pour qualifier des bras. Sans doute au sens de très
maigres.

nierai jamais ; j'ai trop de cœur et trop de sincérité pour cela.

C'est fort bien répondu, reprit-elle, vous êtes très aimable ; c'est dommage que vous portiez vos vues un peu trop haut. Adieu, la belle fille, je ne voulais pas en savoir davantage. Et là-dessus, sans autre compliment, elle rouvrit la porte du parloir pour s'en aller.

Étonnée de cette singulière façon d'agir, je restai d'abord comme immobile, et puis la rappelant sur-le-champ : Madame, lui criai-je, Madame, à propos de quoi me venez-vous donc voir ? Êtes-vous parente de Mme de Miran, comme vous me l'avez fait dire ? Oui, ma belle enfant, très parente, me repartit-elle, et une parente qui aura un peu plus de raison qu'elle.

Je ne sais pas vos desseins, Madame, repris-je à mon tour ; mais ce serait bien mal fait à vous si vous veniez ici pour me surprendre. Elle ne me répondit rien, et acheva de descendre.

Qu'est-ce que cela signifie ? m'écriai-je toute seule, et à quoi tend une visite si extraordinaire ? Est-ce encore quelque orage qui vient fondre sur moi ? Il en sera tout ce qu'il pourra, mais je n'y entends rien.

Et là-dessus je retournai à ma chambre, dans la résolution d'informer Mme de Miran de ce nouvel accident ; non que je crusse qu'il y eût du mal à ne lui rien dire ; car de quelle conséquence cela pourrait-il être ? Je n'y en voyais aucune : mais il y aurait toujours eu quelque mystère à ne lui en point parler ; et ce mystère, tout indifférent qu'il me paraissait, je me le serais reproché, il me serait resté sur le cœur.

En un mot, je n'aurais pas été contente de moi. Et puis, me direz-vous, vous ne couriez aucun risque à être franche ; vous deviez même y avoir pris goût, puisque vous ne vous en étiez jamais trouvée que mieux de l'avoir été avec Mme de Miran, et qu'elle avait toujours récompensé votre franchise.

J'en conviens, et peut-être ce motif faisait-il beaucoup

dans mon cœur ; mais c'était du moins sans que je m'en aperçusse, je vous jure, et je croyais là-dessus ne suivre que les purs mouvements de ma reconnaissance.

Quoi qu'il en soit, j'écrivis à Mme de Miran. Mardi, à telle heure, lui disais-je, est venue me voir une Dame que je ne connais point, qui s'est dit votre parente, qui est faite de telle et telle manière, et qui après s'être bien assurée que j'étais la personne qu'elle voulait voir, ne m'a dit que telle et telle chose (et là-dessus je rapportais ses propres paroles, que j'étais bien aimable, mais que c'était dommage que je portasse mes vues un peu trop haut) ; et ensuite, ajoutais-je, s'est brusquement retirée, sans autre explication.

Au portrait que tu me fais de la Dame en question, me répondit par un petit billet Mme de Miran, je devine qui ce peut être, et je te le dirai demain dans l'après-midi. Demeure en repos. Aussi y demeurai-je, mais ce ne sera pas pour longtemps.

Entre dix et onze, le lendemain matin, une Sœur Converse entra dans ma chambre, et me dit, de la part de l'abbesse, qu'il y avait une femme de chambre de Mme de Miran qui venait pour me prendre avec le carrosse, et qu'ainsi je me hâtasse de m'habiller.

Je le crois, il n'y avait rien de plus positif, et je m'habille.

J'eus bientôt fait : un demi-quart d'heure après je fus prête, et je descendis.

La femme de chambre en question, qui se promenait dans la cour, parut à la porte quand on me l'ouvrit. Je vis une femme assez bien faite, mise à peu près comme elle devait être, avec des façons convenables à son état ; enfin une vraie femme de chambre extrêmement révérencieuse.

De douter qu'elle fût à Mme de Miran, en vertu de quoi cette défiance me serait-elle venue ? Voici le carrosse dans lequel elle est arrivée, et ce carrosse est à ma mère ; il était un peu différent de celui que je connaissais et que j'avais toujours vu ; mais ma mère peut en avoir plus d'un.

Mademoiselle, me dit cette femme de chambre, je viens vous prendre, et Mme de Miran vous attend.

Serait-ce, lui dis-je, qu'elle va dîner ailleurs, et qu'elle veut m'emmener avec elle ? Il est pourtant de bonne heure.

Non, ce n'est pour aller nulle part, je pense ; et il me semble que ce n'est seulement que pour passer la journée avec vous, me répondit-elle après avoir un instant hésité comme une personne qui ne sait que répondre. Mais cet instant d'embarras fut si court, que je n'y songeai que lorsqu'il ne fut plus temps.

Allons, Mademoiselle, lui dis-je, partons : et sur-le-champ nous montâmes en carrosse. Je remarquai cependant que le cocher m'était inconnu, et il n'y avait point de laquais.

Cette femme de chambre se mit d'abord vis-à-vis de moi ; mais à peine fûmes-nous sorties de la cour du couvent, qu'elle me dit : Je ne saurais aller de cette façon-là ; vous voulez bien que je me place à côté de vous ?

Je ne répondis mot, mais je trouvai l'action familière. Je savais que ce n'était point l'usage, je l'avais entendu dire. Pourquoi, pensai-je en moi-même, cette femme-ci en agit-elle si librement avec moi, qui suis censée être si fort au-dessus d'elle, et qu'elle doit regarder comme une amie de sa maîtresse ? Je suis persuadée que ce n'est pas là l'intention de Mme de Miran.

Après cette réflexion, il m'en vint une autre ; j'observai que le cocher n'avait point la livrée de ma mère, et tout de suite je songeai encore à cette étonnante visite que j'avais reçue la veille de cette parente de Mme de Miran ; et toutes ces considérations furent suivies d'un peu d'inquiétude.

Qu'est-ce que c'est que ce cocher ? lui dis-je. Je ne l'ai jamais vu à votre Maîtresse, Mademoiselle. Aussi n'est-il point à elle, me répondit cette femme ; c'est celui d'une

dame qui l'est venue voir, et qui a bien voulu le prêter
pour me mener à votre Couvent. Et pendant ce temps nous
avancions. Je ne voyais point encore la rue de Mme de
Miran, que je connaissais, et qui était aussi celle de la
Dutour.

Vous vous ressouviendrez bien que je savais le chemin
de chez cette Lingère à mon Couvent, puisque c'était de
chez elle que j'étais partie pour m'y rendre avec mes
hardes que j'y fis porter, et je ne voyais aucune des rues
que j'avais traversées alors.

Mon inquiétude en augmenta si fort que le cœur m'en
battit. Je n'en laissai pourtant rien paraître, d'autant plus
que je m'accusais moi-même d'une méfiance ridicule.

Arriverons-nous bientôt ? lui dis-je. Par quel chemin
nous conduit donc ce cocher ? Par le plus court, et dans
un moment nous arrêterons, me répondit-elle.

Je regardais, j'examinais, mais inutilement. Cette rue
de la Dutour et de ma mère ne venait point ; et qui pis
est, voici notre carrosse qui entre subitement par une
grande porte, qui était celle d'un Couvent.

Eh ! mon Dieu, m'écriai-je alors, où me menez-vous ?
Mme de Miran ne demeure point ici ; Mademoiselle, je
crois que vous me trompez. Et aussitôt j'entends refermer
la porte par laquelle nous étions entrés, et le carrosse s'arrête au milieu de la cour.

Ma conductrice ne disait mot ; je changeai de couleur,
et je ne doutai plus qu'on ne m'eût fait une surprise.

Ah ! misérable ! dis-je à cette femme, où suis-je, et
quel est votre dessein ? Point de bruit, me répondit-elle ;
il n'y a pas si grand mal, et je vous mène en bon lieu,
comme vous voyez. Au reste, Mademoiselle Marianne,
c'est en vertu d'une autorité supérieure que vous êtes ici ;
on aurait pu vous enlever d'une manière qui eût fait plus
d'éclat, mais on a jugé à propos d'y aller plus doucement ;
et c'est moi qu'on a envoyée pour vous tromper, comme
je l'ai fait.

Pendant qu'elle me parlait ainsi, on ouvrit la porte de

la clôture, et je vis deux ou trois Religieuses qui, d'un air souriant et affectueux, attendaient que je fusse descendue de carrosse, et que j'entrasse dans le Couvent.

Venez, ma belle enfant, venez, s'écrièrent-elles ; ne vous inquiétez point, vous ne serez pas fâchée d'être parmi nous. Une Tourière approcha du carrosse où, la tête baissée, je versais un torrent de larmes.

Allons, Mademoiselle, vous plaît-il de venir ? me dit-elle en me donnant la main. Aidez-la de votre côté, ajouta-t-elle à la femme qui m'avait conduite. Et je descendis mourante.

Il fallut presque qu'elles me portassent ; je fus remise pâle, interdite et sans force, entre les mains de ces religieuses, qui de là me portèrent à leur tour jusqu'à une chambre assez propre[1], où elles me mirent dans un fauteuil à côté d'une table.

J'y restai sans dire mot, toute baignée de mes larmes, et dans un état de faiblesse qui approchait de l'évanouissement. J'avais les yeux fermés ; ces filles me parlaient, m'exhortaient à prendre courage, et je ne leur répondais que par des sanglots et par des soupirs.

Enfin je levai la tête, et jetai sur elles une vue égarée[2]. Alors une de ces Religieuses, me prenant la main et la pressant entre les siennes :

Allons, Mademoiselle, tâchez donc de revenir à vous, me dit-elle ; ne vous alarmez point, ce n'est pas un si grand malheur que d'avoir été conduite ici. Nous ne savons pas le sujet de votre douleur, mais de quoi est-il question ? Ce n'est pas de mourir ; c'est de rester dans une maison où vous trouverez peut-être plus de douceur et plus de consolation que vous ne pensez. Dieu n'est-il pas le maître ? Hélas ! peut-être le remercierez-vous bientôt de ce qui vous paraît aujourd'hui si fâcheux. Ma fille, patience, c'est peut-être une grâce qu'il vous fait ; cal-

---

1. Bien meublée, bien agencée, bien tenue.   **2.** Troublée, qui ne fixe pas ce qu'elle regarde.

mez-vous, nous vous en prions ; n'êtes-vous pas chrétienne ? Et quels que soient vos chagrins, faut-il les porter
jusqu'au désespoir, qui est un si grand péché ? Hélas !
mon Dieu, nous arrive-t-il rien ici-bas qui mérite que nous
vous offensions ? Pourquoi tant gémir et tant pleurer ?
Vous pouvez bien penser qu'on n'a contre vous aucune
intention qui doive vous faire peur. On nous a dit mille
biens de vous avant que vous vinssiez ; vous nous êtes
annoncée comme la fille du monde la plus raisonnable ;
montrez-nous donc qu'on a dit vrai. Votre physionomie
promet un esprit bien fait ; il n'y en a pas une de nous ici
qui ne vous aime déjà, je vous assure ; c'est ce que nous
nous sommes dites toutes tant que nous sommes, seulement en vous voyant ; et si Madame n'était pas indisposée, et dans son lit, ce serait elle qui vous aurait reçue,
tant elle est impatiente de vous voir. Ne démentez donc
point la bonne opinion qu'on nous a donnée de vous, et
que vous nous avez donnée vous-même. Nous sommes
innocentes de l'affliction qu'on vous cause ; on nous a dit
de vous recevoir, et nous vous avons reçue avec tendresse, et charmées de vous.

Hélas ! ma Mère, répondis-je en jetant un soupir, je ne
vous accuse de rien ; je vous rends mille grâces, à vous
et à ces dames, de tout ce que vous pensez d'obligeant
pour moi.

Et je leur dis ce peu de mots d'un air si plaintif et si
attendrissant, on a quelquefois des tons si touchants dans
la douleur ; avec cela, j'étais si jeune, et par là si intéressante, que je fis, je pense, pleurer ces bonnes filles.

Elle n'a pas dîné sans doute, dit une d'entre elles ; il
faudrait lui apporter quelque chose. Il n'est pas nécessaire, repris-je, et je vous en remercie, je ne mangerais
point.

Mais il fut décidé que je prendrais du moins un potage,
qu'on alla chercher, et qu'on apporta avec un petit dîner
de communauté ; et pour dessert, du fruit d'assez bonne
mine.

Je refusai le tout d'abord ; mais ces Religieuses étaient si pressantes, et ces personnes-là, dans leurs douces façons, ont quelque chose de si engageant, que je ne pus me dispenser de goûter de ce potage, de manger du reste, et de boire un coup de vin et d'eau, toujours en refusant, toujours en disant : Je ne saurais.

Enfin, m'en voilà quitte ; me voilà, non pas consolée, mais du moins assez calme. À force de pleurer on tarit les larmes ; je venais de prendre un peu de nourriture, on me caressait beaucoup, et insensiblement cette désolation à laquelle je m'étais abandonnée se relâcha ; de l'affliction je tombai dans la tristesse ; je ne pleurai plus, je me mis à rêver.

De quelle part me vient le coup qui me frappe ? me disais-je. Que pensera là-dessus Mme de Miran ? Que fera-t-elle ? N'est-ce point cette parente de mauvais augure[1] que j'ai vu à mon Couvent, qui est cause de ce qui m'arrive ? Mais comment s'y est-elle prise ? Mme de Fare n'entre-t-elle pas dans le complot ? Quel dessein a-t-on ? Ma mère ne me secourra-t-elle point ? Découvrira-t-elle où je suis ? Valville pourra-t-il se résoudre à me perdre ? Ne le gagnera-t-on pas lui-même ? Ne lui persuadera-t-on pas de m'abandonner ? Mme de Miran n'a-t-elle consenti à rien, ou bien ne se rendra-t-elle pas à tout ce qu'on lui dira contre moi ? Ils ne me verront plus tous deux ; on dit que l'autorité s'en mêle ; mon histoire deviendra publique. Ah ! mon Dieu, il n'y aura plus de Valville pour moi, peut-être plus de mère.

C'était ainsi que je m'entretenais ; les Religieuses qui m'avaient reçue n'étaient plus avec moi, la cloche les avait appelées au Chœur. Une Sœur Converse[2] me tenait compagnie, et disait son chapelet pendant que je m'occupais de ces douloureuses réflexions, que j'adoucissais quelquefois de pensées plus consolantes.

---

1. Qui semble annoncer un malheur.   2. Ne se dit que d'une religieuse employée aux tâches serviles dans un couvent (A).

Ma mère m'aime tant, c'est un si bon cœur, elle a été jusqu'ici si inébranlable, j'ai reçu tant de témoignages de sa fermeté, est-il possible qu'elle change jamais ? Que ne m'a-t-elle pas dit encore la dernière fois qu'elle m'a vue ? Je veux finir mes jours avec toi, je ne saurais plus me passer de ma fille. Et puis Valville est un si honnête homme, une âme si tendre, si généreuse ! Ah ! Seigneur, que de détresses ! Qu'est-ce que tout cela deviendra ? C'était là par où je finissais, et c'était en effet tout ce que je pouvais dire.

Aux soupirs que je poussais, la bonne Sœur Converse, tout en continuant son chapelet et sans parler, levait quelquefois les épaules, de cet air qui signifie qu'on plaint les gens, et qu'ils nous font quelquefois compassion.

Quelquefois aussi elle interrompait ses prières et me disait : Eh ! mon bon Jésus, ayez pitié de nous ; hélas ! mademoiselle, que Dieu vous console et vous soit en aide !

Mes Religieuses revinrent me trouver. Eh bien ! qu'est-ce ? me dirent-elles ; sommes-nous un peu plus tranquilles ? Ah çà ! vous n'avez pas vu notre jardin ; il est fort beau. Madame nous a dit de vous y mener ; venez y faire un tour ; la promenade dissipe[1], cela réjouit. Nous avons les plus belles allées du monde ; et puis nous irons voir Madame, qui est levée.

Comme il vous plaira, Mesdames, répondis-je ; et je les y suivis. Nous nous y promenâmes environ trois quarts d'heure ; ensuite nous nous rendîmes dans l'appartement de l'abbesse ; mais ces Religieuses n'y restèrent qu'un instant avec moi, et se retirèrent insensiblement l'une après l'autre.

Cette Abbesse était âgée, d'une grande naissance, et me parut avoir été belle fille. Je n'ai rien vu de si serein, de si posé, et en même temps de si grave que cette physionomie-là.

---

1. Au sens de distraire.

Je viens de vous dire qu'elle était âgée ; mais on ne remarquait pas cela tout d'un coup. C'était de ces visages qui ont l'air plus ancien que vieux ; on dirait que le temps les ménage, que les années ne s'y sont point appesanties, qu'elles n'y ont fait que glisser ; aussi n'y ont-elles laissé que des rides douces et légères.

Ajoutez à tout ce que je dis là je ne sais quel air de dignité ou de prudhomie[1] monacale, et vous pourrez vous représenter l'abbesse en question, qui était grande et d'une propreté exquise. Imaginez-vous quelque chose de simple, mais d'extrêmement net et d'arrangé, qui rejaillit sur l'âme, et qui est comme une image de sa pureté, de sa paix, de sa satisfaction, et de la sagesse de ses pensées.

Dès que je fus seule avec cette Dame : Mademoiselle, asseyez-vous, je vous prie, me dit-elle. Je pris donc un siège. On me l'avait bien dit, ajouta-t-elle, qu'on se prévient tout d'un coup en votre faveur ; il n'est pas possible, avec l'air de douceur que vous avez, que vous ne soyez extrêmement raisonnable ; toutes mes Religieuses sont enchantées de vous. Dites-moi, comment vous trouvez-vous ici ?

Hélas ! Madame, lui répondis-je, je m'y trouverais fort bien, si j'y étais venue de mon plein gré ; mais je n'y suis encore que fort étonnée de m'y voir, et fort en peine de savoir pourquoi on m'y a mise.

Mais, me repartit-elle, n'en devinez-vous pas la raison ? Ne soupçonnez-vous point ce qui en peut être cause ? Non, Madame, repris-je ; je n'ai fait ni de mal ni d'injure à personne.

Eh bien ! je vais donc vous apprendre de quoi il s'agit, me répondit-elle, ou du moins ce qu'on m'a dit là-dessus, et ce que je me suis chargée de vous dire à vous-même.

Il y a un homme dans le monde, homme de condition, très riche, qui appartient à une famille des plus considérables, et qui veut vous épouser ; toute cette famille en

---

1. Probité (A). Terme qui, à l'époque de Marivaux, est déjà vieilli.

est alarmée, et c'est pour l'en empêcher qu'on a cru
devoir vous soustraire à sa vue. Non pas que vous ne
soyez une fille très sage et très vertueuse, de ce côté-là,
on vous rend pleine justice, ce n'est pas là-dessus qu'on
vous attaque ; c'est seulement sur une naissance qu'on ne
connaît point, et dont vous savez tout le malheur. Ma fille,
vous avez affaire à des parents puissants, qui ne souffri-
ront point un pareil mariage. S'il ne fallait que du mérite,
vous auriez lieu d'espérer que vous leur conviendriez
mieux qu'une autre ; mais on ne se contente pas de cela
dans le monde. Toute estimable[1] que vous êtes, ils
n'en rougiraient pas moins de vous voir entrer dans leur
alliance ; vos bonnes qualités n'en rendraient pas votre
mari plus excusable ; on ne lui pardonnerait jamais une
épouse comme vous ; ce serait un homme perdu dans l'estime publique. J'avoue qu'il est fâcheux que le monde
pense ainsi ; mais dans le fond, on n'a pas tant de tort ;
la différence des conditions est une chose nécessaire dans
la vie, et elle ne subsisterait plus, il n'y aurait plus
d'ordre, si on permettait des unions aussi inégales que le
serait la vôtre, on peut dire même aussi monstrueuses, ma
fille. Car entre nous, et pour vous aider à entendre raison,
songez un peu à l'état où Dieu a permis que vous soyez,
et à toutes ses circonstances ; examinez ce que vous êtes,
et ce qu'est celui qui veut vous épouser ; mettez-vous à
la place des parents, je ne vous demande que cette petite
réflexion-là.

Eh ! Madame, Madame, et moi je vous demande quartier là-dessus, lui dis-je de ce ton naïf et hardi qu'on a
quelquefois dans une grande douleur. Je vous assure que
c'est un sujet sur lequel il ne me reste plus de réflexions
à faire, non plus que d'humiliations à essuyer. Je ne sais
que trop ce que je suis, je ne l'ai caché à personne, on
peut s'en informer, je l'ai dit à tous ceux que le hasard
m'a fait connaître, je l'ai dit à M. de Valville, qui est celui

---

1. Toute digne d'estime que vous êtes.

dont vous parlez ; je l'ai dit à Mme de Miran sa mère ; je lui ai représenté toutes les misères de ma vie, de la manière la plus forte et la plus capable de les rebuter ; je leur en ai fait le portrait le plus dégoûtant[1] ; j'y ai tout mis, Madame, et l'infortune où je suis tombée dès le berceau, au moyen de laquelle je n'appartiens à personne, et la compassion que des inconnus ont eue de moi dans une route où mon père et ma mère étaient étendus morts ; la charité avec laquelle ils me prirent chez eux, l'éducation qu'ils m'ont donnée dans un village, et puis la pauvreté où je suis restée après leur mort ; l'abandon où je me suis vue, les secours que j'ai reçus d'un honnête homme qui vient de mourir aussi, ou bien, si l'on veut, les aumônes qu'il m'a faites ; car c'est ainsi que je me suis expliquée pour m'humilier davantage, pour mieux peindre mon indigence, pour rendre M. de Valville plus honteux de l'amour qu'il avait pour moi. Que veut-on de plus ? Je ne me suis point épargnée, j'en ai peut-être plus dit qu'il n'y en a, de peur qu'on ne s'y trompât ; il n'y a peut-être personne qui eût la cruauté de me traiter aussi mal que je l'ai fait moi-même ; et je ne comprends pas, après tout ce que j'ai avoué, comment Mme de Miran et M. de Valville ne m'ont pas laissée là. Je devais les faire fuir ; je défierais qu'on imaginât une personne plus chétive[2] que je me la suis rendue[3] ; ainsi il n'y a plus rien à m'objecter à cet égard. On ne saurait me mettre plus bas, et les répétitions ne serviraient plus qu'à accabler une fille si affligée, si à plaindre et si infortunée, que vous, Madame, qui êtes Abbesse et Religieuse, vous n'avez point d'autre parti à prendre que d'avoir pitié de moi, et que de refuser d'être de moitié[4] avec les personnes qui me persécutent, et qui me font un crime d'un amour dont il n'a pas tenu à moi de guérir M. de Valville, et qui est plutôt un effet de la

---

1. Propre à donner de l'aversion.   2. Vile, pauvre, misérable (R).
3. Une personne plus misérable, moins digne d'intérêt que celle que je présentais.   4. Voir note 2, p. 146.

permission de Dieu que de mon adresse et de ma volonté.
Si les hommes sont si glorieux, ce n'est pas à une dame
aussi pieuse et aussi charitable que vous à approuver leur
mauvaise gloire ; et s'il est vrai aussi que j'aie beaucoup
de mérite, ce que je n'ai pas la hardiesse de croire, vous
devez donc trouver que j'ai tout ce qu'il faut. M. de Valville, qui est un homme du monde, ne m'en a pas
demandé davantage, il s'est bien contenté de cela. Mme de
Miran, qui est généralement aimée et estimée, qui a un
rang à conserver aussi bien que ceux qui me nuisent, et
qui n'aimerait pas plus à rougir qu'eux, s'en est contentée
de même, quoique j'aie fait tout mon possible afin qu'elle
ne se contentât point. Elle le sait, cependant la mère et le
fils pensent l'un comme l'autre. Veut-on que je leur
résiste, que je refuse ce qu'ils m'offrent, surtout quand je
leur ai moi-même donné tout mon cœur, et que ce n'est
ni leurs richesses ni leur rang que j'estime, mais seulement leur tendresse ? D'ailleurs ne sont-ils pas les maîtres ? Ne savent-ils pas ce qu'ils font ? Les ai-je trompés ?
Ne sais-je pas que c'est trop d'honneur pour moi ? On ne
m'apprendra rien là-dessus, Madame ; ainsi, au nom de
Dieu, n'en parlons plus. Je suis la dernière de toutes les
créatures de la terre en naissance, je ne l'ignore pas, en
voilà assez. Ayez seulement la bonté de me dire, à présent, qui sont les gens qui m'ont mise ici, et ce qu'ils
prétendent avec la violence avec laquelle ils en usent
aujourd'hui contre moi.

Ma chère enfant, me répondit l'Abbesse en me regardant avec amitié, à la place de Mme de Miran, je crois
que je penserais comme elle ; j'entre tout à fait dans vos
raisons ; mais ne le dites pas.

À ce discours, je lui pris la main, que je baisai ; et cette
action parut lui plaire et l'attendrir.

Je suis bien éloignée de vouloir vous chagriner, ma
fille, continua-t-elle ; je ne vous ai parlé comme vous
venez de l'entendre qu'à cause qu'on m'en a priée, et
avant que vous vinssiez je ne vous imaginais pas telle que

vous êtes, il s'en faut de beaucoup. Je m'attendais à vous trouver jolie, et peut-être spirituelle ; mais ce n'était là ni l'esprit ni les grâces, et encore moins le caractère que je me figurais. Vous êtes digne de la tendresse de Mme de Miran, et de sa complaisance[1] pour les sentiments de son fils, en vérité très digne. Je ne connais point cette dame ; mais ce qu'elle fait pour vous me donne une grande opinion d'elle, et elle ne peut être elle-même qu'une femme d'un très grand mérite.

Que tout ce que je vous dis là ne vous passe[2] point, je vous le répète, ajouta-t-elle en me voyant pleurer de reconnaissance ; et venons au reste.

C'est par un ordre supérieur que vous êtes ici ; et voici ce que je suis encore chargée de vous proposer.

C'est de vous déterminer, ou à rester dans notre maison, c'est-à-dire à y prendre le voile, ou à consentir à un autre mariage.

Je souhaiterais que le premier parti vous plût, je vous l'avoue sincèrement ; et je le souhaiterais autant pour vous que pour moi, à qui l'acquisition d'une fille comme vous ferait grand plaisir. Et d'où vient aussi pour vous ? C'est que vous êtes belle, et que dans le monde, avec la beauté que vous avez, et quelque vertueuse qu'on soit, on est toujours exposée soi-même, à force d'exposer les autres, et qu'enfin vous seriez ici en toute sûreté, et pour vous et pour eux.

Quel plus grand avantage d'ailleurs peut-on tirer de sa beauté que de la consacrer à Dieu, qui vous l'a donnée, et de qui vous n'éprouverez ni l'infidélité ni le mépris que vous avez à craindre de la part des hommes et de votre mari même ? C'est souvent un malheur que d'être belle, un malheur pour le temps[3], un malheur pour l'éternité. Vous croirez que je vous parle en religieuse. Point

---

1. Manière complaisante et condescendante aux volontés de quelqu'un pour avoir son amitié, son estime (R). 2. Ne pas répéter.
3. Vie terrestre par opposition à l'éternité.

du tout ; je vous parle le langage de la raison, un langage dont la vérité se justifie tous les jours, et que la plus saine partie des gens du siècle[1] vous tiendraient eux-mêmes.

Mais je ne vous le dis qu'en passant, et je n'appuie point là-dessus.

Voilà donc les deux choses que j'ai promis de vous proposer aujourd'hui ; et dès ce soir on doit savoir votre réponse. Consultez-vous, ma chère enfant ; voyez ce qu'il faut que je dise, et quelle parole je donnerai pour vous ; car on demande votre parole sur l'un ou sur l'autre de ces deux partis, sous peine d'être dès demain transférée ailleurs, et même bien loin de Paris, si vous ne répondiez pas. Ainsi dites-moi : voulez-vous être Religieuse, aimez-vous mieux être mariée ?

Hélas ! ma mère, ni l'un ni l'autre, repartis-je ; je ne suis pas en état de m'offrir à Dieu de la manière dont on me le propose, et vous ne me le conseilleriez pas vous-même, le cœur, comme je l'ai, plein d'une tendresse, ou plutôt d'une passion qui n'a à la vérité que des vues légitimes, et qui, je crois, est innocente aujourd'hui, mais qui cesserait de l'être dès que je serais engagée par des vœux : aussi ne m'engagerais-je point, le ciel m'en préserve ! je ne suis pas assez heureuse pour le pouvoir. À l'égard du mariage auquel on prétend que je consente, qu'on me laisse du temps pour réfléchir là-dessus.

On ne vous en laisse point, ma fille, me répondit l'Abbesse, et c'est une affaire qu'on veut se hâter de conclure. Vous devez être mariée en très peu de jours, ou vous résoudre à sortir de Paris, pour être conduite on ne m'a pas dit où ; et si vous m'en croyez, mon avis serait que vous promissiez de prendre le mari en question, à condition que vous le verrez auparavant, que vous saurez quel homme c'est, de quelle part il vient, quelle est sa fortune, et que vous parlerez même à ceux qui veulent que vous l'épousiez. Ce sont de ces choses qu'on ne peut, ce me

---

1. La société, le monde contemporain (R).

semble, vous refuser, quelque envie qu'on ait d'aller vite ; vous y gagnerez du temps ; eh ! que sait-on ce qui peut arriver dans l'intervalle ?

Vous avez raison, Madame, lui dis-je en soupirant ; c'est là cependant une bien petite ressource [1], mais n'importe ; il n'y a donc qu'à dire que je consens au mariage, pourvu qu'on m'accorde tout ce que vous venez de dire ; peut-être quelque événement favorable me délivrera-t-il de la persécution que j'éprouve.

Nous en étions là quand une Sœur avertit l'Abbesse qu'on l'attendait à son parloir. Ce pourrait bien être de vous dont il est question, ma fille, me dit-elle ; je soupçonne que c'est votre réponse qu'on vient savoir. En tout cas, nous nous reverrons tantôt ; j'ai de bonnes intentions pour vous, ma chère enfant, soyez-en persuadée.

Elle me quitta là-dessus, et je revins dans la chambre où j'avais dîné ; j'y entrai le cœur mort ; je suis sûre que je n'étais pas reconnaissable. J'avais l'esprit bouleversé ; c'était de ces accablements où l'on est comme imbécile.

Je fus bien une heure dans cet état ; j'entendis ensuite qu'on ouvrait ma porte ; on entra : je regardais qui c'était, ou plutôt j'ouvrais les yeux et ne disais mot. On me parlait, je n'entendais pas. Hem ? quoi ? que voulez-vous ? Voilà tout ce qu'on pouvait tirer de moi. Enfin, on me répéta si souvent que l'Abbesse me demandait, que je me levai pour aller la trouver.

Je ne me trompais pas, me dit-elle, d'aussi loin qu'elle m'aperçut ; c'est de vous dont il s'agissait, et j'augure bien de ce qui va se passer. J'ai dit que vous acceptiez le parti du mariage, et demain entre onze heures et midi on enverra un carrosse qui vous mènera dans une maison où vous verrez, et le mari qu'on vous destine, et les personnes qui vous le proposent. J'ai tâché, par tous les discours que j'ai tenus, de vous procurer les égards que vous méritez, et j'espère qu'on en aura pour vous. Mettez votre

---

1. Une petite consolation.

confiance en Dieu, ma fille ; tous les événements dépendent de sa providence, et si vous avez recours à lui, il ne vous abandonnera pas. Je vous aurais volontiers offert d'envoyer avertir Mme de Miran que vous êtes ici ; mais, quelque plaisir que je me fisse de vous obliger, c'est un service qu'il ne m'est pas permis de vous rendre. On a exigé que je ne me mêlerais de rien ; j'en ai moi-même donné parole, et j'en suis très fâchée.

Une Religieuse, qui vint alors, abrégea notre entretien, et je retournai dans le jardin un peu moins abattue que je ne l'avais été en arrivant chez elle. Je vis un peu plus clair dans mes pensées ; je m'arrangeai sur la conduite que je tiendrais dans cette maison où l'on devait me mener le lendemain ; je méditai ce que je dirais, et je trouvais mes raisons si fortes, qu'il me semblait impossible qu'on ne s'y rendît pas, pour peu qu'on voulût bien m'écouter.

Il est vrai que les petits arrangements qu'on prend d'avance sont assez souvent inutiles, et que c'est la manière dont les choses tournent qui décide de ce qu'on dit ou de ce qu'on fait en pareilles occasions ; mais ces sortes de préparations vous amusent et vous soulagent. On se flatte de gagner son procès pendant qu'on fait son plaidoyer, cela est naturel, et le temps se passe.

Il me venait encore d'autres idées. Du Couvent à la maison où l'on me transfère il y aura du chemin, me disais-je. Eh ! mon Dieu, si vous permettiez que Valville ou Mme de Miran rencontrassent le carrosse où je serai, ils ne manqueraient pas de crier qu'on arrêtât ; et si ceux qui me mèneront ne le voulaient pas, de mon côté, je crierais, je me débattrais, je ferais du bruit ; et au pis aller mon amant et ma mère pourraient me suivre, et voir où l'on me conduira.

Voyez, je vous prie, à quoi l'on va penser dans de certaines situations. Il n'y a point d'accident pour ou contre que l'on n'imagine, point de chimère agréable ou fâcheuse qu'on ne se forge.

Aussi, en supposant même que je rencontrasse ma mère ou son fils, était-il bien sûr qu'ils crieraient qu'on arrêtât ? pensais-je en moi-même. Ne fermeront-ils pas les yeux ? ne feront-ils point semblant de ne me pas voir ? Eh ! Seigneur, s'ils avaient donné les mains à mon enlèvement ! si la famille, à force de représentations, de prières, de reproches, leur avait persuadé de se dédire ! Les maximes ou les usages du monde me sont si contraires, les grands sentiments se soutiennent si difficilement, et le misérable orgueil des hommes veut qu'on fasse si peu de cas de moi ! Il est si scandalisé de ma misère ! Et là-dessus je recommençais à pleurer, et un moment après à me flatter. Mais j'oubliais un article de mon récit.

C'est qu'en entrant sur le soir dans ma chambre, au sortir du jardin où je m'étais promenée, je vis mon coffre (car je n'avais point encore d'autre meuble) qui était sur une chaise, et qu'on avait apporté de mon autre couvent.

Vous ne sauriez croire de quel nouveau trouble il me frappa. Mon enlèvement m'avait, je pense, moins consternée ; les bras m'en tombèrent.

Comment ! m'écriai-je, ceci est donc bien sérieux ! car jusqu'alors je n'avais pas fait réflexion que mes hardes me manquaient, et quand j'y aurais songé, je n'aurais eu garde de les demander ; il n'y a point d'extrémité que je n'eusse plutôt soufferte.

Quoi qu'il en soit, dès que je les vis, mon malheur me parut sans retour. M'apporter jusqu'à mon coffre ! il n'y a donc plus de ressource. Vous eussiez dit que tout le reste n'était encore rien en comparaison de cela ; ce malheureux coffre en signifiait cent fois davantage ; il décidait, et il m'accabla ; ce fut un trait de rigueur qui me laissa sans réplique.

Allons, me dis-je, voilà ce qui est fait ; tout le monde est d'accord contre moi ; c'est un adieu éternel qu'on me donne ; il est certain que ma mère et son fils sont de la partie.

Demandez-moi pourquoi je tirais si affirmativement cette conséquence. Il faudrait vingt pages pour vous l'expliquer ; ce n'était pas ma raison, c'était ma douleur qui concluait ainsi.

Dans les circonstances où j'étais, il y a des choses qui ne sont point importantes en elles-mêmes, mais qui sont tristes à voir au premier coup d'œil, qui ont une apparence effrayante ; et c'est par là qu'on les saisit quand on a l'âme déjà disposée à la crainte.

On m'apporte mes hardes, on ne veut donc plus de moi ; on rompt donc tout commerce[1] ; il est donc résolu qu'on ne me verra plus ; voilà de quoi cela avait l'air pour une personne déjà aussi découragée que je l'étais. Et ce n'aurait rien été, si j'avais raisonné.

On m'enlève d'une maison pour me mettre dans une autre ; il fallait bien que mes hardes me suivissent ; le transport qu'on en faisait n'était qu'une conséquence toute simple de ce qui m'arrivait. Voilà ce que j'aurais pensé, si j'avais été de sens froid.

Quoi qu'il en soit, je passai une nuit cruelle ; et le lendemain, le cœur me battit toute la matinée.

Ce carrosse que l'Abbesse m'avait annoncé fut dans la cour précisément à l'heure qu'elle m'avait dite. On vint m'avertir ; je descendis tremblante ; et le premier objet qui s'offrit à mes yeux quand on m'ouvrit la porte, ce fut cette femme qui m'avait enlevée de mon couvent pour me mener dans celui-ci.

Je lui fis un petit salut assez indifférent. Bonjour, Mademoiselle Marianne. Vous vous passeriez bien de me revoir, me dit-elle, mais ce n'est pas à moi qu'il faut s'en prendre. Au surplus, je pense que vous n'aurez pas lieu d'être mécontente de tout ceci, et je voudrais bien être à votre place, moi qui vous parle ; à la vérité, je ne suis ni si jeune, ni si jolie que vous, c'est ce qui fait la différence.

---

1. Fréquentation (R).

Et nous étions déjà dans le carrosse pendant qu'elle me parlait ainsi.

Vous savez donc quelque chose de ce qui me regarde ? lui dis-je. Eh ! mais oui, me répondit-elle ; j'en ai entendu dire quelques mots par-ci par-là ; il s'agit d'un homme d'importance qu'on ne veut pas que vous épousiez, n'est-ce pas ?

À peu près, repris-je. Eh bien ! me repartit-elle, ôtez[1] que vous êtes peut-être entêtée de ce jeune homme qu'on vous refuse ; par ma foi ! je ne trouve point que vous ayez tant à vous plaindre. On dit que vous n'avez ni père ni mère, et qu'on ne sait ni d'où vous venez, ni qui vous êtes ; on ne vous en fait point un reproche, ce n'est pas votre faute ; mais entre nous, qu'est-ce qu'on devient avec cela ? On reste sur le pavé ; on vous en montrera mille comme vous qui y sont ; cependant il n'en est ni plus ni moins pour vous. On vous ôte un amant qui est trop grand seigneur pour être votre mari ; mais en revanche, on vous en donne un autre que vous n'auriez jamais eu, et dont une belle et bonne fille de bourgeois[2] s'accommoderait à merveille. Je n'en trouverai pas un pareil, moi qui ai père et mère, oncle et tante, et tous les parents, tous les cousins du monde ; et il faut que vous soyez née coiffée[3]. Je vous en parle savamment, au reste ; car j'ai vu le mari dont il s'agit. C'est un jeune homme de vingt-sept à vingt-huit ans, vraiment fort joli garçon, fort bien fait. Je ne sais pas son bien ; mais il a de si bonnes protections, qu'il n'en a que faire, et il ira loin. Je ne dis pas qu'à son tour il ne soit fort heureux de vous avoir ; mais cela n'empêche pas que ce ne soit une fortune et un très bon établissement pour vous.

Enfin, nous verrons, lui répondis-je, sans vouloir dispu-

---

1. Si vous mettez à part le fait que vous êtes entêtée...   **2.** Qui habite dans une ville, par opposition au paysan ou au villageois, mais ici avec le sens de personne roturière.   **3.** Voir n. 2, p. 98.

ter[1] avec elle. Mais pourriez-vous m'apprendre qui sont
les gens chez qui vous me menez, et à qui je vais parler ?

Oh ! reprit-elle, ce sont des personnes de très grande
importance ; vous êtes en de bonnes mains. Nous allons
chez Mme de..., qui est une parente de la famille de votre
premier amant. Or, cette Dame, qu'elle me nommait,
n'était, s'il vous plaît, que la femme du Ministre, et je
devais paraître devant le Ministre même, ou, pour mieux
dire, j'allais chez lui. Jugez à quelles fortes parties j'avais
affaire, et s'il me restait la moindre lueur d'espérance
dans ma disgrâce.

Je vous ai dit que j'avais imaginé que Mme de Miran ou
son fils pourraient me rencontrer en chemin ; mais quand
même ce hasard-là me serait arrivé, il me serait devenu
bien inutile, par la précaution que prit la femme, qui avait
apparemment ses ordres : il y avait des rideaux tirés sur
les glaces du carrosse, de façon que je ne pouvais ni voir
ni être vue.

Nous arrivâmes, et on nous arrêta à une porte de derrière qui donnait dans un vaste jardin, que nous traversâmes, et dans une allée duquel ma conductrice me laissa
assise sur un banc, en attendant, me dit-elle, qu'elle eût
été savoir s'il était temps que je me présentasse.

À peine y avait-il un demi-quart d'heure que j'étais
seule, que je vis venir une femme de quarante-cinq à cinquante ans, qui me parut être de la maison, et qui, en
m'abordant d'un air de politesse subalterne et domestique,
me dit : Ne vous impatientez pas, Mademoiselle. M. de...
(et ce fut le ministre qu'elle me nomma) est enfermé avec
quelqu'un, et on viendra vous chercher dès qu'il aura fait.
Alors, par une allée qui rentrait dans celle où nous étions,
vint un jeune homme de vingt-huit à trente ans,
d'une figure assez passable, vêtu fort uniment[2], mais avec

---

1. Discuter ce qu'on vient d'entendre.   **2.** Ce terme selon (F)
implique modestie et sans-façon.

propreté, qui nous salua, et qui feignit aussitôt de se retirer.

Monsieur, Monsieur, lui cria cette femme qui m'avait abordée, Mademoiselle attend qu'on la vienne prendre ; je n'ai pas le temps de rester avec elle, tenez-lui compagnie, je vous prie. La commission est bien agréable, comme vous voyez. Aussi vous suis-je bien obligé de me la donner, reprit-il en s'approchant d'un air plus révérencieux que galant.

Ah çà ! dit la femme, je vous laisse donc ; Mademoiselle, c'est un de nos amis, au moins, ajouta-t-elle, sans quoi je ne m'en irais pas, et son entretien vaut bien le mien ; là-dessus elle partit.

Qu'est-ce que tout cela signifie ? me dis-je en moi-même ; et pourquoi cette femme me laisse-t-elle ?

Ce jeune homme me parut d'abord assez interdit ; et il débuta par s'asseoir à côté de moi, après m'avoir fait encore une révérence à laquelle je répondis avec beaucoup de froideur.

Voici, dit-il, le plus beau temps du monde, et cette allée-ci est charmante, c'est comme si on était à la campagne. Oui, repartis-je. Et puis la conversation tomba ; je ne m'embarrassais guère de ce qu'elle deviendrait.

Apparemment qu'il cherchait comment il la relèverait, et le seul moyen dont il s'avisa pour cela, ce fut de tirer sa tabatière, et puis, me la présentant ouverte : Mademoiselle en use-t-elle ? me dit-il. Non, Monsieur, répondis-je. Et le voilà encore à ne savoir que dire. Les monosyllabes, dont j'usais pour parler comme lui, n'étaient d'aucune ressource. Comment faire ?

Je toussai. Mademoiselle est-elle enrhumée ? Ce temps-ci cause beaucoup de rhumes ; hier il faisait froid, aujourd'hui il fait chaud, et ces changements de temps n'accommodent pas la santé. Cela est vrai, lui dis-je.

Pour moi, reprit-il, quelque temps qu'il fasse, je ne suis point sujet aux rhumes ; je ne connais pas ma poitrine ; rien ne m'incommode.

Tant mieux, lui dis-je. Quant à vous, Mademoiselle, me
repartit-il, enrhumée ou non, vous n'en avez pas moins le
meilleur visage du monde aussi bien que le plus beau.

Monsieur, vous êtes bien honnête, lui répondis-je...
Oh ! c'est la vérité. Paris est bien grand, reprit-il, mais il
n'y a certainement pas beaucoup de personnes qui puissent se vanter d'être faites comme Mademoiselle, ni
d'avoir tant de grâces.

Monsieur, lui dis-je, voilà des compliments que je ne
mérite point ; je ne me pique pas de beauté, et il n'est pas
question de moi, s'il vous plaît. Mademoiselle, je dis ce
que je vois, et il n'y a personne à ma place qui ne vous
en dît autant et davantage, reprit-il ; vous ne devez pas
vous fâcher d'un discours qu'il vous est impossible d'empêcher, à moins que vous ne vous cachiez, et ce serait
grand dommage ; car il est certain qu'il n'y a point de
dame qui soit si digne d'être considérée. En mon particulier [1], je me tiens bien heureux de vous avoir vue, et
encore plus heureux, si cette occasion, qui m'est si favorable, me procurait le bonheur de vous revoir et de vous
présenter mes services [2].

À moi, Monsieur, qui ne vous trouve ici que par hasard,
et qui, suivant toute apparence, ne vous retrouverai de ma
vie ?

Eh ! pourquoi de votre vie, Mademoiselle ? reprit-il.
C'est selon votre volonté, cela dépend de vous ; et si ma
personne ne vous était pas désagréable, voici une rencontre qui pourrait avoir bien des suites ; il ne tiendra
qu'à vous que nous ayons fait connaissance ensemble
pour toujours ; et pour ce qui est de moi, il n'y a pas à
douter que je ne le souhaite. Il n'y a rien à quoi j'aspire
tant ; c'est ce que la sincère inclination que je me sens
pour vous m'engage à vous dire. Il est vrai qu'il n'y a
qu'un moment que j'ai l'honneur de voir Mademoiselle,

---

1. En mon for intérieur (R).   2. Formule maladroite (présenter ses
respects) qui traduit le caractère rustre du personnage.

et vous me direz que c'est avoir le cœur pris [1] bien promptement ; mais c'est le mérite et la physionomie des gens qui règlent cela. Certainement je ne m'attendais pas à tant de charmes ; et puisque nous sommes sur ce sujet, je prendrai la liberté de vous assurer que tout mon désir est d'être assez fortuné pour vous convenir, et pour obtenir la possession d'une aussi charmante personne que Mademoiselle.

Comment, Monsieur ! repris-je, négligeant de répondre à d'aussi pesantes et d'aussi grossières protestations de tendresse, vous ne vous attendiez pas, dites-vous, à tant de charmes ? Est-ce que vous avez su que vous me verriez ici ? En étiez-vous averti ?

Oui, Mademoiselle, me repartit-il ; ce n'est pas la peine de vous tenir plus longtemps en suspens ; c'est de moi dont Mlle Cathos vous a entretenue en vous menant ; elle vient de me le dire. Quoi ! m'écriai-je encore, c'est donc vous qui êtes le mari qu'on me propose, Monsieur ?

C'est justement votre serviteur, me dit-il ; ainsi vous voyez bien que j'ai raison quand je dis que notre connaissance durera longtemps, si vous en êtes d'avis ; c'était tout exprès que je me promenais dans le jardin, et on ne m'a laissé avec vous qu'afin de nous procurer le moyen de nous entretenir. On m'avait bien promis que je verrais une très aimable Demoiselle, mais j'en trouve encore plus qu'on ne m'en a dit ; d'où il arrive que ce sera avec un tendre amour que je me marierai aujourd'hui, et non pas par raison et par intérêt, comme je le croyais. Oui, Mademoiselle, c'est véritablement que je vous aime ; je suis enchanté des perfections que je rencontre en vous, je n'en ai point vu de pareilles ; et c'est ce qui m'a d'abord embarrassé en vous parlant ; car quoique j'aie bien fréquenté des Demoiselles, je n'ai encore été amoureux d'aucune. Aussi êtes-vous plus gracieuse que toutes les autres, et c'est à vous à voir ce que vous voulez qu'il en soit.

---

1. Être devenu amoureux ; voir n. 1, p. 250.

Vous êtes bien mon fait ; il n'y a plus qu'à savoir si je
suis le vôtre. Au surplus, Mademoiselle, vous pouvez
vous enquêter de mon humeur et de mon caractère, je suis
sûr qu'on vous en fera de bons rapports[1] ; je ne suis ni
joueur, ni débauché, je me vante d'être rangé, je ne songe
qu'à faire mon chemin à cette heure que je suis garçon[2],
et je ne serai pas pis quand je serai en ménage. Au
contraire, une femme et des enfants vous rendent encore
meilleur ménager. Pour ce qui est de mes facultés[3] présentes, elles ne sont pas bonnement bien considérables ;
mon père a un peu mangé, un peu trop aimé la joie, ce
qui n'enrichit pas une famille ; d'ailleurs, j'ai un frère et
une sœur, dont je suis l'aîné à la vérité, mais c'est toujours trois parts au lieu d'une. On me donnera pourtant
quelque chose d'avance en faveur de notre mariage ; mais
ce n'est pas cela que je regarde ; le principal est qu'on
me gratifie à présent d'une bonne place, et qu'on me va
mettre dans les affaires, dès que notre contrat sera signé ;
sans compter que depuis trois ans, je n'ai pas laissé que
de faire quelques petites épargnes sur les appointements
d'un petit emploi que j'ai, et qu'on me change contre un
plus fort : ainsi, comme vous voyez, nous serions bientôt
à notre aise, avec la protection que j'ai. C'est ce que vous
saurez de la propre bouche de M. de... (il parlait du ministre) ; car je ne vous dis rien que de vrai, ma chère demoiselle, ajouta-t-il en me prenant la main, qu'il voulut
baiser.

Le cœur m'en souleva. Doucement, lui dis-je avec un
dégoût que je ne pus dissimuler ; point de gestes, s'il vous
plaît ; nous ne sommes pas encore convenus de nos faits.
Qui êtes-vous, Monsieur ? Qui je suis, Mademoiselle ? me
répondit-il d'un air confus et pourtant piqué[4]. J'ai l'honneur d'être le fils du père nourricier de Mme de... (il me

_____

1. Signifie : donner de bonnes informations.   2. Au sens de célibataire (A).   3. Au pluriel, signifie les biens de chaque particulier (A).
4. Un peu fâché. Du verbe se piquer.

nomma la femme du ministre) ; ainsi elle est ma sœur de lait : rien que cela. Ma mère a une pension d'elle ; ma sœur la sert actuellement en qualité de première fille de chambre ; elle nous aime tous, et elle veut avoir soin de ma fortune. Voilà qui je suis, Mademoiselle ; y a-t-il rien là dedans qui vous choque ? Est-ce que le parti n'est pas de votre goût ?

Monsieur, lui dis-je, je ne songe guère à me marier.

C'est peut-être que je vous déplais ? me repartit-il. Non, lui dis-je, mais si j'épouse jamais quelqu'un, je veux du moins l'aimer, et je ne vous aime pas encore ; nous verrons dans la suite. Tant pis, c'est l'effet de mon malheur, me répondit-il. Ce n'est pas que je sois en peine de trouver une femme ; il n'y a pas encore plus de huit jours qu'on parla d'une, qui aura beaucoup de bien d'une tante, et qui d'ailleurs a père et mère.

Et moi, monsieur, lui dis-je, je suis orpheline, et vous me faites trop d'honneur. Je ne dis pas cela, Mademoiselle, et ce n'est pas à quoi je songe ; mais véritablement je ne me serais pas imaginé que vous eussiez eu tant de mépris pour moi, me dit-il. J'aurais cru que vous y prendriez un peu plus garde, eu égard à l'occurrence où vous êtes, qui est naturellement assez fâcheuse, et pas des plus favorables à votre établissement[1]. Excusez si je vous en parle ; mais c'est par bonne amitié, et en manière de conseil. Il y a des occasions qu'il ne faut pas laisser aller, principalement quand on a affaire à des gens qui n'y regardent pas de si près, et qui ne font pas plus les difficiles que moi. En cas de mariage, il n'y a personne qui ne soit bien aise d'entrer dans une famille ; moi, je m'en passe, c'est ce qu'il y a à considérer.

Ah ! Monsieur, lui dis-je avec un geste d'indignation, vous me tenez là un étrange discours, et votre amour n'est guère poli. Laissons cela, je vous prie.

Pardi ! Mademoiselle, comme il vous plaira, me répon-

---

1. La situation dans le monde.

dit-il en se levant ; je n'en serai ni pis ni mieux ; et avec votre permission, il n'y a pas de quoi être si fière. Si ce n'est pas vous, j'en suis bien mortifié, mais ce sera une autre ; on a cru vous faire plaisir, et point de tort. À l'exception de votre beauté, que je ne dispute pas, et qui m'a donné dans la vue, je ne sais pas qui y perdra le plus de nous deux. Je n'ai chicané sur rien, quoique tout vous manque ; je vous aurais estimée, honorée, et chérie ni plus ni moins ; et dès que cela ne vous accommode pas, je prends congé de Mademoiselle, et je reste bien son très humble serviteur.

Monsieur, lui dis-je, je suis votre servante. Là-dessus il fit quelques pas pour s'en aller, et puis, revenant à moi :

Au surplus, Mademoiselle, je songe que vous êtes seule ; et si en attendant qu'on revienne vous chercher, ma compagnie peut vous être bonne à quelque chose, je me donnerai l'honneur de vous l'offrir.

Je vous rends mille grâces, Monsieur, lui répondis-je la larme à l'œil, non pas de ce qu'il me quittait, comme vous pouvez penser, mais de la douleur de me voir livrée à d'aussi mortifiantes aventures.

Ce n'est peut-être pas moi qui est cause que vous pleurez, Mademoiselle, ajouta-t-il ; je n'ai rien dit qui soit capable de vous chagriner. Non, Monsieur, repris-je, je ne me plains point de vous, et ce n'est pas la peine que vous restiez ; car voici la personne qui m'a amenée ici et qui arrive.

En effet, je voyais venir de loin Mlle Cathos (c'était ainsi qu'il l'avait appelée) ; et soit qu'il ne voulût pas l'avoir pour témoin du peu d'accueil que je faisais à son amour, il se retira avant qu'elle m'abordât, et prit même un chemin différent du sien pour ne la pas rencontrer.

Pourquoi donc M. Villot vous quitte-t-il ? me dit cette femme en m'abordant ; est-ce que vous l'avez renvoyé ? Non, repris-je ; c'est que vous veniez, et que nous n'avons plus rien à nous dire. Eh bien ! repartit-elle, Mademoiselle Marianne, n'est-il pas vrai que c'est un garçon bien fait ? Vous ai-je trompée ? Quand vous n'auriez pas les disgrâces que vous savez, en demanderiez-vous un autre, et Dieu ne vous fait-il pas une grande grâce ? Allons, partons, ajouta-t-elle ; on nous attend.

Je me levai tristement sans lui répondre, et la suivis, Dieu sait dans quelle situation d'esprit !

Nous traversâmes de longs appartements, et nous arrivâmes dans une salle où se tenait une troupe de valets. J'y vis cependant deux personnes, dont l'une était un jeune homme de vingt-quatre à vingt-cinq ans, d'une figure fort noble, l'autre, un homme plus âgé, qui avait l'air d'un officier, et qui s'entretenaient près d'une fenêtre.

Arrêtez un moment ici [1], me dit la femme qui me conduisait ; je vais avertir que vous êtes là. Elle entra aussitôt dans une chambre, dont elle ressortit un moment après.

Mais, pendant ce court espace de temps qu'elle m'avait laissée seule, le jeune homme en question avait discontinué [2] son entretien, et ne s'était attaché qu'à me regarder avec une extrême attention. Et malgré tout mon accablement, j'y pris garde.

Ce sont là de ces choses qui ne nous échappent point, à nous autres femmes. Dans quelque affliction que nous soyons plongées, notre vanité fait toujours ses fonctions ; elle n'est jamais en défaut, et la gloire de nos charmes est une affaire à part dont rien ne nous distrait. J'entendis même que ce jeune homme disait à l'autre du ton d'un homme qui admire : Avez-vous jamais rien vu de si aimable ?

Je baissai les yeux, et je détournai la tête ; mais ce fut toujours une petite douceur que je ne négligeai point de goûter chemin faisant, et qui n'interrompit point mes tristes pensées.

---

1. Demeurez un moment ici.   2. Interrompu pour quelque temps (A).

Il en est de cela comme d'une fleur agréable dont on sent l'odeur en passant.

Entrons, me dit la femme qui venait de sortir de la chambre. Je la suivis, et les deux hommes entrèrent avec nous. J'y trouvai cinq ou six dames et trois Messieurs, dont deux me parurent gens de robe, et l'autre d'épée. M. Villot (vous savez qui c'est) y était aussi, à côté de la porte, où il se tenait comme à quartier[1], et dans une humble contenance.

J'ai dit trois Messieurs, je n'en compte pas un quatrième, quoique le principal, puisqu'il était le Maître de la maison, ce que je conjecturai en le voyant sans chapeau. C'était le Ministre même, et ma conductrice me le confirma.

Mademoiselle, c'est devant M. de... que vous êtes, me dit-elle. Et elle me le nomma[2].

C'était un homme âgé, mais grand, d'une belle figure et de bonne mine, d'une physionomie qui vous rassurait en la voyant, qui vous calmait, qui vous remplissait de confiance, et qui était comme un gage de la bonté qu'il aurait pour vous, et de la justice qu'il allait vous rendre.

C'était de ces traits que le temps a moins vieillis qu'il ne les a rendus respectables. Figurez-vous un visage qu'on aime à voir, sans songer à l'âge qu'il a ; on se plaisait à sentir la vénération qu'il inspirait ; la santé même qu'on y voyait avait quelque chose de vénérable ; elle y paraissait encore moins l'effet du tempérament que le fruit de la sagesse, de la sérénité et de la tranquillité de l'âme.

Cette âme y faisait rejaillir la douceur de ses mœurs ; elle y peignait l'aimable et consolante image de ce qu'elle

---

1. À part.   2. Selon les commentateurs, il peut s'agir du cardinal Fleury, qui fut ministre à partir de 1726 et dont Marivaux prononça l'éloge à l'Académie française.

était ; elle l'embellissait de toutes les grâces de son caractère, et ces grâces-là n'ont point d'âge.

Tel était le Ministre devant qui je parus. Je ne vous
parlerai point de ce qui regarde son ministère ; ce serait
une matière qui me passe[1].

Je vous dirai seulement une chose que j'ai moi-même
entendu dire.

C'est qu'il y avait dans sa façon de gouverner un mérite
bien particulier, et qui était jusqu'alors inconnu dans tous
les ministres.

Nous en avons eu dont le nom est pour jamais consacré
dans nos histoires ; c'était de grands hommes, mais qui
durant leur ministère avaient eu soin de tenir les esprits
attentifs à leurs actions, et de paraître toujours suspects[2]
d'une profonde politique. On les imaginait toujours
entourés de mystères ; ils étaient bien aises qu'on attendît
d'eux de grands coups, même avant qu'ils les eussent
faits, que dans une affaire épineuse on pensât qu'ils
seraient habiles, même avant qu'ils le fussent. C'était là
une opinion flatteuse dont ils faisaient en sorte qu'on les
honorât ; industrie superbe, mais que leurs succès rendaient, à la vérité, bien pardonnable.

En un mot, on ne savait point où ils allaient, mais on
les voyait aller ; on ignorait où tendaient leurs mouvements, mais on les voyait se remuer, et ils se plaisaient à
être vus, et ils disaient : Regardez-moi.

Celui-ci, au contraire, disait-on, gouvernait à la manière
des sages, dont la conduite est douce, simple, sans faste,
et désintéressée pour eux-mêmes ; qui songent à être
utiles et jamais à être vantés ; qui font de grandes actions
dans la seule pensée que les autres en ont besoin, et non
pas à cause qu'il est glorieux de les avoir faites. Ils
n'avertissent point qu'ils seront habiles, ils se contentent
de l'être, et ne remarquent pas même qu'ils l'ont été. De

---

1. Qui me dépasse.   2. Des ministres qui laissent toujours soupçonner une profonde politique.

l'air dont ils agissent, leurs opérations les plus dignes
d'estime se confondent avec leurs actions les plus ordinaires ; rien ne les en distingue en apparence, on n'a point
eu de nouvelles du travail qu'elles ont coûté, c'est un
génie sans ostentation qui les a conduites ; il a tout fait
pour elles, et rien pour lui : d'où il arrive que ceux qui
en retirent le fruit le prennent souvent comme on le leur
donne, et sont plus contents que surpris. Il n'y a que les
gens qui pensent qui ne sont point les dupes de la simplicité du procédé de celui qui les mène.

Il en était de même à l'égard du Ministre dont il est
question. Fallait-il surmonter des difficultés presque
insurmontables ; remédier à tel inconvénient presque sans
remède ; procurer une gloire, un avantage, un bien
nécessaire à l'État ; rendre traitable un ennemi qui l'atta-
quait, et que sa douceur, que l'embarras des temps où il
se trouvait ou que la modestie de son ministère abusait, il
faisait tout cela, mais aussi discrètement, aussi uniment,
avec aussi peu d'agitation qu'il faisait tout le reste. C'était
des mesures si paisibles, si imperceptibles ; il se souciait
si peu de vous préparer à toute l'estime qu'il allait mériter, qu'on eût pu oublier de le louer, malgré toutes ses
actions louables.

C'était comme un père de famille qui veille au bien, au
repos et à la considération de ses enfants, qui les rend
heureux sans leur vanter les soins qu'il se donne pour
cela, parce qu'il n'a que faire de leur éloge ; les enfants,
de leur côté, n'y prennent pas trop garde, mais ils
l'aiment.

Et ce caractère, une fois connu dans un Ministre, est
bien neuf et bien respectable ; il donne peu d'occupation
aux curieux [1], mais beaucoup de confiance et de tranquillité aux sujets.

À l'égard des étrangers, ils regardaient ce Ministre-ci

---

1. La vie et l'action du ministre n'intéressaient pas les amateurs de
détails curieux ou de secrets.

comme un homme qui aimait la justice et avec qui ils ne gagneraient rien à ne la pas aimer eux-mêmes ; il leur avait appris à régler leur ambition[1], et à ne craindre aucune mauvaise tentative de la sienne ; voilà comme on parlait de lui.

Revenons ; nous sommes dans sa chambre.

Entre toutes les personnes qui nous entouraient, et qui étaient au nombre de sept ou huit, tant hommes que femmes, quelques-unes semblaient ne me regarder qu'avec curiosité, quelques autres d'un air railleur et dédaigneux. De ce dernier nombre étaient les parents de Valville ; je m'en aperçus après.

J'oublie de vous dire que le fils du père nourricier de Madame, ce jeune homme qu'on me destinait pour époux, s'y trouvait aussi ; il se tenait d'un air humble et timide à côté de la porte ; ajoutez-y les deux hommes que j'avais vus dans la salle, et qui étaient entrés après nous.

Je fus d'abord un peu étourdie de tout cet appareil[2], mais cela se passa bien vite. Dans un extrême découragement on ne craint plus rien. D'ailleurs, on avait tort avec moi, et je n'avais tort avec personne : on me persécutait, j'aimais Valville, on me l'ôtait, il me semblait n'avoir plus rien à craindre, et l'autorité la plus formidable perd à la fin le droit d'épouvanter l'innocence qu'elle opprime.

Elle est vraiment jolie, et Valville est assez excusable, dit le Ministre d'un air souriant, et en adressant la parole à une de ces dames, qui était sa femme ; oui, fort jolie. Eh ! pour une maîtresse, passe, répondit une autre dame d'un ton revêche.

À ce discours, je ne fis que jeter sur elle un regard froid et indifférent. Doucement, lui dit le Ministre. Approchez, Mademoiselle, ajouta-t-il en me parlant ; on dit que M. de

---

1. Limiter leur ambition.   **2.** Apprêt, préparatif de tout ce qui a de la pompe, de la solennité, du spectacle. Se dit aussi de la chose même ainsi préparée (A).

Valville vous aime ; est-il vrai qu'il songe à vous épouser ? Du moins me l'a-t-il dit, Monseigneur, répondis-je.

Là-dessus, voici de grands éclats de rires moqueurs de la part de deux ou trois de ces dames. Je me contentai de les regarder encore, et le Ministre de leur faire un signe de la main pour les engager à cesser.

Vous n'avez ni père ni mère, et ne savez qui vous êtes, me dit-il après. Cela est vrai, Monseigneur, lui répondis-je. Eh bien ! ajouta-t-il, faites-vous donc justice, et ne songez plus à ce mariage-là. Je ne souffrirais pas qu'il se fît, mais je vous en dédommagerai ; j'aurai soin de vous ; voici un jeune homme qui vous convient, qui est un fort honnête garçon, que je pousserai[1], et qu'il faut que vous épousiez ; n'y consentez-vous pas ?

Je n'ai pas dessein de me marier, Monseigneur, lui répondis-je, et je vous conjure de ne m'en pas presser ; mon parti est pris là-dessus. Je vous donne encore vingt-quatre heures pour y songer, reprit-il ; on va vous reconduire au couvent, je vous renverrai chercher demain ; point de mutinerie[2] ; aussi bien ne reverrez-vous plus Valville ; j'y mettrai ordre.

Je ne changerai point de sentiment, Monseigneur, repartis-je ; je ne me marierai point, surtout à un homme qui m'a reproché mes malheurs. Ainsi vous n'avez qu'à voir dès à présent ce que vous voulez faire de moi ; il serait inutile de me faire revenir.

À peine achevais-je ces mots qu'on annonça Valville et sa mère, qui parurent sur-le-champ.

Jugez de leur surprise et de la mienne. Ils avaient découvert que le Ministre avait part à mon enlèvement, et ils venaient me redemander.

Quoi ! ma fille, tu es ici ? s'écria Mme de Miran. Ah ! ma mère, c'est elle-même ! s'écria de son côté Valville.

---

1. Dont je ferai la carrière. On disait fréquemment à l'époque « pousser quelqu'un dans les bureaux ».   2. Au sens de rébellion, de désobéissance.

Je vous dirai le reste dans la septième Partie, qui, à deux pages près, débutera, je le promets, par l'histoire de la Religieuse, que je ne croyais pas encore si loin quand j'ai commencé cette sixième Partie-ci.

SEPTIÈME PARTIE

Souvenez-vous-en, Madame ; la deuxième Partie de mon Histoire fut si longtemps à venir, que vous fûtes persuadée qu'elle ne viendrait jamais. La troisième se fit beaucoup attendre ; vous doutiez que je vous l'envoyasse. La quatrième vint assez tard ; mais vous l'attendiez, en m'appelant une paresseuse. Quant à la cinquième, vous n'y comptiez pas sitôt lorsqu'elle arriva. La sixième est venue si vite qu'elle vous a surprise : peut-être ne l'avez-vous lue qu'à moitié, et voici la septième.

Oh ! je vous prie, sur tout cela, comment me définirez-vous ? Suis-je paresseuse ? ma diligence vous montre le contraire. Suis-je diligente ? ma paresse passée m'a promis que non.

Que suis-je donc à cet égard ? Eh ! mais, je suis ce que vous voyez, ce que vous êtes peut-être, ce qu'en général nous sommes tous ; ce que mon humeur et ma fantaisie me rendent, tantôt digne de louange, et tantôt de blâme sur la même chose ; n'est-ce pas là tout le monde ?

J'ai vu, dans une infinité de gens, des défauts et des qualités sur lesquels je me fiais, et qui m'ont trompée ; j'avais droit de croire ces gens-là généreux, et ils se trouvaient mesquins ; je les croyais mesquins, et ils se trouvaient généreux. Autrefois vous ne pouviez pas souffrir un Livre ; aujourd'hui vous ne faites que lire ; peut-être que bientôt vous laisserez là la lecture, et peut-être redeviendrai-je paresseuse.

À tout hasard poursuivons notre Histoire. Nous en sommes à l'apparition subite et inopinée de Mme de Miran et de Valville.

On n'avait point soupçonné qu'ils viendraient, de sorte qu'il n'y avait aucun ordre donné en ce cas-là.

La seule attention qu'on avait eue, c'était de finir mon affaire dans la matinée, et de prendre le temps le moins sujet aux visites.

D'ailleurs, on s'était imaginé que Mme de Miran ne saurait à qui s'adresser pour apprendre ce que j'étais devenue ; qu'elle ignorerait que le Ministre eût eu part à mon aventure : mais vous vous rappelez bien la visite que j'avais reçue, il n'y avait que deux ou trois jours, d'une certaine Dame maigre, longue et menue ; vous savez aussi que j'en avais sur-le-champ informé Mme de Miran, que je lui avais fait un portrait de la Dame, qu'elle m'avait écrit qu'à ce portrait elle reconnaissait bien le spectre en question.

Et ce fut justement cela qui fit que ma mère se douta des auteurs de mon enlèvement ; ce fut ce qui la guida dans la recherche qu'elle fit de sa fille.

Il fallait bien que mon histoire eût percé [1] ; Mme de Fare avait infailliblement parlé ; cette Dame longue et maigre avait été instruite ; elle était méchante et glorieuse ; le discours qu'elle m'avait tenu au Couvent marquait de mauvaises intentions ; c'était elle apparemment qui avait ameuté les parents, qui les avait engagés à se remuer, pour se garantir de l'affront que Mme de Miran allait leur faire en me mettant dans la famille ; et ma disparition ne pouvait être que l'effet d'une intrigue liée entre eux.

Mais m'avaient-ils enlevée de leur chef ? car ils pouvaient n'y avoir employé que de l'adresse. Leur complot n'était-il pas autorisé ? Avaient-ils agi sans pouvoir ?

Un carrosse m'était venu prendre ; quelle livrée avait le cocher ? Cette femme qui s'était dite envoyée par ma

---

1. Au sens moderne de se diffuser dans le monde.

mère pour me tirer du Couvent, quelle était sa figure ?
Mme de Miran et son fils s'informent de tout, font
d'exactes perquisitions [1].

La Tourière du Couvent avait vu le cocher ; elle se res-
souvenait de la livrée ; elle avait vu la femme en question,
et en avait retenu les traits, qui étaient assez remarquables. C'était un visage un peu large et très brun, la
bouche grande et le nez long : voilà qui était fort reconnaissable. Aussi ma mère et son fils la reconnurent-ils
pour l'avoir vue chez Mme de..., femme du ministre, et
leur parente ; c'était une de ses femmes.

À l'égard de la livrée du cocher, il s'agissait d'un galon
jaune sur un drap brun ; ce qui leur indiquait celle d'un
Magistrat, cousin de ma mère, et avec qui ils se trouvaient
tous les jours.

Et qu'est-ce que cela concluait ? Non seulement que la
famille avait agi là dedans, mais que le Ministre même
l'appuyait, puisque Mme de... avait chargé une de ses
femmes de me venir prendre : c'était une conséquence
toute naturelle.

Toutes ces instructions-là, au reste, ils ne les reçurent
que le lendemain de mon enlèvement. Non pas que
Mme de Miran ne fût venue la veille après-midi, comme
vous savez qu'elle me l'avait écrit ; mais c'est que, lorsqu'elle vint, la Tourière, qui était la seule de qui elle pût
tirer quelques lumières, était absente pour différentes
commissions de la maison, de façon qu'il fallut revenir le
lendemain matin pour lui parler ; ce ne fut même qu'assez
tard ; il était près de midi quand ils arrivèrent. Ma mère,
qui ne se portait pas bien, n'avait pu sortir de chez elle
de meilleure heure.

Mon enlèvement l'avait pénétrée de douleur et d'inquiétude. C'était comme une mère qui aurait perdu sa

---

1. Recherche exacte que l'on fait de quelque chose (A). On dirait
aujourd'hui mener une enquête.

fille, ni plus ni moins ; c'est ainsi que me le contèrent les Religieuses de mon Couvent et la Tourière.

Elle se trouva mal au moment qu'elle apprit ce qui m'était arrivé ; il fallut la secourir, elle ne cessa de pleurer.

Je vous avoue que je l'aime, disait-elle en parlant de moi à l'Abbesse, qui me le répéta, je m'y suis attachée, Madame, et il n'y a pas moyen de faire autrement avec elle. C'est un cœur, c'est une âme, une façon de penser qui vous étonnerait. Vous savez qu'elle ne possède rien, et vous ne sauriez croire combien je l'ai trouvée noble, généreuse et désintéressée, cette chère enfant ; cela passe l'imagination, et je l'estime encore plus que je ne l'aime ; j'ai vu d'elle des traits de caractère qui m'ont touchée jusqu'au fond du cœur. Imaginez-vous que c'est moi, que c'est ma personne qu'elle aime, et non pas les secours que je lui donne ; est-ce que cela n'est pas admirable dans la situation où elle est ? Je crois qu'elle mourrait plutôt que de me déplaire ; elle pousse cela jusqu'au scrupule ; et si je cessais de l'aimer, elle n'aurait plus le courage de rien recevoir de moi. Ce que je vous dis est vrai, et cependant je la perds, car comment la retrouver ? Qu'est-ce que mes indignes Parents en ont fait ? Où l'ont-ils mise ?

Mais, Madame, pourquoi vous l'enlèveraient-ils ? lui répondait l'Abbesse. D'où vient qu'ils seraient fâchés de vos bontés et de votre charité pour elle ? Quel intérêt ont-ils d'y mettre obstacle ?

Hélas ! Madame, lui disait-elle, c'est que mon fils n'a pas eu l'orgueil de la mépriser ; c'est qu'il a eu assez de raison pour lui rendre justice, et le cœur assez bien fait pour sentir ce qu'elle vaut ; c'est qu'ils ont craint qu'il ne l'aimât trop, que je ne l'aimasse trop moi-même, et que je ne consentisse à l'amour de mon fils, qui la connaît. De vous dire comment, et où il l'a vue, nous n'avons pas le temps ; mais voilà la source de la persécution qu'elle éprouve d'eux. Un malheureux événement les a instruits de tout, et cela par l'indiscrétion d'une de mes parentes,

qui est la plus sotte femme du monde et qui n'a pu retenir
sa misérable fureur de parler. Ils n'ont pas tout le tort, au
reste, de se méfier de ma tendresse pour elle ; il n'y a
point d'homme de bon sens à qui je ne crusse donner un
trésor, si je le mariais avec cette petite fille-là.

Et voyez que d'amour ! jugez-en par la franchise avec
laquelle elle parlait ; elle disait tout, elle ne cachait plus
rien ; et elle qui avait exigé de nous tant de circonspec-
tion, tant de discrétion et tant de prudence, la voilà qui, à
force de tendresse et de sensibilité pour moi, oublie elle-
même de se taire, et est la première à révéler notre secret ;
tout lui échappe dans le trouble de son cœur. Ô trouble
aimable, que tout mon amour pour elle, quelque prodigieux qu'il ait été, n'a jamais pu payer, et dont le ressouvenir m'arrache actuellement des larmes ! Oui, Madame,
j'en pleure encore. Ah ! mon Dieu, que mon âme avait
d'obligations à la sienne !

Hélas ! cette chère mère, cette âme admirable, elle n'est
plus pour moi, et notre tendresse ne vit plus que dans mon
cœur.

Passons là-dessus, je m'y arrête trop ; j'en perds de vue
Valville, dont Mme de Miran avait encore à soutenir le
désespoir, et à qui, dans l'accablement où il se trouvait,
elle avait défendu de paraître ; de sorte qu'il s'était tenu
dans le carrosse pendant qu'elle interrogeait la Tourière ;
et sur ce qu'elle en apprit, toute languissante et toute
indisposée qu'elle était, elle courut chez le Ministre, persuadée que c'était là qu'il fallait aller pour savoir de mes
nouvelles et pour me retrouver.

De toutes les personnes de la famille, celle avec
laquelle elle était le plus liée, et qu'elle aimait le plus,
c'était Mme de... femme du Ministre, qui l'aimait beaucoup
aussi ; et quoiqu'il fût certain que cette dame se fût prêtée
au complot de la famille, ma mère ne douta point qu'elle
n'eût eu beaucoup de peine à s'y résoudre, et se promit
bien de la ranger de son parti dès qu'elle lui aurait parlé.

Et elle avait raison d'avoir cette opinion-là d'elle ; ce

fut elle en effet qui refusa de soutenir l'entreprise, et qui, comme vous l'allez voir, parut opiner qu'on me laissât en repos.

Voici donc Mme de Miran et Valville qui entrent tout d'un coup dans la chambre où nous étions. C'était Mme de..., et non pas le ministre, que ma mère avait demandé d'abord, et les gens de la maison, qu'on n'avait avertis de rien, et qui ignoraient de quoi il était question dans cette chambre, laissèrent passer ma mère et son fils, et leur ouvrirent tout de suite.

Dès qu'ils me virent tous deux (je vous l'ai déjà dit, je pense), ils s'écrièrent, l'une : Ah ! ma fille, tu es ici ! l'autre : Ah ! ma mère, c'est elle-même !

Le Ministre, à la vue de Mme de Miran, sourit d'un air affable, et pourtant ne put se défendre, ce me semble, d'être un peu déconcerté (c'est qu'il était bon, et qu'on lui avait dit combien elle aimait cette petite fille). À l'égard des parents, ils la saluèrent d'un air extrêmement sérieux, jetèrent sur elle un regard froid et critique, et puis détournèrent les yeux.

Valville les dévorait des siens ; mais il avait ordre de se taire ; ma mère ne l'avait amené qu'à cette condition-là. Tout le reste de la compagnie parut attentif et curieux : la situation promettait quelque chose d'intéressant.

Ce fut Mme de... qui rompit le silence. Bonjour, Madame, dit-elle à ma mère ; franchement on ne vous attendait pas, et j'ai bien peur que vous n'alliez être fâchée contre moi.

Eh ! d'où vient, Madame, le serait-elle ? ajouta tout de suite cette parente longue et maigre (car je ne me ressouviens point de son nom, et n'ai retenu d'elle que la singularité[1] de sa figure) ; d'où vient le serait-elle ? ajouta-t-elle, dis-je, d'un ton aigre et aussi revêche que sa physionomie : Est-ce qu'on désoblige Madame quand on lui

_____

1. Le caractère peu commun de sa figure.

rend service et qu'on lui sauve les reproches de toute sa famille ?

Vous êtes la maîtresse de penser de mes actions ce qu'il vous plaira, Madame, lui répondit d'un air indifférent Mme de Miran ; mais je ne les réformerai point sur le jugement que vous en ferez ; nous sommes d'un caractère trop différent pour être jamais du même avis ; je n'approuve pas plus vos sentiments que vous approuvez les miens, et je ne vous en dis rien. Faites de même à mon égard.

Valville était rouge comme du feu, il avait les yeux étincelants, je voyais à sa respiration précipitée qu'il avait peine à se contenir et que le cœur lui battait.

Monsieur, continua Mme de Miran en adressant la parole au Ministre, c'était Mme de... que je venais voir, et voici l'objet de la visite que je lui rendais ce matin, ajouta-t-elle en me montrant. J'ai su qu'une des femmes de Madame l'était venue prendre sous mon nom au Couvent où je l'avais mise, et j'espérais qu'elle me dirait ce que cela signifie, car je n'y comprends rien. A-t-on voulu se divertir à m'inquiéter ? Quelle peut avoir été l'intention de ceux qui ont imaginé de me soustraire cette jeune enfant, à qui je m'intéresse ? Ce projet-là ne vient pas de Madame, j'en suis sûre ; je ne la confonds point du tout avec les gens qui ont tout au plus gagné sur elle qu'elle s'y prêtât. Je ne m'en prends point à vous non plus, Monsieur ; on vous a gagné aussi, et voilà tout. Mais de quel prétexte s'est-on servi ? Sur quoi a-t-on pu fonder une entreprise aussi bizarre ? de quoi Mademoiselle est-elle coupable ?

Mademoiselle ! s'écria encore là-dessus, d'un air railleur, cette parente sans nom ; Mademoiselle ! Il me semble avoir entendu dire qu'elle s'appelait Marianne, ou bien qu'elle s'appelle comme on veut, car comme on ne sait d'où elle sort, on n'est sûr de rien avec elle, à moins qu'on ne devine ; mais c'est peut-être une petite galanterie que vous lui faites à cause qu'elle est passablement gentille. Valville, à ce discours, ne put se retenir, et la regarda avec un ris [1] amer et moqueur qu'elle sentit.

Mon petit cousin, lui dit-elle, ce que je dis là ne vous plaît pas, nous le savons ; mais vous pourriez vous dispenser d'en rire. Et si je le trouve plaisant, ma grande cousine, pourquoi n'en rirais-je pas ? répondit-il.

Taisez-vous, mon fils, lui dit aussitôt Mme de Miran. Pour vous, Madame, laissez-moi, je vous prie, parler à ma façon, et comme je crois qu'il convient. Si Mademoiselle avait affaire à vous, vous seriez la maîtresse de l'appeler comme il vous plairait ; quant à moi, je suis bien aise de l'appeler Mademoiselle ; je dirai pourtant Marianne quand je voudrai, et cela sans conséquence, sans blesser les égards que je crois lui devoir ; le soin que je prends d'elle me donne des droits que vous n'avez pas ; mais ce ne sera jamais que dans ce sens-là que je la traiterai aussi familièrement que vous le faites, et que vous vous figurez qu'il vous est permis de le faire. Chacun a sa manière de penser, et ce n'est pas là la mienne ; je n'abuserai jamais du malheur de personne. Dieu nous a caché ce qu'elle est, et je ne déciderai point ; je vois bien qu'elle est à plaindre ; mais je ne vois pas pourquoi on l'humilierait, l'un n'entraîne pas l'autre ; au contraire, la raison et l'humanité, sans compter la religion, nous portent à ménager les personnes qui sont dans le cas où celle-ci se trouve ; il nous répugne de profiter contre elles de l'abaissement où le sort les a jetées ; les airs de mépris ont mauvaise grâce avec elles, et leur infortune leur tient lieu de rang auprès des cœurs bien faits, principalement quand il s'agit d'une fille comme Mademoiselle, et d'un malheur pareil au sien. Car enfin, Madame, puisque vous êtes instruite de ce qui lui est arrivé, vous savez donc qu'on a des indices presque certains que son père et sa mère, qui furent tués en voyage lorsqu'elle n'avait que deux ou trois ans, étaient des étrangers de la première distinction ; ce fut là l'opinion qu'on

---

1. Rire, comme *souris* pour *sourire*.

eut d'eux dans le temps. Vous savez qu'ils avaient avec eux deux laquais et une femme de chambre, qui furent tués aussi avec le reste de l'équipage ; que mademoiselle, dont la petite parure marquait une enfant de condition, ressemblait à la dame assassinée ; qu'on ne douta point qu'elle ne fût sa fille ; et que tout ce que je dis là est certifié par une personne vertueuse, qui se chargea d'elle alors, qui l'a élevée, qui a confié les mêmes circonstances en mourant à un saint religieux nommé le Père Saint-Vincent, que je connais, et qui de son côté le dira à tout le monde.

À cet endroit de son récit, les indifférents de la compagnie, je veux dire ceux qui n'étaient point de la famille, parurent s'attendrir sur moi ; quelques parents même des moins obstinés, et surtout Mme de..., en furent touchés ; il se fit un petit murmure qui m'était favorable.

Ainsi, Madame, ajouta Mme de Miran sans s'interrompre, vous voyez bien que tous les préjugés sont pour elle ; que voilà de reste de quoi justifier le titre de Mademoiselle que je lui donne, et que je ne saurais lui refuser sans risquer d'en agir mal avec elle. Il n'est donc point ici question de galanterie, mais d'une justice que tout veut que je lui rende, à moins que d'ajouter des injures à celles que le hasard lui a déjà fait, ce que vous ne me conseilleriez pas vous-même, et ce qui serait en effet inexcusable, barbare et d'un orgueil pitoyable[1], vous en conviendrez, surtout, je vous le répète encore, avec une jeune personne du caractère dont elle est. Je suis fâchée qu'elle soit présente, mais vous me forcez de vous dire que sa figure, qui vous paraît jolie, est en vérité ce qui la distingue le moins ; et je puis vous assurer que, par son bon esprit, par les qualités de l'âme, et par la noblesse des procédés,

---

1. Alliance de mots assez singulière puisque cet orgueil fait pitié. À moins que l'on admette ici le sens moderne de *pitoyable*.

elle est Demoiselle[1] autant qu'aucune fille, de quelque
rang qu'elle soit, puisse l'être. Oh ! vous m'avouerez que
cela impose[2], du moins c'est ainsi que j'en juge ; et que
ce je vous dis là, elle ne le doit ni à l'usage du monde, ni
à l'éducation qu'elle a eue, et qui a été fort simple : il faut
que cela soit dans le sang ; et voilà à mon gré l'essentiel.

Oh ! sans doute, ajouta Valville, qui glissa tout doucement ce peu de mots ; sans doute, et si dans le monde on
s'était avisé de ne donner les titres de Madame ou de
Mademoiselle qu'au mérite de l'esprit et du cœur, ah !
qu'il y aurait de Madames ou de Mademoiselles qui ne
seraient plus que des Manons et des Cathos ! Mais heureusement on n'a tué ni leur père ni leur mère, et on sait
qui elles sont.

Là-dessus on ne put s'empêcher de rire un peu. Mon
fils, encore une fois, je vous défends de parler, lui dit
assez vivement Mme de Miran.

Quoi qu'il en soit, continua-t-elle ensuite, je la protè-
ge ; je lui ai fait du bien, j'ai dessein de lui en faire encore ; elle a besoin que je lui en fasse, et il n'y a point
d'honnêtes gens qui n'enviassent le plaisir que j'y ai, qui
ne voulussent se mettre à ma place. C'est de toutes les
actions la plus louable que je puisse faire ; il serait honteux d'y trouver à redire, à moins qu'il n'y ait des Lois
qui défendent d'avoir le cœur humain et généreux ; à
moins que ce ne soit offenser l'État que de s'intéresser,
quand on est riche, à la personne la plus digne qu'on la
secoure, et qu'on la venge de ses malheurs. Voilà tout
mon crime ; et en attendant qu'on me prouve que c'en est
un, je viens, Monsieur, vous demander raison de la hardiesse qu'on a eue à mon égard, et de la surprise qu'on a
faite à vous-même, aussi bien qu'à Madame ; je viens

---

1. Fille noble, fille de qualité (R). Cet emploi explique le refus de
donner ce titre à Marianne dont on ne connaît pas les parents.   2. Les
qualités énumérées imposent qu'on l'appelle demoiselle, terme que l'on
réserve pour les jeunes femmes de qualité, c'est-à-dire nobles.

chercher une fille que j'aime, et que vous aimeriez autant que moi, si vous la connaissiez, Monsieur.

Elle s'arrêta là. Tout le monde se tut, et moi je pleurais en jetant sur elle des regards qui témoignaient les mouvements dont j'étais saisie pour elle, et qui émurent tous les assistants : il n'y eut que cette inexorable parente que je n'ai point nommée, qui ne se rendit [1] point, et dont l'air paraissait toujours aussi sec et aussi révolté qu'il l'avait été d'abord.

Aimez-la, Madame, aimez-la ; qui est-ce qui vous en empêche ? dit-elle en secouant la tête ; mais n'oubliez pas que vous avez des parents et des alliés qui ne doivent point en souffrir, et que du moins il n'y aille rien du leur [2]. C'est tout ce qu'on vous demande.

Eh ! vous n'y songez pas, Madame, vous n'y songez pas, reprit ma mère ; ce n'est ni à vous, ni à personne à régler mes sentiments là-dessus ; je ne suis ni sous votre tutelle, ni sous la leur ; je leur laisse volontiers le droit de conseil avec moi, mais non pas celui de réprimande. C'est vous qui les faites agir et parler, Madame, et je suis persuadée qu'aucun d'eux n'avouerait ce que vous leur faites dire à tous.

Vous m'excuserez, Madame, vous m'excuserez, s'écria la Harpie ; nous n'ignorons pas vos desseins, et ils nous choquent tous aussi. En un mot, votre fils aime trop cette petite fille, et qui pis est, vous le permettez.

Et si en effet je le lui permets, qui est-ce qui pourra le lui défendre ? Quel compte aura-t-il à rendre aux autres ? repartit froidement Mᵐᵉ de Miran. Vous dirai-je encore plus, c'est que j'aurais fort mauvaise opinion de mon fils, c'est que je ferais très peu de cas de son caractère, si lui-même n'en faisait pas beaucoup de cette petite fille, pour parler comme vous, que je ne tiens pourtant pas pour si

---

1. 'Qui ne se rendit point aux arguments développés par Mme de Miran.   2. La formule n'est pas facile à comprendre. On peut la traduire ainsi : « et qu'au moins ils n'en pâtissent pas ». ·

petite, et qui ne sera telle que pour ceux qui n'auront peut-
être que leur orgueil au-dessus d'elle.

À ce dernier mot, le Ministre, qui avait écouté tout le
Dialogue toujours souriant et les yeux baissés, prit sur-le-
champ la parole pour empêcher les répliques.

Oui, Madame, vous avez raison, dit-il à Mme de Miran ;
on ne saurait qu'approuver les bontés que vous avez pour
cette belle enfant. Vous êtes généreuse, cela est respectable, et les malheurs qu'elle a essuyés sont dignes de
votre attention ; sa physionomie ne dément point non plus
les vertus et les qualités que vous lui trouvez ; elle a tout
l'air de les avoir, et ce n'est ni le soin que vous prenez
d'elle, ni la bienveillance que vous avez pour elle, qui
nous alarment. Je prétends moi-même avoir part au bien
que vous voulez lui faire. La seule chose qui nous
inquiète, c'est qu'on dit que M. de Valville a non seulement beaucoup d'estime pour elle, ce qui est très juste,
mais encore beaucoup de tendresse, ce que la jeune personne, faite comme elle est, rend très vraisemblable. En
un mot, on parle d'un mariage qui est résolu, et auquel
vous consentez, dit-on, par la force de l'attachement que
vous avez pour elle ; et voilà ce qui intrigue [1] la famille.

Et je pense que cette famille a droit de s'en intriguer,
dit tout de suite la parente pie-grièche [2]. Madame, je n'ai
pas tout dit ; laissez-moi achever, je vous prie, lui repartit
le Ministre sans hausser le ton, mais d'un air sérieux ;
Madame vaut bien qu'on lui parle raison.

J'avoue, reprit-il, qu'il est probable, sur tout ce que
vous nous rapportez, que la jeune enfant a de la naissance : mais la catastrophe en question a jeté là-dessus
une obscurité qui blesse, qu'on vous reprocherait, et dont
nos usages ne veulent pas qu'on fasse si peu de compte.

---

1. Gêner, troubler (R).   2. Espèce de pie plus petite que la pie
ordinaire, qui est fort criarde et qui a le bec et les ongles crochus
comme un oiseau de proie. On appelle ordinairement pie-grièche une
femme d'humeur aigre et querelleuse (A).

Je suis totalement de votre avis pourtant sur les égards que vous avez pour elle ; ce ne sera pas moi qui lui refuserai le titre de Mademoiselle, et je crois avec vous qu'on le doit même à la condition dont elle est ; mais remarquez que nous le croyons, vous et moi, par un sentiment généreux qui ne sera peut-être avoué de personne ; que, du moins, qui que ce soit n'est obligé d'avoir, et dont peu de gens seront capables. C'est comme un présent que nous lui faisons, et que les autres peuvent se dispenser de lui faire. Je dirai bien avec vous qu'ils auront tort, mais ils ne le sentiront point ; ils vous répondront qu'il n'y a rien d'établi en pareil cas, et vous n'aurez rien à leur répliquer, rien qui puisse vous justifier auprès d'eux, si vous portez la générosité jusqu'à un certain excès, tel que le serait le mariage dont le bruit court, et auquel je n'ajoute point de foi. Je ne doute pas même que vous ne leviez volontiers tout soupçon sur cet article, et j'en ai trouvé un moyen qui est facile. J'ai imaginé de pourvoir avantageusement Mademoiselle, de la marier à un jeune homme né de fort honnêtes gens, qui a déjà quelque bien, dont j'augmenterai la fortune, et avec qui elle se verra dans une situation très honorable. Je n'ai même envoyé chercher Mademoiselle que pour lui proposer ce parti, qu'elle refuse, tout honnête et tout avantageux qu'il est ; de sorte que, pour la déterminer, j'ai cru devoir user d'un peu de rigueur, d'autant plus qu'il y va de son bien. J'ai même été jusqu'à la menacer de l'éloigner de Paris ; cependant son obstination continue ; cela vous paraît-il raisonnable ? Joignez-vous donc à moi, Madame ; vos services vous ont acquis de l'autorité sur elle, tâchez de la résoudre, je vous prie. Voici le jeune homme en question, ajouta-t-il.

Et il lui montrait M. Villot, qui, quoique assez bien fait, avait alors, autant qu'on peut l'avoir, l'air d'un pauvre petit homme sans conséquence, dont le métier était de ramper et d'obéir, à qui même il n'appartenait pas d'avoir

du cœur [1], et à qui on pouvait dire : retirez-vous, sans lui
faire d'injure.

Voilà à quoi il ressemblait en cet instant, avec sa figure
qui n'était qu'humble et point honteuse.

C'est un garçon fort doux, et de fort bonnes mœurs,
reprit le Ministre en continuant, et qui vivra avec Mademoiselle comme avec une personne à qui il devra la fortune que je lui promets à cause d'elle ; c'est ce que je lui
ai bien recommandé de ne jamais oublier.

Le fils du Nourricier de Madame ne répondit à cela
qu'en se prosternant, qu'en se courbant jusqu'à terre.

N'approuvez-vous pas ce que je fais là, Madame ? dit
encore le Ministre à ma mère, et n'êtes-vous pas contente ? Elle restera à Paris, vous l'aimez, et vous ne la perdrez pas de vue, je m'y engage, et je ne l'entends pas
autrement.

Là-dessus Mme de Miran jeta les yeux sur M. Villot,
qui l'en remercia par une autre prosternation, quoique la
façon dont on le regarda n'exigeât pas de reconnaissance.

Et puis ma mère, secouant la tête : Cette union n'est
guère assortie, ce me semble, dit-elle, et j'ai peine à croire
qu'elle soit du goût de Marianne. Monsieur, je me flatte,
comme vous le dites, d'avoir quelque pouvoir sur elle ;
mais je vous avoue que je ne l'emploierai pas dans cette
occurrence-ci ; ce serait lui faire payer trop cher les services que je lui ai rendus. Qu'elle décide, au reste, elle
est la maîtresse. Voyez, Mademoiselle, consentez-vous à
ce qu'on vous propose ?

Je me suis déjà déclarée, Madame, lui répondis-je d'un
air triste, respectueux, mais ferme : j'ai dit que j'aime
mieux rester comme je suis, et je n'ai point changé d'avis.
Mes malheurs sont bien grands ; mais ce qu'il y a encore
de plus fâcheux pour moi, c'est que je suis née avec un
cœur qu'il ne faudrait pas que j'eusse, et qu'il m'est pourtant impossible de vaincre. Jamais, avec ce cœur-là, je ne

---

1. Fierté, dignité (D).

pourrai aimer le jeune homme qu'on me présente, jamais.
Je sens que je ne m'accoutumerais pas à lui, que je le
regarderais comme un homme qui ne serait pas fait pour
moi. C'est une pensée qui ne me quitterait point : j'aurais
beau la condamner et me trouver ridicule de l'avoir, je
l'aurais toujours ; au moyen de quoi je ne pourrais le rendre heureux, ni être en repos moi-même ; sans compter
que je ne me pardonnerais pas la vie désagréable que
mènerait avec moi un mari qui m'aimerait peut-être, qui
pourtant me serait insupportable, et qui aurait eu tout
l'amour d'une autre femme, si je n'avais pas été sans
nécessité le charger de moi et de mon antipathie. Ainsi il
ne faut pas parler de ce mariage, dont cependant je remercie Monseigneur, qui a eu la bonté d'y penser pour moi ;
mais, en vérité, il n'y a pas moyen.

Dites-nous donc quelle résolution vous prenez, me
répondit le Ministre ; que voulez-vous devenir ? Aimez-
vous mieux être Religieuse ? On vous l'a déjà proposé, et
vous choisirez le couvent qu'il vous plaira. Voyez, songez
à quelque état qui vous tranquillise ; vous ne voulez pas
souffrir qu'on chagrine plus longtemps Mme de Miran à
cause de vous ; prenez un parti.

Non, Monsieur, dit mon ennemie ; non, rien ne lui
convient ; on l'aime, on l'épousera, tout est d'accord ; la
petite personne n'en rabattra rien, à moins qu'on n'y
mette ordre ; elle est sûre de son fait ; Madame l'appelle
déjà sa fille, à ce qu'on dit.

Le Ministre, à ce discours, fit un geste d'impatience
qui la fit taire ; et moi, reprenant la parole : Vous vous trompez, Madame, lui dis-je, à l'égard de la crainte qu'on a
que M. de Valville ne m'aime trop, qu'il ne veuille
m'épouser, et que Mme de Miran n'ait la complaisance de
le vouloir bien aussi ; on peut entièrement se rassurer là-
dessus. Il est vrai que Mme de Miran a eu la bonté de me
tenir lieu de mère (je sanglotais en disant cela), et que je
suis obligée, sous peine d'être la plus ingrate créature du
monde, de la chérir et de la respecter autant que la mère

qui m'a donné la vie ; je lui dois la même soumission, la même vénération, et je pense quelquefois que je lui en dois bien davantage. Car enfin je ne suis point sa fille, et cependant il est vrai, comme vous le dites, qu'elle m'a traitée comme si je l'avais été. Je ne lui suis rien[1], elle n'aurait eu aucun tort de me laisser dans l'état où j'étais, ou bien elle pouvait se contenter en passant d'avoir pour moi une compassion ordinaire, et de me dire : Je vous aimerai. Mais point du tout, c'est quelque chose d'incompréhensible que ses bontés pour moi, que ses soins, que ses considérations. Je ne saurais y songer, je ne saurais la regarder elle-même sans pleurer d'amour et de reconnaissance, sans lui dire dans mon cœur que ma vie est à elle, sans souhaiter d'avoir mille vies pour les lui donner toutes, si elle en avait besoin pour sauver la sienne : et je rends grâce à Dieu de ce que j'ai occasion de dire cela publiquement ; ce m'est une joie infinie, la plus grande que j'aurai jamais, que de pouvoir faire éclater les transports de tendresse, et tous les dévouements, et toute l'admiration que je sens pour elle. Oui, Madame, je ne suis qu'une étrangère, qu'une malheureuse orpheline, que Dieu, qui est le maître, a abandonnée à toutes les misères imaginables : mais quand on viendrait m'apprendre que je suis la fille d'une Reine, quand j'aurais un Royaume pour héritage, je ne voudrais rien de tout cela, si je ne pouvais l'avoir qu'en me séparant de vous ; je ne vivrais point si je vous perdais ; je n'aime que vous d'affection ; je ne tiens sur la terre qu'à vous qui m'avez recueillie si charitablement, et qui avez la générosité de m'aimer tant, quoiqu'on tâche de vous en faire rougir, et quoique tout le monde me méprise.

Ici, à travers les larmes que je versais, j'aperçus plusieurs personnes de la compagnie qui détournaient la tête pour s'essuyer les yeux.

Le Ministre baissait les siens, et voulait cacher qu'il

---

1. Je n'ai aucun lien de parenté avec elle.

était ému. Valville restait comme immobile, en me regardant d'un air passionné, et dans un parfait oubli de tout ce qui nous environnait ; et ma mère laissait bien franchement couler ses pleurs, sans s'embarrasser qu'on les vît.

Tu n'as pas tout dit, achève, Marianne, et ne parle plus de moi, puisque cela t'attendrit trop, me dit-elle en me tendant sans façon sa main, que je baisai de même ; achève...

Oui, Madame, lui répondis-je. Vous m'avez dit, Monseigneur, que vous m'éloigneriez de Paris, et que vous m'enverriez loin d'ici si je refusais d'épouser ce jeune homme, repris-je donc en m'adressant au Ministre, et vous êtes toujours le maître ; mais j'ai à vous répondre une chose qui doit empêcher Messieurs les parents d'être encore inquiets sur le mariage qu'ils appréhendent entre M. de Valville et moi ; c'est que jamais il ne se fera ; je le garantis, j'en donne ma parole et on peut s'en fier à moi ; et si je ne vous en ai pas assuré avant que Mme de Miran arrivât, vous aurez la bonté de m'excuser, Monseigneur ; ce qui m'a empêché de le faire, c'est que je n'ai pas cru qu'il fût à propos, ni honnête à moi de renoncer à M. de Valville, pendant qu'on me menaçait pour m'y contraindre ; j'ai pensé que je serais une lâche et une ingrate de montrer si peu de courage en cette occasion-ci, après que M. de Valville lui-même a bien eu celui de m'aimer, et de m'aimer si tendrement de tout son cœur, et comme une personne qu'on respecte, malgré la situation où il m'a vue, qui était si rebutante, et à laquelle il n'a pas seulement pris garde, sinon que pour m'en aimer et m'en considérer davantage.

Voilà ma raison, Monseigneur ; si je vous avais promis de ne plus le voir, il aurait eu lieu de s'imaginer que je ne me mettais guère en peine de lui, puisque je n'aurais pas voulu endurer d'être persécutée pour l'amour de lui ; et mon intention était qu'il sût le contraire, qu'il ne doutât point que son cœur a véritablement acquis le mien, et je serais bien honteuse si cela n'était pas. Peut-être est-ce

ici la dernière fois que je le verrai, et j'en profite pour
m'acquitter de ce que je lui dois, et en même temps pour
dire à Mme de Miran, aussi bien qu'à lui, que ce que la
crainte et la menace n'ont pas dû me forcer de faire, je le
fais aujourd'hui par pure reconnaissance pour elle et pour
son fils. Non, Madame, non, ma généreuse mère ; non,
M. de Valville, vous m'êtes trop chers tous les deux ; je
ne serai jamais la cause des reproches que vous souffririez
si je restais, ni de la honte qu'on dit que je vous attirerais.
Le monde me dédaigne, il me rejette ; nous ne changerons
pas le monde, et il faut s'accorder à ce qu'il veut. Vous
dites qu'il est injuste ; ce n'est pas à moi à en dire autant,
j'y gagnerais trop ; je dis seulement que vous êtes bien
généreuse, et que je n'abuserai jamais du mépris que vous
faites pour moi des coutumes du monde. Aussi bien est-
il certain que je mourrais de chagrin du blâme qui en
retomberait sur vous ; et si je ne vous l'épargnais pas, je
serais indigne de vos bontés. Hélas ! je vous aurais donc
trompée ; il ne serait pas vrai que j'aurais le caractère que
vous me croyez ; et je n'ai que le parti que je prends pour
montrer que vous n'avez pas eu tort de le croire. M. de
Climal, par sa piété, m'a laissé quelque chose pour vivre ;
et ce qu'il y a suffit pour une fille qui n'est rien, qui, en
vous quittant, quitte tout ce qui l'attachait, et tout ce qui
pourrait l'attacher ; qui, après cela, ne se soucie plus de
rien, ne regrette plus rien, et qui va pour toute sa vie se
renfermer dans un couvent, où il n'y a qu'à donner ordre
que je ne voie personne, à l'exception de Madame, qui
est comme ma mère, et dont je supplie qu'on ne me prive
pas tout d'un coup, si elle veut me voir quelquefois. Voilà
tous mes desseins, à moins que Monseigneur, pour être
encore plus sûr de moi, ne m'exile loin d'ici, suivant l'intention qu'il en a eu d'abord.

Un torrent de pleurs termina mon discours. Valville,
pâle et abattu, paraissait prêt à se trouver mal ; et Mme de
Miran allait, ce me semble, me répondre, quand le

Ministre la prévint, et se retournant avec une action animée vers les parentes :

Mesdames, leur dit-il, savez-vous quelque réponse à ce que nous venons d'entendre ? Pour moi, je n'y en sais point, et je vous déclare que je ne m'en mêle plus. À quoi voulez-vous qu'on remédie ? À l'estime que Mme de Miran a pour la vertu, à l'estime qu'assurément nous en avons tous ? Empêcherons-nous la vertu de plaire ? Vous ne seriez pas de cet avis-là, ni moi non plus, et l'autorité n'a que faire ici.

Et puis, se tournant vers le frère de lait de Madame : Laissez-nous, Villot, lui dit-il. Madame, je vous rends votre fille, avec tout le pouvoir que vous avez sur elle ; vous lui avez tenu lieu de mère ; elle ne pouvait pas en trouver une meilleure, et elle méritait de vous trouver. Allez, Mademoiselle, oubliez tout ce qui s'est passé ici : qu'il reste comme nul, et consolez-vous d'ignorer qui vous êtes. La noblesse de vos parents est incertaine, mais celle de votre cœur est incontestable, et je la préférerais, s'il fallait opter. Il se retirait en disant cela ; mais il me prit un transport qui l'arrêta, et qui était juste.

C'est que je me jetai à ses genoux, avec une rapidité plus éloquente et plus expressive que tout ce que je lui aurais dit, et que je ne pus lui dire, pour le remercier du jugement plein de bonté et de vertu qu'il venait lui-même de rendre en ma faveur.

Il me releva sur-le-champ, d'un air qui témoignait que mon action le surprenait agréablement et l'attendrissait ; je m'aperçus aussi qu'elle plaisait à toute la compagnie.

Levez-vous, ma belle enfant, me dit-il ; vous ne me devez rien, je vous rends justice ; et puis, s'adressant aux autres : Elle en fera tant que nous l'aimerons tous aussi, ajouta-t-il, et il n'y a point d'autre parti à prendre avec elle. Ramenez-la, Madame (c'était à ma mère à qui il parlait) ; ramenez-la, et prenez garde à ce que deviendra votre fils, s'il l'aime ; car avec les qualités que nous voyons dans cette enfant-là, je ne réponds pas de lui, et ne répondrais de personne. Faites comme vous pourrez, ce sont vos affaires.

Sans doute, dit aussitôt Mme de..., son épouse ; et si on a donné à Madame l'embarras qu'elle a aujourd'hui, ce n'est pas ma faute ; il n'a pas tenu à moi qu'on ne le lui épargnât.

Sur ce pied-là, Mesdames, repartit en se levant cette parente revêche, je pense qu'il ne vous reste plus qu'à saluer votre cousine ; embrassez-la d'avance, vous ne risquez rien. Pour moi, on me permettra de m'en dispenser, malgré son incomparable noblesse de cœur ; je ne suis pas extrêmement sensible aux vertus romanesques. Adieu, la petite aventurière ; vous n'êtes encore qu'une fille de condition, nous dit-on ; mais vous n'en demeurerez pas là, et nous serons bien heureuses, si au premier jour vous ne vous trouvez pas une Princesse.

Au lieu de lui répondre, je m'avançai vers ma mère, dont je voulus aussi embrasser les genoux, et qui m'en empêcha ; mais je pris sa main que je baisai, et sur laquelle je répandis des larmes de joie.

La parente farouche sortit avec colère, et dit à deux Dames en s'en allant : Ne venez-vous pas ?

Là-dessus elles se levèrent, mais plus par complaisance pour elle que par inimitié pour moi ; on voyait bien qu'elles n'approuvaient pas son emportement, et qu'elles ne la suivaient que dans la crainte de la fâcher. Une d'elles dit même tout bas à Mme de Miran : Elle nous a amenées, et elle ne nous le pardonnerait pas si nous restions.

Valville, à qui le cœur était revenu, ne la regardait plus qu'en riant, et se vengeait ainsi du peu de succès de son entreprise. Votre carrosse est-il là-bas ? lui dit-il ; voulez-vous que nous vous ramenions, Madame ? Laissez-moi, lui dit-elle, vous me faites pitié d'être si content.

Elle salua ensuite Mme de..., ne jeta pas les yeux sur ma mère, qui la saluait, et partit avec les deux Dames dont je viens de parler.

Aussitôt le reste de la compagnie se rassembla autour de moi, et il n'y eut personne qui ne me dît quelque chose d'obligeant.

Mon Dieu ! que je me reproche d'avoir trempé dans cette intrigue-ci, dit Mme de... à ma mère ! Que je leur sais mauvais gré de m'avoir persécutée pour y entrer ! On ne peut pas avoir plus de tort que nous en avions ; n'est-il pas vrai, Mesdames ?

Ah ! Seigneur ! ne nous en parlez pas, nous en sommes honteuses, répondirent-elles. Qu'elle est aimable ! Nous n'avons rien de si joli à Paris. Ni peut-être rien de si estimable, reprit Mme de... Je ne saurais vous exprimer l'inquiétude où j'étais pendant tout ce dialogue, et je suis bien contente de M. de... (elle parlait du Ministre son mari) ; oh ! bien contente, il n'a encore rien fait qui m'ait tant plu ; ce qu'il vient de dire est d'une justice admirable.

Avec tout autre juge que lui, j'avoue que le cœur m'aurait battu, dit à son tour le jeune cavalier que j'avais vu dans l'antichambre, et qui était encore là ; mais avec M. de... je n'ai pas douté un instant de ce qui arriverait. Et moi, je devrais lui demander pardon d'avoir eu peur pour Mademoiselle, dit alors Valville, qui les avait jusqu'ici écoutés d'un air modeste et intérieurement satisfait.

Tout le monde rit de sa réponse, mais discrètement, et sans lui rien dire. Il était tard, ma mère prit congé de Mme de..., qui l'embrassa avec toute l'amitié possible, comme pour lui faire oublier le secours qu'elle avait prêté à nos ennemis ; elle me fit l'honneur de m'embrasser moi-même, ce que je reçus avec tout le respect qui convenait ; et nous nous retirâmes.

À peine fûmes-nous dans l'antichambre, que cette femme qu'on avait envoyée pour me tirer de mon premier Couvent sous le nom de ma mère, et qui était venue ce matin même me reprendre à celui où elle m'avait mise la veille ; que cette femme, dis-je, se présenta à nous, et nous dit qu'elle avait ordre du Ministre de nous mener tout à l'heure, si nous voulions, à ce dernier Couvent, pour

me faire rendre mes hardes, qu'on hésiterait peut-être de
me donner si nous y allions sans elle ; à moins que Mme de
Miran n'aimât mieux remettre à y aller dans l'après-midi.

Non, non, dit ma mère, finissons cela, ne différons
point. Venez, mademoiselle ; aussi bien avons-nous
besoin de vous pour aller là ; car j'ai oublié de demander
où c'est ; venez, j'aurai soin qu'on vous ramène ensuite.

Cette femme nous suivit donc, et monta en carrosse
avec nous ; vous jugez bien qu'il ne fut plus question
de cette familiarité qu'elle avait eue avec moi lorsqu'elle
m'était venue prendre, et je la vis un peu honteuse de la
différence qu'il y avait pour elle de ce voyage-ci à ceux
que nous avions déjà faits ensemble. Chacun a son petit
orgueil ; nous n'étions plus camarades, et cela lui donnait
quelque confusion [1].

Je n'en abusai point ; j'avais trop de joie, je sortais
d'un trop grand triomphe pour m'amuser à être maligne [2]
ou glorieuse ; et je n'ai jamais été ni l'un ni l'autre.

L'entretien fut fort réservé pendant le chemin, à cause
de cette femme qui nous accompagnait, et qui, à l'occasion de je ne sais quoi qui fut dit, nous apprit que c'était
de Mme de Fare que venait toute la rumeur, et qu'en même
temps elle avait refusé de se joindre aux autres parents,
dans les mouvements qu'ils s'étaient donnés ; de sorte
qu'elle n'avait pas précisément parlé pour me nuire, mais
seulement pour avoir le plaisir d'être indiscrète, et de
révéler une chose qui surprendrait.

Elle nous conta aussi que M. Villot était au désespoir
de ce qu'il ne serait point à moi. Je l'ai laissé qui pleurait
comme un enfant, nous dit-elle ; sur quoi je jetai les yeux
sur Valville, pour qui il me parut que le récit de l'affliction de M. Villot n'était pas amusant ; aussi n'y répon-
dîmes-nous rien, ma mère et moi, et laissâmes-nous
tomber ce petit article, d'autant plus que nous étions

---

1. Désordre, trouble, honte.   2. Malfaisante, qui prend plaisir à
faire du mal (A).

arrivés à la porte du couvent, où je descendis avec cette femme.

Il est inutile que je paraisse, me dit ma mère, et je crois même qu'il suffirait que Mademoiselle allât redemander vos hardes, sans parler de nous, et sans dire que nous sommes ici.

Permettez-moi de me montrer aussi, lui dis-je ; les bontés que l'Abbesse a eues pour moi exigent que je la remercie ; je ne saurais m'en dispenser sans ingratitude. Ah ! tu as raison, ma fille, et je ne savais pas cela, me repartit-elle ; va, mais hâte-toi, et dis-lui que je t'attends, que je suis fatiguée, et qu'il m'est impossible de descendre ; fais le plus vite que tu pourras ; il vaut mieux que tu la reviennes voir.

Abrégeons donc. Je parus, on me rendit mon coffre ou ma cassette, lequel des deux il vous plaira. Toutes les Religieuses que j'avais vues vinrent se réjouir avec moi du succès de mon aventure ; l'Abbesse me donna les témoignages d'affection les plus sincères. Elle aurait souhaité que j'eusse passé le reste de la soirée avec elle, mais il n'y avait pas moyen. Ma mère est à la porte de votre maison dans son carrosse ; elle vous aurait vue[1], lui dis-je ; mais elle est indisposée ; elle vous fait ses excuses, et il faut que je vous quitte.

Quoi ! s'écria-t-elle, cette mère si tendre, cette Dame que j'estime tant, est ici ! Mon Dieu ! que j'aurais de plaisir à la voir et à lui dire du bien de vous ! Allez, Mademoiselle, retournez-vous-en, mais tâchez de la déterminer à venir un instant ; si je pouvais sortir, je courrais à elle ; et supposons qu'il soit trop tard, dites-lui que je la conjure de revenir encore une fois ici avec vous : partez, ma chère enfant. Et aussitôt elle me congédia. Un domestique de la maison portait mon petit ballot ; tout ceci se passa en moins d'un demi-quart d'heure de temps. J'oublie encore que l'Abbesse chargea la Tourière d'aller faire ses compli-

_____
1. Au sens de « elle serait venue vous saluer ».

ments à Mme de Miran, qui, de son côté, la fit assurer que
nous la reviendrions voir au premier jour[1] ; et puis nous
partîmes pour aller, devineriez-vous où ? Au logis, dit ma
mère ; car à ton autre Couvent, on a dîné, et nous t'y
remettrons sur le soir ; non que j'aie envie de t'y laisser
longtemps : mais il est bon que tu y fasses encore quelque
séjour, ne fût-ce qu'à cause de ce qui t'est arrivé, et de
l'inquiétude que j'en ai montrée moi-même.

Nous avancions pendant qu'elle parlait, et nous voici
dans la cour de ma mère, d'où elle congédia cette femme
de Mme de... qui nous avait suivis, et nous montâmes chez
elle.

Une certaine gouvernante qui était dans la maison de
Mme de Miran quand on m'y porta après ma chute au
sortir de l'église, et que, si vous vous en souvenez, Valville appela pour me déchausser, n'y était plus, et de tous
les domestiques, il n'y avait plus qu'un laquais de Valville qui me connût ; c'était celui qui avait suivi mon
fiacre jusque chez Mme Dutour, et qui d'ailleurs m'avait
déjà revue plusieurs fois, puisqu'il m'était venu rendre
deux ou trois billets de Valville à mon Couvent. Or ce
laquais était malade ; ainsi il n'y avait là personne qui sût
qui j'étais.

Et ce qui fait que je vous dis cela, c'est que, pendant
que nous montions chez ma mère, je rêvais[2], toute
joyeuse que j'étais, que j'allais trouver dans cette maison,
et cette gouvernante que je vous ai rappelée, et quelques
valets qui ne manqueraient pas de me reconnaître.

Ah ! c'est cette petite fille qu'on a apportée ici, et qui
avait mal au pied ! vont-ils dire, pensais-je en moi-même ;
c'est cette petite lingère que nous croyions une demoiselle
et qui se fit reconduire chez Mme Dutour !

Et cela me déplaisait ; j'avais peur aussi que Valville

---

1. L'expression n'apparaît pas dans les dictionnaires consultés. On
peut hésiter entre « le plus tôt possible » et « le lendemain ».   **2.** Je
pensais.

n'en fût un peu honteux ; peut-être que, m'aimant autant qu'il faisait, ne s'en serait-il pas soucié ; mais heureusement nous ne fûmes exposés ni l'un ni l'autre au désagrément que j'imaginais ; et je goûtai tout à mon aise le plaisir de me trouver chez ma mère, et d'y être comme si j'avais été chez moi.

Ah çà ! ma fille, me dit-elle, viens que je t'embrasse à présent que nous sommes sans critiques[1] ; tout ceci a tourné on ne peut pas mieux ; on se doute de nos desseins, on les prévoit, on n'a pas même paru les désapprouver ; le Ministre t'a rendu ta parole en te remettant entre mes mains ; et grâce au ciel, on ne sera plus surpris de rien. Tu m'as dit tantôt les choses du monde les plus tendres, ma chère enfant ; mais franchement, je les mérite bien pour tout le chagrin que tu m'as causé ; tu en as eu beaucoup aussi, n'est-il pas vrai ? As-tu songé à celui que j'aurais ? Que pensais-tu de ta mère ?

Elle me tenait ce discours assise dans un fauteuil ; j'étais vis-à-vis d'elle, et me laissant aller à une saillie[2] de reconnaissance, je me jetai tout d'un coup à ses genoux. Et puis la regardant après lui avoir baisé la main : ma mère, lui dis-je, voilà M. de Valville ; il m'est bien cher, et ce n'est plus un secret, je l'ai publié devant tout le monde ; mais il ne m'empêchera pas de vous dire que j'ai mille fois plus encore songé à vous qu'à lui. C'était ma mère qui m'occupait, c'était sa tendresse et son bon cœur : que fera-t-elle ? que ne fera-t-elle pas ? me disais-je, et toujours ma mère dans l'esprit. Toutes mes pensées vous regardaient, je ne savais pas si vous réussiriez à me tirer d'embarras ; mais ce que je souhaitais le plus, c'était que ma mère fût bien fâchée de ne plus voir sa fille ; je désirais cent fois plus sa tendresse que ma délivrance, et j'aurais tout enduré, hormis d'être abandonnée d'elle. J'étais si pleine de ce que je vous dis là, j'en étais tellement agitée, que j'en sentais quelque petite inquiétude dont je m'accuse, quoiqu'elle n'ait presque pas

---

1. Sans témoins malveillants. **2.** Un élan de reconnaissance.

duré. J'ai pourtant songé aussi à M. de Valville ; car s'il
m'oubliait, ce serait une grande affliction pour moi, plus
grande que je ne puis le dire ; mais le principal est que
vous m'aimiez ; c'est le cœur de ma mère qui m'est le plus
nécessaire, il va avant tout dans le mien ; car il m'a tant fait
de bien, je lui ai tant d'obligation, il m'est si doux de lui
être chère ! N'ai-je pas raison, Monsieur ?

Mme de Miran m'écoutait en souriant. Levez-vous,
petite fille, me dit-elle ensuite ; vous me faites oublier que
j'ai à vous quereller de votre imprudence d'hier matin. Je
voudrais bien savoir pourquoi vous vous laissez emmener
par une femme qui vous est totalement inconnue, qui
vient vous chercher sans billet de ma part, et dans un
équipage qui n'est pas à moi non plus. Où était votre
esprit de n'avoir pas fait attention à tout cela, surtout
après la visite suspecte que vous aviez reçue de ce grand
squelette dont vous m'aviez si bien dépeint la figure ? Les
menaces ne vous annonçaient-elles pas quelque dessein ?
Ne devaient-elles pas vous laisser quelque défiance ?
Vous êtes une étourdie ; et pendant le séjour que vous
ferez encore à votre Couvent, je vous défends d'en sortir
jamais qu'avec cette femme que vous venez de voir (elle
parlait d'une femme de chambre qui avait paru il n'y avait
qu'un moment), ou que sur une lettre de moi, quand je
n'irai pas vous chercher moi-même, entendez-vous ?

Là-dessus on servit, nous dînâmes. Valville mangea
fort peu, et moi aussi ; ma mère y prit garde, elle en rit.
Apparemment que la joie ôte l'appétit, nous dit-elle en
badinant. Oui, ma mère, reprit Valville sur le même ton ;
on ne saurait faire tant de choses à la fois.

Le repas fini, Mme de Miran passa dans sa chambre, et
nous l'y suivîmes. De là elle entra dans un petit cabinet,
d'où elle m'appela. J'y vins. Donne-moi ta main, me dit-
elle ; voyons si cette bague-ci te conviendra. C'était un
brillant de prix, et pendant qu'elle me l'essayait : Je vois,
lui répondis-je, un portrait (c'était le sien) que j'aimerais
mille fois mieux que la bague, toute belle qu'elle est, et

que toutes les pierreries du monde. Troquons, ma mère ;
cédez-moi le portrait, je vous rendrai la bague.

Patience, me dit-elle, je le ferai placer ici dans votre
chambre, quand vous y serez ; et vous y serez bientôt.
Où mettez-vous votre argent, Marianne ? continua-t-elle.
Vous n'avez rien pour cela, je pense. Aussitôt elle ouvrit
un tiroir : Tenez, voilà une bourse qui est fort bien travail-
lée [1], servez-vous-en. Je vous remercie, ma mère, lui
repartis-je : mais où mettrai-je tout l'amour, tout le respect et toute la reconnaissance que j'ai pour ma mère ? Il
me semble que j'en ai plus qu'il n'en peut tenir dans mon
cœur.

Elle sourit à ce discours. Savez-vous ce qu'il faut faire,
ma mère ? nous dit Valville, qui était resté à l'entrée du
cabinet, et que la joie d'entendre ce que nous nous disions
toutes deux avec cette familiarité douce et badine tenait
comme en extase ; mettons votre fille le plus vite que
nous pourrons dans cette chambre où vous avez dessein
de placer le portrait ; elle en sera moins embarrassée de
tout l'amour qu'elle a pour vous, et plus à portée de venir
en parler pour le soulager.

C'est de quoi nous allons nous entretenir tout à l'heure,
répondit Mᵐᵉ de Miran ; sortons, je veux lui montrer l'appartement que j'occupais du vivant de votre père.

Et sur-le-champ nous passâmes dans une grande antichambre que j'avais déjà vue, et dans laquelle il y avait
une porte vis-à-vis de celle par où nous entrions. Cette
porte nous mena à cet appartement qu'ils voulaient me
faire voir. Il était plus vaste et plus orné que celui de
Mᵐᵉ de Miran, et donnait comme le sien sur un très beau
jardin. Eh bien ! ma fille, comment vous trouvez-vous
ici ? Ne vous y ennuierez-vous point ? Y regretterez-vous
votre Couvent ? me dit-elle en riant.

Je me mis à pleurer là-dessus de pur ravissement [2], et

---

1. Ornée. **2.** Marianne pleure quand même beaucoup : de chagrin,
d'émotion, de joie et même, ici, de ravissement.

me jetant entre ses bras : Ah ! ma mère, lui repartis-je
d'un ton pénétré, quelles délices pour moi ! Songez-vous
que cet appartement-ci me conduira dans le vôtre.

À peine achevais-je ces mots, qu'un coup de sifflet
nous avertit qu'il venait une visite.

Ah ! mon Dieu, s'écria Mme de Miran, que je suis
fâchée ! J'allais sonner pour donner ordre de dire que je
n'y étais pas ; retournons chez moi. Nous nous y rendîmes.

Un laquais entra, qui nous annonça deux Dames que je
ne connaissais pas, qui n'avaient point entendu parler de
moi non plus ; qui me regardèrent beaucoup, me prirent
peut-être pour une parente de la maison, et venaient rendre elles-mêmes une de ces visites indifférentes [1], qui,
entre femmes, n'aboutissent qu'à se voir une demi-heure,
qu'à se dire quelques bagatelles ennuyantes, et qu'à se
laisser là sans se soucier les unes des autres.

Je remarquerai, pour vous amuser seulement (et je
n'écris que pour cela), que, de ces deux Dames, il y en
eut une qui parla fort peu, ne prit presque point de part à
ce que l'on disait, ne fit que remuer la tête pour en varier
les attitudes, et les rendre avantageuses, enfin, qui ne son-
gea qu'à elle et à ses grâces ; et il est vrai qu'elle en aurait
eu quelques-unes si elle s'était moins occupée de la vanité
d'en avoir ; mais cette vanité gâtait tout, et ne lui en laissait pas une de naturelle. Il y a beaucoup de femmes
comme elle qui seraient fort aimables si elles pouvaient
oublier un peu qu'elles le sont. Celle-ci, j'en suis sûre,
n'allait et ne venait par le monde que pour se montrer,
que pour dire : Voyez-moi. Elle ne vivait que pour cela.

Je crois qu'elle me trouva jolie, car elle me regarda
peu, et toujours de côté ; on démêlait qu'elle faisait semblant de me compter pour rien, de ne pas s'apercevoir que
j'étais là, et le tout pour persuader qu'elle ne trouvait rien
en moi que de fort commun.

---

1. Sans autre raison que celles que le code social impose.

Une chose la trahit pourtant, c'est qu'elle avait toujours les yeux sur Valville, pour observer laquelle des deux il regarderait le plus, d'elle ou de moi : et en un sens c'était bien là me regarder moi-même, et craindre que je n'eusse la préférence. L'autre dame, plus âgée, était une femme fort sérieuse, et cependant fort frivole[1], c'est-à-dire qui parlait gravement et avec dignité d'un équipage qu'elle faisait faire, d'un repas qu'elle avait donné, d'une visite qu'elle avait rendue, d'une histoire que lui avait contée la marquise une telle ; et puis c'était Mme la Duchesse de... qui se portait mieux, mais qui avait pris l'air de trop bonne heure ; qu'elle l'en avait querellée, que cela était effroyable ; et puis c'était une repartie haute et convenable qu'elle avait faite la veille à cette Mme une telle, qui s'oubliait de temps en temps, à cause qu'elle était riche, qui ne distinguait pas d'avec elle les femmes d'une certaine façon ; et mille autres choses d'une aussi plate et d'une aussi vaine espèce qui firent le sujet de cet entretien, pendant lequel d'autres visites aussi fatigantes arrivèrent encore. De sorte qu'il était tard quand nous en fûmes débarrassées, et qu'il n'y avait point de temps à perdre pour me ramener à mon Couvent.

Nous nous reverrons demain ou le jour d'après, dit ma mère, je t'enverrai chercher ; hâtons-nous de partir, j'ai besoin de repos, et je me coucherai dès que je serai revenue. Pour vous, mon fils, vous n'avez qu'à rester ici, nous n'avons pas besoin de vous. Valville se plaignit, mais il obéit, et nous remontâmes en carrosse.

Nous voici arrivées au Couvent, où nous vîmes un instant l'Abbesse dans son parloir. Ma mère l'instruisit de la fin de mon aventure, et puis je rentrai.

Deux jours après, Mme de Miran vint me reprendre à l'heure de midi ; vous savez qu'elle me l'avait promis ;

---

1. Marivaux prête souvent à Marianne ce genre d'opposition. La dame est sérieuse et grave dans ses attitudes et frivole dans les thèmes de sa conversation.

je dînai chez elle avec Valville ; il y fut question de notre
mariage. En ce temps-là même on traitait [1] pour Valville
d'une charge considérable, il devait en être incessamment
pourvu ; il n'y avait tout au plus que trois semaines à
attendre, et il fut conclu que nous nous marierions dès
que cette affaire serait terminée.

Voilà qui était bien positif. Valville ne se possédait pas
de joie ; je ne savais plus que dire dans la mienne, elle
m'ôtait la parole, et je ne faisais que regarder ma mère.

Ce n'est pas le tout, me dit-elle ; je vais ce soir pour
huit ou dix jours à ma Terre, où je veux me reposer de
toutes les fatigues que j'ai eues depuis la mort de mon
frère, et je suis d'avis de te mener avec moi, pendant que
mon fils va passer quelque temps à Versailles, où il est
nécessaire qu'il se rende. Tu n'as rien apporté de ton Couvent pour cette petite absence, mais je te donnerai tout ce
qu'il te faut.

Ah ! mon Dieu, que de plaisir ! Quoi ! dix ou douze
jours avec vous, sans vous quitter ! lui répondis-je ; ne
changez donc point d'avis, ma mère.

Aussitôt elle passa dans son cabinet, écrivit à l'Abbesse
qu'elle m'emmenait à la campagne, fit porter le billet sur-
le-champ, et deux heures après nous partîmes.

Notre voyage n'était pas long ; cette Terre n'était éloignée que de trois petites lieues, et Valville se déroba deux
ou trois fois de Versailles pour nous y venir voir. Il ne
fut pas pourvu de cette charge dont j'ai parlé aussi vite
qu'on l'avait cru ; il survint des difficultés qui traînèrent
l'affaire en longueur ; chaque jour cependant on en attendait la conclusion. Nous revînmes de campagne, ma mère
et moi, et je retournai encore à mon Couvent, où elle ne
comptait pas que je dusse rester plus d'une semaine ; j'y
restai pourtant plus d'un mois, pendant lequel je vins,
comme à l'ordinaire, dîner quelquefois chez elle, et quelquefois chez Mme Dorsin.

_____

1. On négociait, on cherchait à obtenir un emploi considérable.

Durant cet intervalle, Valville fut toujours aussi empressé et aussi tendre qu'il l'eût jamais été, mais sur la fin plus gai qu'il n'avait coutume de l'être ; en un mot, il avait toujours autant d'amour, mais plus de patience sur les incidents qui reculaient la conclusion de son affaire ; et ce que je vous dis là, je ne le rappelai que longtemps après, en repassant sur tout ce qui avait précédé le malheur qui m'arriva dans la suite[1]. La dernière fois même que je dînai chez sa mère, il ne s'y trouva pas lorsque je vins, et ne se rendit au logis qu'un instant avant que nous nous missions à table. Un importun l'avait retenu, nous dit-il ; et je le crus, d'autant plus qu'à cela près je ne voyais rien de changé en lui. Et en effet, il était toujours le même, à l'exception qu'il était un peu plus dissipé[2] qu'à l'ordinaire, à ce que m'avait dit Mme de Miran avant qu'il entrât ; et c'est qu'il s'ennuie, avait-elle ajouté, de voir différer votre mariage.

Enfin, la dernière fois qu'elle me ramenait à mon Couvent : Je vous prie, ma mère, que je sois de la partie, lui dit Valville, qui avait été charmant ce jour-là, qui à mon gré ne m'avait jamais tant aimée, qui ne me l'avait jamais dit avec tant de grâces, ni si galamment, ni si spirituellement. (Et tant pis, tant de galanterie et tant d'esprit n'étaient pas bon signe : il fallait apparemment que son amour ne fût plus ni si sérieux, ni si fort ; et il ne me disait de si jolies choses qu'à cause qu'il commençait à n'en plus sentir de si tendres.)

Quoi qu'il en soit, il eut envie de nous suivre ; Mme de Miran disputa d'abord, et puis consentit ; le ciel en avait ainsi ordonné. Je le veux bien, reprit-elle, mais à condition que vous resterez dans le carrosse, et que vous ne paraîtrez point, pendant que j'irai voir un instant l'Ab-

---

1. Procédé d'anticipation qui vise à maintenir l'intérêt du lecteur.
2. On dit qu'un homme a l'esprit dissipé pour dire qu'il ne donne d'attention ni à ce qu'on lui dit, ni à ce qu'il fait, ni à ce qu'il dit (A).

besse. Et c'est de cette complaisance qu'elle eut pour lui que vont venir les plus grands chagrins que j'aie eus de ma vie.

Une Dame de grande distinction était venue la veille à mon couvent avec sa fille, qu'elle voulait y mettre en pension jusqu'à son retour d'un voyage qu'elle allait faire en Angleterre, pour y recueillir une succession que lui laissait la mort de sa mère.

Il y avait très peu de temps que le mari de cette Dame était mort en France. C'était un seigneur anglais, qu'à l'exemple de beaucoup d'autres, son zèle et sa fidélité pour son roi avaient obligé de sortir de son pays [1], et sa veuve, dont le bien avait fait toute sa ressource, partait pour le vendre et pour recueillir cette succession, dont elle voulait se défaire aussi, dans le dessein de revenir en France, où elle avait fixé son séjour.

Elle était donc convenue la veille avec l'Abbesse que sa fille entrerait le lendemain dans ce Couvent, et elle venait positivement de l'amener, quand nous arrivâmes ; de sorte que nous trouvâmes leur carrosse dans la cour.

À peine sortions-nous du nôtre, que nous vîmes ces deux Dames descendre d'un parloir, d'où elles venaient d'avoir un moment d'entretien avec l'Abbesse.

On ouvrait déjà la porte du Couvent pour recevoir la fille, qui, jetant les yeux sur cette porte ouverte et sur quelques Religieuses qui l'attendaient, regarda ensuite sa mère qui pleurait, et tomba tout à coup évanouie entre ses bras.

La mère, presque aussi faible que sa fille, allait à son tour se laisser tomber sur la dernière marche de l'escalier qu'elles venaient de descendre, si un laquais, qui était à elle, ne s'était avancé pour les soutenir toutes deux.

---

1. Il s'agit d'un partisan de Jacques II, roi d'Angleterre détrôné lors de la glorieuse révolution de 1688-1689 et qui dut s'exiler en France, à Saint-Germain-en-Laye, en compagnie de quelques-uns de ses fidèles qu'on nommait « jacobites ». Pour les problèmes de chronologie qui rendent cette interprétation difficile, voir (D).

Cet accident, dont nous avions été témoins, Mme de Miran et moi, nous fit faire un cri, et nous nous hâtâmes d'aller à elles pour les secourir, et pour aider le laquais lui-même, qui avait bien de la peine à les empêcher de tomber toutes deux.

Eh vite ! Mesdames, vite ! je vous conjure, criait la mère en pleurs, et du ton d'une personne qui n'en peut plus, je crois que ma fille se meurt.

Les Religieuses qui étaient à l'entrée du Couvent, et bien effrayées, appelaient de leur côté une Tourière, qui vint en courant ouvrir un petit réduit, une espèce de petite chambre où elle couchait, et qui, par bonheur, était à côté de l'escalier du parloir.

Ce fut là où l'on tâcha de porter la Demoiselle évanouie, et où nous entrâmes avec la mère que Mme de Miran soutenait, et à qui on craignait qu'il n'en arrivât autant qu'à sa fille.

Valville, ému de ce spectacle qu'il avait vù aussi bien que nous du carrosse où il était resté, oubliant qu'il ne devait pas se montrer, en sortit sans aucune réflexion, et vint dans cette petite chambre.

On y avait mis la Demoiselle sur le lit de la Tourière, et nous la délacions, cette Tourière et moi, pour lui faciliter la respiration.

Sa tête penchait sur le chevet ; un de ses bras pendait hors du lit, et l'autre était étendu sur elle, tous deux (il faut que j'en convienne), tous deux d'une forme admirable.

Figurez-vous des yeux qui avaient une beauté particulière à être fermés.

Je n'ai rien vu de si touchant que ce visage-là, sur lequel cependant l'image de la mort était peinte ; mais c'en était une image qui attendrissait, et qui n'effrayait pas.

En voyant cette jeune personne, on eût plutôt dit : Elle ne vit plus, qu'on n'eût dit : Elle est morte. Je ne puis vous représenter l'impression qu'elle faisait, qu'en vous priant de distinguer ces deux façons de parler, qui paraissent signifier la même chose, et qui dans le sentiment pourtant en signifient de différentes. Cette expression, elle ne vit plus, ne lui ôtait que la vie, et ne lui donnait pas les laideurs de la mort.

Enfin avec ce corps délacé[1], avec cette belle tête penchée, avec ces traits, dont on regrettait les grâces qui y étaient encore, quoiqu'on s'imaginât ne les y voir plus, avec ces beaux yeux fermés, je ne sache point d'objet plus intéressant qu'elle l'était, ni de situation plus propre à remuer le cœur que celle où elle se trouvait alors.

Valville était derrière nous, qui avait la vue fixée sur elle ; je le regardai plusieurs fois, et il ne s'en aperçut point. J'en fus un peu étonnée, mais je n'allai pas plus loin, et n'en inférai[2] rien.

Mme de Miran cherchait dans sa poche un flacon plein d'une eau souveraine en pareils accidents, et elle l'avait oublié chez elle.

Valville, qui en avait un pareil au sien, s'approcha tout d'un coup avec vivacité, nous écarta tous, pour ainsi dire, et se mettant à genoux devant elle, tâcha de lui faire respirer de cette liqueur qui était dans le flacon, et lui en versa dans la bouche ; ce qui, joint aux mouvements que nous lui donnions, fit qu'elle entr'ouvrit les yeux, et les promena languissamment sur Valville, qui lui dit avec je ne sais quel ton tendre ou affectueux que je trouvai singulier : Allons, Mademoiselle, prenez-en, respirez-en encore.

Et lui-même, par un geste sans doute involontaire, lui prit une de ses mains qu'il pressait dans les siennes. Je la lui ôtai sur-le-champ, sans savoir pourquoi.

Doucement, Monsieur, lui dis-je, il ne faut pas l'agiter tant. Il ne m'écouta pas, mais tout cela ne paraissait, de part et d'autre, que l'effet d'un empressement secourable

---

1. Le corsage lacé sur le devant a été délacé pour faciliter la respiration de la jeune fille évanouie (D).   2. Tirer une conséquence (R).

pour la Demoiselle ; et il se disposait encore à lui faire respirer de cet élixir, quand la jeune personne, en soupirant, ouvrit tout à fait les yeux, souleva sa main que je tenais, et la laissa retomber sur le bras de Valville, qui la prit, et qui était toujours à genoux devant elle.

Ah ! mon Dieu, dit-elle, où suis-je ? Valville gardait cette main, la serrait, ce me semble, et ne se relevait pas.

La Demoiselle, achevant enfin de reprendre ses esprits, l'envisagea plus fixement aussi, lui retira tout doucement sa main sans cesser d'avoir les yeux fixés sur lui ; et comme elle devina bien, au flacon qu'il avait, qu'il s'était empressé pour la secourir : Je vous suis obligée, Monsieur, lui dit-elle ; où est ma mère ? est-elle encore ici ?

Cette Dame était au chevet du lit, assise sur une chaise où on l'avait placée, et où elle n'avait eu jusque-là que la force de soupirer et de pleurer.

Me voilà, ma chère fille, répondit-elle avec un accent un peu étranger. Ah ! Seigneur ! que vous m'avez effrayée, ma chère Varthon ! Voici des Dames à qui vous avez bien de l'obligation, aussi bien qu'à Monsieur.

Et observez que ce Monsieur demeurait toujours dans la même posture, je le répète à cause qu'il m'ennuyait de l'y voir. La Demoiselle, bien revenue à elle, jeta d'abord ses regards sur nous, ensuite les arrêta sur lui ; et puis, s'apercevant du petit désordre où elle était, ce qui venait de ce qu'on l'avait délacée, elle en parut un peu confuse, et porta sa main sur son sein. Levez-vous donc, Monsieur, dis-je à Valville, voilà qui est fini, Mademoiselle n'a plus besoin de secours. Cela est vrai, me répondit-il comme avec distraction, et sans ôter les yeux de dessus elle. Je voudrais bien me lever, dit alors la Demoiselle en s'appuyant sur sa mère, qui l'aida du mieux qu'elle put. J'allais m'en mêler et prêter mon bras, quand Valville me prévint, et avança précipitamment le sien pour la soulever.

Tant d'empressement de sa part n'était pas de mon goût, mais de dire pourquoi je le désapprouvais, c'est ce que je n'aurais pu faire : je ne serais pas même convenue qu'il me déplaisait ; je pense que ce petit dépit que j'en avais me faisait agir sans que je le connusse ; comment en aurais-je connu les motifs ? Et suivant toute apparence, Valville y entendait aussi peu de finesse que moi.

Il fallait bien cependant qu'il se passât quelque chose d'extraordinaire en lui ; car vous avez vu la brusquerie avec laquelle je lui avais parlé deux ou trois fois, et il ne l'avait pas remarqué ; il n'en fut point surpris, comme il n'aurait pas manqué de l'être dans un autre temps ; ou bien il la souffrit en homme qui la méritait, qui se rendait justice à son insu, et qui était coupable dans le fond de son cœur ; aussi l'était-il, mais il l'ignorait. Poursuivons.

Les Religieuses attendaient toujours que la Demoiselle entrât. Elle nous remercia, Mme de Miran et moi, de fort bonne grâce, mais d'un air modeste, du service que nous venions de lui rendre. Je m'imaginai la voir un peu plus embarrassée dans le compliment qu'elle fit à Valville, et elle baissa les yeux en lui parlant. Allons, ma mère, ajouta-t-elle ensuite, c'est demain le jour de votre départ ; vous n'avez pas de temps à perdre, et il est temps que j'entre. Là-dessus elles s'embrassèrent, non sans verser encore beaucoup de pleurs.

J'ai supprimé toutes les politesses que Mme de Miran et la Dame étrangère s'étaient faites. Cette dernière lui avait même conté en peu de mots les raisons qui l'obligeaient à laisser la jeune personne dans le Couvent.

Ma fille, me dit ma mère en les voyant s'embrasser pour la dernière fois, puisque vous allez avoir l'honneur d'être la compagne de Mademoiselle, tâchez de gagner son amitié et n'oubliez rien de ce qui pourra contribuer à la consoler.

Voilà bien de la bonté, Madame, repartit aussitôt la Dame étrangère, je prendrai donc à mon tour la liberté de vous la recommander à vous-même. À quoi Mme de Miran répondit qu'elle demandait aussi la permission de la faire venir chez elle, quand elle m'enverrait chercher ; ce qui fut reçu, de la part de l'autre, avec tous les témoignages possibles de reconnaissance.

Ces deux Dames se connaissaient de nom, et par là savaient les égards qu'elles se devaient l'une à l'autre.

À tout cela Valville ne disait mot, et regardait seulement la Demoiselle, sur qui, contre son ordinaire, je lui trouvais les yeux plus souvent que sur moi ; ce que j'attribuais, sans en être contente, à un pur mouvement de curiosité.

Le moyen de le soupçonner d'autre chose, lui qui m'aimait tant, qui venait dans la même journée de m'en donner de si grandes preuves ; lui que j'aimais tant moi-même, à qui je l'avais tant dit, et qui était si charmé d'en être sûr !

Hélas, sûr ! Peut-être ne l'était-il que trop. On ne le croirait pas ; mais les âmes tendres et délicates ont volontiers le défaut de se relâcher dans leur tendresse, quand elles ont obtenu toute la vôtre ; l'envie de vous plaire leur fournit des grâces infinies, leur fait faire des efforts qui sont délicieux pour elles, mais dès qu'elles ont plu, les voilà désœuvrées.

Quoi qu'il en soit, la jeune Demoiselle, en reconnaissance de l'attachement que Mme de Miran m'ordonnait d'avoir pour elle, vint galamment se jeter à mon cou et me demander mon amitié. Cette action, à laquelle elle se livra de la manière du monde la plus aimable et la plus naïve, m'attendrit ; je n'en aurais peut-être pas fait autant qu'elle ; non qu'elle ne m'eût paru fort digne d'être aimée ; mais mon cœur ne me disait rien pour elle, ou plutôt je me sentais un fond de froideur que j'aurais eu de la peine à vaincre, et qui ne tint point contre ses caresses. Je les lui rendis avec toute la sensibilité dont j'étais capable, et m'intéressai véritablement à elle, qui, s'arrachant encore d'entre les bras de sa mère, se retira enfin dans le couvent, d'où je lui criai que j'allais la suivre dès que nous aurions vu l'Abbesse, avec qui Mme de Miran voulait avoir un instant d'entretien.

La mère remonta dans son équipage, baignée de ses larmes, et le lendemain partit en effet pour l'Angleterre.

Mme de Miran alla un instant parler à l'Abbesse, me vit entrer dans le Couvent, et alla rejoindre Valville, qui s'était remis dans le carrosse où il l'attendait. Il nous avait quittées à l'instant où nous avions été au parloir de l'Abbesse, et je ne l'avais pas vu moins tendre qu'il avait coutume de l'être ; il n'y eut qu'une chose à laquelle il manqua, c'est qu'il oublia de parler à Mme de Miran du jour où nous nous reverrions, et je me rappelai cet oubli un quart d'heure après que je fus rentrée ; mais nous avions été dérangés ; l'accident de la Demoiselle avait distrait nos idées[1], avait fixé notre attention ; et puis, ma mère n'avait-elle pas dit au logis que je reviendrais le lendemain ou le jour d'après ? Cela ne suffisait-il pas ?

Je l'excusais donc, et je traitais de chicane[2] la remarque que j'avais d'abord faite sur son oubli.

Je reçus de l'Abbesse, et des Religieuses, et des Pensionnaires que je connaissais, l'accueil le plus obligeant. Je vous ai déjà dit qu'on m'aimait, et cela était vrai, et surtout de la part de cette Religieuse dont j'ai déjà fait mention, et qui m'avait si bien vengée de la hauteur et des railleries de la jeune et jolie Pensionnaire dont je vous ai parlé aussi. Dès que j'eus remercié tout le monde de la joie qu'on avait témoignée pour mon retour, je courus chez ma nouvelle compagne, dont on avait la veille apporté toutes les hardes, qu'une Sœur Converse arrangeait alors, pendant qu'elle rêvait tristement à côté d'une table sur laquelle elle était appuyée.

Elle se leva du plus loin qu'elle m'aperçut, vint m'embrasser, et marqua un extrême plaisir à me voir.

Il aurait été difficile de ne pas l'aimer ; elle avait les manières simples, ingénues, caressantes, et pour tout dire enfin, le cœur comme les manières. C'est un éloge que je

---

1. Dérangé nos idées.   2. Subtilité fausse et ridicule (R).

ne puis lui refuser, malgré tous les chagrins qu'elle m'a causés.

Je m'épris pour elle de l'inclination la plus tendre. La sienne pour moi, disait-elle, avait commencé dès qu'elle m'avait vue ; elle n'avait senti de consolation qu'en apprenant que je demeurerais avec elle. Promettez-moi que vous m'aimerez, que nous serons inséparables, ajouta-t-elle avec des tons, des serrements de main, avec des regards dont la douceur pénétrait l'âme et entraînait la persuasion ; de sorte que nous nous liâmes du commerce de cœur [1] le plus étroit.

Elle était, pour ainsi dire, étrangère, quoiqu'elle fût née en France. Son père était mort, sa mère partait pour l'Angleterre, elle y pouvait mourir ; peut-être cette mère venait-elle de lui dire un éternel adieu ; peut-être au premier jour annoncerait-on à sa fille qu'elle était orpheline ; et moi j'en étais une : mes infortunes allaient bien au-delà de celles qu'elle avait à appréhender, mais je la voyais en danger d'éprouver une partie des miennes. Je songeais donc que son sort pourrait avoir bientôt quelque ressemblance avec le mien, et cette réflexion m'attachait encore plus à elle ; il me semblait voir en elle une personne qui était plus réellement ma compagne qu'une autre.

Elle me confiait son affliction, et dans l'attendrissement où nous étions toutes deux, dans cette effusion de sentiments tendres et généreux à laquelle nos cœurs s'abandonnaient, comme elle m'entretenait des malheurs de sa famille, je lui racontai aussi les miens, et les lui racontai à mon avantage, non par aucune vanité, prenez garde, mais, ainsi que je l'ai déjà dit, par un pur effet de la disposition d'esprit où je me trouvais. Mon récit devint intéressant ; je le fis, de la meilleure foi du monde, dans un goût aussi noble que tragique ; je parlai en déplorable victime du sort, en héroïne de roman, qui ne disait pourtant rien que de vrai, mais qui ornait la vérité de tout ce

---

1. D'une affection la plus vive.

qui pouvait la rendre touchante, et me rendre moi-même une infortunée respectable.

En un mot, je ne mentis en rien, je n'en étais pas capable ; mais je peignis dans le grand : mon sentiment me menait ainsi sans que j'y pensasse.

Aussi la belle Varthon m'écoutait-elle en me plaignant, en soupirant avec moi, en mêlant ses larmes avec les miennes ; car nous en répandions toutes deux : elle pleurait sur moi, et je pleurais sur elle[1].

Je lui fis l'histoire de mon arrivée à Paris avec la sœur du Curé, qui y était morte ; je traitai le caractère de cette sœur aussi dignement que je traitais mes aventures.

C'était, disais-je, une personne qui avait eu tant de dignité dans ses sentiments, dont la vertu avait été si aimable, qui m'avait élevée avec des égards si tendres, et qui était si fort au-dessus de l'état où le Curé son frère et elle vivaient à la campagne (et cela était encore vrai).

Ensuite je rapportais la situation où j'étais restée après sa mort, et ce que je dis là-dessus fendait le cœur.

Le Père Saint-Vincent, M. de Climal que je ne nommai point (mon respect et ma tendresse pour sa mémoire m'en auraient empêchée, quand j'en aurais eu envie), l'injure qu'il m'avait faite, son repentir, sa réparation, la Dutour même, chez qui il m'avait mise si peu convenablement pour une fille comme moi ; tout vint à sa place, aussi bien que Mme de Miran, à qui, dans cet endroit de mon récit, je ne songeai point non plus à donner d'autre nom que celui d'une dame que j'avais rencontrée, sauf à la nommer après, quand je serais hors de ce ton romanesque que j'avais pris. Je n'avais omis ni ma chute au sortir de l'Église, ni le jeune homme aimable et distingué par sa naissance chez lequel on m'avait portée. Et peut-être, dans le reste de mon histoire, lui aurais-je appris que ce jeune homme était celui qui l'avait secourue ; que la Dame qu'elle venait de voir était sa mère, et que je devais bien-

---

1. Encore et toujours des larmes.

tôt épouser son fils, si une converse qui entra ne nous
eût pas averties qu'il était temps d'aller souper : ce qui
m'empêcha de continuer, et de mettre au fait Mlle Varthon,
qui n'y était pas encore, puisque j'en restais à l'endroit
où Mme de Miran m'avait trouvée ; ainsi cette Demoiselle
ne pouvait appliquer rien de ce que je lui avais dit aux
personnes qu'elle avait vues avec moi.

Nous allâmes donc souper. Mlle Varthon, pendant le
repas, se plaignit d'un grand mal de tête, qui augmenta,
et qui l'obligea, au sortir de table, de retourner dans sa
chambre, où je la suivis ; mais comme elle avait besoin
de repos, je la quittai après l'avoir embrassée, et rien de
ce qui s'était passé pendant son évanouissement ne me
revint dans l'esprit.

Je me levai le lendemain de meilleure heure [1] qu'à mon
ordinaire, pour me rendre chez elle ; on allait la saigner.
Je crus que cette saignée annonçait une maladie sérieuse,
et je me mis à pleurer ; elle me serra la main et me ras-
sura. Ce n'est rien, ma chère amie, me dit-elle ; c'est une
légère indisposition qui me vient d'avoir été hier fort agitée, ce qui m'a donné un peu de fièvre, et voilà tout.

Elle avait raison ; la saignée [2] calma le sang ; le lendemain elle se porta mieux, et ce petit dérangement de santé
auquel j'avais été si sensible, ne servit qu'à lui prouver
ma tendresse, et à redoubler la sienne, que l'état où je
tombai moi-même mit bientôt à une plus forte épreuve.

Elle venait de se lever l'après-midi, quand, voulant
aller prendre mon ouvrage qui était sur sa table, je fus
surprise d'un étourdissement qui me força d'appeler à
mon secours.

Il n'y avait dans sa chambre, qu'elle, et cette religieuse

---

1. Plus tôt qu'à mon habitude.   2. Incision des veines par laquelle
on procède à l'évacuation du sang. La saignée était très fréquemment
pratiquée aux XVIIe et XVIIIe siècles pour faire baisser la fièvre, évacuer
les humeurs.

que j'aimais et qui m'aimait. Mlle Varthon fut la plus prompte, et accourut à moi.

Mon étourdissement se passa, et je m'assis ; mais de temps en temps il recommençait. Je me sentis même une assez grande difficulté de respirer, enfin des pesanteurs[1], et un accablement total.

La Religieuse me tâta le pouls, parut inquiète, ne me dit rien qui m'alarmât, mais me conseilla d'aller me mettre au lit, et sur-le-champ, Mlle Varthon et elle me menèrent chez moi. Je voulais tenir bon contre le mal, et me persuader que ce n'était rien ; mais il n'y eut pas moyen de résister, je n'en pouvais plus, il fallut me coucher, et je les priai de me laisser.

À peine sortaient-elles de ma chambre, qu'on m'apporta un billet de Mme de Miran, qui n'était que de deux lignes :

« Je n'ai pu te voir ces deux jours-ci, n'en sois point inquiète, ma fille ; j'irai demain te prendre à midi. »

N'y a-t-il que celui-là, ma sœur ? dis-je, après l'avoir lu, à la Converse qui me l'avait apporté. C'est que je croyais que Valville aurait pu m'écrire aussi, et qu'assurément il n'avait tenu qu'à lui ; mais il n'y avait rien de sa part.

Non, répondit cette fille à la question que je lui faisais ; c'est tout ce que vient de remettre à la Tourière un laquais qui attend. Avez-vous quelque chose à lui faire dire, mademoiselle ?

Apportez-moi, je vous prie, une plume et du papier, lui dis-je. Et voici ce que je répondis, tout accablée que j'étais :

« Je rends mille grâces à ma mère de la bonté qu'elle a de me donner de ses nouvelles ; j'avais besoin d'en recevoir ; je viens de me coucher, je suis un peu indispo-

---

1. Se dit aussi d'une certaine indisposition qui survient à quelque partie du corps, qui fait qu'on y sent comme un poids (A).

sée ; j'espère que ce ne sera rien, et que demain je serai prête. J'embrasse les genoux de ma mère. »

Je n'aurais pu en écrire davantage, quand je l'aurais voulu, et deux heures après, j'avais une fièvre si ardente que la tête s'embarrassa[1]. Cette fièvre fut suivie d'un redoublement, qui, joint à d'autres accidents compliqués, fit désespérer de ma vie.

J'eus le transport au cerveau[2] ; je ne reconnus plus personne, ni Mlle Varthon, ni mon amie la religieuse, pas même ma mère, qui eut la permission d'entrer, et que je ne distinguai des autres que par l'extrême attention avec laquelle je la regardai sans lui rien dire.

Je restai à peu près dans le même état quatre jours entiers, pendant lesquels je ne sus ni où j'étais, ni qui me parlait ; on m'avait saignée, je n'en savais rien. La fièvre baissa le cinquième ; les accidents diminuèrent, la raison me revint, et le premier signe que j'en donnai, c'est qu'en voyant Mme de Miran, qui était au chevet de mon lit, je m'écriai : Ah ! ma mère !

Et comme alors elle avançait sa main, dans l'intention de me faire une caresse, je tirai le bras hors du lit pour la lui saisir, et la portai à ma bouche, que je tins longtemps collée dessus.

Mlle Varthon et quelques Religieuses étaient autour de mon lit ; la première paraissait extrêmement triste.

J'ai donc été bien mal ? leur dis-je d'une voix faible et presque éteinte, et je vous ai sans doute causé bien de la peine. Oui, ma fille, me répondit Mme de Miran ; il n'y a personne ici qui ne vous ait donné des témoignages de son bon cœur ; mais, grâce au ciel, vous voilà réchappée.

Mlle Varthon s'approcha, me serra avec amitié le bras que j'avais hors du lit, et me dit quelque chose de tendre,

---

1. On dit d'un homme malade que sa tête s'embarrasse pour dire que le transport au cerveau commence à se former, ou qu'on craint qu'il ne se forme (A). Voir note suivante.   2. Se dit d'un délire passager, qui est ordinairement la suite d'une fièvre violente (A).

à quoi je ne répondis que par un souris et par un regard,
qui lui marquait ma reconnaissance. Deux jours après, je
fus entièrement hors de danger, et je n'avais plus de fièvre ; il me restait seulement une grande faiblesse qui dura
longtemps. Mme de Miran n'avait eu la permission de me
voir qu'en conséquence de l'extrême péril où je m'étais
trouvée, et elle s'abstint d'entrer dès qu'il fut passé. Mais
j'omets une chose.

C'est que le lendemain du jour où je reconnus ma mère,
je fis réflexion que je pouvais redevenir tout aussi malade
que je l'avais été, et que je n'en réchapperais peut-être
pas.

Je songeai ensuite à ce contrat de rente que m'avait
laissé M. de Climal. À qui appartiendrait-il, si je mourais ? me disais-je. Il serait sans doute perdu pour la
famille, et la justice aussi bien que la reconnaissance veulent que je lui rende.

Pendant que cette pensée m'occupait, il n'y avait
qu'une Sœur Converse dans ma chambre. Mlle Varthon,
qui ne me quittait presque pas, n'était point encore venue,
et peut-être pas levée. Les Religieuses étaient au chœur,
et je me voyais libre.

Ma sœur, dis-je à cette Converse, on a désespéré de ma
vie ces jours passés ; ma fièvre est de beaucoup diminuée,
mais il n'est point sûr qu'elle ne me reprenne pas avec la
même violence. À tout hasard, faites-moi le plaisir de me
soulever un peu, et de m'apporter de quoi écrire deux
lignes qu'il est absolument nécessaire que j'écrive.

Eh ! Jésus Maria ! à quoi est-ce que vous allez rêver,
Mademoiselle ? me dit cette Converse. Vous me faites
peur, il semble que vous vouliez faire votre testament.
Savez-vous bien que vous offensez Dieu d'aller vous
mettre ces choses-là dans l'esprit, au lieu de le remercier
de la grâce qu'il vous fait d'être mieux que vous n'étiez ?
Eh ! ma chère sœur, ne me refusez pas, lui repartis-je ; il
ne s'agit que de deux lignes, il ne faut qu'un instant.

Eh ! mon Dieu ! reprit-elle en se levant, je m'en fais

une conscience[1] ; me voilà toute tremblante, avec vos deux lignes. Tenez, êtes-vous bien ? ajouta-t-elle en me mettant sur mon séant. Oui, lui dis-je ; approchez-moi l'écritoire[2].

La mienne était garnie de tout ce qu'il fallait, et je me hâtai de finir avant que personne arrivât.

« Je donne à Mme de Miran, à qui je dois tout, le contrat que défunt M. de Climal son frère a eu la charité de me laisser. Je donne aussi à la même Dame tout ce que j'ai en ma possession, pour en disposer à sa volonté. » Je signai ensuite *Marianne*, et je gardai le billet que je mis sous mon chevet, dans le dessein de le remettre à ma mère, quand elle serait venue. Elle ne tarda pas ; à peine y avait-il un quart d'heure que mon petit codicille[3] était écrit, qu'elle arriva.

Eh bien ! ma fille, comment es-tu ce matin ? me dit-elle en tâtant le pouls. Encore mieux qu'hier, ce me semble, et je te crois guérie ; il ne te faut plus que des forces.

Je pris alors mon petit papier, et le lui glissai dans la main. Que me donnes-tu là ? s'écria-t-elle ; voyons. Elle l'ouvrit, le lut, et se mit à rire. Que tu es folle, ma pauvre enfant ! me dit-elle ; tu fais des donations et tu te portes mieux que moi (elle avait quelque raison de dire cela, car elle était fort changée) ; va, ma fille, tu as tout l'air de ne faire ton testament de longtemps, et je n'y serai plus quand tu le feras, ajouta-t-elle en déchirant le papier qu'elle jeta dans ma cheminée ; garde ton bien pour mes petits-fils, tu n'auras point d'autres héritiers, je l'espère.

Eh ! pourquoi dites-vous que vous n'y serez plus, ma mère ? Il vaudrait donc mieux que je mourusse aujourd'hui, lui répondis-je, la larme à l'œil.

Paix, me repartit-elle ; n'est-il pas naturel que je finisse

---

1. S'en faire un cas de conscience et en être troublé.   2. Ce qui contient ou renferme les choses nécessaires pour écrire, encre, papier, plume, canif... (A).   3. Disposition écrite, par laquelle un testateur ajoute ou change quelque chose à son testament (A).

avant vous ? Qu'est-ce que cela signifie ? C'est l'extrava-
gance de votre papier qui est cause de ce que je vous dis
là ; songeons à vivre, et hâte-toi de guérir, de peur que
Valville ne soit malade. Je t'avertis qu'il ne s'accommode
point de ne te plus voir. (Notez que je lui en avais toujours
demandé des nouvelles.)

Elle en était là, quand Mlle Varthon et le médecin entrèrent. Celui-ci me trouva fort tranquille et hors d'affaire, à
ma faiblesse près ; de façon que ma mère ne vint plus, et
se contenta les jours suivants d'envoyer savoir comment
je me portais, ou de passer au Couvent pour l'apprendre
elle-même ; et le lendemain ce fut Valville qui vint de sa
part.

Je n'ai pas songé à vous dire que Mme de Miran, durant
ses visites, avait toujours extrêmement caressé Mlle Varthon, et qu'il était arrêté que nous irions, cette belle Étrangère et moi, dîner chez elle, aussitôt que je pourrais sortir.

Or, ce fut à cette Demoiselle que Valville demanda à
parler, tant pour s'informer de mon état, et pour lui faire
à elle-même des compliments de la part de sa mère, que
pour s'acquitter d'un devoir de politesse envers cette
jeune personne, à qui la bienséance voulait qu'il s'intéres-
sât depuis le service qu'il lui avait rendu. Mlle Varthon
était dans ma chambre, lorsqu'on vint l'avertir qu'on souhaitait lui parler de la part de Mme de Miran, sans lui dire
qui c'était.

C'est apparemment vous que cela regarde, me dit-elle
en me quittant pour aller au parloir ; et je ne doutai pas en
effet que je ne fusse l'objet ou de la visite ou du message.

Il est pourtant vrai que Valville n'avait point d'autre
commission que celle de s'informer de ma santé, et que
ce fut lui qui imagina de demander Mlle Varthon, à qui
ma mère lui avait simplement dit de faire faire ses compliments, et voilà tout.

Il se passa bien une demi-heure avant que Mlle Varthon
revînt. Vous remarquerez qu'il n'avait plus été question
avec elle de la suite de mes aventures, depuis le jour où

je lui en avais conté une partie, et qu'elle ignorait totalement que j'aimais Valville, et que je devais l'épouser. Elle avait été indisposée dès le jour de son entrée au Couvent ; deux jours après j'étais tombée malade ; il n'y avait pas eu moyen d'en revenir à la continuation de mon histoire.

Comment donc ! me dit-elle, en rentrant, d'un air content, vous ne m'avez pas dit que ce jeune homme d'une si jolie figure, qui me secourut avec vous dans mon évanouissement, était le fils de Mme de Miran, que j'ai vue depuis si souvent ici, et qui vous aime tant ! Savez-vous bien que c'est lui qui m'attendait dans le parloir ?

Qui ? M. de Valville ? répondis-je avec un peu de surprise. Eh ! que vous voulait-il ? Vous avez été bien longtemps ensemble. Un quart d'heure à peu près, reprit-elle ; il venait, comme on me l'a dit, de la part de sa mère, savoir comment vous vous portez ; elle l'avait aussi chargé de quelques compliments pour moi, et il a cru de son côté me devoir une petite visite de politesse.

Il avait raison, lui répondis-je d'un air assez rêveur ; ne vous a-t-il point donné de lettre pour moi ? Mme de Miran ne m'a-t-elle point écrit ? Non, me dit-elle, il n'y a rien.

Là-dessus quelques Pensionnaires de mes amies entrèrent qui nous firent changer de conversation.

Je ne laissai pas que d'être étonnée que Mme de Miran ne m'eût point écrit : non pas que son silence m'inquiétât, ni que j'attendisse une lettre d'elle ; car il n'était pas nécessaire qu'elle m'écrivît ; je l'avais vue la veille ; on lui apprenait que je me portais toujours de mieux en mieux, et il suffisait bien qu'elle envoyât savoir si cela continuait. Il n'en fallait pas davantage.

Mais ce qui m'étonnait, c'est que Valville, de qui, dans des circonstances peut-être moins intéressantes[1], j'avais reçu de si fréquentes lettres qu'il joignait à celles que m'écrivait sa mère, ou qui m'avait si souvent écrit un mot

_____
1. Dignes d'intérêt.

dans celles de cette dame, ne se fût point avisé en cette occurrence-ci de me donner de pareilles marques d'attention.

Dans le fort de ma maladie, me disais-je, j'avoue que ses lettres n'auraient pas été de saison ; mais j'ai pensé mourir, me voici convalescente, il lui est permis de m'écrire, et il ne m'écrit point, il ne me donne aucun témoignage de sa joie.

Peut-être, dans l'état languissant où je suis encore, a-t-il cru qu'il fallait s'abstenir de m'envoyer un billet à part ; mais il aurait pu, ce me semble, prier sa mère de m'en écrire un, afin d'y joindre quelques lignes de sa main, et il ne songe à rien.

Cette négligence me fâchait ; je ne l'y reconnaissais pas. Qu'est devenu Valville ? Ce n'est plus là son cœur. Cela me chagrinait sérieusement, je n'en revenais point.

J'ai refusé jusqu'à ce jour, me dit Mlle Varthon, pendant que nos compagnes s'entretenaient, d'aller dîner chez une Dame qui est l'intime amie de ma mère, et à laquelle elle m'a recommandée ; vous étiez encore trop malade, et je n'ai pas voulu vous quitter ; mais ce matin, avant que d'entrer chez vous, je lui ai enfin mandé, par un laquais qu'elle m'a envoyé, que j'irais demain chez elle. Je m'en dédirai pourtant si vous le souhaitez, ajouta-t-elle. Voyez, resterai-je ? Je vous avertis que j'aimerais bien mieux être avec vous.

Non, lui répondis-je en lui prenant affectueusement la main, je vous prie d'y aller ; il faut répondre à l'envie qu'elle a de vous voir. Ayez seulement la bonté d'en revenir une demi-heure plus tôt que vous ne le feriez sans moi, et je serai contente.

Mais je ne le serais pas, moi, me repartit-elle, et vous trouverez bon que j'abrège un peu davantage ; je ne prétends point m'y ennuyer si longtemps que vous le dites.

Passons donc au lendemain. Mlle Varthon se rendit chez cette amie de sa mère, dont le carrosse la vint chercher de si bonne heure qu'elle en murmura, qu'elle en fut de mauvaise humeur, et le tout encore à cause de moi avec qui elle était alors. Cependant elle en revint beaucoup plus tard que je ne l'attendais. Je n'ai pas été la maîtresse de quitter, me dit-elle, on m'a retenue malgré moi. Et il n'y avait rien de plus croyable.

Quelques jours après, elle y retourna encore, et puis y retourna ; il le fallait, à moins que de rompre avec la Dame, à ce qu'elle disait, et je n'en doutai point ; mais elle me paraissait en revenir avec un fond de distraction et de rêverie qui ne lui était point ordinaire. Je lui en dis un mot ; elle me répondit que je me trompais, et je n'y songeai plus.

Je commençais à me lever alors, quoique encore assez faible. Ma mère envoyait tous les jours au Couvent pour savoir comment je me portais ; elle m'écrivit même une ou deux fois ; et de lettres de Valville, pas une.

Mon fils est bien impatient de te revoir ; mon fils te querelle d'être si longtemps convalescente ; mon fils devait mettre quelques lignes dans le billet que je t'écris, je l'attendais pour cela ; mais il se fait tard, il n'est pas revenu, et ce sera pour une autre fois.

Voilà toutes les nouvelles que je recevais de lui ; j'en fus si choquée, si aigrie, que, dans mes réponses à ma mère, je ne fis plus aucune mention de lui. Dans ma dernière, je lui marquai que je me sentais assez de force pour me rendre au parloir, si elle voulait avoir la bonté d'y venir le lendemain.

Je ne suis malade que du seul ennui de ne point voir ma chère mère, ajoutai-je ; qu'elle achève donc de me guérir, je l'en supplie. Je ne doutai point qu'elle ne vînt, et elle n'y manqua pas ; mais nous ne prévoyions ni l'une ni l'autre la douleur et le trouble où elle me trouva le lendemain.

La veille de ce jour, je me promenais dans ma chambre avec Mlle Varthon ; nous étions seules.

Vous crûtes vous apercevoir, il y a quelques jours, que

j'étais un peu rêveuse, me dit-elle, et moi je m'aperçois aujourd'hui que vous l'êtes beaucoup. Vous avez quelque chose dans l'esprit qui vous chagrine, et je suis bien trompée si hier matin vous ne veniez pas de pleurer, lorsque j'entrai chez vous. Je ne vous demande point de quoi il s'agit, ma chère compagne ; dans la situation où je suis, je ne puis vous être bonne à rien ; mais votre tristesse m'inquiète, j'en crains les suites ; songez que vous sortez de maladie, et que ce n'est pas le moyen de revenir en parfaite santé que de vous livrer à des pensées fâcheuses ; notre amitié veut que je vous le dise et je n'irai pas plus loin.

Hélas ! je vous assure que vous me prévenez, lui répondis-je ; je n'avais point dessein de vous cacher ce qui me fait de la peine ; mon cœur n'a rien de secret pour vous ; mais il n'y a pas longtemps que je suis bien sûre d'avoir sujet d'être triste, et la journée ne se serait pas passée sans que je vous eusse tout confié. Je n'aurais eu garde de me refuser cette consolation-là.

Oui, Mademoiselle, repris-je, après m'être interrompue par un soupir, oui, j'ai du chagrin ; je vous ai déjà raconté la plus grande partie de mon Histoire ; ma maladie m'a empêchée de vous dire le reste, et le voici en deux mots.

Mme de Miran est cette Dame que, s'il vous en souvient, je vous ai dit que j'avais rencontrée ; vous avez été témoin de ses façons avec moi, on la prendrait pour ma mère, et depuis le premier instant où je l'ai vue, elle en a toujours agi de même.

Ce n'est pas là tout : ce M. de Valville, qui vous vint voir l'autre jour... Eh bien ! ce M. de Valville, me dit-elle sans me donner le temps d'achever, est-ce qu'il vous est contraire ? Saurait-il mauvais gré à sa mère de l'amitié qu'elle a pour vous ?

Non, lui dis-je, ce n'est point cela ; écoutez-moi. M. de Valville est le jeune homme dont je vous ai parlé aussi, chez qui on me porta après ma chute, et qui prit dès lors pour moi la passion la plus tendre, une passion dont je n'ai pu douter. Bien plus, Mme de Miran sait qu'il m'aime, et que je l'aime aussi, sait qu'il veut m'épouser, et malgré mes malheurs consent elle-même à notre mariage qui doit se faire au premier jour, qui a été retardé par hasard, et qui peut-être ne se fera plus ; j'ai du moins lieu d'en désespérer par la conduite que Valville tient actuellement avec moi.

Mlle Varthon ne m'interrompait plus, écoutait d'un air morne, baissait la tête, et même ne me regardait pas ; je ne la voyais que de côté, et cette contenance qu'elle avait, je l'attribuais à la simple surprise que lui causait mon récit.

Vous savez de quel danger je sors, continuai-je, je viens d'échapper à la mort ; avant ma maladie, jamais sa mère ne m'écrivait le moindre billet qu'il n'en joignît un au sien, ou qu'il ne m'écrivît quelque chose dans sa lettre. Et ce même homme qui m'a accoutumée à le voir si tendre et si attentif, lui qui a pensé me perdre, qui a dû être si alarmé de l'état où j'étais, lui qu'à peine j'aurais cru assez fort pour supporter ses frayeurs sur mon compte, qui a dû être si transporté de joie de me voir hors de péril, croiriez-vous, Mademoiselle, que je suis encore à recevoir de ses nouvelles, qu'il ne m'a pas écrit le moindre petit mot, lui qui m'aimait tant, pas un billet ? Cela est-il naturel ? Que veut-il que j'en pense, et que penseriez-vous à ma place ?

Je m'arrêtai là-dessus un moment, Mlle Varthon aussi ; mais elle me laissait toujours un peu derrière elle, restait muette, et ne retournait pas la tête.

Pas une lettre ! répétai-je, lui qui m'en a tant prodigué dans des occasions moins pressantes, encore une fois, le croiriez-vous ? Est-ce que sa tendresse diminue ? est-il inconstant ? est-ce que je perds son cœur, au lieu de la vie que j'aimerais mieux avoir perdue ? Mon Dieu, que je suis agitée ! Mais, dites-moi, Mademoiselle, il me vient une chose dans l'esprit, ne serait-il pas malade ?

Mme de Miran qui sait que je l'aime, ne me le cacherait-
elle point ? Elle m'aime beaucoup aussi, elle peut avoir
peur de m'affliger. N'auriez-vous pas la même bonté
qu'elle ? Cette visite que vous dites avoir reçue de M. de
Valville, ne vous aurait-on pas engagée à la feindre,
pour m'empêcher de soupçonner la vérité ? Car il me
paraît impossible qu'il soit si négligent, et je vous
assure que je serai moins affligée de le savoir malade.
Il est jeune, il en reviendra, Mademoiselle ; au lieu que
s'il était inconstant, il n'y aurait plus de remède ; ainsi
ce dernier motif d'inquiétude est pour moi bien plus
cruel que l'autre. Avouez-moi donc sa maladie, je vous
en conjure, vous me tranquilliserez ; avouez-la de grâce,
je serai discrète. Elle se taisait.

Alors, impatientée de son silence, je l'arrêtai par le
bras, et me mis vis-à-vis d'elle pour l'obliger à me parler.

Mais jugez de mon étonnement quand, pour toute
réponse, je n'entendis que des soupirs, et que je ne vis
qu'un visage baigné de pleurs.

Ah ! Seigneur ! m'écriai-je en pâlissant moi-même ;
vous pleurez, Mademoiselle, qu'est-ce que cela signifie ?
Et je lui demandais ce que mon cœur devinait déjà ; oui,
j'en eus tout d'un coup un pressentiment. J'ouvris les
yeux ; tout ce qui s'était passé pendant son évanouissement me revint dans l'esprit, et m'éclaira.

Nous étions alors près d'un fauteuil, dans lequel elle se
jeta ; je me mis auprès d'elle, et je pleurais aussi.

Achevez, lui dis-je, ne me déguisez rien : ce ne serait
pas la peine, je crois vous entendre. Où avez-vous vu
M. de Valville ? L'indigne ! Est-il possible qu'il ne
m'aime plus !

Hélas ! ma chère Marianne, me répondit-elle, que n'ai-
je su plus tôt tout ce que vous venez de me dire ?

Eh bien ! insistai-je : après, parlez franchement ; est-ce
que vous m'avez ravi son cœur ? Dites donc qu'il m'en
coûte le mien ! répondit-elle. Quoi ! criai-je encore, il

vous aime donc, et vous l'aimez ? Que je suis malheureuse !

Nous sommes toutes deux à plaindre, me dit-elle ; il ne m'a point parlé de vous ; je l'aime, et je ne le verrai de ma vie.

Il ne m'en aimera pas davantage, lui répondis-je en versant à mon tour un torrent de larmes ; il ne m'en aimera pas davantage. Ah ! mon Dieu, où en suis-je, et que ferai-je ? Hélas ! ma mère, je ne serai donc point votre fille ! C'est donc en vain que vous avez été si généreuse ! Quoi ? vous, monsieur de Valville, vous, infidèle pour Marianne après tant d'amour ! Vous l'abandonnez ! Et c'est vous, Mademoiselle, qui me l'ôtez ; vous, qui avez eu la cruauté de m'aider à guérir ! Eh ! que ne me laissiez-vous mourir ? Comment voulez-vous que je vive ? Je vous ai donné mon cœur à tous deux, et tous deux vous me donnez la mort. Ah ! je ne survivrai pas à ce tourment-là, je l'espère ; Dieu m'en fera la grâce, et je sens que je me meurs.

Ne me reprochez rien, me dit-elle d'un ton plein de douleur ; je ne suis pas capable d'une perfidie, je vous conterai tout ; il m'a trompée.

Il vous a trompée ? repartis-je. Eh ! pourquoi l'écoutiez-vous, Mademoiselle ? Pourquoi l'aimer, pourquoi souffrir qu'il vous aimât ? Votre mère venait de partir, vous étiez dans l'affliction, et vous avez le courage d'aimer ! D'ailleurs, il n'était point mon frère, vous le saviez, vous nous aviez trouvés ensemble ; il est aimable, et je suis jeune ; était-il si difficile de soupçonner que nous nous aimions peut-être ? et quelle excuse avez-vous ? Mais, encore une fois, où l'avez-vous vu ? vous vous connaissiez donc ? Comment avez-vous fait pour m'arracher sa tendresse ? On n'en avait jamais eu tant qu'il en avait, et jamais il n'en trouvera tant que j'en avais moi-même. Il me regrettera, mais je n'y serai plus ; il se ressouviendra combien je l'aimais, il pleurera ma mort. Vous aurez la douleur de le voir ; vous vous reprocherez de m'avoir trahie, et jamais vous ne serez heureuse !

Moi ! vous avoir trahie ! me répondit-elle. Eh ! ma chère Marianne, vous avouerais-je que je l'aime, si je n'avais pas moi-même été surprise, et ne vais-je pas être la victime de tout ceci ? Tâchez de vous calmer un moment pour m'entendre, vous avez le cœur trop bon pour être injuste, et vous l'êtes ; vous allez en juger par ma sincérité.

Je n'avais jamais vu Valville avant la faiblesse dans laquelle je tombai au départ de ma mère ; vous savez qu'il me secourut avec empressement.

Dès que je fus revenue à moi, le premier objet qui me frappa, ce fut lui, qui était à mes genoux. Il me tenait la main. Je ne sais si vous remarquâtes les regards qu'il jetait sur moi. Toute faible que j'étais, j'y pris garde ; il est aimable, vous en convenez ; je le trouvai de même ; il ne cessa presque point d'avoir les yeux sur moi, jusqu'au moment où je m'enfermai ; et par malheur rien de tout cela ne m'échappa.

J'ignorais qui il était. Ce que vous me contâtes de votre histoire ne me l'apprit point ; il est vrai que je pensais quelquefois à lui, mais comme à quelqu'un que je ne croyais pas revoir. On vint quelques jours après m'avertir qu'une personne (qu'on ne nommait pas) souhaitait de me parler de la part de Mme de Miran. J'étais avec vous alors ; je descendis ; et c'était lui qui m'attendait.

Je rougis en le voyant ; il me parut embarrassé, et son embarras me rendit honteuse. Il me demanda en souriant si je le reconnaissais, si je n'avais pas oublié que je l'avais vu. Il me dit que mon évanouissement l'avait fait trembler, que de sa vie il n'avait été si attendri que de l'état où il m'avait vue ; qu'il l'avait toujours présent ; que son cœur en avait été frappé ; et tout de suite me conjura de lui pardonner la naïveté avec laquelle il s'expliquait là-dessus.

Pendant qu'elle me parlait ainsi, elle ne s'apercevait

point que son récit me tuait ; elle n'entendait ni mes soupirs, ni mes sanglots ; elle pleurait trop elle-même pour y faire attention ; et tout cruel qu'était ce récit, mon cœur s'y attachait pourtant, et ne pouvait renoncer au déchirement qu'il me causait.

Et moi, continua-t-elle, je fus si émue de tous ses discours, que je n'eus pas la force de les arrêter ; il ne me dit pourtant point qu'il m'aimait, mais je sentais bien que ce n'était que cela qu'il me voulait dire ; et il me le disait d'une façon dont il n'aurait pas été raisonnable de me fâcher.

J'ai tenu cette belle main que je vois dans les miennes, ajouta-t-il encore, je l'ai tenue. Vous me vîtes à vos genoux, quand vous commençâtes à ouvrir les yeux ; j'eus bien de la peine à m'en ôter ; et je m'y jette encore toutes les fois que j'y pense.

Ah ! Seigneur ! il s'y jette ! m'écriai-je ici ; il s'y jetait pendant que je me mourais ! Hélas ! je suis donc bien effacée de son cœur ! Il ne m'a jamais rien dit de si tendre.

Je ne me rappelle plus ce que je lui répondis, poursuivit-elle ; tout ce que je sais, c'est que je finis par lui dire que je me retirais, qu'un pareil entretien n'avait que trop duré ; et il s'excusa avec un air de soumission et de respect qui m'apaisa.

Je m'étais déjà levée ; il me parla de ma mère ; et puis de l'envie que la sienne avait de me voir chez elle ; il me parla encore de Mme la Marquise de Kilnare, qu'il ne doutait point que je ne connusse, et dont il me dit qu'il était fort connu aussi ; et cette Dame est celle chez qui j'ai été trois ou quatre fois depuis votre convalescence. Il ajouta qu'il voyait assez souvent un de ses parents, et qu'ils devaient, je pense, souper ce même soir ensemble. Enfin, lorsque j'allais le quitter : j'oubliais, me dit-il, une lettre que ma mère m'a chargé de vous remettre de sa part, Mademoiselle. Il rougit en me la présentant ; je la pris, croyant de bonne foi qu'elle était de Mme de Miran ; et

point du tout, dès qu'il fut sorti, je vis qu'elle était de lui.
Je l'ouvris en revenant chez vous dans l'intention de vous
la porter, je n'en fis pourtant rien ; et vous y verrez la
raison qui m'en empêcha.

Elle tira alors cette lettre de sa poche, me la donna tout
ouverte, et me dit : Lisez. Je la pris d'une main tremblante, et je n'osais en regarder le caractère. À la fin pourtant je jetai les yeux dessus, et la mouillant de mes
larmes : Il écrit, mais ce n'est plus à moi, dis-je, mais ce
n'est plus à moi !

Je fus si pénétrée de cette réflexion, j'en eus le cœur si
serré, que je fus longtemps comme étouffée par mes soupirs, et sans pouvoir commencer la lecture de cette lettre,
qui était courte, et dont voici les termes :

« Depuis le jour de votre accident, Mademoiselle, je ne
suis plus à moi [1]. En venant ici aujourd'hui, j'ai prévu que
mon respect m'empêcherait de vous le dire ; mais j'ai
prévu aussi que mon trouble et mes regards timides vous
le diraient ; vous m'avez vu en effet trembler devant vous,
et vous avez voulu vous retirer sur-le-champ. Je crains
que cette lettre-ci ne vous irrite aussi, cependant mon
cœur n'y sera pas plus hardi qu'il l'a été tantôt ; il y
tremble encore, et voici simplement de quoi il est question. Vous aurez sans doute accordé votre amitié à
Mlle Marianne, et il y a quelque apparence qu'au sortir du
parloir vous irez lui confier votre étonnement, hélas !
peut-être votre indignation sur mon compte ; et vous me
nuirez auprès de ma mère, que j'instruirai moi-même dans
un autre temps, mais qu'il ne serait pas à propos qu'on
instruisît aujourd'hui, et à qui pourtant Mlle Marianne
conterait tout. J'ai cru devoir vous en avertir. Mon secret
m'est échappé, je vous adore, je n'ai pas osé vous le dire,
mais vous le savez. Il ne serait pas temps qu'on le sût, et
vous êtes généreuse. »

Remettons la suite de cet événement à la huitième par-

---

1. Je ne suis plus moi-même.

tie, Madame ; je vous en ôterais l'intérêt, si j'allais plus loin sans achever. Mais l'histoire de cette Religieuse que vous m'avez tant de fois promise, quand viendra-t-elle ? me dites-vous. Oh ! pour cette fois-ci, voilà sa place ; je ne pourrai plus m'y tromper ; c'est ici que Marianne va lui confier son affliction ; et c'est ici qu'à son tour elle essayera de lui donner quelques motifs de consolation, en lui racontant ses aventures.

HUITIÈME PARTIE

J'ai ri de tout mon cœur, Madame, de votre colère contre mon infidèle. Vous me demandez quand viendra la suite de mon Histoire ; vous me pressez de vous l'envoyer. Hâtez-vous donc, me dites-vous, je l'attends ; mais de grâce, qu'il n'y soit plus question de Valville ; passez tout ce qui le regarde ; je ne veux plus entendre parler de cet homme-là.

Il faut pourtant que je vous en parle, Marquise ; mais que cela ne vous inquiète pas ; je vais d'un seul mot faire tomber votre colère, et vous rendre cet endroit de mes aventures le plus supportable du monde.

Valville n'est point un monstre comme vous vous le figurez. Non, c'est un homme fort ordinaire, Madame ; tout est plein de gens qui lui ressemblent, et ce n'est que par méprise que vous êtes si indignée contre lui, par pure méprise.

C'est qu'au lieu d'une histoire véritable, vous avez cru lire un roman. Vous avez oublié que c'était ma vie que je vous racontais : voilà ce qui a fait que Valville vous a tant déplu ; et dans ce sens-là, vous avez eu raison de me dire : Ne m'en parlez plus. Un Héros de Roman infidèle ! on n'aurait jamais rien vu de pareil. Il est réglé qu'ils doivent tous être constants ; on ne s'intéresse à eux que sur ce pied-là, et il est d'ailleurs si aisé de les rendre tels ! il n'en coûte rien à la nature, c'est la fiction qui en fait les frais.

Oui, d'accord. Mais, encore une fois, calmez-vous ;
revenez à mon objet, vous avez pris le change. Je vous
récite[1] ici des faits qui vont comme il plaît à l'instabilité
des choses humaines, et non pas des aventures d'imagination qui vont comme on veut. Je vous peins, non pas un
cœur fait à plaisir, mais le cœur d'un homme, d'un Français qui a réellement existé de nos jours.

Homme, Français, et contemporain des Amants de notre
temps, voilà ce qu'il était. Il n'avait pour être constant
que ces trois petites difficultés à vaincre : entendez-vous,
Madame ? Ne perdez point cela de vue. Faites-vous ici un
spectacle de ce cœur naturel, que je vous rends tel qu'il
a été, c'est-à-dire avec ce qu'il a eu de bon et de mauvais.
Vous l'avez d'abord trouvé charmant, à présent vous le
trouvez haïssable, et bientôt vous ne saurez plus comment
le trouver ; car ce n'est pas encore fait, nous ne sommes
pas au bout.

Valville, qui m'aime dès le premier instant avec une
tendresse aussi vive que subite (tendresse ordinairement
de peu de durée ; il en est d'elle comme de ces fruits qui
passent vite, à cause qu'ils ont été mûrs de trop bonne
heure) ; Valville, dis-je, à sa volage humeur près, fort
honnête homme, mais né extrêmement susceptible d'impression, qui rencontre une Beauté mourante qui le touche,
et qui me l'enlève : ce Valville ne m'a pas laissée pour
toujours ; ce n'est pas là son dernier mot. Son cœur n'est
pas usé pour moi, il n'est seulement qu'un peu rassasié
du plaisir de m'aimer, pour en avoir trop pris d'abord.

Mais le goût lui en reviendra : c'est pour se reposer
qu'il s'écarte ; il reprend haleine, il court après une nouveauté, et j'en redeviendrai une pour lui plus piquante que
jamais : il me reverra, pour ainsi dire, sous une figure
qu'il ne connaît pas encore ; ma douleur et les dispositions d'esprit où il me trouvera me changeront, me donne-
ront d'autres grâces. Ce ne sera plus la même Marianne.

---

1. Raconter, faire un récit (A).

Je badine de cela aujourd'hui ; je ne sais pas comment j'y résistai alors. Continuons, et rentrons dans tout le pathétique de mon aventure.

Nous sommes à la lettre de Valville que je lisais, et que j'achevais malgré les soupirs qui me suffoquaient. Mlle Varthon avait les yeux fixés à terre, et paraissait rêver profondément en pleurant.

Pour moi, la tête renversée dans mon fauteuil, je restai presque sans sentiment. À la fin je me soulevai, et me mis à regarder cette lettre. Ah ! Valville, m'écriai-je, je n'avais donc qu'à mourir ! Et puis, tournant les yeux sur Mlle Varthon : Ne vous affligez pas, Mademoiselle, lui dis-je ; vous serez bientôt libre de vous aimer tous deux ; je ne vivrai pas longtemps. Voilà du moins le dernier de tous mes malheurs.

À ce discours, cette jeune personne, sortant tout d'un coup de sa rêverie, et m'apostrophant d'un air assuré :

Eh ! pourquoi voulez-vous mourir ? me dit-elle. Pour qui êtes-vous si désolée ? Est-ce là un homme digne de votre douleur, digne de vos larmes ? Est-ce là celui que vous avez prétendu aimer ? Est-il tel que vous le pensiez ? Auriez-vous fait cas de lui, si vous l'aviez connu ? Vous y seriez-vous attachée ? Auriez-vous voulu de son cœur ? Il est vrai que vous l'avez cru aimable, j'ai cru aussi qu'il l'était ; et vous vous trompiez, je me trompais. Allez, Marianne, cet homme-là n'a point de caractère [1], il n'a pas même un cœur ; on n'appelle pas cela en avoir un. Votre Valville est méprisable. Ah ! l'indigne, il vous aime, il va vous épouser : vous tombez malade, on lui dit que votre vie est en danger ; qu'en arrive-t-il ? Qu'il vous oublie. C'est ce temps-là qu'il prend pour me venir dire qu'il m'aime, moi qu'il n'avait jamais vue qu'un instant, qui ne lui avais pas dit deux mots ! Eh ! qu'est-ce que c'est donc que cet amour qu'il avait pour vous ? Quel nom donner, je vous prie, à celui qu'il a pour moi ? D'où

---

1. Pas de force de caractère.

lui est venue cette fantaisie de m'aimer dans de pareilles
circonstances ? Hélas ! je vais vous le dire : c'est qu'il
m'a vue mourante. Cela a remué cette petite âme faible,
qui ne tient à rien, qui est le jouet de tout ce qu'elle
voit d'un peu singulier[1]. Si j'avais été en bonne santé, il
n'aurait pas pris garde à moi ; c'est mon évanouissement
qui en a fait un infidèle. Et vous qui êtes si aimable, si
capable de faire des passions[2], peut-être avez-vous eu
besoin d'être infortunée, et d'être dangereusement tombée à sa porte, pour le fixer quelques mois. Je conviens
avec vous qu'il vous a regardée beaucoup à l'Église ;
mais c'est à cause que vous êtes belle ; et il ne vous aurait
peut-être pas aimée sans votre situation et sans votre
chute.

Hélas ! n'importe, il m'aimait ! m'écriai-je en l'interrompant ; il m'aimait, et vous me l'avez ôté ; je n'avais
peut-être que vous seule à craindre dans le monde.

Laissez-moi achever, me répondit-elle, je n'ai pas tout
dit. Je vous ai avoué qu'il m'a plu ; mais ne vous imaginez pas qu'il le sache, il n'en a pas le moindre soupçon ;
il n'y a que vous qui pouvez l'en instruire, il ne mérite
pas de le savoir ; et toute indisposée que vous êtes sans
doute aujourd'hui contre moi, je vous prie, mademoiselle,
gardez-moi le secret là-dessus, si ce n'est par amitié, du
moins par générosité. Une fille d'un aussi bon caractère
que vous n'a que faire d'aimer les gens pour en user bien
avec eux, surtout quand elle n'a pas un juste sujet d'en
être mécontente. Adieu, Marianne, ajouta-t-elle en se
levant ; je vous laisse la lettre de Valville, faites-en
l'usage qu'il vous plaira ; montrez-la à Mme de Miran,
montrez-la à son fils, j'y consens. Ce qu'il a osé m'y
écrire ne me compromet en rien ; et si par hasard mon
témoignage vous est nécessaire, si vous souhaitez que je
paraisse pour le confondre[3], je suis si indignée contre lui,

---

1. D'un peu original ou différent.   2. Faire naître des passions
amoureuses.   3. Troubler, mettre en désordre, couvrir de honte (A).

je me soucie si peu de le ménager, je le dédaigne tant, lui et son ridicule amour, que je m'associe de bon cœur à votre vengeance. Au surplus, mon parti est pris : je ne le verrai plus, à moins que vous ne l'exigiez ; j'oublierai même que je l'ai vu, ou s'il arrive que je le revoie, je ne le reconnaîtrai pas ; car de lui faire l'honneur de le fuir, il n'en vaut pas la peine. Quant à vous, je ne vous crois ni ambitieuse ni intéressée ; et si vous n'êtes que tendre et raisonnable, en vérité, vous ne perdez rien. Le cœur de Valville n'est pas ce qu'il vous faut, il n'est point fait pour payer le vôtre, et ce n'est pas sur lui que doit tomber votre tendresse ; c'est comme si vous n'aviez point eu d'amant.

Ce n'est point en avoir un que d'avoir celui de tout le monde. Valville était hier le vôtre ; il est aujourd'hui le mien, à ce qu'il dit ; il sera demain celui d'une autre, et ne sera jamais celui de personne. Laissez-le donc à tout le monde, à qui il appartient ; et réservez, comme moi, votre cœur pour quelqu'un qui pourra vous donner le sien, et ne le donner jamais qu'à vous.

Après ces mots elle vint m'embrasser, sans que je fisse aucun mouvement. Je la regardai, voilà tout. Je jetai des yeux égarés sur elle ; elle prit une de mes mains qu'elle pressa dans les siennes. Je la laissai faire, et n'eus la force ni de lui répondre ni de lui rendre ses caresses ; je ne savais si je devais l'aimer ou la haïr, la traiter de rivale ou d'amie.

Il me semble cependant que dans le fond de mon âme je lui sus quelque gré de ces témoignages de franchise et d'amitié que je reçus d'elle, aussi bien que du parti qu'elle prenait de ne plus voir Valville.

Je l'entendis soupirer en me quittant. Je ne vous verrai que demain, me dit-elle, et j'espère vous retrouver plus tranquille, et plus sensible à notre amitié.

À tout cela, nulle réponse de ma part ; je la suivis seulement des yeux jusqu'à ce qu'elle fût sortie.

Me voilà donc seule, immobile, et toujours renversée

dans mon fauteuil, où je restai bien encore une demi-heure dans une si grande confusion de pensée et de mouvements, que j'en étais comme stupide.

La Religieuse dont je vous ai quelquefois parlé, qui m'aimait et que j'aimais, entra et me surprit dans cet accablement de cœur et d'esprit. J'eus beau la voir, je n'en remuai pas davantage, et je crois que toute la communauté serait entrée, que ç'aurait été de même.

Il y a des afflictions où l'on s'oublie, où l'âme n'a plus la discrétion de faire aucun mystère de l'état où elle est. Vienne qui voudra, on ne s'embarrasse guère de servir de spectacle, on est dans un entier abandon de soi-même ; et c'est ainsi que j'étais.

Cette Religieuse, étonnée de mon immobilité, de mon silence et de mes regards stupides, s'avança avec une espèce d'effroi.

Eh ! mon Dieu, ma fille, qu'est-ce que c'est ? Qu'avez-vous ? me dit-elle ; venez-vous de vous trouver mal ?

Non, lui répondis-je. Et j'en restai là.

Mais de quoi s'agit-il ? Vous voilà pâle, abattue, et vous pleurez, je pense. Avez-vous reçu quelque mauvaise nouvelle ?

Oui, lui repartis-je encore. Et puis je me tus.

Elle ne savait que penser de mes monosyllabes et de l'air imbécile dont je les prononçais.

Alors elle aperçut cette lettre qui était sur moi, que je tenais encore d'une main faible, et que j'avais trempée de mes larmes.

Est-ce là le sujet de votre affliction, ma chère enfant ? ajouta-t-elle en me la prenant, et me permettez-vous de voir ce que c'est ?

Oui. (C'est encore moi qui réponds.) Eh ! de qui est-elle ? Hélas ! de qui elle est ! Je n'en pus dire davantage, mes pleurs me coupèrent la parole.

Elle en fut touchée, je vis qu'elle s'essuyait les yeux ; ensuite elle lut la lettre. Il ne lui fut pas difficile de juger de qui elle était, elle savait mes affaires ; elle voyait dans

cette lettre une déclaration d'amour ; on priait la personne
à qui on l'adressait de ne m'en rien dire ; on y parlait de
Mme de Miran, qui devait l'ignorer aussi. Ajoutez à cela
l'affliction où j'étais ; tout concluait que Valville avait
écrit la lettre, et que je venais en ce moment d'apprendre
son infidélité.

Allons, Mademoiselle, je suis au fait, me dit-elle. Vous
pleurez, vous êtes consternée ; ce coup-ci vous accable,
et j'entre dans votre douleur. Vous êtes jeune, et vous
manquez d'expérience ; vous êtes née avec un bon cœur,
avec un cœur simple et sans artifice[1] ; le moyen que vous
ne soyez pas pénétrée de l'accident qui vous arrive ? Oui,
Mademoiselle, plaignez-vous, soupirez, répandez des
larmes dans ce premier instant-ci ; moi qui vous parle, je
connais votre situation, je l'ai éprouvée, je m'y suis vue,
et je fus d'abord aussi affligée que vous ; mais une amie
que j'avais, qui était à peu près de l'âge que j'ai à présent,
et qui me surprit dans l'état où je vous vois, entreprit
de me consoler ; elle me parla raison, me dit des choses
sensibles. Je l'écoutai, et elle me consola.

Elle vous consola ! m'écriai-je en levant les yeux au
ciel ; elle vous consola, Madame ?

Oui, me répondit-elle. Vous ne comprenez pas que cela
se puisse, et je pensais comme vous.

Voyons, me dit cette amie, de quoi vous désespérez-
vous ? de l'accident du monde le plus fréquent[2], et qui
tire le moins à conséquence pour vous. Vous aimiez un
homme qui vous aimait et qui vous quitte, qui s'attache
ailleurs ; et vous appelez cela un grand malheur ? Mais
est-il bien vrai que c'en soit un, et ne se pourrait-il pas
que ce fût le contraire ? Que savez-vous s'il n'est pas
avantageux pour vous que cet homme-là ait cessé de vous
aimer, si vous ne vous seriez pas repentie de l'avoir
épousé, si sa jalousie, son humeur, son libertinage ; si

---

1. Ruse, déguisement, fraude (A).   2. On aurait tendance à lire
aujourd'hui « de l'accident le plus fréquent du monde ».

mille défauts essentiels qu'il peut avoir et que vous ne
connaissez point, ne vous auraient pas fait gémir le reste
de votre vie ? Vous ne regardez que le moment présent,
jetez votre vue un peu plus loin. Son infidélité est peut-
être une grâce que le Ciel vous a faite ; la Providence qui
nous gouverne est plus sage que nous, voit mieux ce qu'il
nous faut, nous aime mieux que nous ne nous aimons
nous-mêmes, et vous pleurez aujourd'hui de ce qui sera
peut-être dans peu de temps le sujet de votre joie. Mettez-
vous bien dans l'esprit que vous ne deviez pas épouser
celui dont il est question, et qu'assurément ce n'était pas
votre destinée ; qu'il est très possible que vous y gagniez,
comme j'y ai gagné moi-même, ajouta-t-elle, à ne pas
épouser un jeune homme riche, à qui j'étais chère, qui me
l'était, et qui me laissa aussi pour en aimer une autre qui
est devenue sa femme, qui est malheureuse à ma place,
et qui, avant que d'être à lui, aurait eu l'aveugle folie de
se consumer en regrets, s'il l'avait quittée à son tour.
Vous m'allez dire que vous l'aimez, que vous n'avez
point de bien, et qu'il aurait fait votre fortune. Soit ; mais
n'avez-vous que son infidélité à craindre ? Était-il à l'abri
d'une maladie ? Ne pouvait-il pas mourir ? et en ce cas,
tout était-il perdu ? N'y avait-il plus de ressources pour
vous ? et celles qui vous seraient restées, son inconstance
vous les ôte-t-elle ? Ne les avez-vous pas aujourd'hui ?
Vous l'aimez : pensez-vous que vous ne pourrez jamais
aimer que lui, et qu'à cet égard tout est terminé pour
vous ? Eh ! mon Dieu, Mademoiselle, est-ce qu'il n'y a
plus d'hommes sur la terre, et de plus aimables que lui,
d'aussi riches, de plus riches même, de plus grande distinction, qui vous aimeront davantage, et parmi lesquels
il y en aura quelqu'un que vous aimerez plus que vous
n'avez aimé l'autre ? Que signifie votre désolation ?
Quoi ! Mademoiselle, à votre âge ! Eh ! vous êtes si jeune,
vous ne faites que commencer à vivre. Tout vous rit ;
Dieu vous a donné de l'esprit, du caractère, de la figure,
vous avez mille heureux hasards à attendre, et vous vous

désespérez à cause qu'un homme, qui reviendra peut-être, et dont vous ne voudrez plus, vous manque de parole !

Voilà ce que mon amie me dit dans les premiers moments de ma douleur, ajouta ma Religieuse ; et je vous le dirai aussi, quand vous pourrez m'entendre.

Ici je fis un soupir, mais de ces soupirs qui nous échappent quand on nous dit quelque chose qui adoucit le chagrin où nous sommes.

Elle s'en aperçut. Ces motifs de consolation me touchèrent, me dit-elle tout de suite, et ils doivent vous toucher encore davantage ; ils vous conviennent plus qu'ils ne me convenaient. Mon amie me parlait de mes ressources ; vous en avez plus que je n'en avais ; je ne vous le dis pas pour vous flatter. J'étais assez passable, mais ce n'était ni votre figure, ni vos grâces, ni votre physionomie : il n'y a pas de comparaison. À l'égard de l'esprit et des qualités de l'âme, vous avez des preuves de l'impression que vous faites à tout le monde de ce côté-là ; vous voyez l'estime et la tendresse que Mme de Miran a pour vous ; je ne sache dans notre maison personne de raisonnable qui ne soit prévenue [1] en votre faveur. Mme Dorsin, dont vous m'avez parlé, et qui passe pour si bon juge du mérite, serait une autre Mme de Miran pour vous, si vous vouliez. Vous avez plu à tous ceux qui vous ont vue chez elle ; partout où vous avez paru, c'est de même ; nous en savons quelque chose. Je me compte pour rien, mais je ne m'attache pas aisément ; j'y suis difficile [2], et je me suis tout d'un coup intéressée à vous. Eh ! qui est-ce qui ne s'y intéressera pas ? Qu'est-ce pour vous qu'un amant de moins, qui se déshonore en vous quittant, qui ne fait tort qu'à lui et non pas à vous, et qui, de tous les partis qui se présenteront, n'est pas à mon gré le plus considérable.

Ainsi, soyez tranquille, Marianne, mais je dis absolument tranquille ; il n'est pas question ici d'un grand effort

---

1. Ne soit gagnée à votre cause, ne vous soit favorable.   2. *Y* renvoie de façon libre à une phrase ou à une idée (D).

de raison pour l'être ; et le moindre petit sentiment de fierté, joint à tout ce que je viens de vous dire, est plus qu'il n'en faut pour vous consoler.

Je la regardai alors, moitié vaincue par ses raisons, et moitié attendrie de reconnaissance pour toute la peine que je lui voyais prendre afin de me persuader ; et je laissai même tomber amicalement[1] mon bras sur elle, d'un air qui signifiait : Je vous remercie, il est bien doux d'être entre vos mains.

Et c'était là en effet ce que je sentais, ce qui marquait que ma douleur se relâchait. Nous sommes bien près de nous consoler quand nous nous affectionnons aux gens qui nous consolent.

Cette obligeante fille resta encore une heure avec moi, toujours à me dire des choses du monde les plus insinuantes[2], et qu'elle avait l'art de me faire trouver sensées. Il est vrai qu'elles l'étaient, je pense ; mais pour m'y rendre attentive, il fallait encore y joindre l'attrait de ce ton affectueux, de cette bonté de cœur avec laquelle elle me les disait.

La cloche l'appela pour souper ; quant à moi, on m'apportait encore à manger dans ma chambre.

Ah çà ! me dit-elle en riant, je vous laisse. Mais ce n'est plus un enfant sans réflexion que je quitte, comme vous l'étiez lorsque je suis arrivée ; c'est une fille raisonnable, qui se connaît et qui se rend justice. Eh ! Seigneur, à quoi songiez-vous avec vos soupirs et votre accablement ? ajouta-t-elle. Oh ! je ne vous le pardonnerai pas sitôt, et je prétends vous appeler petite fille encore longtemps à cause de cela.

Je ne pus, à travers ma tristesse, m'empêcher de sourire à ce discours badin, qui ne laissait pas que d'avoir sa

---

1. Marivaux avait écrit « amicablement », employant un néologisme forgé peut-être par lui. L'édition de 1781 corrige en « amicalement » (D).   2. N'a pas de sens défavorable, même si le terme moderne employé ici serait « flatteuses ».

force, et qui me disposait tout doucement à penser qu'en effet je m'exagérais mon malheur. Est-ce que nos amis le prendraient sur ce ton-là avec nous, si le motif de notre affliction était si grave ? Voilà à peu près ce qui s'insinue dans notre esprit, quand nous voyons nos amis n'y faire pas plus de façon en nous consolant.

Là-dessus elle partit. Une Sœur Converse m'apporta à souper ; elle rangea quelque chose[1] dans ma chambre. Cette bonne fille était naturellement gaie. Allons, allons, me dit-elle, vous voilà déjà presque aussi vermeille qu'une rose ; notre maladie est bien loin, il n'y paraît plus ; ne ferez-vous pas un petit tour de jardin après souper ?

Non, lui dis-je. Je me sens fatiguée, et je crois que je me coucherai dès que j'aurai mangé.

Eh bien ! à la bonne heure, pourvu que vous dormiez, me répondit-elle ; ceux qui dorment valent bien ceux qui se promènent. Aussitôt elle s'en alla.

Vous jugez bien que je fis un souper léger, et quoique ma Religieuse eût un peu ramené mon esprit, et m'eût mise en état de me calmer moi-même, il me restait toujours un grand fond de tristesse.

Je repassais sur tous ses discours. Vous ne faites que commencer à vivre, m'avait-elle dit. Et elle a raison, me répondais-je, ceci ne décide encore de rien ; je dois me préparer à bien d'autres événements. D'autres que lui m'aimeront, il le verra, et ils lui apprendront à estimer mon cœur. Et c'est en effet ce qui arrive souvent, soit dit en passant.

Un volage est un homme qui croit vous laisser comme solitaire : se voit-il ensuite remplacé par d'autres, ce n'est plus là son compte ; il ne l'entendait pas ainsi, c'est un accident qu'il n'avait pas prévu ; il dirait volontiers : est-ce bien elle ? Il ne savait pas que vous aviez tant de charmes.

---

1. Peut-être au sens d'arranger quelque chose.

De nouvelles idées succédaient à celles-là. Faut-il que le plus aimable de tous les hommes, oui, le plus aimable, le plus tendre, on a beau dire, je n'en trouverai point comme lui, faut-il que je le perde ? Ah ! Monsieur de Valville, les grâces de Mlle Varthon ne vous justifieront pas, et j'aurai peut-être autant de partisans qu'elle. Là-dessus je pleurai, et je me couchai.

Parmi tant de pensées qui me roulaient dans la tête, il y en eut une qui me fixa[1].

Eh quoi ! avec de la vertu, avec de la raison, avec un caractère et des sentiments qu'on estime, avec ma jeunesse et les agréments qu'on dit que j'ai, j'aurais la lâcheté de périr d'une douleur qu'on croira peut-être intéressée, et qui entretiendra encore la vanité d'un homme qui en use si indignement !

Cette dernière réflexion releva mon courage ; elle avait quelque chose de noble qui m'y attacha, et qui m'inspira des résolutions qui me tranquillisèrent. Je m'arrangeai sur la manière dont j'en agirais avec Valville, dont je parlerais à Mme de Miran dans cette occurrence.

En un mot, je me proposai une conduite qui était fière, modeste, décente, digne de cette Marianne dont on faisait tant de cas ; enfin une conduite qui, à mon gré, servirait bien mieux à me faire regretter de Valville, s'il lui restait du cœur, que toutes les larmes que j'aurais pu répandre, qui souvent nous dégradent aux yeux même de l'amant que nous pleurons, et qui peuvent jeter du moins un air de disgrâce sur nos charmes.

De sorte qu'enthousiasmée moi-même de mon petit plan généreux, je m'assoupis insensiblement et ne me réveillai qu'assez tard ; mais aussi ne me réveillai-je que pour soupirer.

Dans une situation comme la mienne, avec quelque industrie qu'on se secoure, on est sujette à de fréquentes rechutes, et tous ces petits repos qu'on se procure sont

---

1. Une pensée à laquelle je m'arrêtai.

bien fragiles. L'âme n'en jouit qu'en passant, et sait bien qu'elle n'est tranquille que par un tour d'imagination qu'il faudrait qu'elle conservât, mais qui la gêne trop ; de façon qu'elle en revient toujours à l'état qui lui est plus commode, qui est d'être agitée.

Et c'est aussi ce qui m'arriva. Je songeai que non seulement Valville était un infidèle, mais que Mme de Miran ne serait plus ma mère. Ah ! Seigneur, n'être point sa fille, ne point occuper cet appartement qu'elle m'avait montré chez elle !

Souvenez-vous-en, Madame. De cet appartement j'aurais passé dans le sien ; quelle douceur ! Elle me l'avait dit avec tant de tendresse ! Je me l'étais promis, j'y comptais, et il fallait y renoncer ! Valville ne voulait plus que cela s'accomplît ; et dans mon petit arrangement de la veille, je n'avais point songé à cet article-là.

Et ce portrait de ma mère, Madame, que deviendrat-il ? ce portrait que j'avais demandé, qu'elle m'avait assuré qu'on mettrait dans ma chambre, qui y était peutêtre déjà, et qui y était inutilement pour moi ? Que de douleurs ! Il m'en venait toujours de nouvelles.

J'attendais Mme de Miran ce jour-là ; mais je ne l'attendais que l'après-midi, et cependant elle arriva le matin.

Ma Religieuse, qui était venue chez moi quelques instants après que j'avais été habillée, et dont l'entretien m'avait encore soulagée, cette religieuse, dis-je, était à peine sortie que je vis entrer Mlle Varthon.

Il n'était qu'onze heures du matin ; elle me parut abattue, mais moins triste que la veille. Je lui fis un accueil qu'on ne pouvait appeler ni froid ni prévenant, qui était mêlé de beaucoup de langueur ; et franchement, malgré tout ce qu'elle m'avait dit, j'avais quelque peine à la voir. Je ne sais si elle y prit garde, mais sans témoigner y faire attention.

J'ai cru devoir vous apprendre une chose, me dit-elle d'un air ouvert, mais à travers lequel j'aperçus de l'embarras : c'est que je sors d'avec M. de Valville.

Elle s'arrêta là, comme honteuse elle-même de la nouvelle qu'elle m'apprenait.

À ce début si étonnant pour moi, après tout ce qu'elle m'avait dit à cet égard, je soupirai d'abord. Ensuite : Je n'ai pas de peine à le croire, lui répondis-je toute consternée.

N'allez pas me condamner sans m'entendre, reprit-elle aussitôt. Je vous avais assuré que je ne le verrais plus, et c'était mon intention ; mais je n'ai pas deviné que c'était lui qui était là-bas (et là-dessus elle disait vrai, je l'ai su depuis).

On est venu m'avertir qu'on me demandait de la part de Mme de Miran, continua-t-elle, et vous sentez bien que je ne pouvais pas me dispenser de paraître ; il y aurait eu de l'impolitesse, et même de la malhonnêteté à refuser de descendre sans avoir d'excuse valable à alléguer. Ainsi il a fallu me montrer, quoique avec répugnance, car j'ai hésité d'abord ; il semblait que j'avais un pressentiment de ce qui allait m'arriver. Jugez de mon étonnement quand j'ai trouvé M. de Valville au parloir.

Vous vous êtes donc retirée ? lui dis-je d'une voix faible et tremblante. Vraiment, je n'y aurais pas manqué, me répondit-elle en rougissant ; mais dès que je l'ai vu, je n'ai pu résister à un mouvement de colère qui m'a prise, et qui était bien naturel ; n'auriez-vous pas été comme moi ? Non, lui dis-je ; il y aurait eu beaucoup plus de colère à vous en aller.

Peut-être bien, reprit-elle ; mais mettez-vous à ma place avec l'opinion que j'avais de lui.

Ce terme (que j'avais) me fit peur, il n'était pas de bon augure.

Vous êtes bien hardi, Monsieur, lui ai-je dit (c'est elle qui parle), de venir encore me surprendre après la lettre que vous m'avez écrite, et que vous ne m'avez fait recevoir qu'en me trompant. En venez-vous chercher la réponse ? La voici, Monsieur : c'est que votre lettre et que vos visites m'offensent, et que le petit service que vous m'avez rendu, dont je vous savais gré, ne vous dispensait pas d'observer les égards que vous me devez, surtout dans les circonstances de l'engagement où vous êtes avec une jeune personne que vous ne pouvez quitter sans perfidie. C'est elle que vous avez à voir ici, monsieur, et non pas moi, qui ne suis point faite pour être l'objet d'une galanterie aussi injurieuse.

Voilà ce que j'étais bien aise de lui dire avant que de le quitter, ajouta-t-elle ; après quoi j'ai fait quelques pas pour le laisser là, sans daigner l'écouter, et j'allais sortir, quand je lui ai entendu dire : Ah ! Mademoiselle, vous me désespérez ! et cela avec un cri si douloureux et si emporté [1], que j'ai cru devoir m'arrêter, dans la crainte qu'il ne criât encore, et que cela ne fît une scène ; ce qui aurait été fort désagréable.

Oh ! non, lui dis-je ; il n'extravague pas. Il était inutile d'être si prudente.

Vous m'excuserez, me répondit-elle un peu confuse, vous m'excuserez. La Tourière, ou quelqu'un de la cour, n'avait qu'à venir au bruit, et je n'aurais su que dire. Ainsi il était plus sage de rester pour un moment, car je ne croyais pas que ce fût pour davantage.

Eh bien ! Monsieur, que voulez-vous ? lui ai-je dit toujours du même ton. Je n'ai rien à savoir de vous.

Hélas ! Mademoiselle, je n'ai, je vous jure, qu'un seul mot à vous dire ; qu'un seul mot. Revenez, je vous prie, m'a-t-il répondu avec un air si effaré, si ému, qu'il n'y a pas eu moyen de poursuivre mon chemin ; c'était trop risquer.

Je me suis donc avancée. Voyons donc, Monsieur, de quoi il s'agit.

Je venais vous informer, a-t-il repris, que ma mère passera ici entre midi et une heure, dans le dessein de vous emmener dîner avec Marianne ; elle ne m'a point chargé

1. Violent et fougueux (A).

de vous l'apprendre, mais je me suis imaginé que vous
me permettriez de vous prévenir.

Ce n'était pas la peine, Monsieur, lui ai-je dit ; Mme de
Miran me fait beaucoup d'honneur, et je verrai le parti
que j'ai à prendre. Est-ce là tout ?

Quoi ! lui demander encore si c'est là tout ! Vous ne
finirez donc jamais ? dis-je à Mlle Varthon.

Eh ! mais au contraire, reprit-elle ; *est-ce là tout* signifiait seulement qu'il m'impatientait. Je ne le disais qu'afin
d'avoir un prétexte de me sauver ; car j'appréhendais toujours son air ému ; on ne sait comment faire avec des
esprits si peu maîtres d'eux. Et alors, en m'assurant qu'il
allait finir, il a entamé un discours que j'ai été obligée
d'écouter tout entier. C'était sa justification sur votre
compte, à l'occasion de ce que je lui avais parlé de perfidie ; et vous jugez bien que ses raisons ne m'ont pas persuadée qu'il fût aussi excusable qu'il croit l'être ; mais je
vous avoue que je ne l'ai pas trouvé non plus tout à fait
si coupable que je le pensais.

Ah ! Seigneur ! m'écriai-je ici sans lever la tête, que
j'avais toujours tenue baissée par ménagement pour elle
(c'est-à-dire pour lui épargner des regards qui lui auraient
dit : vous n'êtes qu'une hypocrite). Ah ! Seigneur, pas
tout à fait si coupable ! Eh ! vous le méprisiez tant hier !
ajoutai-je.

Eh ! mais vraiment oui, reprit-elle ; je le méprisais ; il
me paraissait le plus indigne homme du monde, et je ne
prétends pas qu'il n'ait point de tort, je dis seulement
qu'il en a moins que nous ne nous l'imaginons ; et je ne
le dis même que pour diminuer l'affliction où vous êtes,
que pour vous rendre son procédé moins fâcheux ; ce
n'est que par amitié que je vous parle. Écoutez jusqu'au
bout : vous l'avez regardé comme un volage, comme un
perfide qui a subitement changé ; et point du tout, cela
vient de plus loin ; il y avait déjà quelque temps qu'il
tâchait d'avoir d'autres sentiments. Voilà ce qu'il m'a dit,
presque la larme à l'œil ; c'était même un peu avant votre

maladie qu'il combattait son amour qu'on lui reprochait ;
il cherchait à se dissiper, à aimer ailleurs ; il ne voulait
qu'un objet : il m'a vue, je ne lui ai point déplu, il a senti
cette légère préférence qu'il me donnait sur d'autres, et il
en a profité pour s'en tenir à moi ; voilà tout.

Eh ! mon Dieu, Mademoiselle, lui dis-je en l'interrompant, est-ce donc là ce que vous voulez que j'écoute ?
Est-ce là la consolation que vous m'apportez ?

Eh ! mais oui, reprit-elle, je me suis figuré que c'en
était une. N'est-il pas plus doux pour vous [1] de penser que
ce n'est point par inconstance, ou faute d'amour, qu'il
vous a laissée ? que même il s'est fait violence en vous
quittant ; et qu'il ne vous quitte que par des motifs qu'il
croit raisonnables, et qui, si je ne me trompe, vous le
paraîtront assez, si vous voulez que je vous les dise, pour
vous ôter la désagréable opinion que vous avez de lui : et
je ne tâche pas à autre chose.

Ah çà ! voyons ! vous m'avez conté votre histoire, ma
chère Marianne ; mais il y a bien de petits articles que
vous ne m'avez dits qu'en passant, et qui sont extrêmement importants, qui ont pu vous nuire. Valville, qui vous
aimait, ne s'y est point arrêté, il ne s'en est point soucié ;
et il a bien fait. Mais votre histoire a éclaté ; ces petits
articles ont été sus de tout le monde, et tout le monde
n'est pas Valville, n'est pas Mme de Miran ; les gens qui
pensent bien sont rares. Cette Marchande de linge chez
qui vous avez été en boutique ; ce bon Religieux qui a été
vous chercher du secours chez un parent de Valville ; ce
Couvent où vous avez été vous présenter pour être reçue
par charité ; cette aventure de la Marchande qui vous
reconnut chez une Dame appelée Mme de Fare ; votre enlèvement d'ici, votre apparition chez le Ministre en si
grande compagnie ; ce petit Commis qu'on vous destinait
à la place de Valville, et cent autres choses qui font, à la
vérité, qu'on loue votre caractère, qui prouvent qu'il n'y

---

1. Dans l'édition de 1781, « par pour vous ? ».

a point de fille plus estimable que vous, mais qui sont
humiliantes, qui vous rabaissent, quoiqu'injustement, et
qu'il est cruel qu'on sache à cause de la vanité qu'on a
dans le monde : tout cela, dis-je, dont Valville m'a rendu
compte, lui a été représenté. Vous ne sauriez croire tout
ce qu'on lui a dit là-dessus, ni combien on condamne sa
mère, combien on persécute ce jeune homme sur le dessein qu'il a de vous épouser. Ce sont des amis qui rom-
pent avec lui, ce sont des parents qui ne veulent plus le
voir, s'il ne renonce pas à son projet ; il n'y a pas jusqu'aux indifférents qui ne le raillent ; en un mot, c'est
tout ce qu'il y a de plus mortifiant qu'il faut qu'il essuie ;
ce sont des avanies sans fin ; je ne vous en répète pas la
moitié. Quoi ! une fille qui n'a rien ! dit-on ; quoi ! une
fille qui ne sait qui elle est ! eh ! comment oserez-vous la
montrer, Monsieur ? Elle a de la vertu ? Eh ! n'y a-t-il
que les filles de ce genre-là qui en ont ? N'y a-t-il que
votre orpheline d'aimable ? Elle vous aime ? Eh ! que
peut-elle faire de mieux ? Est-ce là un amour si flatteur ?
Pouvez-vous être sûr qu'elle vous aurait aimé, si elle avait
été votre égale ? A-t-elle eu la liberté du choix ? Que
savez-vous si la nécessité où elle était ne lui a pas tenu
lieu de penchant pour vous ? Et toutes ces idées-là vous
viendront quelque jour dans l'esprit, ajoute-t-on maligne-
ment et sottement ; vous sentirez l'affront que vous vous
faites à présent, vous le sentirez ; et du moins allez vivre
ailleurs, sortez de votre pays, allez vous cacher avec votre
femme pour éviter le mépris où vous tomberez ici : mais
n'espérez pas, en quelque endroit que vous alliez, d'éviter
le malheur de la haïr, et de maudire le jour où vous l'avez
connue.

Oh ! je n'en pus écouter davantage ; je m'étais tue pendant toutes les humiliations qu'elle m'avait données ;
j'avais enduré le récit de mes misères. À quoi m'eût servi
de me défendre ou de me plaindre ? Il n'était plus douteux
que j'avais affaire à une fille toute déterminée à suivre
son penchant ; je voyais bien que Valville s'était justifié

auprès d'elle, qu'il l'avait gagnée, et qu'elle ne cherchait à le disculper auprès de moi, que pour se dispenser elle-même de le mépriser autant qu'elle s'y était engagée. Je le voyais bien, et mes reproches n'eussent abouti à rien.

Mais cette haine dont elle avait la cruauté de me parler, et qu'on prédisait à Valville qu'il aurait pour moi, ces malédictions qu'il donnerait au jour de notre connaissance, me percèrent le cœur et poussèrent ma patience à bout.

Ah ! c'en est trop, Mademoiselle, m'écriai-je, c'en est trop ! Lui, me détester ! Lui, maudire le temps où il m'a vue ! Et vous avez le courage de me l'annoncer, de venir m'entretenir d'une idée aussi affreuse, et de m'en entretenir sous prétexte d'amitié, pour me consoler, dites-vous, pour diminuer mon affliction. Et vous croyez que je ne vous entends pas, que je ne vois pas le fond de votre cœur ! Ah ! Seigneur ! à quoi bon me déchirer comme vous faites ? Eh ! ne sauriez-vous l'aimer sans achever de m'ôter la vie ? Vous voulez qu'il soit innocent, vous voulez que j'en convienne. Eh bien ! Mademoiselle, il l'est ; rendez-lui votre estime ; il a bien fait, il devait rougir de m'aimer : je vous l'accorde, je vous passe l'énumération de tous les opprobres dont notre mariage le couvrirait. Oui, je ne suis plus rien ; la moindre des créatures est plus que moi ; je n'ai subsisté jusqu'ici que par charité : on le sait, on me le reproche ; vous me le répétez, vous m'écrasez, et en voilà assez. Je suis assez avilie, assez convaincue que Valville a dû m'abandonner, et qu'il a pu le faire sans en être moins honnête homme ; mais vous me menacez de sa haine et de ses malédictions, moi qui ne vous réponds rien, moi qui me meurs ! Ah ! c'en est trop, vous dis-je, et Dieu me vengera, Mademoiselle, vous le verrez ; vous pouviez justifier Valville, et m'insinuer que sa passion pour vous n'est point blâmable, sans venir m'accabler de ce présage barbare qu'on lui fait sur mon compte ; et c'est peut-être vous qu'il haïra, Mademoiselle ; c'est peut-être vous, et non pas moi, prenez-y garde !

Cette violente sortie l'étourdit : elle ne s'attendait pas
à être si bien devinée, et je la vis pâlir et rougir successivement.

Vous interprétez bien mal mes intentions, me répondit-
elle d'un air troublé. Ah ! Seigneur ! quel emportement !
Je vous écrase, je vous déchire, et Dieu me punira ; voilà
qui est étrange ! Eh ! de quoi me punirait-il, Mademoiselle ? Ai-je quelque part à vos chagrins ? Suis-je respon-
sable des idées qu'on inspire à ce jeune homme ? Est-ce
ma faute à moi, s'il en est frappé ? Et dans le fond, est-il
si étonnant qu'elles lui fassent impression ? Oui, je vous
le dis encore, ceci change tout ; il y a ici bien moins d'infidélité que de faiblesse, il est impossible d'en juger autrement. Ceux qui lui parlent ont plus de tort que lui ; et il
est certain que ce n'est pas là un perfide, mais seulement
un homme mal conseillé. J'ai cru vous faire plaisir en
vous l'apprenant, et voilà toute la finesse que j'y entends.
Voilà tout, Mademoiselle. Je souhaiterais qu'il eût résisté
à tout ce qu'on lui a dit, il en serait plus louable ; mais
de dire que ni vous, ni moi, ni personne, ayons droit de
le mépriser : non, toute la terre excusera la faute qu'il a
faite ; elle ne le perdra dans l'esprit de qui que ce soit :
c'est mon sentiment ; et si vous êtes équitable, ce doit
être aussi le vôtre, pour la tranquillité de votre esprit.

Je serais encore plus tranquille si cet entretien-ci finissait, lui dis-je en pleurant.

Ah ! comme il vous plaira ; il n'ira pas plus loin, me
répondit-elle, et je vous assure qu'il est fini pour la vie.
Adieu, Mademoiselle, ajouta-t-elle en se retirant. Je ne fis
que baisser beaucoup la tête, et la laissai partir.

Vous allez croire que je vais m'abandonner à plus de
douleur que jamais ; du moins, comme vous voyez, m'arrive-t-il un nouveau sujet de chagrin assez considérable.

Avant cet entretien, tout infidèle qu'était Valville, je ne
pouvais pas absolument dire que j'eusse une rivale. Il est
vrai qu'il aimait Mlle Varthon ; mais elle n'en était pas
moins mon amie ; elle ne voulait point de lui, elle le

méprisait, elle m'exhortait à le mépriser aussi ; et encore une fois ce n'était pas là une vraie rivale, au lieu qu'à présent c'en est une bien complète. Mlle Varthon aime Valville, et l'aimera ; elle y est résolue, ses discours me l'annoncent ; et suivant toute apparence, ce doit être là un renouvellement de désespoir pour moi. Je vais recommencer à pleurer sans fin, n'est-ce pas ? Point du tout.

Un moment après qu'elle fut sortie de ma chambre, insensiblement mes larmes cessèrent ; cette augmentation de douleur les arrêta, et m'ôta la force d'en verser.

Quand un malheur, qu'on a cru extrême, et qui nous désespère, devient encore plus grand, il semble que notre âme renonce à s'en affliger ; l'excès qu'elle y voit la met à la raison, ce n'est plus la peine qu'elle s'en désole ; elle lui cède et se tait. Il n'y a plus que ce parti-là pour elle ; et ce fut celui que je pris sans m'en apercevoir.

Ce fut dans cette espèce d'état de sens froid que je contemplai clairement ce qui m'arrivait, que je me convainquis qu'il n'y avait plus de remède, et que je consentis à endurer patiemment mon aventure.

De façon que je sortis de là avec une tristesse profonde, mais paisible et docile ; ce qui est un état moins cruel que le désespoir.

Voilà donc à quoi j'en étais avec moi-même, quand cette Sœur Converse, qui m'avait apporté à manger la veille, arriva. Mme de Miran est ici, me dit-elle ; à quoi elle ajouta : Et on vous attend au parloir ; ce qui ne voulait pas dire que ce fût Mme de Miran qui m'y attendît.

Mais je crus que c'était elle, d'autant plus que Mlle Varthon m'avait appris qu'elle devait venir pour nous emmener toutes deux chez elle.

Je descendis donc, et malgré ce triste calme où je vous ai dit que j'étais, je descendis un peu émue ; mes yeux se mouillèrent en chemin.

Cette mère si tendre croit venir voir sa fille, me dis-je, et elle ne sait pas qu'elle ne vient voir que Marianne, et que ce sera toujours Marianne pour elle.

Je résolus cependant de ne l'informer encore de rien ; j'avais mes desseins, et ce n'était pas là le moment que je voulais prendre.

Me voici donc à l'entrée du parloir. Là, j'essuyai mes pleurs, je tâchai de prendre un visage serein ; et après deux ou trois soupirs que je fis de suite, pour me mettre le cœur plus à l'aise, j'entrai.

Un rideau, tiré de mon côté sur la grille du parloir, me cachait encore la personne à qui j'allais parler ; mais prévenue que c'était Mme de Miran :

Ah ! ma chère mère, est-ce donc vous ? m'écriai-je en avançant vers cette grille, dont je pensai arracher le rideau, et qui, au lieu de Mme de Miran, me présenta Valville.

Ah ! mon Dieu ! m'écriai-je encore tout à coup, saisie en le voyant, et si saisie, que je restai longtemps la tête baissée, interdite, et sans pouvoir prononcer un mot.

Qu'avez-vous donc, belle Marianne ? me répondit-il. Oui, c'est moi ; est-ce qu'on ne vous l'a pas dit ? Que je suis charmé de vous voir ! Hélas ! vous me paraissez encore bien faible : ma mère est dans un parloir ici près, qui parle avec Mme Dorsin à une Religieuse, à qui elle avait quelque chose à dire de la part d'une de ses parentes, et elle m'a chargé de venir toujours vous avertir qu'elle allait être ici dans un moment, et qu'elle avait dessein de vous emmener avec votre amie Mlle Varthon ; mais j'ai bien peur que vous ne soyez pas encore en état de sortir ; voyez cependant. Voulez-vous aller vous habiller ?

Non, Monsieur, lui dis-je en reprenant mes esprits et avec une respiration un peu embarrassée, non, je ne m'habillerai point ; je suis convalescente, et Mme de Miran me permettra bien de rester comme me voilà.

Ah ! sans difficulté, reprit-il. Eh bien ! vous nous avez jetés dans de terribles alarmes, ajouta-t-il ensuite d'un ton d'un homme qui s'excite à paraître empressé [1], qui veut

---

1. Celui qui s'efforce de paraître empressé.

parler et qui ne sait que dire. Comment vous trouvez-vous ? Je ne sais si je me trompe, mais on dirait que vous êtes triste ; c'est peut-être un reste de faiblesse qui vous donne cet air-là ; car apparemment rien ne vous chagrine.

Ce que je sentais bien qu'il me disait à cause que mon accueil et que ma mélancolie l'inquiétaient sans doute.

Ce n'est pas qu'il crût que Mlle Varthon m'avait révélé son secret ; elle lui avait caché ce qui s'était passé entre elle et moi là-dessus, et lui avait fait entendre qu'elle ne savait nos engagements que par une confidence d'amitié que je lui avais faite ; mais n'importe, tout est suspect à un coupable. Et Mlle Varthon, par quelque mot dit imprudemment, pouvait m'avoir donné quelques lumières, et c'est ce qu'il craignait.

Jusque-là je n'avais osé l'envisager ; je ne voulais pas qu'il vît dans mes yeux que j'étais instruite, et j'appréhendais de n'avoir pas la force de le lui dissimuler.

À la fin, il me sembla que je pouvais compter sur moi, et je levai les yeux pour répondre à ce qu'il venait de me dire.

Au sortir d'une aussi grande maladie que la mienne, on est si languissante qu'on en paraît triste, repartis-je en examinant l'air qu'il avait lui-même.

Ah ! Madame, qu'on a de peine à commettre effrontément une perfidie ! Il faut que l'âme se sente bien déshonorée par ce crime-là ; il faut qu'elle ait une furieuse vocation pour être vraie, puisqu'elle surmonte si difficilement la confusion qu'elle a d'être fausse.

Figurez-vous que Valville ne put jamais soutenir mes regards, que jamais il n'osa fixer les siens sur moi, malgré toute l'assurance qu'il tâchait d'avoir.

En un mot, je ne le reconnus plus ; ce n'était plus le même homme ; il n'y avait plus de franchise, plus de naïveté, plus de joie de me voir dans cette physionomie autrefois si pénétrée et si attendrie quand j'étais présente. Tout l'amour en était effacé ; je n'y vis plus qu'embarras et qu'imposture ; je ne trouvai plus qu'un visage froid et contraint, qu'il tâchait d'animer, pour m'en cacher l'ennui, l'indifférence et la sécheresse. Hélas ! je n'y pus tenir, Madame, et j'eus bientôt baissé les yeux pour ne le plus voir.

En les baissant, je soupirai, il n'y eut pas moyen de m'en empêcher. Il le remarqua et s'en inquiéta encore.

Est-ce que vous avez de la peine à respirer, Marianne ? me dit-il. Non, lui répondis-je ; tout cela vient de langueur. Et puis nous fûmes l'un et l'autre un petit intervalle de temps sans rien dire ; ce qui arriva plus d'une fois.

Ces petites pauses avaient quelque chose de singulier, nous ne les avions jamais connues dans nos entretiens passés ; et plus elles déconcertaient mon infidèle, plus elles devenaient fréquentes.

À mon égard, tout ce que j'étais en état de prendre sur moi, c'était de me taire sur le sujet de ma douleur ; et le reste allait comme il pouvait.

Cette langueur que vous avez m'attriste moi-même, me dit-il : on nous avait assuré que vous étiez plus rétablie. (Voyez, je vous prie, quels discours glacés !) Vous dissipez-vous un peu dans votre couvent ? Vous y avez des amies ?

Oui, repris-je, j'y ai une Religieuse qui m'aime beaucoup, et puis j'y vois Mlle Varthon, qui est très aimable. Elle le paraît, me dit-il, et vous devez en juger mieux que moi.

L'avez-vous fait avertir ? lui dis-je. Sait-elle que Mme de Miran va la venir prendre ? Oui. Je pense que ma mère a dit qu'on lui parle, répondit-il.

Vous serez bien aise de la mieux connaître, lui dis-je.

Eh ! mais, je l'ai vue ici une ou deux fois de la part de ma mère, et pour lui demander de vos nouvelles pendant que vous étiez malade, reprit-il ; ne le savez-vous pas ? Elle doit vous l'avoir dit.

Oui, répondis-je, elle m'en a parlé. Et puis nous nous tûmes ; lui, toujours par embarras, et moi, moitié par tristesse et par discrétion.

Ah çà ! tâchez donc de vous remettre tout à fait, Mademoiselle, me dit-il ; et ensuite : Il me semble que j'entends ma mère dans la cour ; voyons si je me trompe, ajouta-t-il pour aller regarder aux fenêtres.

Et ce petit mouvement lui épargnait quelques discours qu'il aurait fallu qu'il me tînt pour entretenir la conversation, ou du moins ne l'obligeait plus qu'à me parler de loin sur ce qu'il verrait dans cette cour, et sur ce qu'il n'y verrait pas.

Oui, me dit-il, c'est elle-même avec Mme Dorsin. Les voilà qui montent, et je vais leur ouvrir la porte.

Ce qu'en effet il alla faire, sans que je lui disse un mot. J'étouffais mes soupirs pendant qu'il se sauvait ainsi de moi. Il descendit même quelques degrés de l'escalier pour donner la main à Mme Dorsin qui montait la première.

La voilà donc, cette chère enfant, me dit-elle, en entrant et en me tendant la main ; grâces au ciel, nous la conserverons. Nous ne devions venir que cette après-midi, Mademoiselle ; mais j'ai dit à votre mère que je voulais absolument dîner avec vous pour vous voir plus longtemps. Madame (c'était à Mme de Miran à qui elle s'adressait), elle est mieux que je ne croyais ; elle se remet à merveille, et n'est presque pas changée.

Je ne sais plus ce que je répondis. Valville était à côté de Mme Dorsin, et souriait en me regardant, comme s'il avait eu beaucoup de plaisir à me voir aussi. Ma fille, me dit Mme de Miran, tu ne t'es donc point habillée ? J'avais envoyé Valville pour te dire que je venais te chercher.

À ce discours, qu'elle me tenait de l'air du monde le plus affectueux, à ce nom de ma fille, qu'elle me donnait de si bonne foi, je laissai tomber quelques larmes, et en même temps je m'aperçus que Valville rougissait ; je ne sais pourquoi. Peut-être eut-il honte de me voir si inutilement attendrie, et de penser que ce doux nom de ma fille n'aboutirait à rien.

En vérité, votre fille vous aime trop pour l'état de convalescente où elle est, dit alors Mme Dorsin ; elle n'a

besoin ni de ces petits mouvements, ni de ces émotions
de cœur qui lui prennent, et j'ai peur que cela ne lui nuise.
Laissez-la se rétablir parfaitement, et puis qu'elle pleure
tant qu'elle voudra de joie de vous voir ; mais jusque-là
point d'attendrissement, s'il vous plaît. Allons, Mademoiselle, tâchez de vous réjouir ; et partons, car il se fait tard.

J'attends Mlle Varthon, reprit Mme de Miran. Pour toi,
ajouta-t-elle, nous t'emmènerons comme tu es ; il n'est
pas nécessaire que tu remontes chez toi, n'est-ce pas ?

Hélas ! malgré toute l'envie que nous avons de l'avoir,
je tremble qu'elle ne puisse venir, dit promptement Valville, qui, sous prétexte de s'intéresser à ma santé, ne voulait apparemment que me fournir une excuse dont il
espérait que je profiterais ; mais il se trompa.

Vous m'excuserez, Monsieur, répondis-je, je ne me
porte point mal ; et puisque Madame veut bien me dispenser de m'habiller (notez que ce *Madame* était pour ma
mère), je serai charmée d'aller avec elle.

Qu'est-ce que c'est que Madame ? reprit en riant
Mme de Miran ; à qui parles-tu ? Ta maladie t'a rendue
bien grave ! Dites respectueuse, ma mère ; et je ne saurais
trop l'être, repartis-je avec un soupir que je ne pus retenir,
qui n'échappa point à Mme Dorsin, et qui confondit l'inquiet et coupable Valville ; il en perdit toute contenance ;
et en effet, il y avait de quoi. Ce soupir, avec ce respect
dans lequel je me retranchais, n'avait point l'air d'être là
pour rien. Mme Dorsin remarqua aussi qu'il en avait été
troublé ; je le vis à la façon dont elle nous observait tous
deux.

Mme de Miran allait peut-être me répondre encore
quelque chose, quand Mlle Varthon entra dans un négligé
fort décent et fort bien entendu[1].

Comme elle avait prévu que, malgré mes chagrins, je
pourrais être de la partie du dîner, elle s'était sans doute
abstenue, à cause de moi, de se parer davantage, et s'était

_____
1. Bien conçu (R).

contentée d'un ajustement fort simple, qui semblait exclure tout dessein de plaire, ou qui, raisonnablement parlant, ne me laissait aucun sujet de l'accuser de ce dessein.

Je devinai tout d'un coup ce ménagement apparent qu'elle avait eu pour moi ; mais je n'en fus pas la dupe.

En pareil cas, une amante jalouse et trahie en sait encore plus qu'une amante aimée. Ainsi son négligé ne m'en imposa pas. Je vis au premier coup d'œil qu'il n'était pas de bonne foi, et qu'elle avait tâché de n'y rien perdre.

La petite personne avait bien voulu se priver de magnificence, mais non pas s'épargner les grâces.

Et moi, qui m'étais laissée comme je m'étais mise en me levant, qui n'avais précisément songé qu'à jeter sur moi une mauvaise robe ; moi, si changée, si maigre, avec des yeux éteints, avec un visage tel qu'on l'a quand on sort de maladie, tel qu'on l'a aussi quand on est affligé (voyez que d'accidents à la fois contre le mien !), je me sentis mortifiée, je vous l'avoue, de paraître avec tant de désavantage auprès d'elle, et par là d'aider moi-même à justifier Valville.

Qu'un Amant nous quitte et nous en préfère une autre, eh bien ! soit : mais du moins qu'il ait tort de nous la préférer ; que ce soit la faute de son inconstance, et non pas de nos charmes ; enfin, que ce soit une injustice qu'il nous fasse ; c'est bien la moindre chose ; et il me semblait que je ne pourrais pas dire que Valville fût injuste.

De sorte que je me repentis de m'être engagée à dîner chez Mme de Miran ; mais il n'y avait plus moyen de s'en dédire.

Et puis, dans le fond, il y avait bien des choses à alléguer en ma faveur ; ma rivale, après tout, n'avait pas tant de quoi triompher. Si elle était plus brillante que moi, ce n'était pas qu'elle fût plus aimable ; c'est seulement qu'elle se portait bien, et que j'avais été malade. J'étais dispensée d'avoir mes grâces, et elle était obligée d'avoir

les siennes ; aussi les avait-elle, et voilà jusqu'où elles
allaient, pas davantage ; au lieu qu'on ne savait pas jusqu'où iraient les miennes, quand elles seraient revenues.

Je ne vous répéterai point tous les compliments que ces
Dames lui firent. Il était heure de partir, et nous sortîmes
toutes deux du Couvent pour monter en carrosse.

Nous voici arrivées ; on servit quelques moments après.

J'appréhende que cette petite fille-là ne soit pas bien
rétablie, dit Mme de Miran en me regardant après le repas ;
elle a je ne sais quelle mélancolie que je n'aime point ;
était-elle de même dans votre Couvent, mademoiselle ?
(Elle parlait à Mlle Varthon, qui rougit de la question.)

Mais oui, Madame, à peu près, répondit-elle ; elle a de
la peine à revenir [1] : il y a pourtant des moments où cela
se passe ; sa maladie a été longue et violente.

Mme Dorsin ne disait mot, et nous avait toujours exa-
minés Valville et moi. Le repas fini, il faisait beau, et on
fut se promener sur la terrasse du jardin. La conversation
fut d'abord générale ; ensuite on demanda à Mlle Varthon
des nouvelles de sa mère ; on parla de son voyage, de son
retour et de ses affaires.

Pendant qu'on était là-dessus, je feignis quelque curiosité de voir un cabinet de verdure qui était au bout de la
terrasse. Il me paraît fort joli, dis-je à Valville pour l'engager à m'y mener.

Oh ! non, me répondit-il, c'est fort peu de chose. Mais
comme je me levai, il ne put se dispenser de me suivre,
et je le séparai ainsi du reste de la compagnie.

Je vous demande pardon, lui dis-je en marchant ; on
s'entretient de choses qui vous intéressent peut-être, mais
nous ne serons qu'un instant.

Vous vous moquez, me dit-il d'un air forcé ; ne savez-
vous pas le plaisir que j'ai d'être avec vous ?

Je ne lui répondis rien ; nous entrions alors dans le

---

1. Se rétablir.

cabinet, et le cœur me battait ; je ne savais par où commencer ce que j'avais à lui dire.

À propos, commença-t-il lui-même (et vous allez voir si c'était par un à propos qu'il devait m'entretenir de ce dont il s'agissait), vous souvenez-vous de cette charge que je veux avoir ?

Si je m'en ressouviens, Monsieur ? Sans doute, repartis-je ; c'est cette affaire-là qui a différé notre mariage ; est-elle terminée, Monsieur, ou va-t-elle bientôt l'être ?

Hélas ! non ; il n'y a encore rien de fini, reprit-il ; nous sommes un peu moins avancés que le premier jour ; ma mère vous en parlera sans doute ; il est survenu des oppositions, des difficultés qui retardent la conclusion, et qui malheureusement pourront la retarder encore longtemps.

Notez que c'était des difficultés faites à plaisir qui venaient de son intrigue et de celle de ses amis, sans que Mme de Miran en sût rien, comme la suite va le prouver.

Ce sont des créanciers, continua-t-il, des héritiers qui nous arrêtent, qu'il faut mettre d'accord, et qui, suivant toute apparence, ne le seront pas sitôt. J'en suis au désespoir, cela me chagrine extrêmement, ajouta-t-il en faisant deux ou trois pas pour sortir du cabinet.

Un moment, Monsieur, lui dis-je ; je suis un peu lasse, assoyons-nous. Dites-moi, je vous prie, pourquoi ces difficultés vous chagrinent-elles ?

Eh ! mais, reprit-il, ne le devinez-vous pas ? Eh ! ce mariage qu'elles retardent, vous jugez bien que je serais charmé qu'on pût le conclure ; j'ai eu même quelque envie de proposer à ma mère de le terminer toujours en attendant la charge. Mais j'ai cru qu'il valait mieux s'en tenir à ce qu'elle a décidé là-dessus, et ne la pas trop presser ; n'est-il pas vrai ?

Ah ! il n'y a rien à craindre de sa part, lui répondis-je ; ce ne sera jamais par elle que ce mariage manquera.

Non, certes, dit-il, ni par moi non plus ; je crois que vous en êtes bien persuadée ; mais cela n'empêche pas que ce retardement ne m'impatiente, et je souhaiterais

bien que ma mère eût été d'avis de ne pas remettre ; elle
n'a pas consulté mon amour.

Je crus devoir alors saisir cet instant pour m'expliquer.
Eh ! de quel amour parlez-vous donc, Monsieur ? repris-
je, seulement pour entamer la matière.

Duquel ? me dit-il ; eh ! mais, du mien, Mademoiselle,
de mes sentiments pour vous. Vous est-il nouveau que je
vous aime ? et vous en prenez-vous à moi des obstacles
qui arrêtent une union que je désire encore plus que
vous ?

Pour toute réponse, je tirai sur-le-champ un papier de
ma poche, et le lui donnai : c'était la lettre qu'il avait
écrite à Mlle Varthon, et qui m'était restée, vous le savez.

Comme je la lui présentai ouverte, il la reconnut
d'abord. Jugez dans quelle confusion il tomba ; cela n'est
point exprimable ; il eût fait pitié à toute autre qu'à moi ;
il essaya cependant de se remettre.

Eh bien ! Mademoiselle, qu'est-ce que c'est que ce
papier ? Que voulez-vous que j'en fasse ! me dit-il en le
tenant d'une main tremblante. Ah ! oui, ajouta-t-il ensuite
en feignant de rire, et sans trop savoir ce qu'il disait ; je
vois bien, oui, c'est de moi, c'est ma lettre, j'oubliais de
vous en parler ; c'est une bagatelle. Vous étiez malade, la
conversation roulait sur l'amour, et à l'occasion de cela,
j'ai plaisanté ; voilà tout. Je n'y songeais plus ; c'est que
nous nous sommes rencontrés ailleurs, Mlle Varthon et
moi ; je l'ai vue chez Mme de Kilnare ; hélas ! mon Dieu,
tout le monde le sait, il n'y a pas de mystère ; je ne vous
voyais pas, et on s'amuse. À propos de Mme de Kilnare,
j'ai grande envie que vous la connaissiez, je crois même
lui avoir parlé de vous ; c'est une femme de mérite.

Je le laissai achever tout ce discours, qui n'avait ni
suite ni raison, et qui marquait si bien le désordre de son
esprit ; je me taisais les yeux baissés.

Quand il eut fini : Monsieur, lui dis-je sans lui faire
aucun reproche, et sans relever un seul mot de ce qu'il
avait dit, je dois rendre justice à Mlle Varthon ; ne l'accu-

sez pas d'avoir sacrifié votre lettre, elle ne me l'a donnée ni par mépris ni par dédain pour vous ; je ne l'ai eue qu'à la suite d'un entretien que nous eûmes hier ensemble, et elle ne savait ni l'intérêt que je prenais à vous, ni celui que j'avais la vanité de croire que vous preniez à moi, je vous assure.

Mais la vanité, reprit-il avec une physionomie toute renversée, la vanité ! mais il n'y en a point là-dedans ; c'est un fait, Mademoiselle.

Monsieur, lui répondis-je d'un ton modeste, ayez, je vous prie, la bonté de m'écouter jusqu'à la fin.

Mlle Varthon, à qui vous rendîtes une visite il y a quelques jours, me dit, quand elle vous eut quitté, qu'elle sortait d'avec le fils de Mme de Miran, qui était venu de sa part lui demander de ses nouvelles et des miennes ; et de la lettre que vous veniez de lui donner en même temps, elle ne m'en dit pas un mot. Mais hier, en apprenant que notre mariage était conclu, elle demeura interdite [1].

Ah ! Ah ! interdite ! s'écria-t-il. Eh ! d'où vient ? Vous me surprenez ; que lui importe ?

Je n'en sais rien, répondis-je. Mais quoi qu'il en soit, je m'en aperçus ; je lui en demandai la raison, je la pressai ; l'aveu de la lettre lui échappa, et elle me la montra alors.

À la bonne heure, reprit-il encore ; elle était fort la maîtresse, et ce n'était pas là vous montrer quelque chose de bien important ; qu'est-ce que c'est que cette lettre ? Elle en sait bien la valeur, et je ne lui avais pas dit de ne la pas montrer.

Vous m'excuserez, Monsieur ; vous ne vous en ressouvenez pas, et vous l'en priiez dans la lettre même, repartis-je doucement ; mais achevons. Je ne vous ai fait cette petite explication qu'afin que Mlle Varthon, supposé qu'elle vous aime, comme assurément vous avez lieu de

---

1. Troublée, étonnée (A).

l'espérer, ne dise point que j'ai parlé en jalouse : ce qui ne me conviendrait pas avec une fille comme elle.

Mais qu'est-ce que cela signifie ? Qu'est-ce que c'est que des explications, des jalousies ? s'écria-t-il. Que voulez-vous dire ? En vérité, Mademoiselle Marianne, y songez-vous ? Que je meure si je vous comprends. Non, je n'y entends rien.

Eh ! Monsieur, lui dis-je, laissez-moi finir. Avec qui vous abaissez-vous à feindre ? Avez-vous oublié à qui vous parlez ? Ne suis-je pas cette Marianne, cette petite fille qui doit tout à votre famille, qui n'aurait su que devenir sans ses bontés, et mérité-je que vous vous embarrassiez dans des explications ? Non, Monsieur, ne m'interrompez plus, le temps nous presse ; il faut convenir de quelque chose. Vous savez les dispositions de votre cœur, mais songez donc que Mme de Miran les ignore ; qu'elle vous croit toujours dans vos premiers sentiments ; que d'ailleurs elle m'honore d'une tendresse infinie ; qu'elle se figure que je serai sa fille ; qu'il lui tarde que je la sois, et qu'elle pourra fort bien se résoudre à ne pas attendre que vous ayez votre charge pour nous marier, d'autant plus que vous l'avez vous-même, il n'y a pas longtemps, fort pressée[1] pour ce mariage ; qu'elle croira vous combler de joie en l'avançant. Oh ! je vous demande, irez-vous tout d'un coup lui dire que vous ne voulez plus qu'il en soit question ? Je la connais, Monsieur. Madame votre mère a un cœur plein de droiture et de vertu ; et sans compter le chagrin que vous lui feriez, cela lui causerait encore une surprise qui vous nuirait peut-être dans son esprit ; et il faut tâcher de lui adoucir un peu cette aventure-ci. Une mère comme elle, est bien digne d'être bien ménagée ; et moi-même, pour tous les biens du monde, je ne voudrais pas être cause que vous fussiez mal auprès d'elle, j'en serais inconsolable. Eh ! qui suis-je, pour être le sujet d'une querelle entre vous et

---

1. Presser au sens de contraindre, inciter, exciter à (R).

Mme de Miran, moi qui vous ai l'obligation de la bienveillance qu'elle a pour moi, et de tous les bienfaits que j'en ai reçus ? Ah ! mon Dieu, ce serait bien alors que vous auriez raison de détester le jour où vous avez connu cette malheureuse orpheline ; mais c'est à quoi je ne donnerai pas lieu, si je puis. Ainsi, Monsieur, voyez comment vous souhaitez que je me conduise, et quel arrangement nous prendrons, afin de vous épargner les inconvénients dont je parle. Je ferai tout pour vous, hors[1] de dire que je ne vous aime plus ; ce qui n'est pas encore vrai, et ce qu'après tout ce qui s'est passé je n'aurais pas même la hardiesse de dire, quand ce serait une vérité. Mais, à l'exception de ce discours, vous n'avez qu'à me dicter ceux que vous trouverez à propos que je tienne ; vous êtes le maître, et ce n'est que dans le dessein de vous servir que j'ai pris la liberté de vous tirer à quartier. Ainsi expliquez-vous, Monsieur.

Jusque-là Valville s'était défendu du mieux qu'il avait pu, et avait eu, je ne sais comment, le courage de ne convenir de rien ; mais ce que je venais de dire le mit hors d'état de résister davantage. Ma générosité le terrassa, l'anéantit devant moi ; je ne vis plus qu'un homme rendu, qui ne faisait plus mystère de sa honte, qui s'y laissait aller sans réserve, et qui se mettait à la merci du mépris que j'étais bien en droit d'avoir pour lui. Je ne fis pas semblant de voir sa confusion ; mais comme il restait muet : Ayez donc la bonté de me répondre, Monsieur, lui dis-je ; que me prescrivez-vous ?

Mademoiselle, comme il vous plaira. J'ai tort ; je ne saurais parler. Ce fut là toute sa réponse.

Il aurait cependant été nécessaire de voir ce que je dirai, ajoutai-je encore d'un air franc et pressant[2]. Mais il se tut, il n'y eut plus moyen d'en tirer un mot.

Mlle Varthon, qui s'était détachée de nos deux Dames, approchait pendant qu'elles se promenaient.

---

1. Si ce n'est de dire. À l'exception de dire.   **2.** Insistant.

Monsieur, lui dis-je, dans l'incertitude où vous me laissez du parti que je dois prendre, j'en agirai avec le plus de discrétion qu'il me sera possible, et il ne tiendra pas à moi que tout ceci ne réussisse au gré de vos désirs.

Comme il restait toujours muet, et que j'allais le quitter après ce peu de mots, Mlle Varthon, qui était déjà à l'entrée du cabinet, feignit d'être surprise de nous trouver là, et en même temps de n'oser nous interrompre.

Je vous demande pardon, nous dit-elle en se retirant, je ne savais pas que vous étiez encore ici, et vous croyais descendus dans le jardin.

Vous êtes bien la maîtresse d'entrer, Mademoiselle, lui dis-je ; voilà notre entretien fini, et vous auriez pu en être ; monsieur est témoin qu'il ne s'y est rien passé contre vous.

Qu'appelez-vous contre moi ? répondit-elle. Eh ! mais, vraiment, Mademoiselle, je n'en doute pas ; quel rapport y a-t-il de vos secrets à ce qui me regarde ?

Je ne répliquai rien, et je sortis du cabinet pour retourner auprès de ces Dames, qui, de leur côté, venaient à nous ; de façon que nos deux Amants que je laissais ne purent tout au plus demeurer qu'un moment ensemble.

Je ne sais ce qu'ils se dirent ; mais je les entendis qui me suivaient, et en prêtant l'oreille[1], il me sembla que Mlle Varthon parlait assez bas à Valville.

Pour moi, je revenais toute émue de ma petite expédition, mais je dis agréablement émue : cette dignité de sentiments que je venais de montrer à mon infidèle, cette honte et cette humiliation que je laissais dans son cœur, cet étonnement où il devait être de la noblesse de mon procédé, enfin cette supériorité que mon âme venait de prendre sur la sienne, supériorité plus attendrissante que fâcheuse, plus aimable que superbe, tout cela me remuait

---

1. Sur le modèle de *prêter attention*, dans le sens de « en tendant l'oreille ».

intérieurement d'un sentiment doux et flatteur ; je me trouvais trop respectable pour n'être pas regrettée.

Voilà qui était fini. Il ne lui était plus possible, à mon avis, d'aimer Mlle Varthon d'aussi bon cœur qu'il aurait fait ; je le défiais de m'oublier, d'avoir la paix avec lui-même ; sans compter que j'avais dessein de ne le plus voir, ce qui serait encore une punition pour lui ; de sorte que, tout bien examiné, je crois qu'en vérité je me le figurais encore plus à plaindre que moi ; mais qu'au surplus [1] c'était sa faute : pourquoi était-il infidèle ?

Et c'étaient là les petites pensées qui m'occupaient en allant au-devant de Mme de Miran, et je ne saurais vous dire le charme qu'elles avaient pour moi, ni combien elles tempéraient ma douleur.

C'est que la vengeance est douce à tous les cœurs offensés ; il leur en faut une, il n'y a que cela qui les soulage ; les uns l'aiment cruelle, les autres généreuse, et, comme vous voyez, mon cœur était de ces derniers ; car ce n'était pas vouloir beaucoup de mal à Valville que de ne lui souhaiter que des regrets.

Je vous ai déjà dit que Mlle Varthon et lui me suivaient, et ils nous eurent bientôt joints.

Il s'était élevé un petit vent assez incommode. Rentrons, dit Mme de Miran ; et nous marchâmes du côté de la salle.

Je m'aperçus que Mme Dorsin, qui avait la bonté de s'intéresser réellement à moi, et qui, dans de certains soupçons qui lui étaient venus, avait pris garde à toutes nos démarches, je m'aperçus, dis-je, qu'elle fixait les yeux sur Valville, qui, de son côté, détournait la tête. Sa physionomie n'était pas encore bien remise [2] de tous les mouvements qu'il avait essuyés.

Mme de Miran même, qui ne se doutait de rien, lui trouva apparemment quelque chose de si dérangé dans l'air de son visage, que, s'approchant de moi :

---

1. De plus.   2. Sa physionomie n'avait pas retrouvé son calme.

Ma fille, me dit-elle en baissant le ton, Valville me
paraît triste et rêveur ; que s'est-il passé entre vous deux ?
Que lui as-tu dit ?

Rien dont il n'ait dû être fort content, ma mère, lui
répondis-je. Et j'avais raison, il n'avait en effet qu'à se
louer de moi. Je vais lui rendre sa gaieté, j'y suis déterminée, me repartit-elle sans s'expliquer davantage. Et en ce
moment nous rentrâmes tous.

Quand nous fûmes assis : Mademoiselle, me dit Mme de
Miran, Mlle Varthon est une amie devant qui on peut parler, je pense, du mariage qui est arrêté entre vous et mon
fils ; j'espère même qu'elle nous fera l'honneur d'y être
présente ; ainsi je ne ferai nulle difficulté de m'expliquer
devant elle.

À ce début, la jeune personne changea de couleur ; elle
en prévit une scène où elle craignait d'être impliquée elle-
même ; elle fit cependant une petite inclination de tête
en remercîment de la confiance que lui marquait Mme de
Miran.

Mon fils, continua la dernière, vous rêvez à votre
Charge, et j'avais résolu de ne vous marier qu'après que
vous l'auriez. Mais je ne m'attendais pas à toutes les difficultés qui vous empêchent de l'avoir : et puisqu'elles ne
finissent point, qu'on ne sait pas quand elles finiront, et
qu'elles vous chagrinent, il n'y a qu'à passer par-dessus
et terminer le mariage, avec la seule précaution de le tenir
secret pendant quelque temps. J'ai déjà pris des mesures
sans vous les avoir dites ; il ne nous faut que trois ou
quatre jours. Nous partirons d'ici le soir pour aller coucher à la campagne. Madame, ajouta-t-elle en montrant
Mme Dorsin, a promis d'être des nôtres. Mademoiselle
(elle parlait de ma rivale) voudra bien venir aussi, et le
lendemain c'en sera fait.

Ici Valville retomba dans toutes les détresses[1] où je

---

1. Affliction, peine. Ici avec une nuance d'embarras car la proposition met Valville dans une situation difficile. S'emploie rarement au
pluriel (A).

l'avais jeté il n'y avait qu'un instant. Mlle Varthon rougissait et ne savait quelle figure faire. De mon côté, je me taisais d'un air plus triste que satisfait, et il n'y avait point de malice à mon silence ; mais c'est que ma tendresse et mon respect pour Mme de Miran, et peut-être aussi mon amour pour Valville, m'ôtaient la force de parler, me liaient la langue.

Ainsi il se passa un petit intervalle de temps sans que nous ouvrissions la bouche, Valville et moi.

À la fin, ce fut lui qui prit le premier son parti, bien moins pour répondre que pour prononcer quelques mots qui figurassent[1], qui tinssent lieu d'une réponse. Car il n'en avait point de déterminée, et ne savait ce qu'il allait dire, mais il fallait bien un peu remplir ce vide étonnant que faisait notre silence.

Oui-da, ma mère, il est vrai, vous avez raison, il n'y a rien de plus aisé ; oui, à la campagne, quand on voudra, il n'y aura qu'à voir.

Comment ! que dites-vous ? Il n'y aura qu'à voir ? reprit Mme de Miran, d'un ton qui signifiait : Où sommes-nous, Valville ? Êtes-vous distrait ? Avez-vous entendu ce que j'ai dit ? Que faut-il donc voir ? Est-ce que tout n'est pas vu ?

Non, Madame, répondis-je alors à mon tour en soupirant, non. La bonté que vous avez de m'aimer vous ferme les yeux sur les raisons qui doivent absolument rompre ce mariage ; et je vous conjure par tous les bienfaits dont vous m'avez comblée, par la reconnaissance éternelle que j'en aurai, par tout l'intérêt que vous prenez aux avantages de Monsieur votre fils, de ne le plus presser là-dessus, et d'abandonner ce projet.

Eh ! d'où vient donc, petite fille ? s'écria-t-elle avec colère : car il s'en fallut peu alors qu'elle ne me dît des injures, et le tout par tendresse irritée. D'où vient donc ? Qu'est-ce que cela signifie ?

---

1. Figurer au sens de sauver les apparences.

Non, ma mère, vous ne devez plus y penser, ajoutai-je
en me jetant subitement à ses genoux. J'y perds des biens
et des honneurs ; mais je n'en ai que faire, ils ne me
conviennent point, ils sont au-dessus de moi. M. de Valville ne pourrait m'en faire part sans me rendre l'objet de
la risée de tout le monde, sans passer lui-même pour un
homme sans cœur. Eh ! quel malheur ne serait-ce pas
qu'un jeune homme comme lui, qui peut aspirer à tout,
qui est l'espérance d'une famille illustre, fût peut-être
obligé de déserter de sa patrie [1] pour avoir épousé une
fille que personne ne connaît, une fille que vous avez
tirée du néant, et qui n'a pour tout bien que vos charités !
S'accoutumerait-on à un pareil mariage ?

Mais que veut-elle dire avec ces réflexions ? De quoi
s'avise-t-elle ? Où va-t-elle chercher ce qu'elle dit là ?
s'écria encore Mme de Miran en m'interrompant.

De grâce, écoutez-moi, Madame, insistai-je. Dans le
fond, ce qu'il y a de plus digne en moi de vos attentions
et des siennes, assurément c'est ma misère. Eh bien ! ma
mère, vous y avez eu tant d'égards, vous y en avez tant
encore, vous voulez que Marianne vous appelle sa mère,
vous lui faites l'honneur de l'appeler votre fille, vous la
traitez comme si elle l'était ; cela n'est-il pas admirable ?
Y a-t-il jamais eu rien d'égal à ce que vous faites ? Et
n'est-ce pas là une misère assez honorée ? Faut-il encore
porter la charité jusqu'à me marier à votre fils, et cette
misère est-elle une dot ? Non, ma chère mère, non. Votre
cœur peut, tant qu'il voudra, me donner la qualité de votre
fille, c'est un présent que je puis recevoir de lui sans que
personne y trouve à redire ; mais je ne dois pas le recevoir
par les lois, je ne suis point faite pour cela. Il est vrai que
je m'étais rendue à vos bontés ; je croyais tout surmonté,
tout paisible ; l'excès de mon bonheur m'empêchait de
penser, m'avait ôté tous mes scrupules. Mais il n'y a plus

---

1. De s'exiler pour échapper aux critiques que soulèverait sa mésalliance.

moyen, c'est tout le monde qui crie, qui se soulève, et je vous parle d'après tous les discours qu'on tient à M. de Valville, d'après les persécutions et les railleries qu'il essuie et qu'il trouve partout, de quelque côté qu'il aille. Quoiqu'il me le cache et qu'il n'ose vous le dire, elles l'étonnent[1], il en est effrayé lui-même, il a raison de l'être ; et quand il ne s'en soucierait pas, ce serait à moi à m'en soucier pour lui, et même pour moi. Car enfin vous m'aimez, votre intention est que je sois heureuse, et ce serait moi cependant qui trahirais les desseins de votre tendresse, des desseins que je dois tant respecter, qui méritent si bien de réussir, je les trahirais en consentant d'épouser Monsieur. Comment serais-je heureuse s'il ne l'était pas lui-même, si je m'en voyais méprisée, si je m'en voyais haïe, comme on le menace que cela arriverait ? Ah ! Seigneur, moi haïe !

À cet endroit de mon discours un torrent de larmes m'arrêta.

Valville, qui, pendant que j'avais parlé, avait fait de temps en temps comme quelqu'un qui veut répondre, mais qu'on ne laisse pas dire, se leva tout d'un coup d'un air extrêmement agité, et sortit de la salle sans que personne le retînt, ou lui demandât compte de sa sortie[2].

De son côté, Mme de Miran était restée comme immobile. Mme Dorsin, morne[3] et pensive, regardait à terre. Mlle Varthon, plus inquiète que jamais de ce que je pourrais dire, ne songeait qu'à prendre une contenance qui ne l'accusât de rien ; de sorte que nous étions toutes, chacune à notre façon, hors d'état de parler.

Quant à moi, affaiblie par l'effort que je venais de faire, je m'étais laissée aller sur les genoux de Mme de Miran, et je pleurais.

Ces deux Dames, après la sortie de Valville, furent

_____

1. Au sens fort, comme le veut le sens classique, pour qui le verbe étonner veut dire comme frappé par le tonnerre. **2.** Du fait d'avoir quitté ainsi brusquement la pièce. **3.** Pensive et mélancolique (A).

quelques instants sans rompre le silence. Ma fille, me dit
à la fin Mme de Miran d'un air consterné, est-ce qu'il ne
t'aime plus ?

Je ne lui répondis que par des pleurs, et puis elle en
versa elle-même. Mme Dorsin n'en fut pas exempte, elle
me parut extrêmement touchée. J'entendis Mlle Varthon
qui soupira un peu ; on était sur ce ton-là, et elle s'y
conforma ; ensuite on continua de se taire.

Mais Mme de Miran fondant en larmes et me serrant
entre ses bras, m'attendrit et me remua tant que mes sanglots pensèrent me suffoquer, et qu'il fallut me jeter dans
un fauteuil. Allons, ma fille, allons, console-toi, me dit-
elle ; va, ma chère enfant, il te reste une mère ; est-ce que
tu la comptes pour rien ?

Hélas ! c'est elle que je regrette, répondis-je je ne sais
comment, et d'une parole entrecoupée. Eh ! pourquoi la
regretter ? me dit-elle : elle est plus ta mère que jamais.
Et moi, mille fois plus encore son amie que je ne l'étais,
reprit Mme Dorsin la larme à l'œil, mais d'un ton ferme ;
et, en vérité, ce n'est pas elle que je plains, madame, c'est
M. de Valville ; il fait une perte infiniment plus grande.

Ah ! voilà qui est fini, je ne l'estimerai de ma vie, reprit
Mme de Miran. Mais, Marianne, comment sais-tu qu'il
aime ailleurs ? ajouta-t-elle ; par qui en es-tu informée,
puisque ce n'est pas lui qui te l'a avoué ? La connaît-on,
cette personne pour qui il rompt ses engagements ? Qui
est-ce qui est digne de t'être préférée ? Peut-elle te
valoir ? Espère-t-elle de le retenir ? Dis-moi, t'a-t-on dit
qui elle est ?

Vous le saurez sans doute, ma mère ; il faudra bien
qu'il vous le dise lui-même, répondis-je ; dispensez-moi,
je vous prie, de vous en apprendre davantage. Mademoiselle, reprit encore Mme de Miran en s'adressant à ma
rivale, ma fille est votre amie ; je suis persuadée que vous
êtes instruite, elle vous a apparemment tout confié ; ne se
tromperait-elle point ? Cette nouvelle inclination est-elle

bien prouvée [1] ? J'ai quelquefois envoyé Valville à votre Couvent ; serait-ce là qu'il aurait vu celle dont il s'agit ?

Dans le cas [2] où se trouvait Mlle Varthon, il aurait fallu plus d'âge et plus d'usage du monde qu'elle n'en avait pour être à l'épreuve d'une pareille question. Aussi ne put-elle la soutenir, et rougit-elle d'une manière si sensible que ces Dames furent tout d'un coup au fait.

Je vous entends, Mademoiselle, lui dit Mme de Miran ; vous êtes assurément fort aimable ; mais, après ce qui arrive à ma fille, je ne vous conseille pas de compter sur le cœur de mon fils.

Je ne me serais attendue ni à votre comparaison, ni à votre conseil, Madame, répondit Mlle Varthon avec une fierté qui fit cesser son embarras. À l'égard de Monsieur votre fils, tout ce que je pense de son amour en cette occasion-ci, c'est qu'il m'offense ; et j'aurais cru que c'était là tout ce que vous en auriez pensé aussi. Mais, Madame, il se fait tard, voici l'heure de rentrer dans le Couvent ; voulez-vous bien avoir la bonté de m'y renvoyer ?

Vous jugez bien, Mademoiselle, que je vous y reconduirai moi-même, repartit Mme de Miran. Et puis, s'adressant à Mme Dorsin : Vous ne nous quitterez pas sitôt, lui dit-elle, je vais faire mettre les chevaux au carrosse ; je serai de retour dans un quart d'heure, et je compte vous retrouver ici avec Marianne.

Volontiers, dit Mme Dorsin. Mais je ne fus pas de leur avis.

Ma mère, lui dis-je d'une voix encore faible, je ne connaîtrai jamais de plus grand plaisir que celui d'être avec vous, j'en ferai toujours mon bonheur, je n'en veux point d'autre, je n'ai besoin que de celui-là. Mais M. de Valville reviendra ce soir, et si vous ne voulez pas que je meure, ne m'exposez pas à le revoir, du moins sitôt ; vous

---

1. Possède-t-on des preuves tangibles de cette nouvelle passion ?
2. La situation.

seriez vous-même fâchée de m'avoir gardée, vous n'en auriez que du chagrin. Je sais combien vous m'aimez, ma mère, et c'est votre tendresse que je ménage, c'est votre cœur que j'épargne ; et il faut que ce que je dis là soit bien vrai, puisque je vous en avertis aux dépens de la consolation que j'y perdrai. Mais aussi, quand M. de Valville aura pris un parti, quand il sera marié, je ne prends plus d'intérêt à la vie que pour être avec ma mère.

Elle a raison, cette aventure-ci est encore trop fraîche, et je pense comme elle : remettons-la dans son Couvent, dit Mme Dorsin pendant que Mme de Miran s'essuyait les yeux.

Et en effet, cette dernière alla donner ses ordres, et un instant après nous partîmes.

Jamais peut-être quatre personnes ensemble n'ont été plus sérieuses et plus taciturnes que nous le fûmes ; et quoique le trajet de chez ma mère au Couvent fût assez long, à peine fut-il prononcé quatre mots pendant qu'il dura ; et il est vrai que les circonstances où nous étions, Mlle Varthon et moi, ne donnaient pas matière à une conversation bien animée ; il n'y eut de vif que les regards de Mme de Miran sur moi, et que les miens sur elle.

Enfin nous arrivâmes ; ma rivale descendit la première ; nous la suivîmes, Mme de Miran et moi ; et Mme Dorsin, qui m'embrassa la larme à l'œil, qui m'accabla de caresses et d'assurances d'amitié, resta dans le carrosse.

Mlle Varthon, à qui il tardait d'être débarrassée de nous, sonna, et fit un remercîment aussi froid que poli à ma mère ; la porte s'ouvrit, et elle nous quitta.

Je me jetai alors entre les bras de Mme de Miran, où je restai quelques instants sans force et sans parole.

Cache tes pleurs [1], me dit-elle tout bas ; j'ai de la peine à retenir les miennes. Adieu ; songe que tu es pour jamais

---

1. Marivaux emploie ici ce mot au féminin. Selon (A), il est masculin. Il arrive que Marivaux l'emploie au masculin comme le veut la norme.

ma fille, et que je te porte dans mon cœur. Je te viendrai
voir demain : discours qu'elle me tint de l'air du monde
le plus abattu [1]. Après quoi, je rentrai moi-même ; et, pour
vous rendre un compte bien exact de la disposition d'esprit où j'étais, je vous dirai que je rentrai plus attendrie
qu'affligée.

Et dans le fond, c'était assez là comme je devais être.
Je laissais Mme de Miran dans la douleur ; Mme Dorsin
venait de m'embrasser les larmes aux yeux ; mon infidèle
lui-même était troublé, il en avait donné des marques sensibles en nous quittant. Mon aventure remuait donc les
trois cœurs qui m'étaient les plus chers, auxquels le mien
tenait le plus, et qu'il m'était le plus consolant d'inquiéter. Vous voyez que mon affaire devenait la leur, et ce
n'était point là être si à plaindre : je n'étais donc pas sans
secours sur la terre ; on ne m'y faisait point verser de
larmes sans conséquence ; j'y voyais du moins des âmes
qui honoraient assez la mienne pour s'occuper d'elle,
pour se reprocher de l'avoir attristée, ou pour s'affliger
de ce qui l'affligeait. Et toutes ces idées-là ont bien de la
douceur ; elles en avaient tant pour moi que je pleurais
moins par chagrin, je pense, que par mignardise.

Avançons. J'achevai la soirée avec mon amie la Religieuse, dont enfin je vais dans un moment vous conter
l'histoire.

Vous concevez bien que nous ne nous vîmes pas,
Mlle Varthon et moi, et qu'il ne fut plus question de ce
commerce étroit que nous avions eu ensemble. Elle sentit
cependant la discrétion avec laquelle j'en avais usé à son
égard chez Mme de Miran, et m'en marqua sa reconnaissance.

À neuf heures du matin, le lendemain, une Sœur
Converse m'apporta un petit billet d'elle. Je l'ouvris avec
un peu d'inquiétude de ce qu'il contenait ; mais ce n'était

---

1. Accablé, vaincu, terrassé (A).

qu'un simple compliment sur mon procédé de la veille, et
le voici à peu près :

« Ce que vous fîtes hier pour moi est si obligeant, que
je me reprocherais de ne vous en pas remercier. Il ne tint
pas à vous qu'on ignorât la part que j'ai à vos chagrins,
et, malgré les mouvements où vous étiez, il ne vous
échappa rien qui pût me compromettre. Cela est bien
généreux, et les suites de cette aventure vous prouveront
combien cette attention m'a touchée. Adieu, Mademoiselle. » Vous allez voir dans un instant ce que c'était que
cette preuve qu'elle s'engageait à me donner.

Je répondis sur-le-champ à son billet, et ce fut la même
Converse qui lui remit ma réponse ; elle était fort courte ;
je m'en ressouviens aussi :

« Je vous suis obligée de votre compliment, Mademoiselle ; mais vous ne m'en deviez point. Je ne m'en crois
pas plus louable pour n'avoir pas été méchante. J'ai suivi
mon caractère dans ce que j'ai fait ; voilà tout, et je n'en
demande point de récompense. »

Mme de Miran m'avait promis la veille de me venir voir,
et elle me tint parole. Je ne vous ferai point le détail de
la conversation que nous eûmes ensemble ; nous nous
entretînmes de Mlle Varthon ; et comme tous mes ménagements pour Valville n'avaient servi à rien, je ne fis plus
difficulté de lui dire par quel hasard j'avais su son infidélité, et le tout à l'avantage de ma rivale, dont je ne lui
confiai point les dispositions [1]. Je pleurai dans mon récit,
elle pleura à son tour ; ce qu'elle me témoigna de tendresse est au-dessus de toute expression, et ce que j'en
sentis pour elle fut de même.

De nouvelles de Valville, elle n'avait point à m'en
dire ; il ne s'était point montré depuis l'instant qu'il nous
avait quitté. Il était cependant revenu au logis, mais très

---

1. Il se dit aussi du dessein, de la résolution que l'on a de faire
quelque chose (A).

tard ; et ce matin même il en était parti, ou pour la campagne, ou pour Versailles.

C'est moi qu'il fuit sans doute, ajouta-t-elle ; je suis persuadée qu'il a honte de paraître devant moi.

Et là-dessus elle se levait pour s'en aller, lorsque Mlle Varthon, que nous n'attendions ni l'une ni l'autre, entra subitement.

J'avais dessein de vous écrire, Madame, dit-elle à ma mère après l'avoir saluée ; mais puisque vous êtes ici, et que je puis avoir l'honneur de vous parler, il vaut mieux vous épargner ma lettre, et vous dire moi-même ce dont il s'agit. Il n'est question que de deux mots : M. de Valville a changé ; vous croyez que j'en suis cause, j'ai lieu de le croire aussi ; mais comment le suis-je ? C'est ce qu'il est essentiel que vous sachiez, et que tout le monde sache. Madame, il ne me conviendrait pas qu'on s'y trompât, et je vais vous rapporter tout dans la plus exacte vérité. M. de Valville, pour la première fois de sa vie, me vit ici le jour où je m'évanouis en faisant mes adieux à ma mère ; vous eûtes la bonté de me secourir, il vous y aida lui-même, et j'entrai dans le Couvent avec Mademoiselle, que je venais de connaître, qui devint mon amie, mais qui ne me parla ni de vous ni de M. de Valville, ni ne m'apprit en quels termes elle en était avec lui.

Je le sais, Mademoiselle, dit alors Mme de Miran en l'interrompant : Marianne vient de m'instruire, et vous a rendu toute la justice que vous pouvez exiger là-dessus. Mon fils vint vous voir, vous fit des compliments de ma part, vous laissa une lettre en vous quittant, et vous fit accroire que je l'avais chargé de vous la remettre ; vous ne pouviez pas deviner ; toute autre que vous l'aurait prise ; et puis, vous n'en avez pas fait un mystère, vous l'avez montrée à Mademoiselle dès que vous avez su qu'elle y était intéressée ; ainsi je ne vois rien qui doive vous inquiéter. Si mon fils vous a trouvée aimable, et s'il a osé vous le dire, ce n'est pas votre faute ; vous n'y avez contribué que par les grâces d'une figure que vous ne

pouviez pas vous empêcher d'avoir, et vous n'êtes pour
rien dans tout cela, suivant le rapport même de Marianne.

Ce rapport-là lui fait bien de l'honneur ; toute autre à
sa place ne m'aurait peut-être pas traitée si doucement,
repartit alors Mlle Varthon avec des yeux prêts à pleurer,
malgré qu'elle en eût [1] ; et ce qui me reste à vous dire,
c'est que vous ayez la bonté d'engager M. de Valville à
ne plus essayer de me revoir ; il le tenterait inutilement,
et ce serait me manquer d'égards.

Vous avez raison, Mademoiselle, reprit ma mère ; il ne
serait pas excusable, et je l'avertirai. Ce n'est pas que
dans la conjoncture présente je ne fusse la première à
souhaiter une alliance comme la vôtre, elle nous honore-
rait beaucoup assurément ; mais mon fils ne la mérite pas,
son caractère inconstant m'épouvanterait ; et quand il
serait assez heureux pour vous plaire, en vérité, j'aurais
peur, en vous le donnant, de vous faire un très mauvais
présent. Rassurez-vous sur ses visites, au reste ; il saura
combien elles vous offenseraient, et j'espère que vous
n'aurez point à vous plaindre.

Pour toute réponse Mlle Varthon fit une révérence, et se
retira.

Elle s'imagina peut-être que j'estimerais beaucoup
cette résolution qu'elle paraissait prendre de ne plus voir
Valville, et que je la regarderais comme une preuve de la
reconnaissance qu'elle m'avait promise ; mais point du
tout. Je ne m'y trompai point : ce n'était là que feindre
de la reconnaissance, et non pas en prouver [2].

Que risquait-elle à refuser de voir Valville au Couvent ?
N'avait-elle pas la maison de Mme de Kilnare pour ressource ? Valville n'était-il pas des amis de cette Dame ?
N'allait-il pas très souvent chez elle ? et Mlle Varthon
renonçait-elle à y aller aussi ? Tout cet étalage de fierté
et de noblesse dans le procédé n'était donc qu'une vaine

---

1. Bien qu'elle ne le voulût point.   **2.** Donner les preuves qu'on
en éprouve. Ou peut-être plus simplement en éprouver.

démonstration[1] qui ne signifiait rien : et vous verrez dans la suite que je raisonnais fort juste. Mais il n'est pas temps d'en dire davantage là-dessus. Revenons à moi.

Je suis née pour avoir des aventures, et mon étoile ne m'en laissera pas manquer[2] : me voici un peu oisive, mais cela ne durera pas.

Mme de Miran continuait de me voir. Valville, toujours absent, ne paraissait point. Nous nous rencontrions, Mlle Varthon et moi, dans le Couvent ; mais nous ne faisions que nous saluer, et ne nous parlions point.

Il ne s'était encore passé que quatre ou cinq jours depuis notre dîner chez Mme de Miran, quand il me vint le matin une visite assez singulière, et il faut commencer par vous dire ce qui me la procura.

Mme Dorsin, ce matin même, avait été voir Mme de Miran ; elle y avait trouvé un ancien ami de la maison, un Officier, homme de qualité, d'un certain âge, et qui dans un moment va se faire connaître lui-même[3].

Il avait fort entendu parler de moi à l'occasion de mon aventure chez le Ministre, et ne voyait jamais ma mère qu'il ne lui demandât des nouvelles de Marianne, dont il faisait des éloges éternels, fondés sur tout ce qu'on lui avait rapporté d'elle.

Le bruit de ma disgrâce[4] s'était déjà répandu ; on savait déjà l'infidélité de Valville. Peut-être lui-même, depuis que sa mère ne l'avait vu, en avait-il dit quelque chose à ses meilleurs amis, qui, de leur côté, l'avaient confié à d'autres ; et cet homme de qualité, qui l'avait apprise, n'était venu chez Mme de Miran que pour être sûrement informé de ce qui en était.

---

1. Témoignage de quelque passion par quelque action ou quelque chose extérieure (A). Ici, cette manifestation manque son but : elle est vaine.   **2.** L'accumulation des aventures est-elle le fait du hasard, de l'étoile de Marianne ? Voir l'introduction, p. 19-20.   **3.** Les commentateurs pensent que le modèle du personnage est un ami de Marivaux, Saint-Foix, littérateur homme de théâtre et historiographe (1698-1776). **4.** Infortune, malheur (A).

Madame, lui dit-il, ce qu'on a publié de M. de Valville est-il vrai ? On dit qu'il n'aime plus cette fille si estimable, qu'il l'a quittée, qu'il ne veut plus l'épouser. Quoi ! Madame, cette Marianne si chérie, si digne de l'être, il ne l'aimerait plus ! Je n'ai pas voulu le croire ; ce n'est apparemment qu'une calomnie.

Hélas ! Monsieur, c'est une vérité, répondit Mme de Miran avec douleur, et je ne saurais m'en consoler.

Ma foi ! reprit-il (car Mme de Miran me l'a conté elle-même), ma foi ! vous avez raison, il y aurait eu grand plaisir à être la belle-mère de cette enfant-là ; c'était une bonne acquisition pour le repos de votre vie. À quoi pense donc M. de Valville ? A-t-il peur d'être trop heureux ? Je laisse le reste de leur entretien là-dessus. Mme de Miran allait dîner chez Mme Dorsin ; cette dernière engagea l'Officier à être de la partie, et tout de suite, à cause de l'extrême envie qu'il avait de me connaître, ajouta qu'il fallait que j'en fusse.

Mais comme il était de fort bonne heure, que ces Dames ne voulaient pas partir sitôt, et que cependant il était bon que je fusse prévenue : Je vais donc envoyer à son couvent pour l'avertir que nous la prendrons en passant, dit ma mère.

Il est inutile d'envoyer, reprit cet Officier ; j'ai affaire de ce côté-là, et, si vous voulez, je ferai votre commission moi-même ; donnez-moi seulement un petit billet pour elle, il n'y a rien de plus simple ; on ne me renverra peut-être pas. Non certes, dit ma mère, qui sur-le-champ m'écrivit :

« Ma fille, je t'irai prendre à une heure ; nous dînons chez Mme Dorsin. »

Ce fut donc avec ce petit passeport que cet Officier arriva à mon Couvent. Il me demande ; on vient me le dire ; c'est de la part de Mme de Miran, et je descends.

Quelques Pensionnaires, ce jour-là même, m'avaient dit par hasard qu'elles viendraient l'après-dînée me tenir compagnie dans ma chambre ; de façon que, malgré mes chagrins, je m'étais un peu moins négligée qu'à l'ordinaire.

Ce sont là de petites attentions chez nous, qui ne coûtent pas la moindre réflexion ; elles vont toutes seules, nous les avons sans le savoir. Il est vrai que j'étais affligée ; mais qu'importe ? Notre vanité n'entre point làdedans, et n'en continue pas moins ses fonctions : elle est faite pour réparer d'un côté ce que nos afflictions détruisent de l'autre ; et enfin on ne veut pas tout perdre.

Me voici donc entrée dans le parloir. Je vis un homme d'environ cinquante ans tout au plus, de bonne mine, d'un air distingué, très bien mis, quoique simplement, et de la physionomie du monde la plus franche et la plus ouverte.

Quelque politesse naturelle qu'on ait, dès que nous voyons des gens dont la figure nous prévient, notre accueil a toujours quelque chose de plus obligeant pour eux que pour d'autres. Avec ces autres, nous ne sommes qu'honnêtes ; avec ceux-ci, nous le sommes jusqu'à être affables ; cela va si vite, qu'on ne s'en aperçoit pas ; et c'est ce qui m'arriva en saluant cet Officier. Je n'eus pas affaire à un ingrat ; il n'aurait pu, à moins que de s'écrier, se montrer plus satisfait qu'il le parut de ma petite personne.

J'attendis qu'il me parlât. Mademoiselle, me dit-il après quelques révérences et en me présentant le billet de ma mère, voici ce que Mme de Miran m'a chargé de vous remettre ; il était question de vous envoyer quelqu'un, et j'ai demandé la préférence.

Vous m'avez fait bien de l'honneur, Monsieur, lui répondis-je, en ouvrant le billet, que j'eus bientôt lu. Oui, Monsieur, ajoutai-je ensuite, Mme de Miran me trouvera prête, et je vous rends mille grâces de la peine que vous avez bien voulu prendre.

C'est à moi à remercier Mme de Miran de m'avoir permis de venir, me repartit-il ; mais, Mademoiselle, il n'est point tard ; ces Dames n'arriveront pas sitôt ; pourrais-je, à la faveur de la commission que j'ai obtenue, espérer de

vous un petit quart d'heure d'entretien ? Il y a longtemps
que je suis des amis de Mme de Miran et de toute la famille ; je dois dîner aujourd'hui avec vous ; ainsi, vous pouvez d'avance me regarder déjà comme un homme de
votre connaissance ; dans deux heures je ne serai plus un
étranger pour vous.

Vous êtes le maître, Monsieur, lui répondis-je assez
surprise de ce discours ; parlez, je vous écoute.

Je ne vous laisserai pas longtemps inquiète de ce que
j'ai à vous dire, reprit-il. En deux mots, voici de quoi il
s'agit, Mademoiselle.

Je suis connu pour un homme d'honneur, pour un
homme franc, uni [1], de bon commerce ; depuis que j'entends parler de vous, votre caractère est l'objet de mon
estime et de mon respect, de mon admiration, et je vous
dis vrai. Je suis au fait de vos affaires : M. de Valville,
malheureusement pour lui, est un inconstant. Je ne
dépends de personne, j'ai vingt-cinq mille livres de rente,
et je vous les offre, Mademoiselle ; elles sont à vous,
quand vous voudrez, sauf l'avis de Mme de Miran, que
vous pouvez consulter là-dessus.

Ce qui me surprit le plus dans sa proposition, ce fut
cette rapidité avec laquelle il la fit, et cette franchise obligeante [2] dont il l'accompagna.

Je n'ai vu personne si digne qu'on l'écoutât que ce
galant homme ; c'était son âme qui me parlait ; je la
voyais, elle s'adressait à la mienne, et lui demandait une
réponse qui fût simple et naturelle, comme l'était la question qu'il venait de me faire. Aussi, laissant là toutes les
façons, conformai-je mon procédé au sien, et, sans
m'amuser à le remercier :

Monsieur, lui dis-je, savez-vous mon histoire ?

Oui, Mademoiselle, reprit-il, je la sais, voilà pourquoi
vous me voyez ici ; c'est elle qui m'a appris que vous

---

1. De caractère constant, simple, sans façon (A).   2. Honnête, qui
fait volontiers plaisir (R).

valez mieux que tout ce que je connais dans le monde, c'est elle qui m'attache à vous.

Vous m'étonnez, Monsieur, lui répondis-je ; votre façon de penser est bien rare ; je ne saurais la louer à cause qu'elle est trop à mon avantage : mais vous êtes un homme de condition[1], apparemment ?

Oui, me repartit-il, j'oubliais de vous le dire, d'autant plus qu'à mon avis, ce n'est pas là l'essentiel.

C'est surtout l'honnête homme[2], ce me semble, et non pas l'homme de condition, qui peut mériter d'être à vous, Mademoiselle ; et comme je suis honnête homme, je pense, autant qu'on peut l'être, j'ai cru que cette qualité, jointe à la fortune que j'ai et qui nous suffirait, pourrait vous déterminer à accepter mes offres.

Il n'y a pas à hésiter sur l'estime que j'en dois faire, elles sont d'une générosité infinie, lui répondis-je ; mais souffrez que je vous le dise encore, y avez-vous bien réfléchi ? Je n'ai rien, j'ignore à qui je dois le jour, je ne subsiste depuis le berceau que par des secours étrangers ; j'ai vu plusieurs fois l'instant où j'allais devenir l'objet de la charité publique ; et tout cela a rebuté M. de Valville, malgré l'inclination qu'il avait pour moi. Monsieur, prenez-y garde.

Ma foi ! Mademoiselle, tant pis pour lui, me répondit-il ; ce ne sera jamais là le plus bel endroit de sa vie. Au surplus, vous ne risquez avec moi rien de pareil à ce qui vous est arrivé avec lui ; M. de Valville vous aimait, et moi, Mademoiselle, ce n'est point l'amour qui m'a amené ici. J'avais bien entendu dire que vous étiez belle ; mais on n'est pas sensible à des charmes qu'on n'a jamais vus, et qu'on ne sait que par relation. Ainsi, ce n'est pas un Amant qui est venu vous trouver, c'est quelque chose de mieux ; car qu'est-ce que c'est qu'un Amant ? C'est bien à l'amour à qui il appartient de vous offrir un cœur ! Est-

_____

1. Homme de naissance (A), c'est-à-dire noble.   **2.** Qui a de l'honnêteté, de la civilité, de l'honneur (R).

ce qu'une personne comme vous est faite pour être le
jouet d'une passion aussi folle, aussi inconstante ? Non,
Mademoiselle, non. Qu'on prenne de l'amour pour vous
quand on vous voit, qu'on vous aime de tout son cœur, à
la bonne heure, on ne saurait s'en dispenser ; moi qui
vous parle, je fais comme les autres, je sens qu'actuellement je vous aime aussi, je vous l'avoue. Mais je n'ai pas
eu besoin d'amour pour être charmé de vous, je n'ai eu
besoin que de savoir les qualités de votre âme ; de sorte
que votre beauté est de trop ; non pas qu'elle me fâche,
je suis bien aise qu'elle y soit assurément : un excès de
bonheur ne m'empêchera pas d'être heureux. Mais enfin,
ce n'est pas à cause de cette beauté que je vous ai aimée
d'abord, c'est à cause que je suis homme de bon sens[1].
C'est ma raison qui vous a donné mon cœur, je n'ai pas
apporté ici d'autre passion. Ainsi mon attachement ne
dépendra pas d'un transport de plus ou de moins ; et ma
raison ne s'embarrasse pas que vous ayez du bien, pourvu
que j'en aie assez pour nous deux, ni que vous ayez des
parents dont je n'ai que faire. Que m'importe à moi votre
famille ? Quand on la connaîtrait, fût-elle royale, ajoute-
rait-elle quelque chose au mérite personnel que vous
avez ? Et puis les âmes ont-elles des parents ? Ne sont-
elles pas toutes d'une condition égale ? Eh bien ! ce n'est
qu'à votre âme à qui j'en veux ; ce n'est qu'au mérite
qu'elle a, en vertu duquel je vous devrais bien du retour[2].
C'est à moi, Mademoiselle, si vous m'épousez, à qui je
compte que vous ferez beaucoup de grâce : voilà tout ce
que j'y sais. Au reste, quelque amour que je vienne de
prendre pour vous, je ne vous proposerai pas d'en avoir
pour moi. Vous n'avez pas vingt ans, j'en ai près de cinquante, et ce serait radoter que de vous dire : Aimez-moi.
Quant à votre amitié, et même à votre estime, je n'y
renonce pas ; j'espère que j'obtiendrai l'une et l'autre,

---

1. La droite raison (A).   **2.** De la réciprocité.

c'est mon affaire ; vous êtes raisonnable et généreuse, et il est impossible que je ne réussisse pas. Voilà, Mademoiselle, tout ce que j'avais à vous dire ; il ne me reste plus qu'à savoir ce que vous décidez.

Monsieur, lui dis-je, si je ne consultais que l'honneur que vous me faites dans la situation où je suis, et que la bonne opinion que vous me donnez de vous, j'accepterais tout à l'heure vos offres ; mais je vous demande huit jours pour y penser, autant pour vous que pour moi. J'y penserai pour vous, à cause que vous épousez une personne qui n'est rien, et qui n'a rien ; j'y penserai pour moi, à cause des mêmes raisons ; elles nous regardent également tous deux, et je vous conjure d'employer ces huit jours à examiner de votre côté la chose encore plus que vous n'avez fait, et avec toute l'attention dont vous êtes capable. Vous m'estimez beaucoup, dites-vous, et aujourd'hui cela vous tient lieu de tout, par le bon esprit que vous avez ; mais il faut regarder que je ne suis pas encore à vous, Monsieur ; et nous ne serons pas plutôt mariés, qu'il y aura des gens qui le trouveront mauvais, qui feront des railleries sur ma naissance inconnue, et sur mon peu de fortune. Serez-vous insensible à ce qu'ils diront ? Ne serez-vous pas fâché de ne vous être allié à aucune famille, et de n'avoir pas augmenté votre bien par celui de votre épouse ? C'est à quoi il est nécessaire que vous songiez mûrement [1], de même que je songerai à ce qu'il m'en arriverait à moi, si vous alliez vous repentir de votre précipitation. Et puis, Monsieur, quand tous ces motifs de réflexion ne m'arrêteraient pas, je n'aurais encore actuellement que la liberté de vous marquer ma reconnaissance, et ne pourrais prendre mon parti sans savoir la volonté de Mme de Miran. Je suis sa fille, et même encore plus que sa fille ; car c'est à son bon cœur à qui j'ai l'obligation de l'avoir pour mère, et non pas à la nature. C'est ce bon cœur qui a tout fait, de sorte que le mien doit lui donner tout pouvoir sur

---

1. Avec prudence et sans précipitation (A).

moi ; et je suis persuadée que vous êtes de mon avis.
Ainsi, Monsieur, je l'informerai de la générosité de vos
offres, sans pourtant lui dire votre nom, à moins que vous
ne me permettiez de vous faire connaître.

Oh ! vous en êtes la maîtresse, Mademoiselle, répondit-
il ; je me soucie si peu que vous me gardiez le secret, que
je serai le premier à me vanter du dessein que j'ai de vous
épouser, et je prétends bien que les gens raisonnables ne
feront que m'en estimer davantage, quand même vous me
refuseriez ; ce qui ne me ferait aucun tort, et ne significa-
rait rien, sinon que vous valez mieux que moi. Mais il est
temps de vous quitter ; dans une heure au plus tard, ces
Dames vont venir vous prendre : vous n'êtes point habillée, et je vous laisse, en attendant de vous revoir chez
Mme Dorsin. Adieu, Mademoiselle : je ferai des réflexions,
puisque vous le voulez, et seulement pour vous contenter ;
mais je ne suis pas en peine de celles qui me viendront,
je ne m'inquiète que des vôtres ; et d'aujourd'hui en huit,
je suis ici à pareille heure dans votre parloir, pour vous
en demander le résultat, et de celles de Mme de Miran, qui
me seront peut-être favorables.

Et là-dessus il se retira, sans que je lui répondisse autrement qu'en le saluant de l'air le plus affable et le plus
reconnaissant qu'il me fut possible.

Je rentrai dans ma chambre, où je me hâtai de m'habiller. Ces Dames arrivèrent ; je montai en carrosse pour aller
dîner chez Mme Dorsin, de chez qui je revins assez tard,
sans avoir encore rien appris à Mme de Miran de mon
aventure avec l'Officier. Ma mère, vous reverrai-je bientôt ? lui dis-je. Demain dans l'après-dînée, me répondit-
elle en m'embrassant ; et nous nous quittâmes. Je ne parlai ce soir-là qu'à ma Religieuse, que je priai de venir le
lendemain matin dans ma chambre. Je voulais lui confier
et la visite de l'Officier, et une certaine pensée qui m'était
venue depuis deux ou trois jours, et qui m'occupait.

Elle ne manqua pas au rendez-vous ; je débutai par
l'instruire du nouveau parti qui s'offrait, qui était digne

d'attention, mais sur lequel j'étais combattue par cette pensée que je viens de dire, qui était de renoncer au monde, et de me fixer dans l'état tranquille qu'elle avait embrassé elle-même [1].

Quoi ! vous faire Religieuse ! s'écria-t-elle. Oui, lui répondis-je, ma vie est sujette à trop d'événements ; cela me fait peur. L'infidélité de Valville m'a dégoûtée du monde. La Providence m'a fourni de quoi me mettre à l'abri de tous les malheurs qui m'y attendent peut-être (je parlais de mon contrat) ; du moins je vivrais ici en repos, et n'y serais à charge à personne.

Une autre que moi, reprit-elle, applaudirait tout d'un coup à votre idée ; mais comme je puis encore passer une heure avec vous, je suis d'avis, avant que de vous répondre, de vous faire un petit récit des accidents de ma vie ; vous en serez plus éclairée sur votre situation ; et si vous persistez à vouloir être Religieuse, du moins saurez-vous mieux la valeur de l'engagement que vous prendrez. Après ces mots, voici comme elle commença, ou plutôt voici ce qu'elle nous dira dans l'autre partie.

---

1. Qu'elle avait choisi elle-même.

NEUVIÈME PARTIE

Il y a si longtemps, Madame, que vous attendez cette suite de ma vie, que j'entrerai d'abord en matière ; point de préambule, je vous l'épargne. Pas tout à fait, me direz-vous, puisque vous en faites un, même en disant que vous n'en ferez point. Eh bien ! je ne dis plus mot.

Vous vous souvenez, quoique ce soit du plus loin qu'il vous souvienne, que c'est la Religieuse qui parle.

Vous croyez, ma chère Marianne, être née la personne du monde la plus malheureuse, et je voudrais bien vous ôter cette pensée, qui est encore un autre malheur qu'on se fait à soi-même ; non pas que vos infortunes n'aient été très grandes assurément ; mais il y en a de tant de sortes que vous ne connaissez pas, ma fille ! Du moins une partie de ce qui vous est arrivé s'est-il passé dans votre enfance ; quand vous étiez le plus à plaindre, vous ne le saviez pas ; vous n'avez jamais joui de ce que vous avez perdu, et l'on peut dire que vous avez plus appris vos pertes que vous ne les avez senties. J'ignore à qui je dois le jour, dites-vous ; je n'ai point de parents, et les autres en ont. J'en conviens ; mais comme vous n'avez jamais goûté la douceur qu'il y a à en avoir, tâchez de vous dire : Les autres ont un avantage qui me manque, et ne vous dites point : J'ai une affliction de plus qu'eux. Songez d'ailleurs aux motifs de consolation que vous avez : un caractère excellent, un esprit raisonnable et une âme vertueuse valent bien des parents, Marianne. Et voilà

ce que n'ont pas une infinité de personnes de votre sexe
dont vous enviez le sort, et qui seraient bien mieux fondées à envier le vôtre. Voilà votre partage, avec une figure
aimable qui vous gagne tous les cœurs, et qui vous a déjà
trouvé une mère pour le moins aussi tendre que l'eût été
celle que vous avez perdue. Et puis, quand vous auriez
vos parents, que savez-vous si vous en seriez plus heureuse ? Hélas ! ma chère enfant, il n'y a point de condition
qui mette à l'abri du malheur, ou qui ne puisse lui servir
de matière ! Pour être le jouet des événements les plus
terribles, il n'est seulement question que d'être au monde ; je n'ai point été orpheline comme vous ; en ai-je été
mieux que vous ? Vous verrez que non dans le récit que
je vous ferai de ma vie, si vous voulez, et que j'abrégerai
le plus qu'il me sera possible.

Non pas, lui dis-je, n'abrégez rien, je vous en conjure,
je vous demande jusqu'au moindre détail ; plus je passerai
de moments à vous écouter, plus vous m'épargnerez de
réflexions sur tout ce qui m'afflige ; et s'il est vrai que
vous n'ayez pas été plus heureuse que moi, vous qui méritiez de l'être plus qu'une autre, j'aurai assez de raison
pour ne plus me plaindre.

Dès que mon récit peut servir à vous distraire de vos
chagrins, me répondit-elle, je n'hésiterai point à lui donner toute son étendue [1], et je vous promets d'avance qu'il
sera long.

Avant que j'en vienne à ce qui me regarde, il faut que
je vous dise un mot du mariage de mon père et de ma
mère, puisque c'est la manière dont il se fit qui vraisemblablement a décidé de mon sort.

Je suis la fille d'un Gentilhomme d'ancienne race [2] très
distinguée dans le pays, mais peu connue dans le monde ;
son père, quoique assez riche, était un de ces Gentils-

---

1. La longueur.   **2.** D'ancienne lignée (R). Donc de vieille
noblesse.

hommes de province qui vivent à la campagne et n'ont jamais quitté leur Château.

M. de Tervire (c'était son nom) avait deux fils ; c'est à l'aîné à qui je dois le jour.

Mlle de Tresle (c'est ainsi que s'appelait ma mère), d'aussi bonne maison que lui, et qui était pensionnaire d'un Couvent où elle avait été élevée, en sortit à l'âge de dix-neuf à vingt ans pour assister au mariage d'un de ses parents ; ce fut en cette occasion que mon père, jeune homme de vingt-six à vingt-sept ans, la vit et se donna pour jamais à elle.

Il n'en fut pas rebuté [1] ; elle se sentit à son tour beaucoup de penchant pour lui ; mais Mme de Tresle, qui était veuve, crut devoir s'opposer à cette inclination réciproque. Il y avait peu de bien dans sa maison ; ma mère était la dernière de cinq enfants, c'est-à-dire de deux garçons et de trois filles. Les deux premiers étaient au service [2], ses revenus suffisaient à peine pour les y soutenir ; et il n'y avait pas d'apparence qu'on permît à Tervire, qui était un assez riche héritier, d'épouser une cadette sans fortune, et qui, pour toute dot, n'avait presque qu'une égalité de condition à lui apporter en mariage.

M. de Tervire le père ne consentirait point à une pareille alliance ; il n'était pas raisonnable de l'espérer, ni de laisser continuer un amour inutile, et par conséquent indécent [3].

Voilà ce que Mme de Tresle disait à Tervire le fils ; mais il combattit avec tant de force les difficultés qu'elle alléguait, lui dit que son père l'aimait tant, qu'il était si sûr de le gagner ; il passait d'ailleurs pour un jeune homme si plein d'honneur, qu'à la fin elle se rendit, et

---

1. De rebuter au sens de dégoûter, faire perdre courage (R). On emploierait aujourd'hui repoussé.   **2.** Au service du roi. Sans doute comme officier dans les armées royales.   **3.** Ce qui est opposé à la bienfaisance, à l'honnêteté, à la civilité (R).

souffrit que ces Amants, qui ne demeuraient qu'à une
lieue l'un de l'autre, se vissent.

Six semaines après, Tervire parla à son père, le supplia
d'agréer un mariage dont dépendait tout le bonheur de sa
vie.

Son père, qui avait d'autres vues, qui aimait tendrement
ce fils, et qui, sans lui en rien dire, lui avait trouvé depuis
quelques jours un très bon parti, se moqua de sa prière,
traita sa passion d'amourette frivole, de fantaisie de jeunesse, et voulut sur-le-champ l'emmener chez celle qu'il
lui avait destinée.

Son fils, qui croyait que cette démarche aurait été une
espèce d'engagement, n'eut garde de s'y prêter. Son père
ne parut point offensé de son refus. C'était un de ces
hommes froids et tranquilles, mais qui ont l'esprit entier[1].

Je ne vous forcerai jamais à aucun mariage, mais je ne
vous permettrai point celui dont vous me parlez, lui dit-
il ; vous n'avez point assez de bien pour vous charger
d'une femme qui n'en a point ; et si, malgré ce que je
vous dis là, Mlle de Tresle devient la vôtre, je vous avertis
que vous vous en repentirez.

Ce fut là tout ce qu'il put tirer de son père, qui dans la
suite ne lui en dit pas davantage, et qui continua de vivre
avec lui comme à l'ordinaire.

Mme de Tresle, à qui il ne rendit cette réponse que le
plus tard qu'il put, défendit à sa fille de revoir Tervire, et
se préparait à la renvoyer dans son couvent, quand cet
amant, désespéré de songer qu'il ne la verrait plus, proposa de l'épouser en secret, et de ne déclarer son mariage
qu'après la mort de son père, ou qu'après l'avoir disposé
lui-même à ne s'y opposer plus. Mme de Tresle s'offensa
de la proposition, et n'y vit qu'une raison de plus d'éloigner sa fille.

Dans cette occurrence, ses deux fils revinrent de l'armée ; ils apprirent ce qui se passait ; ils connaissaient Ter-

_____

1. Obstiné (R).

vire, ils l'estimaient ; ils aimaient leur sœur, ils la voyaient affligée. À leur avis, il n'était question que de se taire quand elle serait mariée ; M. de Tervire le père pouvait être gagné ; il était d'ailleurs infirme et très âgé. Au pis aller, le caractère du fils ne laissait rien à craindre pour leur sœur, et sur tout cela ils appuyèrent les instances de leur ami d'une manière si pressante, ils importunèrent tant Mme de Tresle, qu'elle leur abandonna le sort de sa fille, et son Amant l'épousa.

Seize ou dix-sept mois après, M. de Tervire le père soupçonna ce mariage sur bien des choses qu'il est inutile de vous dire ; et pour savoir à quoi s'en tenir, il ne sut que s'adresser à son fils, qui n'osa lui avouer la vérité, mais qui ne la nia pas non plus avec cette assurance qu'on a quand on dit vrai.

Voilà qui est bien, lui répondit le père ; je souhaite qu'il n'en soit rien ; mais si vous me trompez, vous savez ce que je vous ai dit là-dessus, et je vous tiendrai parole.

Le bruit court que Tervire est marié avec votre cadette, dit-il à Mme de Tresle qu'il rencontra le lendemain, et supposons que cela soit, je n'en serais pas fâché si j'étais plus riche ; mais ce que je puis lui laisser ne suffirait plus pour soutenir son nom, et il faudrait prendre d'autres mesures.

L'air déconcerté qu'elle avait en l'écoutant acheva sans doute de lui confirmer ce mariage, et il la quitta sans attendre de réponse.

Dans le temps qu'il tenait ces discours, et qu'avec la froideur dont je vous parle il menaçait mon père d'un ressentiment qui n'eut que trop de suites, ma mère n'attendait que l'instant de me mettre au monde, et vous voyez à présent, Marianne, pourquoi j'ai fait remonter mon histoire jusqu'à la leur ; c'était pour vous montrer que mes malheurs se préparaient avant que je visse le jour, et qu'ils ont, pour ainsi dire, devancé ma naissance.

Il n'y avait que quatre mois que ceci s'était passé, et je n'en avais encore que trois et demi, quand M. de Tervire

le père, dont la santé depuis quelque temps était considérablement altérée, et qui sortait rarement de chez lui, voulut, pour dissiper une langueur qu'il sentait, aller dîner
chez un Gentilhomme de ses amis qui l'avait invité, et
qui ne demeurait qu'à deux lieues de son château.

Il était à cheval, suivi de deux valets ; à peine avait-il
fait une lieue, qu'un étourdissement qui lui prit, et auquel
il était sujet, l'obligea de mettre pied à terre, et de s'arrêter un instant près de la maison d'un paysan, dont la
femme était nourrice.

M. de Tervire, qui connaissait cet homme, et qui entra
chez lui pour s'asseoir, vit qu'il tâchait de faire avaler un
peu de lait à un enfant qui paraissait fort faible, qui avait
l'air pâle et comme mourant. Cet enfant, c'était moi.

Ce que vous lui donnez là ne lui vaut rien, dit M. de
Tervire surpris de son action ; dans l'état de faiblesse où
il est, c'est de sa nourrice dont il a besoin ; est-ce qu'elle
n'y est pas ? Vous m'excuserez, lui dit le paysan ; la
voilà, c'est ma femme ; mais elle est, comme vous voyez,
au lit avec une grosse fièvre, qui l'a empêchée de nourrir
l'enfant depuis hier au soir que nous lui avons cherché
une nourrice, et voici même mon fils qui a été de grand
matin avertir le père et la mère d'en amener une ; cependant personne ne vient, la petite fille est fort mal, et je
tâche, en attendant, de la soutenir le mieux que je puis ;
mais il n'y aura pas moyen de la sauver, si on la laisse
languir plus longtemps.

Vous avez raison, le danger est pressant, dit M. de Tervire ; est-ce qu'il n'y aurait point de femme aux environs
qu'on puisse faire venir ? Elle me fait une vraie pitié. Elle
vous en ferait encore bien davantage, si vous saviez qui
elle est, monsieur, lui dit de son lit ma nourrice. Eh !
à qui appartient-elle donc ? lui répondit-il avec quelque
surprise. Hélas ! monsieur, reprit le paysan, je n'ai pas
osé vous l'apprendre d'abord, de peur de vous fâcher ;
car je sais bien que ce n'est pas de votre gré que votre fils

s'est marié ; mais puisque ma femme s'est tant avancée, il vaut autant vous dire que c'est la fille de M. de Tervire.

Le père, à ce discours, fut un instant sans répondre, et puis en me regardant d'un air pensif et attendri : La pauvre enfant ! dit-il, ce n'est pas elle qui a tort avec moi. Et aussitôt il appela un de ses gens : Hâtez-vous, lui dit-il, de retourner au Château ; je me ressouviens que la femme de mon Jardinier perdit avant-hier son fils qui n'avait que cinq mois, et qu'elle le nourrissait ; dites-lui de ma part qu'elle vienne sur-le-champ prendre cet enfant-ci, et que c'est moi qui la payerai. Courez vite, et recommandez-lui qu'elle se hâte.

L'étourdissement qui l'avait pris s'était alors entièrement passé ; il me fit, dit-on, quelques caresses, remonta à cheval, et poursuivit son chemin.

Il n'était pas encore à cent pas de la maison, que son fils arriva avec une Nourrice qu'il n'avait pu trouver plus tôt. Le paysan lui conta ce qui venait de se passer, et le fils pénétré de la bonté d'un père si tendre quoique offensé, remonta à son tour à cheval, et courut à toute bride pour aller lui en marquer sa reconnaissance.

M. de Tervire, qui le vit venir, et qui se doutait bien de quoi il était question, s'arrêta, et son fils, après avoir mis pied à terre à quelques pas de lui, vint se jeter à ses genoux, les larmes aux yeux, et sans pouvoir prononcer un mot.

Je sais ce qui vous amène, lui dit M. de Tervire, ému lui-même de l'action de son fils. Votre fille a besoin de secours, je viens de lui en envoyer chercher. S'il arrive assez tôt pour elle, je ne laisserai point imparfait le service que j'ai voulu lui rendre, et je ne lui aurai point sauvé la vie pour l'exposer à ne pas vivre heureuse. Allez, Tervire ; votre fille vient tout à l'heure de devenir la mienne. Qu'on la porte chez moi ; menez-y votre femme, faites-vous dès aujourd'hui donner au Château l'appartement qu'occupait votre mère, et que je vous trouve logés tous deux quand je reviendrai ce soir. Si Mme de Tresle veut

bien venir souper avec moi, elle me fera plaisir. Il me
tarde d'être déjà de retour pour changer des dispositions
qui ne vous étaient pas favorables. Adieu, je reviendrai
de bonne heure ; rejoignez votre fille, et prenez-en soin.

Mon père qui était toujours resté à ses genoux, et à qui
son attendrissement et sa joie ôtaient la force de parler,
ne put encore le remercier ici qu'en baignant de ses
larmes une main qu'il lui avait tendue, et qu'en élevant
les siennes quand il le vit s'éloigner.

Il revint à moi, qu'on avait mise entre les mains de la
Nourrice qu'il avait amenée, nous conduisit toutes deux
au Château où la jardinière qui allait partir me prit, nous
quitta ensuite pour informer sa femme et sa belle-mère
d'un événement si consolant, les amena toutes deux chez
son père, au-devant de qui son impatience le fit aller sur
la fin du jour, et à la place duquel il ne trouva qu'un valet
qu'on lui dépêchait pour le faire venir, et pour l'avertir
que M. de Tervire était subitement tombé dans une si
grande défaillance qu'il ne parlait plus, et où enfin il
expira avant que son fils fût arrivé. Quel coup de foudre
pour mon père et pour ma mère ! et quelle différence de
sort pour moi !

Il avait fait un testament qu'on trouva parmi ses
papiers, et dans lequel il laissait tout le bien à son second
fils, et réduisait mon père à une simple légitime[1]. Voilà
ce que c'était que ces dispositions qu'il avait eu dessein
de changer, et au moyen desquelles mon père se vit à
peine de quoi vivre.

Il n'avait rien à espérer de ce cadet qu'on mettait à
sa place ; c'était un de ces hommes ordinaires, qui sont
incapables de s'élever à rien de généreux, qui ne sont ni
bons ni méchants, de ces petites âmes qui ne vous font
jamais d'autre justice que celle que les Lois vous accor-
dent, qui se font un devoir de ne vous rien laisser quand

---

1. Part d'héritage variable selon les droits coutumiers dont on ne
pouvait priver les enfants dans une succession (R).

elles ont droit de vous dépouiller de tout, et qui, si elles vous voient faire une action généreuse, la regardent comme une étourderie dont elles s'applaudissent de n'être pas capables, et vous diraient volontiers : J'aime mieux que vous la fassiez que moi.

Voilà à quel homme mon père avait affaire ; de sorte qu'il fallut s'en tenir à sa légitime qui était très peu de chose, à ce que lui avait apporté ma mère, qui n'était presque rien, et le tout sans ressource du côté de sa belle-mère, qui n'avait qu'un bien médiocre, qui depuis un an s'était épuisée pour marier son fils aîné, et qui était encore chargée de trois enfants avec qui elle ne subsistait que par une extrême économie.

Ainsi vous voyez bien, Marianne, que jusqu'ici je n'en étais guère plus avancée d'avoir un père et une mère. Le premier ne vécut pas longtemps. Un jeune Gentilhomme de son âge qui allait à Paris, d'où il devait joindre son Régiment, l'emmena avec lui, et en fit un Officier de sa Compagnie.

C'est ici où finit son histoire, aussi bien que sa vie, qu'il perdit dès sa première Campagne [1].

Il me reste encore une mère, j'ai encore une famille et des parents, et vous allez savoir à quoi ils me serviront.

Ma mère est donc veuve. Je ne sais si je vous ai dit qu'elle était belle, et, ce qui vaut encore mieux, que c'était une des plus aimables femmes de la province ; si aimable que, malgré son peu de fortune et l'enfant dont elle était chargée (je parle de moi), il n'avait tenu qu'à elle de se remarier, et même assez avantageusement. Mais mon père alors lui était encore trop cher ; elle en gardait un ressouvenir trop tendre, et elle n'avait pu se résoudre à vivre pour un autre.

Cependant un grand Seigneur de la Cour, qui avait une Terre considérable dans notre voisinage, vint y passer quelque temps ; il vit ma mère, il l'aima. C'était un

---

1. Opérations militaires.

homme de quarante ans, de très bonne mine ; et cet
Amant, bien plus distingué que tous ceux qui s'étaient
présentés, et dont l'amour avait quelque chose de bien
plus flatteur, commença d'abord par amuser sa vanité, la
fit ressouvenir qu'elle était belle, et finit insensiblement
par lui faire oublier son premier mari, et par obtenir son
cœur.

Il lui offrit sa main, et elle l'épousa ; je n'avais encore
qu'un an et demi tout au plus.

Voilà donc la situation de ma mère bien changée ; la
voilà devenue une des plus grandes Dames du royaume,
mais aussi la voilà perdue pour moi. Trois semaines après
son mariage, je n'eus plus de mère ; les honneurs et le
faste qui l'environnaient me dérobèrent sa tendresse, ne
laissèrent plus de place pour moi dans son cœur. Et cette
petite fille auparavant si chérie, qui lui représentait mon
père à qui je ressemblais ; cette enfant qui lui adoucissait
l'idée de sa mort, qui quelquefois, disait-elle, le rendait
comme présent à ses yeux, et lui aidait à se faire accroire
qu'il vivait encore (car c'était là ce qu'elle avait dit cent
fois) ; cette enfant ne fut presque pas moins oubliée qu'il
l'était lui-même, et devint à peu près comme une
orpheline.

Une grossesse vint encore me nuire, et acheva de distraire ma mère de l'attention qu'elle me devait.

Elle m'abandonna aux soins de la Concierge du Château ; il se passait des quinze jours entiers sans qu'elle
me vît, sans qu'elle demandât de mes nouvelles ; et vous
pensez bien que mon beau-père ne songeait pas à la tirer
de son indifférence à cet égard.

Je vous parle de mon enfance, parce que vous m'avez
conté la vôtre.

Cette Concierge avait de petites filles à peu près de
mon âge, à qui elle partageait, ou plutôt à qui elle donnait
ce qu'elle demandait pour moi au Château ; et comme
elle se voyait là-dessus à sa discrétion, qu'on ne veillait
point sur sa conduite, il lui aurait fallu des sentiments

bien nobles et bien au-dessus de son état pour me traiter
aussi bien que ses enfants, et pour ne pas abuser en leur
faveur du peu de souci qu'on avait de moi.

Mme de Tresle (je parle de ma grand'mère) qui ne demeurait qu'à trois lieues de nous, et qui ne se doutait pas que
cette chère enfant, que cette petite de Tervire fût si délais-
sée ; qui, quelque temps auparavant, m'avait vue les délices
de sa fille, et qui m'aimait en véritable grand'mère, vint un
jour pour dîner avec M. le Marquis de..., son gendre, et il y
avait deux mois qu'elle n'était venue.

Quand elle arriva, j'étais à l'entrée de la cour du Château, assise à terre, où l'on m'avait mise en fort mauvais
ordre.

Au linge que je portais, à ma chaussure, au reste de
mes vêtements délabrés[1] et peut-être changés[2], il était difficile de me reconnaître pour la fille de la Marquise.

Aussi Mme de Tresle ne jeta-t-elle qu'un regard indifférent sur moi ; et voyant à quelques pas de là une autre
petite fille mieux habillée et plus soignée, qu'on avait
assise dans une de ces chaises basses qui servent aux
enfants : C'est donc là Mlle de Tervire ? dit-elle à une
servante de la Concierge qui était près de nous. Non,
madame, lui répondit cette fille ; la voilà qui se porte bien,
ajouta-t-elle en me montrant.

Et en effet, toute mal arrangée que j'étais, avec un bon-
net déchiré et des cheveux épars, j'avais l'air du monde
le plus frais et le plus sain ; mais aussi je n'étais parée
que de ma santé, elle faisait toutes mes grâces.

Quoi ! c'est là ma fille ? c'est dans cet état-là qu'on la
laisse ? s'écria Mme de Tresle avec une tendresse indignée
de l'abandon où elle me voyait. Allons, venez, qu'on me
suive tout à l'heure ; prenez cette enfant dans vos bras, et
montez avec moi au Château.

Il fallut que la servante obéît, et me portât jusqu'à l'ap-

---

1. Emploi d'un mot vieilli dans le sens de déchiré, en mauvais état.
2. Qui n'étaient pas les siens.

partement de ma mère, que ses femmes allaient coiffer quand nous entrâmes.

Ma fille, lui dit en entrant Mme de Tresle, on veut me persuader que cette enfant-ci est Mlle de Tervire, et cela ne saurait être : on ne ramasserait pas les hardes qu'elle a. Ce n'est, sans doute, que quelque misérable orpheline que la femme de votre concierge a retirée par charité, n'est-ce pas ?

Ma mère rougit ; cette façon de lui reprocher sa conduite à mon égard avait quelque chose de si vif, c'était lui reprocher avec tant de force qu'elle me traitait en marâtre, et qu'elle manquait d'entrailles[1], que l'apostrophe la déconcerta d'abord, et puis la fâcha.

Il y a trois jours, dit-elle, que je suis indisposée, et que je ne vois rien de ce qui se passe. Retirez-vous, et que cette impertinente de Concierge vienne me parler tantôt, ajouta-t-elle à cette servante d'un ton qui marquait plus de colère contre moi que contre celle qu'elle appelait impertinente.

Mme de Tresle, à qui mon attirail[2] tenait au cœur, ne fut pas plus tôt tête à tête avec elle, qu'elle lui témoigna, sans ménagement, toute la pitié que je lui faisais ; elle ne lui parla plus qu'avec larmes de l'état où elle me trouvait, et qu'avec effroi de celui où elle prévoyait que je tomberais infailliblement dans les suites.

Ma grand'mère était naturellement vive ; il n'y avait point de femme qui fût plus au fait de la matière dont il était question, ni qui pût la traiter de meilleure foi, ni avec plus d'abondance de sentiment qu'elle.

C'était de ces mères de famille qui n'ont de plaisir et d'occupation que leurs devoirs, qui les respectent, qui mettent leur propre dignité à les remplir, qui en aiment la fatigue et l'austérité, et qui, dans leur maison, ne se délassent d'un

---

1. Manquer de cœur et d'affection (R).   2. Ensemble des hardes au sens de vêtements (R).

soin que par un autre. Jugez si, avec ce caractère-là, elle devait être contente de ma mère.

Je ne sais comment elle s'expliqua ; mais rarement on sert bien ceux qu'on aime trop. Elle s'emporta peut-être, et les reproches durs ne réussissent point ; ce sont des affronts qui ne corrigent personne, et nos torts disparaissent dès qu'on nous offense. Aussi ma mère trouva-t-elle Mme de Tresle fort injuste. Il est vrai que je n'aurais pas dû être si mal habillée ; mais c'est que la concierge, qui était ma gouvernante, avait différé ce matin-là de m'ajuster comme à l'ordinaire ; et il n'y avait pas là de quoi faire tant de bruit.

Quoi qu'il en soit, Mme de Tresle, qui depuis raconta ce fait-là à plusieurs personnes de qui je le tiens, s'aperçut bien qu'elle m'avait nui, et que ma mère nous en voulait, à elle et à moi, de ce qui s'était passé.

Trois semaines après, le Marquis, qui avait dessein d'emmener sa femme à Paris, avant que sa grossesse fût plus avancée, reçut des nouvelles qui hâtèrent son voyage. Et comme, dans un départ si brusque, ma mère n'avait pas eu le temps de s'arranger, qu'elle n'emmenait qu'une de ses femmes avec elle, il avait été conclu que trois jours après je viendrais plus à l'aise et dans un bon équipage avec ses autres femmes, et il n'y avait rien à redire à cela. Mme de Tresle, à qui on avait promis de me porter chez elle la veille de notre départ, et qui vit qu'on n'en avait rien fait, allait envoyer au Château pour savoir ce qui avait empêché qu'on ne lui eût tenu parole, quand on lui annonça la concierge, qui lui dit que j'étais restée, que les femmes de ma mère m'avaient trouvée si malade qu'elles n'avaient pas osé me mettre en voyage, et m'avaient laissée chez elle ; qu'en cela elles avaient obéi aux ordres de Mme la marquise, qui avait expressément défendu qu'on risquât de me faire partir, au cas de quelque indisposition, et que j'étais actuellement au lit avec un grand rhume et une toux très violente.

Et c'est à vous à qui on l'a confiée ? répondit Mme de

Tresle, qui lui tourna le dos, et qui dès le soir même me fit transporter chez elle, où j'arrivai parfaitement guérie de ce rhume et de cette toux qu'on avait allégués, et que ma mère avait, dit-on, imaginés pour n'avoir pas l'embarras de me mener avec elle, bien persuadée d'ailleurs que Mme de Tresle ne souffrirait pas que je fisse un long séjour chez la concierge, et ne manquerait pas de m'en retirer. Aussi cette Dame lui en écrivit-elle dans ce sens-là, de la manière du monde la plus vive.

Vous avez tant aimé M. de Tervire, vous l'avez tant pleuré, lui disait-elle, et vous l'outragez aujourd'hui dans le seul gage qui vous reste de son amour ! Il ne vous a laissé qu'une fille, et vous refusez d'être sa mère. C'est à présent par ma tendresse que vous vous délivrez d'elle ; quand je n'y serai plus, vous voudrez vous en délivrer par la pitié des autres.

Ma mère, qui était parvenue à ses fins, souffrit patiemment l'injure qu'on faisait à son cœur, se contenta de nier qu'elle eût eu le moindre dessein de me tenir loin d'elle, envoya du linge pour moi avec des étoffes pour m'habiller, et assura Mme de Tresle qu'elle me ferait venir à Paris dès qu'elle serait accouchée.

Mais elle ne s'y engageait apparemment que pour gagner du temps ; du moins après ses couches ne fut-il plus mention de sa promesse, qu'elle éluda dans ses lettres, par se plaindre d'une santé toujours infirme qui lui était restée, qui la retenait le plus souvent au lit, et qui la rendait incapable de la plus légère attention à tous égards.

Je n'ai pas la force de penser, disait-elle : et vous jugez bien que, dans cet état-là, avec une tête aussi faible qu'elle disait l'avoir, il n'y avait pas moyen de lui proposer la fatigue de me voir auprès d'elle ; mais heureusement le cœur de Mme de Tresle s'échauffait pour moi, à mesure que celui de ma mère m'abandonnait.

Elle acheva si bien de m'oublier, qu'elle n'écrivit plus que rarement, qu'elle cessa même de parler de moi dans ses lettres, qu'à la fin elle ne donna plus de ses nouvelles, qu'elle ne m'envoya plus rien, et qu'au bout de deux ans et demi il ne fut pas plus question de moi dans sa mémoire que si je n'avais jamais été au monde.

De sorte que je n'y étais plus que pour Mme de Tresle ; son cœur était la seule fortune qui me restât. Indifférente aux parents que j'avais dans le pays, inconnue à ceux que j'avais dans d'autres Provinces, incommode à mes deux Tantes, avec qui je demeurais (j'entends les deux filles de Mme de Tresle), et même haïe d'elles, en conséquence des attentions que leur mère avait pour moi : vous sentez qu'en de pareilles circonstances, et dans ce petit coin de campagne où j'étais comme enterrée, ma vie ne devait intéresser personne.

Ce fut ainsi que je passai mon enfance, dont je ne vous dirai plus rien, et que j'arrivai jusqu'à l'âge de douze ans et quelques mois.

Dans l'intervalle, ces Tantes dont je viens de parler, quoique assez laides, et toutes deux les sujets du monde les plus minces [1] du côté de l'esprit et du caractère, trouvèrent cependant deux Gentilshommes des environs, qui étaient en hommes ce qu'elles étaient en femmes, qui avaient de quoi vivre, tantôt bien, tantôt mal, et qui les épousèrent avec ce qu'on appelait leur légitime, qui consistait en quelques parts de vignes, de prés et d'autres terres ; de sorte que je restai seule dans la maison avec Mme de Tresle, dont le fils aîné demeurait à plus de quinze lieues de nous depuis qu'il était marié, et dont le cadet, attaché au jeune Duc de..., son Colonel, ne le quittait point, et ne revenait presque jamais au pays.

Et pendant tout ce temps-là, que disait ma mère ? Rien ; nous n'entendions plus parler d'elle, ni elle de nous. Ce n'est pas que je ne demandasse quelquefois ce qu'elle faisait, et si elle ne viendrait pas nous voir ; mais comme ces questions-là m'échappaient en passant, que je les fai-

---

1. Les moins pourvus du côté de l'esprit.

sais étourdiment et à la légère, Mme de Tresle n'y répondait qu'un mot dont je me contentais, et qui ne me mettait point au fait de ses dispositions pour moi.

Enfin, arriva le temps qui me dévoila ce que l'on me cachait. Mme de Tresle, qui était fort âgée, tomba malade, se rétablit un peu, et n'était plus que languissante ; mais six semaines après, elle eut une rechute qui l'emporta.

L'état où je la vis dans ce dernier accident me rendit sérieuse ; j'en perdis mon étourderie, ma dissipation ordinaire [1], et cet esprit de petite fille que j'avais encore. En un mot, je m'inquiétai, je pensai, et ma première pensée fut de la tristesse, ou du chagrin.

Je pleurais quelquefois par des motifs confus d'inquiétude ; je voyais Mme de Tresle mal servie par les domestiques, qui la regardaient comme une femme morte. J'avais beau les presser d'agir, d'être attentifs, ils ne m'écoutaient point, ils ne se souciaient plus de moi, et je n'osais moi-même me révolter, ni faire valoir ma petite autorité comme auparavant ; ma confiance baissait, je ne sais pourquoi.

Mes deux Tantes venaient de temps en temps à la maison, et elles y dînaient sans me faire aucune amitié, sans prendre garde à mes pleurs, sans me consoler, et si elles me parlaient, c'était d'un ton distrait et sec.

Mme de Tresle même s'en apercevait ; elle en était touchée, et les en reprenait avec une douceur que je remarquai aussi, qui me contristait, et qu'elle n'aurait pas eue autrefois. Il semblait qu'elle voulût les gagner, qu'elle leur demandait grâce pour moi, et tout cela me frappait comme une chose de mauvais augure, comme une nouveauté qui me menaçait de quelque disgrâce à venir, de quelque situation fâcheuse ; et si je ne raisonnais pas là-dessus aussi distinctement que je vous le dis, du moins en prenais-je une certaine épouvante qui me rendait muette,

---

1. Distraction, inapplication (A). Ordinaire est ici au sens d'habituelle.

humble et timide. Vous savez bien qu'on a du sentiment avant que d'avoir de l'esprit ; sans compter que Mme de Tresle, quand ses filles étaient parties, m'éclairait encore par ses manières.

Elle m'appelait, me faisait avancer, me prenait les mains, me parlait avec une tendresse plus marquée que de coutume ; on eût dit qu'elle voulait me rassurer, m'ôter mes alarmes, et me tirer de cette humiliation d'esprit dans laquelle elle sentait bien que j'étais tombée.

Quelques jours auparavant, il était venu une Dame de ses voisines, son intime amie, à qui elle voulut parler en particulier. Il y avait dans sa chambre un petit cabinet où je passai, et je ne sais par quelle curiosité tendre et inquiète je m'avisai d'écouter leur conversation.

Cette enfant m'afflige, lui disait Mme de Tresle ; ce ne serait que pour elle que je souhaiterais de vivre encore quelque temps ; mais Dieu est le maître, il est le père des orphelins. Avez-vous eu la bonté, ajouta-t-elle, de parler à M. Villot ? (C'était un riche habitant du bourg voisin, qui avait été plus de trente ans fermier de feu M. de Tervire, mon grand-père, que son maître avait toujours estimé, et qui avait gagné la meilleure partie de son bien à son service.)

Oui, lui dit son amie, j'ai été chez lui ce matin ; il s'en allait à la ville, où il a affaire pour un jour ou deux ; il se conformera à ce que vous lui demandez, et viendra vous en assurer à son retour : tranquillisez-vous. Mlle de Tervire n'est point orpheline comme vous le pensez ; espérez mieux de sa mère. Il est vrai qu'elle l'a négligée ; mais elle ne la connaît point, et elle l'aimera dès qu'elle l'aura vue.

Quelque bas qu'elles parlassent, je les entendis, et le terme d'orpheline m'avait d'abord extrêmement surprise ; que pouvait-il signifier, puisque j'avais une mère, et que même on parlait d'elle ? Mais ce qu'avait répondu l'amie de Mme de Tresle me mit au fait, et m'apprit qu'apparemment cette mère que je ne connaissais pas ne se souciait

point de sa fille ; ce furent là les premières nouvelles que
j'eus de son indifférence pour moi, et j'en pleurai amère-
ment ; j'en demeurai consternée, toute petite fille que
j'étais encore.

Six jours après ce que je vous dis là, Mme de Tresle
baissa tant qu'on fit partir un domestique pour avertir ses
filles, qui la trouvèrent morte quand elles arrivèrent.

Le fils aîné, celui que j'ai dit qui demeurait à quinze
lieues de là, dans la terre de sa femme, était alors avec
elle à Paris, où une affaire l'avait obligé d'aller, et le
cadet était dans je ne sais quelle province avec son régiment. Ainsi, dans cette occurrence, il n'y eut que leurs
sœurs de présentes, et je dépendis d'elles.

Elles restèrent quatre ou cinq jours à la maison, tant
pour rendre les derniers devoirs à leur mère, que pour
mettre tout en ordre dans l'absence de leurs frères. Je
crois qu'il y eut un inventaire ; du moins des gens de
justice y furent-ils appelés ; Mme de Tresle avait fait un
testament ; il y avait quelques petits legs à acquitter, et
mes Tantes prétendaient d'ailleurs avoir des reprises[1] sur
le bien.

Figurez-vous des discussions, des débats entre les
sœurs, qui tantôt se querellent, et tantôt se réunissent
contre un homme à qui leur frère aîné, informé de la maladie de sa mère, avait envoyé sa procuration de Paris.

Imaginez-vous enfin tout ce que l'avarice et l'amour
du butin peuvent exciter de criailleries et d'agitations
indécentes entre des enfants qui n'ont point de sentiment,
et à qui la mort de leur mère ne laisse, au lieu d'affliction,
que de l'avidité pour sa dépouille. Voilà l'image de ce
qui arriva alors.

Où étais-je pendant tout ce fracas ? Dans une petite
chambre où l'on m'avait reléguée à cause de mes pleurs
et de mes gémissements qui étourdissaient les deux filles,

---

1. Part d'une succession qui doit revenir à des collatéraux, c'est-à-
dire à des héritiers qui ne le sont pas en ligne directe (R).

et que je n'osai en effet continuer longtemps ; l'excès de ma douleur la rendit bientôt solitaire et muette, surtout depuis qu'elles surent que Mme de Tresle m'avait laissé un diamant d'environ deux mille francs, qu'une de ses amies lui avait autrefois donné en mourant, et qu'elles furent obligées de délivrer au confesseur de leur mère, qui devait me le remettre ; ce diamant les avait outrées [1] contre moi, elles ne pouvaient pas me voir.

Comment ! est-il possible, disaient-elles, que notre mère nous ait moins aimées que cette petite fille ? N'est-il pas bien étonnant que ceux qui l'ont dirigée n'aient pas redressé ses sentiments, ni travaillé à lui en inspirer de plus naturels et de plus légitimes ? Jugez si cette petite fille aurait bien fait de se montrer ! Aussi ne les ai-je jamais oubliés, ces quatre jours que je passai avec elles, et que j'y passai dans les larmes.

Oui, Marianne, croiriez-vous que je n'y songe encore qu'en frémissant, à cette maison si désolée, où je n'étais plus rien pour qui que ce soit, où je me trouvais seule au milieu de tant de personnes, où je ne voyais plus que des visages la plupart ennemis, quelques-uns indifférents, et tous alors plus étrangers pour moi que si je ne les eusse jamais vus ? Car voilà l'impression qu'ils me faisaient. Considérez-moi dans cette chambre où l'on m'avait mise à l'écart, où je me sauvais de la rudesse et de l'aversion de mes Tantes, où me retenait l'effroi de paraître à leurs yeux, et où je tremblais seulement en entendant leur voix.

Je croyais dépendre du caprice ou de l'humeur de tout le monde ; il n'y avait personne dans la maison, pas un domestique à qui je ne m'imaginasse avoir obligation de ce qu'il ne me méprisait ou ne me rebutait pas ; et vous devez, ma chère Marianne, juger mieux qu'une autre combien je souffris, moi que rien n'avait préparée à cette étrange sorte de misère, moi qui n'avais pas la moindre idée de ce qu'on appelle peine d'esprit, et qui sortais

---

1. Fort fâché, irrité (R).

d'entre les mains d'une grand'mère qui m'avait amolli le cœur par ses tendresses.

Ce ne sont pas là de ces chagrins violents où l'on s'agite, où l'on s'emporte, où l'on a la force de se désespérer ; c'est encore pis que cela ; ce sont de ces tristesses retirées dans le fond de l'âme, qui la flétrissent, et qui la laissent comme morte. On n'est qu'épouvanté de n'appartenir à personne, mais on se sent comme anéanti en présence de tels parents.

Enfin, ma situation changea. Il n'y avait plus rien à discuter, et le quatrième jour de la mort de Mme de Tresle, mes Tantes songèrent à s'en retourner chez elles avec leurs maris qui les étaient venus prendre.

Un vieux et ancien domestique qui s'était marié chez Mme de Tresle, et qui logeait dans la basse-cour avec toute sa famille, de vigneron qu'il était, fut établi concierge de la maison, en attendant qu'on eût levé les scellés.

Cet homme se ressouvint que j'étais enfermée dans cette petite chambre. Vous ne pouvez pas demeurer ici, puisqu'il n'y demeurera plus personne, me dit-il ; allons, venez dans la salle où l'on déjeune.

Il fallut bien l'y suivre malgré moi, et sans savoir ce que j'allais devenir. Je n'y entrai qu'en tremblant, la tête baissée, avec un visage pâle et déjà maigri, avec du linge et des habits froissés pour avoir passé deux nuits sur mon lit sans m'être déshabillée, et cela par pur découragement, et parce qu'aussi qui que ce soit ne s'avisait le soir de venir voir ce que je faisais.

Je n'osais lever les yeux sur ces deux redoutables sœurs, j'étais à leur merci, je n'avais la protection de personne, et depuis que j'avais perdu Mme de Tresle, je ne m'étais pas encore sentie si privée d'elle que dans cet instant où je parus devant ses filles.

Et à propos, nous n'avons point encore songé à cette petite fille, dit alors la cadette du plus loin qu'elle m'aperçut ; qu'en ferons-nous donc ma sœur ? Car pour moi, je vous dirai naturellement que je ne saurais me charger d'elle ; ma belle-sœur et ses deux enfants sont actuelle-ment chez moi, et j'ai assez de mes autres embarras sans celui-là.

Moi, assez des miens, repartit l'aînée. On rebâtit ma maison, il y en a une partie d'abattue ; où la mettrais-je ? Eh bien ! répondit l'autre, où est la difficulté ? Il n'y a qu'à la laisser chez ce bonhomme (c'était le Vigneron qu'elle voulait dire), dont la femme en aura soin, et qui la gardera en attendant qu'on ait réponse de sa mère, à qui nous écrirons, qui enverra apparemment de l'argent, quoiqu'il n'en soit jamais venu de chez elle, et qui dispo-sera de sa fille comme il lui plaira. Je ne vois point d'autre arrangement, dès que nous ne pouvons pas l'emmener, et qu'il n'y a point d'autres parents ici. Je ne suis pas d'avis qu'il m'en arrive autant qu'à ma mère, à qui la Marquise, toute grande Dame et toute riche qu'elle est, n'a pas eu honte de la laisser pendant dix ans entiers, qui, pour sur-croît de ridicule, ont fini par un legs de mille écus (elle parlait du diamant). Jugez-en, Marianne. Voyez si l'on pouvait, moi présente, me rejeter avec plus d'insulte, ni traiter de ma situation avec moins d'humanité, ni me la montrer avec moins d'égard pour la faiblesse de mon âge.

Aussi en eus-je l'esprit troublé ; cet asile qu'on me refusait, celui qu'on me reprochait d'avoir trouvé chez Mme de Tresle ; ce misérable gîte qu'on me destinait dans le lieu même où j'avais été si heureuse, où Mme de Tresle m'avait tant aimée, où je me dirais sans cesse : Où est-elle ? où je croirais toujours la voir, et toujours avec la douleur de ne la voir jamais ; enfin, ce récit qu'on me faisait en passant du peu d'intérêt que ma mère prenait à moi, tout cela me pénétra si fort, qu'en m'écriant : Ah ! mon Dieu ! mon visage à l'instant fut couvert de larmes.

Pendant qu'on délibérait ainsi sur ce qu'on ferait de moi, M. Villot, cet ancien Fermier de mon grand-père, et à qui Mme de Tresle avait écrit, entra dans la Salle. Je le connaissais, je l'avais vu venir souvent à la maison pour des achats de blé ; et l'air plein de zèle et de bonne volonté avec lequel il jeta d'abord les yeux sur moi m'engagea subitement et sans réflexion à avoir recours à lui.

Hélas ! lui dis-je, monsieur Villot, vous qui étiez notre ami, menez-moi chez vous pour quelques jours ; souvenez-vous de Mme de Tresle, et ne me laissez pas ici, je vous en conjure.

Eh ! vraiment, mademoiselle, je n'arrive ici que pour vous emmener : c'est Mme de Tresle qui m'en a chargé en mourant par la lettre que voici, et que je n'ai reçue que ce matin en revenant de la ville. Ainsi je vous conduirai tout à l'heure à notre Bourg, si ces Dames y consentent ; et ce sera bien de l'honneur à moi de vous rendre ce petit service, après les obligations que j'ai à feu M. de Tervire, mon bon maître et votre grand-père, que nous avons bien pleuré ma femme et moi, et pour qui nous prions Dieu encore tous les jours. Il n'y a qu'à venir, Mademoiselle ; nous nous estimerons bien heureux de vous avoir à la maison, et nous vous y porterons autant de respect que si vous étiez chez vous, ainsi qu'il est juste.

Volontiers, dit alors une de mes Tantes ; n'est-ce pas, ma sœur ? Elle sera là chez de fort honnêtes gens, et nous pouvons la leur confier en toute sûreté. Oui, monsieur Villot, on vous la laisse avec plaisir, emmenez-la ; j'écrirai dès aujourd'hui à sa mère la bonne volonté que vous avez marquée, afin que vous n'y perdiez pas, et qu'elle se hâte de vous débarrasser de sa fille.

Ah ! Madame, lui répondit ce galant homme, ce n'est pas le gain que j'y prétends faire qui me mène ; je n'y songe pas. Pour ce qui est de l'embarras, il n'y en aura point ; ma femme ne quitte jamais son ménage, et nous avons une chambre fort propre qui est toujours vide, excepté quand mon gendre vient au Bourg ; mais il couchera ailleurs ; il n'est que mon gendre, et la jeune Demoiselle sera la maîtresse du logis, jusqu'à ce que sa mère la reprenne.

Je m'approchai alors de M. Villot pour lui témoigner combien j'étais sensible à ce qu'il disait, et de son côté il me fit une révérence à laquelle on reconnaissait le Fermier de mon grand-père.

Allons, voilà qui est décidé, dit alors la cadette ; adieu, monsieur Villot ; qu'on aille chercher la cassette de cette petite fille ; il se fait tard, nos Équipages sont prêts, il n'y a qu'à partir. Tervire (c'était à moi à qui elle s'adressait), donnez demain de vos nouvelles à votre mère ; on vous reverra un de ces jours, entendez-vous ? Soyez bien raisonnable, ma fille ; nous vous la recommandons, M. Villot.

Là-dessus elles prirent congé de tout le monde, passèrent dans la cour, se mirent chacune dans leur voiture, et partirent sans m'embrasser. Elles venaient de s'épuiser d'amitié pour moi dans les dernières paroles que venait de me dire la cadette, et que l'aînée était censée avoir dites aussi.

Je fus un peu soulagée dès que je ne les vis plus, je respirai, je sentis une affliction de moins. On chargea un Paysan de mon petit bagage, et nous partîmes à notre tour, M. Villot et moi.

Non, Marianne, quelque chose que je vous aie dit jusqu'ici de mes détresses, je ne me souviens point d'avoir rien éprouvé de plus triste que ce qui se passa dans mon cœur en cet instant.

Nous qui sommes bornées en tout, comment le sommes-nous si peu quand il s'agit de souffrir ? Cette maison où je croyais ne pouvoir demeurer sans mourir, je ne pus la quitter sans me sentir arracher l'âme ; il me sembla que j'y laissais ma vie. J'expirais à chaque pas que je faisais pour m'éloigner d'elle, je ne respirais qu'en soupirant ; j'étais cependant bien jeune, mais quatre jours d'une situation comme était la mienne avancent bien le sentiment ; ils valent des années.

Mademoiselle, me disait le Fermier, qui avait presque envie de pleurer lui-même, marchons, ne retournez point la tête, et gagnons vite le logis. Votre grand'mère nous aimait, c'est comme si c'était elle.

Et pendant qu'il me parlait, nous avancions ; je me retournais encore, et à force d'avancer, elle disparut à mes yeux, cette maison que je n'aurais voulu ni habiter ni perdre de vue.

Enfin nous entrâmes dans le Bourg, et me voici chez M. Villot avec sa femme, que je ne connaissais point, et qui me reçut avec l'air et les façons dont j'avais besoin dans l'état où j'étais ; je ne me trouvais point étrangère avec elle. On est tout d'un coup lié avec les gens qui ont le cœur bon, quels qu'ils soient ; ce sont comme des amis que vous avez dans tous les états.

Ce fut ainsi que je fus accueillie, et le premier avantage que j'en retirai fut d'être délivrée de cette crainte stupide, de cet abattement d'esprit où j'avais langui jusque-là ; j'osai du moins alors pleurer et soupirer à mon aise.

Mes Tantes avaient réduit ma douleur à se taire ; le zèle et les caresses de ces gens-ci la mirent en liberté ; cela la rendit plus tendre, par conséquent plus douce, et puis la dissipa insensiblement, à l'attendrissement près qui me resta en songeant à Mme de Tresle, et que j'ai encore quand je parle d'elle.

J'avais écrit à ma mère, et il y avait toute apparence que M. Villot ne me garderait que dix ou douze jours. Et point du tout ; ma mère m'écrivit en quatre lignes de rester chez lui, sous prétexte d'avoir un voyage à faire avec son mari, et de m'emmener ensuite à Paris avec elle.

Mais ce voyage qu'elle remettait de mois en mois ne se fit point, et le tout se termina par me marquer bien franchement qu'elle ne savait plus quand elle viendrait, mais qu'elle allait prendre des arrangements pour me faire venir à Paris ; ce qui n'eut aucun effet non plus, malgré la quantité de lettres dont je la fatiguai depuis, et auxquelles elle ne répondit point ; de façon que je me lassai moi-même de lui écrire, et que je restai chez ce Fermier, aussi abandonnée que si je n'avais point eu de famille, à quelque argent près qu'on envoyait rarement pour m'habiller, avec une petite pension qu'on payait pour moi, et dont la médiocrité n'empêchait pas mes généreux hôtes de m'aimer de tout leur cœur, et de me respecter en m'aimant.

De mes Tantes, je ne vous en parle point ; je ne les voyais, tout au plus, que deux fois par an.

J'avais quatre ou cinq Compagnes dans le Bourg et aux environs ; c'étaient des filles de Bourgeois du lieu, avec qui je passais une partie de la journée, ou les filles de quelques Gentilshommes voisins, et dont les mères m'emmenaient quelquefois dîner chez elles, quand le Fermier, qui avait affaire à leurs maris, devait venir me reprendre.

Les Demoiselles (j'entends les filles nobles), en qualité de mes égales, m'appelaient Tervire, et me tutoyaient, et s'honoraient un peu, ce me semble, de cette familiarité, à cause de Mme la Marquise ma mère.

Les Bourgeoises, un peu moins hardies, malgré qu'elles en eussent, usaient de finesse pour sauver leur petite vanité, et me donnaient un nom qui paraissait les mettre au pair. J'étais ma chère amie pour elles ; c'est une remarque que je fais en passant, pour vous amuser.

Voilà comment je vécus jusqu'à l'âge de près de dix-sept ans.

Il y avait alors à un petit demi-quart de lieue de notre Bourg un Château où j'allais assez souvent. Il appartenait à la veuve d'un Gentilhomme qui était mort depuis dix ou douze ans ; elle avait été autrefois une des Compagnes de rha mère et sa meilleure amie ; je pense aussi qu'elles avaient été mariées à peu près dans le même temps, et qu'elles s'écrivaient quelquefois.

Cette veuve pouvait avoir alors environ quarante ans, femme bien faite et de bonne mine, et à qui sa fraîcheur et son embonpoint laissaient encore un assez grand air de beauté ; ce qui, joint à la vie régulière qu'elle menait, à des mœurs qui paraissaient austères, et à ses liaisons avec tous les dévots du Pays, lui attiraient l'estime et la vénération de tout le monde, d'autant plus qu'une belle femme édifie plus qu'une autre, quand elle est pieuse, parce qu'ordinairement elle a besoin d'un plus grand effort pour l'être.

Il y avait bien quelques personnes dans nos cantons qui n'étaient pas absolument sûres de cette grande piété qu'on lui croyait.

Parmi les dévots qui allaient souvent chez elle, on remarquait qu'il y avait toujours eu quelques jeunes gens, soit séculiers, soit ecclésiastiques ou abbés, et toujours bien faits. Elle avait d'ailleurs de grands yeux assez tendres ; sa façon de se mettre, quoique simple et modeste, avait un peu trop bonne grâce, et les gens dont je viens de parler se défiaient de tout cela ; mais à peine osaient-ils montrer leur défiance, dans la crainte de passer pour de mauvais esprits.

Cette veuve avait écrit à ma mère que je la voyais souvent, et il est vrai que j'aimais sa douceur et ses manières affectueuses.

Vous vous ressouvenez que je n'avais pas de bien. Ma mère, qui ne savait que faire de moi, et qui aurait souhaité que je ne vinsse jamais à Paris, où je n'aurais pu prendre les airs d'une fille de condition, ni vivre convenablement à sa vanité et au rang qu'elle y tenait, lui témoigna combien elle lui serait obligée si elle pouvait adroitement m'inspirer l'envie d'être Religieuse. Là-dessus la veuve entreprend d'y réussir.

La voilà qui donne le mot à toute cette société de gens de bien, afin qu'ils concourent avec elle au succès de son entreprise ; elle redouble de caresses et d'amitié pour moi : et il est vrai qu'une fille de mon âge, et d'une aussi jolie figure qu'on disait que je l'étais, ne lui aurait pas fait peu d'honneur de s'aller jeter dans un Couvent au sortir de ses mains.

Elle me retenait presque tous les jours à souper, et même à coucher chez elle ; à peine pouvait-elle se passer de me voir depuis le matin jusqu'au soir. M. et Mme Villot étaient charmés de mon attachement pour elle, ils m'en louaient, ils m'en estimaient encore davantage, et tout le

monde pensait comme eux ; je m'affectionnais moi-même
aux éloges que je m'entendais donner ; j'étais flattée de
cet applaudissement général ; ma dévotion en augmentait
tous les jours, et ma mine en devenait plus austère.

Cette femme m'associait à tous ses pieux exercices,
m'enfermait avec elle pour de saintes lectures, m'emmenait à l'église et à toutes les prédications qu'elle courait ;
je passais fort bien une heure ou deux assise et toute
ramassée dans le fond d'un confessionnal, où je me
recueillais comme elle, où je croyais du moins me recueillir à son exemple, à cause que j'avais l'honneur d'imiter
sa posture [1].

Elle avait su m'intéresser à toutes ces choses par la
façon insinuante avec laquelle elle me conduisait.

Ma prédestinée [2], me disait-elle souvent (car elle et ses
amis ne me donnaient point d'autre nom), que la piété
d'une fille comme vous est un touchant spectacle ! Je ne
saurais vous regarder sans louer Dieu, sans me sentir exci-
tée à l'aimer.

Eh ! mais sans doute, répondaient nos amis, cette piété
qui nous charme, et dont nous sommes témoins, est une
grâce que Dieu nous fait aussi bien qu'à Mademoiselle ;
et ce n'est pas pour en rester là que vous êtes si pieuse
avec tant de jeunesse et tant d'agréments, ajoutait-on.
Cela ira encore plus loin, Dieu vous destine à un état plus
saint, il vous voudra toute entière ; on le voit bien, il faut
de grands exemples au monde, et vous en serez un du
triomphe de la grâce [3].

À ces discours qui m'animaient, on joignait des égards
presque respectueux, on feignait des étonnements, on
levait les yeux au ciel d'admiration ; j'étais parmi eux une
personne grave et vénérable, ma présence en imposait ; et
à tout âge, surtout à celui où j'étais, on aime à se voir de

---

1. Ses gestes, sa façon extérieure d'être.   2. Dont le destin est
déjà tracé. Au sens religieux, dont Dieu a tracé le destin.   3. Il s'agit
de la grâce divine.

la dignité avec ceux avec qui l'on vit. C'est de si bonne heure qu'on est sensible au plaisir d'être honoré ! Aussi la veuve espérait-elle bien par là me mener tout doucement à ses fins.

Sa maison n'était pas éloignée d'un Couvent de filles, où nous allions pour le moins une ou deux fois la semaine.

Elle y avait une parente qui était instruite de ses desseins, et qui s'y prêtait avec toute l'adresse monacale, avec tout le zèle mal entendu[1] dont elle était capable. Je dis mal entendu, car il n'y a rien de plus imprudent, et peut-être rien de moins pardonnable, que ces petites séductions qu'on emploie en pareil cas pour faire venir à une jeune fille l'envie d'être Religieuse[2]. Ce n'est pas en agir de bonne foi avec elle ; et il vaudrait encore mieux lui exagérer les conséquences de l'engagement qu'elle prendra, que de l'empêcher de les voir, ou que de les lui déguiser si bien qu'elle ne les connaît pas.

Quoi qu'il en soit, cette parente de ma veuve n'oubliait rien pour me gagner, et elle y réussissait ; je l'aimais de tout mon cœur, c'était une vraie fête pour moi que d'aller lui rendre visite ; et on ne saurait croire combien l'amitié d'une Religieuse est attrayante, combien elle engage une fille qui n'a rien vu, et qui n'a nulle expérience. On aime alors cette Religieuse autrement qu'on n'aimerait une amie du monde ; c'est une espèce de passion que l'attachement innocent qu'on prend pour elle ; et il est sûr que l'habit que nous portons, et qu'on ne voit qu'à nous, que la physionomie reposée qu'il nous donne, contribuent à cela, aussi bien que cet air de paix qui semble répandu dans nos maisons[3], et qui les fait imaginer comme un asile doux et tranquille ; enfin, il n'y a pas jusqu'au

---

1. Mal compris.   2. Il n'est pas juste de comparer le destin de l'héroïne de Marivaux à celui de *La Religieuse* de Diderot. La séduction, l'envie conventuelle qui sont en elle n'ont pas grand-chose à voir avec la contrainte, la violence qui sont à l'œuvre dans la vocation forcée de la jeune Simonin.   3. Nos couvents.

silence qui règne parmi nous qui ne fasse une impression agréable sur une âme neuve et un peu vive.

J'entre dans ce détail à cause de vous, à qui il peut servir, Marianne, et afin que vous examiniez en vous-même si l'envie que vous avez d'embrasser notre état ne vient pas en partie de ces petits attraits dont je vous parle, et qui ne durent pas longtemps.

Pour moi, je les sentais quand j'allais à ce Couvent ; et il fallait voir comme ma Religieuse me serrait les mains dans les siennes, avec quelle sainte tendresse elle me parlait et jetait les yeux sur moi. Après cela venaient encore deux ou trois de ses compagnes aussi caressantes qu'elle, et qui m'enchantaient par la douceur des petits noms qu'elles me donnaient, et par leurs grâces simples et dévotes ; de sorte que je ne les quittais jamais que pénétrée d'attendrissement pour elles et pour leur maison.

Mon Dieu ! que ces bonnes filles sont heureuses ! me disait la veuve quand nous retournions chez elle ; que n'ai-je pris cet état-là ! Nous venons de les laisser dans le sein du repos, et nous allons retrouver le tumulte de la vie du monde.

J'en convenais avec elle, et dans les dispositions où j'étais, il ne me fallait peut-être plus qu'une visite ou deux à ce couvent pour me déterminer à m'y jeter, sans un coup de hasard qui me changea tout d'un coup là-dessus.

Un jour que ma veuve était indisposée, et qu'il y avait plus d'une semaine que nous n'avions été à ce Couvent, j'eus envie d'y aller passer une heure ou deux, et je priai la veuve de me donner sa femme de chambre pour me mener. J'avais un livre à rendre à ma bonne amie la Religieuse, que je demandai, et que je ne pus voir ; un rhumatisme auquel elle était sujette la retenait au lit ; ce fut ce qu'elle m'envoya dire par une de ses compagnes qui venaient ordinairement me trouver au parloir avec elle.

Celle qui me parla alors était une personne de vingt-cinq à vingt-six ans, grande fille d'une figure aimable et intéressante, mais qui m'avait toujours paru moins gaie, ou, si vous le voulez, plus sérieuse que les autres ; elle avait quelquefois un air de mélancolie sur le visage, que l'on croyait naturel, et qui ne rebutait point, qui devenait même attendrissant par je ne sais quelle douceur qui s'y mêlait. Il me semble que je la vois encore avec ses grands yeux languissants : elle laissait volontiers parler les autres quand nous étions toutes ensemble ; c'était la seule qui ne m'eût point donné de petits noms, et qui se contentait de m'appeler Mademoiselle, sans que cela m'empêchât de la trouver aussi affable que ses compagnes.

Ce jour-là elle me parut encore plus mélancolique que de coutume ; et comme je ne la soupçonnais point de tristesse, je m'imaginai qu'elle ne se portait pas bien.

N'êtes-vous pas malade ? lui dis-je ; je vous trouve un peu pâle. Cela se peut bien, me répondit-elle ; j'ai passé une assez mauvaise nuit, mais ce ne sera rien. Souhaitez-vous, ajouta-t-elle, que j'aille avertir nos sœurs que vous êtes ici ? Non, lui dis-je, je n'ai qu'une heure à rester avec vous, et je ne demande pas d'autre compagnie que la vôtre ; aussi bien aurai-je incessamment le temps de voir nos bonnes amies tout à mon aise, et sans être obligée de les quitter. Comment ! sans les quitter ! me dit-elle : auriez-vous dessein d'être des nôtres ?

J'y suis plus d'à moitié résolue, lui répondis-je, et je crois que dès demain je l'écrirai à ma mère. Il y a longtemps que votre bonheur me fait envie, et je veux être aussi heureuse que vous.

Je passai alors ma main à travers le parloir pour prendre la sienne, qu'elle me tendit, mais sans répondre à ce que je lui disais ; je m'aperçus même que ses yeux se mouillaient, et qu'elle baissait la tête, apparemment pour me le cacher.

J'en demeurai dans un étonnement qui me rendit à mon tour quelques instants muette.

Dites-moi donc, m'écriai-je en la regardant, est-ce que

vous pleurez ? Est-ce que je me trompe sur votre bonheur ?

À ce mot de *bonheur*, ses larmes redoublèrent, et j'en
fus touchée moi-même, sans savoir ce qui l'affligeait.

Enfin, après plusieurs soupirs qui sortirent comme
malgré elle : Hélas ! Mademoiselle, me répondit-elle, gardez-moi le secret sur ce que vous voyez, je vous en conjure ; ne dites mes pleurs à personne ; je n'ai pu les retenir,
et je vous en confierai la cause ; il ne vous sera peut-être
pas inutile de la savoir, elle peut servir à votre instruction.

Elle s'arrêta là pour essuyer ses larmes. Achevez, lui
dis-je en pleurant moi-même, et ne me cachez rien, ma
chère amie ; je me sens pénétrée de vos chagrins, et je
regarde la confiance que vous me témoignez comme un
bienfait que je n'oublierai jamais.

Vous voulez vous faire Religieuse ? me dit-elle alors,
et les caresses de nos sœurs, l'accueil qu'elles vous font,
les discours qu'elles vous tiennent, et autant qu'il me le
semble, les insinuations de Mme de Sainte-Hermières
(c'était le nom de ma veuve), tout vous y porte, et vous
allez vous engager dans notre état sur la foi d'une vocation que vous croyez avoir, et que vous n'auriez peut-être
pas sans tout cela. Prenez-y garde ! J'avoue, si vous êtes
bien appelée, que vous vivrez tranquille et contente ; mais
ne vous en fiez pas aux dispositions où vous vous trouvez ; elles ne sont pas assez sûres, je vous en avertis ;
peut-être cesseront-elles avec les circonstances qui vous
les inspirent à présent, mais qui ne font que vous les prêter ; et je ne saurais vous dire quel malheur c'est pour
une fille de votre âge de s'y être trompée, ni jusqu'où ce
malheur-là peut devenir terrible pour elle. Vous ne vous
figurez ici que des douceurs, et il y en a sans doute ; mais
ce sont des douceurs particulières à notre état, et il faut
être née [1] pour les goûter. Nous avons aussi nos peines,
que le monde ne connaît point, et il faut être née pour les

---

1. Avoir la vocation depuis toujours.

supporter. Il y a telle personne qui dans le monde aurait
pu soutenir les plus grands malheurs, et qui ne trouve pas
en elle de quoi soutenir les devoirs d'une Religieuse, tout
simples qu'ils vous paraissent. Chacun a ses forces ;
celles dont on a besoin parmi nous ne sont pas données
à tout le monde, quoiqu'elles semblent devoir être bien
médiocres ; et j'en fais l'expérience. C'est à votre âge que
je suis entrée ici ; on m'y mena d'abord comme on vous
y mène ; je m'y attachai comme vous à une Religieuse
dont je fis mon amie, ou, pour mieux dire, caressée par
toutes celles qui y étaient, je les aimai toutes, je ne pouvais pas m'en séparer. J'étais une cadette, toute ma
famille aidait au charme qui m'attirait chez elles ; je
n'imaginais rien de si doux que d'être du nombre de ces
bonnes filles qui m'aimaient tant, pour qui ma tendresse
était une vertu, et avec qui Dieu me paraissait si aimable,
avec qui j'allais le servir dans une paix si délicieuse.
Hélas ! Mademoiselle, quelle enfance [1] ! Je ne me donnais
pas à Dieu, ce n'était point lui que je cherchais dans cette
maison ; je ne voulais que m'assurer la douceur d'être
toujours chérie de ces bonnes filles, et de les chérir moi-
même ; c'était là le puéril attrait qui me menait, je n'avais
point d'autre vocation. Personne n'eut la charité de
m'avertir de la méprise que je pouvais faire, et il n'était
plus temps de me dédire quand je connus toute la mienne.
J'eus cependant des ennuis et des dégoûts sur la fin de
mon noviciat ; mais c'étaient des tentations, venait-on me
dire affectueusement, et en me caressant encore. À l'âge
où j'étais, on n'a pas le courage de résister à tout le monde ; je crus ce qu'on me disait, tant par docilité que par
persuasion ; le jour de la cérémonie de mes vœux arriva,
je me laissai entraîner, je fis ce qu'on me disait : j'étais
dans une émotion qui avait arrêté toutes mes pensées ; les
autres décidèrent de mon sort, et je ne fus moi-même

---

1. Naïveté.

qu'une spectatrice stupide de l'engagement éternel que je pris.

Ses pleurs recommencèrent ici, et elle n'acheva les derniers mots qu'avec une voix étouffée par ses soupirs.

Vous avez vu que sa douleur n'avait fait d'abord que m'attendrir ; elle m'effraya dans ce moment-ci. Tout ce qui l'avait conduit à ce Couvent ressemblait si fort à ce qui me donnait envie d'y être, mes motifs venaient si exactement des mêmes causes, et je voyais si bien mon histoire dans la sienne, que je tremblais du péril où j'étais, ou plutôt de celui où j'avais été. Car je crois que dans cet instant je ne me souciai plus de cette maison, non plus que de celles qui y demeuraient, je me sentis glacée [1] pour elles, et je ne fis plus de cas de leurs façons.

De sorte qu'après avoir quelques instants rêvé sur ce que je venais d'entendre : Ah ! mon Dieu, Madame, que de réflexions vous me faites faire ! dis-je à cette Religieuse qui pleurait encore, et que vous m'apprenez de choses que je ne savais pas !

Hélas ! me répondit-elle, je vous l'ai déjà dit, Mademoiselle, et je vous le répète, ne confiez notre conversation à personne ; je ne suis déjà que trop à plaindre, et je le serais encore davantage si vous parliez.

Vous n'y songez pas, lui dis-je ; moi, révéler une confidence à qui je devrai peut-être tout le repos de ma vie, et que malheureusement je ne puis payer par aucun service, malgré le triste état où vous êtes, et qui m'arrache les pleurs que vous me voyez verser ! ajoutai-je avec un attendrissement dont la douceur la gagna au point que le reste de son secret lui échappa.

Hélas ! vous ne voyez rien encore, et vous ne savez pas tout ce que je souffre, s'écria-t-elle en appuyant sa tête sur ma main, que je lui avais passée, et qu'elle arrosa de ses larmes.

Chère amie, lui répondis-je à mon tour, auriez-vous

---

1. Devenue indifférente.

encore d'autres chagrins ? Soulagez votre cœur en me les disant ; donnez-vous du moins cette consolation-là avec une personne qui vous aime, et qui en soupirera avec vous.

Eh bien ! me dit-elle, je me fie à vous ; j'ai besoin de secours, et je vous en demande, et c'est contre moi-même.

Elle tira alors de son sein un billet sans adresse, mais cacheté, qu'elle me donna d'une main tremblante. Puisque je vous fais pitié, ajouta-t-elle, défaites-moi de cela, je vous en conjure ; ôtez-moi ce malheureux billet qui me tourmente, délivrez-moi du péril où il me jette, et que je ne le voie plus. Depuis deux heures que je l'ai reçu, je ne vis point.

Mais, lui dis-je, vous ne l'avez point lu, il n'est pas ouvert ? Non, me répondit-elle ; à tout moment j'ai eu envie de le déchirer, à tout moment j'ai été tentée de l'ouvrir ; et à la fin je l'ouvrirais, je n'y résisterais pas : je crois que j'allais le lire, quand par bonheur pour moi vous êtes venue. Eh ! quel bonheur ! Hélas ! je suis bien éloignée de sentir que c'en est un ; je ne sais pas même si je le pense : ce billet que je viens de vous donner, je le regrette, peu s'en faut que je ne vous le redemande, je voudrais le ravoir. Mais ne m'écoutez point ; et si vous le lisez, comme vous en êtes la maîtresse, puisque je ne vous cache rien, ne me dites jamais ce qu'il contient ; je ne m'en doute que trop, et je ne sais ce que je deviendrais si j'en étais mieux instruite.

Eh ! de qui le tenez-vous ? lui dis-je alors, émue moi-même du trouble où je la voyais. De mon ennemi mortel, d'un homme qui est plus fort que moi, plus fort que ma religion, que mes réflexions, me répondit-elle ; d'un homme qui m'aime, qui a perdu la raison, qui veut m'ôter la mienne, qui n'y a déjà que trop réussi, à qui il faut que vous parliez, et qui s'appelle...

Elle me le nomma alors tout de suite, dans le désordre des mouvements qui l'agitaient ; et jugez quelle fut ma surprise, quand elle prononça le nom d'un homme que je voyais presque tous les jours chez Mme de Sainte-Hermières, et qui était un jeune Abbé de vingt-sept à vingt-huit ans, qui à la vérité n'avait encore aucun engagement bien sérieux dans l'État ecclésiastique, qui jouissait cependant d'un petit bénéfice, qui passait pour être très pieux, qui avait la conduite et l'air d'un homme qui l'est beaucoup, et que je croyais moi-même d'une sagesse de mœurs irréprochable ! Aussi, en apprenant que c'était lui, je ne pus m'empêcher de faire un cri.

Je sais, ajouta-t-elle, que vous le voyez très souvent ; nous sommes alliés, et il m'a trompé dans ses visites ; peut-être s'y est-il trompé lui-même. Il m'a, dit-il, aimée sans qu'il l'ait su, et je crois que ma faiblesse vient d'avoir su qu'il m'aimait ; depuis ce temps-là, il me persécute, et je l'ai souffert. Mais montrez-lui sa lettre, dites-lui que je ne l'ai point lue ; dites-lui que je ne veux plus le voir, qu'il me laisse en repos, par pitié pour moi, par pitié pour lui ; faites-lui peur de Dieu même, qui me défend encore contre lui, qui ne me défendrait pas long-temps, et sur qui il aurait le malheur de l'emporter, s'il continue de me poursuivre ; dites-lui qu'il doit trembler de l'état où je suis. Je ne réponds de rien, si je le revois ; je suis capable de le suivre, je suis capable d'abréger ma vie, je suis capable de tout ; je ne prévois que des horreurs, je n'imagine que des abîmes, et il est sûr que nous péririons tous deux.

Elle fondait en larmes en me tenant ce discours ; elle avait les yeux égarés ; son visage était à peine reconnaissable, il m'épouvanta. Nous gardâmes toutes deux un assez long silence ; je le rompis enfin, je pleurai avec elle.

Tranquillisez-vous, lui dis-je, vous êtes née avec une âme douce et vertueuse ; ne craignez rien, Dieu ne vous abandonnera pas ; vous lui appartenez, et il ne veut que vous instruire. Vous comparerez bientôt le bonheur qu'il y a d'être à lui au misérable plaisir que vous trouvez à aimer un homme faible, corrompu, tôt ou tard ingrat, pour le moins infidèle, et qui ne peut occuper votre cœur qu'en l'égarant, qui ne vous donne le sien que pour vous perdre ; vous le savez bien, vous me le dites vous-même, c'est d'après vous que je parle ; et tout ceci n'est qu'un trouble passager qui va se dissiper, qu'il fallait que vous connussiez pour en être ensuite plus forte, plus éclairée, et plus contente de votre état.

Je m'arrêtai là ; une cloche sonna qui l'appelait à l'Église. Revenez donc me voir, me dit-elle d'une voix presque étouffée. Et elle me quitta.

Je restai encore quelques moments assise. Tout ce que je venais d'entendre avait fait une si grande révolution dans mon esprit, et je revenais de si loin, que, dans l'étonnement où j'étais de mes nouvelles idées, je ne songeais point à sortir de ce parloir.

Cependant le jour baissait ; je m'en aperçus à travers ma rêverie, et je rejoignis la femme de chambre qui m'avait amenée. Je la trouvai qui venait me chercher.

Me voilà donc, comme je vous l'ai déjà dit, entièrement guérie de l'envie d'être Religieuse, guérie à un point que je tressaillais en réfléchissant que j'avais pensé l'être, et qu'il s'en était peu fallu que je n'en eusse donné ma parole. Heureusement je n'avais pas été jusque-là, je n'avais encore paru que tentée d'embrasser cet état.

Mme de Sainte-Hermières, chez qui je revins pour quelques moments, voulut me retenir à coucher ; mais, sans compter que je désirais d'être seule pour me livrer toute à mon aise à la nouveauté de mes réflexions, c'est que je croyais avoir le visage aussi changé que l'esprit, et que j'appréhendais qu'elle ne s'aperçût, à ma physionomie, que je n'étais plus la même ; de sorte que j'avais besoin d'un peu de temps pour me rassurer, et pour prendre une mine où l'on ne connût rien, je veux dire ma mine ordinaire.

Je ne me rendis donc point à ses instances, et m'en retournai chez M. Villot, où j'achevai de me familiariser moi-même avec mon changement, et où je rêvai aux moyens de ne le laisser entrevoir qu'insensiblement aux autres ; car j'aurais été honteuse de les désabuser trop brusquement sur mon compte ; je voulais m'épargner leur surprise. Mais apparemment que je m'y pris mal, et je ne m'épargnai rien.

J'oubliais une circonstance qu'il est nécessaire que vous sachiez : c'est qu'en m'en retournant chez mon fermier avec la femme de chambre qui m'avait accompagnée au Couvent, je rencontrai ce jeune homme dont m'avait entretenu la Religieuse, cet Abbé qui lui faisait répandre tant de larmes, et dont le billet que j'avais dans ma poche l'avait jetée dans un si grand trouble.

J'allais entrer chez M. Villot, et je venais de renvoyer la femme de chambre. Ce jeune Tartufe[1], avec sa mine dévote, s'arrêta pour me saluer et me faire quelque compliment. Nous ne vous aurons donc pas ce soir chez Mme de Sainte-Hermières, où je vais souper, Mademoiselle ? me dit-il. Non, Monsieur, lui répondis-je ; mais en revanche, je puis vous donner des nouvelles de Mme de... que je quitte, et qui m'a beaucoup parlé de vous (je nommai la Religieuse) ; et l'air froid dont je lui dis ce peu de mots parut lui faire quelque impression ; du moins, je le crus.

Elle a bien de la bonté, reprit-il ; je la vois quelquefois ; comment se porte-t-elle ? Quoiqu'il n'y ait que trois heures que vous l'ayez quittée, lui repartis-je (et aussitôt il rougit), vous ne la reconnaîtriez pas, tant elle est abattue ; je l'ai laissé baignée de ses pleurs et pénétrée jusqu'au désespoir de l'égarement d'un homme qui lui a écrit, il y a six ou sept heures, dont elle déteste les visites passées, dont elle n'en veut recevoir de la vie, qui tenterait inutilement de la revoir encore, et à qui elle m'a prié de rendre son billet que voici, ajoutai-je en le tirant de ma poche, où il s'était ouvert je ne sais comment. Apparemment que la Religieuse en avait déjà à moitié rompu le cachet, dont la rupture dut lui persuader, sans doute,

---

1. Bien évidemment du nom de la pièce de Molière, au sens d'hypocrite religieux.

que je l'avais lu, et qu'ainsi je savais jusqu'où il était dégagé de scrupules en fait de religion et de bonnes mœurs, en fait de probité même ; car je me doutais, sur tous les discours de la Religieuse, qu'il ne s'était pas agi de moins que d'un enlèvement, et il n'y avait guère qu'un malhonnête homme qui eût pu en avoir fait la proposition.

Il prit le billet d'une main tremblante, et je le quittai sur-le-champ. Adieu, Monsieur, lui dis-je ; ne craignez rien de ma part, je vous promets un secret inviolable ; mais craignez tout de mon amie, bien résolue d'éclater [1] à quelque prix que ce soit, si vous continuez à la poursuivre.

Elle ne m'avait pas chargée de lui faire cette menace, mais je crus pouvoir l'ajouter de mon chef ; c'était encore un secours que je prêtais à cette fille, dont le péril me touchait, et je pris sur moi d'aller jusque-là pour effrayer l'Abbé, et pour lui ôter toute envie de renouer l'intrigue.

J'y réussis en effet ; il ne retourna pas au Couvent, et j'en débarrassai la Religieuse, ou, pour mieux dire, j'en débarrassai sa vertu ; car pour elle, il y avait des moments où elle aurait donné sa vie pour le revoir, à ce qu'elle me disait, dans quelques entretiens que j'eus encore avec elle.

Cependant, à force de prières, de combats et de gémissements, ses peines s'adoucirent, elle acquit de la tranquillité ; insensiblement elle s'affectionna à ses devoirs, et devint l'exemple de son Couvent par sa piété.

Quant à l'Abbé, cette aventure ne le rendit pas meilleur ; apparemment qu'il ne méritait pas d'en profiter. La Religieuse n'était qu'une égarée ; l'Abbé était un perverti, un faux dévot en un mot, et Dieu, qui distingue nos faiblesses de nos crimes, ne lui fit pas la même grâce qu'à elle, comme vous l'allez voir par le récit d'un des plus tristes accidents de ma vie.

Je retournai le lendemain après-midi chez Mme de Sainte-Hermières, qui était alors enfermée dans son ora-

_____
1. De faire éclater le scandale.

toire, et que deux ou trois de nos amis communs attendaient dans la salle.

Elle descendit un quart d'heure après, et d'aussi loin
qu'elle me vit : Vous voilà donc, petite ! me cria-t-elle
comme en soupirant sur moi. Hélas ! je songeais tout à
l'heure à vous, vous m'avez distrait dans ma prière. Voici
le temps où je n'aurai plus le plaisir de vous voir parmi
nous, mais vous n'en serez que mieux. Nous allons être
séparés d'elle, Messieurs ; c'est dans la maison de Dieu
qu'il faudra désormais chercher notre prédestinée.

D'où vient donc, Madame ? lui dis-je avec un sourire
que j'affectai pour cacher la rougeur dont je ne pus me
défendre en entendant parler de la maison de Dieu.

Hélas ! Mademoiselle, me répondit-elle, c'est que je
viens de recevoir une lettre de Mme la Marquise (elle parlait de ma mère), à qui j'écrivis ces jours passés que dans
les dispositions où je vous trouvais, elle pouvait se préparer à vous voir bientôt Religieuse ; et elle me charge de
vous dire qu'elle vous aime trop pour s'y opposer si vous
êtes bien appelée, qu'elle changerait bien son état contre
celui que vous voulez prendre, qu'elle n'estime pas assez
le monde pour vous y retenir malgré vous, et qu'elle vous
permet d'entrer au Couvent quand il vous plaira. Ce sont
ses propres termes, et je prévois que vous profiterez peut-
être dès ces jours-ci de la permission qu'on vous donne,
ajouta-t-elle en me présentant la lettre de ma mère.

Les larmes me vinrent aux yeux pour toute réponse ;
mais c'étaient des larmes de tristesse et de répugnance,
on ne pouvait pas s'y méprendre à l'air de mon visage.

Qu'est-ce donc ? dit-elle, on croirait que cette lettre
vous afflige ; est-ce que j'ai mal jugé de vous ? Tout le
monde ici s'y est-il trompé, et n'êtes-vous plus dans les
mêmes sentiments, ma fille ?

Que ne m'avez-vous consultée avant que d'écrire à ma
mère ? lui repartis-je en sanglotant : vous achevez de me
perdre auprès d'elle, Madame. Je ne serai point Religieuse ; Dieu ne me veut pas dans cet état-là.

À ce discours, je vis Mme de Sainte-Hermières immobile et presque pâlissante ; ses amis se regardaient et levaient les mains d'étonnement.

Ah ! Seigneur, vous ne serez point Religieuse ! s'écriat-elle ensuite d'un ton douloureux qui signifiait : Où en suis-je ! Et il est vrai que je lui ôtais l'espérance d'une aventure bien édifiante pour le monde, et par conséquent bien glorieuse pour elle. Après toute la dévotion que je tenais d'elle et de son exemple, il ne me manquait plus qu'un voile [1] pour être son chef-d'œuvre.

Ne vous effrayez point, lui dit alors un de ceux qui étaient présents en souriant d'un air plein de foi ; je m'y attendais ; ceci n'est qu'un dernier effort de l'ennemi de Dieu contre elle. Vous l'y verrez peut-être voler dès demain, à cette heureuse et sainte retraite, qui vaut bien la peine d'être achetée par un peu de tentation.

Non, monsieur, répondis-je, toujours la larme à l'œil ; non, ce n'est point une tentation ; mon parti est pris làdessus. En ce cas-là, je vous plains de toutes façons, Mademoiselle, me repartit Mme de Sainte-Hermières avec une froideur qui m'annonçait l'indifférence du commerce que nous aurions désormais ensemble ; et aussitôt elle se leva pour passer dans le jardin ; les autres la suivirent, j'en fis autant ; mais aux manières qu'on eut avec moi dès cet instant, je ne reconnus plus personne de cette société. C'était comme si j'avais vécu avec d'autres gens ; ce n'était plus eux, ce n'était plus moi.

De cette dignité où je m'étais vue parmi eux, il n'en fut plus question ; de ce respectueux étonnement pour mes vertus, de ces dévotes exclamations sur les grâces dont Dieu favorisait cette jeune et vénérable prédestinée, il n'en resta pas vestige ; et je ne fus plus qu'une petite personne fort ordinaire, qui avait d'abord promis quelque chose, mais à qui on s'était trompé, et qui n'avait pour

---

1. Le voile est une façon de désigner l'entrée dans la voie conventuelle par la prononciation des vœux. On dit : prendre le voile.

tout·mérite que l'avantage profane d'être assez jolie ; car
je n'étais plus si belle depuis que je refusais d'être Religieuse ; ce n'était plus si grand dommage que je ne le
fusse pas, à ne regarder que l'édification que j'aurais
donné au monde.

En un mot je déchus[1] de toutes façons, et pour me
punir de l'importance dont j'avais joui jusqu'alors, on
porta si loin l'indifférence et l'inattention pour moi,
quand j'étais présente, qu'à peine paraissait-on savoir que
j'étais là.

Aussi mes visites au Château devinrent-elles si rares
qu'à la fin je n'en rendais presque plus. Dans l'espace
d'un mois, je ne voyais que deux ou trois fois Mme de
Sainte-Hermières, qui ne s'en plaignait point, qui ne me
souhaitait ni ne me haïssait, dont l'accueil n'était que
tiède ou distrait, et point impoli, et à qui en effet je ne
faisais ni plaisir ni peine.

Il y avait déjà près de cinq mois que cela durait, quand
un matin il vint un laquais de Mme de Sainte-Hermières
me prier de sa part d'aller dîner chez elle. Cette invitation,
à laquelle je me rendis, me parut nouvelle dans les termes
où nous en étions toutes deux ; mais ce qui me surprit
encore davantage en arrivant, ce fut de voir cette dame
reprendre avec moi cet air affectueux et caressant dont il
n'était plus question depuis si longtemps.

Je la trouvai avec un Gentilhomme qui ne venait chez
elle que depuis ma disgrâce, et que je ne connaissais moi-
même que pour l'avoir rencontré au Château dans mes
deux dernières visites ; homme à peu près de quarante
ans, infirme, presque toujours malade, souvent mourant ;
un asthmatique qui aurait, disait-on, fort aimé la dissipation[2] et le plaisir, mais à qui sa mauvaise santé et la

---

1. De déchoir, au sens de tomber de quelque état heureux ou glorieux (R).   2. Désordres de la vie amoureuse.

nécessité de vivre de régime[1] n'avaient laissé d'autre chose à faire que d'être dévot, et dont la mine, au moyen de cette dévotion et de ses infirmités, était devenue maigre, pâle, sérieuse et austère.

Cet homme, comme je vous le dépeins, languissant, à demi mort, d'ailleurs garçon[2] et fort riche, qui, comme je vous l'ai dit, ne m'avait vue que deux fois, à travers ses langueurs et son intérieur triste et mortifié, avait pris garde[3] que j'étais jolie et bien faite.

Et comme il savait que je n'avais point de fortune, que ma mère, qui était outrée de ce que je n'avais pas pris le voile, ne demanderait pas mieux que de se défaire de moi ; qu'on lui disait d'ailleurs que, malgré mon inconstance passée dans l'affaire de ma vocation, je ne laissais pas cependant que d'avoir de la sagesse et de la douceur, il se persuada, puisque je manquais de bien, que ce serait une bonne œuvre que de m'aimer jusqu'à m'épouser, qu'il y aurait de la piété à se charger de ma jeunesse et de mes agréments, et à les retirer[4], pour ainsi dire, dans le mariage. Ce fut dans ce sens-là qu'il en parla à Mme de Sainte-Hermières.

Elle qui était bien aise de réparer l'affront que je lui avais fait en restant dans le monde, qui voyait que la maison de ce Gentilhomme ne valait guère moins qu'un Couvent, et qu'en me mariant avec lui je lui ferais presque autant d'honneur que si elle m'avait fait Religieuse, l'encouragea à suivre son dessein, résolut aussitôt avec lui de m'en instruire, et de me donner à dîner chez elle, où je le trouvai.

Venez, ma fille, venez, que je vous embrasse, me dit-elle dès qu'elle me vit. Je n'ai jamais cessé de vous aimer, quoique j'aie un peu cessé de vous le dire ; mais laissons

---

1. S'observer sur toutes choses dans la vie (L). Ne pas commettre d'excès, s'observer au point d'en devenir dévot.   2. Célibataire. 3. Au sens de remarquer.   4. Au sens de les éloigner des dangers du monde.

là mon silence et les raisons qui l'ont causé. Il faut croire que Dieu a tout fait pour le mieux ; ce qui se présente aujourd'hui pour vous me console de ce que vous avez perdu, et vous saurez ce que c'est quand nous aurons dîné. Mettons-nous à table.

Pendant qu'elle me parlait, je jetai par hasard les yeux sur le Gentilhomme en question, qui baissa gravement les siens, d'un air doux et discret pourtant, de l'air de quelqu'un qui était mêlé à ce qu'on avait à me dire.

Nous dînâmes donc ; ce fut lui qui me servit le plus souvent ; il but à ma santé ; tout cela d'une manière qui m'annonçait des vues, et qui sentait la déclaration muette et chrétienne. On devine mieux ces choses-là qu'on ne les explique ; de sorte que j'eus quelque soupçon de la vérité.

Après le repas, il passa de la table où nous étions dans le jardin. Mademoiselle, me dit Mme de Sainte-Hermières, vous n'avez point de bien, votre mère ne peut vous en donner ; M. le Baron de Sercour en a beaucoup (c'était le nom de notre dévot) ; c'est un homme plein de piété, qui ne croit pas pouvoir faire un meilleur usage de sa richesse que de la partager avec une fille de qualité aussi estimable, aussi vertueuse que vous l'êtes, et dont le mérite a besoin de fortune. Il vous offre sa main ; ce serait un mariage terminé en très peu de jours, et qui vous assurerait un établissement considérable. Il n'est question que d'en écrire à madame votre mère. Déterminez-vous ; il n'y a pas à hésiter, ce me semble, pour peu que vous réfléchissiez sur la situation où vous êtes, et sur celle où vous pouvez tomber à l'avenir. Je vous parle en amie ; le Baron de Sercour n'est pas d'un âge rebutant. Il n'a pas beaucoup de santé, j'en conviens ; il est assez incertain qu'il vive longtemps, ajouta-t-elle en baissant le ton de sa voix ; mais enfin, Dieu est le maître, Mademoiselle. Si vous veniez à perdre le Baron, du moins vous laisserait-il de quoi chérir sa mémoire, et l'état de jeune et riche veuve, quoique affligée, est encore moins embarrassant

que celui d'une fille de condition qui est fort mal à son
aise. Qu'en dites-vous ? Acceptez-vous le parti ?

Je restai quelques moments sans répondre. Ce mari
qu'on m'offrait, cette figure de pénitent[1], triste et langou-
reux, ne me revenait guère. C'était ainsi que je l'envisa-
geais alors ; mais j'avais de la raison.

Née sans bien, presque abandonnée de ma mère comme
je l'étais, je n'ignorais pas tout ce que ma condition avait
de fâcheux. J'en avais déjà été effrayée plus d'une fois ;
c'était ici l'instant de penser à moi plus sérieusement que
jamais ; et il n'y avait plus à m'inquiéter de cet avenir
dont on me parlait, si j'épousais le Baron qui était riche.

Ce mari me répugnait, il est vrai ; mais je m'accoutumerais à lui. On s'accoutume à tout dans l'abondance, il
n'y a guère de dégoût dont elle ne console.

Et puis, vous l'avouerai-je, moins à la honte de mon
cœur qu'à la honte du cœur humain (car chacun a d'abord
le sien, et puis un peu de celui de tout le monde), vous
l'avouerai-je donc ? c'est que parmi mes réflexions j'entrevis de bien loin celle-ci, qui était que ce mari n'avait
point de santé, comme le disait Mᵐᵉ de Sainte-Hermières,
et me laisserait peut-être veuve de bonne heure. Cette
idée-là ne fit qu'une apparition légère dans mon esprit ;
mais elle en fit une dont je ne voulus point m'apercevoir,
et qui cependant contribua sans doute un peu à me déterminer.

Eh bien ! Madame, qu'on écrive donc à ma mère, dis-je
tristement à Mᵐᵉ de Sainte-Hermières ; je ferai ce qu'elle
voudra.

Le Baron de Sercour rentra dans la chambre. Le cœur
me battit en le voyant ; je ne l'avais pas encore si bien
vu. Je tremblai en le regardant, et je le crus déjà mon
maître.

Je vous apprends que voici votre femme, Monsieur le

---

1. Celui qui donne des marques de sa douleur d'avoir péché, d'avoir
offensé Dieu (R).

Baron, lui dit Mme de Sainte-Hermières, et que je n'ai pas eu de peine à la résoudre.

Là-dessus, je le saluai, toute palpitante. Elle me fait bien de l'honneur, répondit-il en me rendant mon salut avec une satisfaction qu'il modéra tant qu'il put, de crainte qu'elle ne fût immodeste, mais qui, malgré qu'il en eût, ranima ses yeux ordinairement éteints.

Il me tint ensuite quelques discours dont je ne me ressouviens plus, qui étaient fort mesurés et fort retenus, et cependant plus amoureux que galants, des discours d'un dévot qui aime.

Enfin, il fut conclu que le Baron écrirait dès ce jour-là à ma mère, que Mme de Sainte-Hermières joindrait une lettre à la sienne, et que je mettrais deux mots au bas de celle de cette Dame pour marquer que j'étais d'accord de tout.

On convint aussi de tenir l'affaire secrète, et de ne la déclarer que le jour du mariage, parce que le Baron avait un neveu qui était son héritier, et qu'il n'était pas nécessaire d'instruire d'avance.

Ce neveu, tout absorbé qu'il était, disait-on, dans la piété la plus profonde, avait pu cependant compter tout doucement sur la succession de son oncle, d'autant plus que les contradictions qu'il avait essuyées de la part de son Évêque, et que l'impossibilité où il s'était vu de s'avancer dans les ordres, l'avaient obligé de quitter le petit collet[1] il n'y avait que deux mois.

Et ce garçon si pieux, que M. le baron ne nommait pas, cet héritier qu'on craignait de chagriner trop tôt, et que ce petit collet qu'on disait qu'il n'avait plus m'avait d'abord fait reconnaître, c'était cet Abbé dont j'avais délivré mon amie la Religieuse.

Vous observerez que, depuis ce qui s'était passé entre lui et moi, il était venu assez souvent me voir chez M. Vil-

---

1. Rabat. On dit d'un ecclésiastique : c'est un petit collet, ou : c'est un homme à petit collet (A). Signifie ici que l'on a abandonné la prêtrise.

lot, tant pour me remercier du silence que j'avais gardé
sur son aventure, que pour me conjurer d'avoir toujours
cette charité-là pour lui (c'était ainsi qu'il appelait ma
discrétion), et pour m'assurer qu'il ne songeait plus à la
Religieuse ; en quoi il ne me trompait pas. Il venait même
me trouver quelquefois dans une grande allée qui était
près de notre maison, où j'avais coutume de me promener
en lisant. On nous y avait vus plusieurs fois ensemble ;
on savait qu'il venait de temps en temps au logis, et cela
ne tirait à aucune conséquence ; au contraire, on ne m'en
estimait que davantage, on le croyait presque un saint.

Il y avait alors quelque temps que je ne l'avais vu, et
il vint le surlendemain du jour où tout ce que je viens de
vous dire avait été arrêté chez Mme de Sainte-Hermières.

J'étais dans notre jardin quand il arriva ; et sur la
connaissance que j'avais du caractère de l'Abbé, aussi
bien que de la corruption de ses mœurs, qui devait lui
faire souhaiter d'être riche, je pensais au chagrin que lui
ferait mon mariage avec son oncle, quand on le déclare-
rait. Mais il le savait déjà.

Il fallait bien que Mme de Sainte-Hermières eût été
indiscrète, et qu'elle eût confié l'affaire à quelque bonne
amie, qui en eût à son tour fait confidence à quelqu'un
qui l'eût dit à l'abbé.

Bonjour, Mademoiselle, me dit-il en m'abordant ; j'apprends que vous allez épouser le Baron de Sercour, et je
viens d'avance assurer ma tante de mes respects.

Je rougis de ce discours, comme si j'avais eu quelque
chose à me reprocher à son égard. Je ne sais, lui répondis-
je, qui vous a si bien instruit ; mais on ne vous a pas
trompé. Je vous dirai, au reste, que ce n'a été qu'après
m'être promise à M. de Sercour que j'ai su que vous étiez
son neveu, et que je ne vous aurais point fait un mystère
de notre mariage s'il ne l'avait pas exigé lui-même ; c'est
lui qui a voulu qu'on l'ignorât, et le seul regret que j'aie
dans cette affaire, c'est qu'elle vous prive d'une succession que je n'aurais pas songé à vous ôter. Mais mettez-

vous à ma place. Je n'ai point de bien, vous le savez ; et si j'avais refusé le Baron, ma mère, qui voudrait être débarrassée de moi, ne me l'aurait jamais pardonné.

Puisque j'avais à perdre le bien de mon oncle, me repartit-il avec un souris assez forcé, j'aime mieux que vous l'ayez qu'une autre.

M. Villot, qui était dans le jardin, et qui s'approcha de nous, interrompit notre conversation en saluant l'Abbé, qui resta encore un quart d'heure, qui me quitta ensuite avec une tranquillité que je ne crus pas vraie, et qui, ce me semble, lui donnait en cet instant l'air d'un fourbe. Voilà du moins comment cela me frappa, et vous verrez que j'en jugeais bien.

Il continua de me voir, et encore plus fréquemment qu'à l'ordinaire, si fréquemment que le Baron, qui le sut, m'en demanda la raison. Je n'en sais aucune, lui dis-je, si ce n'est qu'il est mon voisin, et qu'il faut qu'il passe près du logis pour aller chez Mme de Sainte-Hermières, que depuis quelque temps il va voir plus souvent que de coutume ; comme il était vrai.

J'oublie de remarquer que ce neveu, après m'avoir fait le compliment que je vous ai dit sur mon mariage, dont il ne me parla plus, m'avait prié de ne dire à personne qu'il en fût informé, et que je lui en avais donné ma parole ; de sorte que je n'en avertis ni le Baron ni Mme de Sainte-Hermières.

Vous observerez aussi que, pendant le temps que j'étais comme brouillée avec cette Dame, il ne m'avait jamais, dans nos conversations, paru faire grand cas de sa piété ; non qu'il se fût expliqué là-dessus d'une manière ouverte ; je n'avais démêlé ce que je dis là que par ses mines, par de certains souris, et que par son silence, quand je lui montrais mon estime ou ma vénération pour cette veuve, que je blâmais d'ailleurs du motif de son refroidissement pour moi.

Quoi qu'il en soit, cet Abbé, dont la tranquillité m'avait semblé si fausse, s'en alla chez Mme de Sainte-Hermières en me quittant, dîna chez elle, et dans le cours de sa visite, eut des façons, lui fit des discours qui la surprirent, à ce qu'elle me confia le lendemain.

Croiriez-vous, Madame, lui avait-il dit, que ce qui m'a le plus coûté dans l'état ecclésiastique, où vous m'avez vu, ait été de surmonter une violente inclination que j'avais ? Je puis l'avouer, à présent que mon penchant n'a plus rien de répréhensible, et que la personne pour qui je le sens peut me faire la grâce de recevoir mon cœur et ma main.

Et pendant qu'il tenait ce discours, ajouta-t-elle, ses regards se sont tellement attachés et fixés sur moi, que je n'ai pu m'empêcher de baisser les yeux. Qu'est-ce donc que cela signifie ? Et à quoi songe-t-il ? Quand je serais d'humeur à me remarier, ce qu'à Dieu ne plaise, ce ne serait pas un homme de son âge que je choisirais, et il faut sans doute que j'aie mal entendu.

Je ne sais plus ce que je lui répondis ; mais cet homme, trop jeune pour devenir son mari, ne l'était point trop pour lui plaire. Ne lui parlez point de ce que je vous rapporte là, me dit-elle ; j'ai peut-être eu tort d'y faire attention. Et elle n'y en fit que trop dans la suite.

Cependant, on reçut des nouvelles de ma mère, qui envoyait le consentement le plus complet, joint à la lettre du monde la plus honnête, avec une autre lettre pour Mme de Sainte-Hermières, dans laquelle il y avait quelques lignes pour moi. De sorte qu'on allait hâter mon mariage, quand tout fut arrêté par une maladie qui me vint, qui fut aussi longue que dangereuse, et dont je fus plus de deux mois à me rétablir.

L'Abbé, pendant qu'elle dura, parut s'inquiéter extrêmement de mon état, et ne passa pas un jour sans me voir ou sans venir savoir comment j'étais ; jusque-là que le Baron, à qui son neveu, devenu libre, avait avoué qu'il se marierait volontiers, s'il trouvait une personne qui lui convînt, s'imagina qu'il avait des vues sur moi, et me demanda ce qui en était. Non, lui repartis-je, votre neveu

ne m'a jamais rien témoigné de ce que vous me dites
là ; il ne s'intéresse à moi que par de simples sentiments
d'estime et d'amitié ; et c'était aussi ma pensée, je n'en
savais pas davantage.

Enfin je guéris, et comme je n'allais épouser le Baron
que par un pur motif de raison qui me coûtait, cela me
laissait encore un peu de tristesse, qu'on prit pour un reste
de faiblesse ou de langueur, et le jour de notre mariage
fut fixé ; mais ce fut le Baron de Sercour, et non pas
Mme de Sainte-Hermières, qui me pressa de hâter ce jour-
là.

Ce que je trouvai même d'assez singulier, c'est qu'elle
cessa, depuis ma convalescence, de m'encourager à me
donner à lui, comme elle avait fait auparavant. Il me
paraissait, au contraire, qu'elle n'eût pas désapprouvé mes
dégoûts.

Vous êtes rêveuse, je le vois bien, me dit-elle un matin
qu'elle était venue chez moi ; et je vous plains, je vous
l'avoue.

La veille du jour de notre mariage, elle souhaita que je
vinsse passer toute la journée chez elle, et que j'y cou-
chasse.

Écoutez, me dit-elle sur le soir, il n'y a encore rien
de fait. Ouvrez-moi votre cœur ; vous sentez-vous trop
combattue[1], n'allons pas plus loin ; je me charge de vous
excuser auprès de la Marquise, n'en soyez pas en peine,
et ne vous sacrifiez point. À l'égard du Baron, son neveu
lui parlera. Est-ce que l'Abbé est instruit ? lui repartis-je.
Oui, me répondit-elle, il vient de me le dire ; il sait tout,
et j'ignore par où. Hélas ! madame, repris-je, je n'ai suivi
que vos conseils, il n'est plus temps de se dédire ; ma
mère, qui ne m'aime point, ne serait pas si traitable que
vous le croyez, et nous nous sommes trop avancés pour
ne pas achever.

1. De combattre, au sens de souffrir quelque attaque du côté des
sens, des passions... Ici, plus simplement, trop contrainte.

N'en parlons donc plus, me dit-elle d'un air plus chagrin que compatissant. L'Abbé arriva alors. Vous avez,
dit-on, compagnie ce soir, Madame ; mon oncle sera-t-il
des vôtres, et n'y a-t-il rien de changé ? lui dit-il. Non,
c'est toujours la même chose, repartit-elle. À propos,
Mme de Clarville (c'était une de ses amies et de celles du
Baron) doit être de notre souper, elle me l'a promis ; j'ai
peur qu'elle ne l'oublie, et je suis d'avis de l'en faire
ressouvenir par un petit billet. Mademoiselle, ajouta-
t-elle, j'ai depuis hier une douleur dans la main ; j'aurais
de la peine à tenir ma plume ; voulez-vous bien écrire
pour moi ? Volontiers, lui dis-je ; vous n'avez qu'à dicter.
Il ne s'agit que d'un mot, reprit-elle, et le voici :

« Vous savez que je vous attends ce soir ; ne me manquez pas. »

Je lui demandai si elle voulait signer. Non, me dit-elle,
il n'est pas nécessaire ; elle saura bien ce que cela
signifie.

Aussitôt elle prit le papier. Sonnez, Monsieur, dit-elle
à l'Abbé, il est temps qu'on le porte. Mais non, arrêtez ;
vous ne souperez point avec nous, cela ne se peut pas ; je
suis même d'avis que vous nous quittiez avant que le
Baron arrive, et vous aurez la bonté de rendre, en passant,
le billet à Mme de Clarville ; vous ne vous détournerez que
d'un pas.

Donnez, Madame, répondit-il ; votre commission va
être faite. Il se leva et partit. À peine venait-il de sortir,
que le Baron entra avec un de ses amis. Nous soupâmes
fort tard. Mme de Clarville, que je ne connaissais pas, ne
vint point ; Mme de Sainte-Hermières ne fit pas même
mention d'elle. Après le souper, nous entendîmes sonner
onze heures.

Mademoiselle, me dit Mme de Sainte-Hermières, il est
assez tard pour une convalescente ; vous devez demain
être à l'église dès cinq heures du matin, allez vous reposer. Je n'insistai point, je pris congé de la compagnie, et

de M. de Sercour, qui me prit la main, et ne fit que l'approcher de sa bouche, sans la baiser.

Mme de Sainte-Hermières pâlit en m'embrassant. Vous avez plus besoin de repos que moi, lui dis-je, et je partis. Une de ses femmes me suivit jusqu'à ma chambre, dont la clef était à la porte ; elle me déshabilla en partie ; je la renvoyai avant que de me mettre au lit, et elle emporta ma clef.

Il faut vous dire que je logeais dans une aile du château assez retirée, et qui, par un escalier dérobé, rendait dans le jardin, d'où l'on pouvait venir à ma chambre.

Je n'avais nulle envie de dormir, et je me mis à rêver dans un fauteuil où je m'oubliai plus d'une heure ; après quoi, plus éveillée encore que je ne l'avais été d'abord, je vis des livres qui étaient sur une tablette, et j'en pris un pour me procurer un peu d'assoupissement par la lecture.

Je lus en effet plus d'une demi-heure, et jusqu'au moment où je me sentis assez fatiguée ; de sorte que j'avais déjà jeté le livre sur la table, et j'allais achever de me déshabiller pour me mettre au lit, quand j'entendis quelque bruit dans un petit cabinet attenant à ma chambre, dont la porte n'était même qu'un peu plus d'à moitié poussée.

Ce bruit continua ; j'en fus émue, et dans mon émotion je criai : Qui est là ? N'ayez point de peur, Mademoiselle, me répondit une voix que je crus reconnaître à travers la frayeur qu'elle me fit. Et aussitôt je vis paraître l'Abbé, qui d'un air riant, sortit du cabinet.

Je restai quelque temps les yeux ouverts sur lui, toute saisie, et sans pouvoir lui rien dire. Ah ! mon Dieu, que faites-vous là, Monsieur ? lui dis-je ensuite, respirant avec peine, qui vous a mis ici ? Ne craignez rien, me dit-il en s'asseyant hardiment à côté de moi ; je n'y suis simplement que pour y être.

Et quel est votre dessein ? poursuivis-je d'un ton de voix plus fort ; sortez tout à l'heure, ajoutai-je en me levant pour ouvrir ma porte. Mais comme je vous l'ai dit,

la femme de chambre l'avait fermée. Me voilà au désespoir, et je voulus ouvrir une fenêtre pour appeler. Non,
non, je vais me retirer dans un moment par l'escalier
dérobé, me dit-il en m'arrêtant par le bras. Croyez-moi,
point de bruit ; tout est couché, tout dort, et quand vos
cris feraient venir du monde, tout ce qu'on en pourra penser, c'est que j'aurai voulu abuser du rendez-vous et de
l'heure où nous sommes ; mais on n'en croira pas moins
que je suis ici de votre aveu.

De mon aveu, méchant ! Un rendez-vous ! m'écriai-je.
Oui, me dit-il, en voici la preuve ; lisez votre billet. Il me
montra celui que Mme de Sainte-Hermières m'avait fait
écrire pour elle.

Ah ! l'indigne, l'abominable homme ! Ah ! monstre
que vous êtes ! lui dis-je en retombant dans mon fauteuil ;
ah ! mon Dieu !

Ma surprise et mes pleurs me coupèrent alors la parole ;
je fondis en larmes ; je me débattais comme une égarée
dans mon fauteuil.

Il vit mon état sans s'émouvoir et avec la tranquillité
d'un scélérat. Je fus tentée de me jeter sur lui, de le déchirer si je l'avais pu ; et puis tout à coup, par un autre
mouvement, je tombai à ses genoux. Ah ! Monsieur, lui
dis-je, Monsieur, pourquoi me perdez-vous ? Que vous
ai-je fait ? Souvenez-vous de l'estime qu'on a pour vous,
souvenez-vous du service que je vous ai rendu ; je me
suis tue, je me tairai toute ma vie.

Il me releva, toujours avec le même sang-froid. Quand
vous ne vous tairiez pas, vous n'en seriez point crue ;
vous passeriez pour une jalouse, me répondit-il, et vous
ne pouvez plus me faire tort. Calmez-vous, tout ceci va
finir, et je vous sers ; je ne veux que vous délivrer d'un
mariage qui vous répugne à vous-même, et qui allait me
ruiner ; voilà tout.

Pendant qu'il me tenait ce discours, j'entendis la voix
de plusieurs personnes. On ouvrit subitement ma porte, et
le premier objet qui me frappa, ce fut M. le Baron de

Sercour, accompagné de Mme de Sainte-Hermières, tous deux suivis de cet ami qui avait soupé avec nous et qui tenait une épée nue, et de trois ou quatre domestiques de la maison, qui étaient armés.

Le Baron et son ami avaient couché au château. Mme de Sainte-Hermières les avait retenus sous prétexte qu'ils seraient le lendemain plus près de l'église, où l'on devait se rendre de très bon matin ; et cette Dame avait ordonné qu'on les éveillât tous deux, leur avait fait dire qu'on l'avait réveillée elle-même, pour l'avertir qu'il y avait du bruit dans ma chambre, qu'on y entendait différentes voix, qu'à la vérité je ne criais point, mais qu'on présumait ou qu'on m'en empêchait, ou que je n'osais crier, qu'il y avait apparence que c'étaient des voleurs, et qu'elle conjurait ces Messieurs de venir à mon secours et au sien, avec ses gens qui étaient tous levés.

Voilà pourquoi je les vis tous armés quand ils ouvrirent ma porte.

L'Abbé, qui savait bien ce qui arriverait, venait de me remettre dans mon fauteuil, et me tenait encore une main quand ils parurent.

Je me retournai avec cet air de désolation que j'avais, et le visage tout baigné de pleurs.

À cette apparition, je fis un cri de douleur, qu'on dut attribuer à la confusion que j'avais de me voir surprise avec l'Abbé. Ajoutez à cela que mes larmes déposaient encore contre moi ; car, puisque je n'avais appelé personne, d'où pouvaient-elles venir, dans les conjonctures où j'étais, que de l'affliction d'une Amante qui va se séparer de ce qu'elle aime ?

Je me souviens que l'Abbé se leva lui-même d'un air assez honteux.

Quoi ! vous, Mademoiselle ! Vous que j'ai crue si vertueuse ! Ah ! Madame, à qui se fiera-t-on ? dit alors M. de Sercour.

Il me fut impossible de répondre, mes sanglots me suffoquaient. Pardonnez-moi le chagrin que je vous donne,

Monsieur, lui dit alors l'Abbé ; ce n'est que depuis trois
ou quatre jours que je sais l'intérêt que vous prenez à
Mademoiselle, et la nécessité où elle est, dit-elle, de vous
épouser. Dans le trouble où la jetait ce mariage, elle a
souhaité de me voir encore une fois, et c'est une consolation que je n'ai pu lui refuser. J'ai cédé à ses instances, à
ses chagrins, au billet que voici, ajouta-t-il en lui faisant
lire le peu de mots qu'il contenait ; enfin, Monsieur, elle
pleurait, elle pleure encore, elle est aimable, et je ne suis
qu'un homme.

Quoi ! ce billet !... m'écriai-je alors. Et je m'arrêtai là ;
je n'eus pas la force de continuer ; je demeurai sans sentiment dans mon fauteuil.

L'Abbé s'éclipsa ; il fallut emporter M. de Sercour, qui,
me dit-on, se trouva mal aussi, et qui ensuite voulut absolument s'en retourner chez lui.

À mon égard, revenue à moi par les soins de la
complice de l'Abbé (je parle de Mme de Sainte-Hermières,
dont vous avez déjà dû entrevoir la perfidie, et qui se
retira dès que je commençai à ouvrir les yeux), en vain
demandai-je à lui parler, elle ne revint point, je ne vis que
ses femmes. Le fièvre me reprit, et l'on me transporta dès
six heures du matin chez M. Villot, encore plus désespérée que malade.

Vous jugez bien que mon aventure éclata de toutes
parts de la manière du monde la plus cruelle pour moi ;
en un mot, elle me déshonora, c'est tout dire.

M. le Baron et Mme de Sainte-Hermières l'écrivirent à
ma mère, en lui renvoyant son consentement à notre
mariage. Quant au scélérat d'Abbé, cette Dame, quelques
jours après, sut si bien l'excuser auprès de son oncle,
qu'elle le réconcilia avec lui.

Ce dernier, qui m'aimait, me déchira si chrétiennement,
et gémit de mon prétendu désordre avec des expressions
si intéressantes, si malignes et si pieuses, qu'on ne sortait
d'auprès de lui que la larme à l'œil sur mon égarement ;
pendant que, flétrie et perdue dans l'esprit de tout le

monde, je passai près de trois semaines à lutter contre la mort, et sans autre ressource, pour ainsi dire, que la charité de M. et Mme Villot, qui me secoururent avec tout le soin imaginable, malgré l'abandon où ma mère, dans sa fureur, leur annonça qu'elle allait me laisser. Ces bonnes gens furent les seuls qui résistèrent au torrent de l'opprobre où je tombai ; non qu'ils me crussent absolument innocente, mais jamais il n'y eut moyen de leur persuader que je fusse aussi coupable qu'on le supposait.

Cependant ma fièvre cessa, et ma première attention, dès que je me vis en état de m'expliquer, ce fut de leur raconter tout ce que je savais de mon histoire, et de leur dire les justes soupçons que j'avais que Mme de Sainte-Hermières était de moitié [1] avec le neveu, qu'ils croyaient un homme de bien, et que je crus devoir démasquer, en leur confiant, sous le sceau du secret, l'aventure de ce misérable avec la Religieuse.

Il ne leur en fallut pas davantage pour achever de les désabuser sur mon compte, et dès cet instant ils ne cessèrent de soutenir partout avec courage que le public était trompé, qu'on jugeait mal de moi, qu'on le verrait peut-être quelque jour (et ils prophétisaient), qu'il était faux que l'Abbé fût mon Amant, ni qu'il eût jamais osé me parler d'amour ; qu'à la vérité il était question d'un fait incompréhensible, et qui mettait l'apparence contre moi, mais que je n'y avais point d'autre part que d'en avoir été la victime.

Ils avaient beau dire, on se moquait d'eux, et je passai trois mois dans le désespoir de cet état-là.

Je voulus d'abord paraître pour me justifier, dès que je pus sortir ; mais on me fuyait ; il était défendu à mes compagnes de m'approcher, et je pris le parti de ne me plus montrer.

Confinée dans ma chambre, toujours noyée dans les pleurs, méconnaissable à force d'être changée, j'implorais

---

1. Était de connivence.

le ciel, et j'attendais qu'il eût pitié de moi, sans oser l'espérer.

Il m'exauça cependant, et fit la grâce à Mme de Sainte-Hermières de la punir pour la sauver.

Elle était allée rendre visite à une de ses amies ; il avait plu beaucoup la veille, les chemins étaient rompus, et son carrosse versa dans un profond et large fossé, dont on ne la retira qu'évanouie et à moitié brisée. On la reporta chez elle. La fièvre se joignit à cet accident, qui avait été précédé d'un peu d'indisposition ; et elle fut si mal, qu'on crut qu'elle n'en réchapperait pas.

Un ou deux jours avant qu'on désespérât d'elle, une de ses femmes, qui était mariée, prête d'accoucher, qui souffrait beaucoup, et qui se vit en danger de mourir, dans la peur qu'elle en eut, se crut obligée de révéler une chose qui me concernait, et qui chargeait sa conscience.

Elle déclara donc, en présence de témoins, que la veille de mon mariage avec M. de Sercour, l'Abbé lui avait fait présent d'une assez jolie bague pour l'engager à l'introduire sur le soir dans le cabinet de la chambre où je devais coucher.

Je répondis d'abord que j'y consentais, raconta-t-elle, à condition que Mlle de Tervire en fût d'accord, et que je l'en avertirais. Là-dessus il me pria instamment de n'en rien faire, et après m'avoir demandé le secret : N'est-il pas cruel, me dit-il, que mon oncle, tout moribond qu'il est, épouse demain Mlle de Tervire, pour la laisser veuve au bout de six mois peut-être, et maîtresse d'une succession qui m'appartient comme à son héritier naturel ? Mon projet est donc de le détourner de ce mariage, qui m'enlève un bien dont je ferai sûrement un meilleur et plus digne usage que cette petite coquette, qui le dépenserait en vanités. Vous y gagnerez vous-même, et voici toujours, avec la bague, un billet de mille écus que je vous donne, et qui, en attendant mieux, vous sera payé dès que le baron aura les yeux fermés. Il n'est question que de me cacher ce soir, pendant qu'on soupera, dans le cabinet de la chambre où Mlle de Tervire couchera, et une heure après, c'est-à-dire entre minuit et une heure, d'aller dire à Mme de Sainte-Hermières qu'on entend du bruit dans cette chambre, afin qu'elle y vienne avec le Baron qui, me trouvant là avec la jeune personne, ne doutera pas que nous ne nous aimions tous deux, et renoncera à l'épouser. Voilà tout.

La bague et le billet me tentèrent, je le confesse, ajouta la femme de chambre ; je me rendis. Je l'introduisis dans le cabinet ; et non seulement le mariage en a été rompu, mais ce que je me reproche le plus, et ce qui m'oblige à une réparation éclatante, c'est le tort que j'ai fait par là à Mlle de Tervire, dont la réputation en a tant souffert, et à qui je vous prie tous de demander pardon pour moi.

Les témoins de cette scène la répandirent partout, et quand il n'en serait pas arrivé davantage, c'en était assez pour me justifier. Mais il restait encore une coupable à qui Dieu, dans sa miséricorde, voulait accorder le repentir de son crime.

Je parle de Mme de Sainte-Hermières, qui, le lendemain même de ce que je viens de vous dire, et en présence de sa famille, de ses amis et d'un ecclésiastique qui l'avait assistée, remit un paquet cacheté et écrit de sa main à M. Villot, qu'elle avait envoyé chercher, le chargea de l'ouvrir, d'en publier, d'en montrer le contenu avant ou après sa mort, comme il lui plairait, et finit enfin par lui dire : J'aurais volontiers fait presser Mlle de Tervire de venir ici ; mais je ne mérite pas de la voir ; c'est bien assez qu'elle ait la charité de prier Dieu pour moi. Adieu, monsieur, retournez chez vous, et ouvrez ensemble ce paquet qui la consolera. M. Villot sortit en effet, et revint vite au logis, où, conformément à la volonté de cette dame, nous lûmes le papier qui avait laissé pour le moins autant de curiosité que d'étonnement à ceux qui avaient entendu ce que Mme de Sainte-Hermières avait dit en le remettant à M. Villot ; et voici à peu près et en peu de mots ce qu'il contenait :

« Prête à paraître devant Dieu, et à lui rendre compte de mes actions, je déclare à M. le Baron de Sercour qu'il ne doit rien imputer à Mlle de Tervire de l'aventure qui s'est passée chez moi, et qui a rompu son mariage avec elle. C'est moi et une autre personne (qu'elle ne nommait point) qui avons faussement supposé qu'elle avait de l'inclination pour le neveu de M. le Baron. Ce rendez-vous que nous avons dit qu'elle lui avait donné la nuit dans sa chambre ne fut qu'un complot concerté entre cette autre personne et moi, pour la brouiller avec M. de Sercour. Je meurs pénétrée de la plus parfaite estime pour la vertu de Mlle de Tervire, à qui je n'ai nui que dans la crainte du tort que cette autre personne menaçait de me faire à moi-même, si j'avais refusé d'être complice. »

Il me serait impossible de vous exprimer tout ce que cet écrit me donna de consolation, de calme et de joie ; vous en jugerez par l'excès de l'infortune où j'avais langui.

M. Villot alla sur-le-champ lire et montrer ce papier partout, et d'abord à M. de Sercour, qui partit aussitôt pour venir me voir et me faire des excuses.

Enfin, tout le monde revint à moi ; les visites ne finissaient point, c'était à qui me verrait, à qui m'aurait, à qui m'accablerait de caresses, de témoignages d'estime et d'amitié. Tous ceux qui avaient connu ma mère lui écrivirent ; et l'Abbé, devenu à son tour l'exécration du public aussi bien que de son oncle, se vit forcé de sortir du pays, et de fuir à trente lieues de là dans une assez grosse ville, où deux ans après on apprit que sa mauvaise conduite et ses dettes l'avaient fait mettre en prison, où il finit ses jours.

La femme de chambre de Mme de Sainte-Hermières ne mourut point. Cette Dame elle-même survécut à son écrit, qui m'avait si bien justifiée, et se retira dans une petite terre écartée, où elle vivait encore quand je sortis du pays. Le Baron de Sercour, que je traitai toujours fort poliment partout où je le rencontrai, voulut renouer avec moi, et proposa de conclure le mariage ; mais je ne pus plus m'y résoudre. Il m'avait trop peu ménagée.

J'avais alors dix-sept ans et demi, quand une Dame que je n'avais jamais vue, et qui était extrêmement âgée, arriva dans le pays ; il y avait au moins cinquante-cinq ans qu'elle l'avait quitté, et elle y revenait, disait-elle, pour y revoir sa famille, et pour y finir ses jours.

Cette Dame était une sœur de feu M. de Tervire, mon grand-père, qu'un jeune et riche négociant avait épousé dans notre province, où quelques affaires l'avaient amené. Il y avait bien trente-cinq ans qu'elle était veuve, et il ne lui était resté qu'un fils, qui pouvait bien en avoir quarante. Je ne saurais me dispenser d'entrer dans ce détail, puisqu'il doit éclaircir ce que vous allez entendre, et que c'est d'ici que les plus importantes aventures de ma vie vont tirer leur origine.

Vous m'avez vue rejetée de ma mère dans mon enfance, manquant d'asile [1], et maltraitée de mes tantes dans mon adolescence, réduite enfin à me réfugier dans la maison d'un paysan (car mon Fermier en était un), qui me garda cinq années entières, à qui j'aurais été à charge par la médiocrité de ma pension, chez qui même je n'aurais pas eu le plus souvent de quoi me vêtir sans son amitié pour moi et sans sa reconnaissance pour mon grand-père.

Me voici à présent parvenue à l'âge de la jeunesse. Voyons les événements qui m'y attendent.

Cette Dame dont je viens de vous parler, ne sachant plus où se loger en arrivant, ni qui pourrait la recevoir depuis la mort de mon grand-père, s'était arrêtée dans la ville la plus prochaine [2], et de là avait envoyé au Château de Tervire, tant pour savoir par qui il était occupé que pour avoir des nouvelles de la famille.

On y trouva Tervire, ce frère cadet de mon père, qui depuis deux ou trois jours y était arrivé de Bourgogne, où

---

1. Manquant de protection.   2. La plus proche.

il vivait avec sa femme, dont je ne vous ai rien dit, et qui y avait ses biens, et où le peu d'accueil qu'on avait toujours fait à ce cadet dans nos cantons, depuis le désastre de son aîné, l'avait comme obligé de se retirer.

Je vous ai déjà fait observer que la Dame en question avait un fils, et il faut que vous sachiez encore que ce fils, à qui, comme à un riche héritier, elle avait donné toute l'éducation possible, et que dans sa jeunesse elle avait envoyé à Saint-Malo pour y régler quelques restes d'affaires, y était devenu amoureux de la fille d'un petit Artisan, fort vertueuse et fort raisonnable, disait-on, mais qui avait une sœur qui ne lui ressemblait pas, une malheureuse aînée qui n'avait de commun avec elle que la beauté, et qui pis est, dont la conduite avait personnellement déshonoré le père et la mère qui la souffraient.

Son autre sœur, malgré cet opprobre de sa famille, n'en était pas moins estimée, quoique la plus belle, et ce ne pouvait être là que l'effet d'une sagesse bien prouvée et bien exempte de reproche.

Quoi qu'il en soit, le fils de Mme Dursan (c'était le nom de la dame dont il s'agit), éperdu d'amour pour cette aimable fille, fit, à son retour de Saint-Malo, tout ce qu'il put auprès de sa mère pour obtenir la permission d'épouser sa maîtresse.

Mme Dursan, que quelques amis avaient informée de tout ce que je viens de vous dire, frémit d'indignation aux instances de son fils, s'emporta contre lui, l'appela le plus lâche de tous les hommes s'il persistait dans son dessein, qu'elle traitait d'horrible et d'infâme.

Son fils, après quelques autres tentatives qui furent encore plus mal reçues, bien convaincu à la fin de l'impossibilité de gagner sa mère, acheva sans bruit de perdre le peu de raison que l'espérance de réussir lui avait laissée, ferma les yeux sur tout ce qu'il allait sacrifier à sa passion, et résolut froidement sa ruine.

Il trouva le moyen de voler vingt mille francs à sa mère, partit pour Saint-Malo, rejoignit sa maîtresse, qu'il abusa par un consentement qui paraissait être de sa mère dont il avait contrefait l'écriture, eut le temps de l'épouser avant que Mme Dursan, qui s'aperçut trop tard de son vol, pût y mettre obstacle, et la força ensuite de se sauver avec lui, pour échapper aux poursuites de sa mère, après lui avoir avoué qu'il l'avait trompée.

Trois ou quatre ans après, il avait écrit deux ou trois fois de suite à Mme Dursan, qui, pour toute réponse au repentir qu'il marquait avoir de sa faute, lui fit mander à son tour qu'elle ne voulait plus entendre parler de lui, et qu'elle n'avait que sa malédiction à lui donner.

Dursan, qui connaissait sa mère, et qui se jugeait lui-même indigne de pardon, désespéra de la faire changer de sentiment, et cessa de la fatiguer par ses lettres.

Son mariage aurait sans doute été déclaré nul, s'il avait voulu ; son âge, l'extrême inégalité des conditions, l'infamie de ces petites gens avec lesquels il s'était allié, le crédit et les richesses de sa mère, tout était pour lui, tout l'aurait aidé à se tirer d'affaire, s'il avait seulement commencé par se séparer de cette fille, et quelques personnes, à qui il avait d'abord confié le lieu de sa retraite, le lui proposèrent deux ou trois mois après son évasion, persuadées qu'il n'y répugnerait pas, d'autant plus qu'il sentait alors tout le tort qu'il s'était fait. Quelle apparence d'ailleurs qu'après ses extravagances passées, qui montraient si peu de cœur, il fût de caractère à s'effrayer d'une mauvaise action de plus ? Celle-ci l'arrêta cependant. On ne connaît rien aux hommes ; et cet insensé, qui s'était si peu soucié de ce qu'il se devait à lui-même, qui n'avait pas hésité d'être si lâche à ses dépens, refusa tout net de l'être aux dépens de sa femme, pour qui sa passion était déjà éteinte.

De sorte que tout le monde l'abandonna, et il y avait plus de dix-sept ans qu'on ne savait ce qu'il était devenu.

Tervire le cadet, qui avait autrefois été instruit d'une partie de ce que je vous dis là par son père, à qui Mme Dursan l'avait écrit, présuma que son fils était mort, puis-

qu'elle revenait finir ses jours dans sa Patrie, ou du moins
se flatta qu'il ne se serait pas réconcilié avec elle, et qu'en
cultivant ses bonnes grâces, il pourrait encore être substi-
tué à la place de ce fils, comme il l'avait été à celle de
mon père.

Plein de cette espérance flatteuse, et déjà tout ému de
convoitise, le voilà qui part pour aller trouver sa tante, et
qui, dans sa petite tête (car il avait peu d'esprit), projette
en chemin les moyens d'envahir la succession ; moyens
aussi sots que lui, et qui se terminèrent, comme on en a
jugé depuis, à prodiguer les respects, les airs d'attachement, les complaisances et toutes sortes de finesses de
cette espèce. Ce fut là tout ce qu'il put imaginer de plus
adroit.

Mais, malheureusement pour lui, il avait affaire à une
femme de bon sens, d'un caractère simple et tout uni, que
ses façons choquèrent, qui comprit tout d'un coup à quoi
elles tendaient, et qu'elles dégoûtèrent de lui.

Il lui offrit son Château, qu'elle refusa ; mais comme
il ne l'habitait point, qu'il avait fixé sa demeure ailleurs
et bien loin de là, qu'elle y avait été élevée, elle s'offrit
de l'acheter avec la terre de Tervire.

Il ne demandait pas mieux que de s'en défaire, et un
autre que lui en aurait généreusement laissé le marché à
la discrétion d'une tante aussi riche, aussi âgée, dont il
pouvait même arriver qu'il héritât, et c'eût été là sûrement
une marque de zèle et de désintéressement bien entendue ;
mais les petites âmes ne se fient à rien. Il ne s'était pré-
paré qu'à des respects sans conséquence. Il était d'ailleurs
tenté du plaisir présent de vendre bien cher ; et ce neveu,
par pure avarice, oublia les intérêts de son avarice même.

Il céda son Château, après avoir honteusement chicané
sur le prix avec Mme Dursan, qui l'acheta plus qu'il ne
valait, mais qui en avait envie, et qui le lui paya sur-le-
champ.

Tout l'avantage qu'elle eut dans cette occasion par-dessus une étrangère, ce fut d'être rançonnée avec des révé-

rences, avec des tons doux et respectueux, à la faveur desquels il croyait habilement tenir bon sur le marché, sans qu'elle y prît garde.

Dès le lendemain, elle alla loger dans le Château, qu'elle le pria sans façon de lui laisser libre le plus tôt qu'il pourrait, et dont il sortit huit jours après pour s'en retourner chez lui, fort honteux du peu de succès de ses respects et de ses courbettes, dont il vit bien qu'elle avait deviné les motifs, et qui n'avaient servi qu'à la faire rire, sans compter encore le chagrin qu'il eut de me laisser dans le Château, où le bonhomme Villot, qui connaissait cette Dame, m'avait amenée depuis cinq ou six jours, et où je plaisais, où mes façons ingénues réussissaient auprès de Mme Dursan, qui commençait à m'aimer, qui me caressait, à qui je m'accoutumais insensiblement, que je trouvais en effet bonne et franche, avec qui j'étais le lendemain plus à mon aise et plus libre que la veille, qui de son côté prenait plaisir à voir qu'elle me gagnait le cœur, et qui, pour surcroît de bonne fortune pour moi, avait retrouvé au Château un portrait qu'on avait fait d'elle dans sa jeunesse, à qui il est vrai que je ressemblais beaucoup, qu'elle avait mis dans sa chambre, qu'elle montrait à tout le monde.

Comme on m'appelait communément la belle Tervire, il s'ensuivait de ma ressemblance avec le portrait de Mme Dursan, qu'on ne pouvait louer les grâces que j'avais sans louer celles qu'elle avait eues. Je ne faisais point d'impression qu'elle n'eût faite, elle aurait inspiré tout ce que j'inspirais, c'eût été la même chose, témoin le portrait ; et cela la réjouissait encore, toute vieille qu'elle était. L'amour-propre tire parti de tout, il prend ce qu'il peut, suivant l'âge et l'état où nous sommes ; et vous jugez bien que je n'y perdais pas, moi, à lui faire tant d'honneur, et à me montrer ainsi ce qu'elle avait été.

Voilà donc dans quelles circonstances Tervire repartit pour la Bourgogne.

M. Villot, qui croyait ne m'avoir laissée au Château

que pour une semaine ou deux, revint me chercher le lendemain du départ de mon oncle ; mais Mme Dursan, qui
ne m'avait retenue aussi que pour quelques jours, n'était
plus d'avis que je la quittasse.

Parle donc, ma petite, me dit-elle en me prenant à part,
t'ennuies-tu ici ? Non, vraiment, ma tante, répondis-je ;
mais, en revanche, je pourrai bien m'ennuyer ailleurs. Eh
bien ! reste, reprit-elle ; tu seras chez moi encore plus
honnêtement que chez Villot, je pense.

C'est ce qui me semble, lui dis-je en riant. J'écrirai
donc demain à ta mère que je te garde, ajouta-t-elle ; entre
nous, tu n'étais pas là dans une maison convenable à une
fille née ce que tu es. Mlle de Tervire en pension chez un
Fermier ! Voilà qui est joli ! Plus joli que d'être pensionnaire d'un pauvre Vigneron, comme j'ai pensé l'être, ma
tante, lui repartis-je toujours en badinant.

Je le sais bien, ma petite, me répondit-elle ; on me
conta avant-hier toute ton histoire, et l'obligation que tu
as au bonhomme Villot, que j'estime aussi bien que sa
femme. Je suis instruite de tout ce qui te regarde, et je ne
dis rien de ta mère ; mais tu as de fort aimables tantes !
Quelle parenté ! Elles sont venues me voir, et je leur rendrai leur visite ; il faudra bien ; tu seras avec moi, c'est
un plaisir que je veux me donner.

Mon Fermier entra pendant qu'elle me tenait ce discours. Venez, monsieur Villot, lui cria-t-elle ; je parlais
de vous tout à l'heure : vous veniez pour emmener Tervire, mais je la retiens ; vous me la cédez volontiers,
n'est-ce pas ? et je manderai à la Marquise qu'elle est
chez moi. Combien vous est-il dû pour elle ? Dites ; je
vous payerai sur-le-champ.

Eh ! mon Dieu ! Madame, cette affaire-là ne presse pas,
reprit M. Villot. Pour ce qui est de notre jeune maîtresse,
il est juste que vous l'ayez, puisque vous la voulez, je ne
saurais dire non, et dans le fond j'en suis bien aise à cause
d'elle, qui sera avec sa bonne tante ; mais cela n'empêchera pas que je ne m'en retourne triste ; et nous allons

être bien étonnés, Mme Villot et moi, de ne la plus voir dans la maison ; car, sauf son respect, nous l'aimions comme notre enfant, et nous l'aimerons toujours de même, ajouta-t-il presque la larme à l'œil. Et votre enfant vous le rend bien, lui répondis-je aussi toute attendrie.

Vous ne la perdez pas, vous la reviendrez voir quand il vous plaira, dit Mme Dursan que notre attendrissement touchait à son tour.

Nous profiterons de la permission, répondit M. Villot, que j'embrassai sans façon et de tout mon cœur, et que je chargeai de mille amitiés pour sa femme, que je promis d'aller voir le lendemain. Après quoi il partit.

DIXIÈME PARTIE

Vous reçûtes hier la neuvième Partie de mon Histoire, et je vous envoie aujourd'hui la dixième ; on ne saurait guère aller plus vite. Je prévois, malgré cela, que vous ne me tiendrez pas grand compte de ma diligence : j'avoue moi-même que je n'ai pas le droit de la vanter. J'ai été jusqu'ici si paresseuse, qu'elle ne signifie pas encore que je me corrige ; elle a plus l'air d'un caprice qui me prend que d'une vertu que j'acquiers, n'est-il pas vrai ? Je suis sûre que c'est là votre pensée. Patience, vous me faites une injustice, Madame ; mais vous n'êtes pas encore obligée de le savoir ; c'est à moi dans la suite à vous l'apprendre, et à mériter que vous m'en fassiez réparation. Poursuivons ; c'est toujours mon amie la Religieuse qui parle, et qui est revenue sur le soir dans ma chambre où je l'attendais.

Vous vous ressouvenez bien, reprit-elle, que je suis chez Mme Dursan, qui me prodiguait tout ce qui sert à l'entretien d'une fille ; de sorte qu'il ne tint qu'à ma mère de m'aimer beaucoup, si, pour obtenir son amitié, je n'avais qu'à ne lui être point à charge, et qu'à lui laisser tout doucement oublier que j'étais sa fille.

Aussi l'oublia-t-elle si bien qu'il y avait quatre ans qu'il ne nous était venu de ses nouvelles, quand je perdis Mme Dursan, avec qui je n'avais vécu que cinq ou six ans ; et je les passai d'une manière si tranquille et si uniforme que ce n'est pas la peine de m'y arrêter.

Je vous ai déjà dit qu'on m'appelait la belle Tervire ; car dans chaque petit canton de Province, il y a presque toujours quelque personne de notre sexe qui est la Beauté du pays, celle, pour ainsi dire, dont le pays se fait fort.

Or, c'était moi qui avais cette distinction-là, que je n'ai pas portée ailleurs, et qui alors m'attirait quantité d'amants campagnards, dont je ne me souciais guère, mais qui servaient à montrer que j'étais la belle par excellence ; et c'était là tout ce qui m'en plaisait.

Non que j'en devinsse plus glorieuse avec mes compagnes ; je n'étais pas de cette humeur-là ; elles ont pu souvent n'être pas contentes de ma figure qui triomphait de la leur, mais jamais elles n'ont eu à se plaindre de moi ni de mes façons ; jamais ma vanité ne triomphait d'elles ; au contraire, j'ignorais autant que je pouvais les préférences qu'on me donnait, je les écartais, je ne les voyais point, je passais pour ne les point voir ; je souffrais même pour mes compagnes qui les voyaient, quoique je fusse bien aise que les autres les vissent ; c'est une puérilité dont je me souviens encore ; mais comme il n'y avait que moi qui la savais, que mes amies ne me croyaient pas instruite de mes avantages, cela les adoucissait ; c'était autant de rabattu sur leur mortification, et nous n'en vivions pas plus mal ensemble.

Tout le monde m'aimait, au reste. Elle est plus aimable qu'une autre, disait-on, et il n'y a qu'elle qui ne s'en doute pas. On ne parlait que de cela à Mme Dursan ; partout où nous allions, on ne l'entretenait de moi que pour me louer, et on témoignait que c'était de bonne foi, par l'accueil et les caresses qu'on me faisait.

Il est vrai que j'étais née douce, et qu'avec le caractère que j'avais, rien ne m'aurait plus inquiétée que de me sentir mal dans l'esprit de quelqu'un.

Mme Dursan, que j'aimais de tout mon cœur, et qui en était convaincue, recueillait de son côté tout le bien qu'on lui disait de moi, en concluait qu'elle avait raison de m'aimer, et ne le concluait qu'en m'aimant tous les jours davantage.

Depuis que j'étais avec elle, je ne l'avais jamais vue qu'en parfaite santé ; mais comme elle était d'un âge très avancé, insensiblement cette santé s'altéra. Mme Dursan, jusque-là si active, devint infirme et pesante ; elle se plaignait que sa vue baissait ; d'autres accidents de la même nature survinrent. Nous ne sortions presque plus du Château, c'étaient toujours de nouvelles indispositions ; et elle en eut une, entre autres, qui parut lui annoncer une fin si prochaine, qu'elle fit son testament sans me le dire.

J'étais alors dans ma chambre, où il n'y avait qu'une heure que je m'étais retirée, pour me livrer à toute l'inquiétude et à toute l'agitation d'esprit que me causait son état.

J'avais pris tant d'attachement pour elle, et je tenais si fort à la tendresse qu'elle avait pour moi, que la tête me tournait quand je pensais qu'elle pouvait mourir.

Aussi, depuis quelques jours, étais-je moi-même extrêmement changée. De peur de l'effrayer cependant, je paraissais tranquille, et tâchais de montrer un peu de ma gaieté ordinaire.

Mais en pareil cas on rit de si mauvaise grâce, on imite si mal et si tristement ce qu'on ne sent point ! Mme Dursan ne s'y trompait pas, et souriait tendrement en me regardant comme pour me remercier de mes efforts.

Elle venait donc d'écrire son testament, quand je quittai ma chambre pour la rejoindre. J'avais pleuré, et il reste toujours quelque petite impression de cela sur le visage.

D'où viens-tu, ma nièce ? me dit-elle, tu as les yeux bien rouges ! Je ne sais, lui répondis-je ; c'est peut-être de ce que je me suis assoupie un quart d'heure. Non, tu n'as pas l'air d'avoir dormi, reprit-elle en secouant la tête ; tu as pleuré.

Moi ! ma tante, et de quoi voulez-vous que je pleure ? m'écriai-je avec cet air dégagé que j'affectais. De mon âge et de mes infirmités, me dit-elle en souriant.

Comment ! de vos infirmités ! Pensez-vous qu'un petit dérangement de santé qui se passera me fasse peur, avec le tempérament que vous avez ? lui répondis-je d'un ton qui allait me trahir si je ne m'étais pas arrêtée.

Je suis mieux aujourd'hui ; mais on n'est pas éternelle, mon enfant, et il y a longtemps que je vis, me dit-elle en cachetant un paquet.

À qui écrivez-vous donc, Madame ? lui dis-je, sans répondre à sa réflexion. À personne, reprit-elle ; ce sont des mesures que je viens de prendre pour toi. Je n'ai plus de fils ; depuis près de vingt ans qu'on n'a entendu parler du mien, je le crois mort ; et quand il vivrait, ce serait la même chose pour moi ; non que j'aie encore aucun ressentiment contre lui ; s'il vit, je prie Dieu de le bénir et de le rendre honnête homme ; mais ni l'honneur de la famille, ni la Religion, ni les bonnes mœurs qu'il a vio-lées, ne me permettent pas de lui laisser mon bien.

Je voulus l'interrompre ici pour essayer de l'attendrir sur ce malheureux fils. Mais elle ne m'écouta point.

Tais-toi, me dit-elle, mon parti est pris. Ce n'est point par humeur que je suis inflexible ; il n'est pas question ici de bonté, mais d'une indulgence folle et criminelle qui nuirait à l'ordre et à la justice humaine et divine. L'action de Dursan fut affreuse ; le misérable ne respecta rien. Et tu veux que je donne un exemple d'impunité, qui serait peut-être funeste à ton fils même, si jamais tu en as un ! Si le mien, comme a fait autrefois ton père, qui fut traité avec trop de rigueur, s'était marié, je ne dis pas à une fille de condition, mais du moins de bonne famille, ou simplement de famille honnête, quoique pauvre, en vérité, je me serais rendue ; je n'aurais pas regardé au bien, et je ne serais pas aujourd'hui à lui faire grâce ; mais épouser une fille de la lie du peuple, et d'une famille connue pour infâme parmi le peuple ! je n'y saurais penser qu'avec horreur. Revenons à ce que je disais.

Il ne me reste pour tout héritier que ton oncle Tervire, qui est déjà assez riche, et qui l'est de ton bien. Il a profité durement du malheur de ton père, m'a-t-on dit ; il ne l'a jamais ni consolé ni secouru. Il se réjouirait encore du malheur de mon fils et du sujet de mes larmes ; ainsi je ne veux point de lui ; il jouit d'ailleurs de l'héritage de tes pères, et n'en prend pas plus d'intérêt à ton sort. Je songe aussi que tu n'as pas grand secours à attendre de ta mère : tu mérites une meilleure situation que celle où tu resterais, et ma succession servira du moins à faire la fortune d'une nièce que j'aime, dont je vois bien que je suis aimée, qui craint de me perdre, qui me regrettera, j'en suis sûre, toute mon héritière qu'elle sera, et que mon fils, qui peut n'être pas mort, ne trouvera pas sans pitié pour lui dans la misère où il est peut-être ; ta reconnaissance est une ressource que je lui laisse. Voilà, ma fille, de quoi il est question dans le papier cacheté que tu vois ; j'ai cru devoir me hâter de l'écrire, et je t'y donne tout ce que je possède.

Je ne lui répondis que par un torrent de larmes. Ce discours, qui m'offrait partout l'image de sa mort, m'attendrit et m'effraya tant, qu'il me fut impossible de prononcer un mot ; il me sembla qu'elle allait mourir, qu'elle me disait un éternel adieu, et jamais sa vie ne m'avait été si chère.

Elle comprit le sujet de mon saisissement et de mes pleurs. Je m'étais assise ; elle se leva pour s'approcher de moi, et me prenant la main : Tu m'aimerais encore mieux que ma succession, n'est-il pas vrai, ma fille ? Mais ne t'alarme point, me dit-elle ; ce n'est qu'une précaution que j'ai prise. Non, madame, lui dis-je en faisant un effort, votre fils n'est pas mort, et vous le reverrez, je l'espère.

En cet instant, nous entendîmes quelque bruit dans la salle. C'étaient deux Dames d'un Château voisin, qui venaient voir Mme Dursan ; et je me sauvai pour n'être point vue dans l'état où j'étais.

Il fallut cependant me montrer un quart d'heure après. Elles venaient inviter Mme Dursan à une partie de pêche

qui se faisait le lendemain chez elles ; et comme elle s'en
excusa sur ses indispositions, elles la prièrent du moins
de vouloir bien m'y envoyer, et tout de suite demandèrent
à me voir.

Mme Dursan, qui leur promit que j'y viendrais, me fit
avertir, et je fus obligée de paraître.

Ces deux Dames, toutes deux encore jeunes, dont l'une
était fille [1] et l'autre mariée, étaient aussi, de toutes nos
amies, celles avec qui je me plaisais le plus, et qui avaient
le plus d'amitié pour moi ; il y avait dix ou douze jours
que nous ne nous étions vues. Je vous ai dit que mes
inquiétudes m'avaient beaucoup changée, et elles me
trouvèrent si abattue, qu'elles crurent que j'avais été
malade. Non, leur dis-je ; tout ce que j'ai, c'est que depuis
quelque temps je dors assez mal ; mais cela reviendra.
Là-dessus, Mme Dursan me regarda d'un air attendri, et
que j'entendis [2] bien ; c'est qu'elle s'attribuait mon
insomnie.

Ces Dames, me dit-elle ensuite, souhaitaient que nous
allassions demain à une partie de pêche qui se fera chez
elles ; mais je suis trop incommodée pour sortir, et je n'y
enverrai que toi, Tervire. Comme il vous plaira, lui répondis-je, bien résolue de prétexter quelque indisposition,
plutôt que de la laisser seule toute la journée.

Aussi le lendemain, avant que Mme Dursan fût éveillée,
eus-je soin de leur dépêcher un domestique, qui leur dit
qu'une migraine violente qui m'était venue dès le matin,
et qui me retenait au lit, m'empêchait de me rendre chez
elles.

Mme Dursan, étonnée, quelques heures après, de voir
entrer chez elle une femme de chambre qu'elle avait chargée de me suivre, apprit d'elle que je n'étais point partie,
sut en même temps l'excuse que j'en avais donnée.

Cependant je me levai pour aller chez elle, et j'étais à
moitié de sa chambre, quand je la rencontrai qui, malgré

---

1. Célibataire (A).   2. Que je compris bien.

la peine qu'elle avait à marcher depuis quelque temps, et soutenue d'un laquais, venait voir elle-même en quel état j'étais.

Comment ! te voilà levée ! me dit-elle en s'arrêtant dès qu'elle me vit, et ta migraine ? Ce n'en était pas une, lui dis-je, je me suis trompée ; ce n'était qu'un grand mal de tête qui est extrêmement diminué, et je suis bien fâchée de n'être pas arrivée plus tôt pour vous le dire.

Va, reprit-elle, tu n'es qu'une friponne, et tu mériterais que je te fisse partir tout à l'heure ; mais viens donc, puisque tu as voulu rester. Je vous assure que je serais partie, si je n'avais pas cru être malade, lui répondis-je d'un air ingénu. Et moi, me dit-elle, je t'assure que j'irai partout où l'on m'invitera, puisque tu n'es pas plus raisonnable. Eh ! mais, sans doute, vous irez partout, repris-je ; j'y compte bien, vous ne serez pas toujours indisposée ; et en tenant de pareils discours, nous arrivâmes dans sa chambre.

Nombre de petites choses pareilles à celles que je vous dis là, et dans lesquelles elle devinait toujours mon intention, de quelque manière que je m'y prisse, m'avaient tellement gagné son cœur, qu'elle m'aimait autant que la plus tendre des mères aime sa fille.

Dans ces entrefaites, la plus ancienne des deux femmes de chambre qu'elle avait, vieille fille qui avait toute sa confiance, et qui la servait depuis vingt-cinq ans, tomba malade d'une fièvre aiguë qui l'emporta en six jours de temps.

Mme Dursan en fut consternée ; il est vrai qu'à l'âge où elle était, il n'y a presque point de perte égale à celle-là.

C'est une amie d'une espèce unique que la mort vous enlève en pareil cas, une amie de tous les instants, à qui vous ne vous donnez pas la peine de plaire ; qui vous délasse de la fatigue d'avoir plu aux autres ; qui n'est, pour ainsi dire, personne pour vous, quoiqu'il n'y ait personne qui vous soit plus nécessaire ; avec qui vous êtes aussi rebutante, aussi petite d'humeur et de caractère que

vous avez quelquefois besoin de l'être, avec qui vos infirmités les plus humiliantes ne sont que des maux pour
vous, et point une honte ; enfin, une amie qui n'en a pas
même le nom, et que souvent vous n'apprenez que vous
aimiez que lorsque vous ne l'avez plus, et que tout vous
manque sans elle. Et voilà le cas où se trouvait Mme Dursan, qui avait près de quatre-vingts ans.

Aussi, comme je vous l'ai dit, tomba-t-elle dans une
mélancolie[1] qui redoubla mes frayeurs.

Il lui fallait cependant une autre femme de chambre, et
on lui en envoya plusieurs dont elle ne s'accommoda
point. Je lui en cherchai moi-même, et lui en présentai
une ou deux qui ne lui convinrent pas non plus.

Ce fut ainsi qu'elle passa près d'un mois, pendant
lequel elle eut lieu dans mille occasions de se convaincre
de ma tendresse et de mon zèle.

Dans cette occurrence, un jour qu'elle reposait, et que
je me promenais en lisant aux environs du Château, j'entendis du bruit au bout de la grande allée qui servait
d'avenue, de sorte que je tournai de ce côté-là, pour savoir
de quoi il était question, et je vis que c'était le Garde[2] de
Mme Dursan, avec un de ses gens, qui querellaient un
jeune homme, qui semblaient avoir envie de le maltraiter,
et tâchaient de lui arracher un fusil qu'il tenait.

Je me sentis un peu émue du ton brutal et menaçant
dont ils lui parlaient, aussi bien que de cette violence
qu'ils voulaient lui faire, et je m'avançai le plus vite que
je pus, en leur criant de s'arrêter.

Plus j'approchai d'eux, et plus leur action me déplut ;
c'est que j'en voyais mieux le jeune homme en question,
qu'il était en effet difficile de regarder indifféremment, et
dont l'air, la taille et la physionomie me frappèrent,
malgré l'habit tout uni et presque usé dont il était vêtu.

Que faites-vous donc là, vous autres ? dis-je alors avec

---

1. Espèce de rêverie ou de délire sans fièvre, accompagné de crainte
et de chagrin sans raisons apparentes (A).   2. Le garde-chasse.

vivacité à ces brutaux quand je fus près d'eux. Nous arrêtons ce garçon-ci qui chasse sur les terres de Madame, qui a déjà tué du gibier, et que nous voulons désarmer, me répondit le Garde avec toute la confiance d'un Valet qui est charmé d'avoir droit de faire du mal.

Le jeune homme, qui avait ôté son chapeau d'un air fort respectueux dès que je m'étais approchée, jetait de temps en temps sur moi des regards et modestes et suppliants, pendant que l'autre parlait.

Laissez, laissez aller Monsieur, dis-je après au Garde, qui ne l'avait appelé que *ce garçon*, et dont je fus bien aise de corriger l'incivilité. Retirez-vous, ajoutai-je ; il est sans doute étranger, et n'a pas su les endroits où il pouvait chasser.

Je ne faisais que traverser pour aller ailleurs, Mademoiselle, me répondit-il alors en me saluant, et ils ont tort de croire que j'ai tiré sur la terre de leur Dame, et plus encore de vouloir désarmer un homme qu'ils ne connaissent point, qui, malgré l'état où ils le voient, n'est pas fait, je vous assure, pour être maltraité par des gens comme eux, et sur lequel ils ne se sont jetés que par surprise.

À ces mots, le Garde et son camarade insistèrent pour me persuader qu'il ne méritait point de grâce, et continuèrent de l'apostropher désagréablement ; mais je leur imposai silence avec indignation.

En arrivant, je ne les avais trouvés que brutaux ; et depuis qu'il avait dit quelques paroles, je les trouvais insolents. Taisez-vous, leur dis-je, vous parlez mal ; éloignez-vous, mais ne vous en allez pas.

Et puis, m'adressant à lui : Vous ont-ils ôté votre gibier ? lui dis-je. Non, Mademoiselle, me répondit-il, et je ne saurais trop vous remercier de la protection que vous avez la bonté de m'accorder dans cette occasion-ci. Il est vrai que je chasse, mais pour un motif qui vous paraîtra sans doute bien pardonnable ; c'est pour un Gentilhomme qui a beaucoup de parents dans la noblesse de ce pays-ci, qui en est absent depuis longtemps, et qui est arrivé

d'avant-hier avec ma mère. En un mot, Mademoiselle,
c'est pour mon père ; je l'ai laissé malade, ou du moins
très indisposé dans le village prochain, chez un paysan
qui nous a retirés[1] ; et comme vous jugez bien qu'il y vit
assez mal, qu'il n'y peut trouver qu'une nourriture moins
convenable qu'il ne faudrait, et qu'il n'est guère en état
de faire beaucoup de dépense, je suis sorti tantôt pour
aller vendre un petit bijou que j'ai sur moi, dans la ville
qui n'est plus qu'à une demi-lieue d'ici ; et en sortant j'ai
pris ce fusil dans l'intention de chasser en chemin, et de
rapporter à mon père quelque chose qu'il pût manger avec
moins de dégoût que ce qu'on lui donne.

Vous voyez bien, Marianne, que voilà un discours
assez humiliant à tenir ; cependant, dans tout ce qu'il me
dit là, il n'y eut pas un ton qui n'excitât mes égards autant
que ma sensibilité, et qui ne m'aidât à distinguer l'homme
d'avec sa mauvaise fortune. Il n'y avait rien de si opposé
que sa figure et son indigence.

Je suis fâchée, lui dis-je, de n'être pas venue assez tôt
pour vous épargner ce qui vient de se passer, et vous
pouvez chasser ici en toute liberté ; j'aurai soin qu'on ne
vous en empêche pas. Continuez, Monsieur ; la chasse est
bonne sur ce terrain-ci, et vous n'irez pas loin sans trouver
ce qu'il faut pour votre malade. Mais peut-on vous
demander ce que c'est que ce bijou que vous avez dessein
de vendre ?

Hélas ! Mademoiselle, reprit-il, c'est fort peu de chose :
il n'est question que d'une bagatelle de deux cents francs,
tout au plus, mais qui suffira pour donner à mon père le
temps d'attendre que ses affaires changent ; la voici,
ajouta-t-il en me la présentant.

Si vous voulez revenir demain matin, lui dis-je après
l'avoir prise et regardée, peut-être vous en aurai-je
défait[2] ; je la proposerai du moins à la Dame du Château

---

1. Au sens d'avoir fourni, offert une retraite.   2. Au sens de se
défaire d'une chose, c'est-à-dire de la vendre ou de la donner.

qui est ma tante ; elle est généreuse ; je lui dirai ce qui vous engage à la vendre ; elle en sera sans doute touchée, et j'espère qu'elle vous épargnera la peine de la porter à la Ville où je prévois que peu de gens en auront envie.

C'était en lui remettant la bague que je lui parlais ainsi ; mais il me pria de la garder.

Il n'est pas nécessaire que je la reprenne, Mademoiselle, puisque vous voulez bien tenter ce que vous dites, et que je reviendrai demain, me répondit-il. Il est juste d'ailleurs que la Dame dont vous parlez ait le temps de l'examiner ; ainsi, Mademoiselle, permettez que je vous la laisse.

La subite franchise de ce procédé me surprit un peu, me plut, et me fit rougir, je ne sais pourquoi. Cependant je refusai d'abord de me charger de cette bague, et le pressai de la reprendre. Non, Mademoiselle, me dit-il encore en me saluant pour me quitter ; il vaut mieux que vous l'ayez dès aujourd'hui, afin que vous puissiez la montrer. Et là-dessus il partit, pour abréger la contestation.

Je m'arrêtai à le regarder pendant qu'il s'éloignait, et je le regardais en le plaignant, en lui voulant du bien, en aimant à le voir, en ne me croyant que généreuse.

Le Garde et son camarade étaient restés dans l'allée, à trente ou quarante pas de nous, comme je leur avais ordonné, et je les rejoignis.

Si vous retrouviez aujourd'hui ou demain ce jeune homme chassant encore ici, leur dis-je, je vous défends, de la part de Mme Dursan, de l'inquiéter davantage ; je vais avoir soin qu'elle vous le défende elle-même. Et puis je rentrai dans le Château, l'esprit toujours plein de ce jeune homme et de sa décence, de ses airs respectueux et de ses grâces. Cette bague même qu'il m'avait laissée avait part à mon attention ; elle m'occupait, et n'était pas pour moi une chose indifférente.

J'allai chez Mme Dursan, qui était réveillée, et à qui je

contai ma petite aventure, avec l'ordre que j'avais donné de sa part au Garde.

Elle ne manqua pas d'approuver tout ce que j'avais fait. Un jeune Chasseur de si bonne mine (car je n'omis rien de ce qui pouvait le rendre intéressant), un jeune homme si poli, si doux, si bien élevé, qui chassait avec un zèle si édifiant pour un père malade, ne pouvait que trouver grâce auprès de Mme Dursan, qui avait le cœur bon, et qui ne voyait dans mon récit que sa justification ou son éloge.

Oui, ma fille, tu as raison, me dit-elle ; j'aurais pensé comme toi si j'avais été à ta place, et ton action est très louable. (Pas si louable qu'elle se l'imaginait, ni que je le croyais moi-même ; ce n'était pas là le mot qu'il eût fallu dire.)

Quoi qu'il en soit, dans l'attendrissement où je la vis, j'augurai bien du succès de ma négociation au sujet de la bague dont je lui parlai, et que je lui montrai tout de suite, persuadée que je n'avais qu'à lui en dire le prix pour en avoir l'argent.

Mais je me trompais : les mouvements de ma tante et les miens n'étaient pas tout à fait les mêmes ; Mme Dursan n'était que bonne et charitable ; cela laisse du sens-froid [1], et n'engage pas à acheter une bague dont on n'a que faire.

Tu n'y songes pas ! me dit-elle. Pourquoi t'es-tu chargée de ce bijou ? À quoi veux-tu que je l'emploie ? Je ne pourrais le prendre pour toi, et je t'en ai donné de plus beaux (comme il était vrai). Non, ma fille, reprends-le, ajouta-t-elle tout de suite en me le rendant d'un air triste ; ôte-le de ma vue ; il me rappelle une petite bague que j'ai eue autrefois, qui était, ce me semble, pareille à celle-ci, et que j'avais donnée à mon fils sur la fin de ses études.

À ce discours, je remis promptement la bague dans le papier d'où je l'avais tirée, et l'assurai bien qu'elle ne la verrait plus.

Attends, reprit-elle, j'aime mieux que tu proposes

---

1. De la lucidité, du jugement.

demain à ton jeune homme de lui prêter quelque argent,
qu'il te rendra, lui diras-tu, quand il aura vendu son bijou ;
voilà dix écus pour lui ; qu'on te les rende ou non, je ne
m'en soucie guère, et je les donne, quoiqu'il ne faille pas
le lui dire.

Je m'en garderai bien, lui repartis-je en prenant cette
somme qui était bien au-dessous de la générosité que je
me sentais, mais qui, avec quelque argent que je résolus
d'y joindre, deviendrait un peu plus digne du service que
j'avais envie de rendre ; car de l'argent, j'en avais ;
Mme Dursan, qui, dans les occasions, voulait que je
jouasse, ne m'en laissait point manquer.

Tout mon embarras fut de savoir comment je ferais le
lendemain pour offrir cette somme au jeune homme en
question sans qu'il en rougît, à cause de l'indigence des
siens, ni qu'il pût entrevoir qu'on donnait cet argent plus
qu'on ne le prêtait.

J'y rêvai donc avec attention, j'y rêvai le soir, j'y rêvai
étant couchée. J'arrangeai ce que je lui dirais, et j'attendis
le lendemain sans impatience, mais aussi sans cesser un
instant de songer à ce lendemain.

Il arriva donc ; et ma première idée, en me réveillant,
fut de penser qu'il était arrivé.

J'étais avec Mme Dursan sur la terrasse du jardin, et
nous nous y entretenions toutes deux assises après le
dîner, quand on vint me dire qu'un jeune étranger, qui
était dans la salle, demandait à me parler. C'est apparemment ton chasseur d'hier, me dit Mme Dursan ; va lui rendre sa bague, et tâche de l'amuser[1] un instant ; je vais
retourner dans ma chambre, et je serai bien aise de le voir
en traversant la salle.

Je me levai donc avec une émotion secrète que je n'at-
tribuai qu'à la fâcheuse nécessité de lui remettre le diamant, et qu'à l'embarras du compliment que j'allais lui

---

1. Arrêter, occuper par quelque adresse (R). Ce qui se dirait aujour-
d'hui : « le retenir ».

faire pour cette somme que je tenais toute prête, et que j'avais augmentée de moitié.

Je l'abordai d'abord avec cet air qu'on a quand on vient dire aux gens qu'on n'a pas réussi pour eux ; il se méprit à mon air, et crut qu'il signifiait que sa visite m'était, en ce moment-là, importune ; c'est du moins ce que je compris à sa réponse.

Je suis honteux de la peine que je vous donne, Mademoiselle, et je crains bien de n'avoir pas pris une heure convenable, me dit-il en me saluant avec toutes les grâces qu'il avait, ou que je lui croyais.

Non, Monsieur, lui repartis-je, vous venez à propos, et je vous attendais ; mais ce qui me mortifie, c'est que j'ai encore votre bague, et que je n'ai pu engager ma tante à la prendre, comme je vous l'avais fait espérer ; elle a beaucoup de ces sortes de bijoux, et ne saurait, dit-elle, à quoi mettre[1] le vôtre. Elle serait cependant charmée d'obliger d'honnêtes gens ; et quoiqu'elle ne vous connaisse pas, sur ce que je lui ai dit que les personnes à qui vous appartenez étaient restées dans le village prochain, qu'elles venaient dans ce pays-ci pour une affaire de conséquence, et que vous ne vendiez ce petit bijou que pour en tirer un argent dont vos parents avaient actuellement besoin ; enfin, Monsieur, sur la manière dont je lui ai parlé de vous et de l'attention que vous méritiez, elle a cru qu'elle ne risquerait rien à vous faire un plaisir qu'elle serait bien aise qu'on lui fît en pareil cas ; c'est de vous prêter cette somme, en attendant que les vôtres aient reçu de l'argent, ou que vous ayez vendu le diamant dont la vente servira à vous acquitter, et j'ai sur moi vingt écus que vous nous devrez, et que voilà, ajoutai-je.

Quoi ! Mademoiselle, me répondit-il en souriant doucement et d'un air reconnaissant, vous me remettez la bague, nous vous sommes inconnus, vous ne me demandez ni nom ni billet, et vous ne m'en offrez pas moins cet

---

1. Employer (D).

argent ! Vous avez raison, Monsieur, lui dis-je ; on pourrait d'abord regarder cela comme imprudent, je l'avoue ;
mais vous êtes assurément un jeune homme plein d'honneur ; on voit bien que vous venez de bon lieu, et je suis
persuadée que je ne hasarde[1] rien. À quoi d'ailleurs nous
serviraient votre billet et votre nom, si vous n'étiez pas
ce que je pense ? Quant au diamant, je ne vous le rends
qu'afin que vous le vendiez, Monsieur ; c'est avec lui que
vous me payerez. Cependant ne vous pressez point ; il
vaut, dit-on, plus de deux cents francs ; prenez tout le
temps qu'il faudra pour vous en défaire sans y perdre. Et
je le lui présentais, en lui parlant ainsi.

Je ne sais, Mademoiselle, me répondit-il en le recevant,
de quoi nous devons vous être plus obligés, ou du service
que vous voulez nous rendre, ou du soin que vous prenez
pour nous le déguiser ; car on ne prête point à des inconnus : c'est vous en dire assez ; et mon père et ma mère
seront aussi pénétrés que moi de vos bontés. Mais je
venais ici pour vous dire, Mademoiselle, que nous ne
sommes plus dans l'embarras, et que depuis hier nous
avons trouvé une amie qui nous a prêté tout ce qu'il nous
fallait.

Mme Dursan, qui entra alors dans la salle, m'empêcha
de lui répondre. Il se douta bien que c'était ma tante, et
lui fit une profonde révérence.

Elle fixa les yeux sur lui, en le saluant à son tour avec
une honnêteté plus marquée[2] que je ne l'aurais espéré, et
qu'elle crut apparemment devoir à sa figure, qui était fort
noble.

Elle fit plus, elle s'arrêta pour me dire : N'est-ce pas
monsieur qui vous avait confié la bague que vous m'avez
montrée, ma nièce ? Oui, Madame ; mais il n'est plus
question de cela, lui répondis-je, et monsieur ne la vendra

---

1. Signifie qu'elle est certaine de ne pas se tromper. Risquer (A).
2. Avoir pour quelqu'un des attentions marquées pour dire des égards,
des manières qui prouvent un désir particulier d'honorer (A).

point. Tant mieux, reprit-elle, il aurait eu de la peine à
s'en défaire ici. Mais, quoique je ne m'en sois pas accommodée, ajouta-t-elle en s'adressant à lui, pourrais-je vous
être bonne à quelque chose, Monsieur ? Vos parents, à ce
que m'a dit ma nièce, sont nouvellement arrivés en ce
pays-ci, ils y ont des affaires [1], et s'il y avait occasion de
les y servir, j'en serais charmée.

J'aurais volontiers embrassé ma tante, tant je lui savais
gré de ce qu'elle venait de dire ; le jeune homme rougit
pourtant, et j'y pris garde ; il me parut embarrassé. Je n'en
fus point surprise : il se douta bien que ma tante, à cause
de sa mauvaise fortune, avait été curieuse de voir
comment il était fait, et on n'aime point à être examiné
dans ce sens-là ; on est même honteux de faire pitié.

Sa réponse n'en fut cependant ni moins polie ni moins
respectueuse. J'instruirai mon père et ma mère de l'intérêt
que vous daignez prendre à leurs affaires, repartit-il, et je
vous supplie pour eux, Madame, de leur conserver des
intentions si favorables.

À peine eut-il prononcé ce peu de mots, que Mme Dursan resta comme étonnée. Elle garda même un instant de
silence.

Votre père est-il encore malade ? lui dit-elle après. Un
peu moins depuis hier soir, Madame, répondit-il. Eh ! de
quelle nature sont ses affaires ? ajouta-t-elle encore.

Il est question, dit-il avec timidité, d'un accommodement de famille [2], dont il vous instruira lui-même quand
il aura l'honneur de vous voir ; mais de certaines raisons
ne lui permettent pas de se montrer sitôt. Il est donc connu
ici ? lui dit-elle. Non, Madame, mais il y a quelques
parents, reprit-il.

Quoi qu'il en soit, répondit-elle en prenant mon bras
pour l'aider à marcher, j'ai des amis dans le pays, et je

---

1. Des affaires à régler. **2.** Arrangement familial. Ce qui est assez
vague et cache la réalité.

vous répète qu'il ne tiendra pas à moi que je ne lui sois utile.

Elle partit là-dessus, et m'obligea de la suivre, contre mon attente, car il me semblait que j'avais encore quelque chose à dire à ce jeune homme, qui, de son côté, paraissait ne m'avoir pas tout dit non plus, et ne croyait pas que je me retirerais si promptement. Je vis dans ses yeux qu'il me regrettait, et je tâchai qu'il vît dans les miens que je voulais bien qu'il revînt, s'il le fallait.

Je suis de ton avis, me dit Mme Dursan quand nous fûmes seules, ce garçon-là est de très bonne mine [1], et ceux à qui il appartient sont sûrement des gens de quelque chose. Sais-tu bien qu'il a un son de voix qui m'a émue ? En vérité, j'ai cru entendre parler mon fils. Que te disait-il quand je suis arrivée ? Qu'une amie que son père avait trouvée, repris-je, l'avait tiré du besoin d'argent où il était, et qu'il vous rendait mille grâces de la somme que vous offriez de prêter.

À te dire le vrai, me répondit-elle, ce jeune homme parle d'un accommodement de famille, et je crains fort que le père ne se soit autrefois battu [2] ; il y a toute apparence que c'est pour cela qu'il se cache ; et tant pis, il lui sera difficile de sortir d'une pareille affaire.

On vint alors nous interrompre ; je laissai Mme Dursan, et j'allai dans ma chambre pour y être seule. J'y rêvai assez longtemps sans m'en apercevoir ; j'avais voulu remettre à ma tante les dix écus qu'elle m'avait donnés pour le jeune homme, mais elle me les avait laissés. Et il reviendra, disais-je, il reviendra ; je suis d'avis de garder toujours cette somme ; il ne sera peut-être pas fâché de la retrouver. Et je m'applaudissais innocemment de penser ainsi. J'aimais à me sentir un si bon cœur.

Le lendemain, je crus que la journée ne se passerait pas

---

1. La mine est le visage bon ou mauvais qu'on fait paraître (A).
2. Battu en duel. Ce qui était une pratique condamnée par la justice royale depuis Richelieu et qui entraînait des poursuites.

sans que je revisse le jeune homme, c'était là mon idée ;
et l'après-dînée, je m'attendais à tout moment qu'on allait
m'avertir qu'il me demandait. Cependant la nuit arriva
sans qu'il eût paru, et mon bon cœur, par un dépit imperceptible, et que j'ignorais moi-même, en devint plus tiède.

Le jour d'après, point de visite non plus. Malgré ma
tiédeur, j'avais porté jusque-là l'argent que je lui desti-
nais ; mais alors : Allons, me dis-je, il n'y a qu'à le
remettre dans ma cassette ; et c'était toujours mon bon
cœur qui se vengeait sans que je le susse.

Enfin, le surlendemain, une des meilleures amies de
Mme Dursan, femme à peu près de son âge, qui l'était
venue voir sur les quatre heures, et que je reconduisais
par galanterie [1] jusqu'à son carrosse, qu'elle avait fait
arrêter dans la grande allée, me dit au sortir du Château :
Promenons-nous un instant de ce côté. Et elle tournait
vers un petit bois qui était à droite et à gauche de la
maison, et qu'on avait percé pour faire l'avenue. Il y a
quelqu'un qui nous y attend, ajouta-t-elle, qui n'a pas osé
me suivre chez vous, et que je suis bien aise de vous
montrer.

Je me mis à rire. Au moins puis-je me fier à vous,
Madame, et n'a-t-on pas dessein de m'enlever ? lui répondis-je.

Non, reprit-elle du même ton, et je ne vous mènerai
pas bien loin.

En effet, à peine étions-nous entrées dans cette partie
du bois, que je vis à dix pas de nous trois personnes qui
nous abordèrent avec de grandes révérences ; et de ces
trois personnes j'en connus une, qui était mon jeune
homme. L'autre était une femme très bien faite, d'environ
trente-huit à quarante ans, qui devait avoir été de la plus
grande beauté, et à qui il en restait beaucoup, mais qui
était pâle, et dont l'abattement [2] paraissait venir d'une tris-

---

1. Par politesse envers une femme.   2. Accablement, langueur
(A).

tesse ancienne et habituelle, au surplus mise comme une femme qui n'aurait pu conserver qu'une vieille robe pour se parer.

L'autre était un homme de quarante-trois ou quarante-quatre ans, qui avait l'air infirme, assez mal arrangé[1] d'ailleurs, et à qui on ne voyait plus, pour tout reste de dignité, que son épée.

Ce fut lui qui le premier s'avança vers moi, en me saluant ; je lui rendis son salut, sans savoir à quoi cela aboutissait.

Monsieur, dis-je au jeune homme, qui était à côté de lui, dites-moi, je vous prie, de quoi il est question. De mon père et de ma mère, que vous voyez, mademoiselle, me répondit-il, ou, pour vous mettre encore mieux au fait, de M. et de Mme Dursan. Voilà ce que c'est, ma fille, me dit alors la Dame avec qui j'étais venue ; voilà votre cousin, le fils de cette tante qui vous a donné tout son bien, à ce qu'elle m'a confié elle-même ; et je vous en demande pardon ; car, avec la belle âme que je vous connais, je savais bien qu'en vous amenant ici, je vous faisais le plus mauvais tour du monde.

À peine achevait-elle ces mots que la femme tomba à mes pieds. Et c'est à moi, qui ai causé les malheurs de mon mari, à me jeter à vos genoux, et à vous conjurer d'avoir pitié de lui et de son fils, me dit-elle en me tenant une main qu'elle arrosait de ses larmes.

Pendant qu'elle parlait, le père et le fils, tous deux les yeux en pleurs, et dans la posture du monde la plus suppliante, attendaient ma réponse.

Que faites-vous donc là, Madame ? m'écriai-je en l'embrassant, et pénétrée jusqu'au fond de l'âme de voir autour de moi cette famille infortunée qui me rendait l'arbitre de son sort, et ne me sollicitait qu'en tremblant d'avoir pitié de sa misère.

Que faites-vous donc, Madame ? levez-vous, lui criai-

---

1. Vêtu d'une façon négligée.

je ; vous n'avez point de meilleure amie que moi ; est-
il nécessaire de vous abaisser ainsi devant moi pour me
toucher ? Pensez-vous que je tienne à votre bien ? Est-il
à moi dès que vous vivez ? Je n'en ai reçu la donation
qu'avec peine, et j'y renonce avec mille fois plus de plaisir qu'il ne m'en aurait jamais fait.

Je tendais en même temps une main au père, qui se jeta
dessus, aussi bien que son fils, dont l'action, plus tendre
et plus timide, me fit rougir, toute distraite que j'étais par
un spectacle aussi attendrissant.

À la fin, la mère, qui était jusque-là restée dans mes
bras, se releva tout à fait et me laissa libre. J'embrassai
alors M. Dursan, qui ne put prononcer que des mots sans
aucune suite, qui commençait mille remerciements, et
n'en achevait pas un seul.

Je jetai les yeux sur le fils après avoir quitté le père.
Ce fils était mon parent, et dans de pareilles circonstances, rien ne devait m'empêcher de lui donner les
mêmes témoignages d'amitié qu'à M. Dursan ; et cependant je n'osais pas. Ce parent-là était différent, je ne trouvais pas que mon attendrissement pour lui fût si honnête ;
il se passait, entre lui et moi, je ne sais quoi de trop doux
qui m'avertissait d'être moins libre, et qui lui en imposait
à lui-même.

Mais aussi, pourquoi l'aurais-je traité avec plus de
réserve que les autres ? Qu'en aurait-on pensé ? Je me
déterminai donc, et je l'embrassai avec une émotion qui
se joignit à la sienne.

Voyons d'abord ce que vous souhaitez que je fasse,
dis-je alors à M. et à Mme Dursan. Ma tante a beaucoup
de tendresse pour moi, et vous devez compter sur tout le
crédit que cela peut me donner sur elle ; encore une fois,
le testament qu'elle a fait pour moi et rien, c'est la même
chose ; et je le lui déclarerai quand il vous plaira ; mais
il faut prendre des mesures avant que de vous présenter à
elle, ajoutai-je en adressant la parole à Dursan le père.

Trouvez-vous à propos que je la prévienne, me dit la

Dame qui m'avait amenée, et que je lui avoue que son fils est ici ?

Non, repris-je d'un air pensif, je connais son inflexibilité à l'égard de Monsieur, et ce ne serait pas là le moyen de réussir.

Hélas ! Mademoiselle, reprit Dursan le père, c'est, comme vous voyez, à un mourant qu'elle pardonnerait ; il y a longtemps que je n'ai plus de santé : ce n'est pas pour moi que je lui demande grâce, c'est pour ma femme et pour mon fils, que je laisserais dans la dernière indigence.

Que parlez-vous d'indigence ? Ôtez-vous donc cela de l'esprit, lui répondis-je ; vous ne rendez point justice à mon caractère. Je vous ai déjà dit, et je le répète, que je ne veux rien de ce qui est à vous, que j'en ferai ma déclaration[1], et que dès cet instant-ci votre sort cesse de dépendre du succès de la réconciliation que nous allons tenter auprès de ma tante, à moins que, sur mon refus d'hériter d'elle, elle ne fasse un nouveau testament en faveur d'un autre ; ce qui ne me paraît pas croyable. Quoi qu'il en soit, il me vient une idée.

Votre mère a besoin d'une femme de chambre, elle ne saurait s'en passer ; elle en a perdu une que vous avez connue sans doute, c'était la Lefèvre ; mettons à profit cette conjoncture, et tâchons de placer auprès d'elle Mme Dursan que voilà. Ce sera vous, dis-je à l'autre dame, qui la présenterez, et qui lui répondrez d'elle et de son attachement, qui lui en direz hardiment[2] tout ce qu'en pareil cas on peut dire de plus avantageux. Madame est aimable ; la douceur et les grâces de sa physionomie vous rendront bien croyable, et la conduite de Madame achèvera de justifier votre éloge. Voilà ce que nous pouvons faire de mieux. Je suis sûre que sous ce personnage elle gagnera le cœur de ma tante. Oui, je n'en doute pas, ma

---

1. Il s'agit sans doute d'un acte notarié par lequel il serait renoncé à la donation de Mme Dursan.   2. Fermement, sans se troubler.

tante l'aimera, vous remerciera de la lui avoir donnée ; et
peut-être qu'au premier jour, dans la satisfaction qu'elle
aura d'avoir retrouvé infiniment mieux que ce qu'elle a
perdu, elle nous fournira elle-même quelques heureux instants où nous ne risquerons rien à lui avouer une petite
supercherie qui n'est que louable, qu'elle ne pourra s'empêcher d'approuver, qu'elle trouvera touchante, qui l'est
en effet, qui ne manquera pas de l'attendrir, et qui l'aura
mise hors d'état de nous résister quand elle en sera instruite. On ne doit point rougir d'ailleurs de tenir lieu de
femme de chambre à une belle-mère irritée [1] qui ne vous
a jamais vue, quand ce n'est qu'une adresse [2] pour désarmer sa colère.

À peine eus-je ouvert cet avis qu'ils s'y rendirent tous,
et que leurs remerciements recommencèrent ; ce que je
proposais marquait, disaient-ils, tant de franchise, tant de
zèle et de bonne volonté pour eux, que leur étonnement
ne finissait point.

Dès demain, dans la matinée, dit la Dame qui était leur
amie et la mienne, je mène Mme Dursan à sa belle-mère ;
heureusement que tantôt elle m'a demandé si je ne savais
pas quelque personne raisonnable qui pût remplacer la
Lefèvre. Je lui ai même promis de lui en chercher une, et
je vous arrête pour elle, dit-elle en riant à Mme Dursan,
qui était charmée de ce que j'avais imaginé, et qui répondit qu'elle se tenait pour arrêtée [3].

Nous entendîmes alors quelques domestiques qui
étaient dans l'allée de l'avenue ; nous craignîmes, ou
qu'ils ne nous vissent, ou que ma tante ne leur eût dit
d'aller voir pourquoi je ne revenais pas, et nous jugeâmes
à propos de nous séparer, d'autant plus qu'il nous suffisait
d'être convenus de notre dessein, et qu'il nous serait aisé

---

1. En colère, fâchée. 2. Au sens de ruse. 3. Engagée. S'emploie encore comme provincialisme dans certaines régions de France
où l'on dit arrêter un domestique ou un fermier.

d'en régler l'exécution suivant les occurrences[1], et de nous concilier[2] tous les jours ensemble, quand une fois l'affaire serait entamée.

Nous nous retirâmes donc, Mme Dorfrainville et moi (c'est le nom de la dame qui m'avait amenée), pendant que Dursan, sa femme et son fils allèrent, à travers le petit bois, gagner le haut de l'avenue, pour attendre cette Dame qui devait en passant les prendre dans son carrosse, qui les avait tous trois logés chez elle, qui les faisait passer pour d'anciens amis dont la perte d'un procès avait déjà dérangé la fortune, et qui, pour les en consoler, les avait engagés à la venir voir pour quelques mois.

Tu as été bien longtemps avec Mme Dorfrainville, me dit ma tante quand je fus arrivée. Oui, lui dis-je ; il n'était point tard, elle a eu envie de se promener dans le petit bois ; et elle n'insista pas davantage.

À dix heures du matin, le lendemain, Mme Dorfrainville était déjà au Château. Je venais moi-même d'entrer chez Mme Dursan.

Enfin vous avez une femme de chambre, lui dit tout d'un coup cette Dame, mais une femme de chambre unique ; sans vous je renverrais la mienne, et je garderais celle-là ; et il faut vous aimer autant que je vous aime pour vous donner la préférence. C'est une femme attentive[3], adroite, affectionnée, vertueuse ; c'est le meilleur sujet, le plus fidèle, le plus estimable qu'il y ait peut-être ; je ne crois pas qu'il soit possible d'avoir mieux ; et tout cela se voit dans sa physionomie. Je la trouvai hier chez moi, qui venait d'arriver de vingt lieues d'ici.

Eh ! de chez qui sort-elle ? dit ma tante. Comment a-t-on pu se défaire d'un si excellent sujet[4] ? Est-ce que sa maîtresse est morte ? C'est cela même, repartit Mme Dorfrainville, qui avait prévu la question, et qui ne s'était pas fait un scrupule d'imaginer de quoi y répondre.

---

1. Circonstances (R). 2. Se mettre d'accord. 3. Pleine d'attentions. 4. Au sens où l'on dit d'un enfant qu'il est un bon sujet.

Elle sort de chez une Dame qui mourut ces jours passés, qui en faisait un cas infini, qui m'en a dit mille fois des choses admirables, et qui la gardait depuis quinze ou seize ans. Je sais d'ailleurs qui elle est : je connais sa famille, elle appartient à de fort honnêtes gens ; et enfin je suis sa caution [1]. Elle venait même dans l'intention de rester chez moi ; du moins n'a-t-elle pas voulu, dit-elle, entrer dans aucune des maisons qu'on lui propose, sans savoir si je ne la retiendrais pas : mais comme je ne suis pas mécontente de la mienne, qu'il vous en faut une, je vous la cède, ou pour mieux dire, je vous en fais présent ; car c'en est un.

Il ne fallait pas moins que ce petit Roman-là, ajusté comme vous le voyez, pour engager Mme Dursan à la prendre, et pour la guérir des dégoûts qu'elle avait de tout autre service que de celui qu'elle n'avait plus.

Eh bien ! Madame, quand me l'enverrez-vous ? lui dit-elle. Tout à l'heure, répondit Mme Dorfrainville ; elle ne viendra pas de bien loin, puisqu'elle se promène sur la terrasse de votre jardin, où je l'ai laissée. Quelque mérite, quelque raison qu'elle ait, je n'ai pas voulu qu'elle fût présente à son éloge ; elle ne sait pas aussi bien que moi tout ce qu'elle vaut, et il n'est pas nécessaire qu'elle le sache, nous nous passerons bien qu'elle s'estime tant ; elle n'en vaudrait pas mieux, ajouta-t-elle en riant, et peut-être même en vaudrait-elle moins. Vous voilà instruite, c'en est assez ; il n'y a plus qu'à dire à un de vos gens de la faire venir.

Non, non, dis-je alors, je vais l'avertir moi-même. Et je sortis en effet pour l'aller prendre. Je me doutai qu'elle était inquiète, et qu'elle avait besoin d'être rassurée dans ces commencements.

Venez, Madame, lui dis-je en l'abordant ; on vous attend, vous êtes reçue ; ma tante vous met chez vous, en ne croyant vous mettre que chez elle.

---

1. Celui ou celle qui se porte garant de quelqu'un.

Hélas ! Mademoiselle, vous me voyez toute tremblante, et j'appréhende de me montrer dans l'émotion où je suis, me répondit-elle avec un ton de voix qui ne prouvait que trop ce qu'elle disait, et qui aurait pu paraître extraordinaire à ma tante, si je l'avais amenée dans cet état-là.

Eh ! de quoi tremblez-vous donc ? lui dis-je. Est-ce de vous présenter à la meilleure de toutes les femmes, à qui vous allez devenir chère, et qui dans quinze jours peut-être pleurera de tendresse, et vous embrassera de tout son cœur, en apprenant qui vous êtes ? Vous n'y songez pas ; allons, Madame, paraissez avec confiance ; ce moment-ci ne doit rien avoir d'embarrassant pour vous ; qu'y a-t-il à craindre ? Vous êtes bien sûre de Mme Dorfrainville, et je pense que vous l'êtes de moi.

Ah ! mon Dieu, de vous, Mademoiselle ! me répondit-elle ; ce que vous me dites là me fait rougir. Et sur qui donc compterais-je dans le monde ? Allons, Mademoiselle, je vous suis ; voilà toutes mes émotions dissipées.

Et là-dessus nous entrâmes dans cette chambre dont elle avait eu tant de peur d'approcher. Cependant, malgré tout ce courage qui lui était revenu, elle salua avec une timidité qu'on aurait pu trouver excessive dans une autre qu'elle, mais qui, jointe à cette figure aimable et modeste, à ce visage plein de douceur qu'elle avait, parut une grâce de plus chez elle.

À mon égard, je souris d'un air satisfait, afin d'exciter encore les bonnes dispositions de ma tante, qui regardait à ma mine ce que je pensais.

Mademoiselle Brunon, dit Mme Dorfrainville à notre nouvelle femme de chambre, vous resterez ici ; Madame vous retient, et je ne saurais vous donner une plus grande preuve de mon amitié qu'en vous plaçant auprès d'elle ; je l'ai bien assurée qu'elle serait contente de vous, et je ne crains pas de l'avoir trompée.

Je n'ose encore répondre que de mon zèle et des efforts que je ferai pour plaire à Madame, répondit la fausse Brunon. Et il faut avouer qu'elle tint ce discours de la

manière du monde la plus engageante. Je ne m'étonnai
point que Dursan le fils l'eût tant aimée, et je n'aurais pas
été surprise qu'alors même on eût pris de l'inclination
pour elle.

Aussi Mme Dursan la mère se sentit-elle prévenue pour
elle. Je crois, dit-elle à Mme Dorfrainville, que je ne
hasarde rien à vous remercier d'avance : Brunon me
revient tout à fait, j'en ai la meilleure opinion du monde,
et je serais fort trompée moi-même si je n'achève pas ma
vie avec elle. Je ne fais point de marché, Brunon ; vous
n'avez qu'à vous en fier à moi là-dessus : on me dit que
je serai contente de vous, et vous le serez de moi. Mais
n'avez-vous rien apporté avec vous ? C'est à côté de moi [1]
que je vous loge, et je vais dire à une de mes femmes
qu'elle vous mène à votre chambre.

Non, non, ma tante, lui dis-je au moment qu'elle allait
sonner ; je suis bien aise de la mettre au fait ; n'appelez
personne ; je vais prendre quelque chose dans ma
chambre, et je lui montrerai la sienne en passant. Elle a
laissé deux cassettes chez moi que je lui enverrai tantôt,
dit Mme Dorfrainville. Je vous en prie, répondit ma tante.
Allez, Brunon, voilà qui est fini, vous êtes à moi, et je
souhaite que vous vous en trouviez bien.

Ce n'est pas de moi dont je suis en peine, repartit Brunon avec son air modeste. Elle me suivit ensuite, et en
sortant nous entendîmes ma tante qui disait à Mme Dorfrainville : Cette femme-là a été belle comme un ange.

Je regardai Brunon là-dessus, et je me mis à rire : Trouvez-vous ce petit discours d'assez bon augure ? lui dis-
je ; voilà déjà son fils à demi justifié.

Oui, Mademoiselle, me répondit-elle en me serrant la
main, ceci commence bien ; il semble que le ciel bénisse
le parti que vous m'avez fait prendre.

Nous restâmes un demi-quart d'heure ensemble ; je
n'étais sortie avec elle que pour l'instruire en effet d'une

---

1. Dans une chambre voisine de la mienne.

quantité de petits soins dont je savais tout le mérite, et que je lui recommandai. Elle m'écouta transportée de reconnaissance, et se récriant à chaque instant sur les obligations qu'elle m'avait ; il était impossible de les sentir plus vivement ni de les exprimer mieux ; son cœur s'épanouissait, ce n'était plus que des transports de joie qui finissaient toujours par des caresses pour moi.

Les gens de la maison allaient et venaient ; il ne convenait pas qu'on nous vît dans un entretien si réglé ; et je la quittai, après lui avoir dit ses fonctions, et l'avoir même sur-le-champ mise en exercice. Elle avait de l'esprit, elle sentait l'importance du rôle qu'elle jouait ; je continuais de lui donner des avis qui la guidaient sur une infinité de petites choses essentielles. Elle avait tous les agréments de l'insinuation[1] sans paraître insinuante, et ma tante, au bout de huit jours, fut enchantée d'elle.

Si elle continue toujours de même, me disait-elle en particulier, je lui ferai du bien ; et tu n'en seras pas fâchée, ma nièce ?

Je vous y exhorte, ma tante, lui répondais-je. Vous avez le cœur trop bon, trop généreux, pour ne pas récompenser tout le zèle et tout l'attachement du sien ; car on voit qu'elle vous aime, que c'est avec tendresse qu'elle vous sert.

Tu as raison, me disait-elle ; il me le semble aussi bien qu'à toi. Ce qui m'étonne, c'est que cette fille-là ne soit pas mariée, et que même, avec la figure qu'elle a dû avoir, elle n'ait pas rencontré quelque jeune homme riche et d'un état au-dessus du sien, à qui elle ait tourné la tête. C'était précisément un de ces visages propres à causer bien de l'affliction[2] à une famille.

Hélas, répondais-je, il n'a peut-être manqué à Brunon, pour faire beaucoup de ravage, que d'avoir passé sa

---

1. Ce serait plutôt l'art de suggérer, d'inciter, et non le sens négatif d'insinuation. **2.** Voir note 1, p. 254.

jeunesse dans une Ville. Il faut que ce soit une de ces
figures-là que mon cousin Dursan ait eu le malheur de
rencontrer, ajoutai-je d'un air simple et naïf, mais à la
campagne, où Brunon a vécu, une fille, quelque aimable
qu'elle soit, se trouve comme enterrée, et n'est un danger
pour personne.

Ma tante, à ce discours, levait les épaules et ne disait
plus rien.

Dursan le fils revenait de temps en temps avec son
père. Mme Dorfrainville les amenait tous deux et les descendait au haut de l'avenue, d'où ils passaient dans le
bois, où j'allais les voir quelques moments ; et la dernière
fois que le père y vint, je le trouvai si malade, il avait
l'air si livide et si bouffi [1], les yeux si morts, que je doutai
très sérieusement qu'il pût s'en retourner, et je ne me
trompais pas.

Il ne s'agit plus de moi, ma chère cousine ; je sens que
je me meurs, me dit-il ; il y a un an que je languis, et
depuis trois mois mon mal est devenu une hydropisie [2]
qu'on n'a pas aperçue d'abord, et dont je n'ai pas été en
état d'arrêter le progrès.

Mme Dorfrainville m'a donné un Médecin depuis que je
suis chez elle, elle m'a procuré tous les secours qu'elle a
pu ; mais il y a apparence qu'il n'était plus temps, puisque
mon mal a toujours augmenté depuis. Aussi ne me suis-
je efforcé de venir aujourd'hui ici que pour vous recommander une dernière fois les intérêts de ma malheureuse
famille.

Après tout ce que je vous ai dit, lui repartis-je, ce n'est
plus ma faute si vous n'êtes pas tranquille. Mais laissons
là cette opinion que vous avez d'une mort prochaine ; tout
infirme et tout affaibli que vous êtes, votre santé se réta-
blira dès que vos inquiétudes cesseront. Ouvrez d'avance
votre cœur à la joie. Dans les dispositions où je vois ma

---

1. Enflé (R).   2. Tumeur aqueuse contre nature qui occupe tout
le corps ou partie (A).

tante pour Mme Dursan, je la défie de vous refuser votre
grâce quand nous lui avouerons tout, et cet aveu ne tient
plus à rien [1] ; nous le ferons peut-être demain, peut-être
ce soir ; il n'y a pas d'heure à présent dans la journée qui
ne puisse en amener l'instant. Ainsi soyez en repos, tous
vos malheurs sont passés. Il faut que je me retire, je ne
puis disparaître pour longtemps ; mais Mme Dursan va
venir ici, qui vous confirmera les espérances que je vous
donne, et qui pourra vous dire aussi combien vous m'êtes
chers tous trois.

Ces dernières paroles m'échappèrent, et me firent rougir, à cause du fils qui était présent, et sans qui, peut-être,
je n'aurais rien dit des deux autres, s'il n'avait pas été le
troisième.

Aussi ce jeune homme, tout plongé qu'il était dans la
tristesse, se baissa-t-il subitement sur ma main, qu'il prit
et qu'il baisa avec un transport où il entrait plus que de
la reconnaissance, quoiqu'elle en fût le prétexte ; et il fallut bien aussi n'y voir que ce qu'il disait.

Je me levai cependant, en retirant ma main d'un air
embarrassé. Le père voulut par honnêteté se lever aussi
pour me dire adieu ; mais soit que le sujet de notre entretien l'eût trop remué, soit qu'avec la difficulté qu'il avait
de respirer il eût encore été trop affaibli par les efforts
qu'il venait de faire pour arriver jusqu'à l'endroit du bois
où nous étions, il lui prit un étouffement qui le fit retomber à sa place, où nous crûmes qu'il allait expirer.

Sa femme, qui était sortie du Château pour nous joindre,
accourut aux cris du fils, qui ne furent entendus que d'elle.
J'étais moi-même si tremblante qu'à peine pouvais-je me
soutenir, et je tenais un flacon dont je lui faisais respirer la
vapeur ; enfin son étouffement diminua, et Mme Dursan le
trouva un peu mieux en arrivant ; mais de croire qu'il pût
regagner le carrosse de Mme Dorfrainville, ni qu'il soutînt
le mouvement de ce carrosse depuis le Château jusque chez

---

1. Cet aveu n'aura aucune conséquence négative.

elle, il n'y avait pas moyen de s'en flatter, et il nous dit qu'il ne se sentait pas cette force-là.

Sa femme et son fils, tous deux plus pâles que la mort, me regardaient d'un air égaré, et me disaient : Que ferons-nous donc ? Je me déterminai.

Il n'y a point à hésiter, leur répondis-je ; on ne peut mettre monsieur qu'au Château même ; et pendant que ma tante est avec Mme Dorfrainville, je vais chercher du monde pour l'y transporter.

Au Château ! s'écria sa femme ; eh ! Mademoiselle, nous sommes perdus ! Non, lui dis-je, ne vous inquiétez pas ; je me charge de tout, laissez-moi faire.

J'entrevis en effet, dans le parti que je prenais, que, de tous les accidents qu'il y avait à craindre, il n'y en avait pas un qui ne pût tourner à bien.

Dursan malade, ou plutôt mourant ; Dursan que sa misère et ses infirmités avaient rendu méconnaissable, ne pouvait pas être rejeté de sa mère quand elle le verrait dans cet état-là, et ne serait plus ce fils à qui elle avait résolu de ne jamais pardonner.

Quoi qu'il en soit, je courus à la maison, j'en amenai deux de nos gens, qui le prirent dans leurs bras, et je fis ouvrir un petit appartement qui était à rez-de-chaussée de la cour, et où on le transporta. Il était si faible qu'il fallut l'arrêter plusieurs fois dans le trajet, et je le fis mettre au lit persuadée qu'il n'avait pas longtemps à vivre.

La plupart des gens de ma tante étaient dispersés alors. Nous n'en avions pour témoins que trois ou quatre, devant qui Mme Dursan contraignait[1] sa douleur, comme je le lui avais recommandé, et qui, sur les expressions de Dursan le fils, apprenaient seulement que le malade était son père ; mais cela n'éclaircissait rien, et me fit venir une nouvelle idée.

L'état de M. Dursan était pressant[2] ; à peine pouvait-il

_____
1. Contenait, dissimulait.   2. Alarmant et qui oblige à agir au plus vite.

prononcer un mot. Il avait besoin des secours spirituels, il n'y avait pas de temps à perdre, il se sentait si mal qu'il les demandait ; et il était presque impossible de les lui procurer à l'insu de sa mère : je craignais d'ailleurs qu'il ne mourût sans la voir ; et sur toutes ces réflexions, je conclus qu'il fallait d'abord commencer par informer ma tante qu'elle avait un malade chez elle.

Brunon, dis-je brusquement à Mme Dursan, ne quittez point Monsieur ; quant à vous autres, retirez-vous (c'était à nos gens à qui je parlais), et vous, Monsieur, ajoutai-je en m'adressant à Dursan le fils, ayez la bonté de venir avec moi chez ma tante.

Il me suivit les larmes aux yeux, et je l'instruisis en chemin de ce que j'allais dire. Mme Dorfrainville allait prendre congé de ma tante, quand nous entrâmes.

Ce ne fut pas sans quelque surprise qu'elles me virent entrer avec ce jeune homme.

Le père de Monsieur, dis-je à Mme Dursan la mère, est actuellement dans l'appartement d'en bas, où je l'ai fait mettre au lit : il venait vous remercier avec son fils des offres de service que vous lui avez fait faire, et la fatigue du chemin, jointe à une maladie très sérieuse qu'il a depuis quelques mois, a tellement épuisé ses forces, que nous avons cru tous qu'il expirerait dans votre cour. On est venu dans le jardin où je me promenais m'informer de son état : j'ai couru à lui, et n'ai eu que le temps de faire ouvrir cet appartement, où je l'ai laissé avec Brunon, qui le garde au moment où je vous parle, ma tante. Je le trouve si affaibli que je ne pense pas qu'il passe la nuit.

Ah ! mon Dieu ! Monsieur, s'écria sur-le-champ Mme Dorfrainville à Dursan le fils, quoi ! votre père est-il si mal que cela ? (car elle jugea bien qu'il fallait imiter ma discrétion, et se taire sur le nom du malade, puisque je le cachais moi-même).

Ah ! Madame, ajouta-t-elle, que j'en suis fâchée ! Vous le connaissez donc ? lui dit ma tante. Oui, vraiment, je le connais, lui et toute sa famille ; il est allié par sa mère

aux meilleures maisons de ce pays-ci ; il me vint voir il
y a quelques jours ; sa femme et son fils étaient avec lui ;
je vous dirai qui ils sont ; je leur offris ma maison, et je
travaille même à terminer la malheureuse [1] affaire qui l'a
amené ici. Il est vrai, monsieur, que votre père me fit peur
avec le visage qu'il avait. Il est hydropique, madame, il
est dans l'affliction, et je vous demande toutes vos bontés
pour lui ; elles ne sauraient être ni mieux placées, ni plus
légitimes. Permettez que je vous quitte, il faut que je le
voie.

Oui, Madame, répondit ma tante ; allons-y ensemble ;
descendons, ma nièce me donnera le bras.

Je ne jugeai pas à propos qu'elle le vît alors ; je fis
réflexion qu'en retardant un peu, le hasard pourrait nous
amener des circonstances encore plus attendrissantes et
moins équivoques [2] pour le succès. En un mot, il me sembla que ce serait aller trop vite, et qu'avec une femme
aussi ferme dans ses résolutions et d'aussi bon sens que
ma tante, tant de précipitation nous nuirait peut-être, et
sentirait la manœuvre ; que Mme Dursan pourrait regarder
toute cette aventure-ci comme un tissu de faits concertés,
et la maladie de son fils comme un jeu joué pour la toucher ; au lieu qu'en différant d'un jour ou même de
quelques heures, il allait se passer des événements qui ne
lui permettraient plus la moindre défiance.

J'avais donné ordre qu'on allât chercher un Médecin et
un Prêtre ; je ne doutais pas qu'on n'administrât [3] M. Dursan ; et c'était au milieu de cette auguste [4] et effrayante
cérémonie que j'avais dessein de placer la reconnaissance
entre la mère et le fils, et cet instant me paraissait infiniment plus sûr que celui où nous étions.

J'arrêtai donc ma tante : Non, lui dis-je, il n'est pas
nécessaire que vous descendiez encore ; j'aurai soin que

---

1. Au sens de déplorable (R).   2. Moins incertaines pour parvenir
au succès.   3. Administrer les derniers sacrements : donner l'extrême-
onction.   4. Qui inspire un grand respect, de la vénération (A).

rien ne manque à l'ami de madame ; vous avez de la peine à marcher, attendez un peu, ma tante, je vous dirai comment il est. Si on juge à propos de le confesser et de lui apporter les Sacrements, il sera temps alors que vous le voyiez.

Mme Dorfrainville, qui réglait sa conduite sur la mienne, fut du même sentiment. Dursan le fils se joignit à nous, et la supplia de se tenir dans sa chambre : de sorte qu'elle nous laissa aller, après avoir dit quelques paroles obligeantes à ce jeune homme, qui lui baisa la main d'une manière aussi respectueuse que tendre, et dont l'action parut la toucher.

Nous trouvâmes la fausse Brunon baignée de ses larmes, et je ne m'étais point trompée dans mon pronostic sur son mari : il ne respirait plus qu'avec tant de peine qu'il en avait le visage tout en sueur ; et le Médecin, qui venait d'arriver avec le Prêtre que j'avais envoyé chercher, nous assura qu'il n'avait plus que quelques heures à vivre.

Nous nous retirâmes dans une autre chambre ; on le confessa, après quoi nous rentrâmes. Le Prêtre, qui avait apporté tout ce qu'il fallait pour le reste de ses fonctions, nous dit que le malade avait exigé de lui qu'il allât prier Mme Dursan de vouloir bien venir avant qu'on achevât de l'administrer.

Il vous a apparemment confié qui il est ? lui dis-je alors ; mais, Monsieur, êtes-vous chargé de le nommer à ma tante avant qu'elle le voie ? Non, Mademoiselle, me répondit-il ; ma commission se borne à la supplier de descendre.

J'entendis alors le malade qui m'appelait d'une voix faible, et nous nous approchâmes.

Ma chère parente, me dit-il à plusieurs reprises, suivez mon Confesseur chez ma mère avec Mme Dorfrainville, je vous en conjure, et appuyez toutes deux la prière qu'il va lui faire de ma part. Oui, mon cher cousin, lui dis-je, nous allons l'accompagner ; je suis même d'avis que votre femme, pour qui elle a de l'amitié, vienne avec nous, pendant que votre fils restera ici.

Et effectivement il me passa dans l'esprit qu'il fallait que sa femme nous suivît aussi.

Ma tante, suivant toute apparence, ne manquerait pas d'être étonnée du message qu'on nous envoyait faire auprès d'elle. Je me souvins d'ailleurs que, la première fois qu'elle avait parlé au jeune homme, elle avait cru entendre le son de la voix de son fils, à ce qu'elle me dit ; je songeai encore à cette bague qu'elle avait trouvée si ressemblante à celle qu'elle avait autrefois donnée à Dursan. Et que sait-on, me disais-je, si elle ne se rappellera pas ces deux articles, et si la visite dont nous allons la prier à la suite de tout cela ne la conduira pas à conjecturer que ce malade qui presse tant pour la voir est son fils lui-même ?

Or, en ce cas, il était fort possible qu'elle refusât de venir : d'un autre côté, son refus, quelque obstiné qu'il fût, n'empêcherait pas qu'elle n'eût de grands mouvements d'attendrissement, et il me semblait qu'alors Brunon qu'elle aimait, venant à l'appui de ces mouvements, et se jetant tout d'un coup en pleurs aux genoux de sa belle-mère, triompherait infailliblement de ce cœur opiniâtre.

Ce que je prévoyais n'arriva pas, ma tante ne fit aucune des réflexions dont je parle ; et cependant la présence de Brunon ne nous fut pas absolument inutile.

Mme Dursan lisait quand nous entrâmes dans sa chambre. Elle connaissait beaucoup l'Ecclésiastique que nous lui menions ; elle lui confiait même de l'argent pour des aumônes.

Ah ! c'est vous, Monsieur, lui dit-elle ; venez-vous me demander quelque chose ? Est-ce vous qu'on a été avertir pour l'inconnu qui est là-bas ?

C'est de sa part que je viens vous trouver, Madame, lui répondit-il d'un air extrêmement sérieux ; il souhaiterait que vous eussiez la bonté de le voir avant qu'il mourût, tant pour vous remercier de l'hospitalité que vous lui avez si généreusement accordée, que pour vous entretenir d'une chose qui vous intéresse.

Qui m'intéresse ! moi ? reprit-elle. Eh ! que peut-il avoir à me dire qui me regarde ? Vous avez, dit-il, un fils qu'il connaît, avec qui il a longtemps vécu avant que d'arriver en ce pays-ci ; et c'est de ce fils dont il a à vous parler.

De mon fils ! s'écria-t-elle encore ; ah ! Monsieur, ajouta-t-elle après un grand soupir, qu'on me laisse en repos là-dessus ; dites-lui que je suis très sensible à l'état où il est ; que, si Dieu dispose de lui[1], il n'est point de services ni de sortes de secours que sa femme et son fils ne puissent attendre de moi. Je n'ai point encore vu la première, et si on ne l'a pas avertie de l'état où est son mari, il n'y a qu'à dire où elle est, et je lui enverrai sur-le-champ mon carrosse ; mais si le malade croit me devoir quelque reconnaissance, le seul témoignage que je lui en demande, c'est de me dispenser de savoir ce que le malheureux qui m'appelle sa mère l'a chargé de me dire ; ou bien, s'il est absolument nécessaire que je le sache, qu'il lui suffise que vous me l'appreniez, Monsieur.

Nous ne crûmes pas devoir encore prendre la parole, et nous laissâmes répondre l'Ecclésiastique.

Il peut être question d'un secret qui ne saurait être révélé qu'à vous, Madame, et dont vous seriez fâchée qu'on eût fait confidence à un autre. Considérez, s'il vous plaît, Madame, que celui qui m'envoie est un homme qui se meurt, qu'il a sans doute des raisons essentielles pour ne parler qu'à vous, et qu'il y aurait de la dureté, dans l'état où il est, madame, à vous refuser à ses instances.

Non, Monsieur, répondit-elle, la promesse qu'il peut avoir fait à mon fils de ne dire qu'à moi ce dont il s'agit ne m'oblige à rien, et ne me laisse pas moins la maîtresse d'ignorer ce que c'est. Cependant, de quelque nature que

---

1. Il est admis pour un croyant que Dieu donne la vie et la reprend.

soit le secret qu'il est si important que je sache, je consens, Monsieur, qu'il vous le déclare. Je veux bien le partager avec vous ; si je fais une imprudence, je n'en accuserai personne, et ne m'en prendrai qu'à moi.

Eh ! ma tante, lui dis-je alors, tâchez de surmonter votre répugnance là-dessus ; l'inconnu, qui l'a prévue, nous a demandé en grâce, à Mme Dorfrainville et à moi, de joindre nos prières à celles de Monsieur.

Oui, Madame, reprit à son tour Mme Dorfrainville, je lui ai promis aussi de vous amener, d'autant plus qu'il m'a bien assuré que vous vous reprocheriez infailliblement de n'avoir pas voulu descendre.

Ah ! quelle persécution ! s'écria cette mère toute émue ; quel quart d'heure pour moi ! De quoi faut-il donc qu'il m'instruise ? Et vous, Brunon, ajouta-t-elle en jetant les yeux sur sa belle-fille qui laissait couler quelques larmes, pourquoi pleurez-vous ?

C'est qu'elle a reconnu le malade, répondis-je pour elle, et qu'elle est touchée de le voir mourir.

Quoi ! tu le connais aussi, reprit ma tante en lui adressant encore ces paroles. Oui, Madame, repartit-elle, il a des parents pour qui j'aurai toute ma vie des sentiments de tendresse et de respect, et je vous les nommerais s'il ne voulait pas rester inconnu.

Je ne demande point à savoir ce qu'il veut qu'on ignore, répondit ma tante ; mais, puisque tu sais qui il est, et qu'il a vécu longtemps avec Dursan, dit-il, ne les aurais-tu pas vus ensemble ? Oui, Madame, je vous l'avoue, reprit-elle ; j'ai connu même le fils de M. Dursan dès sa plus tendre enfance.

Son fils ! répondit-elle en joignant les mains ; il a donc des enfants ? Je pense qu'il n'en a qu'un, Madame, répondit Brunon. Hélas ! que n'est-il encore à naître ! s'écria ma tante. Que fera-t-il de la vie ? Que deviendra-t-il, et qu'avais-je affaire de savoir tout cela ? Tu me perces le cœur, Brunon, tu me le déchires ; mais parle, ne me cache rien ; tu es peut-être mieux instruite que tu ne veux me le dire ; où est à présent son père ? Quelle était sa situation quand tu l'as quitté ? Que faisait-il ?

Il était malheureux, Madame, repartit Brunon en baissant tristement les yeux.

Il était malheureux, dis-tu. Il a voulu l'être. Achève, Brunon ; serait-il veuf ? Non, Madame, répondit-elle avec un embarras qui ne fut remarqué que de nous qui étions au fait, je les ai vus tous trois ; leur état aurait épuisé votre colère [1].

En voilà assez, ne m'en dis pas davantage, dit alors ma tante en soupirant. Quelle destinée, mon Dieu ! Quel mariage ! Elle était donc avec lui, cette femme que le misérable s'est donnée, et qui le déshonore ?

Brunon rougit à ce dernier mot dont nous souffrîmes tous ; mais elle se remit bien vite, et prenant ensuite un air doux, tranquille, où je vis même de la dignité :

Je répondrais de votre estime pour elle, si vous pouviez lui pardonner d'avoir manqué de bien et de naissance, répondit-elle ; elle a de la vertu, Madame ; tous ceux qui la connaissent vous le diront. Il est vrai que ce n'était pas assez pour être Mme Dursan ; mais je suis bien à plaindre moi-même, si ce n'en est pas assez pour n'être point méprisable.

Eh ! que me dis-tu là, Brunon ? repartit-elle. Encore si elle te ressemblait !

Là-dessus je m'aperçus que Brunon était toute tremblante, et qu'elle me regardait comme pour savoir ce que je lui conseillais de faire ; mais pendant que je délibérais, ma tante, qui se leva sur-le-champ pour venir avec nous, interrompit si brusquement cet instant favorable à la réconciliation, et par là le rendit si court, qu'il était déjà passé quand Brunon jeta les yeux sur moi : ce n'aurait plus été le même, et je jugeai à propos qu'elle se contînt.

---

1. Au sens de vaincre cette colère.

Il y a de ces instants-là qui n'ont qu'un point[1] qu'il faut saisir ; et ce point, nous l'avions manqué, je le sentis.

Quoi qu'il en soit, nous descendîmes. Aucun de nous n'eut le courage de prononcer un mot ; le cœur me battait, à moi. L'événement que nous allions tenter commençait à m'inquiéter, pour elle : j'appréhendais que ce ne fût la mettre à une trop forte épreuve ; mais il n'y avait plus moyen de s'en dédire[2], j'avais tout disposé moi-même pour arriver à ce terme que je redoutais ; le coup qui devait la frapper était mon ouvrage ; et d'ailleurs il était sûr que, sans le secours de tant d'impressions que j'allais, pour ainsi dire, assembler sur elle, il ne fallait pas espérer de réussir.

Enfin nous parvînmes à cet appartement du malade. Ma tante soupirait en entrant dans sa chambre. Brunon, sur qui elle s'appuyait aussi bien que sur moi, était d'une pâleur à faire peur. Je sentais mes genoux se dérober sous moi. Mme Dorfrainville nous suivait dans un silence inquiet et morne. Le Confesseur, qui marchait devant nous, entra le premier, et les rideaux du lit n'étaient tirés que d'un côté.

Cet Ecclésiastique s'avança donc vers le mourant, qu'on avait soulevé pour le mettre plus à son aise. Son fils, qui était au chevet, et qui pleurait à chaudes larmes, se retira un peu. Le jour commençait à baisser, et le lit était placé dans l'endroit le plus sombre de la chambre.

Monsieur, dit l'Ecclésiastique à ce mourant, je vous amène Mme Dursan, que vous avez souhaité de voir avant que de recevoir votre Dieu[3]. La voici.

Le fils alors leva sa main faible et tremblante, et tâcha de la porter à sa tête pour se découvrir ; mais ma tante, qui arrivait en ce moment auprès de lui, se hâta d'avancer sa main pour retenir la sienne.

Non, Monsieur, non, restez comme vous êtes, je vous

---

1. Qui n'ont qu'un temps limité (R).   **2.** Reculer.   **3.** Recevoir la communion.

prie ; vous n'êtes que trop dispensé de toute cérémonie, lui dit-elle sans l'envisager encore.

Après quoi nous la plaçâmes dans un fauteuil à côté du chevet, et nous nous tînmes debout auprès d'elle.

Vous avez désiré m'entretenir, Monsieur ; voulez-vous qu'on s'écarte ? Ce que vous avez à me dire doit-il être secret ? reprit-elle ensuite, moins en le regardant qu'en prêtant l'oreille à ce qu'il allait répondre.

Le malade là-dessus fit un soupir ; et comme elle appuyait son bras sur le lit, il porta la main sur la sienne ; il la lui prit, et dans la surprise où elle était de ce qu'il faisait, il eut le temps de l'approcher de sa bouche, d'y coller ses lèvres, en mêlant aux baisers qu'il y imprimait quelques sanglots à demi étouffés par sa faiblesse et par la peine qu'il avait à respirer [1].

À cette action, la mère, alors troublée et confusément au fait de la vérité, après avoir jeté sur lui des regards attentifs et effrayés : Que faites-vous donc là ? lui dit-elle, d'une voix que son effroi rendait plus forte qu'à l'ordinaire. Qui êtes-vous, Monsieur ? Votre victime, ma mère, répondit-il du ton d'un homme qui n'a plus qu'un souffle de vie.

Mon fils ! Ah ! malheureux Dursan ! je te reconnais assez pour en mourir de douleur, s'écria-t-elle en retombant dans le fauteuil, où nous la vîmes pâlir et rester comme évanouie.

Elle ne l'était pas cependant. Elle se trouva mal, mais elle ne perdit pas connaissance ; et nos cris, avec les secours que nous lui donnâmes, rappelèrent insensiblement ses esprits.

Ah ! mon Dieu ! dit-elle après avoir jeté quelques soupirs, à quoi m'avez-vous exposé, Tervire ?

---

1. Certains commentateurs s'attachant à la précision de cette description en ont déduit que Marivaux avait fourni tous les éléments nécessaires au graveur dont il pressentait qu'il chercherait à illustrer cette scène. On est tenté, malgré tout, d'évoquer le pathétique des œuvres de Greuze (1725-1805).

Hélas ! ma tante, lui répondis-je, fallait-il vous priver du plaisir de pardonner à un fils mourant ? Ce jeune homme n'a-t-il pas des droits sur votre cœur ? N'est-il pas digne que vous l'aimiez ? Et pouvons-nous le dérober à vos tendresses ? ajoutai-je en lui montrant Dursan le fils, qui se jeta sur-le-champ à ses genoux, et à qui cette grand'mère, déjà toute rendue, tendit languissamment une main qu'il baisa en pleurant de joie. Et nous pleurions tous avec lui. Mme Dursan, qui n'était encore que Brunon, l'Ecclésiastique lui-même, Mme Dorfrainville et moi, nous contribuâmes tous à l'attendrissement de cette tante, qui pleurait aussi, et qui ne voyait autour d'elle que des larmes qui la remerciaient de s'être laissé toucher.

Cependant tout n'était pas fait : il nous restait encore à la fléchir pour Brunon, qui était à genoux derrière le jeune Dursan, et qui, malgré les signes que je lui faisais, n'osait s'avancer, dans la crainte de nuire à son mari et à son fils, et d'être encore un obstacle à leur réconciliation.

En effet, nous n'avions eu jusque-là qu'à rappeler la tendresse d'une mère irritée, et il s'agissait ici de triompher de sa haine et de son mépris pour une étrangère[1], qu'elle aimait à la vérité, mais sans la connaître et sous un autre nom.

Cependant ma tante regardait toujours le jeune Dursan avec complaisance, et ne retirait point sa main qu'il avait prise.

Lève-toi, mon enfant, lui dit-elle à la fin ; je n'ai rien à te reprocher, à toi. Hélas ! comment te résisterais-je, moi qui n'ai pas tenu contre ton père ?

Ici, les caresses du jeune homme et nos larmes de joie redoublèrent.

Mon fils, dit-elle après en s'adressant au malade, est-ce qu'il n'y a pas moyen de vous guérir ? Qu'on lui

---

1. Au sens où elle n'appartient pas au milieu aristocratique de la famille Dursan.

cherche partout du secours, nous avons des Médecins dans la ville prochaine ; qu'on les fasse venir, et qu'on se hâte.

Mais, ma tante, lui dis-je alors, vous oubliez encore une personne qui est chère à vos enfants, qui nous intéresse tous, et qui vous demande la permission de se montrer.

Je t'entends, dit-elle. Eh bien ! je lui pardonne ! Mais je suis âgée, ma vie ne sera pas encore bien longue, qu'on me dispense de la voir. Il n'est plus temps, ma tante, lui dis-je alors ; vous l'avez déjà vue, vous la connaissez, Brunon vous le dira.

Moi, je la connais ! reprit-elle ; Brunon dit que je l'ai vue ? Eh ! où est-elle ? À vos pieds, répondit Dursan le fils. Et celle-ci à l'instant venait de s'y jeter.

Ma tante, immobile à ce nouveau spectacle, resta quelque temps sans prononcer un mot, et puis tendant les bras à sa belle-fille : Venez donc, Brunon, lui dit-elle en l'embrassant ; venez que je vous paye de vos services. Vous me disiez que je la connaissais, vous autres ; il fallait dire aussi que je l'aimais.

Brunon, que j'appellerai à présent Mme Dursan, parut si sensible à la bonté de ma tante, qu'elle en était comme hors d'elle-même. Elle embrassait son fils, elle nous accablait de caresses, Mme Dorfrainville et moi ; elle allait se jeter au cou de son mari, elle lui amenait son fils ; elle lui disait de vivre, de prendre courage ; il l'embrassait lui-même, tout expirant qu'il était, il demandait sa mère qui alla l'embrasser à son tour, en soupirant de le voir si mal.

Il s'affaiblissait à tout moment cependant ; il nous le dit même, et pressa l'Ecclésiastique d'achever ses fonctions. Mais comme, après tout ce qui venait de se passer, il avait besoin d'un peu de recueillement, nous jugeâmes à propos de nous retirer tous, en attendant que la cérémonie se fît.

Ma tante, qui, de son côté, n'avait pu supporter tant de

mouvements et tant d'agitation sans en être affaiblie, nous
pria de la ramener dans sa chambre.

Je me sens épuisée, je n'en puis plus, dit-elle à
Mme Dursan ; je n'aurais pas la force d'assister à ce qu'on
va faire ; aidez-moi à remonter, Brunon (car elle ne l'appela plus autrement), et nous la conduisîmes chez elle. Je
la trouvai même si abattue, que je lui proposai de se coucher pour se mieux reposer. Elle y consentit.

Je voulus sonner pour faire venir une autre femme de
chambre ; mais Mme Dursan la jeune m'en empêcha.
Oubliez-vous que Brunon est ici ? me dit-elle ; et elle se
mit sur-le-champ à la déshabiller.

Comme vous voudrez, ma fille, lui dit ma tante, qui
reçut son action de bonne grâce, et ne voulut pas s'y
opposer, de peur qu'elle ne regardât son refus comme un
reste d'éloignement pour elle. Après quoi elle nous renvoya tous chez le malade, et il ne resta qu'une femme de
chambre auprès d'elle.

Son dessein n'était pas de rester au lit plus de deux ou
trois heures ; elle devait ensuite revenir chez son fils ;
mais il était arrêté [1] qu'elle ne le verrait plus.

À peine fut-elle couchée, que ses indispositions ordinaires augmentèrent si fort qu'elle ne put se relever ; et à
dix heures du soir son fils était mort.

Ma tante le comprit aux mouvements que nous nous
donnions, Mme Dorfrainville et moi, qui descendions tour
à tour, et à l'absence de Mme Dursan et de son fils, qui
n'étaient ni l'un ni l'autre remontés chez elle.

Je ne revois ni Dursan ni sa mère, me dit-elle un quart
d'heure après que Dursan le père eut expiré. Ne me cache
rien ; est-ce que je n'ai plus de fils ? Je ne lui répondis
pas, mais je pleurai. Dieu est le maître, continua-t-elle
tout de suite sans verser une larme, et avec une sorte de
tranquillité qui m'effraya, que je trouvai funeste [2], et qui

---

1. Il était écrit. Le destin en avait décidé.   2. Sinistre, de mauvais
augure (F).

ne pouvait venir que d'un excès de consternation et de douleur.

Je ne me trompais pas. Ma tante fut plus mal de jour en jour ; rien ne put la tirer de la mélancolie dans laquelle elle tomba. La fièvre la prit et ne la quitta plus.

Je ne vous dis rien de l'affliction de Mme Dursan et de son fils. La première me fit pitié, tant je la trouvai accablée. Le testament qui déshéritait son mari n'était pas encore révoqué ; peut-être appréhendait-elle que ma tante ne mourût sans en faire un autre, et ce n'aurait pas été ma faute, je l'en avais déjà pressée plusieurs fois, et elle me renvoyait toujours au lendemain.

Mme Dorfrainville, qui lui en avait parlé aussi, passa trois ou quatre jours avec nous ; le matin du jour de son départ, nous insistâmes encore l'une et l'autre sur le testament.

Ma nièce, me dit alors ma tante, allez prendre une petite clef à tel endroit ; ouvrez cette armoire et apportez-moi un paquet cacheté que vous verrez à l'entrée. Je fis ce qu'elle me disait ; et dès qu'elle eut le paquet :

Qu'on ait la bonté de me laisser seule une demi-heure, nous dit-elle ; et nous nous retirâmes.

Tout ceci s'était passé entre nous trois ; Mme Dursan et son fils n'y avaient point été présents ; mais ma tante les envoya chercher, quand elle nous eut fait rappeler Mme Dorfrainville et moi.

Nous jugeâmes qu'elle venait d'écrire ; elle avait encore une écritoire et du papier sur son lit, et elle tenait d'une main le papier cacheté que je lui avais donné.

Voici, dit-elle à Mme Dursan, le testament que j'avais fait en faveur de ma nièce ; mon dessein, depuis le retour de mon fils, a été de le supprimer ; mais il y a quatre jours qu'elle m'en sollicite à tout instant, et je vous le remets, afin que vous y voyiez vous-même que je lui laissais tout mon bien.

Après ces mots, elle le lui donna. Prenant ensuite un second papier cacheté, qu'elle présenta à Mme Dorfrainville : Voici, poursuivit-elle, un autre écrit, dont je prie Madame de vouloir bien se charger ; et quoique je ne doute pas que vous ne satisfassiez de bonne grâce aux petites dispositions que vous y trouverez, ajouta-t-elle en adressant la parole à Mme Dursan, j'ai cru devoir encore vous les recommander, et vous dire qu'elles me sont chères, qu'elles partent de mon cœur, qu'en un mot j'y prends l'intérêt le plus tendre, et que vous ne sauriez, ni prouver mieux votre reconnaissance à mon égard, ni mieux honorer ma mémoire, qu'en exécutant fidèlement ce que j'exige de vous dans cet écrit, que je confie à Mme Dorfrainville. Pour vous y exciter encore, songez que je vous aime, que j'ai du plaisir à penser que vous allez être dans une meilleure fortune, et que tous ces sentiments, avec lesquels je meurs pour vous, sont autant d'obligations que vous avez à ma nièce.

Elle s'arrêta là, elle demanda à se reposer ; Mme Dorfrainville l'embrassa, partit à onze heures. Et six jours après ma tante n'était plus [1].

Vous concevez aisément quelle fut ma douleur. Mme Dursan parut faire tout ce qu'elle put pour l'adoucir ; mais je ne fus guère sensible à tout ce qu'elle me disait : et quoiqu'elle fût affligée elle-même, je crus voir qu'elle ne l'était pas assez ; ses larmes n'étaient pas amères ; il y entrait, ce me semble, beaucoup de facilité de pleurer, et voilà pourquoi elle ne me consolait pas, malgré tous ses efforts.

Son fils y réussissait mieux ; il avait, à mon avis, une tristesse plus vraie ; il regrettait du moins son père de tout son cœur, et ne parlait de ma tante qu'avec la plus tendre reconnaissance, sans songer, comme sa mère, à l'abondance où il allait vivre.

Et puis je le voyais sincèrement s'intéresser à mon

---

1. Dans l'édition de 1741, après ces mots est portée la mention : « Fin de la dixième partie. »

affliction. Ce dernier article n'était pas équivoque ; et peut-être, à cause de cela, jugeais-je de lui plus favorablement sur le reste.

Quoi qu'il en soit, Mme Dorfrainville vint deux jours après au Château avec le papier cacheté que ma tante lui avait remis, et qui fut ouvert en présence de témoins, avec toutes les formalités qu'on jugea nécessaires.

Ma tante y rétablissait son petit-fils dans tous les droits que son père avait perdus par son mariage ; mais elle ne le rétablissait en entier qu'à condition qu'il m'épouserait, et qu'au cas qu'il en épousât une autre, ou que le mariage ne me convînt pas à moi-même, il serait obligé de me donner le tiers de tous les biens qu'elle laissait, de quelque nature qu'ils fussent.

Qu'au surplus l'affaire de notre mariage se déciderait dans l'intervalle d'un an, à compter du jour où le paquet serait ouvert ; et qu'en attendant, il me ferait, du même jour, une pension de mille écus, dont je jouirais jusqu'à la conclusion de notre mariage, ou jusqu'au moment où j'entrerais en possession du tiers de l'héritage.

Toutes ces conditions-là sont de trop, s'écria vivement Dursan le fils pendant qu'on lisait cet article, je ne veux rien qu'avec ma cousine.

Je baissai les yeux, et je rougis d'embarras et de plaisir sans rien répondre ; mais le tiers de ce bien qu'on me donnait, si je ne l'épousais pas, ne me tentait guère.

Attendez donc qu'on achève, mon fils, lui dit Mme Dursan d'un air assez brusque, que Mme Dorfrainville remarqua comme moi. J'aurais été honteux de me taire, reprit le jeune homme plus doucement. Et l'on continua de lire.

L'air brusque que Mme Dursan avait eu avec son fils venait apparemment de ce qu'elle savait mon peu de fortune ; et malgré le tiers du bien de ma tante que je devais emporter si Dursan ne m'épousait pas, elle le voyait non seulement en état de faire un très riche mariage, mais encore d'aspirer aux partis les plus distingués par la naissance.

Quoi qu'il en soit, elle ne put s'empêcher, quelques jours après, de dire à Mme Dorfrainville que j'avais bien raison de regretter une tante qui m'avait si bien traitée. Qu'appelez-vous bien traitée ? Savez-vous qu'il n'a tenu qu'à Mlle de Tervire de l'être encore mieux ? lui répondit cette dame, qui fut scandalisée de sa façon de penser, et vous ne devez pas oublier que vous n'auriez rien sans elle, sans son désintéressement et sa généreuse industrie. Ne la regardez pas comme une fille qui n'a rien ; votre fils, en l'épousant, Madame, épousera l'héritière de tout le bien qu'il a. Voilà ce qu'il en pense lui-même, et vous ne sauriez penser autrement sans une ingratitude dont je ne vous crois pas capable.

À l'égard de leur mariage, repartit Mme Dursan en souriant, mon fils est encore si jeune qu'il sera temps d'y songer dans quelques années. Comme il vous plaira, répondit Mme Dorfrainville, qui ne daigna pas lui en dire davantage, et qui se sépara d'elle avec une froideur dont Mme Dursan profita pour avoir un prétexte de ne la plus voir, et pour se délivrer de ses reproches.

Cette femme, que nous avions mal connue, ne s'en tint pas à éloigner le mariage en question. Je sus qu'elle faisait consulter d'habiles gens, pour savoir si on ne pourrait pas attaquer le dernier écrit de ma tante ; et ce fut encore Mme Dorfrainville qu'on instruisit de cette autre indignité, et qui me l'apprit.

Dursan, qui la savait, et qui n'osa me la dire, était au désespoir. Ce n'était pas de lui dont j'avais à me plaindre alors, il m'aimait au delà de toute expression : je ne lui dissimulais pas que je l'aimais aussi ; et plus Mme Dursan en usait mal avec moi, plus son fils, que je croyais si différent d'elle, me devenait cher : mon cœur le récompensait par là de ce qu'il ne ressemblait pas à sa mère.

Mais cette mère, tout ingrate qu'elle était, avait un ascendant prodigieux sur lui ; il n'osait lui parler avec autant de force qu'il l'aurait dû ; il n'en avait pas le courage. Pour le faire taire, elle n'avait qu'à lui dire : Vous me chagrinez ; et c'en était fait, il n'allait pas plus loin.

Les mauvaises intentions de cette mère ne se terminèrent pas à me disputer, s'il était possible, le tiers du bien qui m'appartenait ; elle résolut encore de m'écarter de chez elle, dans l'espérance que son fils, en cessant de me voir, cesserait aussi de m'aimer avec tant de tendresse, et ne serait plus si difficile à amener à ce qu'elle voulait ; et voici ce qu'elle fit pour parvenir à ses fins.

Je vous ai dit qu'il y avait une espèce de rupture, ou du moins une grande froideur entre Mme Dorfrainville et elle ; et ce fut à moi à qui elle s'en prit. Mademoiselle, me dit-elle, Mme Dorfrainville est toujours votre amie, et n'est plus la mienne ; comment cela se peut-il ? Je vous le demande, Madame, lui répondis-je ; vous savez mieux que moi ce qui s'est passé entre vous deux.

Mieux que vous ! reprit-elle en souriant d'un air ironique ; vous plaisantez ; et elle aurait entendu raison si vous l'aviez voulu. Le mariage dont il s'agit n'est pas si pressé.

Il ne l'est pas pour moi, lui dis-je ; mais elle n'a pas cru que ce fût vous qui dussiez le différer, si j'y consentais.

Quoi ! Mademoiselle, vous me querellez aussi ? Déjà des reproches du service que vous nous avez rendu ! Cette humeur-là m'alarme pour mon fils, reprit-elle en me quittant.

J'ai vu Brunon me rendre plus de justice, lui criai-je pendant qu'elle s'éloigna ; et depuis ce moment nous ne nous parlâmes presque plus, et j'en essuyai tous les jours tant de dégoûts qu'il fallut enfin prendre mon parti trois mois après la mort de ma tante, et quitter le Château, malgré la désolation du fils, que je laissai malade de douleur, brouillé avec sa mère, et que je ne pus ni voir ni informer du jour de ma sortie, par tout ce que m'allégua sa mère, qui feignait ne pouvoir comprendre pourquoi je me retirais, et qui me dit que son fils, avec la fièvre qu'il avait, n'était pas en état de recevoir des adieux aussi étonnants que les miens.

Tant de fourberie me rebuta de lui répondre là-dessus ; mais pour lui témoigner le peu de cas que je faisais de son caractère : J'ai demeuré trois mois chez vous, lui dis-je en partant, et il est juste de vous en tenir compte.

C'est bien plutôt moi qui vous dois trois mois de la pension qu'on vous a laissée, et je vais m'en acquitter tout à l'heure, dit-elle en souriant du compliment que je lui faisais, et dont ma retraite la consolait. Non, lui dis-je avec fierté ; gardez votre argent, Madame, je n'en ai pas besoin à présent. Et aussitôt je montai dans une chaise [1], que Mme Dorfrainville, chez qui j'allais, m'avait envoyée.

Je passe la colère de cette Dame au récit que je lui fis de tous les désagréments que j'avais eus au Château. J'avais écrit deux fois à ma mère depuis la mort de ma tante, et je n'en avais point eu de réponse, quoiqu'il y eût alors nombre d'années que je n'eusse eu de ses nouvelles ; et cela me chagrinait.

Où pouvait me jeter une situation comme la mienne ? Car enfin, je ne voyais rien d'assuré ; et si Mme Dursan, qui avait tenté d'attaquer le dernier testament de ma tante, parvenait à le faire casser, que devenais-je ? Il n'était pas question d'abuser de la retraite que Mme Dorfrainville venait de me donner ; il ne me restait donc que ma mère à qui je pouvais avoir recours. Une des amies de Mme Dorfrainville, femme âgée, allait faire un voyage à Paris ; je crus devoir profiter de sa compagnie, et partir avec elle ; ce que je fis en effet, quinze jours ou trois semaines après ma sortie de chez Mme Dursan, qui m'avait envoyé ce qui m'était dû de ma pension, et dont le fils continuait d'être malade, et pour qui je ne pus que laisser une lettre, que Mme Dorfrainville elle-même me promit de lui faire tenir.

---

1. Petite voiture pour une ou deux personnes (A).

ONZIÈME PARTIE

Il me semble vous entendre d'ici, madame : Quoi !
vous écriez-vous, encore une Partie ! Quoi ! trois tout de
suite[1] ! Eh ! par quelle raison vous plaît-il d'écrire si dili-
gemment l'histoire d'autrui, pendant que vous avez été si
lente à continuer la vôtre ? Ne serait-ce pas que la Religieuse aurait elle-même écrit la sienne, qu'elle vous aurait
laissé son manuscrit, et que vous le copiez ?

Non, Madame, non je ne copie rien ; je me ressouviens
de ce que ma Religieuse m'a dit, de même que je me
ressouviens de ce qui m'est arrivé ; ainsi le récit de sa vie
ne me coûte pas moins que le récit de la mienne, et ma
diligence vient de ce que je me corrige, voilà tout le mystère ; vous ne m'en croirez pas, mais vous le verrez,
madame, vous le verrez. Poursuivons.

Nous nous retrouvâmes sur le soir dans ma chambre,
ma Religieuse et moi.

Voulez-vous, me dit-elle, que j'abrège le reste de mon
histoire ? Non que je n'aie le temps de la finir cette fois-
ci ; mais j'ai quelque confusion[2] de vous parler si longtemps de moi, et je ne demande pas mieux que de passer

---

1. Trois parties furent en effet imprimées coup sur coup, mais Marivaux s'arrêta là.　　2. Je suis confuse, gênée de vous parler si longtemps de moi.

rapidement sur bien des choses, pour en venir à ce qu'il
est essentiel que vous sachiez.

Non, Madame, lui répondis-je, ne passez rien, je vous
en conjure ; depuis que je vous écoute, je ne suis plus, ce
me semble, si étonnée des événements de ma vie, je n'ai
plus une opinion si triste de mon sort. S'il est fâcheux
d'avoir, comme moi, perdu sa mère, il ne l'est guère
moins d'avoir, comme vous, été abandonnée de la sienne ;
nous avons toutes deux été différemment à plaindre ; vous
avez eu vos ressources [1], et moi les miennes. À la vérité,
je crois jusqu'ici que mes malheurs surpassent les vôtres ;
mais quand vous aurez tout dit, je changerai peut-être de
sentiment.

Je n'en doute pas, me dit-elle, achevons.

Je vous ai dit que mon voyage était résolu, et je partis
quelques jours après avec la Dame dont je vous ai parlé.

J'avais été payée d'une moitié de ma pension ; et cette
somme, que Mme Dorfrainville avait bien voulu recevoir
pour moi sur ma quittance [2], avait été donnée de fort
bonne grâce ; Mme Dursan avait même offert de l'augmenter.

Nous ne serons pas longtemps sans vous suivre, me dit-
elle la veille de mon départ ; mais si, par quelque accident
imprévu, vous avez besoin de plus d'argent avant que
nous soyons à Paris, écrivez-moi, Mademoiselle, et je
vous en enverrai sur-le-champ.

Ce discours fut suivi de beaucoup de protestations
d'amitié qui n'avaient qu'un défaut, c'est qu'elles étaient
trop polies : je les aurais cru plus vraies, si elles avaient
été plus simples ; le bon cœur ne fait point de compliments.

Quoi qu'il en soit, je partis, toujours incertaine du fond
de ses sentiments, et par là toujours inquiète du parti

---

1. Ce qu'on emploie, et à quoi on a recours pour se tirer de quelque
affaire, pour vaincre des difficultés (A).   2. Reçu.

qu'elle prendrait ; mais en revanche bien convaincue de la tendresse du fils.

Je ne vous en dirai que cela, je n'ai que trop souffert du ressouvenir de ce qu'il me dit alors, aussi bien que dans d'autres temps : il a fallu les oublier, ces expressions, ces transports, ces regards, cette physionomie si touchante qu'il avait avec moi, et que je vois encore, il a fallu n'y plus songer, et malgré l'état que j'ai embrassé[1], je n'ai pas eu trop de quinze ans pour en perdre la mémoire.

C'était dans un carrosse de voiture que nous voyagions, ma compagne et moi, et nous n'étions plus qu'à vingt lieues de Paris, quand, dans un endroit où l'on s'arrêta quelque temps le matin pour rafraîchir les chevaux, il vint une Dame qui demanda s'il y avait une place de vide dans la voiture.

Elle était suivie d'une Paysanne qui portait une cassette, et qui tenait un sac de nuit sous son bras. Oui, lui dit le cocher, il y a encore une place de vide à la portière[2].

Eh bien ! je la prendrai, répondit la Dame, qui la paya sur-le-champ, et qui monta tout de suite en carrosse, après nous avoir tous salués d'un air qui avait de la dignité, quoique très honnête, et qui ne sentait point la politesse de campagne. Tout le monde le remarqua, et je le remarquai plus que les autres.

Elle était assise à côté d'un vieux[3] Ecclésiastique qui allait plaider à Paris. Ma compagne et moi, nous remplissions le fond du devant ; celui de derrière était occupé par un homme âgé indisposé[4], et par sa femme. Dans l'autre portière, étaient un Officier et la femme de chambre de la

---

1. Rappel que Mlle de Tervire est religieuse.   2. Les places aménagées dans la portière étaient moins confortables. Après l'attaque des brigands et la mort de ses parents, on y retrouve Marianne bébé (voir Première partie, p. 60).   3. Marivaux n'emploie pas, comme le veut déjà l'usage, devant un mot commençant par une voyelle, l'adjectif *vieil*.   4. Qui n'est pas en bonne santé (A).

dame avec qui je voyageais, et qui avait encore un laquais qui suivait le carrosse à cheval.

Cette inconnue que nous prîmes en chemin était grande, bien faite ; je lui aurais donné près de cinquante ans, cependant elle ne les avait pas ; on eût dit qu'elle relevait de maladie, et cela était vrai. Malgré sa pâleur et son peu d'embonpoint, on lui voyait les plus beaux traits du monde, avec un tour de visage admirable, et je ne sais quoi de fin, qui faisait penser qu'elle était une femme de distinction. Toute sa figure avait un air d'importance naturelle qui ne vient pas de fierté, mais de ce qu'on est accoutumé aux attentions, et même aux respects de ceux avec qui l'on vit dans le grand monde.

À peine avions-nous fait une lieue depuis la Buvette [1], que le mouvement de la voiture incommoda notre nouvelle venue.

Je la vis pâlir, ce qui fut bientôt suivi de maux de cœur.

On voulait faire arrêter, mais elle dit que ce n'était pas la peine, et que cela ne durerait pas ; et comme j'étais la plus jeune de toutes les personnes qui occupaient les meilleures places, je la pressai beaucoup de se mettre à la mienne, et l'en pressai d'une manière aussi sincère qu'obligeante.

Elle parut extrêmement touchée de mes instances, me fit sentir combien elle les estimait de ma part, et mêla même quelque chose de si flatteur pour moi dans ce qu'elle me répondit, que mes empressements en redoublèrent ; mais il n'y eut pas moyen de la persuader, et en effet son indisposition se passa.

Comme elle était placée auprès de moi, nous avions de temps en temps de petites conversations ensemble.

La Dame que j'ai appelée ma compagne, et qui était d'un certain âge, m'appelait presque toujours sa fille quand elle me parlait ; et là-dessus notre inconnue crut qu'elle était ma mère.

---

1. Lieu où voyageurs et chevaux se rafraîchissent (D).

Non, lui dis-je, c'est une amie de ma famille qui a eu la bonté de se charger de moi jusqu'à Paris, où nous allons toutes deux, elle pour recueillir une succession, et moi pour joindre ma mère, qu'il y a longtemps que je n'ai vue.

Je voudrais bien être cette mère-là, me dit-elle d'un air doux et caressant, sans me faire de questions sur le pays d'où je venais, et sans me parler de ce qui la regardait.

Nous arrivâmes à l'endroit où nous devions dîner. Il faisait un fort beau jour, et il y avait dans l'Hôtellerie un jardin qui me parut assez joli. Je fus curieuse de le voir, et j'y entrai. Je m'y promenai même quelques instants pour me délasser d'avoir été assise toute la matinée.

Mme Darcire (c'est le nom de ma compagne) était à l'entrée de ce jardin avec l'Ecclésiastique dont je vous ai parlé, pendant que l'Officier ordonnait notre dîner ; l'autre voyageur incommodé et sa femme étaient déjà montés dans la chambre où l'on devait nous servir, et où ils nous attendaient.

L'Officier revint et dit à Mme Darcire qu'il ne nous manquait que notre nouvelle venue, qui s'était retirée, et qui apparemment avait dessein de manger à part.

Je me promenais alors dans un petit bois, que cette Dame eut envie de voir aussi. L'Ecclésiastique et l'Officier la suivirent, et il y avait déjà une bonne demi-heure que nous nous y amusions [1], quand le laquais de Mme Darcire vint nous avertir qu'on allait servir ; nous prîmes donc le chemin de la chambre où je viens de vous dire que deux de nos voyageurs étaient d'abord montés.

J'ignorais que notre inconnue se fût séparée, on n'en avait rien dit devant moi ; de sorte qu'en traversant la cour, je la vis dans un cabinet au rez-de-chaussée, dont les fenêtres étaient ouvertes, et on lui apportait à manger dans le même moment.

Comment ! dis-je à l'Officier, est-ce dans ce cabinet

---

1. Amuser au sens de se distraire, passer un moment (D).

que nous dînons ? Nous n'y serons guère à notre aise. Aussi n'est-ce pas là que nous allons, me répondit-il, c'est en haut ; mais cette Dame a voulu dîner toute seule.

Il n'y a pas d'apparence qu'elle eût pris ce parti-là si on l'avait priée d'être des nôtres, repris-je ; peut-être s'attendait-elle là-dessus à une politesse que personne de nous ne lui a faite, et je suis d'avis d'aller sur-le-champ réparer cette faute.

Je laissai en effet monter les autres, et me hâtai d'entrer dans ce cabinet. Elle prenait sa serviette, et n'avait pas encore touché à ce qu'on lui avait apporté ; c'était un potage et de l'autre côté un peu de viande bouillie sur une assiette.

J'avoue qu'un repas si frugal m'étonna : elle rougit elle-même que j'en fusse témoin, mais lui cachant ma surprise : Eh quoi ! madame, lui dis-je, vous nous quittez ! Nous n'aurons pas l'honneur de dîner avec vous ? Nous ne souffrirons pas cette séparation-là, s'il vous plaît ; heureusement que j'arrive à propos ; vous n'avez point encore mangé, et je vous enlève de la part de toute la compagnie. On ne se mettra point à table que vous ne voyez venue.

Elle s'était brusquement levée, comme pour m'écarter de la table et de la vue de son dîner. Je me conformai à son intention, et ne m'avançai pas.

Non, Mademoiselle, me répondit-elle en m'embrassant, ne prenez point garde à moi, je vous prie : j'ai été longtemps malade, je suis encore convalescente, il faut que j'observe un régime qui m'est nécessaire, et que j'observerais mal en compagnie. Voilà mes raisons ; voyez si vous voulez que je m'expose ; je suis bien sûre que non, et vous seriez la première à m'en empêcher. Je crus de bonne foi ce qu'elle me disait, et je n'en insistai pas moins.

Je ne me rends point, lui dis-je, je ne veux point vous laisser seule : venez, Madame, et fiez-vous à moi, je veil-

lerai sur vous avec la dernière [1] rigueur, je vous garderai
à vue [2]. On n'a pas encore servi, il n'y a qu'à dire en
passant qu'on joigne votre dîner au nôtre ; et je la prenais
sous le bras pour l'emmener en lui parlant ainsi. De sorte
que je l'entraînais déjà sans qu'elle sût que me répondre,
malgré la répugnance que je lui voyais toujours.

Mon Dieu ! Mademoiselle, me dit-elle en s'arrêtant
d'un air triste et même douloureux, que votre empressement me fait de plaisir et de peine ! Faut-il vous parler
confidemment ? Je viens d'une petite maison de campagne que j'ai ici près : j'y avais apporté un certain argent
pour y passer environ un mois. Je sortais de maladie, la
fièvre m'y a reprise, je m'y suis laissé gagner par le
temps ; il ne me reste bien précisément que ce qu'il me
faut pour retourner à Paris, où je serai demain, et je ne
songe qu'à arriver. Ce que je vous dis là, au reste, n'est
fait que pour vous [3], Mademoiselle, vous le sentez bien,
et vous aurez la bonté de m'excuser auprès des autres sur
ma santé.

Quelque peu de souci qu'elle affectât d'avoir elle-
même de cette disette d'argent qu'elle m'avouait et
qu'elle voulait que je regardasse comme un accident sans
conséquence, ce qu'elle me disait là me toucha cependant,
et je crus voir moins de tranquillité sur son visage qu'elle
n'en marquait dans son discours. Il y a de certains états
où l'on ne prend pas l'air qu'on veut.

Eh ! Madame, m'écriai-je avec une franchise vive et
badine, et en lui mettant ma bourse dans la main, que
j'aie l'honneur de vous être bonne à quelque chose ; ser-
vez-vous de cet argent jusqu'à Paris, puisque vous avez
négligé d'en faire venir, et ne nous punissez point du peu
de précaution que vous avez prise.

Je déliais les cordons de la bourse en lui parlant ainsi :
Prenez ce qu'il vous faut, ajoutai-je : si vous n'en avez

---

1. Au sens de la plus extrême rigueur. 2. Je ne vous perdrai pas
de vue. 3. N'est destiné qu'à vous.

pas besoin, vous me le rendrez en arrivant ; sinon, vous
me le renverrez le lendemain.

Elle jeta comme un soupir alors, et laissa même, sans
doute malgré elle, échapper une larme. Vous êtes trop
aimable, me répondit-elle ensuite avec un embarras
qu'elle combattait, vous me charmez, vous me pénétrez
d'amitié pour vous ; mais je puis me passer de ce que
vous m'offrez de si bonne grâce, souffrez que je vous
remercie : il n'y a personne de quelque considération dans
ces campagnes-ci qui ne me connaisse, et chez qui je ne
puisse envoyer si je voulais ; mais ce n'est pas la peine,
je serai demain chez moi.

S'il vous est indifférent de rester seule ici, lui répondis-
je d'un air mortifié, il ne me l'aurait pas été d'être
quelques heures de plus avec vous ; c'était une grâce que
je vous demandais, et qu'à la vérité je ne mérite pas d'obtenir.

Que vous ne méritez pas ! me repartit-elle en joignant
les mains. Eh ! comment ferait-on pour ne pas vous
aimer ? Eh bien ! Mademoiselle, que voulez-vous que je
prenne ? Puisque vous me menacez de croire que je ne
vous aime pas, je ferai tout ce que vous exigerez, et je
vais vous suivre. Êtes-vous contente ?

C'était en tenant ma bourse qu'elle me disait cela. Je
l'embrassai de joie ; car toutes ses façons me plaisaient,
je les trouvais nobles et affectueuses, et ce petit moment
de conversation particulière venait encore de me lier à
elle. De son côté, elle me serra tendrement dans ses bras.
Ne disputons plus, me dit-elle après, voilà un de vos louis
que je prends ; c'est assez, puisqu'il n'est question que
de prendre. Non, répondis-je en riant, n'y eût-il qu'un
quart de lieue d'ici chez vous, je vous taxe à davantage [1].
Eh bien ! mettons-en deux pour avoir la paix, et marchons, reprit-elle.

---

1. Décider sous une forme imagée et plaisante qu'il y a plus que la
distance supposée.

Je l'emmenai donc. Il y avait un instant qu'on avait servi, et on nous attendait. On la combla de politesses, et Mᵐᵉ Darcire surtout eut mille attentions pour elle.

Je lui avais promis de veiller sur elle à table et je lui tins parole, du moins pour la forme. On m'en fit la guerre, on me querella, je ne m'en souciai point. C'est une rigueur [1] à laquelle je me suis engagée, dis-je ; Madame n'est venue qu'à cette condition-là, et je fais ma charge.

Ma prétendue rigueur n'était cependant qu'un prétexte pour lui servir ce qu'il y avait de meilleur et de plus délicat ; et quoique, pour entrer dans le badinage, elle se plaignît d'être trop gênée, il est vrai qu'elle mangea très peu.

Nous sentîmes tous combien nous aurions perdu si elle nous avait manqué ; il me sembla que nous étions devenus plus aimables avec elle, et que nous avions tous plus d'esprit qu'à l'ordinaire.

Enfin, le dîner finit, nous remontâmes en carrosse, et le souper se passa de même.

Nous n'étions plus le lendemain qu'à une lieue de Paris, quand nous vîmes un équipage s'arrêter près de notre voiture, et que nous entendîmes quelqu'un qui demandait si Mᵐᵉ Darcire n'était pas là. C'était un homme d'affaires à qui elle avait écrit de venir au-devant d'elle, et de lui chercher un hôtel où elle pût avoir un logement convenable ; elle se montra sur-le-champ.

Mais comme nous avions quelques paquets engagés dans le magasin [2], que le lieu n'était pas commode pour les retirer, nous jugeâmes à propos de ne descendre qu'à un petit village qui n'était plus qu'à un demi-quart de lieue, et où notre cocher nous dit qu'il s'arrêterait lui-même.

Pendant qu'on y travailla à retirer nos paquets, mon inconnue me prit à quartier [3] dans une petite cour, et vou-

---

1. Au sens d'une obligation qu'on s'impose (R).   2. Grand panier qui est derrière les coches et les carrosses de voiture, et où l'on met les portemanteaux et les paquets (A).   3. À part.

lut, en m'embrassant, me rendre les deux louis d'or que je l'avais forcée de prendre.

Vous n'y songez pas, lui dis-je, vous n'êtes pas encore arrivée, gardez-les jusque chez vous ; que je les reprenne aujourd'hui ou demain, n'est-ce pas la même chose ? Avez-vous intention de ne me pas revoir, et me quittez-vous pour toujours ?

J'en serais bien fâchée, me répondit-elle ; mais nous voici à Paris, nous allons y entrer, c'est comme si j'y étais. Vous avez beau dire, repris-je en me reculant, je me méfie de vous, et je vous laisse cet argent précisément pour vous obliger à m'apprendre où je vous retrouverai.

Elle se mit à rire, et s'avança vers moi ; mais je m'éloignai encore. Ce que vous faites là est inutile, lui criai-je ; donnez-moi mes sûretés[1], où logez-vous ?

Je ne vous en aurais pas moins instruite de l'endroit où je vais, me repartit-elle ; mon nom est Darneuil (ce n'était là que le nom d'une petite Terre, et elle me cachait le véritable), et vous aurez de mes nouvelles chez M. le Marquis de Viry, rue Saint-Louis, au Marais (c'était un de ses amis) ; dites-moi à présent à votre tour, ajouta-t-elle, où je vous trouverai.

Je ne sais point le nom du quartier où nous allons, lui répondis-je ; mais demain, j'enverrai quelqu'un qui vous le dira, si je ne vais pas vous le dire moi-même.

J'entendis alors Mme Darcire qui m'appelait, et je me hâtai de sortir de la petite cour pour la joindre : mon inconnue me suivit, elle dit adieu à Mme Darcire, je l'embrassai tendrement, et nous partîmes.

En une heure de temps, nous arrivâmes à la maison que cet homme d'affaires dont j'ai parlé nous avait retenue.

Comme la journée n'était pas encore fort avancée, j'aurais volontiers été chercher ma mère, si Mme Darcire, qui se sentait trop fatiguée pour m'accompagner, et dont je

─────────

1. Sorte de garantie, de caution pour une affaire (A).

ne pouvais prendre que la femme de chambre, ne m'avait engagée à attendre jusqu'au lendemain.

J'attendis donc, d'autant plus qu'on me dit qu'il y avait fort loin du quartier où nous étions à celui où je devais aller trouver cette mère qu'il me tardait, avec tant de raison, de voir et de connaître.

Aussi Mme Darcire ne me fit-elle pas languir le jour d'après ; elle eut la bonté de préférer mes affaires à toutes les siennes, et à onze heures du matin nous étions déjà en carrosse pour nous rendre dans la rue Saint-Honoré, vis-à-vis les Capucins, conformément à l'adresse que j'avais gardé de ma mère, et à laquelle je lui avais écrit mes dernières lettres, qui étaient restées sans réponse.

Notre carrosse arrêta donc à l'endroit que je viens de dire, et là nous demandâmes la maison de Mme la Marquise de... (c'était le nom de son mari). Elle n'est plus ici, nous répondit un Suisse [1] ou un Portier, je ne sais plus lequel des deux. Elle y logeait il y a environ deux ans ; mais depuis que M. le Marquis est mort, son fils a vendu la maison à mon maître qui l'occupe à présent.

M. le Marquis est mort ! m'écriai-je toute troublée, et même saisie d'une certaine épouvante que je ne devais pas avoir ; car dans le fond, que m'importait la mort de ce beau-père qui m'était inconnu, à qui je n'avais jamais eu la moindre obligation, et sans lequel, au contraire, ma mère ne m'aurait pas vraisemblablement oubliée autant qu'elle avait fait ?

Cependant, en apprenant qu'il ne vivait plus et qu'il avait un fils marié, je craignis pour ma mère, qui m'avait laissé ignorer tous ces événements ; le silence qu'elle avait gardé là-dessus m'alarma ; j'aperçus confusément des choses tristes et pour elle et pour moi. En un mot, cette nouvelle me frappa, comme si elle avait entraîné mille autres accidents fâcheux que je redoutais, sans savoir pourquoi.

---

1. Domestique qui garde la porte d'un hôtel (R).

Eh ! depuis quand est-il donc mort ? répondis-je d'une
voix altérée. Eh ! mais, c'est depuis dix-sept ou dix-huit
mois, je pense, reprit cet homme, et six ou sept semaines
après avoir marié M. le Marquis son fils, qui vient ici
quelquefois, et qui demeure à présent à la Place Royale.

Et la Marquise sa mère, lui dis-je encore, loge-t-elle
avec lui ? Je ne crois pas, me répondit-il ; il me semble
avoir entendu dire que non ; mais vous n'avez qu'à aller
chez lui, pour apprendre où elle est ; apparemment qu'on
vous en informera.

Eh bien ! me dit alors Mme Darcire, il n'y a qu'à retourner au logis, et nous irons à la Place Royale après dîner,
d'autant plus que j'ai moi-même affaire de ces côtés-là.
Comme vous voudrez, lui répondis-je d'un air inquiet et
agité.

Et nous revînmes à la maison.

Vous voilà bien rêveuse, me dit en chemin Mme Darcire ; à quoi pensez-vous donc ? Est-ce la mort de votre
beau-père qui vous afflige ?

Non, lui dis-je, je ne pourrais en être touchée que pour
ma mère, que cet accident intéresse peut-être de plus
d'une façon ; mais ce qui m'occupe à présent, c'est le
chagrin de ne la point voir, et de n'être pas sûre que je la
trouverai chez son fils, puisqu'on vient de nous dire qu'on
ne croit pas qu'elle y loge. Ce n'est pas là un grand inconvénient, me dit-elle ; si elle n'y loge pas, nous irons chez
elle.

Mme Darcire fit arrêter chez quelques marchands pour
des emplettes ; nous rentrâmes ensuite au logis ; trois
quarts d'heure après le dîner, nous remontâmes en carrosse avec son homme d'affaires qui venait d'arriver, et
nous prîmes le chemin de la Place Royale, où cette Dame,
par égard pour mon impatience, voulut me mener d'abord,
dans l'intention de m'y laisser si nous y trouvions ma
mère, d'aller de là à ses propres affaires, et de revenir me
reprendre sur le soir s'il le fallait.

Mais ce n'était pas la peine de nous arranger là-dessus,

et mes inquiétudes ne devaient pas finir sitôt. Ni mon frère, ni ma belle-sœur, c'est-à-dire ni M. le Marquis, ni sa femme, n'étaient chez eux. Nous sûmes de leur Suisse que, depuis huit jours, ils étaient partis pour une campagne à quinze ou vingt lieues de Paris. Quant à ma mère, elle ne logeait point avec eux, et on ignorait sa demeure ; tout ce qu'on pouvait m'en dire, c'est que ce jour-là même elle était venue à onze heures du matin pour voir son fils, dont elle ne savait pas l'absence ; qu'elle avait paru fort surprise et fort affligée de le trouver parti ; qu'elle arrivait elle-même de campagne, à ce qu'elle avait dit, et qu'elle s'était retirée sans laisser son adresse.

À ce récit, je retombai dans ces frayeurs dont je vous ai parlé, et je ne pus m'empêcher de soupirer. Vous dites donc qu'elle était affligée du départ de M. le Marquis ? répondis-je à cet homme. Oui, Mademoiselle, me repartit-il, c'est ce qui m'en a semblé. Eh ! comment est-elle venue ici ? ajoutai-je par je ne sais quel esprit de méfiance sur sa situation, et comme cherchant à tirer des conjectures sur ce qu'on allait me répondre ; était-elle dans son équipage, ou dans celui d'un de ses amis ?

Oh ! d'équipage, me répondit-il, vraiment, Mademoiselle, elle n'en a point : elle était toute seule, et même assez fatiguée ; car elle s'est reposée ici près d'un quart d'heure.

Toute seule, et sans voiture ! m'écriai-je, la mère de M. le Marquis ? Voilà qui est bien horrible ! Ce n'est pas ma faute, et je ne saurais dire autrement, me repartit-il. Au surplus, je ne me mêle point de ces choses-là, et je réponds seulement à ce que vous me demandez.

Mais, lui dis-je en insistant, ne m'indiquerez-vous point dans ce quartier-ci quelque personne qui la connaisse, chez qui elle aille, et de qui je puisse apprendre où elle loge ?

Non, reprit-il, elle vient si rarement à l'Hôtel, à des heures où il y a si peu de monde, et elle y demeure si peu de temps, que je ne me souviens pas de l'avoir vu parler à d'autres personnes qu'à M. le Marquis son fils, et c'est toujours le matin ; encore quelquefois n'est-il pas levé.

Y avait-il rien de plus mauvais augure que tout ce que j'entendais là ? Que ferais-je donc, et quelle est ma ressource ? dis-je d'un air consterné à Mme Darcire, qui commençait aussi à n'avoir pas bonne opinion de tout cela. Il n'est pas possible, en nous informant avec soin, que nous ne découvrions bientôt où elle est, me dit-elle ; il ne faut pas vous inquiéter, ceci n'est qu'un effet du hasard et des circonstances dans lesquelles vous arrivez. Je ne lui répondis que par un soupir, et nous nous éloignâmes.

Il m'aurait été bien aisé, dans le quartier où nous étions alors, d'aller chercher cette Dame avec qui nous avions voyagé, à qui j'avais prêté de l'argent, et de qui je devais savoir des nouvelles chez le Marquis de Viry, rue Saint-Louis, à ce qu'elle m'avait dit : mais dans ce moment-là je ne pensai point à elle ; je n'étais occupée que de ma mère, que de mes tristes soupçons sur son état, et que de l'impossibilité où je me voyais de l'embrasser.

Mme Darcire fit tout ce qu'elle put pour rassurer mon esprit, et pour dissiper mes alarmes. Mais cette mère, qui était venue à pied chez son fils, que sa lassitude avait obligée de se reposer ; cette mère qui faisait si peu de figure [1], qui était si enterrée que les gens mêmes de son fils ne savaient pas sa demeure, me revenait toujours dans la pensée.

De la Place Royale, nous allâmes chez le procureur de Mme Darcire ; de là dans une maison où l'on avait mis le scellé, et qui avait appartenu à la personne dont elle était héritière ; elle y demeura près d'une heure et demie ; et puis nous rentrâmes au logis avec ce procureur, à qui elle devait donner quelques papiers dont il avait besoin pour elle.

Cet homme, pendant que nous étions dans le carrosse,

---

1. Extérieur, apparence d'une personne (F).

parla de quelqu'un qui demeurait au Marais, et qu'il
devait voir le lendemain, au sujet de la succession de
Mme Darcire. Comme c'était là le quartier du Marquis, et
celui où j'avais espéré de trouver ma mère, je lui demandai s'il ne la connaissait pas, sans lui dire cependant que
j'étais sa fille.

Oui, me dit-il ; je l'ai vue deux ou trois fois avant la
mort de son mari, qui m'avait en ce temps-là chargé de
quelque affaire, mais depuis qu'il est mort, je ne sais plus
ce qu'elle est devenue, j'ai seulement ouï dire qu'elle
n'était pas fort heureuse.

Eh ! quel est donc son état ? lui répondis-je avec une
émotion que j'avais bien de la peine à cacher. Son fils est
si riche et si grand seigneur ! ajoutai-je. Il est vrai, reprit-
il, et il a épousé la fille de M. le Duc de... Mais je crois
la Marquise brouillée avec lui et avec sa belle-fille. Cette
Marquise n'était, dit-on, que la veuve d'un très mince
et très pauvre Gentilhomme de province, dont défunt le
Marquis devint amoureux dans le pays, et qu'il épousa
assez étourdiment, tout riche et tout grand Seigneur qu'il
était lui-même. Aujourd'hui qu'il est mort, et que le fils
qu'il a eu d'elle s'est marié avec la fille du Duc de..., il
se peut bien faire que cette fille du Duc, je veux dire que
Mme la Marquise la jeune, ne voie pas de très bon œil une
belle-mère comme la vieille Marquise, et ne se soucie pas
beaucoup de se voir alliée à tous les petits houbereaux[1]
de sa famille et de celle de son premier mari, dont on
dit aussi qu'il reste une fille qu'on n'a jamais vue, et
qu'apparemment on n'est pas curieux de voir. Voilà à peu
près ce que je puis recueillir de tous les propos que j'ai
entendu tenir à ce sujet-là.

Les larmes coulaient de mes yeux pendant qu'il parlait
ainsi ; je n'avais pu les retenir à cet étrange discours, et
n'étais pas même en état d'y rien répondre.

---

1. Pour hobereaux, oiseaux de fauconnerie et figurément, par
mépris, petits gentilshommes de campagne (A).

Mme Darcire, qui était la meilleure femme du monde, et qui avait pris de l'amitié pour moi, avait rougi plus d'une fois en l'écoutant, et s'était même aperçue que je pleurais.

Qu'appelle-t-on des houbereaux, Monsieur ? lui dit-elle quand il eut fini. Il faut que Mme la Marquise la jeune, toute fille de Duc qu'elle est, soit bien mal informée, si elle rougit des alliances dont vous parlez ; je lui apprendrais, moi qui suis du pays de cette belle-mère qu'elle méprise, je lui apprendrais que la Marquise, qui s'appelle de Tresle en son nom, est d'une des plus nobles et des plus anciennes maisons de notre Province ; que celle de M. de Tervire, son premier mari, ne le cède à pas une que je connaisse ; qu'il n'y en avait point anciennement de plus considérable par l'étendue de ses terres ; et que, toute diminuée qu'elle est aujourd'hui de ce côté-là, M. de Tervire aurait encore laissé à sa veuve plus de dix-huit ou vingt mille livres de rentes, sans la mauvaise humeur d'un père qui les lui ôta pour les donner à son cadet, et qu'enfin il n'y a ni Gentilhomme, ni Marquis, ni Duc en France, qui ne pût avec honneur épouser Mlle de Tervire, qui est cette fille qu'on n'a jamais vue à Paris, que Mme la Marquise laissa effectivement à ses parents quand elle quitta la province, et sur qui aucune fille de ce pays-ci ne l'emportera, ni par la figure, ni par les qualités de l'esprit et du caractère.

Le Procureur alors, qui me vit les yeux mouillés, et qui fit réflexion que c'était moi qui lui avais demandé des nouvelles de la vieille Marquise, soupçonna que je pouvais bien être cette fille dont il était question.

Madame, dit-il un peu confus à Mme Darcire, quoique je n'aie rapporté que les discours d'autrui, j'ai peur d'avoir fait une imprudence : ne serait-ce pas Mlle de Tervire elle-même que je vois ?

Il aurait été difficile de le lui dissimuler ; ma contenance ne le permettait pas, et ne me laissait pas deux partis à prendre ; aussi Mme Darcire n'hésita-t-elle point.

Oui, Monsieur, lui dit-elle, vous ne vous trompez pas, c'est elle ; voilà cette petite Provinciale qu'on n'est pas curieuse de voir, que sans doute on s'imagine être une espèce de Paysanne, et à qui on serait peut-être fort heureuse de ressembler. Je ne crois pas qu'on y perdît, de quelque manière qu'on soit faite, répondit-il, en me suppliant de lui pardonner ce qu'il avait dit. Notre carrosse arrêtait en ce moment, nous étions arrivés, et je ne lui répondis que par une inclination de tête.

Vous jugez bien que, dès qu'il fut sorti, je n'oubliai pas de remercier Mme Darcire du portrait flatteur qu'elle avait fait de moi, et de cette colère vraiment obligeante avec laquelle elle avait défendu ma famille et vengé les miens des mépris de ma belle-sœur. Mais ce que le procureur nous avait dit ne servit qu'à me confirmer dans ce que je pensais de la situation de ma mère, et plus je la croyais à plaindre, plus il m'était douloureux de ne savoir où l'aller chercher.

Il est vrai qu'à proprement parler je ne la connaissais pas ; mais c'était cela même qui me donnait ce désir ardent que j'avais de la voir. C'est une si grande et si intéressante aventure que celle de retrouver une mère qui vous est inconnue ; ce seul nom qu'elle porte a quelque chose de si doux [1] !

Ce qui contribuait encore beaucoup à m'attendrir pour la mienne, c'était de penser qu'on la méprisait, qu'elle était humiliée, qu'elle avait des chagrins, qu'elle souffrait même ; car j'allais jusque-là, et je partageais son humiliation et ses peines ; mon amour-propre était de moitié avec le sien dans tous les affronts que je supposais qu'elle essuyait, et j'aurais eu, ce me semble, un plaisir extrême à lui montrer combien j'y étais sensible.

Il se peut bien que mon empressement n'eût pas été si vif, si je l'avais su plus heureuse, et c'est que je ne me

---

1. Remarque qui appartient à ce caractère sensible que les contemporains reconnurent au roman.

serais pas flattée non plus d'être si bien reçue ; mais j'arrivais dans des circonstances qui me répondaient de son cœur ; j'étais comme sûre de la trouver meilleure mère, et je comptais sur sa tendresse à cause de son malheur.

Malgré toutes les informations que nous fîmes, Mme Darcire et moi, nous avions déjà passé dix ou douze jours à Paris sans avoir pu découvrir où elle était, et j'en mourais d'impatience et de chagrin. Partout où nous allions, nous parlions d'elle ; bien des gens la connaissaient ; tout le monde savait quelque chose de ce qui lui était arrivé, les uns plus, les autres moins ; mais comme je ne déguisais point que j'étais sa fille, que je me produisais sous ce nom-là, je m'apercevais bien qu'on me ménageait, qu'on ne me disait pas tout ce qu'on savait, et le peu que j'en apprenais signifiait toujours qu'elle n'était pas à son aise.

Excédée enfin de l'inutilité de mes efforts pour la trouver, nous retournâmes au bout de douze jours, Mme Darcire et moi, à la Place Royale, dans l'espérance que ma mère y serait revenue elle-même, qu'on lui aurait dit que deux Dames étaient venues l'y demander, et qu'en conséquence elle aurait bien pu laisser son adresse, afin qu'on la leur donnât, si elles revenaient la chercher.

Autre peine inutile ; ma mère n'avait pas reparu. On lui avait dit la première fois que le Marquis ne serait de retour que dans trois semaines ou un mois ; et sans doute elle attendait que ce temps-là fût passé pour se remontrer. Ce fut du moins ce qu'en pensa Mme Darcire, qui me le persuada aussi.

Tout affligée que j'étais de voir toujours se prolonger mes inquiétudes, je m'avisai de songer que nous étions dans le quartier de Mme Darneuil, de cette Dame de la voiture, dont l'adresse était chez le Marquis de Viry, avec qui, comme vous savez, je m'étais liée d'une amitié assez tendre, et à qui d'ailleurs j'avais promis de donner de mes nouvelles.

Je proposai donc à Mme Darcire d'aller la voir, puisque

nous étions si près de la rue Saint-Louis ; elle y consentit, et la première maison à laquelle nous nous arrêtâmes pour demander celle du Marquis de Viry, était attenant la sienne. C'est la porte d'après, nous dit-on, et un des gens de Mme Darcire y frappa sur-le-champ.

Personne ne venait, on redoubla, et après un intervalle de temps assez considérable, parut un très vieux domestique à longs cheveux blancs, qui, sans attendre qu'on lui fît de question, nous dit d'abord que M. de Viry était à Versailles avec Madame.

Ce n'est pas à lui que nous en voulons, lui répondis-je ; c'est à Mme Darneuil. Ah ! Mme Darneuil, elle ne loge pas ici, reprit-il. Mais n'êtes-vous pas des Dames nouvellement arrivées de province ? Depuis dix ou douze jours, lui dîmes-nous. Eh bien ! ayez la bonté d'attendre un instant, repartit-il ; je vais vous faire parler à une des femmes de Madame, qui m'a bien recommandé de l'avertir quand vous viendriez. Et là-dessus, il nous quitta pour aller lentement chercher cette femme, qui descendit, et qui vint nous parler à la portière de notre carrosse. Pouvez-vous, lui dis-je, nous apprendre où est Mme Darneuil ? Nous avons cru la trouver ici.

Non, Mesdames, elle n'y demeure pas, répondit-elle ; mais n'est-ce pas avec vous, Mademoiselle, qu'elle arriva à Paris ces jours passés, et qui lui prêtâtes de l'argent ? ajouta-t-elle en m'adressant la parole. Oui, c'est moi-même qui la forçai d'en prendre, lui dis-je, et j'aurais été charmée de la revoir. Où est-elle ? Dans le Faubourg Saint-Germain, me dit cette femme (et c'était précisément notre quartier) ; j'ai même été avant-hier chez elle, mais je ne me souviens plus du nom de sa rue, et elle m'a chargée, dans l'absence de M. le Marquis et de Madame, de m'informer où vous logez, si on venait de votre part, et de remettre en même temps ces deux louis d'or que voici.

Je les pris : Tâchez, lui dis-je, de la voir demain ; retenez bien, je vous prie, où elle demeure, et vous me le

ferez savoir par quelqu'un que j'enverrai ici dans deux ou
trois jours. Elle me le promit, et nous partîmes.

En rentrant au logis, nous vîmes à deux portes au-dessus de la nôtre une grande quantité de peuple assemblé.
Tout le monde était aux fenêtres : il semblait qu'il y avait
eu une rumeur, ou quelque accident considérable ; nous
demandâmes ce que c'était.

Pendant que nous parlions, arriva notre hôtesse, grosse
bourgeoise d'assez bonne mine, qui sortait du milieu de
cette foule, de l'air d'une femme qui avait eu part à
l'aventure. Elle gesticulait beaucoup, elle levait les
épaules. Une partie de ce peuple l'entourait, et elle était
suivie d'un petit homme assez mal arrangé, qui avait un
tablier autour de lui, et qui lui parlait le chapeau à la
main.

De quoi s'agit-il donc, Madame ? lui dîmes-nous dès
qu'elle se fut approchée. Dans un moment, nous répondit-
elle, j'irai vous le dire, Mesdames ; il faut auparavant que
je finisse avec cet homme-ci, qu'elle mena effectivement
chez elle.

Un demi-quart d'heure après, elle revint nous trouver.
Je viens de voir la chose du monde qui m'a le plus touchée, nous dit-elle. Celui que vous avez vu avec moi tout
à l'heure est le maître d'une auberge d'ici près, chez qui
depuis dix ou douze jours est venue se loger une femme
passablement bien mise, qui même, par ses discours et
par ses manières, n'a pas trop l'air d'une femme du
commun[1]. Je viens de lui parler, et j'en suis encore tout
émue.

Imaginez-vous, Mesdames, que la fièvre l'a prise deux
jours après être entrée chez cet homme qui ne la connaît
point, qui lui a loué une de ses chambres, et lui a fait
crédit jusqu'ici sans lui demander d'argent, quoique, dès
le lendemain de son entrée chez lui, elle eût promis de lui
en donner. Vous jugez bien que, dans sa fièvre, il lui a

---

1. Femme du peuple, qui ne possède pas la distinction aristocratique.

fallu des secours qui ont exigé une certaine dépense, et il ne lui en a refusé aucun, il a toujours tout avancé. Mais cet homme n'est pas riche. Elle se porte un peu mieux aujourd'hui ; et un Chirurgien qui l'a saignée, qui a eu soin d'elle, qui lui a tenu lieu de Médecin, un Apothicaire qui lui a fourni des remèdes, demandent à présent tous deux à être payés. Ils ont été chez elle, elle n'a pu les satisfaire ; et sur-le-champ ils se sont adressés au maître de l'auberge qui les a été chercher pour elle. Celui-ci, effrayé de voir qu'elle n'avait pas même de quoi les payer, a non seulement eu peur de perdre aussi ce qu'elle lui devait, mais encore ce qu'il continuerait à lui avancer.

Sur ces entrefaites, est arrivé un petit marchand de province qui loge ordinairement chez lui. Toutes ses chambres sont louées, il n'y a eu que celle de cette femme qu'il a regardée comme vide, parce qu'elle ne lui donnait point d'argent. Là-dessus il a pris son parti, et a été lui parler pour la prier de se pourvoir d'une chambre ailleurs, attendu qu'il se présentait une occasion de mettre dans la sienne quelqu'un dont il était sûr, et qui comptait l'occuper au retour de quelques courses qu'il était allé faire dans Paris. Vous me devez déjà beaucoup, a-t-il ajouté, et je ne vous dis point de me payer : laissez-moi seulement quelques nippes pour mes sûretés, et ne m'ôtez point le profit que je puis retirer de ma chambre.

À ce discours, cette femme qui est un peu rétablie, mais encore trop faible pour sortir et pour déloger ainsi à la hâte, l'a prié d'attendre quelques jours, lui a dit qu'il ne s'inquiétât point, qu'elle le payerait incessamment, qu'elle avait même intention de le récompenser de tous ses soins, et que, dans une semaine au plus tard, elle l'enverrait porter un billet chez une personne de chez qui il ne reviendrait point sans avoir de l'argent ; qu'il ne s'agissait que d'un peu de patience ; qu'à l'égard des gages, elle n'en avait point à lui laisser qu'un peu de linge et quelques habits dont il ne ferait rien, et qui lui étaient

absolument nécessaires ; qu'au surplus, s'il la connaissait,
il verrait bien qu'elle n'était point femme à le tromper.

Je vous rapporte ce discours tel qu'elle le lui a répété
devant moi lorsque je suis arrivée ; mais il l'avait déjà
forcée de sortir de sa chambre, et de fermer une cassette
qu'il voulait retenir pour nantissement ; de sorte que la
querelle alors se passait dans une salle où ils étaient descendus, et où cet homme et sa fille criaient à toute voix
contre cette femme qui résistait à s'en aller. Le bruit ou
plutôt le vacarme qu'ils faisaient avait déjà amassé[1] bien
du monde, dont une partie était même entrée dans cette
salle. Je revenais alors de chez une de mes amies qui
demeure ici près ; et comme c'est de moi que cet homme
tient la maison qu'il occupe, et qui m'appartient, je me
suis arrêtée un moment en passant pour savoir d'où venait
ce bruit. Cet homme m'a vue, m'a priée d'entrer, et m'a
exposé le fait. Cette femme y a répondu inutilement ce
que je viens de vous dire ; elle pleurait, je la voyais plus
confuse et plus consternée que hardie, elle ne se défendait
presque que par sa douleur, elle ne jetait que des soupirs,
avec un visage plus pâle et plus défait que je ne puis
vous l'exprimer. Elle m'a tirée à quartier, m'a suppliée,
si j'avais quelque pouvoir sur cet homme, de l'engager à
lui accorder le peu de jours de délai qu'elle lui demandait,
m'a donné sa parole qu'il serait payé, enfin m'a parlé
d'un air et d'un ton qui m'ont pénétrée d'une véritable
pitié ; j'ai même senti de la considération pour elle. Il
n'était question que de dix écus : si je les perds, ils ne me
ruineront pas ; et Dieu m'en tiendra compte, il n'y a rien
de perdu avec lui. J'ai donc dit que j'allais les payer. Je
l'ai fait remonter dans sa chambre, où l'on a reporté sa
cassette ; et j'ai emmené cet homme pour lui compter son
argent chez moi. Voilà, Mesdames, mot pour mot, l'histoire que je vous conte toute entière, à cause de l'impression qu'elle m'a faite, et il en arrivera ce qui pourra ; mais

---

1. Au sens d'attirer bien du monde.

je n'aurais pas eu de repos avec moi sans les dix écus que j'ai avancés.

Nous ne fûmes pas insensibles à ce récit, Mme Darcire et moi. Nous nous sentîmes attendries pour cette femme, qui, dans une aventure aussi douloureuse, avait su moins disputer que pleurer ; nous donnâmes de grands éloges à la bonne action de notre hôtesse, et nous voulûmes toutes deux y avoir part.

Le maître de cette auberge est apaisé, lui dîmes-nous, il attendra ; mais ce n'est pas assez ; cette femme est sans argent apparemment ; elle sort de maladie, à ce que vous dites ; elle a encore une semaine à passer chez cet homme qui n'aura pas grand égard à l'état où elle est, ni aux ménagements dont elle a besoin dans une convalescence aussi récente que la sienne. Ayez la bonté, Madame, de lui porter pour nous cette petite somme d'argent que voici (c'était neuf ou dix écus que nous lui remettions).

De tout mon cœur, reprit-elle, j'y vais de ce pas ; et elle partit. À son retour, elle nous dit qu'elle avait trouvé cette femme au lit, que son aventure l'avait extrêmement émue, et qu'elle n'était pas sans fièvre ; qu'à l'égard des dix écus que nous avions envoyés, ce n'avait été qu'en rougissant qu'elle les avait reçus ; qu'elle nous conjurait de vouloir bien qu'elle ne les prît qu'à titre d'emprunt ; que l'obligation qu'elle qu'elle nous en aurait en serait plus grande, et sa reconnaissance encore plus digne d'elle et de nous ; qu'elle devait en effet recevoir incessamment de l'argent, et qu'elle ne manquerait pas de nous rendre le nôtre.

Ce compliment ne nous déplut point ; au contraire, il nous confirma dans l'opinion avantageuse que nous avions d'elle. Nous comprîmes qu'une âme ordinaire ne se serait point avisée de cette honnête et généreuse fierté-là, et nous ne nous en sûmes que meilleur gré de l'avoir obligée ; je ne sais pas même à quoi il tint que nous n'allassions la voir, tant nous étions prévenues pour elle. Ce qui est de sûr, c'est que je pensai le proposer à Mme Darcire, qui, de son côté, m'avoua depuis qu'elle avait eu envie de me le proposer aussi.

En mon particulier, je plaignis beaucoup cette inconnue, dont l'infortune me fit encore songer à ma mère, que je ne croyais pas, à beaucoup près, dans des embarras comparables, ni même approchants des siens, mais que j'imaginais seulement dans une situation peu convenable à son rang, quoique supportable et peut-être douce pour une femme qui aurait été d'une condition inférieure à la sienne. Je n'allais pas plus loin ; et à mon avis, c'était bien en imaginer assez pour la plaindre, et pour penser qu'elle souffrait.

L'impossibilité de la trouver m'avait déterminée à laisser passer huit ou dix jours avant que de retourner chez le Marquis son fils, qui devait dans l'espace de ce temps être revenu de la campagne, et chez qui je ne doutais pas que je n'eusse des nouvelles de ma mère, qui aurait aussi attendu qu'il fût de retour pour ne pas reparaître inutilement chez lui.

Deux ou trois jours après qu'on eut porté de notre part de l'argent à cette inconnue, nous sortîmes entre onze heures et midi, Mme Darcire et moi, pour aller à la Messe (c'était un jour de fête), et en revenant au logis, je crus apercevoir, à quarante ou cinquante pas de notre carrosse, une femme que je reconnus pour cette femme de chambre à qui nous avions parlé chez le Marquis de Viry, rue Saint-Louis.

Vous vous souvenez bien que je lui avais promis de renvoyer le surlendemain savoir la demeure de Mme Darneuil, qu'elle n'avait pu m'apprendre la première fois, et j'avais exactement tenu ma parole ; mais on avait dit qu'elle était sortie, et par distraction j'avais moi-même oublié d'y renvoyer depuis, quoique c'eût été mon dessein. Aussi fus-je charmée de la rencontrer si à propos, et je la montrai aussitôt à Mme Darcire, qui la reconnut comme moi.

Cette femme, qui nous vit de loin, parut nous remettre

aussi, et resta sur le pas de la porte de l'aubergiste chez lequel nous jugeâmes qu'elle allait entrer.

Nous fîmes arrêter quand nous fûmes près d'elle, et aussitôt elle nous salua. Je suis bien aise de vous revoir, lui dis-je ; je soupçonne que vous allez chez Mme Darneuil, ou que vous sortez de chez elle ; aussi vous me direz sa demeure.

Si vous voulez bien avoir la bonté, nous répondit-elle, d'attendre que j'aie dit un mot à une Dame qui loge dans cette auberge, je reviendrai sur-le-champ répondre à votre question, mademoiselle, et je ne serai qu'un instant.

Une Dame ! reprit avec quelque étonnement Mme Darcire, qui savait du maître de l'auberge que notre inconnue était la seule femme qui logeât chez lui. Eh ! quelle est-elle donc ? ajouta-t-elle tout de suite. Et puis se retournant de mon côté : Ne serait-ce pas cette personne pour qui nous nous intéressons, me dit-elle, et à qui il arriva cette triste aventure de l'autre jour ?

C'est elle-même, repartit sur-le-champ la femme de chambre, sans me donner le temps de répondre ; je vois bien que vous parlez d'une querelle qu'elle eut avec l'aubergiste qui voulait qu'elle sortît de chez lui.

Voilà ce que c'est, reprit Mme Darcire ; et puisque vous savez qui elle est, par quel accident se trouve-t-elle exposée à de si étranges extrémités ? Nous avons jugé, par tout ce qu'on nous en a dit, que ce doit être une femme de quelque chose.

Vous ne vous trompez pas, Madame, lui répondit-elle ; elle n'est pas faite pour essuyer de pareils affronts, il s'en faut bien ; aussi en est-elle retombée malade. Je suis d'avis que nous allions la voir, si cela ne lui fait pas de peine, dit Mme Darcire ; montons-y, ma fille (c'était à moi à qui elle adressait la parole).

Vous le pouvez, Mesdames, reprit cette femme, pourvu que vous vouliez bien d'abord me laisser entrer toute seule, afin que je la prévienne sur votre visite, et que je

sache si vous ne la mortifierez pas ; il se pourrait qu'elle
vous fît prier de lui épargner cette confusion-là.

Non, non, dit Mme Darcire, qui était peut-être curieuse,
mais qui assurément l'était encore moins que sensible ;
non, nous ne risquons point de la chagriner : elle a déjà
entendu parler de nous ; il y a une personne qui, ces jours
passés, l'alla voir de notre part, et je suis persuadée
qu'elle nous verra volontiers. Prévenez-la cependant si
vous le jugez à propos, nous allons vous suivre ; mais
vous entrerez la première, et vous lui direz que nous
demeurons dans ce grand hôtel, presque attenant son
auberge, que c'est notre hôtesse qui vint la voir, et que
nous lui envoyâmes il y a quelques jours. Elle saura bien
là-dessus qui nous sommes.

Nous descendîmes aussitôt de carrosse, et tout s'exé-
cuta comme je viens de le dire. Il n'y avait qu'un petit
escalier à monter, et c'était au premier, sur le derrière. La
femme de chambre se hâta d'entrer ; elle avait en effet des
raisons d'avertir l'inconnue qu'elle ne nous disait pas ; et
nous nous arrêtâmes un instant assez près de la porte de
la chambre, vis-à-vis de laquelle était le lit de la malade ;
de façon que lorsqu'elle l'ouvrit, nous vîmes à notre aise
cette malade qui était sur son séant ; qui nous vit à son
tour, malgré l'obscurité du passage où nous étions arrê-
tées ; que nous reconnûmes enfin, et qui acheva de nous
confirmer qu'elle était la personne que nous imaginions,
par le mouvement de surprise qui lui échappa en nous
voyant.

Ce qui fit encore que nous eûmes, elle et nous, tout le
temps de nous examiner, c'est que cette porte, qui avait
été un peu trop poussée, était restée ouverte.

Eh ! mon Dieu, ma fille, me dit tout bas Mme Darcire,
n'est-ce pas là Mme Darneuil ? Et pendant qu'elle me parlait ainsi, je vis la malade qui joignait tristement les
mains, qui me les tendit ensuite en soupirant, et en jetant

sur moi des regards languissants et mortifiés[1], quoique
tendres.

Je n'attendis pas qu'elle s'expliquât davantage ; et pour
lui ôter sa confusion à force de caresses, je courus tout
émue l'embrasser d'un air si vif et si empressé qu'elle
fondit en pleurs dans mes bras, sans pouvoir prononcer
un mot, dans l'attendrissement où elle était.

Enfin, quand ses premiers mouvements, mêlés sans
doute pour elle d'autant d'humiliation que de confiance,
furent passés : Je m'étais condamnée à ne vous plus
revoir, me dit-elle, et jamais rien ne m'a tant coûté que
cela ; c'est ce qu'il y a eu de plus dur pour moi dans l'état
où vous me trouvez.

Je redoublai de caresses là-dessus. Vous n'y songez
pas, lui dis-je en lui prenant une main, pendant qu'elle
donnait l'autre à Mme Darcire, vous n'y songez pas ; vous
ne nous avez donc crues ni sensibles ni raisonnables ?
Eh ! madame, à qui n'arrive-t-il pas des chagrins dans la
vie ? Pensez-vous que nous nous soyons trompées sur les
égards et sur la considération qu'on vous doit ? et dans
quelque état que vous soyez, une femme comme vous
peut-elle jamais cesser d'être respectable ?

Mme Darcire lui tint à peu près les mêmes discours, et
effectivement, il n'y en avait point d'autres à lui tenir : il
ne fallait que jeter les yeux sur elle pour voir qu'elle était
hors de sa place[2].

La femme de chambre avait les larmes aux yeux, et
était à quelques pas de nous, qui se taisait. Vous avez
grand tort, lui dis-je, de ne nous avoir pas averties dès la
première fois que vous nous vîtes. Je n'aurais pas mieux
demandé, nous dit-elle ; mais je n'ai pu me dispenser de
suivre les ordres de Madame ; j'ai été dix-sept ans à son

---

1. Marqués par la maladie, manquant d'éclat. Ce participe passé
employé comme adjectif ne s'utilise pas fréquemment pour le regard.
2. Qu'elle n'était pas dans le lieu qui lui convenait. Il ne correspondait
ni à son rang ni à son état.

service ; c'est elle qui m'a mise chez Mme de Viry ; je la
regarde toujours comme ma maîtresse, et jamais elle n'a
voulu me donner la permission de vous instruire, quand
vous viendriez.

Ne la querellez point, reprit la malade ; je n'oublierai
jamais les témoignages de son bon cœur. Croiriez-vous
qu'elle m'apporta ces jours passés tout ce qu'elle avait
d'argent, tandis que cinq ou six personnes de la première
distinction à qui je me suis adressée, et avec qui j'ai vécu
comme avec mes meilleurs amis, n'ont pas eu le courage
de me prêter une somme médiocre qui m'aurait épargné
les extrémités où je me suis vue, et se sont contentées de
se défaire de moi avec de fades et honteuses politesses ?
Il est vrai que je n'ai pas pris l'argent de cette fille ; heureusement le vôtre était venu alors. Votre hôtesse même
m'avait déjà tirée du plus fort de mes embarras, et je
m'acquitterai de tout cela dans quelques jours ; mais ma
reconnaissance sera toujours éternelle.

À peine achevait-elle ce peu de mots, qu'un laquais
vint dire à Mme Darcire qu'il venait de mener son Procureur à la porte de cette auberge, et qu'il l'y attendait pour
lui rendre une réponse pressée. Je sais ce que c'est, répondit-elle ; il n'a qu'un mot à me dire, et je vais lui parler
dans mon carrosse, après quoi je reviens sur-le-champ.
Madame, ajouta-t-elle en s'adressant à l'inconnue, ne
pensez plus à ce qui vous est arrivé depuis que vous êtes
ici ; tranquillisez-vous sur votre état présent, et voyez en
quoi nous pouvons vous être utiles pour le reste de vos
affaires. Votre situation doit intéresser tous les honnêtes
gens, et en vérité on est trop heureux d'avoir occasion de
servir les personnes qui vous ressemblent.

L'inconnue ne la remercia que par des larmes de tendresse, et qu'en lui serrant la main dans les siennes. Il
faut avouer, me dit-elle ensuite, que j'ai bien du bonheur
dans mes peines, quand je songe par qui je suis secourue ;
que ce n'est ni par mes amis, ni par mes alliés, ni par
aucun de ceux avec qui j'ai passé une partie de ma vie,

ni par mes enfants mêmes ; car j'en ai, Mademoiselle,
toute la France le sait, et tout cela me fuit et m'abandonne. J'aurais sans doute indignement péri au milieu de
tant de ressources, sans vous, Mademoiselle, à qui je suis
inconnue, sans vous qui ne me devez rien, et qui, avec
la sensibilité la plus prévenante, avec toutes les grâces
imaginables, me tenez lieu, tout à la fois, d'amis, d'alliés
et d'enfants ; sans votre amie que je rencontrai avec vous
dans cette voiture ; sans cette pauvre fille qui m'a servie
(souffrez que je la compte, son zèle et ses sentiments la
rendent digne de l'honneur que je lui fais) ; enfin, sans
votre hôtesse qui ne m'a jamais connue, et qui n'a passé
son chemin que pour venir s'attendrir sur moi : voilà les
personnes à qui j'ai l'obligation de ne pas mourir dans les
derniers besoins et dans l'obscurité la plus étonnante pour
une femme comme moi. Qu'est-ce que c'est que la vie,
et que le monde est misérable !

Eh ! mon Dieu, Madame, lui répondis-je aussi touchée
qu'il est possible de l'être, commencez donc, comme vous
en a tant prié Mme Darcire, commencez par perdre de vue
tous ces objets-là : je vous le répète aussi bien qu'elle,
donnez-nous le plaisir de vous voir tranquille, consolez-
nous nous-mêmes du chagrin que vous nous faites.

Eh bien ! voilà qui est fini, me dit-elle ; vous avez raison ; il n'y a ni adversité, ni tristesse que tant de bonté de
cœur ne doive assurément faire cesser. Parlons de vous,
Mademoiselle ; où est cette mère que vous êtes venue
retrouver, et qu'il y a si longtemps que vous n'avez vue ?
Dites-m'en des nouvelles, est-ce que vous n'êtes pas
encore avec elle ? Est-ce qu'elle est absente ? Ah ! Mademoiselle, qu'elle doit vous aimer, qu'elle doit s'estimer
heureuse d'avoir une fille comme vous ! Le ciel m'en a
donné une aussi, mais ce n'est pas d'elle dont j'ai à me
plaindre, il s'en faut bien. Elle ne prononça ces derniers
mots qu'avec un extrême serrement de cœur [1].

---

1. État où se trouve le cœur quand il est serré de douleur (A).

Hélas ! Madame, lui répondis-je en soupirant aussi, vous parlez de la tendresse de ma mère. Si je vous disais que je n'ose pas me flatter qu'elle m'aime, et que ce sera bien assez pour moi si elle n'est pas fâchée de me voir, quoiqu'il y ait près de vingt ans qu'elle m'ait perdue de vue. Mais il ne s'agit pas de moi ici, nous nous entretiendrons de ce qui me regarde une autre fois. Revenons à vous, je vous prie. Vous êtes sans doute mal servie, vous avez besoin d'une garde ; et je dirai à l'aubergiste, en descendant, de vous en chercher une dès aujourd'hui.

Je crus qu'elle allait répondre à ce que je lui disais, mais je fus bien étonnée de la voir tout à coup verser une abondance de larmes ; et puis, revenant à ce nombre d'années que j'avais passées éloignée de ma mère :

Depuis vingt ans qu'elle vous a perdue de vue ! s'écriat-elle d'un air pensif et pénétré, je ne saurais entendre cela qu'avec douleur ! Juste ciel ! que votre mère a de reproches à se faire, aussi bien que moi ! Eh ! dites-moi, Mademoiselle, ajouta-t-elle sans me laisser le temps de la réflexion, pourquoi vous a-t-elle si fort négligée ? Dites-m'en la raison, je vous prie ?

C'est, lui répondis-je, que je n'avais tout au plus que deux ans quand elle se remaria, et que, trois semaines après, son mari l'emmena à Paris, où elle accoucha d'un fils qui m'aura sans doute effacée de son cœur, ou du moins de son souvenir. Et depuis qu'elle est partie, je n'ai eu personne auprès d'elle qui lui ait parlé de moi ; je n'ai reçu en ma vie que trois ou quatre de ses lettres, et il n'y a pas plus de quatre mois que j'étais chez une tante qui est morte, qui m'avait reçue chez elle, et avec qui j'ai passé six ou sept ans sans avoir eu de nouvelles de ma mère à qui j'ai plusieurs fois écrit inutilement, que j'ai été chercher ici à la dernière adresse que j'avais d'elle, mais qui, depuis près de deux ans qu'elle est veuve de son second mari, ne demeure plus dans l'endroit où je croyais la voir, qui ne loge pas même chez son fils qui est marié, qui est actuellement en campagne [1] avec la Marquise sa femme, et dont les gens mêmes n'ont pu m'enseigner où est ma mère, quoiqu'elle y ait paru il y a quelques jours ; de sorte que je ne sais pas où la trouver, quelques recherches que j'aie faites et que je fasse encore ; et ce qui achève de m'alarmer, ce qui me jette dans des inquiétudes mortelles, c'est que j'ai lieu de soupçonner qu'elle est dans une situation difficile ; c'est que j'entends dire que ce fils qu'elle a tant chéri, à qui elle avait donné tout son cœur, n'est pas trop digne de sa tendresse, et n'en agit pas trop bien avec elle. Il est du moins sûr qu'elle se cache, qu'elle se dérobe aux yeux de tout le monde, que personne ne sait le lieu de sa retraite ; et ma mère ne devrait pas être ignorée. Cela ne peut m'annoncer qu'une femme dans l'embarras, qui a peut-être de la peine à vivre, et qui ne veut pas avoir l'affront d'être vue dans l'état obscur où elle est.

Je ne pus m'empêcher de pleurer en finissant ce discours, au lieu que mon inconnue, qui pleurait auparavant et qui avait toujours eu les yeux fixés sur moi pendant que je parlais, avait paru suspendre ses larmes pour m'écouter plus attentivement : ses regards avaient eu quelque chose d'inquiet et d'égaré [2] ; elle n'avait, ce me semble, respiré qu'avec agitation.

Quand j'eus cessé de parler, elle continua d'être comme je le dis là, elle ne me répondait point, elle se taisait, interdite. L'air de son visage étonné me frappa ; j'en fus émue moi-même, il me communiqua le trouble que j'y voyais peint, et nous nous considérâmes assez longtemps, dans un silence dont la raison me remuait d'avance, sans que je la susse, lorsqu'elle le rompit d'une voix mal assurée pour me faire encore une question.

---

1. À la campagne. On peut penser que l'emploi de « en » ici donne plus de distinction à ce séjour. 2. Inquiet est pris au sens d'agité et de préoccupé. Égaré renforce ces sens. L'inconnue commence à percevoir la vérité.

Mademoiselle, je crois que votre mère ne m'est pas inconnue, me dit-elle. En quel endroit, s'il vous plaît, demeure ce fils chez qui vous avez été la chercher ? À la Place Royale, lui répondis-je alors, d'un ton plus altéré que le sien. Et son nom ? reprit-elle avec empressement et respirant à peine. M. le Marquis de..., repartis-je toute tremblante. Ah ! ma chère Tervire ! s'écria-t-elle en se laissant aller entre mes bras. À cette exclamation, qui m'apprit sur-le-champ qu'elle était ma mère, je fis un cri dont fut épouvantée Mme Darcire, que son Procureur venait de quitter et qui montait en cet instant l'escalier pour revenir nous joindre.

Incertaine de ce que mon cri signifiait dans une auberge de cette espèce, qui ne pouvait guère être que l'asile ou de gens de peu de chose, ou du moins d'une très mince fortune, elle cria à son tour pour faire venir du monde et pour avoir du secours s'il en fallait.

Et en effet, au bruit qu'elle fit, l'hôte et sa fille, tous deux effrayés, montèrent avec le laquais de cette Dame, et lui demandèrent de quoi il était question. Je n'en sais rien, leur dit-elle, mais suivez-moi ; je viens d'entendre un grand cri qui est parti de la chambre de cette dame malade, chez qui j'ai laissé la jeune personne que j'y ai menée, et je suis bien aise, à tout hasard, que vous veniez avec moi. De façon qu'ils l'accompagnèrent et qu'ils entrèrent ensemble dans cette chambre où j'avais perdu la force de parler, où j'étais faible, pâle, et comme dans un état de stupidité ; enfin, où je pleurais de joie, de surprise et de douleur.

Ma mère était évanouie, ou du moins n'avait encore donné aucun signe de connaissance depuis que je la tenais dans mes bras ; et la femme de chambre, à qui je n'aidais point, n'oubliait rien de ce qui pouvait la faire revenir à elle.

Que se passe-t-il donc ici ? me dit Mme Darcire en entrant ; qu'avez-vous, Mademoiselle ? Pour toute réponse, elle ne reçut d'abord que mes soupirs et mes larmes ; et puis, levant la main, je lui montrai ma mère, comme si ce geste avait dû la mettre au fait. Qu'est-ce que c'est ? ajouta-t-elle ; est-ce qu'elle se meurt ? Non, Madame, lui dit alors la femme de chambre ; mais elle vient de reconnaître sa fille, et elle s'est trouvée mal. Oui, lui dis-je alors en m'efforçant de parler, c'est ma mère.

Votre mère ! s'écria-t-elle encore en approchant pour la secourir. Quoi ! la Marquise de... ! Quelle aventure !

Une Marquise ! dit à son tour l'aubergiste, qui joignait les mains d'étonnement ; ah ! mon Dieu, cette chère dame ! Que ne m'a-t-elle appris sa qualité ? Je me serais bien gardé de lui causer la moindre peine.

Cependant, à force de soins, ma mère insensiblement ouvrit les yeux et reprit ses esprits. Je passe le récit de mes caresses et des siennes. Les circonstances attendrissantes où je la retrouvais, la nouveauté de notre connaissance et du plaisir que j'avais à la voir et à l'appeler ma mère, le long oubli même où elle m'avait laissée, les torts qu'elle avait avec moi et cette espèce de vengeance que je prenais de son cœur par les tendresses du mien ; tout contribuait à me la rendre plus chère qu'elle ne me l'aurait peut-être jamais été si j'avais toujours vécu avec elle. Ah ! Tervire, ah ! ma fille, me disait-elle, que tes transports me rendent coupable !

Cependant cette joie que nous avions, elle et moi, de nous revoir ensemble, nous la payâmes toutes deux bien cher. Soit que la force des mouvements qu'elle avait éprouvés eussent fait une trop grande révolution[1] en elle, soit que sa fièvre et ses chagrins l'eussent déjà trop affaiblie, on s'aperçut quelques jours après d'une paralysie qui lui tenait tout le côté droit, qui gagna bientôt l'autre côté, et qui lui resta jusqu'à la fin de sa vie.

Je parlai ce jour-là même de la transporter dans notre hôtel ; mais sa fièvre qui avait augmenté, jointe à son

---

1. Trouble, désordre, changement. S'emploie pour le corps, les sentiments, plus encore que pour la politique.

extrême faiblesse, ne le permirent pas, et un médecin que
j'envoyai chercher nous en empêcha.

Je n'y vis point d'autre équivalent que de loger avec
elle et de ne la point quitter, et je priai la femme de
chambre, qui était encore avec nous, d'appeler l'aubergiste pour lui demander une chambre à côté de la sienne ;
mais ma mère m'assura qu'il n'y en avait point chez lui
qui ne fût occupée. Je me ferai donc mettre un lit dans
la vôtre, lui dis-je. Non, me répondit-elle, cela n'est pas
possible ; non, et c'est à quoi il ne faut pas songer ; celle-
ci est trop petite, comme vous voyez. Gardez-moi votre
santé, ma fille, vous reposeriez mal ici ; ce serait une
inquiétude de plus pour moi, et je n'en serais peut-être
que plus malade. Vous demeurez ici près ; j'aurai la
consolation de vous voir autant que vous le voudrez, et
une garde me suffira.

J'insistai vivement. Je ne pouvais consentir à la laisser
dans ce triste et misérable gîte, mais elle ne voulut pas
m'écouter. Mme Darcire entra dans son sentiment, et il fut
arrêté, malgré moi, que je me contenterais de venir chez
elle, en attendant qu'on pût la transporter ailleurs. Aussi
dès que j'étais levée, je me rendais dans sa chambre, et
n'en sortais que le soir. J'y dînais même le plus souvent,
et fort mal ; mais je la voyais, et j'étais contente.

Sa paralysie m'aurait extrêmement affligée si on ne
nous avait pas fait espérer qu'elle en guérirait ; cependant
on se trompa.

Le lendemain de notre reconnaissance, elle me conta
son histoire.

Il n'y avait pas, en effet, plus de dix-huit ou dix-neuf
mois que le Marquis son mari était mort, accablé d'infirmités. Elle avait été fort heureuse avec lui, et leur union
n'avait pas été altérée un instant, pendant près de vingt
ans qu'ils avaient vécu ensemble.

Ce fils qu'il avait eu d'elle, cet objet de tant d'amour,
qui était bien fait, mais dont elle avait négligé de régler

le cœur et l'esprit[1], et que, par un excès de faiblesse et de complaisance, elle avait laissé s'imbiber de tout ce que les préjugés de l'orgueil et de la vanité ont de plus sot et de plus méprisable ; ce fils enfin, qui était un des plus grands partis qu'il y eût en France, avait à peu près dix-huit ans, quand le père, qui était extrêmement riche, et qui souhaitait le voir marié avant que de mourir, proposa à la Marquise, sans l'avis de laquelle il ne faisait rien, de parler à M. le Duc de... pour sa fille.

La Marquise, qui, comme je viens de vous le dire, adorait ce fils et ne respirait que pour lui, approuva non seulement son dessein, mais le pressa de l'exécuter.

Le Duc de..., qui n'aurait pu choisir un gendre plus convenable de toutes façons, accepta avec joie la proposition, arrangea tout avec lui, et quinze jours après nos jeunes gens s'épousèrent.

À peine furent-ils mariés, que le Marquis (je parle du père) tomba sérieusement malade, et ne vécut plus que six ou sept semaines. Tout le bien venait de lui ; vous savez que ma mère n'en avait point, et que, lorsqu'il l'avait épousée, elle ne vivait que sur la légitime[2] de mon père, dont je vous ai déjà dit la valeur, et sur quelques morceaux de terre qu'elle lui avait apportés en mariage, et qui n'étaient presque rien.

Il est vrai que le Marquis lui avait reconnu une dot assez considérable, et de laquelle elle aurait pu vivre fort convenablement, si elle n'avait rien changé à son état ; mais sa tendresse pour le jeune Marquis l'aveugla, et peut-être fallait-il aussi qu'elle fût punie du coupable oubli de tous ses devoirs envers sa fille.

Elle eut donc l'imprudence de renoncer à tous ses droits en faveur de son fils, et de se contenter d'une pension assez modique qu'il était convenu de lui faire, à

---

1. Éduquer, donner des principes et des règles.   **2.** Portion de bien que la loi réserve aux enfants (R).

laquelle elle se borna d'autant plus volontiers qu'il s'engageait à la prendre chez lui et à la défrayer de tout.

Elle se retira donc chez ce fils deux jours après la mort
de son mari ; on l'y reçut d'abord avec politesse. Le premier mois s'y passe sans qu'elle ait à se plaindre des
façons qu'on a pour elle, mais aussi sans qu'elle ait à s'en
louer : c'était de ces procédés froids, quoique honnêtes,
dont le cœur ne saurait être content, mais dont on ne pourrait ni faire sentir ni expliquer le défaut aux autres.

Après ce premier mois, son fils insensiblement la négli-
gea plus qu'à l'ordinaire. Sa belle-fille, qui était naturellement fière et dédaigneuse, qui avait vu par hasard
quelques nobles du pays venir en assez mauvais ordre
rendre visite à sa belle-mère, qui la croyait elle-même fort
au-dessous de l'honneur que feu le Marquis lui avait fait
de l'épouser, redoubla de froideur pour elle, supprima de
jour en jour de certains égards qu'elle avait eus jusqu'alors, et se relâcha si fort sur les attentions, qu'elle en
devint choquante.

Aussi ma mère, qui de son côté avait de la hauteur, en
fut-elle extrêmement offensée, et lui en marqua un jour
son ressentiment.

Je vous dispense, lui dit-elle, du respect que vous me
devez comme à votre belle-mère ; manquez-y tant qu'il
vous plaira, c'est plus votre affaire que la mienne, et je
laisse au public à me venger là-dessus ; mais je ne souffrirai point que vous me traitiez avec moins de politesse que
vous n'oseriez même en avoir avec votre égale. Moi, vous
manquer de politesse, Madame ! lui répondit sa belle-fille
en se retirant dans son cabinet ; mais vraiment, le
reproche est considérable, et je serais très fâchée de le
mériter ; quant au respect qu'on vous doit, j'espère que
ce public, dont vous menacez, n'y sera pas si difficile que
vous.

Ma mère sortit outrée de cette réponse ironique, s'en
plaignit quelques heures après à son fils, et n'eut pas lieu
d'en être plus contente que de sa belle-fille. Il ne fit que

rire de la querelle, qui n'était, disait-il, qu'un débat de femmes, qu'elles oublieraient le lendemain l'une et l'autre, et dont il ne devait pas se mêler.

Les dédains de la jeune Marquise pour sa mère ne lui étaient pas nouveaux ; il savait déjà le peu de cas qu'elle faisait d'elle, et la différence qu'elle mettait entre la petite noblesse de campagne de cette mère et la haute naissance de feu le Marquis son père : il l'avait plus d'une fois entendu badiner là-dessus, et n'en avait point été scandalisé. Ridiculement satisfait de la justice que cette jeune femme rendait au sang de son père, il abandonnait volontiers celui de sa mère à ses plaisanteries : peut-être le dédaignait-il lui-même, et ne le trouvait-il pas digne de lui. Sait-on les folies et les impertinences qui peuvent entrer dans la tête d'un jeune étourdi de grande condition, qui n'a jamais pensé que de travers ? Y a-t-il de misères d'esprit dont il ne soit capable ?

Enfin ma mère, que personne ne défendait, qui n'avait ni parents qui prissent son parti, ni amis qui s'intéressassent à elle ; car des amis courageux et zélés, en a-t-on quand on n'a plus rien, qu'on ne fait plus de figure dans le monde, et que toute la considération qu'on y peut espérer est pour ainsi dire à la merci du bon ou du mauvais cœur de gens à qui l'on a tout donné, et dont la reconnaissance ou l'ingratitude sont désormais les arbitres de votre sort ?

Enfin ma mère, dis-je, abandonnée de son fils, dédaignée de sa belle-fille, comptée pour rien dans la maison où elle était devenue comme un objet de risée, où elle essuyait en toute occasion l'insolente indifférence des valets, même pour tout ce qui la regardait, sortit un matin de chez son fils, et se retira dans un très petit appartement qu'elle avait fait louer par cette femme de chambre dont je viens de vous parler tout à l'heure, qui ne voulut point la quitter, et pour qui, dans l'accommodement qu'elle avait fait avec son fils, elle avait aussi retenu cent écus de pension dont elle a été près de huit ans sans recevoir un sol.

Ma mère, en partant, laissa une lettre pour le jeune Marquis, où elle l'instruisait des raisons de sa retraite, c'est-à-dire de toutes les indignités qui l'y forçaient, et lui demandait en même temps deux quartiers de sa propre pension, dont il ne lui avait encore rien donné, et dont la moitié lui devenait absolument nécessaire pour l'achat d'une infinité de petites choses dont elle ne pouvait se passer dans cette maison où elle allait vivre, ou plutôt languir. Elle le priait aussi de lui envoyer le reste des meubles qu'elle s'était réservés en entrant chez lui, et qu'elle n'avait pu faire transporter en entier le jour de sa sortie.

Son fils ne reçut la lettre que le soir à son retour d'une partie de chasse ; du moins l'assura-t-il ainsi à sa mère qu'il vint voir le lendemain, et à qui il dit que la Marquise serait venue avec lui si elle n'avait pas été indisposée.

Il voulut l'engager à retourner [1] : il ne voyait, disait-il, dans sa sortie, que l'effet d'une mauvaise humeur qui n'avait point de fondement ; il n'était question, dans tout ce qu'elle lui avait écrit, que de pures bagatelles qui ne méritaient pas d'attention ; voulait-elle passer pour la femme du monde la plus épineuse [2], la plus emportée, et avec qui il était impossible de vivre ? Et mille autres discours qu'il lui tint, et qui n'étaient pas propres à persuader.

Aussi ne les écouta-t-elle pas, et les combattit-elle avec une force dont il ne put se tirer qu'en traitant tout ce qu'elle lui disait d'illusions, et qu'en feignant de ne la pas entendre.

Le résultat de sa visite, après avoir bien levé les épaules et joint cent fois les mains d'étonnement, fut de lui promettre, en sortant, d'envoyer l'argent qu'elle demandait,

---

1. Au sens de revenir dans l'hôtel qu'elle a quitté.   2. Qui fait des difficultés sur tout (A).

avec tous les meubles qu'il lui fallait, qui lui apparte-
naient, mais qu'on lui changea en partie, et auxquels on
en substitua de plus médiocres et de moindre valeur, qui
par là ne furent presque d'aucune ressource pour elle,
quand elle fut obligée de les vendre pour subvenir aux
extrémités pressantes où elle se trouva dans la suite ; car
cette pension, dont elle avait prié qu'on lui avançât deux
quartiers, et sur laquelle elle ne reçut tout au plus que le
tiers de la somme, continua toujours d'être si mal payée
qu'il fallut à la fin quitter son appartement, et passer successivement de chambres en chambres garnies, suivant
son plus ou moins d'exactitude à satisfaire les gens de qui
elle les louait.

Ce fut dans le temps de ces tristes et fréquents changements de lieux, qu'elle se défit de cette fidèle femme de
chambre que rien de tout cela n'avait rebutée, qui ne se
sépara d'elle qu'à regret, et qu'elle plaça chez la Marquise
de Viry.

Ce fut aussi dans cette situation que la veuve d'un officier, à qui elle avait autrefois rendu un service important,
offrit de l'emmener pour quelques mois à une petite terre
qu'elle avait à vingt lieues de Paris, et où elle allait vivre.

Ma mère, qui l'y suivit, y eut une maladie, qui malgré
les secours de cette veuve plus généreuse que riche, lui
coûta presque tout l'argent qu'elle y avait apporté. De
sorte qu'après deux mois et demi de séjour dans cette
terre, et se voyant un peu rétablie, elle prit le parti de
revenir à Paris pour voir son fils, et pour tirer de lui plus
de neuf mois de pension qu'il lui devait, ou pour
employer même contre lui les voies de justice, si la dureté
de ce fils ingrat l'y forçait.

La terre de la veuve n'était qu'à un demi-quart de lieue
de l'endroit où la voiture que nous avions prise s'arrêtait ;
ma mère l'y joignit, comme vous l'avez vu, et nous y
trouva, Mme Darcire et moi. Voilà de quelle façon nous
nous rencontrâmes. Elle n'était point en état de faire de
la dépense : elle avait dessein de vivre à part, de se sépa-

rer de nous dans le repas ; et pour éviter de nous donner
le spectacle d'une femme de condition dans l'indigence,
elle crut devoir changer de nom, et en prendre un qui
m'empêcha de la reconnaître. Revenons à présent où nous
en étions.

Huit jours après notre reconnaissance chez cet aubergiste, nous jugeâmes qu'il était temps d'aller parler à son
fils, et que sans doute il serait de retour de sa campagne.
Mme Darcire voulut encore m'y accompagner.

Nous nous y rendîmes donc avec une lettre de ma mère,
qui lui apprenait que j'étais sa sœur. Dans la supposition
qu'il dînerait chez lui, nous observâmes de n'y arriver
qu'à une heure et demie, de peur de le manquer. Mais
nous n'étions pas destinées à le trouver sitôt ; il n'y avait
encore que la Marquise qui fût de retour, et l'on n'attendait le Marquis que le surlendemain.

N'importe, me dit Mme Darcire, demandez à voir la
Marquise ; et c'était bien mon intention. Nous montâmes
donc chez elle : on lui annonça Mlle de Tervire avec une
autre Dame ; et pendant que nous lui entendons dire
qu'elle ne sait qui nous sommes, nous entrons.

Il y avait chez elle une assez nombreuse compagnie,
qui devait apparemment y dîner. Elle s'avança vers moi
qui m'approchais d'elle, et me regarda d'un air qui semblait dire : Que me veut-elle ?

Quant à moi, à qui ni le rang qu'elle tenait à Paris et à
la cour, ni ses titres, ni le faste de sa maison n'en impo-
saient, et qui ne voyais tout simplement en elle que ma
belle-sœur ; qui m'étais d'ailleurs fait annoncer sous le
nom de Tervire, dont j'avais lieu de croire qu'elle avait
du moins entendu parler, puisque c'était celui de sa belle-
mère, j'allai à elle d'une manière assez tranquille, mais
polie, pour l'embrasser.

Je vis le moment où elle douta si elle me laisserait
prendre cette liberté-là (je parle suivant la pensée qu'elle
eut peut-être, et qui me parut signifier ce que je vous dis).
Cependant, toute réflexion faite, elle n'osa pas se refuser

à ma politesse, et le seul expédient qu'elle y sut pour y répondre sans conséquence fut de s'y prêter par un léger baissement de tête qui avait l'air forcé, et qu'elle accordait nonchalamment à mes avances.

Je sentis tout cela, et malgré mon peu d'usage, je démêlai, à sa contenance paresseuse et hautaine, toutes ces petites fiertés qu'elle avait dans l'esprit. Notre orgueil nous met si vite au fait de celui des autres, et en général les finesses de l'orgueil sont toujours si grossières ! Et puis j'étais déjà instruite du sien, on m'avait prévenu contre elle.

Joignez encore à cela une chose qui n'est pas si indifférente en pareil cas, c'est que j'étais, à ce qu'on disait alors, d'une figure assez distinguée ; je me tenais bien, et il n'y avait personne qui, à ma façon de me présenter, dût se faire une peine de m'avouer pour parente ou pour alliée.

Madame, lui dis-je, je juge, par l'étonnement où vous êtes, qu'on vous a mal dit mon nom, qui ne saurait vous être inconnu : je m'appelle Tervire.

Elle continuait toujours de me regarder sans me répondre ; je ne doutai pas que ce ne fût encore une hauteur de sa part. Et je suis la sœur de M. le Marquis, ajoutai-je tout de suite. Je suis bien fâchée, Mademoiselle, qu'il ne soit pas ici, me repartit-elle en nous faisant asseoir ; il n'y sera que dans deux jours.

On me l'a dit, Madame, repris-je ; mais ma visite n'est pas pour lui seul, et je venais aussi pour avoir l'honneur de vous voir (ce ne fut pas sans beaucoup de répugnance que je finis ma réponse par ce compliment-là ; mais il faut être honnête pour soi, quoique souvent ceux à qui l'on parle ne méritent pas qu'on le soit pour eux). Et d'ailleurs, ajoutai-je sans m'interrompre, il s'agit d'une affaire extrêmement pressée qui doit nous intéresser mon frère et moi, et vous aussi, Madame, puisqu'elle regarde ma mère.

Ce n'est pas à moi, me dit-elle en souriant, qu'elle a coutume de s'adresser pour ses affaires, et je crois qu'à

cet égard-là, Mademoiselle, il vaut mieux attendre que
M. le Marquis soit revenu, vous vous en expliquerez avec
lui. Son indifférence là-dessus me choqua. Je vis aux
mines de tous ceux qui étaient présents qu'on nous écoutait avec quelque attention. Je venais de me nommer ; les
airs froids de la jeune Marquise ne paraissaient pas me
faire une grande impression ; je lui parlais avec une
aisance ferme qui commençait à me donner de l'importance, et qui rendait les assistants curieux de ce que
deviendrait notre entretien (car voilà comme sont les
hommes), de façon que, pour punir la Marquise du peu
de souci qu'elle prenait de ma mère, je résolus sur-le-
champ d'en venir à une discussion qu'elle voulait éloigner, ou comme fatigante, ou comme étrangère à elle, et
peut-être aussi comme honteuse.

Il est vrai que ceux que j'avais pour témoins étaient ses
amis ; mais je jugeais que leur attention curieuse et
maligne les disposait favorablement pour moi, et qu'elle
allait leur tenir lieu d'équité.

J'étais avec cela bien persuadée qu'ils ne savaient pas
l'horrible situation de ma mère ; et j'aurais pu les défier,
ce me semble, de quelque caractère qu'ils fussent, raisonnables ou non, de n'en être pas scandalisés, quand ils la
sauraient.

Madame, lui dis-je donc, les affaires de ma mère sont
bien simples et bien faciles à entendre ; tout se réduit à
de l'argent qu'elle demande, et dont vous n'ignorez pas
qu'elle ne saurait se passer.

Je viens de vous dire, repartit-elle, que c'est à M. le
Marquis qu'il faut parler, qu'il sera ici incessamment, et
que ce n'est pas moi qui me mêle de l'arrangement qu'ils
ont là-dessus ensemble.

Mais, Madame, lui répondis-je, en tournant aussi bien
qu'elle, tout cet arrangement ne consiste qu'à acquitter
une pension qu'on a négligé de payer depuis près d'un
an ; et vous pouvez, sans aucun inconvénient, vous mêler

des embarras d'une belle-mère qui vous a aimée jusqu'à vous donner tout ce qu'elle avait.

J'ai ouï dire qu'elle tenait elle-même tout ce qu'elle nous a donné de feu M. le Marquis, reprit-elle d'un ton presque moqueur ; et je ne me crois pas obligée de remercier Madame votre mère de ce que son fils est l'héritier de son père.

Prenez donc garde, Madame, que cette mère s'appelle aujourd'hui la vôtre aussi bien que la mienne, répondis-je, et que vous en parlez comme d'une étrangère, ou comme d'une personne à qui vous seriez fâchée d'appartenir.

Qui vous dit que j'en suis fâchée, Mademoiselle ? reprit-elle, et à quoi me servirait-il de l'être ? En serait-elle moins ma belle-mère, puisque enfin elle l'est devenue, et qu'il a plu à feu M. le Marquis de la donner pour mère à son fils ?

Faites-vous bien réflexion à l'étrange discours que vous tenez là, Madame ? lui dis-je en la regardant avec une espèce de pitié. Que signifie ce reproche que vous faites à feu M. le Marquis de son mariage ? Car enfin, s'il ne lui avait pas plu d'épouser ma mère, son fils apparemment n'aurait jamais été au monde, et ne serait pas aujourd'hui votre mari. Est-ce que vous voudriez qu'il ne fût pas né ? On le croirait ; mais assurément ce n'est pas là ce que vous entendez, je suis persuadée que mon frère vous est cher, et que vous êtes bien aise qu'il vive. Mais ce que vous voulez dire, c'est que vous lui souhaiteriez une mère de meilleure maison que la sienne, n'est-il pas vrai ? Eh bien ! madame, s'il n'y a que cela qui vous chagrine, que votre fierté soit en repos là-dessus. M. le marquis était plus riche qu'elle, j'en conviens, et de ce côté-là vous pouvez vous plaindre de lui tant qu'il vous plaira, je ne la défendrai pas. Quant au reste, soyez convaincue que sa naissance valait bien la sienne, qu'il ne se fit aucun tort en l'épousant, et que toute la province vous le dira. Je m'étonne que mon frère ne vous en ait pas instruit lui-

ı

même, et Mme Darcire, que vous voyez, avec qui je suis arrivée à Paris, et dont je ne doute pas que le nom n'y soit connu, voudra bien joindre son témoignage au mien. Ainsi, Madame, ajoutai-je sans lui donner le temps de répondre, reconnaissez-la en toute sûreté pour votre belle-mère, vous ne risquez rien. Rendez-lui hardiment tous les devoirs de belle-fille que vous lui avez refusés jusqu'ici. Réparez l'injustice de vos dédains passés, qui ont dû déplaire à tous ceux qui les ont vus, qui vous ont sans doute gênée vous-même, qui auraient toujours été injustes, quand ma mère aurait été mille fois moins que vous ne l'avez crue ; et reprenez pour elle des façons et des sentiments dignes de vous, de votre éducation, de votre bon cœur, et de tous les témoignages qu'elle vous a donnés des tendresses du sien, par la confiance avec laquelle elle s'est fiée à vous et à son fils de ce qu'elle deviendrait le reste de sa vie.

Vous feriez vraiment d'excellents sermons, dit-elle alors en se levant d'un air qu'elle tâchait de rendre indifférent et distrait, et j'entendrais volontiers le reste du vôtre ; mais il n'y a qu'à le remettre, on vient nous dire qu'on a servi : dînez-vous avec nous, Mesdames ?

Non, Madame, je vous rends grâce, répondis-je en me levant aussi avec quelque indignation ; et je n'ai plus que deux mots à ajouter à ce que vous appelez mon sermon. Ma mère, qui ne s'est rien réservé, et que vous et son fils avez tous deux abandonnée aux plus affreuses extrémités ; qui a été forcée de vendre jusqu'aux meubles de rebut que vous lui aviez envoyés, et qui n'étaient point ceux qu'elle avait gardés ; enfin cette mère qui n'a cru ni son fils, ni vous, Madame, capables de manquer de reconnaissance ; qui, moyennant une pension très médiocre dont on est convenu, a bien voulu renoncer à tous ses droits par la bonne opinion qu'elle avait de son cœur et du vôtre ; elle que vous aviez tous deux engagée à venir chez vous pour y être servie, aimée, respectée autant qu'elle le devait être ; qui n'y a cependant essuyé que des affronts, qui s'y est vue rebutée, méprisée, insultée, et que par là vous avez forcée d'en sortir pour aller vivre ailleurs d'une petite pension qu'on ne lui paye point, qu'elle n'avait eu garde d'envisager comme une ressource, qui est cependant le seul bien qui lui reste, et dont la médiocrité même est une si grande preuve de sa confiance ; cette belle-mère infortunée, si punie d'en avoir cru sa tendresse, et dont les intérêts vous importent si peu ; je viens vous dire, Madame, que tout lui manquait hier, qu'elle était dans les derniers besoins, qu'on l'a trouvée ne sachant ni où se retirer, ni où aller vivre ; qu'elle est actuellement malade et logée dans une misérable auberge, où elle occupe une chambre obscure qu'elle ne pouvait pas payer, et dont on allait la mettre dehors à moitié mourante, sans une femme de ce quartier-là, qui passait, qui ne la connaissait pas, et qui a eu pitié d'elle : je dis pitié à la lettre, ajoutai-je ; car cela ne s'appelle pas autrement, et il n'y a plus moyen de ménager les termes. (Et effectivement vous ne sauriez croire tout l'effet que ce mot produisit sur ceux qui étaient présents ; et ce mot qui les remua tant, peut-être aurait-il blessé leurs oreilles délicates, et leur aurait-il paru ignoble et de mauvais goût, si je n'avais pas compris, je ne sais comment, que pour en ôter la bassesse, et pour le rendre touchant, il fallait fortement appuyer dessus, et paraître surmonter la peine et la confusion qu'il me faisait à moi-même.)

Aussi les vis-je tous lever les mains, et donner par différents gestes des marques de surprise et d'émotion.

Oui, Madame, repris-je, voilà quelle était la situation de votre belle-mère, quand nous l'avons été voir. On allait vendre ou du moins retenir son linge et ses habits, quand cette femme dont je parle a payé pour elle, sans savoir qui elle était, par pure humanité et sans prétendre lui faire un prêt.

Elle est encore dans cette auberge, d'où son état ne nous a pas permis de la tirer. Cette auberge, Madame, est dans tel quartier, dans telle rue, et à telle enseigne.

Consultez-vous là-dessus, consultez ces Messieurs qui
sont vos amis, je ne veux qu'eux pour juges entre vous et
la Marquise votre belle-mère : voyez si vous avez encore
le courage de dire que vous ne vous mêlez point de ses
affaires. Mon frère est absent, voici une lettre qu'elle lui
écrit, que je lui portais de sa part, et je vous la laisse.
Adieu, Madame.

Une cloche, qui appelait alors mon amie la Religieuse
à ses exercices, l'empêcha d'achever cette histoire, qui
m'avait heureusement distraite de mes tristes pensées, qui
avait duré plus longtemps qu'elle n'avait cru elle-même,
et dont je vous enverrai incessamment la fin, avec la
continuation de mes propres aventures.

Chronologie

1688 *4 février* – Naissance de Pierre Carlet à Paris. Son père, Nicolas, est « trésorier des vivres » de l'armée d'Allemagne.

1698 – Ayant abandonné sa première charge, Nicolas Carlet acquiert l'office de « contrôleur-contregarde » de la Monnaie de Riom. Pierre commence ses études au collège des Oratoriens de Riom.

1704 – Nicolas devient directeur en titre de la Monnaie de Riom.

1710 – Pierre Carlet s'inscrit à l'École de droit de Paris. Ses études sont irrégulières.

Il ne se présente pas aux examens.

1712 – Publication du *Père prudent et équitable*, qui n'est pas représentée.

14 avril – Marivaux sollicite une approbation pour *Les Effets surprenants de la sympathie*, accordée le 26 août. Il soumet à l'approbation un second roman en décembre, *Pharsamon*. Elle lui est accordée.

1713 – Publication des *Effets surprenants de la sympathie* (I, II). Il sollicite en mai et en août des approbations pour *La Voiture embourbée* et *Le Bilboquet*.

1714 – Publication de *La Voiture embourbée*, du *Bilboquet* et des parties III, IV et V des *Effets surprenants de la sympathie*.

14 juin – Une approbation est accordée pour le *Télémaque travesti*.

1715 *20 novembre* – Demande d'une approbation pour *L'Homère travesti ou l'Iliade en vers burlesques*, qui sera publiée en 1716.

1717 – Mariage avec Colombe Bollogne, issue d'une famille aisée de Sens.
Août 1717 à août 1718 – *Le Nouveau Mercure* publie les *Lettres sur les habitants de Paris*.

1719 – Naissance d'une fille, Colombe Prospère. *Le Nouveau Mercure* publie les *Pensées sur le sublime* et les *Pensées sur la clarté du discours*. *14 avril* – Mort à Riom du père de Marivaux. Celui-ci sollicite en vain le garde des Sceaux pour lui succéder dans sa charge. *5 août* – *La Mort d'Annibal* est « reçue » par la Comédie-Française. *Novembre 1719 à avril 1720* – Marivaux publie dans *Le Nouveau Mercure* ses *Lettres contenant une aventure*.

1720 – *L'Amour et la vérité* (en collaboration avec Saint-Jorry) est un échec. *Juillet* – La faillite de Law ruine Marivaux : la dot de Colombe Bollogne est perdue. *17 octobre* – Douze représentations d'*Arlequin poli par l'amour* qui est un succès. *Décembre* – Échec de la tragédie *Annibal*.

1721 – Marivaux reprend ses études à l'École de droit. Il sera reçu en mai. *Juillet* – Parution de la première feuille du *Spectateur français*, inspiré du *Spectator* de Steele et Addison. *Septembre* – Marivaux obtient sa licence de droit.

1722 – Du *Spectateur français* paraissent les feuilles 2 à 6. *3 mai* – Première de *La Surprise de l'amour* qui est un succès, confirmé et amplifié lors de la reprise de 1724. *Août 1722 à mars 1723* – Parution des feuilles 7 à 16 du *Spectateur français*.

1723 *6 avril* – Première de *La Double Inconstance* qui connaît un important succès et assure la célébrité de l'actrice Silvia. À une date non précisée, la femme de Marivaux meurt. Suite du *Spectateur français*.

1724 – Première représentation du *Prince travesti*. *8 juillet* – Marivaux fait représenter *La Fausse Suivante*. *Septembre-octobre* – Il publie les feuilles 24 et 25 du *Spectateur français*. *6 décembre* – On joue *Le Dénouement imprévu*.

1725 *5 mars* – *L'Île des esclaves* (vingt et une représentations ; la représentation à la Cour reçoit un accueil favorable). *19 août* – On donne *L'Héritier du village* qui ne connaît pas le même succès.

1727 *30 janvier* – Marivaux s'étant brouillé avec l'acteur Lélio et sa femme, il donne sa pièce aux Comédiens-Français qui la reçoivent. *3 août* – *L'Île de la Raison* est un échec (quatre représentations). *31 décembre* – Les Comédiens-Français jouent *La Surprise de l'amour* qui est un authentique succès. *16 février* – La veuve Coutelier, libraire, sollicite un privilège pour *La Vie de Marianne* et présente un manuscrit à la censure. *Mars à juillet* – Les sept feuilles de *L'Indigent philosophe* sont approuvées.

1728 *Mars* – Le libraire Prault donne une édition collective de Marivaux en deux volumes qui contient *Le Spectateur français, L'Indigent philosophe* et la plupart des morceaux parus dans *Le Nouveau Mercure*. *28 avril* – *La Vie de Marianne ou les Aventures de Mme la comtesse de* *** obtient une approbation. Ce même jour est représentée *Le Triomphe de Plutus*.

1729 *18 juin* – Première et unique représentation de *La Nouvelle Colonie, ou la Ligue des femmes*. On n'en connaît le contenu que par un résumé du *Mercure*.

1730 *24 janvier* – *Le Jeu de l'amour et du hasard* connaît un beau succès.

1731 *Janvier* – *Les Serments indiscrets* est reçue à la Comédie-Française. *Juin* – *La Vie de Marianne ou les Aventures de Mme la comtesse de* ***, première partie, paraît chez Prault. *5 novembre* – On représente *La Réunion des amours* (dix représentations).

1732 *Mars – Le Triomphe de l'amour. Juin – Les Serments indiscrets*, œuvre mal accueillie. *Juillet –* Avec succès, *L'École des mères.*

1733 *Juin – L'Heureux Stratagème*, avec dix-huit représentations.

1734 *Janvier –* Publication de *La Vie de Marianne*, seconde partie. *Janvier à avril –* Publication du *Cabinet du philosophe. Avril –* Parution du *Paysan parvenu*, première partie. *Juin –* Seconde partie. *Août –* Troisième partie. *Octobre –* Quatrième partie. Crébillon fils se moque de *Marianne* dans *Tanzaï et Néardarné. Août –* On joue *La Méprise. Novembre – Le Petit Maître corrigé* est représentée. C'est un échec.

1735 *Avril – Le Paysan parvenu*, cinquième partie. *Novembre – La Vie de Marianne*, quatrième partie. *Mai –* La comédie *La Mère confidente* est représentée.

1736 – Publication à Amsterdam du *Télémaque travesti*, que Marivaux désavoue pour ne pas compromettre son élection à l'Académie. *Septembre –* Publication de la cinquième partie de *La Vie de Marianne. Novembre –* Sixième partie.

1737 – Publication désavouée du *Pharsamon* et de la septième partie de *La Vie de Marianne. 16 mars –* On joue *Les Fausses Confidences. Décembre –* La huitième partie de *La Vie de Marianne* est publiée.

1738 – Reprise des *Fausses Confidences.*

1739 *Janvier – Les Sincères.* Neuvième et dernière partie (apocryphe) de *La Vie de Marianne.*

1740 *Novembre –* Reprise, avec succès, de *L'Épreuve.*

1742 – Neuvième, dixième et onzième parties de *La Vie de Marianne*, à La Haye. Élection à l'Académie française.

1748 – Lecture à l'Académie des *Réflexions en forme de lettre sur l'Esprit humain.*

1749 *Août et septembre –* Lecture à l'Académie des *Réflexions sur l'Esprit humain à l'occasion de Corneille et de Racine.*

1750 *Août* – Marivaux donne la suite de sa lecture à l'Académie. *Décembre* – *Le Mercure de France* publie *La Colonie*, version remaniée de *La Nouvelle Colonie, ou la Ligue des femmes* de 1729.

1754 *Décembre* – Dans *Le Mercure*, *L'Éducation d'un prince*, dialogue composé à l'occasion de la naissance du Dauphin.

1755 – Publication dans *Le Mercure* du *Miroir*, qui est une allégorie. La comédie *La Femme fidèle* est jouée sur le théâtre du comte de Clermont.

1757 *Mars* – Publication de la comédie *Félicie* dans *Le Mercure*. Lue aux Comédiens-Français, *L'Amante frivole* n'est pas jouée non plus. *10 octobre* – Marivaux abandonne au libraire Duchesne le privilège de l'édition de ses œuvres. Cela aboutira à l'édition en douze volumes de 1781. Marivaux solde ses comptes. *Le Conservateur* publie *Les Acteurs de bonne foi*.

1761 *Avril* – *Le Mercure* publie *La Provinciale*.

1762 – Marivaux, qui est malade depuis 1758, se rend à l'Académie pour remercier ses confrères de l'intérêt qu'ils ont pris à sa santé.

1763 *12 février* –Marivaux meurt de pleurésie à Paris.

Bibliographie

La première publication de La Vie de Marianne

*On a suivi en vérifiant sur les exemplaires de la Biblio-
thèque nationale de France et de la Bibliothèque de l'Ar-
senal la chronologie de la publication de la première
édition de* La Vie de Marianne, *qui avait déjà été retenue
par Frédéric Deloffre.*

Mars 1731. – LA VIE / DE / MARIANNE / ou / LES
AVENTURES / DE MADAME / LA COMTESSE DE
*** / Par Monsieur DE MARIVAUX. / PREMIÈRE
PARTIE / (Fleuron) / chez PRAULT Père, Quay de
Gêvres / au Paradis, & à la Croix Blanche /
M.DCC.XXXI / Avec Approbation & Privilège du
Roy. – VI + 91 + 3 p. in-12. Approbation de Saurin
28 avril 1728, privilège signé Sainson du 13 mai 1728,
enregistré le 23 mai 1728.
Fin janvier 1734. – LA VIE DE MARIANNE, etc. /
SECONDE PARTIE / À PARIS / CHEZ PRAULT Père,
[...] M.DCC.XXXIV.
Novembre 1735. – LA VIE DE MARIANNE, etc. /
TROISIÈME PARTIE (et non quatrième comme l'in-
dique par erreur F. Deloffre), À PARIS, chez PRAULT
fils.
Mars 1736. – LA VIE DE MARIANNE, etc. / QUA-
TRIÈME PARTIE. À PARIS, chez PRAULT fils, etc.

Septembre 1736. – LA VIE DE MARIANNE, etc. / CINQUIÈME PARTIE. À PARIS, chez PRAULT fils, etc., 1736.

Novembre 1736. – LA VIE DE MARIANNE, etc. / SIXIÈME PARTIE. À PARIS, chez Prault fils, etc.

Février 1737. – LA VIE DE MARIANNE, etc., SEPTIÈME PARTIE. À PARIS, chez PRAULT fils, etc.

21 mai. – Neaulme, libraire à La Haye, annonce qu'il a sous presse la huitième partie de *La Vie de Marianne*. (Elle paraîtra fin 1737 ou tout début de 1738.)

À une date inconnue de 1737. – Pierre Prault publie l'édition originale « récemment retrouvée » de la huitième partie, sans Approbation ni Privilège, du fait de la « proscription des romans ». LA VIE / DE / MARIANNE / Par Monsieur de MARIVAUX. / HUITIÈME PARTIE. / À PARIS, / Chez PRAULT fils / M.D.CC.XXXVII.

Décembre 1737 ou janvier 1738. – LA VIE DE MARIANNE, etc. HUITIÈME PARTIE. À LA HAYE, chez GOSSE et NEAULME, 1737.

1739. – Une neuvième et dernière partie, apocryphe, de *La Vie de Marianne* est publiée chez Gosse et Neaulme, à La Haye.

Mars 1742. – Neaulme annonce qu'il met en vente les neuvième, dixième et onzième parties de *La Vie de Marianne* comme suit :

LA VIE DE MARIANNE, etc., NEUVIÈME PARTIE, s. l., 1741.

LA VIE DE MARIANNE, etc., DIXIÈME PARTIE, s. l., 1741.

LA VIE DE MARIANNE, etc., ONZIÈME PARTIE, à La Haye, chez Jean NEAULME, 1741.

1745. – LA VIE DE MARIANNE, etc., AMSTERDAM, AUX DÉPENS DE LA COMPAGNIE, 1745, 12 parties en 4 volumes in-12. La douzième partie est apocryphe.

Octobre 1757. – Marivaux cède au libraire Duchesne le privilège de l'édition de ses œuvres, ce qui aboutira à l'édition en douze volumes de **1781** procurée par l'abbé de La Porte (1713-1779).

Les éditions de La Vie de Marianne
des XIXe et XXe siècles

Après une période d'oubli, les romans de Marivaux connaissent à nouveau les faveurs de l'édition. *La Vie de Marianne* est publiée en cinq volumes chez Dauthereau en 1826. En 1825-1830, Duviquet donne une édition avec commentaires et notes en dix volumes. L'édition est fautive et soumise à une actualisation qui transforme le texte et en modifie le sens. De 1829 à 1882, on compte cinq éditions différentes de *La Vie de Marianne*, dont certaines connaissent plusieurs tirages. La plus intéressante est celle donnée par Jules Janin en 1842. *La Vie de Marianne* est appréciée par de nombreux écrivains comme Théodore de Banville, Alphonse Daudet et Guy de Maupassant.

Durant la première moitié du XXe siècle, Marivaux romancier est à nouveau oublié. Cependant, en 1949, Marcel Arland donne une édition des romans dans la Bibliothèque de la Pléiade. En 1957, Frédéric Deloffre publie une édition critique novatrice de *La Vie de Marianne* dans les Classiques Garnier. Elle sera rééditée en 1982 et 1990. Les éditions de ce roman destinées au grand public se multiplient : de Pierrette Rosset, chez Julliard, en 1964 ; d'Olivier de Magny, aux éditions Rencontre, en 1968 ; de Michel Gilot, chez Garnier Flammarion, en 1978 ; de Jean Dagen, en Folio, en 1997.

On dispose d'éditions fidèles de Marivaux. Mais qui pourrait douter que de nouvelles éditions rectifieront dans un avenir proche ou lointain des erreurs de lecture toujours possibles ?

* *Œuvres de jeunesse*, édition de Frédéric Deloffre, avec le concours de Claude Rigault, Bibliothèque de la Pléiade, Gallimard, 1972.

* *Théâtre complet*, édition de Frédéric Deloffre, Garnier, 1968.
* *Théâtre complet*, édition d'Henri Coulet et M. Gilot, Bibliothèque de la Pléiade, 2 volumes.
* *Journaux et œuvres diverses*, édition de F. Deloffre et M. Gilot, Garnier, 1988.
* *Le Paysan parvenu ou les Mémoires de M****, édition de Frédéric Deloffre, Garnier, nouvelle édition avec la collaboration de Françoise Rubellin, 1990.

Pour *La Vie de Marianne*, on verra p. 689.

Études générales sur le roman au XVIIIᵉ siècle

Outre les études connues consacrées au roman au XVIIIᵉ siècle, de Georges May, Vivienne Mylne, Henri Coulet, Françoise Barguillet, Henri Lafon, Jean Sgard, on verra avec un grand profit parce qu'ils ouvrent des pistes nouvelles :

English Showalter, *The Evolution of the French Novel (1641-1742)*, Princeton, 1972.

René Démoris, *Le Roman à la première personne du classicisme aux Lumières*, Armand Colin, 1975.

Jean-Paul Sermain, *Rhétorique et roman au XVIIIᵉ siècle. L'exemple de Prévost et de Marivaux (1728-1742)*, The Voltaire Foundation, 1985.

—, *Le Singe de Don Quichotte : Marivaux, Cervantes et le roman post-critique*, The Voltaire Foundation, 1999.

Études générales

D'Alembert, « Éloge de Marivaux », *Œuvres*, Belin, 1821-1822, tome III.

Sainte-Beuve, *Lundis* des 13 et 20 janvier 1854.

Gustave Larroumet, *Marivaux, sa vie et son œuvre*, Hachette, 1882.

Claude Roy, *Lire Marivaux*, Éditions du Seuil, 1947.

Marcel Arland, *Marivaux*, Gallimard, 1950.

Paul Gazagne, *Marivaux par lui-même*, Éditions du Seuil, 1954.

Jean Fabre, article « Marivaux » dans l'*Histoire des littératures*, Bibliothèque de la Pléiade, 1958, tome III.

G.-H. Green, *Marivaux*, Toronto University Press, 1965.

Henri Coulet et Michel Gilot, *Marivaux, un humanisme expérimental*, Larousse, 1973.

Michel Deguy, *La Machine matrimoniale ou Marivaux*, Gallimard, 1982.

Études particulières

Les romans de Marivaux

Frédéric Deloffre, « De Marianne à Jacob : les deux sexes du roman chez Marivaux », *L'Information littéraire*, 1959.

Mario Matucci, *L'opera narrativa di Marivaux*, Naples, 1962.

Giovanni Bonaccorso, « Considerazioni sul metodo del Marivaux nella creazione romanesca », *Umanita e Storia, Scritti in onore di Attisani*, 1970.

Ronald C. Rosbottom, *Marivaux's Novels. Theme and Function in Early Eighteenth Century Narrative*, Fairleigh Dickinson University Press, 1973.

Henri Coulet, *Marivaux romancier. Études sur l'esprit et le cœur dans les romans de Marivaux*, Armand Colin, 1975.

La structure de *La Vie de Marianne*

Annick Jugan, *Les Variations du récit dans « La Vie de Marianne »*, Klincksieck, 1978.

Jean FABRE, « Intention et structure dans les romans de Marivaux », in *Idées sur les romans*, Klincksieck, 1979.

Maria Rosa ANSALONE, « Una Donna, una vita, un romanzo. Saggio su *La Vie de Marianne* di Marivaux », Schena Editore, 1985.

Henri COULET, « Les lieux communs romanesques dans *La Vie de Marianne* », in *Études littéraires*, XXIV, été 1991.

RAPPORTS DE *LA VIE DE MARIANNE* À L'AUTOBIOGRAPHIE

Jean ROUSSET, « Le miroir de l'autobiographie. *La Vie de Marianne* », in *Narcisse romancier, Étude sur la première personne dans le roman*, José Corti, 1973.

Patrick BRADY, « Deceit and self-deceit in *Manon Lescaut* and *La Vie de Marianne*, Extinsic, rhetorical, and immanent perspectives on first-person narration », in *Modern Languages Review*, LXXII, 1977.

M. N. SAPORTA, « Inner discourse in Marivaux's *La Vie de Marianne* ». *The Narrative Modes of Consciousness*, in *Diss. Abstracts*, XLIV, 767A-768A. Thèse of Northwestern University, 1983.

D. MARSHALL, « *La Vie de Marianne*, or the accidents of autobiography », in *The Surprising Effects of Sympathy*, The University of Chicago Press, 1988, X.

Karine BÉNAC, « Parole et narcissisme dans *La Vie de Marianne* et *Le Paysan parvenu* », *Littératures*, nᵒ 34 (nov.-déc. 1996).

Michel GILOT, « L'émotion autobiographique dans deux romans des années 1730, l'abbé Prévost, *Cleveland*, et Marivaux, *La Vie de Marianne* », in *Le Roman des années trente. La génération de Prévost et Marivaux*, Saint-Étienne, 1998.

MARIANNE ET SON TEMPS

J. PARRISCH, « Illusion et réalité dans les romans de Marivaux », *Modern Languages Notes*, n° 80, Baltimore, 1965.

P. BROOKS, « Marianne in the world », in *The Novel of Worldliness; Crébillon, Marivaux, Laclos, Stendhal*, Princeton University Press, 1969.

M. S. KOPPISCH, « *The faux dévot* from Molière to Marivaux », in *Molière and the Commonwealth of Letters: Patrimony and Posterity*, ed. by R. Johnson, E. Neumann and G. T. Trail, Univ. of Mississippi, 1975, XVII.

J. ALLISON, « Ennobling woman. Social legitimacy won, and lost in *La Vie de Marianne* », in *Le Triomphe de Marivaux*, Colloque d'Edmonton, oct. 1988, University of Alberta, 1989.

C. BONFILS, « Une image de la mort dans *La Vie de Marianne* », in *Revue d'histoire littéraire de la France*, XC (1990).

P. SAINT-AMAND, « Les Parures de Marianne », in *Eighteenth Century Fiction*, I, 1991-1992.

Jean EHRARD, « L'argent dans *La Vie de Marianne* », in *Marivaux e il teatro italiano*, Atti del colloquio internazionale, Cortone, 1990, Pise, 1992.

—, « La mise en scène de la mort dans *La Vie de Marianne* », *in* Atti del colloquio, *La Théâtralité dans l'œuvre romanesque de Marivaux*, Messine, 1992.

M. DOBIE, « Violence à l'origine, violence et identité dans *La Vie de Marianne* », in *Violence et fiction jusqu'à la Révolution* (SAFOR), Tübingen, 1998.

FÉMINISME DANS *LA VIE DE MARIANNE*

P. HOFFMANN, « Marianne ou la fierté d'être femme », *Bulletin de la Faculté des lettres de Strasbourg*, n° 41, 1962-1963.

J. K. Larson, « Pride and préciosité. A study of emulative feminine consciousness, Marivaux's *La Vie de Marianne* in *Diss. Abstracts*, 31, 1970-1971.

P. Hoffmann, « Marivaux féministe », in *Travaux de linguistique et de littérature*, XV, 2, 1977.

A. Weinstein, « The self made woman, II: *La Vie de Marianne* », in *Fictions of Self*, Princeton University Press, 1981, X.

A. M. Arnold, « *La Vie de Marianne* et *Le Paysan parvenu*, itinéraire féminin, itinéraire masculin à travers Paris », in *Revue d'histoire littéraire de la France*, LXXXII, 1982.

C. M. Gaudry-Hudson, « À la recherche d'un discours féminin dans *La Vie de Marianne* », in *Diss. Abstracts*, XLVIII (1987-1988), 407 A, thèse of University of North Carolina at Chapel Hill, 1986.

Béatrice Didier, *Les Voix de Marianne. Essai sur Marivaux*, José Corti, 1987.

C. Gallouet-Scutter, « Marianne, tentation et parole féminine », *in* Colloque d'Edmonton, *Le Triomphe de Marivaux* (oct. 1988), University of Alberta, 1989.

L'écriture de Marivaux

Frédéric Deloffre, *Marivaux et le marivaudage. Étude sur la langue et le style*, Les Belles-Lettres, 1953 ; seconde édition Armand Colin, 1967.

Leo Spitzer, *La Vie de Marianne* (Lettre à G. Poulet) », in *Romanische Literatur-Studien*, Tübingen, 1959.

Jean Rousset, « L'emploi de la première personne chez Challe et Marivaux », *Cahiers de l'Association internationale des études françaises*, 1967.

R. Thomas, « The Art of the portrait in the novels of Marivaux », in *The French Review*, n° 42, 1967-1968.

Patrick Brady, « Rococo style in the novel *La Vie de Marianne* », in *Studi francesi*, XIX, Turin, 1975.

D. CALARCO, « Lo stile in Marivaux », in *Francia*, n° 19-20, janvier-mars 1977.

J. WILLIAMS, « *La Vie de Marianne*, the novel as a portrait », in *The Idea of the Novel in Europe 1600-1800*, Rome XIX, 1980.

Hendrik KARS, *Le Portrait chez Marivaux. Étude d'un type du segment textuel. Aspects métadiscursifs, définitionnels, formels*, Amsterdam, 1981.

Jean-Paul SERMAIN, « L'art du lieu commun chez Marivaux. L'opposition "res" et "verba" dans *La Vie de Marianne* », in *Revue d'histoire littéraire de la France*, LXXXIV, 1984.

G. POE, *The Rococo and Eighteenth Century French Literature. A Study through Marivaux's Theater*, Peter Lang, N. Y., Berne, Francfort-Paris, 1987.

Annie RIVARA, « Poétique du naïf et du sublime. *La Vie de Marianne* », in *Europe*, LXXIV, 1996.

G. ANSART, « Ancien et moderne dans *Manon Lescaut* et *La Vie de Marianne* », in *Revue d'histoire littéraire de la France*, XCIX, 1999.

LE TEMPS DANS *LA VIE DE MARIANNE*

Georges POULET, *Études sur le temps humain*, tome II, *La Distance intérieure*, Plon, 1952 (voir la réponse de Léo Spitzer).

Michel GILOT, « Les jeux de la conscience et du temps dans l'œuvre de Marivaux », in *Revue des sciences humaines*, 1968.

M. MATT, « Espace, décor et temps dans les romans de Marivaux », in *Studi francesi*, XX, 1976.

LE ROMAN INACHEVÉ ET LES SUITES APOCRYPHES

William H. TRAPNELL jr, « Marivaux's unfinished narratives », in *French Studies*, Oxford, n° 24, 1970.

R. C. Rosbottom, « Parody and truth in Madame Riccoboni's continuation of *La Vie de Marianne* », *Studies
on Voltaire and the eighteenth century*, nº 81, 1971.

Henri Coulet, « L'inachèvement dans les récits de Marivaux », in *Saggi e ricerche di letteratura francese*,
XXII, 1983.

M. R. Ansalone, « Una continuazione interrotta. *La Suite
de Marianne* », in *Saggi e ricerche di letteratura francese*, XXVII, 1988.

Gérard Genette, « Les continuations de Marianne et de
Jacob », in *Palimpsestes*, Éditions du Seuil, 1981.

Annie Rivara, *Les Sœurs de Marianne. Suites, imitations,
variations (1731-1761)*, The Voltaire Foundation,
Oxford, 1991.

Table

LA VIE DE MARIANNE

Marivaux
dans Le Livre de Poche

Théâtre complet (La Pochothèque)

Le Père prudent et équitable / L'Amour et la Vérité Arlequin poli par l'amour / Annibal / La Surprise de l'amour / La Double Inconstance / Le Prince travesti / La Fausse Suivante ou le Fourbe puni / Le Dénouement imprévu / L'Ile des esclaves / L'Héritier de village / L'Ile de la Raison ou les Petits Hommes / La Seconde Surprise de l'amour / Le Triomphe de Plutus / La Nouvelle Colonie ou la Ligue des femmes / Le Jeu de l'amour et du hasard / La Réunion des Amours / Le Triomphe de l'amour / Les Serments indiscrets / L'Ecole des mères / L'Heureux Stratagème / La Méprise / Le Petit-Maître corrigé / La Mère confidente / Le Legs / Les Fausses Confidences / La Joie imprévue / Les Sincères / L'Epreuve / La Commère / La Dispute / Le Préjugé vaincu / La Colonie / La Femme fidèle / Félicie / Les Acteurs de bonne foi / La Provinciale / Mahomet second

La Double Inconstance
suivi de *Arlequin poli par l'amour* nᵒ 6351

Arlequin et Silvia, jeunes villageois, sont amoureux l'un de l'autre. Mais le Prince aime silvia et, pour la conquérir, doit détourner d'elle Arlequin. Il charge donc Flaminia, une grande dame de la cour, de séduire le jeune homme. En 1723, *La Double Inconstance* voit ainsi se défaire le couple d'Arlequin et de Silvia qui, trois ans plus tôt, dans *Arlequin poli par l'amour*, avait su résister aux intrigues d'une puissante fée qui s'était éprise du jeune homme. La seconde comédie serait-elle donc la suite pessimiste et désabusée de la première ? Sans doute non. Il y avait une sorte de vérité dans l'amour d'Arlequin et de Silvia au début de *La Double Inconstance* : ils en ont découvert une autre à la fin. Car comme toujours chez Marivaux, au-delà des masques et des feintes, il s'agit pour chacun de mieux comprendre ce qu'il est.

La Fausse Suivante

nº 18002

Pour mieux juger de la fidélité de Lélio qu'elle doit épouser, mais qui ne la connaît pas, une jeune et riche Parisienne se présente à lui déguisée en faux chevalier. Elle découvre alors qu'il doit se marier avec une comtesse envers qui il a contracté des dettes. Pour éviter à Lélio d'avoir à rompre ce mariage et payer dix mille livres de dédit, le faux chevalier courtise la comtesse, puis la vérité sur son sexe se trouve révélée : le faux chevalier se fait finalement passer pour la suivante de la comtesse. La comédie que Marivaux fait jouer au Théâtre-Italien en 1724 aurait donc dû s'intituler plutôt *Le Faux Chevalier*. Le titre nous trompe-t-il ou le travestissement de la condition sociale l'emporte-t-il ici sur le travestissement du sexe ? Marivaux en tout cas a un but : dissiper l'illusion qui accompagne les sentiments, faire tomber le masque de l'infâme Lélio, et mettre à nu la vérité. Jeu brillant de la surprise et du badinage, mais aussi jeu cruel où le comique ne va pas sans noirceur.

Les Fausses confidences

nº 32788

Dorante aime en secret Araminte, une riche et jolie veuve, qui est hélas d'une classe sociale supérieure à la sienne et s'apprête à épouser un vieux comte. Aidé de son valet Dubois, il imagine alors un stratagème pour conquérir en une journée le cœur de la jeune femme. Représentée pour la première fois en 1737 par les Comédiens italiens, *Les Fausses confidences* est la dernière grande pièce de Marivaux. À travers les demi-vérités et les manipulations de Dubois, cette comédie douce-amère révèle que l'amour est bien souvent affaire d'amour-propre.

L'Île des esclaves

nº 18001

Echoués à la suite d'un naufrage sur une île gouvernée par des esclaves fugitifs, une coquette et un petit-maître perdent la liberté tandis que leurs esclaves désormais affranchis deviennent maîtres – et leur font subir diverses épreuves : « Nous vous jetons dans l'esclavage pour vous rendre sensibles aux maux qu'on y éprouve ; nous vous humilions, afin que, nous trouvant superbes, vous vous reprochiez de l'avoir été. » En 1725, c'est un monde social renversé que Marivaux donne à voir sur la scène du Théâtre-Italien : la fragilité du pouvoir peut ainsi se dévoiler, les rancœurs enfouies se libérer, et le malheur d'une condition servile s'éprouver. Mais si l'inversion est bien politique, elle est également ludique, et cette pièce sérieuse aux faux airs d'utopie est bien une comédie : le spectateur s'y amuse aux dépens des maîtres que leurs valets caricaturent, et il rit autant des maladresses que commettent ces valets lorsqu'ils tiennent le rôle des maîtres.

Le Jeu de l'amour et du hasard   nº 6131

Pour mieux observer sa future épouse, un jeune homme imagine de se présenter à elle sous la livrée de son valet qui lui-même s'habillera en maître ; or la jeune fille, de son côté, a eu la même idée, et se fait passer pour sa femme de chambre, qui elle-même jouera son rôle. Le hasard a ouvert le jeu à l'amour, et le jeu de l'amour est d'aller aussi bien où on ne l'attendait pas. Depuis sa création en 1730, la pièce s'est imposée comme le chef-d'œuvre de Marivaux qui séduit par l'harmonieux équilibre entre une forme dramatique inspirée de la comédie italienne et une intrigue de drame bourgeois. Un charmant badinage ? Sans doute. Mais qui ne va pas sans questions : l'amour est-il bien naturel ? ignore-t-il les barrières sociales ? Chacun vaut-il par ce qu'il est ou par ce qu'il paraît ? *Le Jeu de l'amour et du hasard* nous conduit au-delà du marivaudage : « C'est une bagatelle qui vaut bien la peine qu'on y pense. »

La Surprise de l'amour
suivi de *La Seconde surprise*   nº 4489

« Dans *La Surprise de l'amour* il s'agit de deux personnes qui s'aiment pendant toute la pièce, mais qui n'en savent rien eux-même (sic) et qui n'ouvrent les yeux qu'à la dernière scène. » Marivaux a résumé lui-même l'intrigue de sa première vraie comédie, pièce où il manifeste déjà la maîtrise qui fait de lui l'un des plus grands dramaturges du XVIIIe siècle. Le personnage marivaudien est surpris ; l'acteur qui l'interprète, comme son modèle italien, est sommé de manifester sur la scène pour le public qui écoute, mais aussi regarde, les sentiments qui le traversent : « ... alors les émotions de cœur que vous dites viennent me tourmenter, je cours, je saute, je chante, je danse ». C'est qu'ici, la comodité d'un obstacle extérieur, comme chez Molière, a été écartée : « Chez mes confrères, confiera Marivaux, l'Amour est en querelle avec ce qui l'environne (...), chez moi, il n'est en querelle qu'avec lui seul, et finit par être heureux malgré lui. »

Le Livre de Poche s'engage pour
l'environnement en réduisant
l'empreinte carbone de ses livres.
Celle de cet exemplaire est de :
1,200 kg éq. CO₂
Rendez-vous sur
www.livredepoche-durable.fr

PAPIER À BASE DE
FIBRES CERTIFIÉES

Composition réalisée par Nord Compo

Imprimé en France par CPI
en janvier 2016
N° d'impression : 2020888
Dépôt légal 1ʳᵉ publication : août 2007
Édition 06 - janvier 2016
LIBRAIRIE GÉNÉRALE FRANÇAISE
31, rue de Fleurus - 75278 Paris Cedex 06